Eva Maaser
Die Rache der Königinnen

ER

Zu diesem Buch

Im Jahr 577: Wittiges, ein mittelloser Landadeliger aus dem Süden Spaniens, ist bei den Franken zu Macht, Ehre und Reichtum gekommen. Er ist einer der treuesten Anhänger Brunichilds, der westfränkischen Königin, die er seit Jahren liebt. Die Königin jedoch ist von Hass zerfressen: Seit ihr Gemahl Sigibert zwei Jahre zuvor von Meuchelmördern, die im Auftrag ihres Schwagers Chilperich gehandelt hatten, erstochen wurde, sinnt sie auf Vergeltung. Nur durch den Herrschaftsanspruch ihres kleinen Sohnes Childebert kann auch Brunichild selbst ihre Macht als Königin behalten. Doch Chilperich will das Reich seines Bruders an sich reißen, und dabei steht Brunichilds Nachkomme ihm im Wege. Die Königin setzt alles daran, Childebert zu schützen. Doch dann entdeckt Wittiges, dass sie sich heimlich auf eine unheilige Allianz mit einem höchst gefährlichen Mann eingelassen hat. Wittiges muss sich entscheiden, ob er bereit ist, für den Rachefeldzug der Königin alles aufs Spiel zu setzen. Zumal Chilperich mit seiner Gemahlin Fredegund die größte Ränkeschmiedin der fränkischen Königreiche an seiner Seite hat …

Eva Maaser, geboren 1948 in Reken (Westfalen), studierte Germanistik, Pädagogik, Theologie und Kunstgeschichte in Münster. Bisher veröffentlichte sie die erfolgreichen historischen Romane »Der Moorkönig«, »Die Rückkehr des Moorkönigs«, »Die Astronomin«, »Der Paradiesgarten« und »Die Fehde der Königinnen« sowie mehrere Krimis und Kinderbücher.

Eva Maaser

Die Rache der Königinnen

Historischer Roman

Piper München Zürich

Mehr über unsere Autoren und Bücher:
www.piper.de

Von Eva Maaser liegen bei Piper vor:
Die Fehde der Königinnen
Die Rache der Königinnen

Originalausgabe
August 2010

Umschlaggestaltung: semper smile, München
Umschlagmotiv: Bridgeman
Karte: cartomedia, Karlsruhe
Satz: Kösel, Krugzell
Papier: Munken Print von Arctic Paper Munkedals AB, Schweden
Druck und Bindung: CPI – Clausen & Bosse, Leck
Printed in Germany ISBN 978-3-492-25841-8

INHALT

PERSONEN

(Mit * gekennzeichnete Personen sind historisch belegt.)

DIE WESTGOTEN

Wittiges: *aus dem westgotischen Reich von Toledo stammender Adliger, der sich im westfränkischen Königreich eine neue Existenz aufgebaut hat, treuer Gefolgsmann Königin Brunichilds*

Aletha: *seine Frau, Vertraute Königin Brunichilds*

Aletheus, genannt Alexander oder Alex: *Alethas Bruder*

Cniva: *ehemaliger burgundischer General, später Hofmeister des Frauenhauses von Toledo*

Athanagild*: *verstorbener König der Westgoten, Brunichilds Vater*

Brunichild* *(ca. 550–613): seine Tochter, seit 566 Königin des westfränkischen Königreichs, Witwe König Sigiberts*

Gailswintha*: *Brunichilds Schwester, ermordet von ihrem Ehemann Chilperich, König des ostfränkischen Reichs*

Leovigild*: *Athanagilds Bruder und Erbe seit ca. 567*

Hermenegild* und Rekkared*: *seine Söhne*

DIE WESTFRANKEN

Sigibert*: *König des westfränkischen Teilreichs (Austrasien), 566 Heirat mit Brunichild von Toledo, sedes regis (Königssitz) in Reims, später in Metz, 575 ermordet*

Childebert* *(geb. 570): sein Sohn (hier Bertho genannt)*

Ingund* *(geb. ca. 568): seine Tochter*

Chlodosinth* *(geb. ca. 572): seine Tochter*

Gogo*: *Majordomus (Hausmeier) König Sigiberts, ab 575 (Ermordung König Sigiberts) Regierungschef, gest. 581*

Conda*: *treuer alter Diener Sigiberts und der Könige vor ihm, von Sigibert zum königlichen Gefährten ernannt*

Venantius Fortunatus*: *stammt aus Italien, Dichter und Gelehrter an den fränkischen Höfen, ist öfter in diplomatischen Diensten für die Könige unterwegs*

Gundowald*: *angeblicher Sohn Chlotars I., der am kaiserlichen Hof in Konstantinopel als Geisel lebt*

Dynamius*: *comes von Marseille, Verbündeter Brunichilds, der zu Guntram überläuft (581/82)*

Lupus*: *Provinzstatthalter von Reims, später Herzog der Champagne (?), stellt sich später gegen Brunichild*

Magnulfus*: *sein Bruder, Feldherr Brunichilds*

Siggo*: *Siegelbewahrer Sigiberts, der zu Chilperich überwechselt und später zu Brunichild zurückkehrt: Seine Ländereien befinden sich im Grenzland zwischen Neustrien (ostfränkisches Teilreich) und Austrasien (westfränkisches Teilreich)*

Wandalenus*: *Nachfolger Gogos ab 581 und Gegner Brunichilds*

Aegidius*: *Metropolit (Erzbischof) von Reims und Verbündeter von Wandalenus*

Chramm: *Gefolgsmann Wittiges'*

Josephus: *griechischer Händler, der in Marseille wohnt und mit Purpur und Weihrauch handelt*

Claudius: *sein Neffe und Nachfolger*

Pontus: *Gefolgsmann Wittiges' und Verwalter seines Guts casa alba*

Otho: *Schmied des Schmiededorfs, das zu Wittiges' Gut gehört*

Viola: *Mündel Cnivas*

DIE OSTFRANKEN

Chilperich*: *König des ostfränkischen Teilreichs (Neustrien), sedes regis in Paris und Soissons*

Fredegund*: *seine Frau*

Rigunth*: *Tochter Fredegunds und Chilperichs, geb. ca. 565, verlobt mit Rekkared von Toledo*

Merowech* *und* **Chlodowech***: *Söhne Chilperichs und seiner ersten Ehefrau Audovera**

Desiderius*: *Feldherr Chilperichs, der sich in der großen Adelsverschwörung gegen diesen mit Brunichild verbündet*

Radegunde*: *Witwe Chlothars, die in dem von ihr gegründeten Kloster in Poitiers lebt und später heiliggesprochen wird; Venantius ist zeitweilig ihr Sekretär*

Maroveus*: *Bischof von Poitiers und Gegner Radegundes*

Magnerius*: *Bischof von Trier ab 566*

Felix*: *Bischof von Nantes*

Avitus*: *Bischof von Clermont*

Gregor*: *Bischof von Tours (Autor der »Zehn Bücher Geschichte«, einer Chronik der frühen Merowingerzeit, die bis heute eine der Hauptquellen der geschichtlichen Forschung darstellt)*

Rikulf*: *Subdiakon in Tours*

Aetius*: *Archediakon von Paris, Verbündeter von Ragnemod*

Ragnemod*: *Bischof von Paris, Gegner von Gregor*

Praetextatus*: *Bischof von Rouen, Pate Merowechs*

Bertram*: *Bischof von Bordeaux, Parteigänger Ragnemods, der an der Synode von 577 in Paris teilnimmt (Apostel-Petrus-Kirche), Liebhaber Fredegunds*

Bertram*: *Bischof von Le Mans (die beiden Bischöfe namens Bertram werden im vorliegenden Roman zu einer Person zusammengefasst)*

Gailen*: *Freund Merowechs*

DIE BURGUNDER

Guntram*: *König Frankoburgunds, sedes regis in Châlon-sur-Marne*

Austrechilde*: *Ehefrau Guntrams*

Marcatrude*: *verstoßene Ehefrau Guntrams*

Herzog Guntram Boso*: *Gefolgsmann Guntrams, hier nur Boso genannt, um Verwechslung mit König Guntram zu vermeiden*

Leudemund*: *Verschwörer, der die vorfränkische Herrschaft Burgundias wiedererrichten will*

DIE AWAREN

Khagan Baian*: *Fürst der Awaren*

Samur: *sein Sohn*

Kursich: *Übersetzer und Gefolgsmann Baians*

Cotani: *Verwandte des Khagans*

KAPITEL I

Das Jahr 577: Im Land der Finsternis

1 Der aufsteigende Rauch wurde immer dichter. Alle barbarischen Einzelheiten, die Wittiges so abstoßend fand, verschwammen zunehmend im wabernden Qualm, der sich von der niedrigen Decke von Zeit zu Zeit langsam und träge auf die Gruppe um das Feuer herabsenkte.

Khagan Baian, Großfürst der Awaren, ein Mann mit fassförmigem Körper und kurzen Säbelbeinen, saß als Einziger auf einem niedrigen Schemel. Selbst Wittiges, hoher Gesandter des ostfränkischen Königs, musste mit einem flachen Rosshaarpolster vorliebnehmen, das ein Sklave für ihn auf das stinkende, den Boden der Versammlungshalle bedeckende Stroh gelegt hatte.

Was hieß hier Halle? Das armselige Gebäude bestand aus windschiefem Flechtwerk, von ein paar grob zubehauenen Balken gestützt.

Baian riss mit seinen kräftigen Zähnen große Brocken von einem noch halb rohen Stück Hirschbraten ab, schluckte sie, fast ohne zu kauen, hinunter und spülte mit einem Gebräu aus Stutenmilch nach. Wittiges trank Wein, nachdem er einmal das Zeug probiert hatte, das die Awaren so schätzten. Ungenießbar.

Der Mann neben Baian, einer seiner Heerführer, stocherte sich mit einem langen, zweischneidigen Dolch Fleischfasern aus den Zähnen. Vorher hatte er mit der Klinge das Fleisch vor dem Mund Bissen für Bissen abgeschnitten. Als mitten in der Feuerstelle ein Zweig mit einem Knall zu einem Funkenregen zerbarst, zuckte die Hand, die das Messer hielt, und der Mann schrie auf. Khagan Baian äugte zu ihm hinunter, schlug sich auf die Schenkel und lachte. Sofort fielen die übrigen Awaren in das Gelächter ein, während dem verletzten Krieger ein Blutstrom über das Kinn quoll.

Von den Franken lachte keiner. Wittiges hatte den unangenehmen Eindruck, dass sich der Unglückliche die Zunge abgeschnitten hatte.

Jetzt beugte sich der Mann vor, stieß einen gurgelnden Laut aus, als wolle er in das Gelächter einstimmen, und wischte sich über das Gesicht. Blut tropfte zischend in die Glut.

»Bemerkenswert, nicht wahr?«, murmelte Venantius Fortunatus, einer von Wittiges' Begleitern, im trockenen Ton eines unerschrockenen Forschers, der ein interessantes, völlig fremdes Ritual studiert.

»Was?«, fragte Wittiges schaudernd.

»Wie er versucht, Haltung zu bewahren. Also, wenn ich mir die Zunge ...«, holte Venantius nachdenklich aus.

Wittiges hörte nicht mehr zu. Aus dem Hintergrund näherte sich eine junge Frau und hockte sich neben den Verletzten, ein Tuch in der Hand. Eine hübsche junge Frau mit schmalem Gesicht und fließendem rabenschwarzen Haar, das teilweise in dünne, mit bunten Bändern geschmückte Zöpfe geflochten war. Wittiges beobachtete mit aufflackernder Begier die anmutigen und gleichzeitig gelassen wirkenden Bewegungen, mit denen sie das Blut abtupfte. Schließlich bewog sie den Verletzten, mit ihr den Raum zu verlassen. Nur zu gern hätte Wittiges ihre Stimme gehört, und er verlor sich in der Vorstellung eines angenehm weichen Klangs, der mit jedem Laut schmeichelte und liebkoste.

Wie lange hatte er keine Frau mehr gehabt?

Er befand sich mit seiner fränkischen Delegation am Rand der Welt. Die Reise hatte ihn, von der königlichen Residenz in Metz einer der alten Römerstraßen folgend, über Straßburg zur Donau und am Fluss entlang bis Passau geführt. Dank der Gnade des Himmels war die Straße fast hundert Jahre nach Abzug der Römer noch einigermaßen instand geblieben.

In Passau hatte er so lange in einem aus der Römerzeit stammenden Kastell an der Südseite der Stadt Station gemacht, bis die Begegnung mit dem Anführer der gefürchteten Awarenkrieger zu seiner Zufriedenheit vorbereitet worden war. Nur ein Narr hätte keine Sicherheitsvorkehrungen getroffen, bevor er sein Haupt in den Rachen dieses stinkenden Löwen legte.

Kastell Boiotro bildete einen der letzten befestigten Vorposten des ostfränkischen Königs, in dessen Auftrag Wittiges die Reise unternahm. Vor mehr als zwei Wochen hatte er das Kastell verlassen, nachdem Khagan Baian eine hochrangige Geisel gestellt hatte, die während des fränkischen Besuchs in Passau ausharren sollte. Diese Abmachung war Wittiges' Rückversicherung für eine ungehinderte Heimkehr. Es gab da zwar den Nichtangriffspakt, den Baian mit Sigibert, dem Vater des jetzigen ostfränkischen Königs, geschlossen hatte, aber die fränkische Regierung misstraute Baians Bereitschaft, den Pakt weiterhin einzuhalten. Seit Sigiberts Tod hatten sich nämlich die Grenzüberfälle im äußersten Osten des fränkischen Herrschaftsbereichs derart gehäuft, dass alles auf einen neuen Eroberungsfeldzug hindeutete. Die Gelegenheit schien für Baian günstig, nachdem die drei fränkischen Teilreiche schon seit Jahren Krieg gegeneinander führten.

Durch die Grenzüberfälle hatten die Awaren sicher herausfinden wollen, wie stark oder schwach Ostfranken oder Austrasien, wie es oft genannt wurde, zurzeit war. Schließlich war der kleine König erst sieben Jahre alt, und an der Regierungsspitze stand eine Frau: seine Mutter, Königin Brunichild, die zusammen mit *dux* Gogo, dem ehemaligen Hausmeier Sigiberts, die Regentschaft für Childebert übernommen hatte.

Wittiges nahm es Brunichild und Gogo übel, dass sie ihm ausgerechnet Venantius Fortunatus als eine Art Berater – oder besser Aufpasser – an die Seite gestellt hatten, als wäre er nicht in der Lage, die Verhandlungen ohne diesen windigen Dichter, Schmeichler und Höfling zu führen.

In Gedanken verglich er das solide, einige Annehmlichkeiten wie fließendes Wasser bietende Kastell von Passau mit der awarischen Wächtersiedlung, in der das Treffen stattfand. Da sie hauptsächlich der Beobachtung der Grenze diente, beschränkte sich die Siedlung auf das Allernotwendigste, das hieß im Wesentlichen grauenhafte Unterkünfte, die die Menschen mit dem Vieh teilten und anscheinend höchst selten ausmisteten, und die ersichtlich rasch zusammengezimmerte Versammlungshalle. Baian schien völlig unempfindlich gegenüber Schmutz und dem Mangel jeglichen Komforts.

Die Siedlung lag nicht weit vom Ufer der Donau an einem Pass zum Hinterland Pannoniens, einen Zwei-Tages-Ritt von Passau entfernt.

Hier begann das Grenzgebiet, wo sich die Awaren seit dem Jahr 568 zunehmend festsetzten.

Niemand wusste viel über sie, und nach der ersten Verhandlungswoche hatte Wittiges auch nicht den Wunsch, mehr über sie zu erfahren, außer dass sie zweifellos auf neue Eroberungen aus waren. Es war seine Aufgabe, sie so weit vom Kurs abzubringen, dass sie die fränkischen Gebiete oberhalb und unterhalb der Donau verschonten: die südlichen Gebiete Thüringens und jenen Teil Pannoniens, in dem sich die Sueben angesiedelt hatten. Wäre es nach Wittiges gegangen, hätte er den Awaren dieses Land geschenkt. Er hatte genug davon gesehen, um zu wissen, dass die fränkische Herrschaft hier eher eine Idee denn Wirklichkeit war. Die Sueben, ein Haufen mehrerer halbwilder kleiner Völker, hatten auf ihn kaum einen zivilisierteren Eindruck gemacht als die Awaren.

Anscheinend waren die Awaren gerade erst dabei, hier und da sesshaft zu werden, vorzugsweise in durch blutige Kriege eroberten Gebieten.

Wittiges stammte aus Spanien, wo sein Vater ein kleines, aber sehr ertragreiches und gepflegtes Landgut bewirtschaftet hatte. Obwohl nur der zweitgeborene Sohn eines Landadligen, hatte Wittiges eine gründliche Ausbildung erhalten, zu der die Kenntnis der lateinischen und griechischen Sprache und Dichtung gehörte, und natürlich war er des Lesens und Schreibens mächtig.

Großfürst Baian sicher nicht.

Der Khagan hatte seine Mahlzeit beendet, spähte über das Feuer zu Wittiges herüber und sagte etwas.

Kursich, der Übersetzer, hockte an Wittiges' linker Seite. Er hatte einige Zeit an Sigiberts Hof zugebracht und die Franken von Metz hierher begleitet. Er war so alt wie Wittiges, das hieß Ende zwanzig, ein untersetzter, wenig einnehmender Mann mit verschlagenem Blick, der zur weitläufigen Verwandtschaft des Khagans gehörte.

»Er will wissen, wie viele Söhne du hast«, kam Venantius Kursichs Übersetzung zuvor. Venantius bildete sich eine Menge darauf ein, dass er die awarische Sprache ein wenig beherrschte. Er war ein Gelehrter, an der berühmten Schule von Ravenna in allen Künsten der zivilisierten Welt ausgebildet, außer in Kampfkunst und vornehmer, der Situation angemessener Bescheidenheit. Auf der Suche nach Ruhm, Ehre, Ansehen oder Geld war er vor Jahren von seinem Heimatland Italien aus zu Sigibert gereist, der gerade an der Donau seinen ersten Feldzug gegen die Awaren geführt hatte. Seitdem hielt er sich gern als Gast an dem einen oder anderen fränkischen Königshof auf.

Der Teufel mochte wissen, wie es ihm bloß gelungen war, während der vielen Kriege der letzten Jahre mit heiler Haut davonzukommen. Wittiges misstraute ihm von Grund auf, gab sich aber Mühe, sich nichts anmerken zu lassen. Gut möglich, dass Venantius nebenbei für Chilperich spionierte, den König der Ostfranken.

»Warum will er das wissen?«, fragte Wittiges grantig zurück und gab Kursich mit einem raschen Druck auf den Arm zu verstehen, dass er seine Übersetzung nicht brauchte.

»Weil du hier nur als Mann zählst, wenn du viele Söhne hast«, antwortete Venantius mit einem neugierigen Seitenblick. Offensichtlich war er gespannt, mit welcher Antwort sich Wittiges herausreden würde.

Ein Sklave schenkte den fränkischen Gästen nach. Es war ein schwerer, überlauter Wein, der mit jedem Schluck mehr im Schädel dröhnte. Wittiges hatte längst die Übersicht über die Anzahl der von ihm geleerten Becher verloren.

»Ich könnte für dich die Antwort so diplomatisch gestalten, dass sie dir nicht allzu sehr schadet«, bot Venantius ebenso geschmeidig wie boshaft an. Über Wittiges' Familienverhältnisse wusste er bestens Bescheid.

»Danke, nicht nötig. Einen Sohn – und eine Tochter«, sagte Wittiges mit fester Stimme und blickte dem Khagan ruhig ins Gesicht. »Sag ihm das.«

Kursich übersetzte, bevor Venantius es tun konnte.

Soweit es sich in den Rauchschwaden erkennen ließ, huschte ein Schimmer von Verachtung über die Miene des Fürsten.

»Ein Sohn, das ist gar nichts«, polterte er. »Drei meiner Söhne sind im letzten Jahr gefallen. Ich habe noch zwölf, und bis ich sterbe, werden es wieder mehr sein.«

Wie alt war Baian? Wittiges schätzte ihn auf wenigstens vierzig. Zwei der Söhne hatte er kennengelernt, es waren erwachsene Männer, ein dritter Sohn war jene Geisel in Passau. Er, Wittiges, hatte mit neunundzwanzig nur diesen einen, ein elfjähriges Kind.

»Sind deine Frauen unfruchtbar?«, fuhr Baian augenzwinkernd fort. Offensichtlich belustigte ihn das Thema. »Dann verstoße sie.«

In der Runde der Awarenkrieger machte sich Heiterkeit breit.

Bemerkungen wie diese gehörten zu den Versuchen, Wittiges' Ansehen und Autorität zu untergraben. Beim ersten Zusammentreffen, als Wittiges feierlich die mitgebrachten Geschenke überreicht hatte – darunter kostbare Wollstoffe, Gewürze, Tiegel mit duftenden Salben, silberne Gewandfibeln, Becher, Schalen –, hatte Baian kaum einen Blick darauf geworfen und einen seiner Männer angewiesen, sie unter den Gefolgsleuten zu verteilen.

»Ich denke nicht daran«, erklärte Wittiges so gelassen wie möglich. Unnötig, auch noch darauf hinzuweisen, dass er als überzeugter Christ nur eine Ehefrau hatte. *Aletha.* In Gedanken nannte er ihren Namen wie eine Beschwörungsformel gegen allen Überdruss, den er empfand.

»Ein Mann muss Söhne haben«, beharrte Baian, und ein Spur von Mitleid klang in seiner harschen Stimme auf. Er beugte sich vor und sprach ein wenig leiser, um klarzumachen, dass es sich um eine vertrauliche Frage handelte. »Oder fällt es dir schwer, mit einer Frau …« Er fasste sich vielsagend an den Schritt und erntete erneut Heiterkeit vonseiten seiner Leute.

Wittiges lächelte nur stur und kalt.

Sichtlich enttäuscht machte Baian eine Bemerkung zu den Kriegern neben ihm. Die nickten ausdruckslos.

Das hasste Wittiges am meisten. Dieses Gerede, das über seinen Kopf hinwegging, das ihn misstrauisch machte und ihm nur zu deutlich zeigte, wie fremd und ausgeliefert er unter diesen Barbaren war. Sein Zorn wuchs. Er hatte sich nicht um diese Mission gerissen, sie war ihm aufgezwungen worden. Und Venantius tat wenig, um sie ihm leichter zu machen. Nur ab und zu schenkte er ihm gönnerhaft eine Perle des Wissens, das er angeblich über die Awaren besaß.

Die junge Frau huschte wieder herein, beugte sich zu einem der Männer hinab und flüsterte ihm etwas zu. Wittiges erschien sie nun noch begehrenswerter. Als sie sich zurückzog, fing er zufällig ihren Blick ein. Dieser Blick ging ihm unter die Haut. Viel zu lange hielt er ihn fest, bis er endlich begriff, dass er sich ungehörig verhielt. Schließlich wusste er nicht, wer sie war. Als sie den Kopf zur Seite wandte, entdeckte er ihre kostbaren goldenen Ohrringe. Zu seinem Entzücken blieb sie im Raum, wenn auch hinter den Männern. Er konnte sie gerade noch erkennen, und sobald ihm die Unterredung mit den Awaren allzu sehr zusetzte, schaute er zu ihr hinüber.

Baian wollte wissen, wie Sigibert, an den er sich noch gut erinnerte, gestorben war. Wittiges litt Höllenqualen bei dem Versuch, die feige, hinterhältige Ermordung des Königs durch dessen eigenen Bruder als ruhmreichen Tod auf dem Schlachtfeld darzustellen.

»Einmal erwischt es jeden«, murmelte Baian bedauernd. »Aber er muss verdammt unvorsichtig gewesen sein«, setzte er hämisch hinzu. »Du wirst einsehen, dass sein Tod die Lage vollkommen ändert.« Sein Ton wurde schärfer, als er rasch weitersprach. »Ihr Franken« – er deutete mit dem Finger auf Wittiges – »habt einen Kinderkönig, der uns nichts bedeutet. Mit diesem Kind haben wir keinen Vertrag. Aber ich bin *vielleicht* bereit, einen neuen zu schließen«, setzte er großspurig hinzu, als Wittiges zu einer Entgegnung ansetzte. »Das kommt ganz auf euer Angebot an.«

Baian schien sich seiner Überlegenheit sehr sicher.

Hauptsächlich oblag es Venantius, die eigentlichen Absichten des Khagans durch harmlos anmutendes Geplauder mit dessen Leuten herauszufinden. Was er bisher erfahren und Wittiges mitgeteilt hatte, klang allerdings unglaublich. Demnach strebte Baian nach nichts Geringerem als dem geheiligten oströmischen Kaiserthron, der für die ganze westliche Welt, ja für alle Nationen der Erde der Inbegriff der unantastbaren Macht einer mehr als tausendjährigen Geschichte war, das Zentrum höchster je erreichter Kultur.

Baian als Kaiser?

Der Awarenfürst trug sein struppiges Haar in unzählige Zöpfe geflochten, die sein Haupt wie eine Matte aus Rattenschwänzen bedeckten. Seine Kleidung bestand aus einem Fellumhang und mehreren lieblos zusammengenähten und übereinandergezogenen Kitteln aus Wolle, Leinen und Seide, teils mit, teils ohne Ärmel. Um seine Hüften wand sich ein doppelter, mit allerhand glitzerndem Tand besetzter Gürtel. Sein Rangabzeichen, wie Venantius Wittiges ausführlich erklärt hatte. Worin aber genau die Bedeutung des Gürtels und seines barbarischen Schmucks bestand, wollte Wittiges gar nicht wissen.

Zwölf Söhne hatte dieser Ziegenbock. Und wie viele Frauen?

»Ich mache dir das Angebot, dass wir unsererseits die Grenzen nicht überschreiten«, sagte Wittiges lässig und stellte sich schaudernd Baian als Kaiser vor, »wenn du mir gelobst, sie in Zukunft zu respektieren, und den alten Pakt ohne Änderung erneuerst.«

Tausend Krieger warteten in Passau nur auf den Befehl von Wittiges, den schmutzigen Haufen niederzumachen, den Baian mit sich führte. *Dux* Gogo hatte die Entscheidung, Krieg oder kein Krieg, ganz und gar Wittiges anheimgestellt, erwartete aber im Fall eines Kriegs natürlich einen Sieg. Es war ein verlockender Gedanke, diese Laus vor ihm, die nach Pferdepisse, Schweiß und saurer Milch stank, zu zerquetschen.

»Das ist dein ganzes Angebot?«, schnauzte Baian.

Bereits zweimal waren die Awaren in byzantinisches Hoheitsgebiet eingefallen, hatten einige Landstriche erobert, waren aber dann von der Armee des Kaisers zurückgeschlagen worden. Sicher wollte Baian für seinen nächsten Kriegszug gegen Konstantinopel eine Unterstützung durch das fränkische Heer, was Wittiges ihm auf keinen Fall zugestehen würde.

Er solle Stärke und Entschlossenheit zeigen, hatte *dux* Gogo gefordert. Daher hatte Wittiges auf dem letzten Abschnitt der Reise die Truppen zusammengezogen, die nun in Sichtweite der awarischen Grenze bei Passau lagerten. Thüringer, Sueben und Alamannen, ein sehr gemischter Haufen. In Wittiges' Abwesenheit unterstanden sie dem *comes* der *civitas* von Passau und wurden außerdem von einem Unterheerführer aus der *civitas* von Reims mit hundert erfahrenen Kriegern aus den fränkischen Kernlanden an der Kandare gehalten. Sicher hatte Baian inzwischen Kunde von diesem großen Heer. Wieso gab er sich dennoch so anmaßend?

»Und die üblichen Geschenke«, ergänzte Wittiges herablassend, »dazu Kornvorräte und Futter für eure Pferde, ihr baut ja nicht viel an, soweit ich unterrichtet bin.«

Laut Venantius verstanden sich die Awaren besser auf Plünderung.

Wenig später war die Unterredung beendet, und er konnte endlich, müde und taumelig vor Trunkenheit, seine Unterkunft aufsuchen.

Er schlug den Ledervorhang vor dem Eingang der armseligen Hütte hoch und schlüpfte in den Teil, der ihm vorbehalten war. Der karge Raum wurde von einer Öllampe erleuchtet. Eine Gestalt kniete am Boden und schürte das Feuer in einem kleinen eisernen Kohlebecken. Wahrscheinlich eine Sklavin. Neben ihr standen ein Krug mit Wasser, aus dem Dampf aufstieg, und eine leere Schüssel. Heißes Wasser zum Waschen! Unvermittelt juckte Wittiges die Haut.

Er wollte nur noch allein sein. Da er sich nicht in der fremden Sprache verständigen konnte, fasste er die Gestalt am Arm. Sie wandte sich um. Es war die schöne Awarin!

Er begriff sofort: Baian hatte ihm das Einzige geschickt, womit er tatsächlich Eindruck auf ihn machen konnte.

2 »Knie nieder!«, verlangte Bertho herrisch.

»Nicht schon wieder«, murrte Felix.

»Doch! Leiste deinen Eid!«, forderte der kleine König unbeeindruckt.

»Das haben wir tausendmal gespielt, fällt dir nichts anderes ein?«, widersprach Felix erneut.

»Das ist kein Spiel. Ich muss das üben, weißt du, und außerdem kann ich gar nicht früh genug damit anfangen, mir meine Leute auszusuchen. Ich mache dich zu meinem *anstrustio*. Wie gefällt dir das?«

»Das bin ich doch längst.« Erbittert warf Felix seiner Mutter Aletha einen hilfesuchenden Blick zu, aber die achtete nicht auf ihren Sohn.

Auf Verlangen Königin Brunichilds hatte Aletha Felix mitgebracht, es war nicht sein eigener Wunsch gewesen, nach Metz zu kommen. Er sehnte sich nach Hause zurück, auf das Gut *casa alba* unweit von Reims, wo er aufgewachsen war. Seine Mutter hatte ihm erklärt, dass er mit seinen elf Jahren alt genug für höhere Verpflichtungen sei und dass sein Vater es nicht verstehen würde, wenn er sich diesen entziehe. Childebert, den alle nur Bertho nannten, der siebenjährige König von Austrasien, brauchte einen Freund, dem er vertrauen konnte, und einen verlässlichen, besonnenen Spielgefährten. Zum Spielen, zumindest für das, was Bertho darunter verstand, fühlte sich Felix zu alt. Zu seinem Leidwesen war er trotz der dreieinhalb Jahre Altersunterschied kaum eine Handbreit größer als der kleine König. In den letzten zwei Jahren war das Längenwachstum fast zum Erliegen gekommen, und die Versicherung seiner Mutter, dass es schon wieder einsetzen werde, tröstete ihn kaum.

Bertho war ein Quälgeist. Seufzend ging Felix auf die Knie. Je eher er das unwürdige Schauspiel hinter sich brachte, desto früher konnte er eine Freizeit erbitten, die er im Stall zu verbringen gedachte. Er faltete die Hände, und sofort legte Bertho seine schwitzigen kleinen Hände darum.

»Ich bin gesalbt, weißt du«, flüsterte er. »Ein König hat … seine Macht von Gott selbst, er bringt den Menschen Heil und Wohlergehen. Von ihm … hängt das Gedeihen des ganzen Landes ab.«

Erst am Tag zuvor hatte sich der gesalbte König die Hosen vollgepinkelt, weil er den Abort nicht rasch genug erreicht hatte. Alle hatten die dunklen Flecken auf seiner Tunika gesehen, aber nur eine junge Magd hatte gelacht und Bertho damit in Rage versetzt. Es hieß, er mache manchmal auch nachts ins Bett. Von seiner Mutter wusste Felix, dass Bertho beinahe mit seinem Vater, König Sigibert, ermordet worden wäre. Erst seitdem war er ein Bettnässer und geriet manchmal in eine furchtbare Wut. Ansonsten war es ja mit ihm auszuhalten – solange man ihm seinen Willen ließ.

Ergeben sprach Felix die Eidformel nach, die er im Schlaf herunterbeten konnte. Bertho brauchte sie ihm nicht mehr vorzusagen, tat das aber mit großem Genuss. Zum Schluss schlug ihm Bertho mit einem Holzschwert hart auf die Schulter, zog ihn auf die Füße und drückte ihn heftig an sich. Felix atmete auf, als er sich freimachen konnte, und schielte zu seiner Mutter hinüber. Ließ sie ihn endlich gehen?

»Kann ich jetzt in den Stall?«, fragte er forsch.

»Nein«, sagte Bertho, »jetzt ist der Leudeseid dran.«

»Das geht nicht«, zischte Felix aufgebracht. »Du kannst mich nicht erst zum *anstrustio* machen und dann zu einem einfachen Gefolgsmann. Das ergibt keinen Sinn, das ist wie eine Degradierung, und die lass ich mir nicht gefallen!« Die *anstrustiones* waren die Tischgefährten des Herrschers, seine Vertrauten, die mit ihm zusammen die Königsmacht darstellten, eine handverlesene Schar, die weit über allen anderen am Hof stand.

»Doch!«

»Nein!«

Die Jungen jagten sich durch den Raum. Sie stoben an den Mägden und Edelfrauen vorbei, die neu eingetroffene Wollstoffe in leuchtenden Farben begutachteten, und hielten Abstand von den üblichen Nichtstuern, die mit den Frauen zu schäkern versuchten. Ein paar kleinere und größere Mädchen scharten sich um die älteste Königstocher, die ihnen aus einem Buch fromme Geschichten vorlas, aber den Mädchen gingen die beiden Knaben erst recht aus dem Weg.

Es war ein gewöhnlicher Tag in der Residenz von Metz. Das Gebäude, ein alter Kaiserpalast, stammte aus der Römerzeit. Die Räume wiesen großzügige Dimensionen auf, und hier und da war noch etwas von der ursprünglichen Dekoration vorhanden: Stuckzierleisten, marmorne Brunnenbecken und verblasste Wandmalereien, die aber unter neuen, farbenfrohen Wandteppichen fast verschwanden. Da seit einigen Tagen draußen recht laue Luft herrschte, waren die hölzernen, mit dünn geschabter Tierhaut bespannten Fenstereinsätze entfernt worden, und das Frühlingslicht konnte ungehindert eindringen. Allerdings wurde Brunichild nie das Gefühl einer Bedrohung los und ließ daher, bevor in der Dämmerung die Öllampen entzündet wurden, die schweren wollenen Vorhänge zuziehen. Zwar lagen die Privaträume der königlichen Familie im ersten Stock, aber davor lief ein schmaler Umgang um das Stockwerk herum, der für sie ein stetes Sicherheitsrisiko darstellte – trotz der Wachen, die jeden Treppenaufgang im Auge behielten. Nie verließ sie die Angst, seit ihr Gemahl Sigibert durch zwei von seinem Bruder Chilperich geschickte Attentäter ermordet worden und sie selbst in die Gefangenschaft ihres Schwagers geraten war. Fast zwei Jahre hatte sie in einer Festung in Rouen zugebracht. Erst vor wenigen Wochen war ihr die Flucht gelungen. Und es war eine ihrer ersten Maßnahmen gewesen, den Hof dauerhaft von Reims nach Metz zu verlegen. Der alte *sedes regis,* der Königssitz Reims, lag zu nahe an Chilperichs Residenzen Soissons und Paris. Metz war vor allem sicherer für Bertho. Hier war er eher vor Meuchelmördern zu schützen.

Königin Brunichild sah den Jungen beim Toben zu. Beide waren annähernd gleich gekleidet, und der geringe Größenunterschied verwischte sich in der Bewegung. Durch die Rundbogenfenster fiel strahlendes Licht herein, und sobald die Kinder in eine dieser Lichtbahnen eintauchten, verwandelten sie sich auf geheimnisvolle Art in ein Doppelwesen. Beide waren schlank und flink, und es war eine Freude, sie zu beobachten. Auf ihre Plänkeleien hatte Brunichild noch nie etwas gegeben.

»Merkwürdig«, sagte sie versonnen, »wie ähnlich sie sich sehen. Fast wie Brüder.«

Felix hatte dunkleres Haar als Bertho, ansonsten bestand tatsächlich eine gewisse Ähnlichkeit. Aletha hütete sich, etwas dazu zu sagen. Sie saß mit Brunichild ein wenig abseits, und natürlich wagte es niemand, ihre Unterhaltung zu stören. Jeder wusste, dass Aletha eine Vertraute der Königin war.

In der Tür tauchte ein stämmiger Mönch auf, ein Lehrer der Palastschule, der Bertho abholen wollte. Es bedurfte manchmal eines gewissen handfesten Nachdrucks, um den kleinen König von der Notwendigkeit des Unterrichts zu überzeugen.

»Bertho!«, rief Brunichild bestimmt. »Es ist Zeit für dich. Geh jetzt.«

Ihr Sohn blieb stehen und warf einen raschen Blick auf den Mönch, der die Hände verschränkt hielt und die Knöchel knacken ließ. »Und Felix?« Bertho zog einen Flunsch.

»Ich habe Felix versprochen, dass er in den Stall darf, solange du deinen Unterricht hast«, mischte sich Aletha ruhig ein. »Er kann genug Latein und ist dir im Lesen und Schreiben ohnehin weit voraus. Sieh zu, dass du ihn einholst. Das wird einem schlauen Burschen wie dir doch gelingen, oder?« Sie zwinkerte dem kleinen König zu und war insgeheim froh, dass Bertho nicht ihr Sohn war.

Sobald dieser mit seinem Lehrer verschwunden war, trat Felix zu den Frauen. »Ich darf wirklich gehen?«, fragte er, als traue er seinem Glück nicht.

Brunichild zog ihn an sich und strich ihm liebevoll die verschwitzten Haare aus der Stirn. »Ich danke dir, dass du so viel Geduld mit Bertho hast. Das ist wirklich sehr freundlich und großherzig von dir. Weißt du, er hängt so sehr an dir, und ich vertraue fest darauf, dass du ihm ein guter und edler Freund bist.

Dabei fällt mir ein, dass ich dir nichts zu deinem letzten Geburtstag geschenkt habe. Was wünschst du dir?«

In Felix' Augen trat erst ein verlegener, dann ein sehnsüchtiger Ausdruck. »Dass Vater bald zurückkommt.«

So leicht lässt sich mein Sohn nicht bestechen, dachte Aletha, nicht einmal von einer Königin.

»Felix«, sagte Brunichild kühl, »du darfst jetzt in den Stall zu den Pferden. Über das Geschenk reden wir später.«

»Und Vater?« Der Junge ließ nicht locker. »Er ist schon so lange weg. Kannst du ihm nicht einen Trupp Krieger entgegenschicken? Ich würde gern mit ihnen ziehen, lieber heute als morgen.« Er schaute zur Tür, durch die Bertho gerade mit seinem Lehrer verschwunden war.

»Felix«, mahnte Aletha, »wo bleiben deine Manieren! Spricht man so mit der Königin?«

Schuldbewusst senkte Felix den Kopf, schielte aber dennoch zu Brunichild hinüber, die leicht die Stirn runzelte.

»Glaub mir, deinem Vater geht es gut«, versicherte sie. »Wer so klug und umsichtig ist wie er, dem geschieht so leicht nichts Böses.«

Skeptisch betrachtete Felix die Königin aus weit geöffneten, wachen Augen, aber nach einem gebieterischen Wink von ihr machte er sich endlich davon.

»Hast du eine Nachricht von Wittiges erhalten?«, fragte Brunichild, sobald er den Raum verlassen hatte.

Aletha faltete die Hände im Schoß und starrte darauf nieder. Brunichild hatte ins Gotische gewechselt. Sie war eine Tochter Athanagilds, des verstorbenen Herrschers über das westgotische Reich von Toledo. Als sie mit sechzehn Jahren zur Hochzeit ins fränkische Austrasien gereist war, hatte Aletha sie begleitet – eine vierzehnjährige Sklavin und Magd. Elf Jahre waren seitdem vergangen.

»Nein, nichts.«

»Wir auch nicht, das heißt Gogo und ich. Wir wissen nicht, wie er dort unten vorankommt. Ich weiß nur, dass er Regensburg sicher erreicht und Truppen ausgehoben hat. Der *comes* von

Regensburg hat es uns wissen lassen, vor zwei Tagen ist sein Bote eingetroffen. Sag mir« – sie musterte Aletha eindringlich –, »ihr versteht euch doch, du und Wittiges. Du bist mit eurer Ehe zufrieden?«

»Ja.«

Die Einsilbigkeit, zu der Aletha gelegentlich neigte und mit der sie auch jetzt klarmachte, wo die Grenzen der Vertraulichkeit lagen, verdross Brunichild. Was sollte das? Außerdem war die Frage rein rhetorisch gemeint. Wusste doch jedermann, dass Wittiges seine Frau anbetete. Sie hätte sich keinen besseren – und keinen attraktiveren – Ehemann wünschen können. Die meisten Frauen am Hof hätten für Wittiges sofort die Röcke gehoben und die Beine breit gemacht. Ein Mann mit einer gefährlichen Ausstrahlung. Brunichild seufzte. Es war ihr persönliches Opfer gewesen, die Ehe zwischen ihm und Aletha zu stiften, und Aletha wusste das. Sie wussten viel zu viel voneinander. Und sicher ahnte ihre einstige Sklavin, dass sie Wittiges aus höchst persönlichen Gründen auf diese gefährliche Mission geschickt hatte, die zudem von vornherein zum Scheitern verurteilt war und ihm wie eine Strafexpedition vorkommen musste. Ja, es war nicht nett gewesen, ihn fortzuschicken – aber notwendig. Über die Gründe gedachte sie mit niemandem zu reden. Auch mit Aletha nicht, die Brunichild oft um ihr Eheglück beneidet hatte.

»Mir fehlen die zwei Jahre, die ich in Rouen gefangen saß«, brach es unvermittelt aus Brunichild heraus.

»Du hast nie viel darüber erzählt«, bemerkte Aletha leise. »Erging es dir schlecht dort?«

»Anfangs, aber dann … erhielt ich unerwartet Besuch. Der Bischof von Rouen sprach ein paarmal vor und …« Das ging Aletha nichts an.

»Chilperich?«

Die beiden Frauen schauten sich an, dann huschte ein verächtliches Lächeln über Brunichilds Gesicht. »Einmal ließ er sich tatsächlich mit Geschenken blicken und wollte mich dazu bringen … Glaubst du, ich setze mich mit diesem Mörder zu Tisch?« Schlagartig verlor sie sich in Erinnerungen. Es war wie ein unheimlicher Sog, der sie zwang, sich wieder einmal den alten Schrecken auszusetzen. Der Raum um sie herum entglitt ihr, sie merkte es nicht einmal.

»Brunichild!«, hörte sie Alethas besorgte Stimme.

»Lass mich!« Sie wollte sich erinnern. Es verging kein Tag, an dem sie sich nicht erinnerte, sie brauchte das so nötig wie Wasser und Brot zum Leben. Heiß stieg ein Gefühl in ihr auf, dem sie sich in diesem Moment ganz hingab. *Hass*.

Sigiberts Bruder Chilperich hatte ihre Schwester Gailswintha geheiratet – und war ihrer rasch überdrüssig geworden. Denn Gailswintha war dahintergekommen, dass er eine Geliebte hatte, und hatte ihm deswegen die Hölle heiß gemacht. Eines Tages hatte er ihr dann rasend vor Zorn die Hände um den Hals gelegt … Aber angestiftet zu diesem Mord hatte ihn seine Hure Fredegund, die er nach dem Mord nicht schnell genug hatte heiraten können.

Jetzt gehen die Erinnerungen wieder mit ihr durch, dachte Aletha. Sie suhlt sich im Hass auf Chilperich und Fredegund, und dabei kämpft sie bloß gegen ihre eigene Hilflosigkeit an. Seit Jahren dringt sie darauf, dass ihr Chilperich die fünf Städte überträgt, die die Morgengabe für Gailswintha bildeten. Täte er das endlich, würde er seine Schuld anerkennen, aber er denkt nicht daran, und sie hat kein Mittel, ihre Sühneforderung gegen ihn durchzusetzen. Seit Chilperich auch Sigibert hat ermorden lassen, muss sie sich noch kleiner, noch unwichtiger und angreifbarer vorkommen. Ihre ganze Macht wankt und wackelt, und sie kann nichts dagegen tun.

»Hör auf damit! Hör auf, dich mit diesen Erinnerungen zu quälen.« Aletha schüttelte Brunichilds Arm, es wurde Zeit, sie aus der gefährlichen Versenkung in die Vergangenheit herauszureißen.

»Ich lebe für meinen Sohn und für meine Rache, das weißt du«, wisperte Brunichild. »Und niemand wird mir das ausreden.«

Aletha gab sich Mühe, die Ruhe zu bewahren. »Chilperich hat deine Töchter freigegeben, erinnere dich auch daran«, sagte sie etwas lauter.

Eine der Hofdamen spähte zu ihnen herüber und machte einen Schritt auf sie zu. Vielleicht dachte sie, der Königin sei unwohl. Tatsächlich war Brunichild blass geworden, und ihre Augen hatten einen fiebrigen Glanz angenommen. Mit einem Kopfschütteln gab Aletha der Edelfrau zu verstehen, dass sie die Unterhaltung der Königin nichts anging. Verwirrt und gekränkt zog die Frau sich zurück.

Über die Ermordung Gailswinthas wusste Aletha so viel wie Brunichild, denn es war Wittiges gewesen, der die Tote gefunden hatte, als er in Sigiberts Auftrag als Spion in Soissons tätig gewesen war: Er hatte die Mörder praktisch auf frischer Tat ertappt, konnte aber nichts tun außer, sein eigenes Leben zu retten.

Brunichild verzog verächtlich den Mund. »Natürlich hat er sie freigelassen, nachdem ich ihm entwischt bin. Das war kein Gnadenakt von ihm. Er hat in Rouen versucht, mich mit seiner Macht über die Kinder zu erpressen, hat aber eingesehen, dass ich mich nicht erpressen lasse. Er konnte nichts mehr mit ihnen anfangen.« Chilperich hatte sie allen Ernstes heiraten wollen! Bischof Praetextatus von Rouen hätte sie trauen sollen. Mit dieser Ehe wären ihrem Erzfeind ihr Sohn, der Erbe von Austrasien, wenn nicht gleich das ganze Land in die Hände gefallen. Sie hatte ihm einen Strich durch die Rechnung gemacht, einen gründlicheren, als er ahnte. Das war eine der guten Erinnerungen, eine, die ihr bewies, dass sie ihr Schicksal noch selbst bestimmen konnte. Sie *allein*.

»Geht es dir besser?«, fragte Aletha. »Hast du aufgehört, dich selbst zu zerfleischen?«, fügte sie nicht gerade zartfühlend hinzu. »Das ist gut.«

Brunichild antwortete nicht, lächelte aber hintersinnig.

Aletha traute dem Umschwung nicht. Ihr Blick überflog die Gruppe der Gefolgsleute. »Merkwürdig, wo ist dieser kleine Priester geblieben, der fast täglich herkam? Du weißt, wen ich meine. Der aus Reims, der mit den brennenden Augen eines Fanatikers. Ich könnte mich schütteln, wenn ich nur an ihn denke. Falls du ihn fortgeschickt hast, war das eine weise Entscheidung.«

Brunichild hatte gerade erst das Schwarz abgelegt, das sie in Trauer um Sigibert getragen hatte. Für diesen Frühlingstag hatte sie als Übergewand ein Wollkleid in einem Blauton gewählt, der auf die Farbe ihrer Augen abgestimmt war und ihr goldblondes Haar zum Leuchten brachte. Ein mit großen Saphiren besetzter Halsschmuck fügte sich raffiniert in den Ausschnitt ihres Kleids, der so viel Haut sehen ließ, wie es noch als schicklich gelten mochte. Helle, makellose Haut.

Ihre siebenundzwanzig Jahre sah man der Königin nicht an. Trotz mehrerer Geburten besaß sie immer noch die schmale Taille eines jungen Mädchens. Ihre Jugendlichkeit und Schönheit machten sie zu einer Legende. Von den alten *anstrustiones* Sigiberts fragten sich einige, ob sie sich Hoffnung auf eine Verbindung mit ihr machen konnten, aber bisher hatte sie nicht erkennen lassen, dass sie sich wieder zu vermählen gedachte. Aletha wäre herzlich froh darüber gewesen, hätte es doch bedeutet, dass sie von ihren rabenschwarzen Rachegedanken endlich abgelenkt wäre.

»Dieser Priester? Wie hieß er noch? Decius, wenn ich mich recht erinnere. Ich habe ihn davon überzeugt, dass es für seinen Kampf um Moral und höhere Gerechtigkeit ein lohnendes Ziel gibt«, erklärte Brunichild betont ausdruckslos.

Irgendwie fühlte sich Aletha durch diese Erklärung keineswegs beruhigt, eher das Gegenteil traf zu.

3 Schade, dass er sich mit der jungen Frau nicht verständigen konnte, zumindest nicht mit Worten. Wittiges hätte ihr gern in ihrer Sprache ins Ohr geflüstert, wie schön und begehrenswert sie sei. Mit grenzenloser Zärtlichkeit strich er ihr stattdessen mit zwei Fingern über die Wange. Sie zuckte nicht so heftig zurück, dass es eindeutig als Abwehr zu deuten gewesen wäre. Also war sie vorbereitet. Vorsichtig nahm er eine ihrer glatten, im Licht wie dunkle Seide schimmernden Haarsträhnen in die Hand. Voll trunkener Inbrunst beobachtete er das Spiel des Lichts darauf, die feinen Reflexe, die wellenförmig darüber hinglitten. Langsam rückte er ihr noch näher.

Sie stank nicht nach Stall. Haar, Haut und Gewänder strömten einen unwiderstehlich erotischen Duft aus, in den sich eine Ahnung vom Rauch der Versammlungshalle mischte. Traumverloren legte er eine Hand um ihren Nacken, zog sie zu sich heran, bis er sie auf die pulsierende Stelle unter dem Ohr küssen konnte.

Aber vielleicht war alles nur ein Missverständnis? Wittiges rückte von ihr ab und betrachtete sie prüfend, obwohl es ihm schwerfiel, sich länger zurückzuhalten. Auf der wochenlangen Reise hatte er nur eine Magd gehabt, eine Alamannin, die sich ihm eher widerwillig hingegeben hatte. Ein schmutziger, schneller Akt mit fadem Nachgeschmack.

Die Awarin hatte sich nicht geregt und hielt den Blick gesenkt.

In diesem Augenblick hätte sie aufstehen und ihn verlassen können. Er hätte sie ... er hätte sie *vielleicht* nicht aufgehalten.

Wie hieß sie? Er wollte wenigstens ihren Namen wissen.

Im Licht der blakenden Lampe zitterte sie unmerklich.

Hatte sie Angst vor ihm? Wie sollte er ihr die Angst nehmen?

Während er noch darüber nachdachte – voller Furcht, sie zu verlieren –, legte sie ihm die Hand auf die Brust, sah an ihm vorbei und seufzte leise.

Wittiges umfasste erneut ihren Nacken, drückte entschlossen ihren Kopf an seine Brust, während er ihr mit der anderen Hand den Umhang von den Schultern streifte. Eines war sicher: Das Mädchen war eine Entschädigung für alles, womit er sich bei den Awaren herumplagen musste. Behutsam nestelte er die erste Fibel an ihrem Gewand auf und hielt den Atem an. Was für eine Haut! Was für zarte Schultern. Sein Herz quoll über vor Zärtlichkeit. Anscheinend merkte sie das, denn ihre starre Haltung wurde nachgiebiger. Eindeutig zitterten Wittiges die Finger, während er die zweite Fibel löste und achtlos fallen ließ. In den Ohren trug sie lange Gehänge mit großen Goldkugeln an den Enden. Ihren Gürtel öffnete er, fast ohne hinzusehen, dann hatte er sie nackt vor sich und konnte sie auf das Lager hinunterdrücken.

Wittiges hatte das Gefühl, Stunden allein mit dieser fast rituellen Entkleidung zugebracht zu haben. Nun ließ sich seine

Leidenschaft nicht länger zügeln, es schmerzte, nur noch einen einzigen Augenblick abzuwarten. Ihm brannte der Unterleib. In einem wilden Rausch riss er sich die eigenen Gewänder herunter.

Als er in sie eindrang, schrie sie auf, und schon einen Moment später entlud er sich. Es war, als platze ihm das Trommelfell, zerreiße sein Herz, dröhne sein Kopf wie unter einem Paukenschlag. Zu rasch, viel zu rasch kam die Erlösung.

Undeutlich nahm er ein Geräusch von nebenan wahr, wo Venantius sein Lager hatte, dann entschwanden jeder Gedanke und jede Erinnerung an den Gefährten, während er das Mädchen überall küsste und streichelte. Ja, jetzt konnte er ihre zarten Glieder und Gelenke, die feinen Rundungen des fast knabenhaften und doch eindeutig weiblichen Körpers genießen und würdigen. Wenn die Awaren je etwas Wertvolles und Anerkennenswertes hervorgebracht hatten, dann diese Frau.

Sie war eng wie eine Jungfrau. Auch das war ein unerwartetes Geschenk. Allmählich gab sie ihre Zurückhaltung auf, als hätte er sie mit seinen Zärtlichkeiten entflammt. Dieses langsame Anschwellen ihrer Leidenschaft brachte ihn fast um den Verstand. Und dann umklammerte sie ihn, diese Spielgefährtin einer wunderbaren Nacht, schloss die Beine um seinen Rücken, bewegte sich, nahm seinen Rhythmus auf, aber langsamer und träger, und diese letzte kleine Hemmung trieb ihn in eine Ekstase, wie er sie noch nie erlebt hatte. Das waren Seligkeit, Vergessen und Taumel in einem.

Irgendwann mitten in der Nacht stand er auf und ging nach draußen, um seinen glühenden Körper abzukühlen. Sein Kopf dröhnte unerträglich, aber nur solange er seine Aufmerksamkeit auf diesen Schmerz lenkte.

Die Hütte stand abseits am Rand der Siedlung. Wenige Schritte weiter konnte er durch eine Lücke im Gebüsch bis zur Donau hinuntersehen. Es war eine Mondnacht, aber die volle runde Scheibe verblasste gerade. Über dem Fluss trieb Dunst in langen dünnen Schwaden. Am gegenüberliegenden Ufer stiegen bewaldete Kuppen auf, über denen sich weit hinten am Horizont ein schwacher Streifen beginnender Helligkeit zeigte. Der heisere

Schrei von Wildgänsen zerriss die nächtliche Stille. Sie kamen von Süden und verkündeten auf dem Weg nach Norden den triumphalen Sieg des Frühlings über den Winter.

Die kühle Luft tat Wittiges gut. Der Winter war bis in den April hinein in mehreren Schüben immer wieder zurückgekehrt, aber nun, Anfang Mai, ließ sich in der Luft endlich die wärmere Jahreszeit erahnen. Das Gras war längst grün. Wittiges fühlte sich gereinigt von allem Zorn und aller Verbitterung. Es war ihm immer noch ein Rätsel, warum Brunichild ausgerechnet ihn, kurz nachdem er sie aus der Gefangenschaft in Rouen befreit hatte, mit dieser Mission betraut hatte, die ihm wie eine Strafe vorkam. Er hatte ihr die Freiheit zurückgegeben, und sie bedankte sich, indem sie ihn gegen seinen Willen zu unberechenbaren Barbaren in diese Einöde schickte.

Hatte sie etwas vor ihm zu verbergen? War etwas Wichtiges in Rouen vorgefallen? Sosehr er darüber nachdachte, ihm wollte keine Erklärung für diese grausame Laune der Königin einfallen.

Um der Abschiebung wenigstens einen ehrenvollen Anstrich zu geben, hatte man ihm den Rang eines *patricius,* eines obersten Heerführers, verliehen. Als ob ihm ein klangvoller Titel hier von Nutzen sein konnte. Baian schiss doch darauf, für ihn zählten nur eine Demonstration von Macht und dicke Säcke voll Geld. Mit beidem konnte Wittiges nicht dienen.

All das ging ihm durch den Kopf, bewegte ihn aber nicht mehr im gleichen Maß wie zuvor. Brunichilds Undank war ihm mittlerweile gleichgültig. Wichtiger war ihm der Wunsch, die Frau mitzunehmen, die ihn in der Hütte für den Rest der Nacht erwartete. Konnte er sie als Geschenk von Baian erbitten? Unbehagen streifte ihn beim Gedanken an seine Frau. Er liebte sie, und auch jetzt dachte er nur voller Liebe an sie. Dennoch vermochte er sich die Awarin nicht aus dem Kopf zu schlagen. Es war auch bei den Franken durchaus üblich, sich mehr als ein Weib zu nehmen. Schon wegen der Kinder, von denen viele in den ersten Lebensjahren starben.

Ein Mann braucht Söhne, hatte Baian gesagt.

Nicht weit von der Hütte entfernt brannte ein Wachtfeuer. Er entdeckte zwei seiner fränkischen Krieger, die zusammengesunken an dem nur noch schwach glimmenden Feuer kauerten und fest schliefen. Morgen würde er sie zurechtstauchen, denn es war gefährlich, Disziplinlosigkeit zu dulden.

Bevor er sich in seinen Teil der Hütte zurückzog, lugte er zu Venantius hinein. Der Gelehrte schlief den Schlaf der Gerechten. Als Wittiges schließlich sein eigenes Lager wieder aufsuchte, erwartete ihn die Awarin, deren Namen er noch immer nicht kannte. Sogleich schlang sie die Arme um ihn und zog ihn zu sich herunter.

4 Jedes Mal, wenn wieder ein Zug von Priestern, Mönchen und Kriegern seinen Einzug hielt, stand das Volk von Paris am Straßenrand und gaffte. Die Leute machten sich gegenseitig auf die Sänfte oder den Reisekarren aufmerksam, der für gewöhnlich die Mitte eines solchen Zugs bildete. Etliche sanken auf die Knie und bekreuzigten sich, während andere ehrfürchtig Namen murmelten, die dann von Mund zu Mund weitergetragen wurden: Maroveus von Poitiers, Avitus von Clermont, Felix von Nantes, Bertram von Le Mans, Praetextatus von Rouen, Gregor von Tours.

Ragnemod, Bischof von Paris, zog von einem seiner Landgüter, das er vor der Stadt besaß, in vollem Ornat und hoch zu Ross zu seinem Stadtpalast. In seinem Gefolge befand sich sein Archidiakon Aetius, nach ihm der wichtigste Mann in der Diözese, der die Verwaltungsgeschäfte für ihn führte. Ihn kannten die Pariser als unermüdlichen Blutsauger, der selbst den Todkranken noch Spenden abpresste.

Seit Tagen blieb abends in den Schänken kein Platz mehr auf den Bänken unbesetzt, und jede Nacht fanden Raufhändel statt, die zwischen den Gefolgsleuten der Bischöfe ausgetragen wurden. Es fiel schwer, alle diese Tonsurträger, die so wacker mit Schwert und Scramasax umzugehen verstanden, eindeutig der einen oder anderen Partei zuzuordnen. Nur in den Vierteln der syrischen, griechischen und jüdischen Fernhändler blieb es ruhig.

In unmittelbarer Umgebung der Kirche des Apostels Petrus, in der die Synode tagen würde, hatte König Chilperich alle Häuser räumen lassen. Sie standen nun den Gästen zur Verfügung, die weder im Pilgerhaus der Kirche noch in der Bischofsresidenz oder in einem der Klöster untergebracht werden konnten.

Zwar würde die Synode als reine Gerichtsversammlung tagen, dennoch hatten die Fernhändler für die Kirche seidene, golddurchwirkte Behänge, teure Kerzen und silberne Ampeln gestiftet, in denen Weihrauch verbrannt werden sollte, sowie den besten ägyptischen Wein für die Tafel des Königs.

Chilperich hatte die Bischöfe mit ihren wichtigsten Untergebenen, den Erzpriestern und Diakonen, zu einem ersten festlichen Abendessen geladen.

Der Königspalast stand auf einer Seineinsel, das machte es leichter, den Zugang zu kontrollieren. Vor Jahrhunderten hatte er als römischer Verwaltungssitz gedient, und aus dieser Zeit stammten das solide Mauerwerk und die teilweise noch intakte Heizung. Ansonsten war es ein eher nüchterner, aber recht verschachtelter, unübersichtlicher Bau. Nur in den Räumen des ehemaligen römischen Provinzgouverneurs waren noch ein paar Fresken erhalten, hauptsächlich hübsche Ornamente, die farbige Stuckverzierungen vortäuschten. In einem der Zimmer hatte sich Chilperich eine Kapelle einrichten lassen, in der er gelegentlich jene Heiligen um Erleuchtung anzuflehen pflegte, die er besonders verehrte.

Fredegund hing in Gedanken noch einer Auseinandersetzung mit ihrer Tochter nach, als sie sich festlich gekleidet zu den Empfangsräumen begab. Dem Anlass angemessen, trat sie mit Gefolge auf, das hieß, sie ließ sich von ihren Edeldamen begleiten, Ehefrauen und Töchtern von Chilperichs Gefolgsleuten.

Sobald der König sie erblickte, winkte er sie zu sich und deutete leutselig auf den Mann neben sich.

»Schau, wer hier ist! Er ist gerade angekommen.«

Fredegund studierte rasch die Miene ihres Mannes, bemerkte die leicht zusammengezogenen Augenbrauen und fragte sich, ob seine Anspannung etwas mit dem Gast zu tun hatte, dem sie sich nun zuwandte.

»Bischof Bertram!«, rief sie freudig überrascht. »Du bist auch hier? Dich habe ich wahrhaftig nicht erwartet. Wie willst du es wochenlang ohne die Jagd auf Wildschweine und Auerochsen aushalten?« Natürlich wusste sie, dass der Bischof von Le Mans erwartet wurde, schon deshalb, weil er ihr eine Geheimbotschaft geschickt hatte. Irgendwann würde ihnen sein Leichtsinn noch zum Verhängnis werden.

Bertram verneigte sich gerade so tief, dass die münzgroße kahle Stelle oben auf dem Hinterkopf sichtbar wurde, die kleinste Tonsur, die gerade noch als solche erkennbar war.

»Königin«, sagte Bertram ernst, »ich sehe, es geht dir gut, und es schmeichelt mir, dass du dir Gedanken um mich machst.«

Jovial schlug ihm Chilperich auf die Schulter. »Du kannst meine Auerochsen in den Wäldern vor der Stadt jagen, wenn du mir versprichst, das nächste Mal deine Meute mitzubringen«, rief er so laut, dass einige der hohen geistlichen Herren aufmerkten. Bertram lächelte schief. An seinen Jagdhunden nahmen einige der Bischöfe schon seit Längerem Anstoß. Sie meinten, Jagdhunde in einer Bischofsresidenz gehörten als zu weltlich verboten. Für gewöhnlich scherte er sich wenig darum, fand es aber unnötig, dass Chilperich seine Vorlieben für weltliche Vergnügungen so laut hinausposaunte. War das eine Ohrfeige oder nur Dummheit? Und konnte es sich Chilperich angesichts der bevorstehenden Gerichtsverhandlungen überhaupt leisten, ihn vor den Kopf zu stoßen? Immerhin hatte er sich bisher meistens auf die Seite des Königs geschlagen.

»Ich habe dir zwei Welpen aus meiner Zucht als Gastgeschenk mitgebracht. Einer meiner Männer hütet sie dort drüben.« Bertram deutete in eine Ecke, wo einige seiner Gefolgsleute um einen Weidenkorb herumstanden.

Chilperich grinste jungenhaft über das ganze Gesicht, nur der Ausdruck der Augen blieb kühl und wachsam. »Das beste Geschenk, das du mir machen konntest. Wenn du erlaubst, schau ich sie mir sofort an.«

Bertram zog die Brauen hoch. »Immer noch der Alte. Begeistert sich wie ein Kind.« Er sah dem König nach, der rasch davoneilte.

Schön wär's, dachte Fredegund. Nein, er ist nicht mehr der Alte, seit ihm Brunichild entwischt ist. Das konnte sie Bertram nicht sagen, obwohl er wahrscheinlich eher als einer der anderen Bischöfe Verständnis für diese Verstimmung gehabt hätte. Tatsächlich war Bertram so wenig Kleriker wie nur irgend möglich. Ein äußerst ansehnlicher, tatkräftiger Mann von Anfang dreißig, ein Krieger, der Frauen schätzte und keinen Hehl aus seiner Vorliebe für die Jagd, für Reichtum und Genuss machte.

»Erwartet ihr Bischöfe aus Austrasien?«, fragte Bertram leise. Sie waren beiseitegetreten, damit Fredegunds Edeldamen nicht mehr mithören konnten.

»Nein«, entgegnete Fredegund. »Allerdings seltsam, dass du fragst. Aegidius von Reims bekundete Interesse an der Synode. Er hätte gern persönlich eine Grenzangelegenheit seiner Diözese geklärt. Chilperich hat ihn daraufhin offiziell eingeladen, aber Aegidius sagte auf einmal ab.«

»Verstehe. Brunichild hat sich eingemischt, sie ist wieder zu Hause, und schon beginnt der Ärger von Neuem. Du magst deine Schwägerin nicht, nicht wahr?«, murmelte Bertram und ließ Fredegund nicht aus den Augen.

»Ich habe nichts gegen sie«, widersprach Fredegund heftig. »Nein, wirklich«, bekräftigte sie. »Und ich wäre dir dankbar, wenn du nicht so skeptisch dreinschauen würdest. Warum sollte ich etwas gegen eine Witwe mit drei kleinen Kindern haben, die täglich von einem Haufen Ehrgeizlingen bedrängt wird, die ihr die Macht streitig machen?« Sie lächelte ihn an und kämpfte mit dem aufgekommenen Unmut. Sie hatte genug von Bertram und der Unterhaltung mit ihm. Nur zu gut hatte sie die Untertöne herausgehört. Obwohl er sich nie angemaßt hätte, deutlicher zu werden, wusste sie genau, woran er dachte: an die Ermordung Gailswinthas und Sigiberts und ihre Rolle dabei. Sie wusste von den Gerüchten, die über sie verbreitet wurden. Für nicht wenige galt Chilperich als bedauernswertes Opfer ihrer Verführungskünste. Als ob es großer Verführung bedurft hätte, ihn zum Mord anzustacheln. Sie hatte ihn nur in seinem Vorhaben bestärkt. Man hatte sogar behauptet, sie habe die Dolche vergiften lassen, mit denen Sigibert getötet worden war. Das war purer Unfug. Zu jenem Zeitpunkt hatte sie gerade ein Kind geboren und musste um dessen Leben wie auch um das eigene fürchten. Die Menschen waren nur zu bereit, das Schlechteste von ihr zu denken.

Auf der Suche nach Ablenkung ließ sie den Blick durch den Saal schweifen, der prompt an einem jungen, gut gekleideten Mann hängen blieb.

»Da ist Merowech!«, rief sie aus. »Siehst du ihn? Ich habe ihn beinahe nicht erkannt. Wann ist er eingetroffen?« Sie deutete auf den Mann, der sich angeregt mit einem der Bischöfe unterhielt.

Bertram schien unschlüssig, ob er auf den Themenwechsel eingehen sollte, zuckte aber schließlich mit den Schultern. »Hauptsache, er ist hier. Ich habe ihm Grüße von seiner Mutter auszurichten«, murmelte er.

Audovera, die erste Gemahlin Chilperichs, hatte diesem mehrere Söhne geboren, von denen zwei – Merowech und der ältere Chlodowech – noch lebten. Um Brunichilds Schwester Gailswintha heiraten zu können, hatte sich Chilperich von Audovera getrennt und sie ins Kloster von Le Mans geschickt. Die abgedankte Königin lebte sozusagen unter Bertrams Aufsicht.

»Ich gehe gleich zu ihm, denn wer weiß, wann ich ihn in diesem Gewühl wiedertreffe. Du entschuldigst mich?« Im Davoneilen streiften seine Finger unauffällig an ihrer Seite entlang, eine eindeutig zärtliche Geste.

Fredegund schüttelte über so viel Dreistigkeit den Kopf.

Bertram breitete die Arme weit aus und drückte erst Merowech an sich, dann den Bischof neben ihm und tauschte die üblichen Wangenküsse mit ihnen.

Von der anderen Seite des Saals näherte sich einer der Bischöfe, um Fredegund zu begrüßen, aber sie hatte keine Lust auf die Begegnung. Das Gespräch mit Bertram ging ihr nicht aus dem

Kopf. Dieser Flegel! Sie auf Brunichild und ihren Hass anzusprechen war eine Gemeinheit, die sie ihm noch heimzahlen würde. Mit einem unwirschen Wink bedeutete sie ihren Damen, sie sollten zurückbleiben, und verließ hastig den Saal.

Eine Weile verbrachte sie in einem kleinen Gartengeviert, einem Refugium, das der engsten Familie vorbehalten war. Die Mitte nahm ein plätschernder Brunnen ein. Einige Male schritt sie zwischen den von Buchsbaum gesäumten Beeten voller Frühlingsblumen auf und ab, auf die das volle silbrige Mondlicht fiel. Der Garten wirkte zauberhaft um diese Stunde.

Ihre Verstimmung verflog, schlechte Laune hielt sich nie lange bei ihr. Auf dem Weg zurück zur Empfangshalle im ersten Stock ging sie einen der endlos langen Flure entlang, an dem sich abwechselnd flache Nischen und Türen aneinanderreihten. Ihr Blick fiel auf eine Bronzevase vor einer dieser Nischen. Verzerrt gab die polierte Rundung das Bild des Flurs hinter ihr wieder. Jemand folgte ihr, einer der vielen Priester, die im Gefolge der Bischöfe im Palast ein- und ausgingen. Vielleicht hatte er ein Anliegen an sie oder wollte sie zu einer Fürsprache bei Chilperich bewegen. Immer ging es um Geld oder kleine Privilegien. Halb belustigt, war sie im Begriff, sich umzuwenden, als sie ein Aufblitzen wahrnahm. Während sie aufschrie und sich gegen die Vase drückte, spürte sie, wie ihr eine Klinge seitlich das Gewand aufschlitzte.

Sie schrie aus Leibeskräften, riss den eisernen Ring zum Feuerschlagen von ihrem Gürtel und drosch ihn mit einer Drehung um die eigene Achse dem Fremden mit Wucht an den Hals.

Mit Gegenwehr hatte der Mann nicht gerechnet, er taumelte zwei Schritte zurück und starrte sie an. Eine blutige Spur markierte die Stelle, wo ihn der Feuerring getroffen hatte. Ein so blanker Hass loderte aus seinen dunklen Augen, dass Fredegund zurückwich und gegen die Bronzevase prallte, die einen dunklen, hohlen Ton abgab. Der Angreifer hielt in beiden Händen Dolche und hatte sich nur zu schnell gefasst.

Fredegund sah keinen Ausweg mehr. Sie stand ihrem Mörder gegenüber. In ihrem eigenen Haus. Nicht weit entfernt plauderten die frommen Bischöfe entspannt miteinander, und niemand ahnte, was hier vorging.

»Nicht, bitte nicht!«, stieß sie mit einer fast kindlich hohen Stimme hervor und streckte abwehrend die Hand aus, während sie die andere um den eisernen Feuerring krallte und sich auf einen neuen Angriff gefasst machte. Aber wie sollte sie den Stoß von zwei Dolchen gleichzeitig parieren? Sie war dem Mann ausgeliefert.

Ihr Gegner sprang sie an. Fredegund ließ sich fallen und schlug gleichzeitig wieder mit dem Eisenring zu. Einer der Dolche verfing sich darin und wurde dem Angreifer aus der Hand gerissen. Während er von seinem eigenen Schwung in eine halbe Drehung gezogen und zu Fall gebracht wurde, ritzte der zweite Dolch Fredegunds Unterarm bis zum Ellbogen auf. Als der Mann auf sie fiel, wurde ihr der Atem aus den Lungen gepresst, dennoch gelang es ihr, ihm mit einem ausgestreckten Finger ins Auge zu stechen.

Er brüllte, bäumte sich auf, und mit ungeheurer Geschmeidigkeit kam er auf die Knie und setzte sich rittlings auf sie. Sie war gefangen. Triumphierend umfasste er mit beiden Händen den übrig gebliebenen Dolch und holte aus, um ihn ihr in die Brust zu rammen.

Fredegund schloss die Augen.

Einen unendlich langen Moment hörte sie den Mann wie ein wildes Tier keuchen, spürte die Last auf ihrem Körper, den Geruch, der der Kleidung des Mannes entströmte, ein aggressiver Gestank nach Schweiß und Leder. So roch ihr Tod.

5 Merowech atmete auf, als er sah, dass seine Stiefmutter den Raum verließ. Er ging ihr nach Möglichkeit aus dem Weg, obwohl es ihn gelegentlich reizte, sich auf ein Gespräch mit der Frau einzulassen, nach der sein Vater immer noch verrückt war. Außerdem war er klug genug, ihr das Mindestmaß an Respekt zu erweisen, auf das sie Anspruch hatte. Aber immer achtete er darauf, nicht mit ihr allein zu sein. Chlodowech erlaubte sich hin

und wieder die Dummheit, in Hörweite von Hofdamen und Gefolgsleuten von der Schlampe oder Hure ihres Vaters zu sprechen, ohne einen Gedanken an die Folgen zu verschwenden, die solches Gerede irgendwann unweigerlich haben musste.

Es gab schönere Frauen als Fredegund, jüngere, solche von weit besserer Herkunft, aber kaum verführerischere. Sie hatte etwas Aufreizendes an sich, das an Hexerei grenzte und auf alle Fälle sehr unchristlich wirkte. Merowech kannte viele Männer, die nur allzu bereit waren, für sie ihre Seele zu verkaufen, und er hatte nicht die Absicht dazuzugehören. Der beste Beweis dafür, dass sie Männer ins Verderben stürzte, war sein Vater. Nur ihr und ihren Ränken waren die Kriege zu verdanken, die nach Gailswinthas Ermordung zwischen Chilperich und Sigibert ausgebrochen waren. Merowechs ältester Bruder Theudobert war in einem der Kriege gefallen. Aus allen diesen Gründen mied er für gewöhnlich ihre Nähe wie die Pest.

Er hatte sich eine Weile mit Bischof Praetextatus von Rouen unterhalten, seinem Paten, aber da so viele Lauscher in der Nähe herumstanden, zog er es vor, das Gespräch vorzeitig zu beenden. Viel zu auffällig hatte Praetextatus ihm zugezwinkert, ihm mit verschwörerischer Miene etwas zugeflüstert, die Stimme dabei aber nur unwesentlich gedämpft. »Hast du Nachricht von ihr?«, hatte er gefragt, und als Merowech nicht darauf einging, blöderweise nachgehakt.

»Du weißt doch, wen ich meine?«

Da hatte Merowech von dem alten Hohlkopf endgültig genug. Sacht klopfte er seinem Paten auf den Arm. »Entschuldige, mir ist eingefallen, dass mir mein Vater einen Auftrag erteilt hat. Ich muss gehen.«

»Was ... was hat er dir aufgetragen?« Manchmal stotterte der Esel, was noch mehr Aufmerksamkeit erregte.

»Ich reite nach Sankt Peter hinaus, du weißt, die Kirche, in der die Synode stattfindet ...« Merowech dämpfte die Stimme zu einem undeutlichen Gemurmel, aus dem so etwas wie »nach dem Rechten sehen« herauszuhören war. »Nach dem Rechten sehen« klang hübsch unverfänglich und nach Eifer, und tatsächlich hatte ihn Chilperich darum gebeten, aber das war drei Tage her.

Dank der vielen Gäste herrschten im Palast inzwischen unglaubliche Zustände, vor allem die Besucher aus den nördlichen Provinzen fielen durch ungehobelte Sitten auf. Merowech bog in einen Flur ein, auf dem sich doch tatsächlich ein liebestolles Paar auf dem Boden wälzte. Er überlegte noch, ob er einfach über die beiden hinwegsteigen oder sie anfahren sollte, da stieß die Frau einen Schrei aus, und der Mann …

Merowech zog seinen Dolch aus dem Gürtel und legte eine solche Wucht in den Wurf, dass die Waffe dem Kerl tief in die Schulter fuhr. Mit zwei Sätzen hatte er das Paar erreicht und versetzte dem Mann einen gewaltigen Fausthieb an die Schläfe, während er laut um Hilfe schrie. Während er den Mann auf die Füße zog und den Dolch beiseitetrat, der diesem entfallen war, hörte er zwei Wachen heraneilen.

»Wird aber auch Zeit!«, schnauzte er die beiden an und stieß den Attentäter, der erstaunlicherweise wie ein Priester gekleidet war, auf sie zu. Dann endlich konnte er sich um die Frau kümmern und biss sich vor Entsetzen auf die Zunge.

Hätte er bloß nicht eingegriffen! Hätte er doch um Himmels willen einen anderen Weg nach draußen gewählt. Es schüttelte ihn geradezu vor Bedauern über dieses Zusammentreffen unglücklicher Umstände, die ihn ausgerechnet in diesem Moment hierhergeführt hatten.

Fredegund keuchte schwer und richtete sich auf. Er kam nicht umhin, die Hand auszustrecken, um ihr vollends auf die Füße zu helfen. Schließlich wurden sie von den Wachen beobachtet. Dennoch brachte er kein Wort des Bedauerns hervor über die Todesgefahr, der sie gerade noch entronnen war. Sobald sie stand, lehnte sie sich an ihn, während sie sich zu beruhigen versuchte.

»Er wollte mich töten«, sagte sie tonlos. »Merowech, er hat mir aufgelauert, um mich zu töten!«

Wurde ja auch Zeit, dachte Merowech, dass das endlich jemand in die Hand nahm.

Aber dann wandte sie sich zu ihm um, presste sich an ihn und schaute zu ihm auf, sodass er ihr in die Augen sehen musste. Augen von einem seltsamen, betörenden Grün. Und nun spürte er nur zu deutlich ihre verführerisch üppige Brust. Der Duft nach kostbaren Salben und Parfüms stieg ihm in die Nase, und er sah die Goldreflexe, die über ihr flammend rotes Haar glitten. Was für eine Frau! Es überraschte ihn selbst, dass er sie hingerissen anlächelte.

Fredegund war nur halb bei sich. Dennoch nahm sie wahr, dass sich Merowech, den sie bisher nur als langweiligen, duckmäuserischen Burschen kannte, der hoffnungslos im Schatten seiner älteren Brüder stand, verändert hatte. In seinen Augen glomm doch tatsächlich ein Feuer, und er wirkte auf einmal erregend männlich. Was hatte diese Veränderung bei ihm bewirkt? Die Frage streifte sie nur wie ein kurzer gnädiger Aufschub, bevor der gerade überstandene Schrecken sie wieder einholte.

Sie wandte sich zu dem Angreifer um, der sie mit unverhohlenem Hass anstarrte. Ein Priester, wahrhaftig ein Priester! Oder hatte sich der Mann verkleidet? Allerdings wusste sie nur zu genau, dass sie in der römischen Kirche kein besonderes Ansehen genoss. Aber das war kein ausreichender Grund für diesen Anschlag. Wer steckte dahinter? Einer der Bischöfe?

Sie merkte, dass sie ihres Zitterns nicht Herr wurde, und ihr Herzschlag wollte sich auch nicht beruhigen. So viel Schwäche war unerträglich.

»Wenn du erlaubst, gehe ich jetzt Vater benachrichtigen«, sagte Merowech ernst und ein wenig förmlich. »Er muss sofort von dem Anschlag erfahren.« Zwar rang er mit einer Verwirrung, die ihn am klaren Denken hinderte, dennoch erkannte er, wie wichtig eine rasche Aufklärung des Vorfalls war.

Fredegund löste sich von ihm und trat zurück. Die Hand auf den Magen gepresst, beugte sie sich vor und holte keuchend Atem.

»N … nein!«, hauchte sie stammelnd. »Die Synode.«

Merowech verstand, was sie sagen wollte. Die Synode war ein

wichtiges Ereignis, das nicht durch die Nachricht von einem Attentat gestört werden sollte. Aber es würde sich nicht geheim halten lassen. Nur war es möglicherweise besser, Chilperich erst später zu informieren. Nach dem Abendbankett.

»Schafft den Mann in den Kerker und sorgt dafür, dass er redet«, wies er die Wachen an. Das Untergeschoss des Palasts mit seiner ausgedehnten Heizanlage und den Vorratskellern aus der Römerzeit war noch weitgehend erhalten. Einige der Gelasse hatte man mit dem für Kerker unerlässlichen Zubehör ausgestattet – wie in den Wänden verankerten Eisenketten, eisernen Fußfesseln, Halsringen und einfachen Folterinstrumenten.

In einem Winkel seines Herzens wünschte sich Merowech, dass sein älterer Bruder an seiner statt zur Stelle gewesen wäre. Chlodowech hätte abgewartet, bis der Priester Fredegund abgestochen hätte, hätte umgehend den Kerl erledigt und später allen gegenüber behauptet, dass er leider die Königin nicht habe retten können, aber ihren Tod gerächt habe. Für diese Heldentat hätte er sich von Chilperich mit einem Landgut beschenken lassen. »Wir müssen wissen, wer er ist und wer ihn geschickt hat.«

Ausgerechnet in diesem Moment tauchte einer der Bischöfe auf. Es war Gregor von Tours, ein kleiner Mann, der auf Unbestechlichkeit Wert legte, christliche Moral und Askese predigte und den fränkischen Königen gern ihre Verfehlungen vorhielt. Chlodowech bezeichnete ihn als Obersauertopf, der noch zu Lebzeiten nach dem Heiligenschein strebe.

Sofort trat Gregor auf den Priester zu. »Was ist geschehen? Warum wirst du festgehalten?« Gebieterisch musterte er die Wachen. »Wer hat euch befohlen, Hand an ihn zu legen? Lasst ihn sofort los!«

Die Wächter waren kampferprobte Franken, die ihrer Erfahrung und ihres Muts wegen den Dienst im Königspalast versahen. Sie packten den Delinquenten nur noch fester und zogen ihn zwei Schritte vom Bischof fort, um klarzumachen, was sie von seiner Einmischung hielten.

»Er hat die Königin angegriffen«, erklärte einer von ihnen.

Fredegunds Übergewand aus lindgrüner Seide war beschmutzt,

zerrissen und an der Seite aufgeschlitzt, und aus einem Schnitt im Ärmel tropfte Blut. Und überhaupt konnte sie sich kaum auf den Beinen halten. Voller widersprüchlicher Gefühle legte ihr Merowech schützend einen Arm um die Schultern.

Gregors Blick wanderte forschend hin und her, wurde zunehmend wachsam, aber seine Miene blieb vollkommen ausdruckslos.

»Aber er ist Priester«, wandte er ein.

»Woher willst du das wissen?«, fragte einer der Wachhabenden. »Wenn ich mir eine Kutte überstreife, mir die Haare so kurz wie ein Sklave schere und noch dazu eine Tonsur, dann ...« Grob riss er den Attentäter zu sich herum und klopfte die Taschen in der weiten Kutte ab. »Hätte ich gleich machen sollen«, murmelte er und förderte ein Stück Pergament zutage, auf das er verständnislos starrte, bis Gregor ihm den Fetzen abnahm, auf dem offensichtlich etwas geschrieben stand.

Laut las der Bischof auf Latein vor und erklärte sodann, dass die Zeilen zu einem Psalm aus dem Neuen Testament gehörten, der Gott als gerechten Richter über Himmel und Erde pries. Für Merowech klang das Latein wie eine Beschwörungsformel. Vielleicht wollte sich der angebliche Priester mit dem Spruch gegen ein Scheitern seines Anschlags wappnen. Eine undurchsichtige Sache.

Unterdessen hob Gregor eine Hand und betastete die Schädeldecke des Mannes.

»Der Mann *ist* Priester, er trägt nicht erst seit gestern die Tonsur«, stellte er lakonisch fest. »Deshalb soll das Synodalgericht über ihn entscheiden. Wir werden uns mit ihm beschäftigen und die Wahrheit herausfinden, so Gott uns hilft.«

»Nein«, flüsterte Fredegund, »bringt den Mann in den Kerker, hier im Palast.«

»Wir könnten ihn in einem der Klöster einsperren«, erklärte Gregor, als habe sie nichts gesagt, und musterte den Mann kritisch. »Ich bin seit Tagen in der Stadt, und mir sind die Begleiter meiner Amtsbrüdern wohlbekannt. Aber diesen kenne ich nicht.«

»Genug jetzt«, mischte sich Merowech ein. »Du erlaubst,

Bischof Gregor? Wir werden den Mann hier in Gewahrsam halten. Soll mein Vater entscheiden, was mit ihm geschieht.«

Gregor zeigte sich wenig zufrieden mit der Lösung und erklärte beharrlich, dass er die Sache auf jeden Fall im Auge behalten werde. Vergehen von Priestern seien nun einmal Angelegenheit der Kirche. Erst als der Mann abgeführt worden war, ging auch er.

Fredegund ließ sich von Merowech bis an die Tür zu ihren Gemächern begleiten und entließ ihn dort, nachdem sie ihre Mägde zu sich gerufen hatte. »Ich muss dir danken, aber ich kann jetzt nicht, ich bin …« Hilflos blickte sie zu ihm auf.

Sie sah so anziehend aus und wirkte so schutzbedürftig, dass er einen Moment lang geneigt war, die Schreckensgeschichten, die über sie in Umlauf waren, nur noch für halbe Wahrheiten zu halten.

»Erhol dich«, sagte er verbindlich, »lass dich von deinen Frauen trösten und verwöhnen. Und ich«, fügte er nachdenklich hinzu, »vergewissere mich, dass der Kerl uns nicht entwischt. Er wird büßen, nachdem er uns verraten hat, wer ihn angestiftet hat. Denn das ist hier die Frage.«

Da dachte Fredegund erstmals an Brunichild.

6 Gregor musste geplaudert haben, denn die Kunde vom Attentat auf die Königin verbreitete sich in Windeseile. Chilperich befahl seiner Leibgarde, umgehend die Tore schließen, die aus der Residenz hinausführten, um alle Anwesenden festzuhalten, bis der Fall ausreichend untersucht war. Unterdessen kam es unter dem Gefolge der Bischöfe zu gegenseitigen Anschuldigungen und Handgreiflichkeiten, das war schon bei weit geringeren Anlässen unvermeidlich.

Nach einigen Verhandlungen ließen die Bischöfe zu, dass ihr Gefolge Mann für Mann einem Verhör unterzogen wurde. Dabei kam allerdings nichts heraus, auch wenn jeder Befragte zur Bekräftigung seiner Aussage einen heiligen Eid darauf schwören musste, dass er mit dem Attentat nichts zu tun hatte. Und als letztes Mittel wurde der Schuldige allen unten im Kerker vorgeführt. Aber niemand kannte ihn.

Die niedrige Decke des Kerkers bestand aus drei parallel verlaufenden Tonnengewölben, die zwei mächtige Säulen stützten. Mehrere brennende Fackeln steckten in eisernen Wandhaltern, und zwischen den Säulen stand ein Feuerkorb, in dem Eisen für die Folterung erhitzt werden konnte. Noch glühten die Kohlen nicht ausreichend, aber die handlichen, teils zugespitzten Eisenstäbe und die Zangen in verschiedenen Größen lagen neben den Brechstangen, die man vielleicht zusätzlich benötigte, auf einem Gestell in Sichtweite des Angeklagten bereit.

Fredegund war sich so sicher gewesen, dass sich der Überfall rasch aufklären ließ. Schon deshalb hatte sie es sich nicht nehmen lassen, bei den Gegenüberstellungen anwesend zu sein. Mit notdürftig verbundenem Arm, in einen prächtigen Wollmantel gehüllt, hatte sie sich einen Schemel so zurechtrücken lassen, dass sie den Angeklagten stets im Auge behielt. Es ging schon stark auf Mitternacht zu, als der letzte Priester und Mönch aus dem Gefolge eines der Bischöfe den Kerker verließ. Fredegund hätte sich ihm anschließen können, blieb aber sitzen.

Der Kerkermeister schob das erste Eisen in die Glut.

Trotz der drohenden Folter hüllte sich der Mann weiterhin in verächtliches Schweigen. Fredegund dachte nach. Was war das für ein Kerl? Ein Verrückter? Während der Synode war die Stadt voller Verrückter – solche Ereignisse zogen sie magisch an. Der Mann musste wahnsinnig sein und hatte sie nur zufällig zum Opfer erkoren. Wahrscheinlich hätte er jede Frau angefallen, die gerade den Flur entlangkam. Den fanatischen Hass mancher Priester auf Frauen kannte sie zur Genüge.

Trotz dieser naheliegenden Erklärung machte sie der hartnäckige Widerstand des Täters tief unglücklich, sie spürte eine Ohnmacht, der sie nichts entgegenzusetzen hatte. Sie brauchte Gewissheit. Wer zum Teufel war dieser Verrückte? Irgendjemand musste ihn kennen.

Auch Gregor von Tours hatte es sich nicht nehmen lassen, den Gegenüberstellungen und dem Verhör beizuwohnen. Immer wieder war sein Blick zu Fredegund geschweift, die sich wegen der Kälte in den feuchten Gemäuern immer tiefer in ihren Umhang verkrochen hatte.

»Nein«, murmelte er schließlich vor sich hin, »nein und nochmals nein. Mit Bischöfen, Priestern und Ordensleuten hat die Untat nichts zu tun. Unter ihnen wird man vergeblich nach den Anstiftern suchen. Dabei liegt die Wahrheit auf der Hand. Es geht um diese Schlangengrube königlicher Brüder, die sich hassen, und um Ehefrauen, die den Hass noch schüren.« Seine Stimme wurde lauter. »Wo Gott fern ist und die Demut fehlt, hat es der Teufel leicht. Besonders dann, wenn der Hochmut den Verstand vernebelt.«

»Diese Unverschämtheit, Bischof Gregor«, bemerkte Chilperich bedächtig, »werde ich nicht vergessen.« Er war gerade erst eingetreten, um zu hören, wie die Dinge standen. »Und nun geh. Hinaus mit dir!«

Grimmig winkte er den kleinen Bischof an sich vorbei zur Tür.

»Ich werde für dich beten, König, für dich und die Deinen«, bemerkte Gregor unerschütterlich und neigte unmerklich den Kopf zu einem Abschiedsgruß.

»Komm!« Chilperich streckte Fredegund die Hand entgegen. »Du solltest überhaupt nicht hier sein. Und ihr«, wandte er sich leidenschaftslos an die Wachhabenden, »versucht es endlich mit den Eisen. Macht sie ordentlich heiß.«

Widerstrebend ließ sich Fredegund hinausgeleiten.

Chilperich hatte angeordnet, dass die ganze Nacht über auf allen Fluren Wachen patrouillierten, ehe auch er seine Gemächer aufsuchte. Fredegund hatte erst noch nachgesehen, ob ihre Kinder gut bewacht wurden, dann kam sie zu ihm.

Chilperich hatte seine Obergewänder bereits abgelegt und zog sich das Hemd über den Kopf. Fredegund betrachtete seinen Körper, der die Festigkeit verlor. Borstige graue Haare sprossen vereinzelt auf seiner Brust, und da er gewöhnlich ungeheure Mengen aß, wurde er allmählich fett. Die Haut war grau und teigig. Kein schöner Anblick.

»Warum ziehst du dich nicht aus?«, fragte er.

»Ich kann nicht. Ich weiß genau, ich finde keine Ruhe.« Fredegund war auf einen Schemel am Bett niedergesunken und sah zu, wie Chilperich sich im Bett zurechtsetzte. »Wie konnte sie das tun? Wie konnte sie mir das antun?«, stöhnte sie auf.

»Wer?«

»Du hast diesen kleinen Bischof doch gehört. Selbst er hat's begriffen.«

Chilperich hatte sich zurückgelehnt, die Hände im Nacken verschränkt, und starrte vor sich hin. Die Erschütterung über das Vorgefallene war ihm nun deutlich anzumerken. Er fragte nicht noch einmal, wen sie meinte, obwohl nichts bewiesen war und nicht einmal Gregor die austrasische Königin beim Namen genannt hatte.

»Unsere Sünden holen uns ein«, murmelte er dumpf. »Damit hätten wir rechnen müssen.«

»Wie kannst du so etwas sagen?« Die Stimme gehorchte ihr kaum. Ihr Arm mit der Schnittwunde fühlte sich an wie in Flammen gehüllt.

Das Zittern hatte wieder eingesetzt. Im Halbdunkel des Gemachs, das nur noch von einer kleinen Öllampe auf einem hohen Bronzekandelaber erhellt wurde, durchlebte sie die Todesangst erneut. Eine Angst, die sie schüttelte, sie klein und hilflos machte. Sie spürte eine große Finsternis in sich. Schwäche, nur Schwäche war ihr geblieben.

Es hatte sie so furchtbar getroffen, im eigenen Haus nicht sicher zu sein. Warum hasste ein Mann sie derart, dem sie nie zuvor begegnet war? Dass er Priester war, machte es nur noch schlimmer.

»Wir hätten es nicht tun dürfen, ich habe es dir gesagt, Fredegund. Wenn du nicht gewesen wärst, hätte ich Gailswintha nicht erwürgt. Diese Sünde klebt an mir für immer. Und an dir. Wir sind verdammt in alle Ewigkeit. Du hast es so gewollt.«

Das Selbstmitleid, das aus seiner Stimme troff, brachte Fredegund auf. Aber so war er schon immer gewesen. Hinterher tat es ihm leid.

»Und Sigibert. Mein eigener Bruder …«, fuhr Chilperich fort.

»Hör auf«, schrie Fredegund, »hör sofort auf damit! Ich ertrage das nicht.«

Chilperich scherte sich einen Dreck darum, wie sie sich fühlte. Wie sollte sie mit Brunichilds Niedertracht fertig werden? Was hatte sie ihr getan? Die arrogante, dumme Gans ahnte ja nicht einmal, wie leicht es gewesen wäre, sie während ihrer Haft in Rouen unauffällig zu beseitigen. Fredegund standen genügend ehrgeizige junge Männer zur Verfügung, die ausgezeichnet mit einem Dolch umgehen konnten und für eine Vergünstigung oder ein nettes kleines Lehen jeden umbrachten, den sie ihnen nannte. Aber sie hatte aus einer ihr selbst nicht ganz geheuren Regung der Nachsichtigkeit heraus darauf verzichtet. Nein, sie war nicht schlecht, sie wehrte sich nur, wenn sie angegriffen wurde. Diese Rachsucht, diese unbegreifliche Rachsucht Brunichilds! Das machte sie, Fredegund, entsetzlich elend.

»Du weißt genau, wie es damals war. Sigibert hätte uns umbringen lassen, er stand so dicht davor! Dass es *uns* gelungen ist, *ihn* zu vernichten, hat uns gerettet.«

Damals hatten Sigiberts Truppen fast das ganze Land Chilperichs erobert, und nur noch Tournai war unbesetzt geblieben, wo sich Chilperich mit seiner Familie verschanzt hatte. Es war nur eine Frage der Zeit gewesen, wann auch Tournai gefallen wäre. Sigiberts Leute hätten mit Chilperich und Fredegund kurzen Prozess gemacht. Sie hatte gerade ein Kind geboren und sich mit der Vorstellung gemartert, wie ihm einer von Sigiberts Männern den Schädel einschlug …

Hatte Chilperich wirklich vergessen, wie weit sein Bruder Sigibert bereits gegangen war, als ihn das Schicksal ereilte? Sigibert ließ sich in Paris als König über das westfränkische Reich von Soissons feiern – über Chilperichs Reich. Es war eine der unbegreiflichen Launen des Schicksals gewesen, dass es zwei der kühnsten Gefolgsmänner Chilperichs gelang, zu Sigibert vorzudringen und ihn zu ermorden.

»Ich kann nicht mehr«, stammelte sie, »es tut so weh, weißt du, ich bin wie tot, ich bin so verzweifelt, wie damals in Tournai, nur schlimmer …« Sie wusste kaum, was sie sagte. Aber ihre Qual musste sich Bahn brechen, sonst erstickte sie daran.

Chilperich lehnte sich aus dem Bett und ergriff behutsam ihre Hände. »Komm her, komm zu mir. Gemeinsam werden wir auch das durchstehen, wie so vieles andere.«

Ihre Glieder gehorchten ihr nicht. Er musste aus dem Bett steigen und ihr hineinhelfen. Weinend klammerte sie sich an ihn, und nur langsam entspannte sie sich in seinen Armen, und als er sich über sie wälzte und in sie eindrang, half auch das. So fanden sie immer zueinander, es war ein alterprobtes Mittel. Chilperich schlief danach sofort ein, Fredegund blieb wach, lag im Dunkel und stand schließlich wieder auf. Leise schlüpfte sie in ihre Kleider, warf einen dunklen Umhang über und huschte hinaus.

Unten im Kellergeschoss waren die Fackeln so weit heruntergebrannt, dass sie bald ersetzt werden mussten. Die Flure waren eng und niedrig und die Wände aus dickem, grobem Mauerwerk feucht und schimmelig. Die Nähe zum Fluss ließ sich erahnen. Die stickige Luft legte sich schwer auf die Brust. Es bedurfte schon besonderen Muts, bei dem Vorsatz zu bleiben, den Fredegund gefasst hatte. Vor der Tür zum Kerker saß der Hauptmann der Wache mit zwei Männern an einem Tischchen. Sie wies ihn an, ihr die Tür zum Kerker aufzuhalten, und war nicht überrascht, dass er mit seinen Leuten hinter ihr eintrat.

Der Priester war angekettet und bis auf ein Lendentuch nackt. Ein Auge war nahezu zugeschwollen. Striemen von Peitschenhieben zogen sich kreuz und quer über seine Haut, und Brandmale zeugten von der Folter, der man ihn unterworfen hatte. Es roch nach verbranntem und verschmortem Fleisch.

Fredegund ließ sich wieder einen Hocker bringen und setzte sich.

»Habt ihr etwas aus ihm herausbekommen?«

»Nein«, antwortete der Hauptmann.

»Warum redet er nicht? Warum um Himmels willen redet er nicht? Ich verstehe das nicht. Woher nimmt er diese Widerstandskraft?« Seine Kraft ist meine Schwäche, dachte sie, deshalb muss ich sie brechen.

Dem Wachhabenden war bei ihrem Besuch nicht wohl, das verriet sein flackernder Blick. Aber er konnte sie schlecht hinausweisen.

»Du siehst, was wir alles versucht haben, um ihn zum Reden zu zwingen. Wenigstens macht er jetzt den Mund auf. Sobald wir ihn mit dem Brenneisen bearbeiten, fängt er an, auf Latein zu beten und …«

»Und?«, fragte Fredegund hart.

»Ich möchte nicht von ihm verflucht werden.«

»Du da!« Fredegund deutete auf den Mann hinter ihm. »Bring ein Beil!« Sie brauchte Beweise, eine klare Aussage, auf die sie Brunichild festnageln konnte, Chilperich hatte völlig recht, nur ihre alte Widersacherin konnte hinter dem Anschlag stecken. Sie hatte es nur nicht wahrhaben wollen, aber nun wollte sie Beweise.

»Was hast du vor?«, fragte der Hauptmann verunsichert.

»Mir Gewissheit verschaffen«, antwortete Fredegund.

»Weiß der König …«

Herrisch schnitt ihm Fredegund das Wort ab. »Bezweifelst du meine Befugnisse?«

»Nein, nein!« Abwehrend hob er die Hände. Inzwischen brachte sein Untergebener das Beil, Fredegund winkte ihn zu sich und musterte ihn kurz. Ein Klotz, der dem dumpfen Ausdruck nach keinerlei Gedanken auf Befehle verschwendete, die ihm erteilt wurden und die er mühelos ausführen konnte.

»Schlag ihm die Hand ab!«

Ruckartig hob der Priester den Kopf.

»Ich hab's gewusst! Du bist das apokalyptische Weib, die große Hure!«, schrie er.

Langsam breitete sich eine kalte Ruhe in Fredegund aus. Schmähungen hatte sie schon so manche gehört, diese bestätigten sie nur in ihrer Absicht. »Und wenn schon«, sagte sie leichthin. »Du hast die Wahl. Entweder verrätst du endlich, wer du bist und wer dich geschickt hat, oder …«

Sie saß so nahe, dass sie der Speichel traf, als der Priester ihr ins Gesicht spuckte.

Mit einem Schritt stand der Hauptmann neben ihm, ruckte an der Kette, zwang ihn auf die Knie, trat ihm auf den Arm, sodass der Unterarm den Boden berührte, und herrschte seinen Gefolgsmann an. »Schlag zu!«

Es war nur ein Schlag nötig.

Der Priester stieß einen grässlichen Schrei aus und bäumte sich wild auf, als ihm einer der Männer ein glühendes Eisen an den Stumpf hielt, um die Blutung zu unterbinden.

Fredegund sah nicht zu der abgetrennten Hand hin.

»Redest du jetzt?«

Der widerliche Geruch nach Verbranntem brachte sie an den Rand einer Ohnmacht, aber sie riss sich zusammen. Sie würde diese Befragung durchstehen.

Mit der verbliebenen Hand umklammerte der Mann den Stumpf. Während ihm Tränen die Wangen hinunterliefen, fand er dennoch die innere Kraft, den Kopf zu schütteln. Dass er immer noch zu Widerstand fähig war! Unter anderen Umständen hätte Fredegund seine Standhaftigkeit bewundert. So aber wuchsen nur ihr Zorn und eine grenzenlose Erbitterung.

»Schlagt auch die andere Hand ab, und spart euch das Ausbrennen des Stumpfs!«

»Er wird verbluten«, mahnte der Hauptmann.

»Ach was! Rede!«, schrie Fredegund den Priester an. »Rede! Ich schick dich lebend zurück zu deinem Bischof, wenn du uns verrätst, zu wem du gehörst.« Wenn sie die Diözese wüsste, käme sie weiter.

Außer Gewimmer drang kein Laut über die Lippen des Mannes, aber plötzlich legte er den Kopf in den Nacken und begann lauthals auf Latein zu rezitieren. Fredegund verstand kein Wort. So also bewies ihr der Mann, dass er sich ihr immer noch überlegen fühlte.

»Worauf wartet ihr?«, schrie sie.

Zwei Männer aus der Wachmannschaft hielten den Priester fest, als das Beil wieder niedersauste. Erst sah es so aus, als würde der Priester ohnmächtig, dann aber reckte er den blutenden Stumpf hoch und schrie noch lauter sein Gebet, wenn es denn eines war und doch kein Fluch. Das Blut sprudelte in einem Schwall hervor, lief den Arm entlang, tropfte zu Boden.

Fredegund geriet außer sich. »Schlagt ihm den Fuß ab, schlagt ihm den rechten Fuß ab, macht schon, worauf wartet ihr noch?«

Es war ein Abschlachten.

Auf dem Ziegelboden breitete sich eine immer größere Lache aus, in der sich das Licht der Fackeln spiegelte. Dass ein Körper so viel Blut enthielt, hätte Fredegund nicht gedacht. Der abgetrennte Fuß sah seltsam aus, weiß und schmutzig.

Langsam sackte der Priester in sich zusammen und rührte sich nicht mehr. Fredegund stand auf und riss seinen Kopf hoch. »Redest du nun?«

Sie sah nur das Weiße in seinen Augen.

Der Hauptmann beugte sich über den Mann und schüttelte den Kopf. »Der redet nicht mehr. Nie mehr. Ich sagte doch, er verblutet. Er hört dich nicht mehr, er ist am Ende.«

»Dann schlagt ihm auch den anderen Fuß ab.«

»Aber …«

»Tut, was ich sage!« Sie spürte, wie ihre Wut sich abkühlte, Wut über diesen Mann, der sich ihr bis zum letzten Atemzug widersetzt hatte. Aber dennoch. »Jeder soll sehen, wie hier mit Meuchelmördern verfahren wird.«

Sie wartete nicht darauf, dass man ihrem Befehl nachkam. Genug war genug, das Blut hatte ihre Schuhe durchweicht, der Geruch, dieser schwere, süßliche Geruch des gewaltsamen Tods, stieg ihr in die Nase und löste eine verheerende Übelkeit aus. Außerdem wollte sie das Bild der abgetrennten Hände und Füße vergessen, das ihr nun so grell in die Augen stach. Immerhin gelang es ihr, ruhig und aufrecht den Kerker zu verlassen. Sie schaffte es, die Treppen hinaufzukommen, beugte dann sich aber aus einem offenen Fenster und erbrach sich.

7 Wittiges erwachte mit brummendem Schädel. Nur mit einem Hemd bekleidet, taumelte er ins Freie, wo ihm das grelle Tageslicht in die Augen stach.

»Ich wollte gerade nach dir sehen, schon zum zweiten Mal heute. Es ist fast Mittag«, empfing ihn Venantius aufgeräumt. Er legte die letzten Schritte bis zur Hütte zurück. Vom Wachtfeuer war nur noch zertretene Asche übrig, der Platz vor der Unterkunft lag verlassen da, aber vom restlichen Lager weiter den Hügel hinauf schallte der übliche Lärm bis zu ihnen herüber. »Deinen Schlaf möchte ich haben. Es war etwas unruhig bei dir heute Nacht«, fügte er anzüglich hinzu.

»Wieso?«, fragte Wittiges verständnislos, bevor ihm ein Licht aufging. Die Frau! Sofort wandte er sich um, riss den Vorhang beiseite, beugte sich vor und spähte hinüber zu dem zerwühlten Lager mit den Decken. Zur Vorsicht schlüpfte er hinein, ging auf die Knie und riss ächzend vor Kopfschmerzen die Decken auseinander. Etwas blinkte, er griff danach und hielt eine Silberfibel in der Hand. Noch während er dort hockte, kam ihm Venantius nach und sah sich neugierig um.

»Übrigens, er hat sich nicht die Zunge abgeschnitten.«

»Wer?« Wittiges wünschte sich nichts dringender, als dass Venantius nicht länger seinen Argusblick schweifen ließ und die miserable Verfassung seines Reisegefährten genoss.

»Dieser Kerl gestern beim Nachtmahl. Er hat sich nur die Wange durchbohrt und nicht die Zunge …«

»Macht es dir etwas aus, mich allein zu lassen?«, bat Wittiges ächzend. »Es wird Zeit, dass ich mich fertig mache. Khagan Baian wird bestimmt schon ungeduldig …«

»Khagan Baian hat die Siedlung verlassen«, fiel ihm Venantius ins Wort. »Wir sind für heute ganz auf uns gestellt. Was hast du also vor?«

»Mir einen Eimer eiskaltes Wasser über den Kopf zu schütten.«

Wann war die Awarin verschwunden? Und warum hatte sie ihn nicht geweckt?

»Vielleicht solltest du dich bei einer Vertrauensperson aussprechen«, riet Venantius vergnügt. »Das soll die gleiche klärende Wirkung haben, führt aber nicht zu einer Verkühlung.«

Hoffte Venantius allen Ernstes auf schlüpfrige Geständnisse und verlegenes Gestammel?

Wittiges drückte die Fibel in die Handfläche, bis er den scharfen Dorn spürte. Der Schmerz half ihm, die Geduld nicht zu verlieren. »Wenn du *gütigst* erlaubst, kleide ich mich jetzt fertig an, und dabei benötige ich keine Hilfe, ich komme allein zurecht. Aber wenn du dir schon Sorgen um mich machst, hol mir etwas zu trinken und zu essen«, knurrte er.

»Ich bin kein Knecht, aber natürlich bin ich dir gern zu Diensten, wenn es deine Laune bessert.«

Das Ärgerliche an dem Kerl war die Art und Weise, wie er seine rhetorischen Spitzen vorbrachte, ohne etwas von seinem geschmeidigen, leicht herablassenden Wohlwollen zu verlieren. Ein wahrer Freund!

Aber endlich war er im Begriff, sich zurückzuziehen.

»Halt!«

»Ja?« Mit einem Aufblitzen in den Augen wandte sich Venantius wieder um.

Gerade hatte Wittiges den wahnwitzigen Einfall gehabt, ihn nach der Awarin zu fragen, aber ein letzter Rest von Scham und Scheu hielt ihn davon ab. Jetzt meldeten sich die Erinnerungen mit Macht. Diese zügellose Leidenschaft, diese überwältigende Ekstase … Was hatte Venantius davon mitbekommen? Wittiges fühlte sich nackt und bloßgestellt.

»Ach, nichts, aber wenn du dich bitte beeilen würdest.«

Bis Venantius zurückkehrte, würde er sich aus dem Staub machen, um jeglichem neugierigen Nachbohren zu entgehen. Aber warum eigentlich? Er war schließlich weder Eunuch noch Priester, und eine leidenschaftliche Nacht mit einer schönen Frau verbracht zu haben weckte bei anderen Männern allenfalls Neid. Es war Venantius' eigene, unverständliche Entscheidung, ein zölibatäres Leben zu führen. An sein Beispiel musste sich niemand halten. Warum dann dieses Unbehagen, dieses leise bohrende Schuldgefühl? Aber da war auch eine große Sehnsucht spürbar.

Sobald Wittiges die Awarin gefunden hatte, würde er versuchen, sich mit ihr zu verständigen, und ihr sagen, dass er …

Aletha würde keine zweite Frau neben sich dulden, und was hielte sein Sohn davon, wenn er eine Fremde mitbrächte, mit der er künftig das Bett zu teilen gedachte? Felix verstünde es nicht. Könnte er die Verachtung seines einzigen Sohnes ertragen? Ihn schauderte. In seinem kläglichen Zustand waren solche Grübeleien ungesund.

Nun erst gewahrte er den Geruch, der an ihm haftete, den Geruch der Nacht. *Der Leidenschaft.* Wieder holten ihn die Bilder ein, und fast spürte er, wie er sich in das Mädchen … Sein Glied schwoll an.

»Bist du fertig?«, hörte er Venantius' freundliche Stimme. Hastig schlang sich Wittiges eine Decke um die Hüften und trat vor die Tür. Bestimmt bot er einen seltsamen Anblick, aber bevor Venantius ihm mit einer Bemerkung zusetzen konnte, tauchte Kursich auf. Dankbar blickte Wittiges dem Übersetzer entgegen.

»Khagan Baian ist fortgeritten, ich hab's bereits vernommen. Wäre es möglich, heute die Schmiede zu sehen?«, rief er ihm zu.

»Warum nicht?«, brummte Kursich überraschend und wich seinem Blick aus. Seine Miene wirkte verschlagener als gewöhnlich.

Wittiges überlegte, warum ihm der Mann so zuwider war. Wegen der eng stehenden Augen mit dem unsteten Blick? Wegen der Wortkargheit, der mangelnden Höflichkeit, die vielleicht eine Eigenart der Awaren war? Aber andere winkten ihm mit lässiger Freundlichkeit zu, während Kursich kaum jemals die Miene verzog. Gefällig war er schon gar nicht.

»Na, großartig.« Wittiges grinste scheinbar gut gelaunt. »Ich bin gleich fertig.«

Es gab erstaunlicherweise das eine oder andere, auf das sich die Awaren verstanden und das Wittiges eine gewisse Bewunderung abnötigte. Das eine war ihre Schmiedekunst, das andere waren ihre Pferde. Mit beidem gedachte er sich an diesem Tag näher zu befassen. Vor allem von Pferden verstand er selbst einiges, von der Schmiedekunst besaß er immerhin Grundkenntnisse. Der Besuch der Schmiede würde ihn davon abhalten, unentwegt an das awarische Mädchen zu denken, und er würde einen gewissen Abstand zu den Erlebnissen der Nacht gewinnen, sodass er bald wieder im Vollbesitz seiner Vernunft wäre.

In dem sicheren Bewusstsein, dass Venantius die Wartezeit nutzen würde, das Licht seines überragenden Wissens über Kursich leuchten zu lassen, gelang es ihm, sich unauffällig wieder zurückzuziehen.

In aller Hast wusch er sich mit dem inzwischen kalten Wasser aus dem Krug, den die Awarin zurückgelassen hatte. Wittiges' Villa verfügte über ein ausgesucht schönes, beheizbares Bad mit verschiedenen Becken, Ruhebänken, einer marmornen Badewanne und natürlich mit fließendem kalten und warmen Wasser. Ein kleiner Krug mit kaltem Wasser war eine Zumutung. Dennoch fühlte er sich nach dem Waschen besser – und beinahe wohl, nachdem er auch noch Brot und etwas kalten Gerstenbrei hinuntergeschlungen hatte.

Es erstaunte ihn, dass Kursich diesmal damit einverstanden war, ihm die Schmiede zu zeigen. Bisher hatte er ihm die Bitte stets abgeschlagen, als wolle er ihm auf keinen Fall Einblick in Geheimnisse gewähren, die für die Kriegskunst der Awaren von so großer Bedeutung waren. Ihre Waffen erwiesen sich als überaus widerstandsfähig, und die Klingen blieben über lange Zeit scharf. Die im unteren Drittel leicht geschwungene Form der Klinge entsprach nicht der durchgehend geraden der fränkischen Schwerter, aber darauf kam es Wittiges nicht an. Er wollte etwas über ein Schmiedeverfahren wissen, das Klingen hervorbrachte, die zugleich biegsam und hart waren.

Auf die Reise hatte er drei eigene Pferde mitgenommen, zwei ausdauernde Stuten und einen Hengst, den er meistens ritt, obwohl Franken, Alamannen und Sueben bei dessen Anblick oft in verächtliches Gelächter ausbrachen. Das störte Wittiges kaum noch, an diese Reaktionen auf seinen Bauto war er gewöhnt.

Hier hatte sein Hengst nicht einmal ein Naserümpfen hervorgerufen, denn die Pferde der Awaren glichen ihm. Dabei gehörte Bauto zu einer alten Rasse, die weit entfernt von den Weidegründen der Awaren in den Hochtälern Spaniens beheimatet war. Er war klein, falbfarben und hatte wie die awarischen Steppenpferde einen Aalstrich über der Kruppe. Nur seine zweifarbige Mähne deutete auf die andere Herkunft hin. Und vielleicht hing ein awarischer Krieger nicht so an seinem Pferd wie Wittiges. Bauto war ein Gefährte, mit dem ihn gegenseitige Liebe und eine lange gemeinsame Geschichte verbanden.

Bauto wieherte freudig, sobald sich Wittiges mit Venantius und Kursich näherte. Noch bevor er das Stück Brot hervorholen konnte, das er für den Hengst mitgebracht hatte, schob dieser ihm sein weiches, empfindliches Maul in die Tasche, wusste er doch genau, dass sein Herr nie ohne einen Leckerbissen kam, um ihn für die endlosen Stunden zu entschädigen, die er in einem engen, mit Stricken abgeteilten Pferch zusammen mit den übrigen fränkischen Pferden verbringen musste.

»Schau dir das an«, sagte Venantius, als sie alle im Sattel saßen, und deutete unauffällig auf zwei seltsame Eisenbügel, in die Kursich die Füße gestellt hatte.

Diese Bügel, die die Awaren dazu benutzten, um aufzusitzen und sich im Sattel zu halten, erinnerten Wittiges an die Krücken von Krüppeln. Er sah keinen Sinn in diesen Reithilfen, die ihn nur behindert hätten. Aber es erstaunte ihn, dass die Awaren, die als exzellente Reiter galten, sie für unverzichtbar hielten.

»Ich brauche so etwas nicht«, meinte er abweisend.

»Du musst sie damit kämpfen sehen«, sagte Venantius leise, aber Wittiges wollte nichts davon hören und trabte an. Allerdings mussten die Pferde bald im Schritt gehen, denn der Pfad, der in langen Windungen zum Donautal hinabführte, war steinig und schmal. Ohnehin ritt Kursich voraus und gab das Tempo vor. Vielleicht dachte er, dass die beiden Franken solche Pfade nicht gewöhnt waren, denn er ritt immer langsamer. Er hatte darauf bestanden, dass nur Wittiges und Venantius mitkamen, alle anderen Männer aus dem fränkischen Gefolge mussten zurückbleiben. Allmählich fühlte sich Wittiges nicht mehr sicher in dieser fremden, öden Umgebung, die von dichtem Wald beherrscht wurde.

Gebüsch säumte den Weg, die Äste der Bäume streiften ihre

Köpfe, und armdicke Wurzeln wölbten sich hier und da derartig hoch über den Weg, dass die Pferde springen mussten. Nirgends ein Ausblick. Pure, ungezähmte Wildnis. Wieso lag die geheimnisvolle Schmiede so weit von der Siedlung entfernt? Venantius hatte durch Zufall von der Schmiede gehört und Wittiges davon erzählt. Seitdem war dieser begierig, sie zu sehen. Gelegentlich gelangten awarische Waffen durch Fernhändler bis in die fränkischen Gebiete, waren aber bisher eine teuer bezahlte Seltenheit geblieben. Kursichs Hengst bewegte sich nun so langsam vorwärts, dass Wittiges fast in ihn hineinritt. Tief in Gedanken, schreckte er zusammen. Auf einmal dachte er an einen Überfall. Hatte Kursich sie hergelockt, um sie in Abwesenheit des Khagans abschlachten zu lassen? Sicher waren nicht alle Awaren damit einverstanden, überhaupt irgendwelche Verhandlungen mit den Franken zu führen.

Venantius hatte etwas gerufen. Eine Warnung? Wittiges griff zum Schwert und zog mit der anderen Hand den Scramasax. Das Pferd lenkte er nur noch mit den Schenkeln.

Durch eine Lücke im Gebüsch leuchtete etwas Weißes auf. Mit einem Schenkeldruck und tief über den Pferdehals gebeugt, lenkte Wittiges Bautos stämmigen Körper durch das dichte Gestrüpp und erreichte eine winzige Lichtung.

Das Mädchen lag halb auf der Seite, einen Arm von sich gestreckt, die geöffnete Handfläche Wittiges zugekehrt. Das Blut war in den laubbedeckten Boden gesickert. Blut aus der klaffenden Wunde, die ein Säbelhieb oder ein besonders scharfes Messer in den Hals geschlagen hatte. Es schien, als habe sich die Frau nicht gewehrt, sie sah aus, als schlafe sie. Wittiges blieb nicht viel Zeit, sie zu betrachten, er sah nur die bunten Zöpfe, die ihm bestens vertraut waren. Kaum konnte er einen Blick auf das schmale, nun schneeweiße Gesicht werfen, als sich Kursich zu ihm vordrängte und ihm in die Zügel griff.

»Wir kehren um«, raunzte er, »sofort!« Er drückte seinem Pferd die Steigbügel in die Flanken und zwang es in eine Drehung, die Bauto derartig in Bedrängnis brachte, dass er nach hinten ausweichen musste.

»Aber …« Wittiges war drauf und dran, sich aus dem Sattel zu schwingen. Bauto wieherte beunruhigt und tänzelte auf der Stelle, denn er roch Blut und Tod und erfasste die Verwirrung seines Herrn. Wittiges hatte das Gefühl, als wäre sein Verstand in Eiswasser getaucht, und weigerte sich zu glauben, was er gesehen hatte. Das dumpfe Pochen im Schädel setzte wieder ein. Venantius' Gaul schob sich neben ihn, und alle drei Pferde gerieten sich schwer ins Gehege.

»Zurück!«, knurrte Kursich noch einmal. Bauto hatte sich vollends gedreht, das Pferd des Awaren drängte von hinten, und so konnte Wittiges den Rückzug nicht verhindern, selbst wenn er gewollt hätte. Hilflos und wie betäubt saß er im Sattel und versuchte zu verstehen, was sich nicht verstehen ließ. Als sich der Pfad ein wenig verbreiterte, hielt er Bauto an.

»Ich kehre um«, sagte er dumpf.

»Das ist nicht deine Angelegenheit«, erwiderte Kursich scharf. »Ihr reitet weiter, verschwindet.«

Wittiges wollte sich an ihm vorbeidrängen, aber da meldete sich Venantius.

»Du kannst nichts mehr für sie tun. Komm, reiten wir zum Lager zurück«, sagte er leise.

Ein so furchtbares Grauen überkam Wittiges, dass er sich kaum noch aufrecht im Sattel halten konnte. Daher ließ er es geschehen, dass Venantius die Führung übernahm. Kursich folgte dichtauf und schien um jeden Preis verhindern zu wollen, dass er sich widersetzte. So blieb ihm nichts übrig, als den Rückweg fortzusetzen. Kaum waren sie in Sichtweite des Lagers, kam ihnen eine Horde Awaren entgegen. Jeder der Männer hatte die Hand an der Waffe, und allein Kursichs beschwichtigendem Ausruf war es anscheinend zu verdanken, dass sie nicht über Wittiges herfielen.

Etwas war grundlegend falsch gelaufen. Wittiges verstand überhaupt nichts mehr, außer dass er sich langsam und schmerzhaft der Tatsache stellte, dass das Mädchen, mit dem er die Liebesnacht seines Lebens verbracht hatte, getötet worden war. Seinetwegen, davon war er fest überzeugt.

»So ist das bei den Awaren«, erklärte Venantius, nachdem sie ihre Unterkunft aufgesucht hatten. »Für eine Frau, die ihre Ehre verloren hat, gibt es keine Vergebung. Eigentlich hättest du das wissen müssen, ohne dass man es dir eigens sagte. Bei uns ist es doch auch nicht anders.«

Wittiges hatte den Kopf auf die Knie gelegt und war nicht in der Lage, etwas zu entgegnen.

Das Mädchen war noch Jungfrau gewesen, endlich wurde ihm das klar. Warum hatte sie sich nicht gewehrt? Sie war doch einverstanden gewesen, dass er sie nahm. Natürlich hätte sie gehen können, wenn sie gewollt hätte. *Hätte er sie wirklich gehen lassen?* Mühlradartig drehten sich dieselben Gedanken in seinem Hirn, und jedes Mal stieg die Erinnerung an eine überwältigende Leidenschaft in ihm auf, an einen schönen, geschmeidigen Körper, der sich ihm eine Nacht lang so willig hingegeben hatte. Und mit jeder Wiederholung legte sich eine größere Schuld auf seine Seele, denn am Ende hatte Wittiges immer dasselbe Bild vor Augen: das einer schönen jungen Frau, der man die Kehle durchgeschnitten hatte.

Jetzt wusste er, warum die Awaren im ganzen Westen als blutrünstige Barbaren verschrien waren.

Er verbrachte zwei Tage in völliger Benommenheit, er fastete und nahm nur Wasser zu sich. Ein Bote aus Passau traf ein, und in einem vertraulichen Schreiben wurde ihm mitgeteilt, dass die Geisel, der Sohn des Khagans, entflohen sei. Es gab keinen Schutz mehr für Wittiges und seine Franken, keine Garantie, dass sie jemals Passau oder ihre Heimat sicher wieder erreichen würden. Aber das war ihm vollkommen gleichgültig. Er verharrte in der Betäubung, in die ihn der gewaltsame Tod der Awarin geschleudert hatte. Hätte er doch wenigstens ihren Namen gewusst! Aber wen sollte er jetzt noch danach fragen? Und Venantius gegenüber wollte er nicht zugeben, was dieser Tod für ihn bedeutete.

Kursich ließ sich nicht mehr bei ihnen blicken.

Am dritten Tag kehrte Baian zurück.

Wittiges rang noch mit sich, ob er ihn offen auf das tote Mädchen ansprechen sollte, da suchte ihn einer der Gefolgsmänner auf und überbrachte eine Einladung zu einem Begräbnis. Eine Angehörige des Khagans war überraschend gestorben. Und bis das Begräbnis vorüber war, sollten alle Verhandlungen aufgeschoben werden.

Den ganzen Tag über war Gehämmer zu hören, aber erst am späten Nachmittag wurden Wittiges, Venantius und die übrigen Franken zu den Feierlichkeiten gebeten. Ein Stück Wald war gerodet worden. Auf der Mitte der entstandenen Lichtung erhob sich ein frisch errichteter kleiner Holzbau, dessen Balken und Bretter einen durchdringenden Harzgeruch verströmten. Rings um das Gebäude waren drei große Gruben ausgehoben worden.

Die Tote lag in einem offenen Baumsarg, eng in Tücher gewickelt. Aus jenen, die den Kopf umhüllten, schlängelte sich ein einzelner dünner, glänzend schwarzer Zopf, durchflochten von einem bunten Band. Größe und Gestalt der Toten verrieten Wittiges bereits hinreichend, wer sie war. Auch in der fränkischen Königsfamilie galt die Sitte, dass jedem Angehörigen, gleichgültig, ob er in Ungnade gefallen oder Straftaten begangen hatte – selbst Mord, Totschlag und Verrat fielen nicht ins Gewicht –, ein Begräbnis zustand, das seinem Rang angemessen war. Die Awaren schienen es ähnlich zu halten, und sicher wussten die wenigsten, wie und warum die junge Frau gestorben war.

Baian selbst legte ihr große gelochte Goldmünzen auf die Brust, Frauen kamen mit einer Kunkel, einem verzierten Messer, Zopfspangen und einigen Ketten aus Silber und mit Schmucksteinen, die sie der Toten beigaben. Wittiges umklammerte die Fibel und rang mit sich, ob er aufstehen und sie der Toten in den Sarg legen sollte. Aber dazu konnte er sich nicht überwinden – er brauchte die Fibel als Andenken. Sobald der Sarg geschlossen war, setzte ein lauter Klagegesang ein, begleitet von Trommeln und hohen Pfeiftönen, und jeder Laut zerrte an Wittiges' Nerven. Dumpf und in sich gekehrt wohnte er der fremden Zeremonie bei.

Nachdem der Sarg schließlich in die Grube unter dem hölzernen Dach gesenkt worden war, folgten ihm Krüge, in denen Wittiges Essbares vermutete. So ähnlich hatten die Franken ihre Toten bestattet, bevor sie Christen wurden. Eine seltsame Übereinstimmung. Inzwischen führten Männer zwei ungesattelte Pferde am Halfter heran und lenkten sie vor die großen Gruben.

Venantius, der alles mit seinem üblichen, leidenschaftslosen Interesse verfolgt hatte, stieß Wittiges in die Seite. »Pferdeopfer! Das hätte ich nicht erwartet. Nun ja, wenn die Verstorbene mit dem Khagan verwandt war…«

Hatte Venantius begriffen, dass die Tote diejenige war, die sie im Wald entdeckt hatten? Wittiges bezweifelte es.

Beide Pferde konnten erst wenige Jahre alt sein, makellose Tiere mit mondhell schimmerndem Fell und großen glänzenden Augen. Es waren zwei der berühmten blauen Pferde, von denen Wittiges schon gehört hatte, die schönsten der Schönen, die in einer besonderen Herde gehalten wurden. Unter anderen Umständen wäre der Anblick eine Freude gewesen. Jetzt war er eine Folter. Wittiges hielt nur mühsam an sich, als ihnen die Kehlen durchgeschnitten wurden. Eins reckte den Hals, aus dem das Blut in einem breiten Schwall hervorsprudelte, und schrie markerschütternd in seiner Todesqual, bevor es zusammenbrach. Mit langen Stangen wurden die toten Pferde in die Gruben gehebelt. Kinder brachten Zweige frischen Grüns und warfen sie auf die Kadaver.

Wittiges schüttelte die Lethargie ab, die ihn die ganze Zeit über gefangen gehalten hatte. Nun wollte er nur noch diesem grauenhaften Ort entfliehen. Er sprang auf.

Da sprach ihn Baian an. Der Khagan hatte, auf einem Podest sitzend, den Zeremonien beigewohnt, gekleidet in ein langes Gewand aus schwerer Seide, angetan mit Prunkwaffen, die vor Edelsteinen nur so funkelten. Auch der breite, reich mit Goldornamenten besetzte Gürtel glänzte im Sonnenlicht.

Fragend schaute Wittiges Venantius an.

»Er fordert ein Opfer von dir«, erklärte Venantius mit flacher Stimme. »Es tut mir wirklich sehr leid«, fuhr er gedämpft fort. »Und ich mache mir die bittersten Vorwürfe, dass es überhaupt so weit gekommen ist. Ich hab das Mädchen ja gesehen, sie hat an deinem Bett auf dich gewartet. Wenn ich bloß geahnt hätte, dass … ich hätte sie weggeschickt, bevor du kamst. Schau, sie bringen dein Pferd!«

Zwei Franken führten, von einer Gruppe Awaren begleitet, Bauto heran, der wild an den Zügeln zerrte, mit denen sie ihn hielten.

Die dritte Grube war noch leer!

»Es ehrt die Tote, wenn du es selbst tust«, sagte Baian mit harter Stimme, und Venantius übersetzte getreulich, fasste Wittiges dann aber am Arm.

»Hast du verstanden, was er meint?«, flüsterte er. »Er will, dass du …«

»Ja, ich weiß«, zischte Wittiges zwischen den Zähnen hervor.

Wer hatte Baian erzählt, wie viel ihm das Pferd bedeutete? Kursich? Wahrscheinlich. Er hatte oft genug gesehen, wie liebevoll und vertraut er mit Bauto umging. Der kleine Hengst beruhigte sich, sobald er seinen Herrn sah, und schüttelte mutwillig die Mähne. Als er jedoch das Blut roch, das die Erde durchtränkte, trat Panik in seine Augen. Wittiges ging langsam auf ihn zu, während er ihm gut zuredete und sich eine Eiseskälte in seinem Innern ausbreitete. Alles in ihm bäumte sich gegen die Forderung des Khagans auf. Er erwog allen Ernstes, sich auf Bautos Rücken zu schwingen und davonzupreschen.

Niemand konnte dieses Opfer von ihm verlangen!

Alles Gemurmel und fast jedes Geräusch verstummten. Spannung breitete sich aus. Unauffällig waren Awarenkrieger an die Seite der Franken getreten, und da erkannte Wittiges, in welcher Gefahr sie alle schwebten. Etwas Undurchsichtiges war vorgegangen, dessen Einzelheiten ein unentwirrbares Knäuel bildeten, ein Netz hatte sich um ihn herum gebildet, die abscheulichste Falle, in die er je getappt war. Wie hatte das geschehen können?

Er wollte Bauto nicht opfern, nicht um alles in der Welt, nicht seinen Bauto!

8 *Casa alba* war das Paradies auf Erden. Davon war Felix felsenfest überzeugt, und er verstand nicht, dass Ulf sich danach sehnte, Reims oder Metz zu sehen, und nur mit Ehrfurcht vom *sedes regis*, dem Königssitz, sprach, seit er ihm die lateinischen Worte beigebracht hatte. Dabei hatte er ihm oft genug erzählt, wie viel Langeweile und Ärgernisse beinahe jeder Tag dort mit sich brachte.

Ulf war ein Halbbruder des Schmieds Otho, der seit eineinhalb Jahren mit seiner Mutter verheiratet war, der noch recht jungen Witwe und zweiten Frau des im Krieg gefallenen Vaters der Brüder. Dadurch hatten sich verworrene Familienverhältnisse ergeben, zumal Ulf nun eine kleine Schwester hatte, die gleichzeitig seine Tante war, während sein Bruder sein Stiefvater und demnach ihr gemeinsamer Vater anscheinend auch irgendwie Ulfs Großvater war. So ganz hatten sie das nie auf die Reihe bekommen.

Soweit Felix wusste, war Ulf etwa so alt wie er selbst, das hieß ein knappes halbes Jahr jünger. Dass Ulf beinahe einen Kopf größer war, störte ihn nur manchmal, denn er betrachtete ihn als echten Freund.

Wann immer sie es einrichten konnten, trafen sich die beiden. An diesem Tag hatte sich Ulf schon früh am Nachmittag davonstehlen können. Otho war ins Mühldorf gerufen worden, Pferde zu beschlagen, und er wollte noch Theodos Hof einen Besuch abstatten, einem etwas größerem Bauerngut, das Felix' Vater vor einigen Jahren gekauft hatte. Sie hatten Stunden in Freiheit vor sich, ein unerwartetes Geschenk des Himmels.

Ulf hatte ein blaues Auge und dazu eine blutige Wunde direkt am Haaransatz, an der sich gerade Schorf gebildet hatte. Felix wusste, es hatte keinen Zweck, nach der Herkunft der Verletzungen zu fragen, das hätte seinen Freund nur in Verlegenheit gebracht.

Sie standen am Rand einer Weide, auf der einige Pferden herumtollten. Zwei Fohlen waren darunter, kaum drei Monate alt.

»Habt ihr schon Namen für sie?«, fragte Ulf.

»Nein, wir warten, bis Vater und Bauto zurück sind.« In Felix' Stimme klang Sehnsucht auf. Die beiden Jungen waren sich darin einig, dass Bauto das schönste und vor allem klügste Pferd auf Erden war – alle Pferde auf dieser Weide waren seine Nachkommen, aber nur fünf von ihnen hatten seine besondere Gabe geerbt und glichen ihm. Alle nannten sie wegen ihres hellen Fells die Falben. Wie die beiden jüngsten Fohlen sich entwickeln würden, konnte niemand vorhersagen. Noch war ihr Fell rabenschwarz. Wenn überhaupt, würde es sich erst später aufhellen. Die Kleinen tollten in wilden Bocksprüngen über das schon hoch stehende Gras.

»Wann kommt dein Vater zurück?«, fragte Ulf, die Arme auf einen Zaunpfosten gestützt. Neugierig kam eines der jüngeren Pferde näher.

Felix zuckte nur mit den Achseln und blickte mit brennenden Augen in die Weite.

»Hast du Angst?« Ulf streckte eine Hand aus und streichelte das Pferd, bis es mutwillig den Kopf schüttelte und dem Jungen am Haar zu knabbern begann.

»Um Vater? Nicht, solange er Bauto bei sich hat«, antwortete Felix leise. Es gab einige Geschichten, wie Bauto dem Vater das Leben gerettet hatte, und alle diese Geschichten hatte er Ulf erzählt.

»Ja«, sagte Ulf und schob das Pferdemaul von sich. »Wenn ich ein Pferd hätte, dann ...«

Dann würdest du davonreiten und nie zurückkehren, dachte Felix. »Lass uns zum Bach gehen«, schlug er vor. »Oder noch besser: Gehen wir zur Höhle hinauf und sehen, was der Heilige so treibt.«

»Nein!«, entgegnete Ulf.

»Warum nicht?«

Zwei Meilen oberhalb von *casa alba*, tief im Wald verborgen, gab es eine Höhle, die bereits früher einem Eremiten als Behausung gedient hatte. Vor einigen Wochen hatte sich dort ein Wandermönch eingenistet, der aus der ganzen Umgebung Menschen anzog, die auf eine Wunderheilung hofften, ihn in einer schwierigen Lebenslage um Rat baten oder um Fürsprache bei den Heiligen im Himmel anflehten.

Ulf rang mit sich.

»Was ist passiert?«, fragte Felix ahnungsvoll.

»Meine Mutter war dort, wegen meiner Schwester. Gehen wir zum Mühlbach.«

Felix mochte nicht weiter in ihn dringen, also verließen die beiden die Weide und schlugen den Weg zum Bach ein. Die Ländereien von *casa alba* erstreckten sich über einige sanfte Hügel und flache Täler, es gehörte auch sehr viel Wald dazu sowie zwei kleine Dörfer, die ein leidlich gut befestigter Weg verband. Am Rand des einen Dorfs lag an einem rasch fließenden Bach die Mühle. Das Dorf hieß daher Mühldorf, im Unterschied zum Schmiededorf, dessen besonderes Merkmal die Schmiede darstellte.

Felix war erst seit zwei Tagen wieder zu Hause und betrachtete alles mit den liebevollen Augen eines Heimkehrers, der seine Heimat allzu lange entbehrt hatte. Auf das Leben bei Hof gab er nichts, im Gegensatz zu Ulf, der nicht genug darüber hören konnte.

Ihr Ziel war eine felsige Engstelle am Bach. Hier floss das Wasser rascher, bis es sich rauschend in einen tiefen Kolk ergoss, in dem oft Forellen standen.

Vor Monaten hatten die Jungen mit der Errichtung eines Stegs über die Engstelle begonnen. Ulf war ein geschickter Baumeister mit einem geradezu wundersamen Augenmaß. Felsen im Bach bildeten natürliche Brückenlager, die sie nur mit einer Anhäufung zusätzlicher Steine ausbauen mussten. Wegen der starken Strömung war die Arbeit alles andere als ungefährlich. Um nicht in einen Strudel zu geraten oder vom Wasser mitgerissen zu werden, hatten sie ein Seil über den Bach gespannt, an dem sie sich notfalls festhalten konnten.

Als Nächstes hatten sie Knüppelholz zusammengesucht, das lang genug war, um vom Ufer bis zum ersten Lager zu reichen. Nun galt es, eine Verbindung zwischen den Lagern zu schaffen. Nach einer Weile waren beide bis über die Hüften nass und hatten genug von der Arbeit. Den Rest würden sie später erledigen, aber zu zwei Dritteln war ihre Brücke fertig und sah gar nicht so übel aus.

Sie ließen sich auf Felsbrocken am Bachufer nieder, und Ulf holte seine Schleuder hervor. Unschlüssig legte er einen Stein ein, ließ dann aber die Schleuder sinken.

»Der Heilige hat gesagt, Mutter und Otho leben in Blutschande«, sagte er tonlos. »Deshalb ist meine Schwester so.«

Das Kind war fast ein Jahr alt, konnte aber nicht allein sitzen, bewegte sich kaum und schrie nie, es war nur halb lebendig.

Blutschande klang wie *Todsünde*. Felix kannte sich mit solchen Verfehlungen wenig aus.

»Wieso Blutschande? Sie ist doch nicht mit deinem Bruder verwandt«, wagte er sich vor. »Und mein Vater hat nichts gegen die Heirat einzuwenden gehabt.«

»Der Heilige sagt, es ist Blutschande, weil …« Ulf rang nach den richtigen Worten. »Sie hat den Bruder ihres Sohns geheiratet, verstehst du?«, sagte er langsam.

»Du bist bloß Othos Halbbruder.«

»Trotzdem«, bemerkte Ulf unglücklich und seufzte tief auf. »Ich will weg von hier.« Er schwieg nachdenklich. »Kannst du mich als Knecht mit nach Metz nehmen?«

Beide wussten, dass dieser Wunsch nie in Erfüllung gehen würde. Ulfs Mutter war eine Sklavin und die Ehe mit Othos Vater nur eine Friedelehe. Ihr Sohn hatte nichts vom Besitz des Vaters geerbt, wahrscheinlich galt für ihn sogar der Sklavenstand.

Auf alle Fälle war auch Otho nur ein Halbfreier, der das Land nicht ohne Einwilligung von Wittiges verlassen durfte. An Ulfs Leben würde sich nie etwas ändern, er blieb der Knecht seines Bruders. Felix hatte seinen Vater einmal gefragt, ob er Ulf nicht freikaufen könne, aber das hatte dieser rundweg abgelehnt. In die Verhältnisse seiner Leute mischte er sich nicht ein.

»Schön wär's. Du dürftest den ganzen Tag im Stall verbringen, während ich vor Bertho knien muss, der mir den Leudeseid abnimmt, bis mir die Formel aus den Ohren tropft.«

Ulf grinste flüchtig. »Hat dich wieder gequält, ja? Ist 'ne Pestbeule. Dir geht's nicht besser als mir. Du bist auch bloß ein Knecht, Berthos Knecht, hörst du. Möchte ich nicht sein.« Er puffte den Freund in die Seite. Beide lachten.

Auf dem Rückweg erlegte Ulf mit einem einzigen Schleuderwurf ein Kaninchen, das er seiner Mutter mitbringen wollte. Vorsichtig verstaute er seine Beute in einem großen Stoffbeutel, den er stets mit sich führte. Es musste ja nicht jeder sehen, dass er gewildert hatte. Felix würde ihn sicher nicht verraten.

Als sie das Tor zum Schmiedehof erreicht hatten und Felix sich verabschieden wollte, erblickten sie Otho, der mitten im Hof einem seiner beiden erwachsenen Knechte befahl, das Werkzeug und den kleinen Amboss von dem Karren abzuladen, mit dem er unterwegs gewesen war. Ulfs Bruder war von mächtiger Statur, wie geschaffen fürs Schmiedehandwerk. Er musste etwas über zwanzig Jahre alt sein, wirkte durch die massigen Schultern und den breiten Brustkorb aber älter. Von der Hitze des Schmiedefeuers war seine Haut wie rot gegerbt, und eine wilde braune Mähne fiel ihm auf die Schultern. Er war ein guter Schmied.

Otho drehte sich um – und sagte kein Wort.

Er sah Ulf nur an, und es lag eine solch finstere Drohung in seinem Blick, dass es Felix kalt überlief. Dieser Blick dauerte eine halbe Ewigkeit. Felix litt Höllenqualen, obwohl der Blick gar nicht ihm galt. Ulf zitterte sichtlich und verharrte reglos auf der Stelle. Endlich gab Otho ihm mit einem unwirschen Ruck des Kopfs zu verstehen, dass er in den Hof treten solle.

»Soll ich mit ihm reden?«, wisperte Felix und hielt Ulf am Ärmel fest.

»Nein!«, raunte Ulf. »Bloß nicht.«

»Aber ich könnte ...«

»Nein.« Ulf riss sich los und setzte sich in Bewegung. Langsam und einigermaßen aufrecht überquerte er den großen Hof.

Felix war sich noch nie so hilflos vorgekommen. Sollte er nicht doch vortreten und erklären, er sei für Ulfs Ausflug verantwortlich? Er musste nur schnell eine stichhaltige Begründung finden, warum Ulf den ganzen Nachmittag mit ihm vertrödelt hatte. Ihm fiel nichts ein. Außerdem schwante ihm, dass keine noch so einleuchtend klingende Erklärung Eindruck auf Otho machen würde.

Ulf verschwand in der Schmiede, Otho schickte ihm einen langen Blick hinterher und wandte sich dann wieder dem Knecht und dem Karren zu.

Felix schlich davon, froh, sich Othos Zorn nicht aussetzen zu müssen. Gleichzeitig schämte er sich, fühlte sich schuldig und vor allem feige. Sein Vater, ging ihm schmerzlich auf, hätte nicht gekniffen. Er hätte alle Vorsicht in den Wind geschlagen und wäre für seinen Freund eingetreten.

Tief bekümmert lief er nach Hause. Er musste etwas für Ulf tun – nur was? Ihm fiel lediglich ein, dass er so rasch wie möglich erwachsen werden sollte, aber leider ließ sich das nicht von heute auf morgen erzwingen.

Im Stallhof standen fremde Pferde, und fremde Knechte schwatzten am Brunnen mit einer der Mägde, die ihnen anscheinend einen Krug Bier gebracht hatte. Sobald die Magd Felix bemerkte, ließ sie die Männer stehen und kam auf ihn zu.

»Deine Mutter sucht dich. Beeil dich. Es ist Besuch da.«

»Das sehe ich. Wer?«

Die Magd, die kaum zwei oder drei Jahre älter als Felix war, lachte auf.

»Große Herren. Aus Metz.«

Felix überlegte, ob er das Mädchen beschwatzen konnte. Wenn sie den Mund hielte, könnte er sich still und heimlich wieder aus dem Staub machen und warten, bis der hohe Besuch verschwunden war. Er hatte keine Lust auf die Begegnung. Aus Metz, das hatte ihn die Erfahrung gelehrt, kam nichts Gutes. Aber da waren ja noch die Knechte, die neugierig herüberstarrten, und überhaupt! Er sollte doch wissen, wie sich ein Sohn von Wittiges, dem *anstrustio* des Königs, zu verhalten hatte.

»Ist gut. Wo finde ich meine Mutter und den Besuch?«

Ratlos zuckte die Magd mit den Schultern. »Versuch's im großen Speisezimmer.« Sie warf einen Blick zurück zu den Knechten. »Soll ich mitkommen?«, setzte sie zögernd hinzu.

»Auf keinen Fall«, winkte Felix großzügig ab. »Ich will nicht, dass du deine Pflichten vernachlässigst. Bestimmt wirst du hier noch gebraucht.«

Die Magd schenkte ihm ein spitzbübisches Lächeln, knickste artig und rannte mit fliegenden Röcken zurück zu den Knechten, die sie lachend in Empfang nahmen.

Auf dem Weg zum großen Speisezimmer, dem eigentlichen Empfangssaal des Hauses, kam Felix der Gedanke, dass die Besucher aus Metz vielleicht eine Nachricht von seinem Vater überbracht hatten. Unversehens schlug sein Herz schneller, während er losrannte.

Wie kam der Junge bloß daher! Aletha seufzte, als sie Felix betrachtete, der zögernd auf der Türschwelle stehen geblieben war. Seine Hose sah feucht und schmutzig aus, die Haare hingen ihm zerzaust in die Stirn, und die Hände, die er verlegen an der Tunika abwischte, waren offensichtlich nicht sauber. Sie nahm an, dass er sich wieder mit dem Bruder des Schmieds herumgetrieben hatte, einem stillen, etwas linkischen Burschen, zu dem Felix eine unbegreifliche Zuneigung gefasst hatte. Unter anderen Umständen hätte sie darüber hinweggesehen, nun aber zeigte sich allzu deutlich, dass dieses Bürschchen keinen guten Einfluss auf ihren Sohn hatte. Er verbauerte, wenn sie nicht aufpasste.

Einer der Herren, Wandalenus, *comes* der *civitas* von Metz, einer der Aufsteiger am Hof des kleinen Königs, drehte sich auf seinem Scherenstuhl herum und blickte zur Tür.

»Da ist er! Komm her, Felix.«

Wandalenus hatte Felix oft genug in Berthos Gesellschaft gesehen.

Fragend wandte sich Felix an seine Mutter. »Gibt es Nachricht von Vater?«, fragte er atemlos.

»Felix, du bist unhöflich«, mahnte Aletha ruhig.

Felix riss sich sichtlich zusammen, trat auf Wandalenus zu, begrüßte ihn förmlich und danach seine Begleiter, zwei alte *anstrustiones* König Sigiberts, beides Männer über vierzig. Wandalenus, obwohl deutlich jünger, war der wichtigste der drei.

»Hast du eine Nachricht von meinem Vater?«, wiederholte Felix.

»Er kommt schnell zur Sache«, bemerkte Wandalenus schmunzelnd, aber seine Augen blickten kalt. »Nein, leider nicht. Dennoch hast du Grund zur Freude. Wir sind hier, um dich nach Metz mitzunehmen.«

Nur zu deutlich sah Aletha, wie ihr Sohn erschrak. »Aber ... das kann nicht sein«, widersprach er heftig. »Mutter, sag's ihm, bitte. Ich bin erst seit zwei Tagen wieder zu Hause.« Er machte einen Schritt auf sie zu, aber sie bedeutete ihm mit einer raschen Geste, neben Wandalenus' Stuhl stehen zu bleiben.

»Du hast noch genügend Zeit, dich umzukleiden und etwas zu essen. Deine Sachen sind schon gepackt. Wandalenus hat nur auf dich gewartet.« Eine gewisse Schärfe klang in ihrer Stimme auf. Dabei verstand sie ihren Sohn durchaus. Gern hätte sie sich Brunichilds Forderung widersetzt, ihr Felix umgehend nach Metz zurückzuschicken. Aber sie wusste, dass sie ihm damit auf lange Sicht geschadet hätte. Er hatte der zu sein, der er war: der Gefährte und Vertraute eines Königs. Es blieb ihm keine Wahl, wenn er in dieser Welt bestehen wollte.

Mühsam rang Felix um Fassung und nickte schließlich. »Dann muss es wohl so sein. Aber darf ich erfahren, warum ich zurück soll?« Er wandte sich nicht an Wandalenus, sondern an seine Mutter. Aber sie kam nicht dazu, ihm zu antworten.

»Hoher Besuch, wie ich sehe. Hübsche Pferde habt ihr mitgebracht, die gefallen mir«, dröhnte eine Stimme von der Tür her. »Bleibt ihr länger?«, fügte der Eintretende noch ungehobelt hinzu. »Dann wasch ich mich erst mal. Das heißt, bring mir einen Becher Wein. Ich bin durstig, das Waschen kann warten«, wandte er sich an die Hausmagd, die hinter ihm in der Tür zu sehen war.

Pontus war der Verwalter von *casa alba*, ein Mann, der bereits viele Leben gelebt hatte, eines als Krieger, eines als Klosterbruder, eines als Wanderheiliger. Eine letzte Schicksalswende hatte ihn vor elf Jahren mit Wittiges von Marseille bis hierhergeführt, und hier, in *casa alba*, hatte er seine wahre Berufung gefunden.

Pontus liebte Menschen, aber besonders Kinder, dazu Pferde, Rinder, Hunde und Katzen, einfach alles, was kreuchte und fleuchte und kein Korn von den Feldern fraß. Er liebte Gottes freie Natur und das, was der Mensch daraus zu machen vermochte. Unter seiner Leitung gedieh das Gut vortrefflich. Aus seiner Mönchszeit hatte er eine Vorliebe für graue oder braune Kutten, einen kurzen Haarschnitt und ein bartloses Kinn behalten, alles Zeichen, dass er auf Äußerlichkeiten nicht den geringsten Wert legte. Auch kümmerte es ihn sichtlich nicht, welchen Eindruck er auf die vornehmen Besucher des Hauses machte.

»Du bist Wandalenus, hab ich von den Knechten draußen gehört«, wandte er sich lässig an den *comes*. »Der neue Befehlshaber von Metz. Ich bin Pontus, Verwalter und Bevollmächtigter von Wittiges in dessen Abwesenheit.« Pontus angelte sich mit dem Fuß einen Stuhl heran, nahm Platz und streckte die Beine von sich. Über den kostbaren Mosaikboden, der noch aus der Römerzeit stammte, zog sich bis zu seinem Stuhl eine Schmutzspur.

»Aletha, einer der Falben hatte heute morgen eine Kolik. Ich nehme an, irgendwelche Bengel haben die Pferde wieder mit halb verfaulten Äpfeln gefüttert. Wenn ich einen von denen erwische, reiß ich ihm die Ohren ab.«

Um Alethas Mundwinkel zuckte es. Sie wusste genau, was Pontus mit seinem rüpelhaften Auftritt bezweckte. Er gab ihr Schutz und machte den Besuchern klar, dass sie, welch hohen Rangs auch immer sie waren, hier in Wahrheit nichts zu melden hatten. Über diesen Hof, über diese Familie wachte er, nichts geschah ohne seine Einwilligung.

»Pontus, ich muss wieder nach Metz«, meldete sich Felix bekümmert.

Rasch tauschte Pontus einen Blick mit Aletha aus. Sie nickte unmerklich.

Pontus winkte den Jungen zu sich. »Wunderbar! Da lernst du Manieren, du besuchst die Palastschule und misst dich mit den anderen Jungen im Schwertkampf. Wenn ich mich recht erinnere, hab ich dich heute Morgen noch frisch gekämmt und sauber gekleidet gesehen, aber schau dich jetzt an. Zwei Tage hier und schon ist aus dem Edelknaben ein Bauernbalg geworden.«

Felix' Augen verschleierten sich vor Enttäuschung und Leid.

»Ich denke, es wird Zeit«, meldete sich Wandalenus.

»Metz werdet ihr heute nicht mehr erreichen«, wandte Pontus ein und zog Felix unauffällig zu sich heran. »Besser, ihr verbringt die Nacht hier. Was soll diese Hast? Im Haus gibt es Platz genug für alle.«

Ausdruckslos ließ Wandalenus den Blick über die Fresken schweifen, die die Wände zierten, außergewöhnlich schöne Fresken, die heitere Gartenszenen zeigten, und weiter zum säulenbestandenen Innenhof mit dem großen rechteckigen Wasserbecken und den beiden marmornen Springbrunnen an den Schmalseiten, auf den der Saal hinausging. In der Umgebung von Reims gab es nicht viele derart luxuriöse Häuser aus alter Zeit. Von den ursprünglichen Gebäuden war noch so viel erhalten geblieben, dass sich ein Besucher leicht in den vielen Gängen, Räumen und Innenhöfen verlaufen konnte.

Einiges war in den letzten Kriegen schwer beschädigt worden und längst nicht alles wieder instand gesetzt, aber dieser kleine Saal erstrahlte beinahe makellos in der alten Pracht. Die taxierende Art, wie der *comes* sich umsah, machte Aletha unruhig, sie wusste selbst nicht, warum. Wandalenus hatte ihr, während er auf Felix gewartet hatte, einige Fragen über das Gut gestellt und auch den Garten sehen wollen.

»Danke für die Einladung«, entgegnete er abweisend. »Ich bin für gewöhnlich nicht der Aufpasser eines kleinen Jungen, aber mein Weg führte mich fast an diesem Haus vorbei, von dem ich schon einiges gehört habe. Die Berichte haben nicht übertrieben. Nein, wir reiten heute noch bis Reims. Die drei, vier Stunden Tageslicht, die uns verbleiben, reichen dazu. Wir übernachten im Palast, und morgen in aller Herrgottsfrühe geht's weiter. Also, Junge, spute dich. Bertho kann es gar nicht erwarten, dich wiederzusehen.«

»Du überstehst das«, raunte Pontus Felix zu und drückte ihn kurz an sich.

Als Felix gewaschen und umgezogen, aber mit leerem Magen – er hatte nichts hinunterbekommen – in den Stallhof trat, fiel ihm Ulf ein. Pontus kam, um Lebewohl zu sagen. Jetzt bot sich die Gelegenheit, ihn zu bitten, etwas für Ulf zu tun. Auch Pontus hatte sich umgekleidet und wirkte in dem Kapuzenmantel aus sattfarbiger dunkelgrüner Wolle, den er über seiner Kutte trug, fast vornehm. Außerdem trug er ein ledernes, silberbeschlagenes Schwertgehänge samt Schwert. All das verunsicherte Felix. Pontus wirkte seltsam fremd und respektgebietend. Ein Knecht hielt ein Pferd für ihn am Zügel, zwei weitere berittene Sklaven von *casa alba* warteten darauf, dass er aufsaß.

»Willst du fort?«, fragte Felix.

»Ja«, antwortete Pontus und schwang sich gekonnt in den Sattel. »Aber nur zu Theodos Hof.«

»Kommst du an der Schmiede vorbei?«

Ein Knecht fasste Felix um die Taille und hob ihn, ehe er sich gegen den unerwünschten Dienst wehren konnte, auf das Pferd, das für ihn vorgesehen war. Er hätte es auch ohne Hilfe in den Sattel geschafft. Dass man so mit ihm umging, zeigte wieder einmal, für wie klein man ihn noch hielt.

»Heute nicht.« Pontus zwinkerte ihm zu. »Ich hoffe, du bist bald wieder zu Hause.« Er ritt an, Felix hätte ihm gern etwas nachgerufen, aber noch während er ihm nachsah, wusste er, wie Pontus auf seine Bitte reagiert hätte. Pontus hätte gesagt, dass er sich nicht in die Familienangelegenheiten des Schmieds einmischen werde. Etwas Ähnliches hatte ihm sein Vater auch erklärt.

Aletha lächelte ihrem Sohn tröstend zu. »Schon in einer Woche komme ich nach. Glaub mir, die Woche wird rasch vergehen.« Sie streckte die Arme nach ihm aus, er beugte sich zu ihr hinab, und für einen Moment konnte er sich in ihre Umarmung flüchten. Eine Woche! Eine ganze lange Woche lang wieder einmal Bertho ausgeliefert zu sein!

»Kommst du mich abholen?«, wisperte er.

»Ja, mein Herz.« Sie sah ihm in die Augen. »Vergiss nie, wer du bist und dass ich in Gedanken immer bei dir bin.«

9 Bauto war tot und begraben. Wittiges war mitten in der Nacht aus seiner Unterkunft geschlichen, hockte auf dem Erdhügel, den man über dem Kadaver aufgeschüttet hatte, und grübelte darüber nach, wie das alles hatte geschehen können. Sein Inneres fühlte sich leer und dennoch so schwer an, dass er die Schultern weit nach vorn gekrümmt hielt wie ein schwacher alter Mann.

Er hatte Bauto nicht retten können, und dennoch zermarterte er sich das Hirn selbst jetzt noch nach einem Ausweg, den es hätte geben müssen. Es war ihm nur zu klar gewesen, was Baian forderte: nicht mehr und nicht weniger als eine Sühne für etwas, das mit keinem Wort zur Sprache gekommen war, weder vor noch nach der Bestattung der Awarin. Er hatte keine Gelegenheit für eine Erklärung erhalten, wie es dazu gekommen war, dass er das Mädchen als Geschenk betrachtet hatte. Und wie hätte er das erklären sollen?

Alle Beobachtungen, die er in den vergangenen zwei Wochen im Awarenlager angestellt hatte, deuteten darauf hin, dass Frauen bei diesem Volk kaum Ansehen genossen und mehr oder weniger als Sklavinnen betrachtet wurden, die auf den kleinsten Wink der Männer zu gehorchen hatten. Und nun?

Nicht zum ersten Mal ging ihm auf, wie fremd ihm dieses Volk war, denn selbst wenn er meinte, etwas begriffen zu haben, erwies es sich als fataler Irrtum.

Jetzt konzentrierte sich das Elend, in das ihn die Reise zu den Awaren geführt hatte, auf die Trauer um Bauto. Es war ein aufwühlender Schmerz, dem er sich ganz und gar überließ, unfähig, ihm etwas entgegenzusetzen.

Vor ihm leuchtete schwach im Mondlicht das frisch geschlagene und entrindete Holz, aus dem der schlichte Bau über dem Grab der Awarin errichtet worden war. Auch die Erinnerung an diese Frau würde er mitnehmen, sie war ihm eingebrannt, mit aller Schuld, zu der ihre gemeinsame Nacht geführt hatte. Sie selbst war ihm nun auf ewig entrückt, er konnte sie nichts mehr fragen, und alle Ungewissheiten, die übrig blieben, bedrückten ihn und knechteten seine Seele. Warum nur hatte sie sich ihm hingegeben? Ahnte sie denn nicht, was sie danach zu erwarten hatte?

Konnte eine Frau so handeln, wie sie gehandelt hatte, wenn sie es wusste?

Ein schwacher Schatten fiel auf Wittiges. Unwillig blickte er auf und rollte sich im nächsten Moment instinktiv zur Seite, als eine Klinge in den Erdhügel fuhr. Er kam nicht einmal dazu, seine Waffe zu ziehen, als der Angreifer wieder zuschlug. Auch diesmal konnte Wittiges ausweichen, aber Erde spritzte ihm ins Gesicht, er spürte sie knirschend zwischen den Zähnen, und sie geriet ihm in die Augen. Heftig blinzelnd, versuchte er zu begreifen, wer ihn so hinterrücks überfiel. War dies Baians nächster und letzter Zug gegen ihn? Der Gedanke verwischte, alles Denken hörte auf, er musste sich voll auf seinen Gegner konzentrieren, der sich anscheinend das Gesicht geschwärzt hatte. Auch noch feige! Unvermittelt sprang Wittiges eine kalte Wut an. Noch immer konnte er seine Waffe nicht ziehen, aber es gelang ihm, den hinderlichen Mantel abzustreifen. Die Wut befähigte ihn, sich in ein geschmeidiges Tier zu verwandeln, das die Bewegungen des Gegners vorausahnte. Wittiges griff sich eine Handvoll lockere Erde, schleuderte sie hoch. Ein unterdrückter Schrei verriet ihm, dass der andere nun auch Dreck in den Augen hatte, außerdem taumelte er zwei Schritte rückwärts. Endlich sprang Wittiges auf, griff zum Schwert, stellte aber entsetzt fest, dass er es gar nicht mitgenommen hatte. Er trug eine leere Scheide am Gürtel. Zu spät fiel ihm ein, dass er am Nachmittag das Schwert hatte einölen wollen. Das Schwert, den Dolch und den Scramasax, die drei Waffen, die er sonst stets bei sich trug. Seit die Awaren ihn auf Baians Geheiß abgeholt hatten, damit er der Bestattung beiwohnte, hatte er nicht mehr daran gedacht. Nicht einmal wegzulaufen hatte noch einen Sinn. Regungslos blieb er stehen. Auf Bautos Grab den Tod zu finden war nicht das Schlechteste.

Der Aware näherte sich wieder, langsam, misstrauisch hob er das Schwert, wahrscheinlich irritierte ihn Wittiges' plötzliche Ruhe. Wenn bloß nicht das schwarze Gesicht gewesen wäre, Wittiges hätte doch gern gewusst, wer ihm den Todesstreich versetzte. Den Blick fest auf seinen Gegner gerichtet, erwartete er den letzten, den tödlichen Angriff.

Ein heiserer Ruf ließ den Awaren herumschnellen. Ein zweiter Mann trat hinter dem Grabhaus hervor und stürzte sich auf den Angreifer. Fassungslos schaute Wittiges ein, zwei Augenblicke zu, bevor er seine Chance begriff. Hastig hob er seinen Mantel auf und rannte um sein Leben, das ihm gerade noch nichts mehr wert gewesen war.

Wittiges schlief in der Nacht kaum, erst gegen Morgen glitt er in eine Art Bewusstlosigkeit, die ihm aber wenig Erholung schenkte und viel zu rasch vorbei war. Venantius weckte ihn unbarmherzig.

»Der Khagan erwartet uns«, erklärte er und blickte stirnrunzelnd auf Wittiges hinab. »Die Verhandlungen gehen weiter, sagt Kursich. Was ist? Du siehst grauenhaft aus. Geht es dir so nahe, dass du dein Pferd opfern musstest? Es ist eine barbarische Sitte, aber es war letztlich nur ein Pferd. Du hast noch zwei andere.«

»Geh weg!«, ächzte Wittiges.

»Nein«, entgegnete Venantius ungewohnt hart. »Ich bleibe, bis du geruhst, dich auf deine Pflichten zu besinnen.«

Wittiges griff nach seiner Kleidung und kam ungewaschen und zerzaust in die Versammlungshalle. Er war noch immer wie betäubt und ersehnte nichts anderes, als sich irgendwo zu verkriechen und für nichts mehr verantwortlich zu sein.

Baian gab sich anfangs geradezu leutselig und betrachtete Wittiges wohlwollend, aber als dieser die Halle verließ, hatte er Zusagen gemacht, die ihm zwei Tage zuvor nicht über die Lippen gekommen wären. Wie erloschen hatte Wittiges allen Forderungen nachgegeben. Die Franken würden auf Jahre hinaus erhebliche Tributzahlungen leisten, die nur dem äußeren Anschein nach als Geschenke zu betrachten waren, und den alten Nichtangriffspakt respektieren, was nichts anderes hieß, als dass sie den Awaren nicht in den Rücken fallen würden, wenn diese erneut einen Feldzug gegen den byzantinischen Kaiser führten, den Oberherrn der Franken. Und die fränkischen Grenzgebiete, die die Awaren in den letzten Jahren so häufig heimgesucht hatten, gehörten nun ganz offiziell ihnen.

In dem Bewusstsein, das Vertrauen der austrasischen Regierung gründlich enttäuscht zu haben, machte sich Wittiges mit seinen Männern auf den Rückweg nach Passau. Baian hatte ihm mit großer Geste zwei wunderschöne *blaue Pferde* als Abschiedsgeschenk zuführen lassen, die er noch in Sichtweite des Awarenlagers mit einem Klaps auf die Kruppe zurückschickte.

Missbilligend schüttelte Venantius den Kopf. »Du beleidigst den Khagan, weißt du das?«

»Was du nicht sagst«, knurrte Wittiges und warf das Bündel mit einem Paar kunstvoll geschmiedeter Steigbügel in die Büsche, ebenfalls ein Abschiedsgeschenk. Wie in den Pferden sah er in ihnen nichts als den Ausdruck blanken Hohns, mit dem ihn der Awarenfürst ziehen ließ.

Zwei Tage später ragten die hohen Mauern der Festung Boiotro am Ufer des Inns vor ihnen auf. Das Kastell lag im Schatten eines Berghangs, und von dort oben waren die herannahenden Franken offenbar bereits von einem Wachposten erspäht worden, denn kaum in Sichtweite gelangt, öffnete sich das große Tor und entließ eine Reiterkavalkade. Der Jubel über die Heimkehr fiel höchst verhalten aus. Wahrscheinlich war ihnen die Kunde vom Misserfolg vorausgeeilt, vermutete Wittiges, irrte sich aber. Etwas anderes beschäftigte die Männer.

Sidorius, *comes* der *civitas* von Passau, traf bald nach Wittiges ein, denn der Kommandant der Festung hatte dem *comes* eine Nachricht über den Inn geschickt. Sidorius hatte sein Standquartier in einem weiteren Römerkastell, das auf der Landspitze am Zusammenfluss von Donau und Inn lag.

Beide Kastelle waren nach Abzug der Römer von den nachrückenden thüringischen Kriegern schwer beschädigt worden. Große Teile der Umfassungsmauern waren niedergebrochen und später durch Palisaden ersetzt, nicht alle Ecktürme dagegen im alten Maß wiedererrichtet worden. Den Graben um Boiotro gab es noch, der *comes* hatte ihn sogar vertiefen lassen und die Zugbrücke instand gesetzt. Der Hauptturm mit den Gemächern des Kommandanten hatte alle Kämpfe nahezu unversehrt überstanden.

Kaum hatte sich Lidorius mit dem Kommandanten, dem Heerführer aus Reims und Wittiges in einen Raum hoch oben im dritten Stockwerk zurückgezogen, forderte er Wittiges auf, ihn über das Ergebnis der Verhandlungen zu unterrichten. Es kam Wittiges beinahe seltsam vor, sich wieder innerhalb fester Mauern zu befinden, an einem schön gearbeiteten Tisch Platz zu nehmen und sich vor dem Imbiss die Hände mit einem feuchten Tuch zu reinigen. Das Essen sah verlockend aus – frisches weißes Brot, kalter, dünn aufgeschnittener Braten mit einer Kräuterkruste und geräucherter Wildschweinschinken –, aber er bekam keinen Bissen hinunter. Nur dem Wein sprach er zu, bevor er seinen Bericht erstattete.

»Es gibt nicht viel zu sagen«, begann er und gab dann ohne Beschönigung die nötigen Erklärungen ab.

»Wir haben tausend Krieger hier«, schloss er. »Das Beste wäre, alle Vereinbarungen in den Wind zu schlagen und Khagan Baian in einem Überraschungsangriff …« Wenn er dafür sorgte, dass er im Kampf fiel, hätte er eine letzte Möglichkeit, seine Ehre zu retten. Gerade war ihm dieser Einfall gekommen.

Sidorius betrachtete ihn nachdenklich. »Dir ist einiges an die Nieren gegangen, nicht wahr? Aber du bist heil zurückgekehrt. Du weißt gar nicht, wie günstig der Moment war, um die Verhandlungen zum Abschluss zu bringen. Wenn du nicht zu müde bist, würde ich dir gern etwas zeigen.«

»Wo?«, fragte Wittiges misstrauisch.

»Nicht hier, es ist eine Strecke zu reiten«, erklärte Sidorius mit einem entschuldigenden Lächeln. Der *comes* war ein Veteran vieler Kriege an König Sigiberts Seite. Erst einige Jahre zuvor hatte er den Posten an der Grenze angetreten. Aus den zahllosen Kämpfen hatte er außer einer breiten, hässlichen Narbe auf einer Wange ein lahmes Bein davongetragen. Obwohl bereits fortgeschrittenen Alters, hatte er noch einmal geheiratet, eine junge Frau aus einer in der Gegend ansässigen suebischen Adelsfamilie. Er hatte sich also auf Dauer in Passau eingerichtet. Kein Wunder, dass er alles über die Verhandlungen wissen wollte, von denen das Schicksal seiner Familie abhing.

Wittiges wollte schon ablehnen, riss sich aber dann zusammen und sagte zu. Also verließ er das Kastell mit einem kleinen Kriegertrupp, zu dem sich auch Kursich gesellte, obwohl ihn niemand gebeten hatte. Der Aware gedachte, als Baians Abgesandter mit Wittiges nach Reims zurückzukehren.

Sie ritten ein Stück den Inn entlang. Dann ging es in die Hügel hinauf, die den Flusslauf säumten und die recht dicht bewaldet waren. Wittiges war verstimmt, weil Sidorius ihm weder verraten wollte, wohin der Ritt führte, noch, was es am Ende zu sehen gab. Endlich hatten sie eine Hügelkuppe erreicht, von der sie in eine Senke schauen konnten.

Wittiges hielt den Atem an.

»Wie viele?«, fragte er nur.

»Einer groben Schätzung nach mindestens viertausend. Das dort unten ist der größte Weidegrund der ganzen Gegend, deshalb haben sie sich dort versammelt. Aber es werden täglich mehr. Verstehst du nun, dass du gerade noch rechtzeitig zurückgekommen bist?«

Überall standen Filzzelte. Dazwischen herrschte Bewegung, ein stetes Hin- und Herfluten wie in einem Hornissennest, ein ganz und gar erschreckender Anblick.

»Wissen sie, dass du über sie Bescheid weißt?«, fragte Wittiges mit flacher Stimme. Er war seiner Überraschung noch nicht Herr geworden.

»Selbstverständlich. Und sie wissen von unserem Heer.«

Tausend gegen viertausend.

Baian hatte die Zeit der Verhandlungen genutzt, um seine Krieger zu versammeln. Sie mussten das Lager, in dem sich Wittiges mit dem Khagan getroffen hatte, umrundet haben, und er hatte nichts davon geahnt.

Die Verhandlungen waren nur Täuschung gewesen. Baian hatte sich einen Spaß daraus gemacht, mit dem Abgesandten des austrasischen Königs Katz und Maus zu spielen, und Wittiges war so unendlich einfältig gewesen, sich für die Katze zu halten.

Wenn es zur Schlacht kam, standen die Aussichten für die Franken denkbar schlecht. Wittiges hatte die Awaren noch nicht kämpfen sehen, kannte aber genug Geschichten über ihre Kriegskunst. Angeblich verfehlten ihre Bogenschützen nicht einmal im vollen Galopp ihr Ziel.

Am Rand der Wiese tummelten sich einige Männer auf ihren Pferden, indem sie auf eine Strohpuppe zuhielten, sich blitzschnell aus den Sätteln erhoben und schossen. Das also war der eigentliche Zweck der Steigbügel. Wieder einmal kam sich Wittiges wie ein Narr vor, das demütigende Gefühl der Unzulänglichkeit erhielt gerade neue Nahrung.

»Diese Spiele führen sie uns seit einer Woche täglich vor«, erklärte Sidorius ernst.

»Ich hätte nie gedacht, dass Baian über so viele Krieger verfügt. Dieses Heer ist ja gigantisch«, murmelte Wittiges, schwach vor Selbstmitleid. »Und was machen wir nun?«, fragte er mit mühsam beherrschter Stimme und erteilte sich selbst die Antwort. »Wir sollten angreifen, bevor seine Awaren über *uns* herfallen. Dann wäre die Überraschung auf unserer Seite.«

»Das habe ich mir auch gedacht.«

Kursich befand sich nicht in Hörweite. Wittiges hatte sich im Sattel so gedreht, dass er ihn sehen konnte. Das fehlte noch, dass der Kerl Baian vor dem Angriff warnte. Aber unverkennbar blickte der Aware höchst selbstzufrieden drein.

»Wie konnte euch die Geisel entkommen?« Gerade erinnerte sich Wittiges an den Sohn des Khagans.

»Wir haben ihn nicht allzu streng bewacht. Das war ein Fehler. Wir dachten, ihn bindet der Eid, den er uns nach seinem Eintreffen bei uns geleistet hat.«

Wittiges lachte unfroh. Auch Franken brachen ständig die Eide, die sie geschworen hatten. Da verhielten sich die Awaren anscheinend genauso *zivilisiert* wie sie.

Der ganze nächste Tag verging mit Lagebesprechungen, denn schon am folgenden Morgen sollten die Krieger ihre Stellungen beziehen. Sidorius, der ganz selbstverständlich den Oberbefehl über den Angriff übernommen hatte, obwohl Wittiges als *patricius* im Rang über ihm stand, hatte die fränkischen Verbündeten in drei Gruppen aufgeteilt, die von drei Seiten zugleich die Awaren in die Zange nehmen sollten. Es war kein sonderlich strategisches Vorgehen, es sah eher nach kollektivem Selbstmord aus. Wittiges ahnte, er würde mitten im heißesten Gewühl untergehen, aber genau das ersehnte er.

Spätabends trat Venantius in seine Kammer. »Dachte mir, dass du noch auf bist«, sagte er, setzte sich auf den einzigen Stuhl im Raum und betrachtete die Waffen, die auf dem Bett ausgebreitet lagen.

»Was willst du?«, fragte Wittiges nicht gerade höflich. »Du siehst ja, ich hab zu tun.« Neben dem Schwert lag ein Wetzstein.

Venantius antwortete nicht sogleich, daher nahm Wittiges Schwert und Stein zur Hand und begann mit gleichmäßigen Bewegungen die Klinge zu schärfen. Mit dem schauderhaften Geräusch hoffte er seinen ungebetenen Besucher in die Flucht zu schlagen.

Venantius sagte etwas, was im Lärm unterging, und machte keinerlei Anstalten sich zu erheben. Wittiges verlor als Erster die Geduld und legte das Schwert aufs Bett zurück.

»Nun gut, was gibt es so spät noch zu besprechen? Ich habe morgen einiges vor, musst du wissen.«

Venantius nickte unbeeindruckt. »Sidorius war so freundlich, mich davon in Kenntnis zu setzen, nachdem ich ihm erklärt hatte, dass du zum Reden nicht aufgelegt bist. Falls du es vergessen haben solltest: Auch ich bin im Auftrag von *dux* Gogo und der Königin hier«, erklärte er würdevoll.

Wittiges verschränkte die Arme vor der Brust und lehnte sich an die Wand neben dem schmalen Fenster, durch das ein kalter Wind hereinpfiff.

»Ja und?«

»Ich meine, wir sollten morgen beizeiten weiterreisen. Unsere Aufgabe hier ist erfüllt, jetzt müssen wir so rasch wie möglich nach Metz zurückkehren. Sidorius sieht das genauso. Also, sag deinen Männern, dass wir …«

Wittiges' Hand schoss vor. Er packte Venantius am Gewand und zog ihn vom Sitz hoch. »*Du* kannst tun, was du willst. Sattle morgen früh von mir aus deinen Klepper, und bring deinen Hintern in Sicherheit. Ich bleibe und kämpfe.«

Vorsichtig machte sich Venantius frei und seufzte tief auf. »Das wollte ich nur wissen. Dein Verstand hat dich verlassen, und das alles nur wegen einer toten Frau und eines toten ...«

Wittiges packte ihn und schob ihn auf den Flur hinaus. Er konnte sich gerade noch zusammenreißen, ihm keinen Tritt zu geben.

Es war noch Nacht, als sie aufbrachen. Das Wasser des Inns glänzte unheimlich im letzten Sternenlicht. Beim ersten vagen Streifen Helligkeit am Himmel hatte Wittiges mit seinen Männern den Hügel erreicht, von dem aus er den Angriff beginnen wollte. Sidorius führte den zweiten Teil des Heers an, der Unterheerführer den dritten. Sie hatten ausgemacht, dass alle bei Sonnenaufgang auf ihrem Posten zu sein hatten. Ein Hornsignal von Sidorius' Seite würde den Angriff einleiten.

Unten in der Senke brannte kein einziges Feuer, und im Awarenlager herrschte eine abgründige Stille. Langsam dämmerte Wittiges, was das zu bedeuten hatte. Die Awaren waren abgezogen! Er mochte es nicht glauben, wartete aber noch eine Weile, und während er zauderte, ertönte das Hornsignal.

Er traf sich mit Sidorius unten in der Senke.

»Verstehst du das?«

Der *comes* war nicht weniger verwirrt als Wittiges selbst. Hier und dort lag Abfall herum: durchgescheuerte Lederriemen, ein zerrissener Schuh, ein abgebrochenes Messer. Das einzige Lebewesen, welches das gewaltige Awarenheer zurückgelassen hatte, war ein Fohlen, das vertrauensvoll auf die Krieger zuhinkte. Wittiges schwang sich aus dem Sattel, sah sich das Fohlen genauer an, zückte seinen Dolch und stach dem Tierchen direkt ins Herz. Es war sofort tot.

»Man hat ihm eine Fessel durchgeschnitten, es hätte nie wieder richtig laufen können«, sagte er mit erstickter Stimme. »Diese Schweine.«

Das lahme Fohlen – er begriff die Botschaft des Khagans –, das war er.

Sidorius enthielt sich eines Kommentars, er nickte nur ernst. Schweigend machten sie sich auf den Rückweg. Kurz vor Passau hielten die Reiter vor ihnen an. Es war noch eine Viertelmeile bis zum Kastell Boiotro; sie konnten es fast schon sehen. Aber zwischen ihnen und dem Kastell erwartete sie eine große Horde Awarenkrieger. Und die Kuppe des steilen Hügels, der sich klippenartig unweit des Kastells erhob, war dicht an dicht mit Bogenschützen besetzt. Von dort oben konnten sie die Franken wie Karnickel abschießen. Und nun hörte Wittiges Schreie von hinten, die ihm verrieten, dass er mit seinen Begleitern vollkommen eingekesselt war. Ihm war rätselhaft, wie die Awaren diesen Stellungswechsel so rasch und so geräuschlos vollzogen hatten, aber eines war ihm klar: Baian hatte ihn wieder an der Nase herumgeführt und war ihm Zug um Zug zuvorgekommen. Wer hatte sie verraten? Kursich? Aber wie sollte es dem gelungen sein, ihre Pläne auszuspionieren? Kursich war im Kastell geblieben.

»Möge Gott mit uns sein«, sagte Sidorius, zog seine Waffe blank und hob sie hoch über den Kopf. Überall vor und hinter ihnen fuhren sirrend die Schwerter aus den Scheiden.

Da geschah das Unfassbare. Wie auf ein Signal hin wendeten die Awaren ihre Pferde und stoben in einer einzigen großen Bewegung davon.

»Ihnen nach!« Wittiges wollte seine Stute antreiben.

»Warte!« Sidorius rührte sich nicht.

Sobald die awarischen Reiter außer Sichtweite waren, verschwanden die Bogenschützen vom Hügel.

»Und jetzt?«, schrie Wittiges aufgebracht, er wollte seinen Kampf.

Sidorius schüttelte den Kopf und lauschte.

»Wir reiten zum Kastell, folgt mir.«

Selbst als sie Boiotro unbehelligt wieder erreicht hatten, blieb unklar, was geschehen war und was es zu bedeuten hatte, dass sich die Awaren trotz deutlicher Übermacht zurückgezogen hatten. Nur Venantius wusste eine Antwort darauf. Er war noch nicht abgereist.

»Baian hält den Nichtangriffspakt ein. Er wollte nur zeigen, dass er durchaus in der Lage ist, die fränkischen Stützpunkte an Donau und Inn zu überrennen und dem Erdboden gleichzumachen.«

»Danke, dass du uns die Lage verständlich machst. Damit hab ich nämlich Schwierigkeiten«, bemerkte Sidorius trocken. »Würdest du uns nun entschuldigen?«

Venantius hat recht, dachte Wittiges. Das ist die einzig mögliche Erklärung.

Ohne sich die Verärgerung über den Hinauswurf anmerken zu lassen, zog sich Venantius zurück.

»Und was denkst du wirklich?«, fragte Wittiges, sobald sie allein waren.

Sidorius ließ sich mit der Antwort Zeit. Er spielte mit dem Weinbecher, einem schönen, aus Silber getriebenen Stück, an dem Wittiges kunstvolle Ornamente wahrnahm, bis ihm aufging, dass es ein awarisches Erzeugnis war.

»Ich habe die Sache mit deinem Pferd vernommen. Es kann dir nicht gefallen haben, deinen Hengst zu opfern. Als du hier ankamst, hab ich gleich bemerkt, wie sehr du an ihm hingst. Wenn Baian etwas mit dir teilt, dann die Liebe zu Pferden. Du hast es vielleicht nicht gewollt, aber mit diesem Opfer hast du seine Achtung errungen. Vielleicht hast du uns alle damit gerettet.«

»Nette Erklärung«, entgegnete Wittiges bitter. »Hört sich richtig gut an. Auf einmal bin ich ein Held.«

Versonnen sah ihn Sidorius an. »Du haderst noch, aber das vergeht. Was ist mit deiner Hand? Du reibst sie ständig.«

Seit der Nacht mit der Awarin stach sich Wittiges täglich die Handfläche mit ihrer Fibel blutig. Der Schmerz war eine selbst auferlegte Buße, die ihm eine seltsame Erleichterung verschaffte. Das konnte er Sidorius unmöglich eingestehen.

»Nur ein Kratzer, der schlecht heilt. Glaubst du wirklich, die Awaren lassen Passau nun in Frieden?«

Ein Schatten tiefer Besorgnis glitt über Sidorius' Miene. »Ich hoff's. Gleichviel. Für dich wird es Zeit abzureisen. Du hast getan, was du konntest. So mancher andere hätte sich gegen Baian schlechter behauptet.«

Glaub's nur, dachte Wittiges. Ich wette, Gogo und Brunichild sehen das nicht so.

Am Abend wurde Kursich an einem ungewöhnlichen Ort entdeckt. Er hing an der Außenmauer des Kastells, einen Strick um den Hals, das Gesicht aufgedunsen und blaugrau verfärbt. Wittiges weinte ihm keine Träne nach.

10

Bischof Aegidius von Reims war doch noch eingetroffen und hoffte, die kleine Grenzstreitigkeit, die ihm Sorgen bereitete, gütlich regeln zu können, da er viel Wert auf gute Nachbarschaft legte, wie er ausdrücklich betonte.

Chilperich verkniff sich die Bemerkung, dass nach der Absage niemand mehr mit ihm gerechnet hatte. Anscheinend hatte Aegidius regelrecht die Angst gepackt. Denn sollte Chilperich nach dem Attentat auf die gar nicht abwegige Idee kommen, in die Grenzregion zu Austrasien einzufallen und sie zu erobern, würden alle dort gelegenen, noch von Sigibert oder Brunichild übertragenen Königslehen erst einmal an den neuen Herrscher fallen, der sie nach Gutdünken neu vergeben konnte, sehr zum Schaden von Aegidius' Diözese, die damit so gut wie unregierbar würde. *Ganz sicher* lag Aegidius an guter Nachbarschaft.

Chilperich lächelte hinterhältig, während er die Möglichkeiten eines solchen Grenzkriegs erwog. Leutselig begrüßte er den späten Gast samt seinem Gefolge aus gut und gern vier Dutzend Priestern, Diakonen oder Novizen mit frisch geschorenen Tonsuren. Kaum einer von ihnen war älter als fünfundzwanzig, und alle wirkten überaus kräftig. Ihre Bewegungen verrieten sie: Es waren verkleidete Krieger, gewohnt, den ganzen Tag im Sattel zu sitzen. Dass Aegidius mit einer kleinen Streitmacht kam, bedeutete nur, dass er ein äußerst vorsichtiger Mann war.

Chilperich fühlte ihm auf den Zahn, indem er ihn über das Attentat auf die Königin unterrichtete, und hoffte, dass sein Gast zu erkennen gab, wie gut er darüber bereits Bescheid wusste.

Aegidius erschrak sichtlich, aß nicht weiter und schüttelte abwehrend den Kopf, als müsse er sich gegen die furchtbaren Bilder wehren, die der Bericht in seinem Hirn hervorrief.

Das Erschrecken des Bischofs mochte echt sein, sicher war sich Chilperich keineswegs. Schließlich konnte er selbst sich ausgezeichnet verstellen, und er wusste, dass sich kein Bischof, der sich nicht ausreichend aufs Tricksen und Täuschen verstand, lange auf seinem Posten zu halten vermochte. Der Bischof war etwa zehn Jahre jünger als er und wirkte merkwürdig unauffällig. Weder die Statur noch die Hände oder die Gesichtsfarbe wiesen darauf hin, ob der Mann ein ehemaliger Klosterbruder war und eine Karriere als *vicarius* oder *comes* hinter sich hatte. Das hätte bedeutet, dass er sowohl in der Verwaltung wie auch in der Kriegsführung erfahren war. Solche Männer waren ehrgeizig. War Aegidius ehrgeizig?

Möglichst trocken berichtete Chilperich ihm, wie sehr sich bereits alle anderen Bischöfe bemüht hatten, den Vorfall aufzuklären, in den augenscheinlich ein Priester verwickelt war. Dann schwieg er.

Aegidius fuhr zusammen, wandte den Kopf und starrte den König an.

»Ich könnte«, stammelte er wie unter einem ungeheuren Zwang, »einen Blick auf den Mann werfen.« Er seufzte tief auf. »Wenn dir damit gedient wäre.«

»Nichts anderes hab ich von dir erwartet«, erwiderte Chilperich glattzüngig. »Wie ich sehe, hast du deine Mahlzeit beendet. Ist es dir recht, wenn wir die Sache gleich erledigen?«

Wieder kam Aegidius' Antwort leicht verspätet. Mit einem weiteren Seufzer straffte er sich und stand auf.

»Natürlich.«

Die Leiche lag noch im Kerker. Fredegunds eigenmächtiges Vorgehen nahm Chilperich ihr ausgesprochen übel. Er hatte lange mit ihr darüber gestritten und während der lautstarken Auseinandersetzung endlich begriffen, wie tief sie der Angriff auf ihr Leben getroffen hatte. Da erst tat sie ihm wirklich leid, ihr Vorgehen konnte er dennoch nicht verzeihen. Das Resultat, das er Aegidius vorführen musste, warf kein gutes Licht auf sie.

Aegidius blieb überraschend sachlich. Er inspizierte die abgetrennten Gliedmaßen, die jemand säuberlich neben die Leiche gelegt hatte, mit dem gleichen milden Interesse wie die noch nicht ganz getrocknete, gewaltige Blutlache, in der der Tote lag. Seine Gewänder raffend, ging er in die Hocke.

»Wenn man das Haupt auch noch abgetrennt hätte, müsste ich mich jetzt nicht so umständlich bücken«, murmelte er.

»Erkennst du ihn?«, fragte Chilperich barsch, denn ihm ging die plötzliche Kaltschnäuzigkeit des anderen gehörig gegen den Strich. Ein Bischof sollte sich angesichts eines Toten, noch dazu eines Priesters, anders verhalten.

»Ganz sicher bin ich mir nicht. Du da« – Aegidius winkte eine der Wachen herbei –, »komm mit der Fackel näher und leuchte mir. Nun, der Tod verändert.« Eine Weile starrte er schweigend auf den Leichnam, richtete sich wieder auf und wischte sich über die Augen. »Ich möchte, dass einer meiner Diakone einen Blick auf ihn wirft.« Er nannte den Namen des Mannes, und eine der Wachen wurde ausgeschickt, ihn zu holen.

»Ich könnte den Kopf abschlagen, wenn das hilft«, bot einer der verbliebenen Wachsoldaten an, ein vierschrötiger Kerl mit Stiernacken. »Das Beil liegt noch dort.«

Angelegentlich betrachtete Aedigius die Blutflecken auf dem Gewand des Mannes und schüttelte sich unauffällig. »Wer hat Recht über den Angeklagten gesprochen?«, fragte er leise. »Wer hat bestimmt, dass er diesen Tod stirbt?«

Chilperich fluchte im Stillen. Was sollte er darauf antworten? Dass sein Weib im Blutrausch gehandelt hatte? »Würde es dir etwas ausmachen, mir mitzuteilen, wen du in ihm zu erkennen glaubst? Denn du hegst doch einen Verdacht, wenn ich mich nicht allzu sehr täusche. Dann könnten wir diesen scheußlichen Ort verlassen.«

Energisch schüttelte Aegidius den Kopf.

Immer stärker kam Chilperich zu der Überzeugung, dass Aegidius längst Bescheid wusste – über alles, was die unselige Geschichte betraf, und ganz sicher kannte er den Attentäter. War er selbst in den Anschlag verstrickt? Die beiden Männer verbrachten noch eine ungemütlich lange Zeit in nicht sonderlich einvernehmlichem Schweigen, dann endlich erschien der Diakon. Beim Anblick der Leiche zuckte er merklich zusammen, und es sah ganz so aus, als müsse er sich übergeben. Die Hand auf den Magen gepresst, wankte er ein paar Schritte rückwärts und holte scharf Luft.

»Mein Gott, mein Gott!«, röchelte er. »O mein Gott!« Er schlug die Hände vors Gesicht.

»Wer ist es?«, fragte Aegidius, ohne das Entsetzen des Diakons weiter zu beachten.

Der nuschelte etwas Unverständliches.

»Sprich lauter!«, herrschte Aegidius ihn an.

»Decius.«

»Danke«, sagte Aegidius sachlich, »du kannst wieder gehen.« Er wartete, bis der Diakon von einer der Wachen hinausgeführt worden war, dann deutete er auf den Toten.

»Er war alles andere als zuverlässig. Stammte aus dem Süden, aus der Gegend von Albi, dem Ketzernest.«

Mit dieser Mitteilung konnte Chilperich etwas anfangen. »Arianer?«

Die Westgoten waren Arianer, und Albi lag nicht weit entfernt von der Grenze zu ihrer einzigen Provinz nördlich der Pyrenäen. Der Arianismus war in diesem Grenzland noch weit verbreitet. Und vor allem war das westgotische Königshaus, dem Brunichild entstammte, streng arianisch. Zwar war die westfränkische Königin bald nach ihrer Hochzeit zum römischen Glauben übergetreten, doch wie ernst es ihr damit war, wusste niemand.

»Möglich – nein, wahrscheinlich«, sagte Aegidius knapp und nickte nachdrücklich, als ziehe er gewisse Schlüsse erst jetzt. »Als hätte ich nicht schon genug am Hals. Ich hab ihn in der Nähe von Verdun auf einen Posten gesetzt, wo er keinen Schaden anrichten konnte, aber von dort hat er sich eigenmächtig davongemacht.« Ein wenig war dem Bischof die Sache unangenehm.

Und Chilperich hatte keine Mühe, seine Gedanken zu erraten.

Dieses Verdun lag eine halbe Tagesreise von Metz und damit von Brunichilds bevorzugter Residenz entfernt. Mehr brauchte er nicht zu wissen. Nun waren sie doch beide schlauer. Selbst wenn Aegidius an dem Attentat nicht beteiligt war und es vielleicht nicht mal guthieß, so ließ sich doch feststellen, dass er eine Königin hatte, die Meuchelmörder ausschickte, und er, Chilperich, hatte eine, die sie in Stücke hauen ließ.

Fredegund hatte am Mittagsmahl nicht teilgenommen und hielt sich in den der Familie vorbehaltenen Gemächern auf. Der Streit mit Chilperich ging ihr noch nach. Warum hatte er so wenig Verständnis für die innere Not aufgebracht, aus der heraus sie hatte handeln müssen? Um aus ihrer gedrückten Stimmung herauszufinden, zog sie sich für einige Stunden in die Bäder zurück. Nach einem ausgedehnten Bad ließ sie sich von ihren Sklavinnen erst gründlich enthaaren – überall bis auf den Kopf selbstverständlich –, massieren und zum Schluss mit kostbaren Essenzen einölen, bis ihre Haut so rosig und frisch wie die eines Kindes wirkte. Danach fühlte sie sich besser, und langsam kehrte ihre Lebensfreude zurück. Sorgfältig wählte sie die Garderobe für den Abend aus und machte sich dann auf die Suche nach Merowech.

Sie platzte mitten in einen Streit hinein, den er mit seinem Vater austrug. Leise war sie eingetreten, ohne dass es die beiden bemerkten. Es war ein privates Speisezimmer und einer der schönsten Räume im Palast, mit marmornen Halbsäulen an einer der Stirnseiten, einem kleinen, in die Wand eingelassenen Wasserbecken, das von einem Muster aus blauen und goldenen Mosaiksteinen umgeben war, Meereswellen darstellend, in denen ein Delfin schwamm. Mehrere Ruhebetten, wie sie bei den Römern beliebt gewesen waren, bildeten neben niedrigen Tischen die Einrichtung. Chilperich hatte es sich auf einer der Liegen bequem gemacht und ließ sich von einem Sklaven Wein in einen kostbaren Glasbecher einschenken. Still setzte sich Fredegund zu ihm und hörte erst einmal zu.

»Was soll ich in Poitiers?«, rief Merowech zornig.

»Was du dort sollst?«, schnauzte Chilperich. »Übernimm den Oberbefehl über die Truppen, die ich dort stehen habe. Ich will, dass der Ärger aufhört. Schluss mit dem Aufruhr, hörst du?«

»Richtig, Schluss damit!«, entgegnete Merowech heftig. »Den Aufruhr kannst du dir überhaupt nicht leisten. Denk an deinen Bruder Guntram und daran, was er dazu sagt, wenn du noch länger Provinzen besetzt hältst, auf die du keinen Anspruch hast. Schließlich gehört Poitiers jetzt Sigiberts Sohn. Poitiers ebenso wie Tours.«

Fredegund verschlug es den Atem. Erst im letzten Jahr hatte Merowech auf Befehl seines Vaters Poitiers belagern sollen, war aber nach Tours abgeschwenkt und hatte mit seinen Truppen ohne Skrupel die Umgebung verwüstet. Das war schon schlimm genug gewesen. Und dann hatte er seine Krieger einfach verlassen und war zu seinem Paten nach Rouen geritten. Ein völlig unberechenbares Verhalten. Und jetzt? Es war noch nicht lange her, dass er nach seiner Rückkehr aus Rouen in Paris zu Kreuze gekrochen war und sein Vater ihm verziehen hatte. Warum also lehnte er sich schon wieder gegen ihn auf? Wieso ergriff er Partei für – für wen eigentlich? Den kleinen Childebert, genannt Bertho?

Chilperich hielt den Kopf nachdenklich gesenkt und bohrte mit einem Finger im Ohr, ein deutliches Zeichen von Ratlosigkeit. Währenddessen lief Merowech unruhig hin und her, die Arme hinter dem Rücken gekreuzt. Bestimmt hatte ihn sein eigener Mut ebenso überrascht wie Fredegund. Fraglich war, wie lange dieser Mut anhielt. Sie rechnete damit, dass er bei der nächsten harschen Bemerkung seines Vaters kuschte, wie er es bisher immer getan hatte, wenn er mit dem Zorn seines Vaters direkt konfrontiert war.

»Wie kommst du auf Guntram?«, murmelte Chilperich stattdessen.

Guntram war der König von Frankoburgund und der älteste der königlichen Brüder. Oft genug gab seine Meinung bei Streitigkeiten den Ausschlag. Nach Gailswinthas gewaltsamem Tod hatte er verfügt, dass Chilperich die fünf Städte, die er seiner jungen Gemahlin als Morgengabe überschrieben hatte, Brunichild als Wergeld überlassen müsse. Das war nicht mehr und nicht weniger als ein Schuldspruch gewesen. Darüber war Chilperich noch nicht hinweggekommen, und natürlich hatte er die Städte nicht herausgerückt.

Chilperich hob den Kopf und sah Fredegund aus blutunterlaufenen Augen an. »Gerade ist ein Bote Guntrams eingetroffen. Mein hehrer Bruder lädt zur Beerdigung seines Sohns nach Chalons ein«, teilte er mit ausdrucksloser Stimme mit.

»Zur Grablege des letzten, den er noch hatte?«, fragte Fredegund. »Seine Bastarde zählen ja nicht.«

Chilperich schüttelte den Kopf. »Er hat nicht mal welche, zumindest keine, von denen ich weiß. Nein, es gibt keinen Erben mehr.«

Das schöne und reiche Burgund hatte schon immer Begehrlichkeiten geweckt. Es war eine alte Provinz, die schon unter den Römern blühte und die einmal – es war noch nicht so lange her – ein eigenständiges burgundisches Reich mit einem burgundischen König gewesen war, bevor die Franken es eroberten.

Dieses Land zu besitzen hieß, den Schlüssel zu Reichtum und Macht in der Hand zu halten. Alle jene ausgedehnten Gebiete östlich des Rheins, das Erbe des kleinen Bertho, mit den lästigen Alamannen, den wilden Sachsen, Sueben und Thüringern, die wie die Schweine im Dreck hausten, waren nichts dagegen. Wer Frankoburgund erbte, konnte *fast* mit dem Reich von Byzanz mithalten, dem strahlenden Zentrum kaiserlicher Macht. Beinahe war Chilperich geneigt, dem kleinen Bertho augenblicklich Poitiers zu überlassen; schließlich stand eine fettere Beute in Aussicht. Aber mit Poitiers war Tours verbunden, und beide zusammen waren so etwas wie das Tor zu seinen Provinzen im Süden. Träge wandte er sich wieder Merowech zu.

»Du reitest nach Poitiers und machst klar, wer dort der Herr ist. Und komm mir nicht noch einmal mit Haarspaltereien. Poitiers gehört jetzt mir, ebenso wie Tours. Ich lasse mir die Städte nicht streitig machen, auch nicht von Guntram.«

»Und Guntrams Erbe? Er wird einen Erben bestimmen müssen«, warf Fredegund seidenweich ein. Nachdenklich betrachtete sie Merowech. Nein, wenn überhaupt, würde Guntram Chlodowech als Erben einsetzen, schließlich war er der älteste Sohn Chilperichs. Andererseits konnte nach dem alten Anwachsungsrecht, dem Erbrecht unter Brüdern, auch Chilperich selbst Anspruch auf das Erbe erheben. Am allerwenigsten kam Guntram wahrscheinlich auf die Idee, einen der beiden kleinen Söhne Fredegunds zu erwählen. Aber man konnte nie wissen.

»Wirst du zur Beerdigung reisen?«, fragte sie Chilperich.

»Nicht, solange die Synode tagt«, antwortete er und warf seinem Sohn einen finsteren Blick zu.

»Warum ist diese Synode so wichtig? Was kümmern dich die Streitfälle in den Diözesen? Worum geht's denn diesmal? Um die unrechtmäßige Neubesetzung von Bischofsstühlen? Exkommunikation für Räuber von Kirchengut?« Sie zwinkerte.

Natürlich würde es wieder Anschuldigungen gegen ihn geben, denn sie wusste, dass er in den letzten zwei Jahren etliche Testamente kassiert hatte, die von den Erblassern nicht ordentlich bei den zuständigen Behörden registriert worden waren. Sobald das Testament vernichtet war, fiel der Besitz an die Krone. Männer, die keine natürlichen Erben hatten, pflegten nur allzu oft der Kirche erhebliche Summen und große Ländereien zu vermachen, wodurch sich zu viel Macht und Reichtum in Händen der Bischöfe anhäuften, eine wachsende Gefahr für Chilperichs eigene Herrschaft. Aber er und die Bischöfe kamen ohne gegenseitige Unterstützung nicht aus, da jene einen Großteil der Verwaltungsarbeit in den Provinzen übernommen hatten, in ewigem Streit mit den *comites* und *duces*.

»Ich habe einige Fragen an Praetextatus, mit denen sich die Synode befassen soll.«

Merowech schrak zusammen. Bevor er etwas sagen konnte, mischte sich Fredegund ein. »Praetextatus? Merowechs Pate? Was hat der alte Zausel denn verbrochen?«

Chilperich antwortete nicht, sondern stand auf. Fredegund beobachtete, wie ungelenk er auf die Füße kam. Am Hinterkopf standen ihm die Haare wie ein Hahnenkamm hoch. Von seinen einst prachtvollen blonden Locken war nicht allzu viel übrig geblieben. »Ich geh austreten – und du«, fuhr er Merowech an, »packst deinen Kram zusammen und machst dich auf nach Poitiers. Morgen will ich dich hier nicht mehr sehen. Du bleibst so lange im Süden, bis ich dich zurückrufe. Und das kann lange dauern.«

Fredegund wartete, bis er den Raum verlassen hatte, lehnte sich zurück, sodass die Wölbungen ihrer Brüste sich vorteilhaft durch das Obergewand abzeichneten, und wandte sich an Merowech.

»Weißt du, was ihn so verärgert hat?«

Merowech schaute zum Fenster hinaus und antwortete nicht.

»Merowech?«

Er blieb stumm. So kam sie nicht weiter, dabei wäre es zu schön gewesen, wenn er sich umgewandt und ihre verführerische Pose wahrgenommen hätte. Bedauernd stand sie auf, trat zu ihm und legte ihm eine Hand auf den Arm. »Ich versteh deinen Vater oft genug selbst nicht. Je älter er wird, desto mehr nehmen seine Launen zu. Was mag er bloß haben?«

»Nichts«, antwortete Merowech zerstreut, »das dich etwas anginge.«

»Alles, was die Familie betrifft, geht mich etwas an.« Sie legte ihm einen Arm um die Hüften. Unerwartet fasste er sie an den Schultern und drehte sie zu sich herum.

»Ja, das glaube ich gern.« Ein mutwilliger Funke glomm in seinem Blick auf. »Für wen hast du dich so schön gemacht? Für mich? Du duftest wie ein ganzer Rosengarten. Ich hab dich bis hierher gerochen.« Er schnupperte an ihrem Haar, während er sie an sich presste. Sie genoss es, sie genoss es so sehr, begehrt zu werden! »Du bist ein zauberhaftes Geschöpf – rein äußerlich betrachtet«, raunte er ihr ins Ohr und küsste bedächtig ihren Hals. »Deine Schönheit verbirgt meisterlich die Kloake in deinem Innern.«

Aufgebracht stieß sie ihn von sich, aber er lachte nur aufreizend, hielt sie fest, ergriff ihre rechte Hand und drehte sie im

Abendlicht, das durchs Fenster fiel, hin und her. »Weißt du, wenn einem erst einmal Blut an den Händen klebt, wird man es niemals wieder los, man kann sich noch so oft waschen. Du hättest den kleinen Priester den Rechtsgelehrten überlassen sollen. Das wäre viel vernünftiger gewesen. Jetzt glaubt selbst der letzte Zweifler, dass du beim Tod Gailswinthas und Sigiberts die Hände im Spiel hattest. Und weißt du was? Ich glaub's auch.« Eisig lächelnd gab er sie frei. »Gehst du nach Chalon? Um Guntram zu umgarnen, damit er sich für einen deiner Söhne als Erben erwärmt?«, erkundigte er sich. »Versuch's nur. Dann sehen wir uns vielleicht dort wieder.«

Ehe sie ihm etwas entgegnen konnte, ließ er sie allein.

11 Seine ganze Würde als *anstrustio* vergessend, rannte Felix auf Aletha zu und umarmte sie stürmisch. »Ich hab so auf dich gewartet!«

»Ich weiß.« Zärtlich küsste Aletha ihres Sohnes Scheitel, hielt ihn ein Stück von sich weg und betrachtete das schmale Jungengesicht mit den dunklen Schatten unter den Augen, die verrieten, wie unwohl er sich fühlte. Es war mehr als eine Woche vergangen, bis sie sich endlich auf den Weg nach Metz gemacht hatte. Bevor sie aufbrechen konnte, hatte sie eine Lieferung Rohwolle aus der Normandie abwarten müssen. Auf *casa alba* wurden Stoffe gewebt. In fünf Grubenhäusern standen Webstühle, an denen Mägde arbeiteten, die sie selbst ausgebildet hatte. Inzwischen war eine von ihnen so weit, sie in ihrer Abwesenheit vertreten zu können, aber die schönsten Muster für die fließenden Stoffe in leuchtenden Farben entwarf sie immer noch selbst. Die wertvollen Stoffe waren zwischen Reims und Marseille heiß begehrt.

Fast zehn Jahre hatte sie gebraucht, um für ihr Tuch ein Handelsnetz aufzubauen, zu dem Zulieferer für Wolle und Farbsubstanzen ebenso gehörten wie Händler, die ihr die Ware abnahmen. Schade nur, dass sie für jeden Besuch am Hof Stoffe als Geschenke mitbringen musste. Nicht nur für die königliche

Familie, sondern auch für hohe kirchliche und andere Würdenträger. Natürlich erhielt auch sie Geschenke, dieser ständige Austausch von Gaben gehörte zum Hofleben dazu.

Ihr kleines Gefolge hatte sie in den Palast vorausgeschickt, und nur von zwei schwer bewaffneten Knechten und einer Magd begleitet, hatte sie bei zwei verschiedenen Tuchhändlern Stoffe abgeliefert, die schon lange bestellt worden waren. Gewöhnlich suchte sie die Händler nicht mehr selbst auf, aber falls doch, dann, nur deshalb, um so viel wie möglich von den neuesten Gerüchten zu erfahren, die den offiziellen Nachrichten oft vorauseilten. In aller Regel wussten die Händler als Erste, wo sich neue Konflikte anbahnten, die zu Kriegen führen konnten, oder Allianzen bildeten, die demnächst das Machtgefüge erschütterten. Was Aletha diesmal erfuhr, erschreckte sie. Danach brauchte sie eine Weile, um Abstand zu gewinnen, bevor sie sich für eine Begegnung mit Brunichild gewappnet fühlte.

Während ihre Dienerinnen in ihrem Quartier auspackten, hatte sie die Kinderstube aufgesucht. Außer Felix und Bertho befanden sich in dem recht sonnigen Raum auch Brunichilds zwei Töchter und die Mägde, die über die Kinder wachten. In einem großen Alkoven stand das Bett der Mädchen, gegenüber jenes, in dem Bertho schlief, und nahe der Tür war ein Lager für Felix aufgeschlagen, gleich neben dem der Mägde. Ein großer niedriger Schragentisch vor einem der schmalen Rundbogenfenster diente den Schreibübungen der Kinder. Er war mit Tintenflecken übersät, und in die Kante der Platte waren mutwillig Kerben geschnitzt. Auf dem Boden lag Spielzeug herum.

Felix hatte sich aus Alethas Armen befreit. Den Kopf gesenkt, schluckte er schwer.

»Von Vater«, wisperte er, »gibt es immer noch keine Nachricht. Oder hat er dir einen Brief nach *casa alba* geschickt?«

Aletha schüttelte den Kopf.

Bertho fand wohl, dass die Begrüßung lange genug gedauert hatte, und gesellte sich zu Mutter und Sohn. An der Hand hielt er Chlodosinth, seine knapp fünfjährige jüngere Schwester, und schlenkerte ihren Arm so übermütig hin und her, dass sie kichern musste. Chlodosinth war ein unbeschwertes Kind, umso mehr fiel auf, wie ernst und in sich gekehrt Rigund war, die älteste der drei Geschwister. Ein Mädchen, das selten lachte. Aletha wusste nur zu genau, dass die zwei Jahre Gefangenschaft in Meaux sie geprägt hatten. Abgesehen von der Ermordung ihres Vaters. Was für eine Kindheit, dachte sie mitleidig und war dankbar, dass es ihr gelungen war, ihren eigenen Sohn vor solchen Schicksalsschlägen zu bewahren. Sie setzte sich auf einen Stuhl, nahm die rundliche Chlodosinth auf den Schoß, zog Bertho an sich und zwinkerte Felix zu.

»Ich staune, dass ihr hier drinnen hockt. Warum spielt ihr nicht im Garten? Es ist beinahe Sommer, habt ihr das nicht bemerkt? Rigund, auch dir täte die frische Luft draußen gut.«

Rigund saß an einem Fenster und las – wie meistens. Aletha kannte kein Mädchen, das derart versessen aufs Lesen war. Stickarbeiten lehnte die Königstochter ab, Mode, Schmuck und Ähnliches langweilten sie nur. Es hieß, dass sie viel Zeit im Gespräch mit Priestern verbrachte, und nicht wenige bei Hof erwarteten ihren Eintritt ins Kloster. Sie hatte die Schönheit ihrer Mutter geerbt: das goldblonde dichte Haar, die blauen Augen, die regelmäßigen Gesichtszüge und eine wunderbar schimmernde, rosige Haut. Trotz ihres Desinteresses an Äußerlichkeiten war sie stets exquisit gekleidet und zeigte eine natürliche, ungekünstelte Anmut und Hoheit. Unleugbar eine Königstochter. Nun stand sie auf und schlenderte zu Aletha und den Kindern hinüber.

»Kann Agnes schon laufen?«, fragte sie. Ohne es zu wissen, berührte Rigund damit einen wunden Punkt. Aletha hatte ihre einjährige Tochter zu Hause gelassen, nicht gern, aber auf dem Gut war sie immer noch besser aufgehoben als am Hof. Dennoch machte sie sich insgeheim Vorwürfe. Sie war so oft fort, dass ihre Tochter beinahe ohne Mutter aufwuchs.

»Und ob sie das kann! Sie wird jeden Tag behänder und läuft ihrer Amme davon, wann immer diese sie aus den Augen lässt. Sie ist ein freches kleines Ungeheuer«, antwortete sie lächelnd.

Rigund, die diese Mitteilung aufheitern sollte, verzog keine Miene. »Nein, sie ist kein Ungeheuer. Sie wird noch Gehorsam lernen«, entgegnete sie ernst und wollte sich wieder zu ihrem Sitz am Fenster zurückziehen, als Brunichild eintrat. In ihrer Begleitung befanden sich *dux* Gogo und Wandalenus.

Aletha machte Anstalten, Chlodosinth auf den Boden zu stellen, um aufzustehen und die Königin angemessen zu begrüßen, aber Brunichild hinderte sie daran.

»Bleib sitzen. Bloß keine Umstände. Ich habe gehört, dass du hier bist.« Brunichild ließ sich einen Stuhl bringen und winkte die Mägde hinaus. »Das trifft sich gut. Ich denke, wir werden einige Zeit in Chalon bleiben, da kann sich Felix freuen, dich vorher noch zu sehen.«

»Wieso Chalon?«, fragte Aletha ruhig, ohne sich die plötzlich aufkommende Besorgnis anmerken zu lassen. Wieso Chalon?, wiederholte sie in Gedanken. Wieso hat mir keiner der Händler etwas von Chalon erzählt?

»Hat dir Wandalenus nicht Bescheid gesagt, als er Felix abholte?«

Missvergnügt verzog Wandalenus das Gesicht. »Hätte ich das tun sollen? Warum?«

»Mütter, Wandalenus, wollen immer wissen, warum man ihnen die Kinder aus den Armen reißt. Es genügt nicht, einen Jungen wie Felix an den Hof zu befehlen«, erklärte Brunichild scharf.

Aber genau das hast du getan, dachte Aletha, und nicht zum ersten Mal. Und wahrscheinlich hast du Wandalenus zu verstehen gegeben, dass er besser für sich behält, worum es diesmal geht.

»Guntram hat zur Beerdigung seines letzten Sohnes nach Chalon eingeladen. Die Grabkirche ist fertig. Ich habe nicht gewusst, dass er eine in Chalon baut.«

Guntrams Sohn war bereits vor einigen Monaten gestorben, irgendwann Anfang des Winters, und wie üblich nur vorläufig beigesetzt worden. Niemand hatte damit gerechnet, dass Guntram so rasch bereit war, die offizielle Grablegung zu zelebrieren. Oft fand das Ereignis erst lange Jahre nach dem Tod statt. Sigibert war immer noch unbestattet, das hieß, sein Leichnam harrte in der Gruft einer unbedeutenden kleinen Kirche der Ehren, die einem verstorbenen König zustanden.

»Eine Kirche gab es dort schon vorher«, mischte sich Wandalenus ein. »Er hat sie nur ausgebaut.«

»Danke, dass du mich darauf hinweist«, erwiderte Brunichild trocken. »In Rouen waren die Nachrichten über das, was sich in den Ländern meiner Schwager tat, eher spärlich.«

Wandalenus hatte zusammen mit anderen *comites* einige Anstrengungen unternommen, Brunichild in ein Kloster abzuschieben, nachdem ihr die Flucht aus Rouen gelungen war. Aber mit Unterstützung Gogos, der schon immer auf ihrer Seite gestanden hatte, war es ihr gelungen, die Regierung zu übernehmen. Der ehrgeizige Wandalenus spielte nur eine unterordnete Rolle im Rat, mühte sich aber redlich, Einfluss auf die Königin zu gewinnen. Bisher mit mäßigem Erfolg. Über seine Herkunft wusste Aletha nicht viel. Seine Familie stammte aus dem Süden, es hieß, sie sei aus Italien eingewandert und gehöre einem der vielen Volksstämme an, die ursprünglich weit aus dem Osten kamen. Hier in Franken zählte eine derartige Herkunft nichts mehr, wenn sie länger als ein oder zwei Generationen zurücklag. Der Vater hatte sich am Hof hochgedient.

Aletha mochte Wandalenus nicht, es war eine instinktive Abwehr, die sich bei ihr regte, sobald sie ihn sah. Auch jetzt wieder. Viel zu aufdringlich ließ er den Blick über ihre Gestalt gleiten und starrte ihr schließlich auf die Brust, während seine Miene keine Regung zeigte.

»Dann reist du also nach Chalon«, sagte Aletha zu Brunichild und drehte sich so, dass der Mann aus ihrem Blickfeld verschwand. »Und du nimmst Bertho mit?«

»Und Felix.«

»Du brauchst keine Angst um ihn zu haben, er ist ja bei mir«, mischte sich Bertho eifrig ein und drückte heftig ihren Arm. So viel ungewohnter Ernst und Aufrichtigkeit lagen in seinem kindlichen Blick, dass Aletha unwillkürlich gerührt war. Sie küsste den kleinen König auf die Wange, aber das nahm er wohl als Angriff auf seine Würde. Er trat einen Schritt von ihr zurück. »Du musst mir glauben, er ist doch mein *anstrustio*. Nicht nur die Gefolgsleute sind für den König da, sondern er muss sich auch um sie kümmern. Das stimmt doch, Gogo, nicht wahr? Du hast es mir erklärt. Und so mach ich's auch. So wahr ich hier stehe.« Strahlend schaute er zu dem alten Haudegen auf.

Dux Gogo war der wichtigste Gefolgsmann seines Vaters gewesen. Daher hatte Bertho unbegrenztes Vertrauen zu ihm und verhielt sich ihm gegenüber folgsamer als gegenüber allen anderen, die über ihn zu bestimmen hatten. Wenn überhaupt jemand, dann war Gogo Ersatzvater und Vorbild für ihn. Aletha war froh, dass der Herzog Bertho hin und wieder in die Schranken wies und Felix damit das Leben erleichterte. Die meist grimmige Miene, entstellt zudem durch ein trübes, blindes Auge, täuschte darüber hinweg, dass Gogo ein Herz für Kinder hatte. Für *alle* Kinder am Hof.

»Und du wirst es nie mehr vergessen«, sagte Gogo mit seiner tiefen Stimme.

»Auf eine Reise nach Chalon und einen langen Aufenthalt dort bin ich gar nicht eingerichtet«, erklärte Aletha vorsichtig. »Von solchen Plänen hätte ich wirklich gern früher erfahren.«

»Felix wird bei mir die Reise über in guter Obhut sein«, erklärte Brunichild gelassen. »Und nun, Kinder, geht hinaus. Vor der Tür warten die Frauen aus meiner Kleiderkammer. Ihr bekommt alle neue Sachen.«

»Ich auch?«, piepste Chlodosinth und rutschte aufgeregt von Alethas Schoß. »Ich will ein rotes Kleid. Und einen blauen Mantel, der so weit ist.« Mit ausgestreckten Armen drehte sie sich im Kreis.

Rigund war aufgestanden und nahm ihre Schwester an die Hand, ihr Buch fest unter den Arm geklemmt. »Du wirst zufrieden sein mit dem, was du erhältst. Bertho, Felix, kommt ihr?«

Felix drückte sich an den Stuhl seiner Mutter und umklammerte eine der Lehnen, unfähig, sich zu bewegen.

»Hast du nicht gehört, Felix? Du bist auch gemeint«, sagte Aletha leise.

Für einen langen Augenblick sahen sie sich an. Auf einmal schüttelte sich Felix, in wilder Panik krallte er sich an seiner Mutter fest. »Ich will nicht.«

»Doch«, sagte sie ruhig, »du gehst mit den anderen. Alle schauen her.«

Felix schloss gepeinigt die Augen, verhielt sich einen Moment lang ganz still und löste sich dann von seiner Mutter. »Du kommst nicht mit nach Chalon?«, fragte er tonlos.

»Deine Mutter bleibt hier, weil jeden Tag dein Vater eintreffen kann«, erklärte Brunichild lächelnd. »Jemand muss ihn angemessen begrüßen.«

»Ja, ich verstehe«, sagte er im gleichen trostlosen Tonfall und schlurfte mit hängenden Schultern hinter den anderen zur Tür. »Mutter?« Auf der Schwelle wandte er sich noch einmal um. »Kann sich Pontus um Ulf kümmern, solange ich fort bin?«

Eine der Mägde, die gerade eintrat, zog Felix am Arm zur Tür hinaus.

»Wer ist Ulf?«, wollte Brunichild wissen.

»Ein Bengel aus einem unserer Dörfer. Niemand Wichtiges.«

Erst am nächsten Morgen erhielt Aletha Gelegenheit, Brunichild allein zu sprechen. Die Vorbereitungen für die Abreise nach Chalons waren längst in vollem Gang. Aletha hatte die ungewöhnliche Betriebsamkeit schon bei ihrer Ankunft bemerkt, hatte aber geglaubt, Brunichild wolle sich auf die jährliche Huldigungsreise durch die Provinzen begeben. Die Königin würde mit dem üblichen großen Gefolge reisen, zu dem eine ansehnliche Streitmacht gehörte. Der prunkvolle königliche Reisekarren stand bereits vor dem Palast und wurde von einer Schar *nutriti* umringt, den Söhnen der Edlen, die traditionsgemäß als Schützlinge des Königs galten und am Hof erzogen wurden. Aletha und Brunichild standen im Empfangsgemach der Königin am Fenster und schauten auf die quirlige Schar hinab. Ihre beiden Söhne gehörten dazu.

»Warum kann ich nicht mitkommen?«, fragte Aletha.

»Ich verstehe dich nicht. Sonst hast du es immer eilig, nach *casa alba* zurückzukehren, weil dort angeblich so viel Arbeit auf dich wartet, aber diesmal willst du aus eigenem Antrieb eine wochenlange Reise auf dich nehmen?«, stellte Brunichild die Gegenfrage. »Schau, ich habe den Jungen etwas aus deinen Stoffen nähen lassen. Hübsch, nicht wahr?«

Felix und Bertho trugen kurze Tuniken aus sommerlich leichten Tuchen, auf die Aletha zu Recht stolz war. Dank ihrer Kenntnisse in der Färbekunst leuchtete das Blau so intensiv, dass man es jederzeit aus all den Blautönen in der Kleidung der anderen Jungen herausfand. Es war ein einmalig satter Farbton.

»Ich liebe dieses Blau«, sagte Brunichild versonnen. »Und meine Waschfrauen sagen, es ist beständiger als jedes andere.«

Hätte Aletha das Spiel unten im Hof nicht mit großer Anspannung verfolgt, hätte sie vielleicht etwas über Färberwaid, Alaun und Pferdepisse verlauten lassen, was Brunichild sicher amüsiert hätte. So aber schwieg sie. Etwas ging dort unten vor, das sie nicht verstand. »Du hast sie völlig gleich einkleiden lassen«, murmelte sie. »Wie großzügig.«

Am Saum der Tuniken leuchteten aufgestickte Muster in Goldfäden, das zeichnete die beiden Jungen vor den schlichter gekleideten anderen *nutriti* aus.

»Und passende Mäntel, Hosen und Stiefel bekommen sie auch noch. Es ist alles fertig. Hoffentlich machen sie sich nicht schmutzig. Wer hat den Bengeln erlaubt, ihre neue Kleidung jetzt schon zu tragen?« Brunichild runzelte verärgert die Stirn, lächelte aber dann überraschend.

In diesem Augenblick standen die Jungen nebeneinander, und es war so gut wie kein Größenunterschied mehr festzustellen. Bertho war über Nacht gewachsen.

»Ja, ich bin großzügig«, fuhr sie einschmeichelnd fort. »Und ich werde mich persönlich um Felix kümmern, das habe ich dir versprochen. Warum gibst du dich nicht zufrieden? Komm, iss mit mir.« Sie deutete auf den Morgenimbiss, den ihre Sklavinnen angerichtet hatten, und nötigte Aletha, mit ihr an einem Tisch Platz zu nehmen, von dem aus sie die Kinder nicht mehr sehen konnten.

Aletha sprach den Speisen kaum zu. Brunichild dagegen aß

mit gesundem Appetit. »Dacht ich's mir doch. Du bist schwanger«, stellte sie schließlich fest. »Siehst du nun ein, dass du die Reise besser nicht mitmachst? Was würde Wittiges sagen, wenn du das Kind verlierst? Du brauchst einen zweiten Sohn, Aletha.«

Aletha presste die Hand auf den Mund. Tatsächlich litt sie an Morgenübelkeit, hatte sich aber bisher selbst nicht eingestehen mögen, welche Ursache dafür infrage kam. Jetzt war sie sich sicher. Jetzt wurde sie sich der anderen Anzeichen bewusst. Die Brüste spannten und waren voller geworden.

»Seit wann?«, fragte Brunichild und schielte amüsiert zu ihr hinüber.

»Es muss kurz vor Wittiges' Abreise geschehen sein. Hör zu, das wird mich nicht hindern. Natürlich kann ich reisen.«

Vehement schüttelte Brunichild den Kopf.

»Bleib zu Hause und genieß dein Glück. Ich beneide dich darum. Eine Schwangerschaft in Sicherheit und Freude.«

In Sicherheit und Freude? Was meinte Brunichild damit? Schließlich wusste niemand, ob Wittiges heil heimkehrte.

»Wittiges kehrt heim. Und er wird sich freuen. Sicher wird es ein Sohn – *sein* Sohn«, sagte Brunichild, als hätte sie Alethas Gedanken erraten.

Mühsam schluckte Aletha ihren Zorn hinunter. »Wittiges hat einen Sohn, er will keinen anderen als Felix.«

»Ist das eine Abmachung, die ihr getroffen habt?« Brunichild starrte die Freundin neugierig an. Als sie vor Jahren Aletha mit Wittiges verheiratet hatte, war die Braut bereits schwanger gewesen. Das war der wichtigste Grund für die arrangierte Hochzeit gewesen.

»Können wir über etwas anderes reden als über meine Familie?«, fragte Aletha erbittert. »Ich habe ein interessantes Gerücht gehört und finde, du solltest davon erfahren. Es heißt, ein Priester namens Decius habe Fredegund mit zwei Dolchen angegriffen.«

Brunichild betrachtete die getrocknete Feige, die sie gerade verspeisen wollte. »Na und? Wundert dich das bei ihrem Ruf?«

Aletha schwieg und wandte sich angewidert ab. »Man sagt, der Priester sei gefasst worden und ihm seien Hände und Füße abgehackt worden. Er ist tot.«

Nur weil sie die Königin so gut kannte, bemerkte Aletha ein unmerkliches Zusammenzucken und das Flattern der Augenlider. Also ließ sie das Schicksal dieses elenden kleinen Priesters nicht gänzlich unberührt. Aber sicherlich wusste sie längst alles, denn ihre Spione mussten sie über den Ausgang des Attentats unterrichtet haben.

Brunichild seufzte unmerklich. »Dann hat er bekommen, was er verdiente.«

»Ich hab dich mit ihm gesehen. Du hast dich mit ihm in der Palastkapelle getroffen, und dort hast du ihm etwas gegeben. Waren das die Dolche?« Aletha hatte Brunichild gesucht, und einer der Krieger, die überall Wache standen, hatte sie zur Kapelle geschickt. Weder Brunichild noch der Priester hatten sie bemerkt, und sie hatte von der geflüsterten Unterhaltung nichts verstehen können. Erst als sie von den Händlern erfuhr, was sich in Paris ereignet hatte, war ihr aufgegangen, was sie beobachtet hatte. »Du hast den Mann vergeblich geopfert.«

»Schade.« Brunichild schloss kurz die Augen.

»Ist das alles?«, fragte Aletha leise. »Schade, dass er in Stücke gehackt wurde?«

Langsam öffnete Brunichild die Lider und schaute Aletha eindringlich an. »Du verurteilst mich, nicht wahr? Aber verstehst du denn nicht? Gailswinthas Ermordung ist immer noch ungesühnt. Guntram tut nichts, um seinen eigenen Schuldspruch durchzusetzen. Sollen Chilperich und Fredegund ungeschoren davonkommen? Findest du das richtig?«

Einen Augenblick lang offenbarte Brunichild ungehemmt all den Hass, der bereits so lange in ihr wütete. Sie war bleich geworden, und ihre sonst so lieblichen Züge verhärteten sich. Eine steile Falte entstellte ihre Stirn, und ihre blauen Augen loderten. Aletha schauderte es, in dieses Hexengesicht sehen zu müssen.

»Du solltest dich nicht mit solchen Racheplänen beschmutzen«, erwiderte sie bedachtsam. »Es schadet deinem Ansehen, wenn herauskommt, dass du Meuchelmörder ausschickst.«

Brunichild sank ein wenig in sich zusammen. »Hat der Priester geredet?«

»Das weißt du nicht? Merkwürdig. Nein, er hat nicht geredet, jedenfalls hab ich nichts dergleichen gehört«, erklärte Aletha trocken. »Ich glaube, du kannst ganz beruhigt sein. Er starb, ohne deinen Namen zu nennen. Nur du und ich wissen, wer ihn angestiftet hatte.«

»Und du wirst es niemandem verraten. Beim Leben deines Sohns, an dem dir so viel liegt, wirst du schweigen. Und du wirst hierbleiben, damit du gar nicht erst in Versuchung gerätst, mich bei Guntram in Misskredit zu bringen.« Brunichilds Blick flammte wieder. »Es liegt mir sehr viel daran, dass seine gute Meinung von mir ungetrübt bleibt.«

Aletha wusste, dass sie verspielt hatte. Sie hatte gehofft, Brunichild mit ihrem Wissen erpressen zu können, sah aber ein, dass der Versuch gründlich misslungen war. Sie musste Felix Brunichild und den finsteren Plänen überlassen, die sie zweifellos ausgeheckt hatte. Und sich als Mitwisserin eines ihrer gefährlicheren Geheimnisse geoffenbart zu haben, war eine Dummheit, deren Tragweite nicht einmal zu ermessen war.

KAPITEL II

577: Der Erbe

1 Wittiges blieb noch eine Woche im Kastell Boiotro. Späher berichteten in den ersten Tagen, dass sich die Awaren bis hinter die alte Grenze zurückzogen. Selbst die Wächtersiedlung, in der das Treffen stattgefunden hatte, räumten sie vollständig. Keineswegs sicher, ob er das Richtige tat, entließ Wittiges nach und nach seine Truppen, die damit begonnen hatten, in der Umgebung auf Raubzüge zu gehen. Fast schien ein Awarenüberfall für die kleinen Siedlungen rings um Passau ein kleineres Übel darzustellen als das Treiben der ungebärdigen thüringischen, alamannischen und suebischen Verbündeten. Es nutzte auch nicht viel, den einen oder anderen Anführer, der auf frischer Tat ertappt werden konnte, an der Kastellmauer aufzuhängen.

Mit seiner Resttruppe aus Franken machte sich Wittiges schließlich auf den langen Rückweg nach Metz. Unterdessen war das kühle Frühjahr fast übergangslos dem Sommer gewichen. Die Donau entlang wurden die Männer unerträglich von Mücken geplagt, die der noch von den Frühlingswassern überschwemmte Uferbereich im Überfluss hervorbrachte. Jeder Tag schien etwas heißer als der vorige zu sein, während die Sonne vom wolkenlosen Himmel herabbrannte. Und noch eine weitere Heimsuchung entstieg dem schlammigen, braunen Wasser der überfluteten Donau-Auen. Nicht wenige der Krieger litten an scheußlichen Durchfällen, was die gesamte Truppe erheblich aufhielt. Außerdem wurde es von Tag zu Tag schwieriger, die Versorgung sicherzustellen. In einigen Dörfern weigerte sich die Bevölkerung, etwas von den letzten Wintervorräten abzugeben. Wittiges musste sich das Nötige mit Waffengewalt beschaffen, was ihm zwar zutiefst widerstrebte, aber er hatte keine Wahl. Und ständig hatte er mit tiefer Niedergeschlagenheit und Lethargie zu kämpfen. Sonderlich aufmerksam war er daher nicht. Er zeigte sich auch nicht im Geringsten beunruhigt, als ihm einer seiner Krieger mitteilte, dass sie seit Boiotro verfolgt würden.

Es war offenbar nur ein einzelner Reiter, aber er konnte der Späher einer größeren Streitmacht sein. Und dann sah ihn Wittiges sogar selbst – plötzlich erschien er vor ihnen. Es war am Abend, die Sonne stand tief über dem Horizont. Sie zogen durch eine fast menschenleere Gegend, in der die Straße das einzige Zeichen von Zivilisation bildete, ein eher verwahrlostes Gebiet, das fast in der Randvegetation oder an den tiefsten Stellen im allmählich trocknenden Schlamm verschwand. Gottverlassener konnte ein Landstrich nicht sein. Wittiges kniff die Augen zusammen und spähte die Straße entlang, die vor ihm auf eine kleine Anhöhe hinaufführte. Und dort stand er: ein Schattenriss vor der roten Sonne. Ein einzelner Reiter, seltsam ins Riesige verzerrt. In ihrer völligen Reglosigkeit wirkte die Gestalt geradezu mythisch und schien nicht ganz von dieser Welt.

Über dem Reiter kreiste ein Adler, ein majestätisches Tier, die Schwingen golden überstrahlt vom schwindenden Tageslicht. Sein weithin hallender Schrei erschreckte die Pferde, sodass einige auskeilten. Neben Wittiges schlug ein Krieger das Kreuzzeichen, ein anderer fluchte, und aus seiner Stimme klang Furcht. Eine heillose Unruhe, beinahe Panik brach aus, die Marschordnung löste sich vollständig auf.

Der richtige Zeitpunkt für einen Angriff, dachte Wittiges. Mit einer Hand nahm er seine kanternde Stute hart an die Kandare, mit der anderen lockerte er den Schwertgriff, während er mit halbem Ohr dem Lärm lauschte, der einem Angriff vorausgehen musste: das Kriegsgeschrei der Gegner. Gleichzeitig drehte er sich im Sattel nach hinten und brüllte einige Befehle. Aus den Augenwinkeln bemerkte er Venantius, der mit angespannter Miene sein Pferd zügelte. Der Dichter hatte sich noch nie mitten in einem Gefecht befunden, fiel Wittiges ein. Nun sollte er also seine Feuertaufe erhalten. Venantius hob eine Hand, deutete mit allen Anzeichen von Überraschung nach vorn, das machte Wittiges stutzig. Er wandte sich wieder der Straße zu.

Der Reiter war verschwunden, der Adler zog seine Kreise höher und höher und strich schließlich mit einem letzten schrillen Schrei ab.

Wittiges zauderte, aber dann trabte er an, um sich Gewissheit zu verschaffen, und hinter ihm setzten sich die anderen zögernd in Bewegung. Als sie die Höhe erreicht hatten, zeigte sich niemand vor ihnen auf der Straße. Im Staub waren nur ein paar völlig undeutliche Hufabdrücke zu erkennen.

In der folgenden Nacht kampierten sie im Wald, weil es in dieser Gegend nicht einmal einen Köhlerweiler gab, wo sie sich hätten einquartieren können, und es wurde immer deutlicher, warum sich hier niemand ansiedelte: Der Wald war tückisch, ein Auwald mit verfilztem Gestrüpp, umgestürzten Baumriesen, halb überflutetem Grund. Es stank nach vermoderndem Holz, und die Mücken ließen kaum jemanden ruhig schlafen. Für die meisten war es die Hölle. Zudem schlug das Wetter um, ein Gewitter entlud sich über ihnen und ertränkte sie beinahe in sintflutartigem Regen. Wittiges, wieder versunken in Teilnahmslosigkeit, schenkte den Unbequemlichkeiten keine Beachtung.

Am übernächsten Tag stieß eine awarische Handelsdelegation zu ihnen. Sie war von Augsburg den Lech heraufgekommen und bat, sich ihnen anschließen zu dürfen. Sie hatten die Absicht, in den Nordwesten des fränkischen Hoheitsgebiets zu reisen, um nach neuen Absatzmöglichkeiten für ihre Waren Ausschau zu halten.

Venantius redete mit ihnen und übermittelte Wittiges ihre Bitte. Es war eine kleine Gruppe von drei wagemutigen Händlern, einigen Knechten und einem knappen Dutzend Kriegern als Geleitschutz. Die Waren transportierten sie auf Pferdekarren. Wittiges beäugte argwöhnisch die Krieger. Allesamt waren sie mit Panzerhemden ausgestattet, über denen sie einen gefransten Halsschutz aus einem dichten Gewebe trugen. Außerdem waren sie voll bewaffnet, das hieß zusätzlich zu Schwertern und Dolchen mit Bogen und Lanzen.

»Frag sie nach ihren Waren und ihrem Reiseziel«, knurrte Wittiges. Von den friedlichen Absichten der Awaren war er keineswegs überzeugt. Dagegen hatte er noch das Bild des unheimlichen Reiters vor Augen, und wie von ungefähr fiel sein Blick auf einen der Krieger, der sich abseits hielt und ihn ruhig, beinahe abschätzend musterte. Der Mann führte zwei Pferde am Halfter mit sich, die Wittiges …

»Ich erkenne ihn wieder«, raunte ihm einer seiner Franken zu. »Das ist er.«

»Wer?«

»Die Geisel, die uns in Boiotro entwischt ist.« Unauffällig, aber leider nicht unauffällig genug deutete der Franke auf den Awaren, der Wittiges' Aufmerksamkeit erregt hatte.

Gelassen setzte sich der Mann in Bewegung, jetzt waren die Begleitpferde besser zu erkennen. *Blaue Pferde.*

»Ich bin Samur, Sohn des Khagans«, erklärte der Aware selbstbewusst. Er sprach Fränkisch mit schwerem Akzent und tiefer, gutturaler Stimme. »Und diese Pferde gehören dir.«

Es waren die beiden *blauen Pferde*, die Baian Wittiges zum Abschied geschenkt hatte. Jetzt kamen sie also zu ihm zurück. Was mochte das bedeuten?

»Du bist uns nachgeritten, um mir die Pferde zu überbringen?«, fragte Wittiges argwöhnisch. Seine Krieger hatten inzwischen einen Ring um die Handelsgruppe gebildet. Die Franken waren zwar in der Überzahl, aber bei einem Gefecht hätten sie sicher beträchtliche Verluste erlitten, da etliche von ihnen immer noch vom Durchfall geschwächt waren. Wittiges wollte kein Gefecht, und dennoch reizte es ihn loszuschlagen. In ihm brodelte eine seltsame Wut. Er hatte geglaubt, die Awaren mit allen bösen Erinnerungen hinter sich gelassen zu haben, und nun holten sie ihn ein, schienen gewillt, sich unerbittlich an seine Fersen zu heften. Er hatte geahnt, dass seine Sünden ihn nicht losließen.

Samurs Miene, soweit sie sich überhaupt deuten ließ, verzog sich zu einem verächtlichen Lächeln, das sofort wieder verschwand. Wittiges hatte bereits in der Wächtersiedlung bemerkt, dass die Awaren kein einheitliches Volk bildeten, dafür sahen manche zu unterschiedlich aus. Dieser Mann hatte eine wie vergilbtes Elfenbein getönte Haut und schwarze Augen, die schräg wie die einer Katze standen. Unheimliche Augen, bei deren Anblick Wittiges unwillkürlich vor Abwehr schauderte.

»Und um dir dies zu zeigen.« Samur nestelte an der Innenseite seines Umhangs. Wittiges dachte an ein Wurfmesser und machte sich auf einen heimtückischen Angriff gefasst. Und so schien auch der Franke zu denken, der Samur als Erster erkannt hatte. Er zog das Schwert blank. Sofort schob sich ein zweiter Franke heran, die Stimmung wurde bedrohlich. Es bedurfte nur einer Handbewegung von Wittiges, und ein Gemetzel würde beginnen.

Einer der Händler schrie auf, denn ein Franke hielt ihm ein Messer an die Kehle.

Samur stockte mitten in der Bewegung, sein Blick flog von einem zum anderen. Wie er den Kerl hasste – Wittiges glühte vor Hass. Das fremdartige Gesicht mit den unergründlichen Augen rief ein Gefühl abgrundtiefer Feindschaft in ihm hervor.

»Was wolltest du mir zeigen?«, raunzte er und hielt sich gerade noch im Zaum. Warum überhaupt noch reden?

Während er sich in den Steigbügeln erhob, blaffte Samur die übrigen Awarenkrieger im Kauderwelsch seiner Sprache an, das Wittiges nicht verstand.

»Er sagt, sie sollen die Schwerter wegstecken«, meldete sich Venantius zaghaft. »Wittiges, ich glaube nicht an feindliche Absichten.«

Ich schon, ich will daran glauben, dachte Wittiges störrisch.

»Bitte, komm zur Vernunft!«, fügte Venantius flehend hinzu.

Unerträglich langsam zog Samur die Hand hervor und hielt Wittiges auf dem flachen Handteller etwas Goldglänzendes entgegen.

»Das Siegel des Khagans. Er schickt mich als Gesandten an den Hof von Metz«, murmelte er.

Wittiges ächzte innerlich, bat Venantius aber leidlich gefasst, das Siegel zu prüfen. Als dieser der Aufforderung nachgekommen war und es als unzweifelhaft echt bezeichnet hatte, war Wittiges noch längst nicht beruhigt. An ihm nagte die Enttäuschung, um seinen kleinen Awarenkrieg gebracht worden zu sein, und außerdem sah er keinen Anlass, Samur zu vertrauen. Selbst nach eingehender Erkundigung blieben viele Fragen offen. Der Aware lehnte es ab, über die Gründe seiner Flucht aus Boiotro zu sprechen oder sich für seinen Eidbruch zu entschuldigen. Denn er hatte schließlich einen Eid geleistet, sich, solange es erforderlich war, als Geisel zur Verfügung zu halten. Hochmütig ging er darüber hinweg. Es gab auch keine Erklärung ab, warum er als Gesandter allein unterwegs war – er hatte doch nicht ahnen können, auf die awarischen Händler zu stoßen.

Diese waren es, die letztlich für Entspannung sorgten, indem sie Geschenke verteilten: ein paar Silbermünzen und Kleinkram wie Bronzefibeln. Das stimmte zumindest Wittiges' fränkische Begleiter milde, wenn vielleicht auch nur für kurze Zeit. Es bestand durchaus die Möglichkeit, dass einige von ihnen überlegten, sich nachts den Rest mit Gewalt anzueignen. Die Awaren führten hauptsächlich Eisenwaren mit sich, außerdem Schmucksteine und etliche Ballen Tuch, das aus Wolle gefertigt war, aber kein Wasser durchließ. Es fühlte sich sehr fest und steif an. Weil Aletha sicher Interesse an dem Stoff haben würde, nahm Wittiges nach einigem Zaudern ein Stück davon als Geschenk an.

Samur beobachtete das Treiben der Händler mit verschlossener Miene, mischte sich aber nicht ein und hielt sich weiterhin abseits. Dennoch stand außer Frage, dass er auf der Reise nach Metz bei ihnen bleiben würde.

Wittiges sann darüber nach, was Samur wohl der fränkischen Regierung über die Abmachungen mit dem Khagan berichten würde, falls er Gelegenheit dazu erhielt. Das Auftauchen des Awaren blieb auf jeden Fall rätselhaft, und Wittiges' Argwohn ließ keineswegs nach.

In der ersten Nacht stellte er seine verlässlichsten Männer als Wachen auf und schärfte ihnen ein, dass er jeden Übergriff auf die Awaren mit drakonischen Strafen ahnden werde. Sie kampierten in einem verlassenen Dorf, von dem nur wenige Gebäude übrig geblieben waren. Die drei Händler richteten sich in einem Grubenhaus ein, nachdem sie ihre Waren in einem benachbarten Schuppen zusammengetragen hatten.

Wittiges fiel in einen Halbschlaf, das Schwert griffbereit neben sich. Ein Geräusch weckte ihn mitten in der Nacht. Er fuhr hoch und stürzte aus der Hütte, die er sich mit Venantius teilte.

Im Schatten eines der Schuppen, etwas außerhalb des Lichtscheins vom Wachtfeuer, hielt sich Samur mit Schwert und Lanze zwei Franken vom Leib. Ein aufgerissener Sack mit Tuchbahnen lag zwischen ihnen. Wittiges schlich sich leise heran.

Von der Seite des Feuers näherten sich zwei weitere Männer, die zu den Wachen gehörten. Wittiges wollte nicht wissen, ob sie den Dieben oder Samur beizustehen gedachten. Mit einem Wutschrei sprang er aus der Deckung hervor und schlug zu. Einer der beiden Räuber brach tot zusammen, den anderen erledigte Samur mit der Lanze. Ruhig, aber äußerst wachsam wartete Wittiges, bis die Wachen auf Schwertlänge herangekommen waren.

»Werft die Leichen morgen früh in den Fluss!«, befahl er. »Und nun will ich wissen, wie dieser Sack hierherkommt.«

Einen Augenblick lang sah es so aus, als wollten ihn seine eigenen Leute angreifen, aber dann senkten sie die Schwerter.

»Wir können unsere Augen nicht überall haben«, brummte einer von ihnen.

Wittiges zog einen brennenden Ast aus dem Feuer und umrundete mit der behelfsmäßigen Fackel den Schuppen, der als Warenlager diente. In der Rückseite klaffte eine breite Lücke, wo zwei morsche Bretter herausgerissen worden waren. Nach und nach tauchten weitere Awaren und Franken auf. Wittiges rief sie kurz zusammen, ließ sie einen Blick auf die Leichen werfen, machte noch einmal nachdrücklich klar, wie er mit Dieben zu verfahren gedachte, und schickte sie wieder schlafen. Murrend fügten sich seine Leute. Er selbst wachte lieber bis zum Morgen.

Auf der weiteren Reise ereigneten sich noch zwei Diebstähle, die Wittiges ebenso hart bestrafte, obwohl er für die Diebe Verständnis hatte. Seinen Franken fiel es schwer, zwischen friedlichen Händlern und kriegerischen Eroberern zu unterscheiden. Die Stimmung zwischen Franken und Awaren blieb denn auch gereizt.

Venantius unterhielt sich einige Male mit den awarischen Händlern und ließ sich die Herstellung des Gewebes erklären, das er Filz nannte und das sie sowohl für ihre Zelte als auch für die Halskrausen verwendeten, welche die Krieger über ihren Panzerhemden trugen. Obwohl Wittiges alles, was mit Stoffen zu tun hatte, für Frauensache hielt, hörte er mit halbem Ohr Venantius zu, der ihm unbedingt davon berichten wollte.

Wittiges beobachtete Samur unentwegt und wusste sich seinerseits von diesem belauert. Samur musste jünger sein als er, hatte eine kräftige Gestalt mit kurzen Beinen und war ein hervorragender Reiter. Die *blauen Pferde* führte er weiter mit sich, da Wittiges keine Anstalten machte, sich selbst um sie zu kümmern. Er konnte sie nicht betrachten, ohne an Bauto zu denken, und wenn er an Bauto dachte, überfielen ihn hilflose Wut und Trauer. Und einige Male träumte er von der Awarin, deren Namen er so gern erfahren hätte.

Es war Ende Juni, als sie schließlich Metz erreichten. In den Straßen herrschte träge Sommerstille. Metz war keine besonders große Stadt, und nur um den Palast herum standen massive Steinhäuser. Die besseren der übrigen Gebäude waren größtenteils aus Fachwerk errichtet, und ansonsten gab es reine Holzbauten, es war das übliche Gemisch, das sich mit dem Untergang der römischen und der Ausbreitung der fränkischen Herrschaft herausgebildet hatte. Die Monate in der Fremde hatten Wittiges' Blick für dieses oft wenig einnehmende Nebeneinander geschärft. In den Häuserzeilen klafften Lücken, wo Gebäude einem Brand oder der Verwüstung im letzten Krieg zum Opfer gefallen waren, auf den verkrauteten Freiflächen graste Vieh. Nur der Palastbezirk bildete ein einigermaßen harmonisches Ganzes.

Je näher sie der Residenz kamen, desto unwohler fühlte sich Wittiges, aber es wäre ihm nicht im Traum eingefallen, einer Begegnung mit *dux* Gogo und der Königin auszuweichen oder sie aufzuschieben.

Auf der Reise hatten die awarischen Händler mehr Zutrauen zu Wittiges gefasst, als er selbst für gerechtfertigt hielt, denn er mochte sie eigentlich nicht – keinen der Awaren. Dennoch sah er sich genötigt, sie auf ihre ausdrückliche Bitte hin in das Viertel der syrischen Fernhändler zu begleiten und ihnen für ihre Geschäfte einige Bekannte zu empfehlen, die dort wohnten. Schließlich kannte er sich im Handel ein wenig aus, wie sie von Venantius erfahren hatten.

Vor lauter Dankbarkeit – auch für das sichere Geleit – überreichten die Händler Wittiges ein besonders dickes Stück Filz und einen scharfen, kleinen Dolch mit hübsch verziertem Griff aus Elfenbein. Nur um nicht unhöflich zu erscheinen, nahm er auch diese Geschenke entgegen.

Venantius war weitergeritten, begleitet von Samur und den übrigen Franken. Als Wittiges endlich im Palastbezirk eintraf, schwante ihm, dass er sich durch sein spätes Eintreffen in eine ungünstige Lage gebracht hatte. Und so war es auch. Er hatte nicht einmal Zeit, sein gewohntes Quartier zu beziehen, sich zu waschen und umzukleiden. Einer der vielen *referendarii*, der höheren Verwaltungsbeamten, trat unaufgefordert bei ihm ein und ersuchte ihn nicht gerade höflich, sich sofort zur Berichterstattung beim Rat einzufinden. Man habe ihn, erklärte er trocken, schon früher erwartet.

Wittiges war nicht sonderlich überrascht, Venantius in der Runde anzutreffen, die sich in einem der kleineren Empfangsräume versammelt hatte. An den kühlen Mienen der fränkischen Edlen, allesamt hohe Amtsinhaber und Ratgeber der Regierung, war mühelos abzulesen, dass er mit seiner Berichterstattung zu spät kam. Besonders der verächtliche Blick von Wandalenus verriet ein niederschmetterndes Urteil über den Erfolg von Wittiges' diplomatischer Mission. Außer Wandalenus waren noch *dux* Lupus, dessen Bruder Magnulfus und *dux* Gogo, der Regent, anwesend. Nur Brunichild fehlte, die sich sonst keine wichtige Beratung entgehen ließ. Aber Samur war zugegen, er hatte keine Zeit verloren, um sich als Gesandter der Awaren bei Hof vorzustellen.

Ein Schreiber stand an einem Pult und bestreute gerade ein Blatt Pergament mit Löschsand.

Wittiges deutete zur allgemeinen Begrüßung eine Verneigung an und blieb abwartend stehen.

Gogo reagierte als Erster. »Ah, Wittiges!«, rief er aus und zog die Brauen hoch. »Von dir erhoffen wir uns weitere Aufklärung«, fügte er ausdruckslos hinzu und wandte sich an Venantius. »Ich danke dir, dass du dich unverzüglich bei uns gemeldet hast. Und dass du Samur zu uns geführt und ihm, so es nötig war, als Übersetzer gedient hast. Sicher wollt ihr zwei euch nun zurückziehen.« Er winkte einen Diener herbei und gab ihm Anweisung, die beiden hinauszubegleiten.

Venantius wirkte verdutzt. Mit dieser raschen Verabschiedung hatte er offenbar nicht gerechnet. »Ich dachte, ich könnte ...«

»Nein danke«, fiel ihm Gogo bestimmt ins Wort. »Wir möchten dich nicht weiter aufhalten. Weder dich noch unseren neuen Gast.«

In Samurs Gesicht zuckte es, doch dann wandte er sich wortlos zur Tür. Kaum hatte er mit Venantius und dem Diener den Raum verlassen, trat Wandalenus, eine Hand auffällig am Schwert, auf Wittiges zu.

»Dann würden wir nun gern deine Geschichte über die Reise in den pannonischen Osten hören. Vielleicht klärst du uns darüber auf, warum es keine einzige gute Nachricht gibt«, verlangte er frostig.

Wittiges ließ ihn stehen, suchte sich einen Stuhl und nahm in der Nähe des Pults Platz, an dem der Schreiber soeben den Löschsand vom Blatt blies.

»Ich wäre dankbar, wenn ihr mir wenigstens gestattet, einen Schluck Wein oder Bier zu trinken, wenn ich schon mit Reisestaub bedeckt vor euch erscheinen soll. Wozu die Eile?«

Gogo schüttelte den Kopf. »Von Eile kann keine Rede sein. Ich ließ dir nur ausrichten, dass wir dich so bald wie möglich erwarten. Umso besser, dass du dich unverzüglich eingefunden hast. Venantius neigt zu blumigen Übertreibungen, und was von diesem Samur zu halten ist, kann niemand von uns sagen. Ein Gesandter, der ohne Begleitung bei uns auftaucht! Venantius behauptet, er sei aus dem Nichts, aber mit einem Siegel des Khagans zu euch gestoßen – und mit zwei Pferden, die dir gehören. Was hat es mit dieser Geschichte auf sich?«

Es war kein gewöhnlicher Diener, der Wittiges einen Becher Wein brachte, sondern Conda, der bereits Sigibert, dessen Vater und Großvater gedient hatte und der von Sigibert wegen seiner treuen Dienste in den Kreis der *anstrustiones* aufgenommen worden war. Das Dienen hatte er längst nicht mehr nötig, tat es aber bei besonderen Anlässen gern und freiwillig. Auf dem Weg vom Tisch zu Wittiges verschüttete er die Hälfte des Weins, aber sein freundliches, wenn auch völlig zahnloses Lächeln tröstete Wittiges ein wenig. Conda hielt allen, die er einmal ins Herz geschlossen hatte, unverbrüchlich die Treue. Als er den Wein gereicht hatte, umschloss er kurz Wittiges' Hände, die den Becher hielten.

Als hätte der tattrige alte Mann mit seiner Willkommensgeste an alte Freundschaften erinnert, schlenderte Lupus heran, schlug Wittiges zur Begrüßung auf die Schulter und setzte sich neben ihn, die langen Beine von sich gestreckt. Die beiden kannten sich gut, denn sie waren in Reims fast Nachbarn, und es gab keine Konflikte zwischen ihnen. Im Gegenteil: Sie mochten sich, wenn auch ohne große Herzlichkeit. Lupus war vor einem Jahr zum *dux* der Champagne aufgestiegen, und sein Bruder Magnulfus diente seit Jahren als zuverlässiger Heerführer unter ihm. Magnulfus winkte Wittiges nur lässig zu.

»Sag einfach, dass alles nicht wahr ist«, riet Lupus.

»Was?«

»Das fragst du noch?«, mischte sich Wandalenus wieder ein. »Dass dieser verlauste Pferdehirte Baian Tribut von uns fordert – in bisher nie da gewesener Höhe. Und dass er von uns verlangt, ihm gegen den Kaiser von Byzanz den Rücken zu stärken. Wir sollen ihm Truppen stellen, sobald er mit dem Finger schnippt!« Es war eine einzige Anklage.

»Stimmt das alles?« Lupus rückte von Wittiges ab, alle starrten ihn schweigend und alles andere als wohlwollend an. Wittiges fühlte sich wie gelähmt. Der Wein schmeckte sauer und verursachte ihm ein Brennen hinten in der Kehle. Er musste schwer schlucken, damit er ihm nicht sauer aufstieß. Er erhob sich.

»Wenn ihr schon alles wisst, wozu dann noch darüber reden? Ja, es ist alles wahr, ich hab leider für eine große Enttäuschung gesorgt. Ihr habt den falschen Mann geschickt. Ich hab's dir gleich gesagt, Gogo. Also, was soll's? Kann ich mich nun zurückziehen? Es ist mir ein Bedürfnis, diese stinkenden Kleider abzulegen.«

»Ja, lassen wir ihn gehen«, sagte Wandalenus in einem so verächtlichen Ton, als entließe er einen nichtsnutzigen Diener.

Wittiges fragte sich, wieso er überhaupt ständig redete, es waren doch genügend ranghöhere Männer anwesend. Während seiner Reise zu den Awaren musste er beträchtlich an Macht und Ansehen gewonnen haben. Nur – wodurch? Und wo zum Teufel steckte die Königin?

»Nein«, widersprach Gogo nach einer quälend langen Pause. »So nicht. Bitte, berichte uns der Reihe nach, was bei den Awaren vorgefallen ist und warum du kein besseres Ergebnis erzielen konntest. Ich bin sicher, du hast alles Menschenmögliche versucht.«

Es war demütigend, sich vor so vielen Zeugen ausfragen zu lassen. Wittiges hatte gehofft, zuerst Gogo allein Rede und Antwort stehen zu müssen. Aber er beschönigte nichts, ließ nur die Episode mit der Awarin aus und stand am Ende, wie zu erwarten, als glückloser Einfaltspinsel da. Er spürte sowohl Bedauern vonseiten Gogos und Lupus', die ihm beide eigentlich wohlgesinnt waren, als auch ihren langsam aufkeimenden Unwillen. Er konnte es ihnen nicht einmal verdenken. Als er nach der Königin fragte, erfuhr er nur, dass sie nicht am Hof weilte.

Da ging ihm auf, wie schwer es ihm gefallen wäre, ihr unter die Augen zu treten. Seine schlimmsten Befürchtungen hatten dieser Begegnung gegolten. Auch von ihr als Versager betrachtet zu werden wäre die eigentliche Niederlage gewesen.

Der Rang als *patricius* wurde Wittiges umgehend aberkannt, wobei Gogo herzlich wenig überzeugend darauf hinwies, dass die Ernennung von vornherein nicht für die Dauer gedacht gewesen war. Es war eine Degradierung, da ließ sich nichts beschönigen. Eisern seine Erbitterung beherrschend, empfahl Wittiges kühl, die weiteren Verhandlungen mit dem Khagan mit Samurs Hilfe fortzusetzen, und bat, unverzüglich heimreisen zu dürfen. Ohne eine Antwort abzuwarten, stand er auf, reichte dem nächststehenden Diener den Weinbecher und schritt zur Tür. Dabei konnte er dem Schreiber, der anscheinend das Wesentliche des Gesprächs auf einem weiteren Blatt festgehalten hatte, über die Schulter schauen. Sein Versagen wurde auch noch für alle Ewigkeit festgehalten!

»Ach, was ich noch sagen wollte«, begann er bedachtsam. »Baian hat wenigstens viertausend Mann an der Donau stehen. Hat Venantius das erwähnt? Wenn ich mich recht erinnere, war er nicht dabei, als ich mit dem Kommandanten von Boiotro einen Blick auf dieses gewaltige Heer geworfen habe. Viertausend gut ausgebildete Krieger statt bewaffneter Bauern, aus denen sich unsere Armee hauptsächlich zusammensetzt. Und sie haben viel mehr Pferde als wir.« Die Steigbügel fielen ihm ein. In Gedanken steckte er die Füße in Steigbügel, hob sich im Sattel und legte einen Pfeil auf die Bogensehne. Auf einmal stand ihm der ganze Ablauf vor Augen, das Zielen, die Anspannung der Armmuskeln, das Loslassen. Der Pfeil würde sein Ziel erreichen – dank der Steigbügel, die es ihm ermöglichten, den Bogen so viel ruhiger zu halten. »Als berittene Bogenschützen sind sie dreimal besser als wir«, fuhr er fort. »Wenn Baian wollte, könnte er mit dieser Truppe jederzeit die Grenze überrennen, und wir hätten ihm nicht viel entgegenzusetzen. Meiner Meinung nach sind die Grenzfestungen entlang der Donau keine zwei *Goldsolidi* mehr wert.« Warum er so spät mit der Wahrheit über Baians Heer herausrückte, wusste er selbst nicht. Vielleicht weil er sich über etwas Bestimmtes nicht im Klaren gewesen war. Aber auf einmal wusste er es: Der Awarenfürst verfügte noch über bedeutend mehr Männer. Gesehen hatte er nur die, die Baian in aller Eile zusammengezogen hatte.

»Und jetzt gehabt euch alle wohl, ich reite heim.«

Der Schreiber kritzelte eifrig.

Gogo runzelte nachdenklich die Stirn, dann nickte er. Es schien Wittiges, als wolle er ihm noch etwas mitteilen oder weitere Fragen stellen. Aber auf das eine wie das andere war er so wenig erpicht, dass er unverzüglich den Raum verließ, die Unterkunft räumte, seine Männer zusammenrief und sich direkt auf den zweitägigen Heimweg machte. Im Rat hatte er offenkundig nichts mehr zu melden.

2 Die Synode wurde mit einem festlichen Gottesdienst eingeleitet, gefolgt von einem üppigen Mittagsmahl im Refektorium des benachbarten Klosters. Obwohl einige der Bischöfe nach dem Genuss des schweren Weins beim Verlassen der Tafel ein wenig schwankten und sie sich vermutlich gern für ein Stündchen zurückgezogen hätten, beharrte Ragnemod, der Bischof von Paris, darauf, dass sich alle unverzüglich wieder in der Kirche versammelten. In der Zwischenzeit hatten Diener mit dünnen roten Tüchern bedeckte Holzbänke an beiden Seiten längs des Hauptschiffs der Kirche aufgestellt, sodass die Redner in der Mitte hin und her schreiten und sich der einen wie der anderen Seite zuwenden konnten. Die Synode sollte nicht dem Erlass neuer Gesetze dienen, sondern nur als Gerichtshof tagen (eine anstrengende Aufgabe, da es für gewöhnlich bei den zur Verhandlung anstehenden Fällen um Macht und Geld ging) und einen Konsens der gegnerischen Parteien finden. Mit den Vergehen von subalternen Priestern und Mönchen – dem Ungehorsam, den Messerstechereien, der Hurerei und geringfügigen Diebstählen, würde man sich allerdings nur am Rand befassen.

Da sowohl die Sitzkissen als auch – wichtiger noch – an den Bänken die Rückenlehnen fehlten, sah Ragnemod die schlimmsten Störungen der Synode gebannt: Kein Teilnehmer würde einschlafen, und alle Reden für oder gegen einen Angeklagten würden kurz ausfallen. Wie zu erwarten, setzten sich diejenigen, die schon in der Vergangenheit Allianzen gebildet hatten, auf die gleiche Seite. Ragnemod wählte seinen Sitz am Kopf der linken Fraktion, Gregor von Tours ihm gegenüber, und alle wussten, was das zu bedeuten hatte: eine Kampfansage, sie waren nicht zum ersten Mal Gegner.

Es roch nach dem Weihrauch, der einigen silbernen Räuchergefäßen entströmte, die zwei junge Mönche, die sich hinter den Bänken aufhielten, von Zeit zu Zeit schwenkten. Chilperich mochte den Geruch, aber nicht in dieser Intensität. Er hatte für sich einen Sitz aus weißem Marmor vor dem Chor aufstellen lassen, ein deutliches Zeichen seiner Macht. Neben dem Thron setzten zwei Krieger eine schlichte kleine Holztruhe auf einem Schemel ab und bezogen dahinter Posten.

Chilperich wartete in einem Nebenraum, bis alle Bischöfe ihren Platz eingenommen hatten, und zog dann als Letzter in die Kirche ein, schlicht gekleidet, um Demut vor Gott dem Herrn zu bekunden, aber mit einem breiten goldenen Kronreif auf dem Haupt.

Erst einmal lauschte er Ragnemod, der seine Mitbrüder aufforderte, in sein Gebet um göttliche Erleuchtung und irdische Gerechtigkeit einzustimmen.

Als gleich im ersten verhandelten Fall Kirchenbann und Exkommunikation gegen einen Priester verhängt wurden, der ganz offen heidnische Praktiken in seiner Gemeinde duldete, ahnte Chilperich, was ihm selbst bevorstand. Er war darauf vorbereitet. Die meisten Bischöfe waren um die dreißig, nur wenige älter, und der Älteste war Praetextatus. Zum feierlichen Beginn der Synode war er im vollen Ornat erschienen, einem gold durchwirkten Gewand mit aufwendiger Stickerei, das ihn wie eine Heiligenfigur erscheinen ließ. Sobald das Gebet beendet war, stand er auf, glättete das Gewand und verbreitete sich in aller Umständlichkeit über eine Angelegenheit, die schon zwei Jahre zurücklag und eines der Testamente betraf, die Chilperich konfisziert hatte. Er hatte noch nicht geendet, da erhob sich Gregor und trat demonstrativ an seine Seite.

Chilperich gab einem der hinter ihm stehenden Krieger ein verabredetes Zeichen. Sofort trat der Mann vor und klappte den Deckel der Truhe auf. Wie beiläufig griff Chilperich hinein und zog einen Gürtel heraus. Es war ein wunderschönes Stück. Aus festem Leinen gefertigt, mit glänzenden roten Seidenfäden bestickt und über und über mit Rosetten aus Gold und flach geschliffenen Karfunkeln besetzt. Die Aufmerksamkeit aller richtete sich auf den Gürtel, und nur Chilperich und Gregor nahmen wahr, wie Praetextatus erblasste. Mit dem unsicheren Gang eines Schlafwandlers strebte er wieder seinem Sitz zu.

»Was soll das?«, fragte der Bischof von Tours verblüfft und versuchte Praetextatus am Ärmel festzuhalten.

Chilperich lächelte befriedigt. »Ich will es gern erklären, und dann solltet ihr eines eurer vortrefflichen Gesetze zur Anwendung gegen einen der Euren bringen. Dieser Gürtel wie auch alles, was sich in der Truhe befindet, gehört rechtmäßig Königin Brunichild. Es ist der Rest der Schätze, die ehemals fünf Truhen füllten. Meine Leute haben unter Mühen diesen Rest beschafft. Der Gürtel war in drei Teile zerschnitten, aber wie ihr seht, wurde er sorgfältig wieder zusammengesetzt.« Elegant erhob sich Chilperich von seinem Sitz und trat, den Gürtel hochhaltend, auf die Bischöfe zu. Alle sollten das Schmuckstück in Augenschein nehmen, vor allem Praetextatus, der davor zurückwich, als hielte Chilperich eine Viper in der Hand. Mutwillig schüttelte er den Gürtel, und tatsächlich ertönte ein Geräusch. Kein bedrohliches Zischen, nur Praetextatus' Keuchen.

»Wessen willst du mich anklagen?«, stieß er gepresst hervor.

»Des Diebstahls natürlich«, antwortete Chilperich leichthin, ließ aber Gregor und den Bischof von Rouen keinen Moment lang aus den Augen. Wenn er mit Praetextatus fertig war, würde es keiner der anderen mehr wagen, die übrigen Anklagen vorzubringen, die sie zweifellos gegen ihren König vorbereitet hatten.

Praetextatus hob kraftlos den Arm, straffte sich auf einmal und funkelte Chilperich an. »Diese Truhen waren verwaist, nachdem Königin Brunichild aus der Gefangenschaft geflohen war. Ich habe sie daher an mich genommen und alle darin befindlichen Kostbarkeiten verschenkt. Nichts, aber auch gar nichts habe ich für mich behalten.« Beim letzten Satz gewann seine Stimme entschieden an Festigkeit.

»So ist es, Brüder im Herrn«, fiel Gregor volltönend ein. »Keine persönliche Bereicherung! Er hat nur getan, was wir alle ständig zu tun haben: Geschenke mit Gegengeschenken zu beantworten. Ihr wisst, wie sehr uns solche Verpflichtungen belasten.«

Etliche Bischöfe auf seiner Seite nickten bedächtig.

»Ich bin kein Dieb!«, rief Praetextatus erbost und blickte sich beifallheischend um.

Chilperich senkte den Kopf, als gäbe er sich geschlagen, hob ihn dann ruckartig und deutete mit großer Geste auf seinen Gegner. »Schaut ihn euch genau an! Und dann sagt mir ehrlich: Wer von euch käme *nicht* auf den Gedanken, dass sich Praetextatus mit Brunichilds Schätzen bereichern wollte?«

Jedem musste auffallen, wie sehr sich die prunkhafte Aufmachung des Bischofs von der schlichten des Königs unterschied.

Bertram von Le Mans lachte. Ihn belustigte das Theater, das Chilperich aufführte, und er war gespannt, wie es weiterging. Jeder kannte die Raffgier des Königs, und die meisten wussten, dass Praetextatus nur ein alter Narr war.

Aetius, Archidiakon von Paris, erhob sich und wandte sich formvollendet an Ragnemod. »Darf ich sprechen?«

Ragnemod nickte gnädig. Als Archidiakon konnte sich Aetius berechtigte Hoffnungen auf dessen Nachfolge machen, zudem war er ein bewährter Mann. Zu seinen unbestreitbaren Verdiensten gehörte, dass er bisher nicht wie einige andere in seiner Stellung versucht hatte, die Nachfolge durch ein Attentat zu beschleunigen.

»Selbst wenn wir an den ehrenhaften oder, sagen wir, mildtätigen Absichten von Praetextatus nicht zweifeln wollen, bleibt der Tatbestand des Diebstahls bestehen«, erklärte Aetius trocken.

Rikulf, Subdiakon von Tours, sprang auf und stellte sich neben seinen Bischof Gregor. »Gehört dieser Fall überhaupt hierher? Es geht uns doch um Kircheneigentum. Was scheren uns die Besitztümer der Königin von Austrasien?«

»Ich habe dich nicht aufgefordert, das Wort zu ergreifen«, wies ihn Ragnemod scharf zurecht.

Chilperich hatte sich bis zu seinem Marmorsitz zurückgezogen, nickte Ragnemod zu und hob die Hand, um anzuzeigen, dass er gehört werden wollte. »Ginge es nur um einen einfachen

Diebstahl, so bedauerlich er ist, wenn ein geweihter Bischof ihn begeht, wäre ich froh. Nein, darum geht es beileibe nicht.« Er hob die Stimme. »Es geht um Aufwiegelung!«, donnerte er. Einer der Weihrauch schwenkenden Mönche ließ erschrocken das Gefäß fallen. Es gab ein schreckliches Geschepper, und die Bischöfe schraken zusammen. Chilperich musste warten, bis sie bereit waren, ihm wieder ihre Aufmerksamkeit zu schenken. Inzwischen merkte er, wie sich ein schmerzhafter Druck auf die Schläfen aufbaute, verursacht durch den Weihrauch. Er holte tief Luft und fuhr gedämpfter fort.

»Mit seinen großzügigen Geschenken hat Praetextatus gegen mich intrigiert, das ist so offensichtlich, wie täglich die Sonne auf- und untergeht. Er wollte meine Macht untergraben! Denn er hat von jedem, dem er Geschenke machte, verlangt, dass er einen Treueeid auf meinen Sohn Merowech schwört.«

Merowech wollte also seinen Vater stürzen. Das war in der Tat eine ungeheuerliche Anschuldigung, wenig glaubhaft allerdings, hatten doch viele noch am Abend zuvor Vater und Sohn im friedlichen Umgang erlebt. Wie passte das zusammen?

Praetextatus trat die Flucht an. Sein kostbares Gewand raffend, eilte er auf die Tür zu, aber wie von ungefähr traten Krieger hinter den letzten beiden der mächtigen Säulen hervor, die das Dach stützten, und versperrten ihm den Weg.

Etliche der jüngeren Bischöfe sprangen voller Empörung und Entsetzen auf.

»Ist sein Davonrennen nicht ein Eingeständnis seiner Schuld?«, rief Chilperich in dem Versuch, das ausbrechende Stimmengewirr zu übertönen.

»Nein«, schrie Gregor aufgebracht, »es ist nur der Versuch, sich der Willkür des Königs zu entziehen!«

Fredegund fand den Gürtel wunderschön. Sie hielt ihn ins Licht der Öllampen, um die Stickereien, die Goldrosetten und die überreich mit Goldgranulat und glatt geschliffenen Karfunkeln besetzte Schließe besser betrachten zu können. Woher kam dieser Gürtel, und wann gedachte Chilperich ihn ihr zu schenken? Sie wusste ihn mit seinen engsten Vertrauten in einem Gespräch, zu dem er sich gleich nach seiner Rückkehr aus Sankt Peter zurückgezogen hatte. Er war sehr aufgebracht gewesen, hatte ihr aber den Grund dafür nicht verraten.

Fredegund hatte ihre Dienerinnen entlassen, um eine Weile allein zu sein. Mehr oder weniger alles Notwendige war für die Abreise nach Chalon vorbereitet. Wollte Chilperich ihr den Gürtel vor ihrem Aufbruch als Versöhnungsgeschenk nach dem letzten heftigen Streit überreichen? Seit sie diesen Priester, der sie ermorden wollte, selbst gerichtet hatte, war er ihr gram.

Ungläubig schüttelte sie den Kopf. Der Gürtel sah aus wie das Geschenk eines verliebten Bräutigams für seine Braut. Sie lächelte geschmeichelt. Chilperich hing sehr an ihr, und daran hatten ihre Streitigkeiten nichts geändert. Mit der Zeit hatte seine Abhängigkeit sogar noch zugenommen. Es gab nicht viele hochgestellte Paare, die einen derart vertrauten Umgang miteinander pflegten.

Den Gürtel hatte sie in einer schäbigen, kleinen Holztruhe gefunden, die irgendjemand ins Schlafgemach des Königs gestellt hatte. Zuerst wollte sie ausprobieren, ob er für sie die richtige Länge hatte, dann würde sie nachschauen, welche Schätze die Truhe sonst noch enthielt.

Möglicherweise war der Gürtel eine Spur zu eng. Sie versuchte gerade mit aller Kraft, ihn zu schließen, als sich die Tür öffnete. Sie fuhr herum.

Chilperich stand auf der Schwelle. Noch bevor sie den Gürtel hinter dem Rücken verstecken konnte, war er bei ihr und riss ihn ihr aus der Hand.

»Der gehört dir nicht und wird dir nie gehören«, sagte er barsch. Sie musste dabei zusehen, wie er das kostbare Stück in die Truhe zurücklegte.

»Wieso nicht?« Sie verschränkte die Arme vor der Brust und wunderte sich, warum sie eine solche Gans gewesen war. Nein, für sie war das Schmuckstück nicht gedacht. Aber für welche seiner wechselnden Geliebten? Hatte sie eine übersehen, die einer solchen Gabe wert war?

»Vergiss den Gürtel, vergiss die Truhe. Alles, was sich darin befindet, ist Diebesgut.«

»Und wem hast du das ganze Zeug gestohlen?«

Chilperich schnaubte, während seine Wangen vor Ärger rot anliefen. Irritiert versuchte Fredegund, aus ihm schlau zu werden. Es wäre nicht der erste Diebstahl gewesen, den er beging, allerdings hielt er sich für gewöhnlich nicht mit solchem Kleinkram auf. Warum dann das Getue?

»Ich?« Mit einer weiten Geste deutete Chilperich auf seine Brust. »Nein, ich nicht. Aber darüber rede ich nicht mit dir.«

Jetzt war sie ernsthaft beleidigt. »Wie du willst. Morgen breche ich nach Chalon auf. Du kommst wirklich nicht mit? Ist das klug?«

»Chalon? Wieso nach Chalon?« Er rieb sich das Gesicht.

Fredegund warf einen Blick auf die Truhe und vergewisserte sich, dass sie kein Schloss besaß. Das machte die Sache einfacher.

»Hast du die Beerdigung von Guntrams Sohn vergessen? Einer von uns muss daran teilnehmen. Du denkst doch nicht daran, Merowech hinzuschicken?« Hatte Merowech nicht behauptet, dass er nach Chalon wollte? »Und was ist mit dem Aufstand in Poitiers?« Merowech hatte sich geweigert, gegen die Stadt vorzurücken, und weilte immer noch in Paris.

»Er bleibt vorerst hier, ich habe meine Pläne für ihn geändert.« Genau wie Fredegund starrte Chilperich auf die Truhe.

»Vor einer Woche warst du noch erpicht darauf, dass er den Aufruhr in Poitiers beendet. Was hat dich umgestimmt?«, fragte sie leidlich freundlich.

Chilperich senkte den Kopf, ein Schatten glitt über seine Miene, er zeigte Anzeichen von Verstörtheit. Wie um einen schlechten Gedanken loszuwerden, rieb er sich über die Stirn. Dann schüttelte er langsam den Kopf. »Ich muss erst mit mir selbst ins Reine kommen, bevor ich es dir sage.« Er stöhnte gequält auf, ließ sich auf einen Armlehnstuhl sinken und starrte vor sich hin.

Welche Nachricht war schrecklich genug, ihn derartig aus der Fassung zu bringen? Fredegund wartete einen Augenblick lang, als er aber nicht mehr aufblickte, verließ sie ihn leise. Es schien ihr besser, ihn in dieser seltsamen Stimmung allein zu lassen, vor allem hatte sie vor ihrer Abreise noch manches zu erledigen.

In der Nacht verbrachte sie zwei Stunden mit Bischof Bertram von Le Mans, einem ihrer Liebhaber, von dem höchstwahrscheinlich ihr jüngster Sohn stammte, aber so genau wollte es keiner von beiden wissen.

Leider gab sich Bertram nicht besonders auskunftsfreudig. Er teilte ihr lediglich mit, dass Bischof Praetextatus in Schwierigkeiten geraten war. Warum, darüber schwieg er sich aus, wirkte aber irgendwie mitgenommen, ähnlich wie Chilperich. Die Synode schien keinen erfreulichen Verlauf zu nehmen. Aber warum sollte sie auch? Als weiteres Nachbohren ihn nicht gesprächiger machte, widmete sie sich lieber einem anderen Vorhaben. Mit Bertram zu schlafen bedeutete, ihre wichtigste Waffe im Kampf um die Macht scharf zu halten.

Am nächsten Morgen brach sie in der Frühe mit ihrem Gefolge auf. Zu ihrem Verdruss hatte Chilperich ihr verboten, einen ihrer Söhne mitzunehmen. Das hielt er für zu gefährlich, und sie fragte sich, warum. Niemand würde einem ihrer Söhne etwas antun, solange er ältere Brüder hatte. Sichtlich in Gedanken, verabschiedete sich ihr Gemahl von ihr, strich ihr über die Wangen und drückte sie kurz an sich.

»Kommst du nach, sobald die Synode vorüber ist? Du weißt doch, wie endlos lang die Feierlichkeiten bei Guntram dauern«, sagte sie.

Er antwortete nicht, sondern schielte an ihr vorbei zu Merowech hinüber, der zwei schwer bewaffnete Krieger an seiner Seite hatte. Beschützen sie ihn, oder bewachen sie ihn?, fuhr es Fredegund durch den Kopf. Ihr konnte es gleichgültig sein. Ohne allzu viel Bedauern verabschiedete sie sich von der Aussicht, ihm eventuell in Chalon zu begegnen, wo es ihr unzweifelhaft gelungen wäre, ihn zu verführen. Einen kleinen Trost nahm sie immerhin mit: den Gürtel, den Chilperich ihr nicht freiwillig hatte überlassen wollen.

3 Diesmal hatte Chilperich sich in ein schwarzes, kuttenähnliches Gewand gehüllt und rief in dieser Aufmachung erhebliches Befremden bei den Bischöfen hervor, wie er ihren Mienen entnehmen konnte. Die meisten hatten allerdings auf jedweden Prunk verzichtet, und nur Bertram trat juwelenbehängt in einem Prachtgewand auf und ließ sich mit dem Gehabe eines Großfürsten auf seinem Sitz nieder.

Kaum war die Sitzung eröffnet, ließ Chilperich den Bischof von Rouen unverzüglich vorführen, eskortiert von bewaffneten Kriegern, die sich erst zurückzogen, als der alte Mann die Mitte der Sitzreihen erreicht hatte. Gregor deutete auf den Platz neben sich. Unsicher tappte Praetextatus darauf zu, blickte zum König hinüber und nahm Platz.

Kampfbereit stand Gregor auf. »Wirst du die Anklage gegen ihn aufrechterhalten?«, wandte er sich an Chilperich.

»Auch wenn es mir schwerfällt«, antwortete Chilperich und nickte bedächtig.

»Schwerfällt?«, giftete Gregor. »Dann lass den lächerlichen Vorwurf des Diebstahls fallen. Niemand hält Praetextatus eines gemeinen Diebstahls für fähig, und was deine Anklage betrifft, er habe Aufruhr oder Hochverrat …«

»Genug!«, donnerte Chilperich unerwartet. »Ich werde dich gleich eines Besseren belehren.« Die Truhe stand wieder auf dem Schemel. Langsam öffnete er sie, schlug den Deckel zurück und schaute stirnrunzelnd hinein. »Wo …« Er unterbrach sich.

Der Gürtel war verschwunden. Diese Hexe, diese verdammte Hexe! Aufgebracht sah er zur bemalten Holzdecke über sich hinauf und rang um Fassung. Dann wandte er sich wieder der Truhe zu, drückte auf eine verborgene kleine Feder, löste so den Innendeckel und zog ein Blatt hervor, das dahintersteckte.

»Dieses Schreiben …«, begann er mit ausdrucksloser Stimme und erhob sich.

»Betrifft es eine kirchliche Angelegenheit?«, unterbrach ihn Subdiakon Rikulf von Tours in aufreizendem Ton.

»Noch ein Wort von dir und ich lasse dich hinauswerfen«, sagte Chilperich ruhig und sprach weiter. »Diesen Brief hat mein

Sohn Merowech verfasst, er ist grob in den Formulierungen und voller Rechtschreibfehler, aber das ist nicht das Entscheidende. Er ist kein Mann der Feder, und was er für ein Mann ist, könnt ihr gleich selbst entscheiden. Dieser Brief ist ein zärtliches Schreiben meines Sohns an seine Ehefrau.«

Chilperich starrte auf die urplötzlich zusammengesunkene Gestalt von Praetextatus. Getuschel erhob sich, aus den Mienen der Übrigen sprach Ratlosigkeit oder Verdruss. Auch Bertram fragte sich, was diese Mitteilung bedeutete und was sie bei einer Gerichtssynode zu suchen hatte, aber dann erinnerte er sich, von einem Aufenthalt Merowechs in Rouen gehört zu haben. Hatte Praetextatus, dieser unberatene Esel, etwa …? Er lauschte wieder. Chilperich war in die Mitte des Chors getreten und dort stehen geblieben, den Altar hinter sich. Auf einmal spiegelte sein Gesicht nur noch Qual.

»Mein Sohn Merowech hat ohne meine Erlaubnis Königin Brunichild von Austrasien geheiratet, und Bischof Praetextatus hat die Trauung vollzogen.«

Stille herrschte, eine ohrenbetäubende Stille, bis jemand »Blutschande« flüsterte, allerdings laut genug, um gehört zu werden.

»Mein Sohn«, erklärte Chilperich tonlos, »mein Sohn ist verführt worden. Dennoch: Er wusste, was er tat. Er hat sich mit der Erzfeindin meines Reichs verbunden, mit dem Segen des Bischofs. Bezweifelt jetzt noch jemand den Hochverrat? Wie oft kann ein Vater seinem Sohn verzeihen? Ich habe ihm oft vergeben, immer wieder, auch wider bessere Einsicht, aber alles, was er bisher getan hat, ist nichts gegen dies.« Tränen schossen ihm in die Augen.

Er konnte nicht weitersprechen und sank auf die Knie, während er ein unerträgliches Stechen in der Brust verspürte.

Das macht er gut, dachte Bertram mit einer Spur Unbehagen. Da kam doch tatsächlich echtes Leid zum Vorschein. Das musste eine schwarze Stunde für Chilperich sein. Und dann dieses Trauergewand, das machte die Erschütterung noch überzeugender. Ging es wirklich nur um Merowech? Bertram entsann sich nun eines der vielen nächtlichen Gespräche mit Fredegund. Fredegund war zwar ein Luder, aber ein stets gut informiertes. Sie hatte einmal angedeutet, dass Chilperich in Brunichild verliebt gewesen sei. Dann musste ihn diese Heirat doppelt treffen. Und was die Konsequenzen betraf…

Zitternd stand Praetextatus auf. »Ich habe nicht mehr getan, als zwei Menschen zusammenzugeben, die sich innig lieben«, nuschelte er und schaute sich flehend um. Seine ganze Torheit wurde in dieser Erklärung so offenkundig, dass Bertram angewidert seufzte. Und wie sollte es nun weitergehen? Praetextatus hatte praktisch sein Amt verwirkt, konnte aber dennoch nicht abgesetzt werden. Ein geweihter Bischof blieb Bischof, aber er musste vor das Kirchengericht gestellt werden. Brunichild hatte ihren Neffen geheiratet, zwar nur einen angeheirateten, aber dennoch galt eine solche Ehe als Blutschande, da waren die Gesetze eindeutig. Und wenn sich das gemeine Volk derartige Verbindungen nicht leisten konnte, dann eine Königin erst recht nicht. Was hatte sich Brunichild dabei gedacht?

Ja, was? Bertram strich sich über die volle Unterlippe. Der Aufstand, den Chilperich erwähnt hatte! Sie wollte mit Merowechs Hilfe einen Aufstand gegen dessen Vater anzetteln! Das war's also. Sie schreckte aber auch vor gar nichts zurück. Saß in diesem feuchten, gottverlassenen Nest Rouen in Gefangenschaft und schaffte es, eine geradezu tolldreiste Intrige zu spinnen. In hilfloser Bewunderung schüttelte er den Kopf.

Chilperich richtete seinen Blick, den er zu Boden gesenkt hatte, erneut auf Praetextatus und stand langsam auf. »Bitte, wiederhole deine Worte, damit alle dich hören.«

Längst hatte Getuschel eingesetzt.

Kampfbereit trat Gregor wie am Tag zuvor neben seinen Amtsbruder. Aber bevor er das Wort ergreifen konnte, sagte Bertram gedämpft, aber laut genug, um verstanden zu werden: »Gregor, halt den Mund! Nicht einmal du kannst aus der Trauung eines blutschänderischen Paars eine heilige Handlung machen.«

4 Manchmal noch träumte Wittiges von Spanien, wo das Leben leichter und heiterer war, zumindest kam es ihm in der Erinnerung zuweilen so vor. Aber allzu oft dachte er nicht an seine ehemalige Heimat, die er vor elf Jahren verlassen hatte. Er war als mittelloser Sohn eines Landadligen an Brunichilds Hof gekommen und gebot inzwischen über einen ausgedehnten, ertragreichen Besitz. Einen großen Teil seiner Felder beackerten seine eigenen Sklaven, den anderen die halb freien Bewohner seiner zwei Dörfer, die Abgaben zu zahlen und ihm Wehrdienst zu leisten hatten, wenn er für seinen König in den Krieg ziehen musste. Er war mit drei Knechten und vier Kriegern aufgebrochen und kam mit sechs Männern zurück – einer war in der Umgebung von Passau als Marodeur ertappt und aufgehängt worden. Wie er das den Angehörigen erklären sollte, wusste er noch nicht.

Auf dem letzten Stück Wegs ließ er die Männer voranreiten. Sie befanden sich nun so nahe beim ersten Dorf, dem Schmiededorf, dass sie nicht mehr mit Räubern rechneten. Seit König Sigiberts Tod hatten die Überfälle umherziehender Banden zugenommen, wie immer in Zeiten unsicherer Herrschaft. Außerdem lag das Gut im Grenzgebiet zu Neustrien, König Chilperichs Reich, und war deshalb besonders gefährdet.

Es sah aber nicht nach einem kürzlich stattgefundenen Einfall feindlicher Horden aus. Einige Felder zeigten Wühlspuren von Wildschweinen. Von diesen Schäden abgesehen, stand das Korn bemerkenswert hoch und dicht, während die Wiesen im satten Sommergrün leuchteten. Nahe am Gut graste Vieh auf kleinen Weiden, robuste braune Kühe mit ihren Kälbern. Im Vergleich zu den weiten, öden Landstrichen im Gebiet der Alamannen sah es hier so heimelig und freundlich aus, dass Wittiges eigentlich das Herz hätte aufgehen müssen. Insgeheim gab er sich einen Stoß, um sich endlich über die Heimkehr zu freuen, aber es gelang ihm nicht.

Er schlug einen kleinen Umweg ein, um sich von hinten seinem Wohnsitz zu nähern und über den Stallhof einzureiten. In der Einfahrt lungerte ein Junge herum, den er erst auf den zweiten Blick erkannte. Es war Ulf, der jüngere Bruder des Schmieds

Otho. Die Traurigkeit im Gesicht des Knaben glich erschreckend seinen eigenen Empfindungen. Und noch während er das Kind betrachtete, das ihn wie ein verstörtes, hungriges Tier anstarrte, hörte er jemanden rufen.

Er wandte sich um.

Ein rundlicher Mann in einer schmuddeligen braunen Kutte lief auf ihn zu, die Arme weit ausgebreitet. »Hast du wieder vergessen, dass wir einen schönen Vordereingang haben? Aber ich hab mir schon gedacht, dass du dich von hinten hereinschleichst.«

Lächelnd schwang sich Wittiges aus dem Sattel. Nun eilten auch Knechte aus den Ställen herbei. Einem von ihnen warf er die Zügel der Stute zu und ließ sich von seinem Freund und Verwalter Pontus umarmen. »Ich bin selbst erst vor einer Stunde heimgekommen«, fuhr Pontus fort, »ich war drüben im Mühldorf, der Mühlstein ist zerbrochen. Ich weiß nicht, was diese Mühlsteine an sich haben, sie zerbrechen so leicht. Oder es liegt am neuen Müller. Am besten, wir schmeißen den Kerl raus. Warum reitest du nicht Bauto? Wo ist er überhaupt?« Pontus schob Wittiges von sich und schaute kurz dem Knecht hinterher, der die Stute in den Stall führte. Wittiges antwortete nicht, da packte ihn Pontus an den Schultern. Die beiden Männer sahen sich an, und Pontus schien einiges in Wittiges' Augen zu lesen, das seine Laune merklich dämpfte. »Erzähl's mir später«, murmelte er. »Jetzt komm erst einmal hinein.«

Auf dem Weg zum Haus wandte sich Wittiges nach dem Jungen um. Er stand immer noch im Eingang.

»Was ist mit ihm?« Wittiges deutete auf das Kind.

»Wann immer er kann, kommt er her und fragt nach Felix. Armer Kerl.«

»Was ist mit Felix?« Auf einmal wurde Wittiges von einer schrecklichen Furcht ergriffen.

»Später. Iss und trink erst einmal. Du musst doch halb verdurstet sein.«

»Ich will wissen, was mit Felix ist: jetzt!«

Aletha war zu Theodos Hof hinübergeritten und wurde nicht vor dem Abendessen zurückerwartet, so hatte Wittiges Gelegenheit, vorerst mit Pontus allein zu sprechen. Anfangs stockend und allmählich flüssiger berichtete er diesem in möglichst ruhigem Ton das Wesentliche über seine Mission zu den Awaren.

Was das Schicksal Bautos betraf, teilte er nur dessen Tod mit und weigerte sich, nähere Erläuterungen abzugeben. Der Hengst hatte die Reise nicht überlebt, mit dieser Erklärung mussten sich Pontus und alle anderen zufriedengeben, die noch fragen sollten.

»Ein Unfall? Oder war's im Kampf?«, fragte Pontus dennoch.

Statt zu antworten, starrte Wittiges ins Leere. Er brachte es nicht über sich, sich in eine Lügengeschichte zu flüchten, außerdem fühlte er sich auf einmal so erschöpft, dass ihm nicht einmal eine Ausrede einfiel.

Auch Pontus hatte an dem kleinen Hengst gehangen. Er strich sich über das stoppelige Kinn, äugte forschend zu Wittiges hinüber und nickte schließlich. »Wie du meinst. Hast du die Falben auf der Weide gesehen? In ihnen lebt er weiter«, bemerkte er nachdenklich. »Und er hatte nicht mehr allzu viele Jahre vor sich.«

Das war wohl als Trost gemeint. Zum Glück hakte Pontus nicht noch einmal nach. Später sicher, darauf konnte Wittiges wetten. Abgesehen davon würde sich die Wahrheit ohnehin herumsprechen, dafür würden die Knechte und Krieger sorgen, die ihn auf der Reise begleitet hatten.

Sie saßen in einem kleinen intimen Innenhof mit überdachtem Umgang, auf den die Schlafgemächer der Familienmitglieder hinausgingen. Eine junge Sklavin, der Wittiges kaum einen Blick schenkte, bediente sie mit der Unauffälligkeit und Umsicht, die Aletha sie gelehrt hatte, und zog sich dann auf einen Befehl von Pontus zurück. In der Hofmitte plätscherte ein Brunnen, der von der Leitung gespeist wurde, welche die ganze Villa mit Wasser aus einer Quelle versorgte, die einige Meilen entfernt einer Anhöhe im Wald entsprang. Die alte Leitung, die im Wesentlichen noch aus der Römerzeit stammte, war das Erste, was sie vor elf Jahren, als Wittiges das Gut übernommen hatte, instand gesetzt hatten. Jedes Mal, wenn er nach einer Reise das Wasser plätschern hörte, musste er an diesen ebenso mühseligen wie hoffnungsfrohen Beginn denken. Diesmal mit tiefer Wehmut.

»Es tut mir leid, dass Felix nicht hier ist.« Pontus schlug Wittiges sacht aufs Knie. »Aber ich denke, Brunichild wird gut auf ihn achtgeben.«

Inzwischen hatte Wittiges von Felix' Reise nach Chalon erfahren. Sie passte ihm ganz und gar nicht, obwohl er nicht hätte sagen können, warum. Es war mehr als die Enttäuschung, seinen Sohn bei der Ankunft nicht vorzufinden.

»Ja, sicher«, murmelte er matt.

»Was bedrückt dich sonst noch?«, fragte Pontus in seiner unverblümten Art.

Wittiges schrak zusammen. »Nichts, ich bin bloß müde. Und reicht es nicht, dass Gogo und die anderen vom königlichen Rat glauben, ich hätte versagt? Ich glaube es ja selbst«, bekannte er mit einem Anflug von Sarkasmus. »Wenn du erlaubst, ziehe ich mich für eine Weile zurück.«

Wittiges stand auf, kam aber nicht weit. Aletha trat in den Hof, sah ihn, stockte und rannte die letzten Schritte auf ihn zu.

Ganz sacht drückte etwas Wittiges' Herz zusammen.

»Ich wusste, du kommst heil zurück«, stammelte sie, Tränen der Freude in den Augen.

Zögernd nahm er seine Frau in die Arme, presste sie dann aber fest an sich. Als sie sich von ihm freimachte und ihn überglücklich anstrahlte, ließ der Druck in seinem Innern ein wenig nach.

»Dir ist doch nichts geschehen, nicht wahr? Und die anderen, sind sie alle mit dir heimgekehrt?«, stieß sie atemlos hervor.

Pontus wollte sich unauffällig zurückziehen, aber Wittiges hielt ihn an der Kutte fest. »Bleib.« Pontus gehörte zur Familie, es war nicht nötig, dass er sie allein ließ. Und da war noch eine junge Frau, die hinter Aletha hereingekommen war und ein kleines Kind auf dem Arm trug.

»Viola!« Jetzt erst nahm er sie richtig wahr. Den Namen hatte er ihr gegeben, vor elf Jahren, als sie eine rotznasige, etwa fünfjährige Göre mit auffallenden tiefblauen Augen gewesen war, eine kleine Waise, die von ihrer Großmutter, der Dorfhexe, aufgezogen worden war. Inzwischen war aus dem Kind eine strahlend schöne junge Frau geworden.

»Mit dir habe ich nicht gerechnet.«

»Was für eine freundliche Begrüßung, also wirklich«, entgegnete Viola spöttisch.

»Und wo stecken Alexander und Cniva? Sind sie auch mitgekommen?«, fragte Wittiges.

Aletha schüttelte den Kopf. Alexander war ihr Bruder, der mit Cniva zusammen Theodos Hof bewirtschaftete, ein von Wittiges übertragenes Lehen. Das Anwesen trug noch immer den Namen eines Vorbesitzers, der aus dem Krieg nicht heimgekehrt war. Cniva war früher Hofmeister des Frauenhauses in der Residenz des westgotischen Königs Athanagild in Toledo gewesen. Er kannte Aletha und Alexander von Kindesbeinen an und hatte sich nach seinem Abschied vom Hofamt bei ihnen niedergelassen. Da er keine Angehörigen hatte, hatte er sich vor Jahren der kleinen Viola angenommen, ihre Freiheit erwirkt, sie adoptiert und großgezogen. Obwohl er sich alle erdenkliche Mühe gegeben hatte, aus ihr eine Dame zu machen, war ihm dies nur teilweise gelungen. Wann immer es ihr passte, kehrte sie das freche, aufsässige Gör von früher hervor, das nun, gepaart mit der sinnlichen Ausstrahlung einer erwachsenen jungen Frau, eine betörende Mischung ergab. Wittiges war einigermaßen geübt darin, sie nicht zu stark auf sich wirken zu lassen.

»Wieso fragst du nach den beiden«, mischte sich Viola ein, »statt endlich deine Tochter zu begrüßen?«

Weil ich mich kaum traue, sie anzufassen, dachte Wittiges, streckte aber nun die Hand aus und strich über das seidenweiche Haar des Kindes. Agnes hatte kurze hellbraune Locken, ein Grübchen im Kinn und die blauen Augen ihres Vaters. Ein niedliches Kind, das dem großen Bruder Felix wenig ähnelte. Wittiges hatte seine Tochter im letzten Jahr so wenig gesehen, dass er ihr weitgehend fremd war. Verschreckt von der Berührung, verzog sie das Gesichtchen und barg den Kopf an Violas Schulter.

»Da siehst du's. Sie kennt mich nicht«, murmelte er.

»Hoffentlich bleibst du diesmal lange genug, damit sich das ändert«, sagte Viola forsch und lächelte ihn verschmitzt an.

Zur Feier der Heimkehr setzten sich alle zusammen im großen Speisesaal zum Abendessen nieder. Draußen dämmerte die Sommernacht herein, Grillen zirpten, und eine Nachtigall sang. Eine weiche, aromatische Brise ließ die halb durchsichtigen Vorhänge wehen, die die Türen zum Innenhof mit den kostbaren Marmorsäulen, dem Wasserbecken und den duftenden Rosensträuchern ersetzten. Aletha hatte sich umgezogen und trug nun eine Sommertunika aus raffiniert gerafften Seidenbahnen, die die Schultern und das makellose Dekolleté weitgehend frei ließ, sowie lange glitzernde Ohrgehänge, die den schlanken Hals zur Geltung brachten. Wittiges hatte gebadet und sich ebenfalls umgekleidet. Den ganzen Abend über glitt sein Blick auffallend häufig zu der schönen Frau, mit der er nun schon so lange verheiratet war. Immer wieder schauten sie sich an, und je weiter der Abend voranschritt, desto mehr nahm das Verlangen zu, in die lang entbehrte Intimität zu sinken, die alle anderen ausschloss.

Viola versuchte nach Kräften, Wittiges' Aufmerksamkeit auf sich zu ziehen, es war ein Spiel, das sie schon länger mit ihm trieb und dem er größtenteils und auch an diesem Abend mit Humor begegnete. Es wurde höchste Zeit, dass der alte Cniva für diese temperamentvolle, verführerische junge Frau einen passenden Ehemann fand.

Als Wittiges sich endlich mit Aletha in das geräumige Schlafgemach zurückzog, überfiel ihn eine seltsame Hemmung. Er ließ sich auf einen Schemel sinken und sah ihr beim Auskleiden zu. Noch vor wenigen Monaten, genau genommen vor der Reise, hätte er sich nicht so passiv verhalten. Aletha war wunderschön, ihr Körper zeigte Rundungen und Formen, die weich und straff zugleich waren, ihre Haut leuchtete hell und samtig im Licht der Kerzen. Nun schritt sie langsam von Kandelaber zu Kandelaber, mit nichts weiter angetan als einem rosa Mieder, das ihre Brüste eng umspannte, und löschte alle Kerzen bis auf jene neben dem Bett. Sein Blick wurde unaufhaltsam von ihrer Scham angezogen, dieser glatten Pfirsichfrucht, die auf ihn wartete.

Seine Hand juckte, es war ein Schmerz, der sich leise in sein Bewusstsein geschlichen hatte. Hastig kratzte er sich. Die Handinnenfläche war mit braunrotem Schorf bedeckt, und nur zu rasch zeigte sich frisches Blut. »Ich hab dir noch gar nicht die Tuche gezeigt. Du wirst sie bestimmt ungewöhnlich finden«, murmelte er verstört.

»Jetzt nicht.« Sie stand so dicht vor ihm, dass er ihren Duft roch, den aufreizenden Duft einer liebesbereiten Frau, und Wittiges wurde die Kehle eng. Hatte die junge Awarin nicht auch so gerochen, irgendwann in jener Nacht? Die Erinnerung an sie war nicht mehr zu verdrängen. Völlig darin gefangen, hockte er zusammengesunken auf dem Schemel.

»Was hast du da?« Sie nahm seine Hand.

»Die einzige Verletzung, die ich mit heimgebracht habe«, antwortete er mit heiserer Stimme und war sich bewusst, wie seltsam die Antwort für sie klingen musste und was sich an tieferer Wahrheit dahinter verbarg.

Fast den ganzen nächsten Tag verbrachte er mit Pontus im Kontor, wo sie gemeinsam die Steuerabrechnungen durchgingen und alle Vorfälle besprachen, die das Gut und die Leute in den zwei Dörfern, die dazugehörten, betrafen. So bald wie möglich wollte er einen Gerichtstag abhalten, denn Recht zu sprechen gehörte zu seinen Obliegenheiten als Gutsherr. Es war über die üblichen Fälle von Viehdiebstahl zu entscheiden, und ein Mann war angeklagt, die Frau eines Nachbarn vergewaltigt und erwürgt zu haben.

Wittiges wunderte sich, dass der Ehemann nicht gleich mit dem Scramasax zugeschlagen hatte, aber vielleicht war er auf eine Entschädigung aus. Das Wergeld für eine Frau im gebärfähigen Alter, die keine Sklavin war, betrug nahezu das Höchstmögliche. Pontus schilderte den Mann als besonders rechtschaffen. Er sei keiner der üblichen Raufbolde, und darüber könne man nur froh sein, bemerkte er. Wittiges pflichtete ihm bei, fühlte sich aber dennoch vom scheinbar christlichen Verhalten des Ehemanns abgestoßen.

»Und dann müssen wir uns noch über den Heiligen unterhalten«, eröffnete Pontus ein weiteres wichtiges Thema. Er hatte Wittiges bereits erklärt, dass sich oberhalb der Villa in einer Höhle im Wald ein Wanderheiliger häuslich niedergelassen hatte.

»Müssen wir das?« Wittiges zog die Brauen hoch. »Ich sollte heute noch die Witwe des Mannes aufsuchen, den wir an der Mauer von Kastell Boiotro aufhängen mussten. Er hat trotz strengen Plünderungsverbots eine Bande Taugenichtse um sich geschart und ein Dorf überfallen.«

»Brodulf aus dem Mühldorf, du hast ihn erwähnt. Er hinterlässt *zwei* Witwen, und ich denke, sie wissen es bereits von den Männern, die du heimgebracht hast«, wandte Pontus ein. »Es eilt also nicht, mit den Leuten zu sprechen. Der älteste Sohn kann den Hof übernehmen, du musst die Familie nicht hinaussetzen, sie wird zurechtkommen.« Um die enormen Steuern zahlen zu können, die auf all dem Land lasteten, das zum Gut gehörte, konnte Wittiges es sich nicht leisten, eine Familie zu behalten, die ihre Hauptarbeitskraft verloren hatte.

»Dieser Heilige ist ein Ärgernis«, kam Pontus auf sein Thema zurück.

»Warum? Weil du nicht mehr der einzige Heilige der Gegend bist?« Als ehemaliger Mönch betreute Pontus die kleine Kapelle, die er mit Wittiges' Billigung in einem nicht genutzten Raum der weitläufigen Villa eingerichtet hatte. Dort hielt er Andachten ab und war für die Bewohner der zwei Dörfer als Seelsorger tätig, denn im Umkreis gab es nicht die kleinste Kirche. Dabei war nicht einmal sicher, welchem Glauben er anhing. Wittiges vermutete, dass er genau wie er selbst und Aletha arianischer Christ war, da er aus dem Süden stammte. In Spanien und großen Teilen Südfrankreichs herrschte der Arianismus vor. Wittiges war von Haus aus Arianer und gedachte, es zu bleiben. Er nahm an, dass der Wanderheilige der römischen Kirche angehörte.

Unvermittelt stand Wittiges auf. »Mir brummt der Schädel«, stieß er brüsk hervor. »Ich brauche frische Luft.« Neuerdings hielt er es in geschlossenen Räumen kaum aus.

»Ja, geh nur und überlass mir alle Sorgen«, bemerkte Pontus gallig, »wenn es dich denn nicht kümmert, wie viele Fremde hier auftauchen, seit dieser Wahnsinnige die Leute verrückt macht.«

»Fremde?« Wittiges war stehen geblieben. »Was für Fremde? Sind sie bewaffnet?«

Pontus verdrehte die Augen. »Ist das alles, was du wissen willst? Ich sorge mich um das Seelenheil der Menschen, und du fragst, ob sie Waffen tragen.« Pontus hatte nie den Wunsch zu heiraten geäußert, und über ihn waren auch keine Weibergeschichten in Umlauf. Beides sprach dafür, dass er früher tatsächlich ein Mönchsgelübde abgelegt hatte. Ansonsten verhielt er sich eher weltlich und hielt nicht allzu viel von Askese. Er aß und trank gern, liebte sein weiches Bett und machte sich nur deshalb nichts aus kostbarer Kleidung, weil er sich darin unbehaglich fühlte. »Sie kommen aus allen Himmelsrichtungen, seit unser Heiliger ein paar Wunder gewirkt hat.«

»Was für Wunder?«

»Die üblichen. Wenn ein Mann wider Erwarten von einer schweren Krankheit genesen ist, gilt es als Wunder, das der angebliche Heilige herbeigebetet hat. Und wenn ein brennendes Strohdach durch einen Regenguss gerettet wird, ist das auch ein durch ihn bewirktes Wunder. Und so weiter, du kennst das.«

»Nur von dir«, warf Wittiges ein.

»Ich halte damit die Leute leichter unter meiner Fuchtel, daran ist nichts Schlimmes«, entgegnete Pontus pikiert.

Also doch Eifersucht, dachte Wittiges. »Geschenke?«

»Der Mann kann gut davon leben. Die Kunde seines Erfolgs ist bereits bis zum Bischof von Reims gedrungen. Sobald er von der Synode in Paris zurück ist, wird er sich mit unserem Heiligen befassen.«

Und auch dir auf die Finger schauen, mutmaßte Wittiges, der sich immer weniger für die Angelegenheit interessierte. »Dann haben wir ja noch Zeit.« Er machte einen Schritt auf die Tür zu. »Und wo kommen die vielen Fremden unter?«

»Einige hat Cniva beherbergt, hab ich gehört.«

Wittiges wandte sich um. Jetzt bekam der Fall eine andere

Bedeutung. Harmlose Pilger waren eine Sache, Fremde, die bei Cniva auf Theodos Hof Quartier bezogen, eine andere. »Kommt das oft vor?«, fragte er leichthin. Cniva war zu Zeiten des alten burgundischen Königshauses General gewesen. Als die Burgunder in einer letzten Schlacht von den Franken endgültig besiegt wurden, geriet Cniva in Gefangenschaft und wurde entmannt, eine durchaus übliche Strafe für hartnäckigen Widerstand. Es war ein Wunder, dass man ihn überhaupt am Leben ließ. Aber es gelang ihm, zu fliehen und außerdem zwei Kinder zu retten, die letzten Abkömmlinge des alten Königshauses, und sie nach Spanien zu bringen. Aber dort wurden er und die Kinder in Geiselhaft genommen. Diese Kinder, die keine Geschwister waren, sondern Cousin und Cousine, heirateten heimlich und bekamen eine Tochter und einen Sohn: Wittiges' Frau Aletha und ihren Bruder Alexander. Cniva stieg zum Hofmeister des Frauenhauses auf und konnte so über die beiden wachen, aber nicht verhindern, dass sie nach dem frühen Tod der Eltern zu Sklaven erklärt wurden. Alexander wurde sogar entmannt, um sicherzustellen, dass er niemals einen Herrschaftsanspruch stellen konnte. Er war Eunuch, genau wie Cniva. Aber wie man es auch drehte und wendete, Alexanders und Alethas Abstammung ging in direkter Linie auf das alte burgundische Königshaus zurück. Und der ehemalige General Cniva hing, wie Wittiges nur zu gut wusste, immer noch gefährlichen Träumen nach.

Wittiges überlief es kalt. Er mochte Cniva, traute ihm aber nie ganz.

Pontus verzog das Gesicht. Ihm konnte Wittiges nichts vormachen, der Freund ahnte nur zu gut, in welche Richtung seine Gedanken schweiften. »Oft genug, und niemand weiß, woher diese Leute kamen. Ich habe Alexander gefragt, aber er hat auch nur etwas von Pilgern erzählt. Zwei dieser Pilger hab ich gesehen, sie waren etwas zu gut gekleidet und bewaffnet und ritten ausgesprochen wertvolle Pferde. Die meisten Pilger kommen zu Fuß und kampieren an der Quelle oben im Wald. Ich hätte nichts dagegen, wenn sie nicht an unserer Wasserleitung herumfummeln würden. Erst letzte Woche hatten wir wieder kein Wasser.«

»Dann muss ich wohl mit Cniva reden«, murmelte Wittiges.

»Wegen des Wassers? Was hat er damit zu tun?«

»Sei nicht blöd.«

»Cniva ist auf Pilgerreise«, erklärte Pontus langsam, »vier oder fünf Tage, nachdem dieser *comes* Wandalenus im Auftrag Brunichilds Felix abgeholt hat, ist er zu einer Pilgerreise zum Grab des heiligen Martin nach Tours aufgebrochen, und Alexander begleitet ihn.«

»Ich wusste gar nicht, dass die beiden zum römischen Glauben übergetreten sind.«

»Ich auch nicht«, sagte Pontus knapp.

5 Chalon war eine uralte, aber nicht sehr große Stadt. In einer Schleife der Saône gelegen, die hier durch ein fruchtbares breites Tal floss, bot sie ein hübsches Bild friedlichen Wohlstands.

Das großartigste Bauwerk der Stadt war zweifellos die Kirche, die künftig als Grablege für Guntrams Familie dienen sollte. Ein schlichter Bau aus sorgfältig behauenem Stein mit einer Reihe von halbrunden, mehrfach durch Holzwerk unterteilten Oberlichtfenstern und einem offenen Dachstuhl, der dem Innenraum erst die rechte Höhe verlieh.

Guntram war seit Jahren dabei, Chalon zur Residenzstadt auszubauen, ein Vorhaben, das Brunichild mit unbestimmter Sorge erfüllte, rückte das Machtzentrum Burgunds damit doch recht nahe an die Grenze zu Austrasien. Andererseits war ihr Guntram bisher stets wohlgesinnt gewesen. Im Streit um Sigiberts Erbe hatte er sich klar auf ihre Seite geschlagen und verurteilte aufs Schärfste Chilperichs Übergriffe auf ihren Herrschaftsbereich wie die Annexion von Tours und Poitiers. Zwar gab es mit Guntram einen schwelenden Streit um Marseille, aber bisher war dieser Konflikt nicht in einen offenen Krieg ausgebrochen. Aufgrund eines Abtretungsvertrags gehörte die Hälfte von Marseille, einer der wichtigsten Städte im Süden und das Tor zum Mittelmeer, seit einigen Jahren Guntram, aber der Vertrag war durchaus anfechtbar.

Als Bedingung für ihre Teilnahme an den Feierlichkeiten hatte Brunichild um einen Wohnbereich ersucht, der sich von ihren Kriegern gut bewachen ließ. Sicher hatte das Misstrauen, das in der Bitte mitschwang, etwas Kränkendes, aber darauf konnte sie keine Rücksicht nehmen.

Das größte Gebäude der Residenz war früher einmal eine Markt- und Versammlungshalle gewesen, in die man eine Geschossdecke eingezogen hatte und die von außen ein gewisse Ähnlichkeit mit der Kirche aufwies. In einem großen Viereck um die Halle herum waren Nebentrakte angeordnet, weitere gruppierten sich um einen zweiten und dritten Hof. Brunichild wurde ein ganzer Flügel zugewiesen, der sich durch eine massive Tür gegen das übrige Gebäude absperren ließ und auf der anderen Seite Zugang zu einem ummauerten Gärtchen bot.

Da vieles noch im Bau begriffen war, ergab sich ein tägliches Kommen und Gehen von Fuhrwerken mit Baumaterialien, begleitet von Handwerkern und Aufsicht führenden Baumeistern. Die Gäste, die sich mit ihrem Gefolge aus Kriegern, Schreibern, Knechten und Mägden eingefunden hatten, machten das Gewimmel noch unüberschaubarer. Eigentlich konnte sich jedermann unbemerkt Zutritt zum königlichen Hof verschaffen.

Brunichild hatte zusammen mit *comes* Wandalenus noch in Metz die Jungen auf ihre Rollen vorbereitet, und natürlich hatte Felix als der Ältere und Vernünftigere eher begriffen, wie wichtig es war, sich an die Anweisungen zu halten. Für Bertho war alles nur ein aufregendes Spiel.

Gleich zum ersten Treffen nahm Brunichild statt seiner Felix mit. Sie hatte vor, den Jungen nur kurz der Familie zu präsentieren und später zum Abendessen Bertho einzuschmuggeln, um zu sehen, ob jemandem etwas auffiel.

Guntram kam ihnen entgegen, sobald er sie in der großen Versammlungshalle erblickt hatte. Brunichild war sich keineswegs sicher, wie er sie empfangen würde. Aber er strahlte und umarmte sie herzlich. Dann wandte er sich Felix zu.

»Das ist er?«

Vor diesem Moment hatte sich Brunichild gefürchtet. Würde

die List gelingen? Und was passierte, wenn der Schwindel aufflog?

»Ja, das ist er. Du hast ihn ja noch nie gesehen, fällt mir ein.«

»Bertho!« Guntram strich dem Kind über den Kopf, und Felix hielt sich sehr gerade. »Womit beschäftigst du dich am liebsten?«

Reiten, lag Felix auf der Zunge. »Im Augenblick lese ich sehr viel«, antwortete er artig.

Guntram lachte laut auf. »Tatsächlich? Fürs Lesen hatte keiner meiner Söhne etwas übrig und ich früher auch nicht. Für sieben Jahre macht der Junge einen sehr verständigen Eindruck. Du bist sicher, er ist erst sieben?«, wandte er sich an Brunichild und legte Felix mit einer besitzergreifenden Geste eine Hand auf die Schulter.

Brunichild wurde es siedend heiß. Sie hoffte inständig, dass sich der Junge nicht verriet und seinen Unmut, den sie unschwer erahnte, im Zaum hielt. Welcher Elfjährige ertrug es denn, für sieben gehalten zu werden? Hatte man ihm die Sache vielleicht doch nicht eindringlich genug erklärt?

»Der Tod seines Vaters hat ihn schneller reifen lassen.«

Schlagartig wurde Guntram ernst. Von eher schmächtiger Statur, war er in den letzten Jahren etwas fülliger und sein Haar schütterer geworden, aber er war von den Brüdern der freundlichste, der sich am meisten um Ausgleich, Frieden und Gerechtigkeit bemühte. Brunichild mochte ihn. Nun legte er ihr einen Arm um die Schultern. »Du und ich, wir haben viel Leid zu tragen. Mir sind alle meine Söhne genommen worden, sodass ich einem verdorrten Baum gleiche, und dein Los als Witwe ist auch nicht leicht.« Seine Stimme war zu einem Flüstern herabgesunken.

Von Guntrams drei Gemahlinnen war die erste verstorben, und die zweite hatte er verstoßen, weil sie seinen erstgeborenen Sohn vergiftet haben sollte. Brunichild glaubte nicht daran, sie hatte Marcatrud noch kennengelernt, eine sympathische, mitfühlende Frau, was natürlich kein Beweis dafür war, dass sie nicht fähig sein sollte, um der Zukunft ihrer eigenen Kinder willen andere aus dem Weg zu räumen. Inzwischen waren auch ihre Söhne tot.

»Ja«, stimmte Brunichild weich zu, »das Leid bringt uns einander näher.« Unauffällig langte sie hinter Guntrams Rücken nach Felix' Hand und drückte sie sacht, um ihm zu verstehen zu geben, wie gut er seine Sache machte. Aus den Augenwinkeln nahm sie wahr, wie es in seinem Gesicht zuckte. Was für ein außergewöhnlich verständiges Kind. Aber seine Hand war eiskalt.

Guntram zwinkerte Felix zu, während er wieder das Wort ergriff.

»Chlodomer war mir der liebste meiner Söhne«, erklärte er, »deiner hat eine gewisse Ähnlichkeit mit ihm, vor allem in der Haltung. Ein wirklich ruhiges Kind, das gefällt mir. Bring ihn bald einmal zu mir in meine Privaträume, damit ich mich ungestört mit ihm unterhalten kann.«

Während Brunichild überlegte, wie sie das verhindern konnte, näherten sich andere Gäste, denen sich Guntram widmen musste. Eilig ergriff sie die Gelegenheit und brachte Felix zurück in die Unterkunft. Der Plan mit dem Austausch der Jungen war nicht recht ausgereift gewesen. Ursprünglich hatte sie vorgehabt, die beiden gleichzeitig bei Hof zu zeigen und es allen schwer zu machen, sie auseinanderzuhalten. Dafür hatte sie ihnen die gleiche Kleidung nähen lassen, und Bertho hatte Stiefel bekommen, die ihn größer machten, damit der Unterschied kaum noch ins Auge fiel. Wer schaute sich ein Kind schon so genau an?

Inzwischen fand sie es gescheiter, immer nur einen – und wenn möglich Felix, auf den mehr Verlass war – zu präsentieren. Sie war sich sicher, dass er sein Versprechen, seine Mutter nicht einzuweihen, gehalten hatte. Nur zu genau wusste sie, dass Aletha sie für ihr Handeln, für das, was sie tat, selbst wenn Felix unbeschadet wieder nach Hause gelangte, für immer hassen würde.

Zwei Tage vor der feierlichen Beerdigung kehrte Brunichild mit Felix von einem kleinen Ausritt zurück, um den er gebeten hatte und den sie ihm als kleine Belohnung und Aufmunterung nicht hatte abschlagen wollen – außerdem ritt sie selbst leidenschaftlich gern. Sie hatten sich beide eine Belohnung verdient. Guntram hatte mit Felix gesprochen, und Brunichild war es gelungen, diese Unterredung möglichst kurz zu halten. Guntram war entzückt von dem Jungen, den er für seinen Neffen hielt. Es sprach also nichts dagegen, sich für einige kostbare Stunden aus dem Trubel des Hofs zu entfernen. Schade, dass sie Bertho nicht mitnehmen konnten. Vor Zorn darüber, sich unsichtbar halten zu müssen, obwohl er doch der gesalbte König von Austrasien war, verhielt sich Bertho immer ungebärdiger. Und er piesackte Felix, wo er nur konnte. Brunichild sehnte das Ende der Trauerfeier herbei und hoffte, dass Guntram endlich bekannt gab, wen er zu seinem Erben erkoren hatte.

Sie waren, von nur wenigen Kriegern begleitet, an der Saône entlanggeritten, die hier breit und träge dahinfloss, und hatten nistende Vögel beobachtet oder den Lastschiffen zugeschaut, die Waren aus dem Süden herantransportieren, und die Stille genossen. Wesentlich zufriedener und wohltuend müde kehrten sie schließlich um.

Als sie in die Empfangshalle traten, bemerkte Brunichild, dass neue Gäste eingetroffen waren. Mitten in der Eingangshalle stand eine auffällig rothaarige Frau mit einem jungen Mädchen.

Die Frau war Fredegund!

Ein grausiges Gefühl von Unwirklichkeit überkam Brunichild, als sie die Frau erblickte, die die Ermordung Gailswinthas und Sigiberts auf dem Gewissen hatte. Zu schade, dass der kleine Priester versagt hatte!

Fredegund trat ihnen entgegen. »Ach, das ist dein Sohn? Lass sehen!« Eine förmliche Begrüßung schenkte sie sich, lächelte aber scheinbar unbeschwert.

Mit einer raschen Bewegung schob Brunichild Felix hinter sich. »Auf keinen Fall.«

Fredegunds Miene erstarrte. »Du glaubst doch nicht etwa, ich vergreife mich an dem Kind?«

Es war Jahre her, dass sie sich so nahe gekommen waren. Mit einer eigenartigen Schärfe nahm Brunichild die Veränderungen an ihrer Feindin wahr, die üppigere Gestalt, vor allem aber die Härte, die die einst lieblichen Züge prägte und die von größerer Unbeugsamkeit zeugte – und vielleicht auch von Verbitterung. Sie fragte sich, ob sie sich in ähnlicher Weise verändert hatte.

»Was sollte dich daran hindern?«, fragte Brunichild kalt.

»Du solltest wieder heiraten«, bemerkte Fredegund lässig, »das ist ein gutes Mittel gegen Schrulligkeit und verhindert, dass du dich wie eine ängstliche alte Jungfer aufführst.«

»Mutter!«, mischte sich das Mädchen tadelnd ein. Es musste Fredegunds Tochter Rigunth sein, eine dralle Dreizehnjährige, ebenso rothaarig wie die Mutter.

»Sei still!« Fredegund gab ihrer Tochter eine Ohrfeige, und Brunichild war damit durchaus einverstanden. Was fiel dieser Göre ein, ihre Mutter zu kritisieren? Was hatte das Mädchen bloß für Manieren? Der irrwitzige Hauch von Einverständnis verflog aber sofort wieder.

»Bei dir merkt man immer noch, aus welchem Stall du kommst. Die Küchenmagd, die du einmal warst, wirst du nie los«, sagte Brunichild leichthin und ließ die beiden stehen.

Fredegund war die Tochter eines kleinen Gebietskönigs im fränkischen Norden, aber ihre Mutter war Sklavin gewesen, eine Beute aus einem der unzähligen Kriege der Vergangenheit, aber so genau wusste das niemand.

Aufgewachsen war Fredegund im Haushalt von Chilperichs erster Frau Audovera, wo sie sich im Bett des Königs nach oben gedient hatte. Es war nun nicht mehr von Belang, woher sie stammte, aber Brunichild hatte herausgefunden, dass nichts Fredegund so sehr ärgerte wie ein Hinweis auf ihre dunkle Herkunft.

Sie sahen sich erst am übernächsten Tag vor der Kirche wieder. Fredegund war wie alle anderen Frauen in Trauergewänder gehüllt, das hieß, über ihren Kleidern trugen sie weite dunkle Umhänge aus leichten Stoffen, die in der Sommerbrise ein wenig flatterten. Die Hitze drückte schon so früh am Morgen, bis mittags würden sie alle durchgeschwitzt sein.

Die Prozession, die Einzug in die Kirche hielt, hatte sich auseinandergezogen, und es war Zufall, dass beide Königinnen nahezu gleichzeitig die schmale, weit offen stehende Pforte erreichten. Weihrauchduft schlug ihnen entgegen, und am Altar hinten im Chor schimmerten unzählige Kerzen. Sowohl Brunichild als auch Fredegund wurden von einem kleinen Gefolge aus Kriegern und Edeldamen begleitet, und Fredegund hatte ihre Tochter Rigunth dabei, die sich zwei Schritte hinter ihr hielt. Brunichild hatte Guntrams Bitte, Bertho an den Feierlichkeiten in der Kirche teilnehmen zu lassen, schlicht überhört. Sollte er später nachfragen, wollte sie behaupten, dem Jungen sei unwohl. Seit der ersten Begegnung mit Fredegund wurde sie von Unruhe und Sorge getrieben. Anlass gab ihr vor allem die Tatsache, dass Fredegund ihre Söhne zu Hause gelassen hatte. Brunichild schien, als solle damit das Schlachtfeld freigehalten werden. Das verwies auf einen Plan, den sie nur noch nicht durchschaute, der aber gewiss eine Gefahr – eine tödliche Gefahr – für Bertho beziehungsweise Felix darstellte, falls jener wieder die Rolle ihres Sohns übernähme.

Fredegund schritt auf einmal schneller aus, als ob sie unbedingt vor ihr die Kirche betreten wolle. Dabei öffnete sich der Umhang, und Brunichild sah etwas, dessen Anblick ihr vor Überraschung den Atem verschlug. Ohne nachzudenken, trat sie Fredegund in den Weg und prallte beinahe mit ihr zusammen.

»Geh beiseite!«, zischte Fredegund mit hoch erhobenem Kopf.

»Was?«

»Tritt beiseite!« Ein Luftzug aus der Kirche wehte Fredegunds Umhang weit auseinander, und wieder sah Brunichild den kostbaren, wunderschönen Gürtel, der auf dem dunklen Stoff des Kleids geradezu feurig glänzte.

»Einen Augenblick.« Sie griff zu, öffnete den Gürtel und riss ihn an sich.

»Das … gehört … mir!«, stieß sie gedämpft hervor. Wie war Fredegund an ihren Gürtel gekommen? Es war ein Geschenk Merowechs. Sie erinnerte sich genau, wann er ihn ihr geschenkt hatte: in Rouen, am Morgen nach der Hochzeitsnacht. Um nichts anderes tat es ihr so leid wie um diesen Gürtel, den sie mit weiteren Schätzen bei der plötzlichen Flucht hatte zurücklassen müssen.

Fredegunds Kleid sah nur noch wie ein unförmiger Sack aus und blähte sich unschön auf. Mit einem Aufschrei raffte sie den Mantel enger um sich. Der Angriff hatte sie völlig aus der Fassung gebracht, ihr Blick hetzte zwischen der offenen Tür und Brunichild hin und her.

»Bist du verrückt geworden? Gib sofort den Gürtel her!«, zischte sie schließlich. »Woher kennst ...« Fredegund stockte. Der Gürtel gehörte Brunichild? Wie war er dann in die Truhe in Chilperichs Gemach gelangt? Auf einmal war sie sich der Gaffer bewusst, die sie von hinten anstarrten. Ihr Gefolge wahrte zwar Abstand, aber die Männer und Frauen merkten natürlich, dass vor der Pforte etwas Ungewöhnliches geschah. Und Brunichild versperrte ihr immer noch den Zugang zur Kirche.

»Er gehört dir nicht«, erklärte Brunichild mit Nachdruck.

»Geh mir aus dem Weg!«, zischte Fredegund. »Und was den Gürtel betrifft: Sei nicht albern. Chilperich hat ihn mir geschenkt, hörst du? Er ist ein Geschenk ...« Eine Hand schnellte vor, um Brunichild den Gürtel zu entreißen, aber diese hielt ihn außer Reichweite.

»Er passt dir nicht einmal richtig. Du bist zu dick dafür. Dieser Gürtel ist eine Hochzeitsgabe meines Gemahls«, erklärte Brunichild mit leidenschaftlichem Nachdruck, öffnete ihren Umhang und legte mit einer raschen Geste den Gürtel um ihre schmale Taille, ein wenig höher als den anderen, schlichteren, den sie bereits trug. Der Schmuckgürtel stand ihr ausgezeichnet, und natürlich passte er perfekt, Fredegund sah es mit einem Blick. Brunichild war immer noch so schön und schlank wie vor Jahren. Weder ging sie in die Breite, noch hatte sie etwas von der natürlich wirkenden hoheitsvollen Ausstrahlung verloren, um die sie sie immer schon beneidet hatte. Im Vergleich zu ihr sah sie, vor allem mit dem nun sackartigen Gewand, wie eine Dienstmagd aus. Während hinter ihnen Getuschel einsetzte, überwältigte Fredegund der Hass auf die Frau vor ihr. Sie hasste sie nicht erst seit dieser Begegnung, aber noch nie mit dieser ohnmächtigen Wut, die ihr die öffentliche Demütigung vor den Augen ihrer Gefolgsleute bescherte.

Mit zwei Edeldamen schob sich auch Rigunth nach vorn, aber sie winkte sie zurück.

»Von Sigibert?« Fredegund lachte freudlos auf. »Er ist seit Jahren tot«, kreischte sie auf einmal. »Du bist eine armselige Witwe.«

»Ja, Sigibert ist tot«, entgegnete Brunichild langsam. »Aber mein Gatte Merowech lebt. Ich bin keine Witwe mehr.«

Fredegund riss die Augen auf und keuchte, während sie zurücktaumelte und Halt suchend nach Rigunths Arm langte. Mit einem milden, aber eindeutig siegesgewissen Lächeln wandte sich Brunichild um und setzte den Fuß über die Schwelle der Kirche. Ihr Gefolge eilte ihr nach und drängte dabei Fredegunds Anhänger beiseite, die verwirrt stehen geblieben waren.

»Mutter!«, hörte Brunichild Rigunth schreien. Jetzt hatte sie einen guten Grund dazu.

Felix war heilfroh, dass ihm die lange Zeremonie in der Kirche erspart blieb und er auch nicht an dem Mahl danach teilnehmen musste. Längst betete er täglich inbrünstig darum, nach Hause zurückkehren zu dürfen. Er tat sich leid; aber auch Bertho, ging ihm auf, hatte es nicht leicht, er war es nicht gewohnt, so beiseitegeschoben zu sein. Außerdem litten sie beide an überwältigender Langeweile. Deshalb ertrug er Berthos Quälereien einigermaßen mit Haltung.

Am frühen Abend, während eines letzten Gottesdienstes, traf Wandalenus ein, den Felix insgeheim verabscheute, seit er von ihm von zu Hause fortgeholt worden war. Brunichild hielt sich mit ihrem Gefolge wieder in der Kirche auf, und der *comes* unterzog ihn einem peinigenden Verhör. Dabei äußerte er nicht ein Wort der Anerkennung dafür, dass er, Felix, schon so lange und so erfolgreich das Spiel der Königin mitmachte. Wandalenus wiederholte nur, was er ihm bereits in Metz bis zum Überdruss eingehämmert hatte: wie wichtig nämlich Berthos Sicherheit sei. In

Metz hatte es so ausgesehen, als warte in Chalon eine hehre Aufgabe auf ihn. Jetzt betrachtete Felix das Geschehen aus einem ganz anderen Blickwinkel.

Dann schickte Wandalenus ihn mit knappen Worten hinaus, weil er mit Bertho allein sprechen wollte.

Felix kam sich vor wie ein Hund, den man wegscheucht, sobald er lästig wird. Er hatte genug. Da niemand auf ihn achtete, gelangte er unbehelligt in den Garten und sah sich suchend um. Aus dem Garten führte ein Türchen auf eine schmale Gasse hinaus. Leider war dieses Türchen Tag und Nacht zugesperrt, da ließ sich nichts machen. Aber die Gartenmauer! Felix war oft genug mit seinem Freund Ulf auf hohe Bäume geklettert. Dabei hatte er das Geschick entwickelt, das ihm nun zugute kam. Diese Mauer war kein ernsthaftes Hindernis für ihn. Dennoch benötigte er eine Weile, um die Fugen zu finden, in die er die Finger krallen und die Stiefelspitzen setzen konnte, um sich bis zur Mauerkrone hochzuziehen.

Endlich saß er rittlings oben, zögerte einen Moment lang und sprang dann auf der anderen Seite hinab. Er ließ sich fallen, rollte ab, wie er und Ulf es unzählige Male geprobt hatten, und schnellte hoch. Ein Knöchel schmerzte. Hinkend bewegte er sich an der Mauer entlang. Nach wenigen Schritten mündete die Gasse in einen Gang, und obwohl er nicht allzu viel von der Anlage der gesamten Residenz gesehen hatte, fand er nach kurzer Zeit den Stallhof. Genau dorthin wollte er. Er würde wieder ausreiten, diesmal ganz allein.

Inzwischen hatte er sich den Staub von der Kleidung geklopft, und mit einer unbekümmerten Miene strebte er auf den Stall zu, in dem sein Pferd stand. In diesem Moment traten einige Krieger in den Hof, die zu Brunichilds Gefolge gehörten. Felix machte auf dem Absatz kehrt und rannte trotz der Schmerzen im Fuß aus dem Hof hinaus. Hinter sich hörte er Rufe, achtete aber nicht darauf. Nur weiter. Nur nicht einfangen und zurückbringen lassen.

Guntram war erschüttert. Kaum war die letzte Andacht in der Kirche beendet gewesen, hatte ihn noch vor dem Abendessen die schlimme Nachricht erreicht, die sich in Windeseile in der ganzen Residenz verbreitete. Seit Stunden wurde die Stadt von seinen Leuten Haus für Haus durchsucht, aber das Kind blieb spurlos verschwunden.

Chalon glich einem Karnickelbau. Das System der uralten Gassen war eng und unübersichtlich. Anders als viele andere Städte war Chalon in der unruhigen Zeit nach dem Zerfall der römischen Herrschaft einigermaßen glimpflich davongekommen. Die Stadt hatte sich sogar weiterentwickelt, und das hieß, sowohl der oberirdische wie der unterirdische Teil mit seinen Kellern, Brunnen, Tunneln und Abwasserleitungen bot unzählige Verstecke, die so rasch niemand aufzufinden vermochte.

Guntram hatte sich mit den zwei Kriegern, die den Jungen zuletzt gesehen hatten, und Brunichild in ein kleines Empfangszimmer zurückgezogen. Draußen wartete Wandalenus, aber er war nicht bereit, sich von ihm ins Gesicht sagen zu lassen, dass sich seine Garantie auf Sicherheit innerhalb der Residenzstadt als blanker Hohn herausgestellt hatte.

Bertho, hatten die Männer berichtet, war vor ihren Augen entführt worden!

Gleich hinter dem Stallhof waren Reiter aufgetaucht – Franken, wie die Zeugen vermuteten. Ihre Pferde waren ruhig im Schritt gegangen, und einer von Brunichilds Männern hatte den Reitern zugerufen, sie sollten den Jungen einfangen. Und das hatten sie getan!

Hatte einer von ihnen Berthos Namen gerufen? Hatten die Reiter Berthos Namen gehört?, fragte Guntram eindringlich dazwischen.

Gewiss, antwortete einer der beiden Krieger unbehaglich.

Sie hatten die Verfolgung zu Fuß aufgenommen, aber bevor sie das Kind hatten erreichen können, hatte ein Reiter hinuntergelangt, den Jungen am Arm ergriffen, zu sich heraufgezogen und war mit ihm davongeprescht. Die anderen Reiter deckten den Rückzug, indem sie die Schwerter zogen und die unberittenen Männer vor sich her in den Stallhof zurücktrieben, bevor auch sie kehrtmachten und verschwanden.

Niemand konnte sich erklären, wie der Junge in den Stallhof gelangt war, und vor allem, warum er allein gewesen war.

»Da er auf die Reiter zulief, nahm ich an, er kennt sie, es sind Franken von hier …«, versuchte sich einer von Brunichilds Männern, der für beide das Wort führte, zu rechtfertigen. Er brach ab, setzte neu an und verstummte endgültig.

»Geht! Geht mir aus den Augen!«, herrschte Guntram die beiden an.

Die Entführer des Jungen mussten auf diese Gelegenheit gelauert und sie umsichtig genutzt haben. Wegen der Feierlichkeiten fielen Fremde in der Stadt kaum auf, sie brauchten sich nur ungezwungen genug zu bewegen.

Hatten Guntram die Trauerfeierlichkeiten für seinen letzten Sohn ohnehin den ganzen Tag aufgewühlt, so zerrte nun ein unerträglicher Schmerz an ihm, und es tat ihm zusätzlich weh, Brunichild so vergrämt und fassungslos zu sehen. Sobald sie allein waren, sank sie vor ihm auf die Knie und schaute mit tränenfeuchten Augen zu ihm auf, während er ihre zitternden Hände im Schoß hielt und sich der Unglücklichen zuneigte. Er hatte sie schon immer geliebt. Nicht nur ihr Leid zerriss ihn innerlich, sondern auch die Tatsache, die letzte fragile Hoffnung auf die Zukunft verloren zu haben. Die Zukunft seines eigenen Reichs.

»Du weißt, ich hatte ihn längst ins Herz geschlossen.«

»Bitte sprich nicht von ihm, als wäre er tot, das ertrage ich nicht«, schluchzte Brunichild. »Es ist meine Schuld, dass er …«

»Nein, nein, so darfst du nicht denken, Liebes, niemals!« Guntram hob eine Hand und strich ihr begütigend über das Haar. Er machte sich nichts vor. Wer immer das Kind entführt hatte, hatte es nur aus einem einzigen Grund getan: um es sofort zu töten. »Morgen hätte ich es dir gesagt: Bertho sollte mein Erbe sein. Ich war fest entschlossen, ihn zu adoptieren.« Er sprach schleppend, als müsse er seine Gedanken erst ordnen, und so war es auch. Was vorher eine vage Idee gewesen war, gewann in der Rückschau Gewissheit. Jetzt, da es zu spät war. Abermals spürte er seinem inneren Schmerz nach.

»Wirklich?«, flüsterte Brunichild und blickte mit tränenfeuchten Augen zu ihm auf.

Eine müde, wehe Zärtlichkeit für diese schöne, tief unglückliche Frau überkam ihn. Er hätte sie am liebsten umarmt und an sich gezogen. Sigibert hatte so viel mehr Glück mit der Wahl seiner Königin gehabt als seine Brüder.

»Nun ja, du weißt, was von einer solchen Entscheidung abhängt. Chilperich hat Söhne, die älter sind, die bereits Erfahrung auf vielen wichtigen Gebieten haben, und in meinem Alter habe ich damit zu rechnen, plötzlich abtreten zu müssen. Bertho war … ist … erst sieben. Aber ja, er wäre mein Erbe, ich habe ihn gut genug kennengelernt, um mir sicher zu sein.«

Unentwegt rannen die Tränen aus den schimmernden blauen Augen. Nur wenige Frauen machten Tränen nicht hässlicher, sondern schöner. Guntram konnte den Blick nicht von dem lieblichen Gesicht abwenden.

»Das sagst du nur, um mich zu trösten. Trotzdem danke ich dir dafür«, stammelte Brunichild mit versagender Stimme.

»Bitte glaub mir!«, fuhr er auf. »Ich schwöre dir bei allen Heiligen, dass ich deinen Sohn Bertho, wäre er noch hier, zu meinem Erben erklären würde.«

Brunichild lächelte wehmütig. »Beim heiligen Martin, nicht wahr? Schwörst du bei Sankt Martin?«

»Du weißt es noch?« Guntram lehnte sich ein wenig zurück, nestelte aus dem Ausschnitt seines Gewands eine kleine durchbrochene Kapsel aus Gold hervor, die ein Stück des Mantels enthielt, den der heilige Martin zerschnitten und mit einem Bettler geteilt hatte. Eine unendlich kostbare Reliquie, die er Brunichild einmal gezeigt hatte. Unverwandt betrachtete sie die Kapsel, und in ihrem Blick lag ein Flehen, dem er sich nicht entziehen konnte. Die Hand auf der Kapsel, wiederholte er feierlich den Schwur. Ein Versprechen für die Ewigkeit. »Glaubst du mir nun?«

Eine Weile hielt Brunichild den Kopf gesenkt, um sich innerlich zu sammeln. Dann schaute sie zu ihm auf. »Bertho ist hier«, sagte sie schlicht.

Er deutete auf ihre Brust. »In deinem Herzen sowie in meinem.«

»Er ist hier. Hier im Haus.« Sacht drückte sie Guntrams Hand.

»Hier? Was meinst du damit?«, fragte Guntram misstrauisch.

Brunichild hielt seinen Blick fest, während sie sprach, die Augen weit geöffnet wie ein vertrauensvolles Kind. »Nicht Bertho ist entführt worden, sondern ein anderer Junge, Felix, Sohn eines *anstrustio*, Berthos Spielkamerad. Ich glaube, du hast ihn einmal gesehen, die beiden sind sich ein wenig ähnlich. Als ich den Irrtum bemerkte, hielt ich es für besser, ihn erst einmal für mich zu behalten. Ich weiß nun, wie gefährdet mein Sohn hier ist«, flüsterte sie.

Eine Weile bangen Wartens verging, während Guntram angelegentlich schwieg. Brunichild bebte innerlich, während sie sich fragte, ob sie ihre Karten richtig ausgespielt hatte.

»Falls du deinen Schwur nur abgelegt hast, um mich zu trösten«, sagte sie langsam, »so nehme ich ihn als Trost und nicht als heiliges Versprechen.«

Eindringlich erwiderte Guntram ihren Blick, und sie spürte, wie es in ihm arbeitete, wie er ihr Inneres zu erforschen suchte, und konnte es ihm nicht einmal verdenken. Dann schüttelte er den Kopf.

»Wir treffen uns in Dompierre. Morgen reist du mit Bertho nach Dompierre, wo ich einen großen Hof habe. Zuverlässige Männer, die den Weg kennen, begleiten euch und sorgen für zusätzlichen Schutz. Wenn ich komme, bringe ich meinen Maiordomus, die nötigen Schreiber, den Siegelbewahrer und den Bischof von Chalon als Zeugen mit. Ich werde Bertho umgehend zum Erben erklären und die entsprechende Urkunde ausfertigen lassen. Wer außer dir weiß, dass dieser Felix entführt wurde und nicht Bertho?«

»Nur jene, die die Kinder die ganze Zeit über betreut haben.«

Wieder beäugte Guntram sie misstrauisch. Noch war die Sache nicht ausgestanden, er konnte jederzeit seine Meinung ändern. Sie setzte auf seine allseits bekannte Frömmigkeit, die ihn daran hindern sollte, einen Schwur auf den heiligen Martin zu brechen, den er so sehr verehrte.

»Und was ist mit Wandalenus? Er wartet draußen in einem der Vorzimmer. Soll ich ihn hereinrufen lassen?«

Brunichild hatte noch nicht mit Wandalenus gesprochen. Bedächtig schüttelte sie den Kopf und stand endlich auf. »Ich rede mit ihm. Sogleich, unter vier Augen, wenn du erlaubst und mich jetzt entschuldigst.«

Guntram lehnte sich seufzend auf seinem Stuhl zurück. »Ja, tu das, ich möchte nun niemanden mehr sehen.«

6 Die Befriedigung, die die Arbeit auf *casa alba* Wittiges früher verschafft hatte, wollte sich nicht wieder einstellen. Und vor den Nächten graute ihm, denn es gelang ihm nicht, Aletha anzurühren, und er spürte, wie sehr er sie damit verletzte. Aber jedes Mal, wenn er sie in die Arme nahm, gab es diesen Moment, da sich wie in der ersten Nacht seit seiner Heimkehr eine Sperre in ihm aufbaute, und dann war die Erregung erloschen, die er vorher noch empfunden hatte. Es war demütigend, so zu versagen. Aber das war nicht einmal das Schlimmste. Das Schlimmste war die unsichtbare Mauer, die sich um ihn aufbaute und die ihn mehr und mehr von allen trennte. Wenn Aletha versuchte, mit vorsichtigen Fragen in ihn zu dringen, konnte er nicht anders, als sie anzufahren. Es gab keinen Ausweg. Als er ihr die Filzbahnen überreicht hatte, hatte sie zum letzten Mal unbeschwert gelächelt. Mit dem seltsamen Tuch hatte er ihr eine größere Freude gemacht, als er ihr mit Schmuck oder anderem kostbaren Tand bereitet hätte.

Irgendwann befragte sie ihn über die Herstellung, aber er hatte nicht viel von Venantius' weitschweifigen Erläuterungen in Erinnerung behalten. Dennoch beschloss sie, einen solchen Stoff selbst herzustellen.

»Hättest du bloß besser zugehört«, klagte sie.

Sie befanden sich in einem der Räume, die als Stofflager, Näh- und Stickstuben dienten. Auf dem Boden lagen Wollfusseln, und auf einem kleinen Tisch hatte Aletha mehrere Wachstafeln ausgelegt, auf denen sie Webmuster entworfen hatte. In einem kleinen Käfig aus Weidengeflecht, der beim Fenster an einem Seil von der Decke hing, pfiff melancholisch ein Fink vor sich hin. Wittiges verspürte den Wunsch, die Käfigtür zu öffnen und das Vögelchen in die Freiheit zu entlassen.

»Warum willst du dich damit abgeben?«, fragte er mit der matten Neugier, die er für das Thema aufzubringen vermochte. Alles, was ihn an die Awaren erinnerte, rief sofort Abwehr, wenn nicht gar Abscheu hervor, und er fragte sich, warum er das Tuch unterwegs nicht weggeworfen hatte.

»Weil sich damit so viel anfangen lässt, begreifst du das nicht? Ein dermaßen festes Tuch, das weder Wind noch Wasser durchlässt, ist pures Gold wert. Stell dir vor, du fertigst Wandbehänge in schönen kräftigen Farben daraus an, die sich außerdem besticken ließen. Jeder wird sie haben wollen, um damit im Winter die Zugluft auszusperren. Jeder, der es sich leisten kann. Solche Behänge brächten uns viel Geld ein.« Eine sanfte Röte hatte ihr die Wangen gefärbt, und ihre Augen blitzten vor Erregung. Wie gern hätte er sie an sich gezogen, gestreichelt und geküsst. Das Verlangen nach ihr überfiel ihn wie ein großer Hunger, aber er wusste aus leidvoller Erfahrung, dass ihm am Ende doch nur neues Versagen drohte. Außerdem waren sie nicht allein. Zwei Mägde hantierten an einem langen Tisch mit farbigen Wollsträngen.

»Das wirst du besser wissen als ich«, bemerkte er lahm.

»O ja.« Sie sah ihn forschend an und erhob sich ebenfalls. Plötzlich hatte er Angst, dass er mit einem Blick, einer Geste seine innere Finsternis verraten könnte, wenn er sich nicht sofort zurückzog.

»Entschuldige, ich muss gehen. Ich habe Pontus versprochen, mit ihm ins Mühldorf zu reiten«, murmelte er mit belegter Stimme und hastete hinaus.

Es war eine Lüge, die er aber halbwegs wahr machen wollte. Denn es wurde höchste Zeit, dem Mühldorf einen Besuch abzustatten. Auf dem Weg zum Stall kam ihm Pontus entgegen, fragte, was er vorhabe, und war sofort zum Mitkommen bereit.

»Es wird dich freuen, wenn du siehst, was sich dort in deiner Abwesenheit getan hat«, sagte er mit unverkennbarem Stolz, nachdem er Wittiges einen abschätzenden Blick zugeworfen hatte.

Wittiges lag die Bemerkung auf der Zunge, dass seine Anwesenheit auf dem Gut anscheinend gar nicht mehr erforderlich sei, da sich alles wunderbar ohne ihn regele, schwieg aber lieber. Pontus hätte ihm sofort die Leviten gelesen, insgeheim lauerte er wahrscheinlich nur auf eine solche Gelegenheit. Die ungewohnte Verdrießlichkeit, die Wittiges' Gemüt beschwerte, war ihm selbst ein Gräuel.

Es gab tatsächlich wunderbare Neuigkeiten.

Drei Höfe, die jahrelang dem Verfall preisgegeben waren, hatte man instand gesetzt, nachdem neue Familien zugezogen waren. Es hatte sich wohl herumgesprochen, dass *casa alba* ein Hort der Ordnung, Sicherheit und Gerechtigkeit inmitten einer von Krieg und Chaos bedrohten Welt war. Als die neuen Familienoberhäupter herbeigeeilt kamen, um vor Wittiges aufs Knie zu sinken und ihm den Treueeid zu schwören, nahm er sich kaum Zeit für die Zeremonie. Er fragte nicht einmal, woher die Menschen kamen. Überall im Land verließen Bauern ihre kleinen Höfe, wenn sie die Steuern nicht mehr zahlen konnten, und suchten sich einen neuen Grundherrn. Selbst die Unfreien oder Halbfreien, die dem Gesetz nach ihr Land nicht verlassen durften. Zogen sie weit genug fort, liefen sie kaum Gefahr, gefasst zu werden. Zudem machten es die nicht endenden Kriegswirren den Menschen leicht, ihre Spuren zu verwischen. Die neuen Leute erweckten einen anständigen Eindruck; richtig erwärmen konnte sich Wittiges dennoch nicht für sie.

»Hoffentlich laufen sie nicht davon, sobald die erste Steuerzahlung ansteht. Du glaubst nicht, wie viele verlassene Dörfer ich im Donaugebiet gesehen habe«, sagte er nur, als er sich mit Pontus auf den Rückweg begab.

Pontus schwieg, zog aber eine grimmige Miene. In den letzten Tagen war auch zwischen Wittiges und ihm eine ungute Spannung gewachsen, und sie redeten immer seltener miteinander. Eigentlich hätte Wittiges die Umsicht, mit der Pontus das Gut in seiner Abwesenheit verwaltet hatte, ausdrücklich loben müssen. Aber insgeheim neidete er ihm den Frieden, den er hier genossen hatte, während er selbst in einen Abgrund gestürzt war.

Zwei Tage später ritt er ins Schmiededorf hinunter, damit Otho sein Zaumzeug ausbesserte. Natürlich hätte er einen Knecht schicken können, aber er hatte den Einfall, sich von Otho Steigbügel anfertigen zu lassen.

Als er durch das Tor in der Hecke ritt, die das Anwesen umgab, wankte eine kleine Gestalt quer über den Hof, einen riesigen Sack auf dem Rücken. Es musste Ulf sein.

Auf einmal lief ihm ein Huhn in den Weg. Der Junge stolperte, stürzte und verlor mit einem Aufschrei den Sack, der aufplatzte und seinen Inhalt über den Hof verstreute. Holzkohle für die Schmiede.

Wittiges wollte sich gerade aus dem Sattel schwingen, um nach dem Jungen zu sehen, als sich die Tür zur Werkstatt öffnete und Otho heraustrat.

»Wo bleibt die …« Er sprach nicht weiter, sondern stürmte auf Ulf zu, riss ihn auf die Füße und versetzte ihm einen solchen Schlag ins Gesicht, dass der Junge ein Stück über den Hof taumelte, hinfiel und zusammengekrümmt liegen blieb. Dann erst nahm Otho Notiz von Wittiges und verneigte sich, wenn auch nicht sehr tief.

»Wie ich sehe, hast du Ärger«, sagte Wittiges kühl. »Ich kann ein andermal wiederkommen.« Er blieb im Sattel sitzen und musterte Otho angelegentlich. Langsam kroch dem Schmied die Röte in die Wangen, ein Zeichen dafür, dass er sich seines Wutausbruchs schämte. Er war kein schlechter Kerl, und diese unverhältnismäßige Grobheit sah ihm gar nicht ähnlich.

»Es ist nicht leicht, hier immer alles in Ordnung zu halten«, stammelte er.

Wittiges musste ihm recht geben. Otho war noch keine zwanzig gewesen, als er die Nachfolge seines Vaters Karl angetreten hatte, der der Anführer der Dorfgemeinschaft gewesen war. Zur Schmiede gehörte verhältnismäßig viel Land; es war der größte Hof im Dorf, ein Erbe, das verpflichtete. Scheune, Werkstatt und zwei Grubenhäuser umgaben das große Haus mit seinem weit vorkragenden Strohdach, und alles befand sich in ausgezeichnetem Zustand. Mitten im Hof stand der Brunnen, der von einem mächtigen Kastanienbaum beschattet wurde. Ein schmuckes Anwesen, nur lag anscheinend kein Segen mehr darauf. Noch als Wittiges überlegte, ob er umgehend kehrtmachen solle, trat Othos Frau heraus, ein kleines Kind auf dem Arm, die Tochter, die weder laufen noch sprechen konnte. Scheu sah die Frau zu Wittiges herüber und eilte dann auf ihren Sohn Ulf zu.

»Kümmere dich nicht um ihn, er kommt allein zurecht«, herrschte Otho seine Frau an. »Geh zurück ins Haus!«

Wittiges erinnerte sich daran, dass sie früher ein hübsches junges Mädchen mit runden weichen Wangen und schlichter Sinnlichkeit gewesen war. In den wenigen Jahren ihrer zweiten Ehe hatte sie sich in eine verhärmte Frau verwandelt, die dennoch eine gewisse Würde ausstrahlte. Ihr brauner Leinenkittel war makellos sauber, ihr Haar war mit einigen Nadeln kunstvoll aufgesteckt, und sie hielt sich sehr aufrecht. Schrecklich dagegen war das greinende Wesen mit dem leblosen Ausdruck eines Totenkopfs. Merkwürdig, dass diese Tochter nicht längst gestorben war. Ohne ein Wort drehte sich die Frau um und ging zurück ins Haus.

Wittiges zögerte, aber dann schwang er sich vom Pferd und ging langsam auf Ulf zu.

»Was willst du, Herr?«, fragte Otho laut.

»Nachsehen, ob du deinen Bruder erschlagen hast«, gab Wittiges kalt zurück.

Inzwischen regte sich der Junge. Er kroch auf dem Boden umher und begann die Kohlestücke zusammenzuklauben. Als Wittiges vor ihm stand, hob er den Kopf. Da, wo ihn die Ohrfeige getroffen hatte, schwoll die Wange bereits an, und aus seiner Nase tropfte Blut.

»Steh auf!«, sagte Wittiges ruhig. Ulf gehorchte zögernd. »Und nun geh zu deiner Mutter und bitte sie, dass sie deine Wange kühlt, bevor sie noch dicker wird.«

Otho hatte mit verschränkten Armen gelauscht. Die Augen zusammengekniffen, die mächtigen Arme vor der Brust verschränkt, sah er Ulf hinterher, bis dieser im Haus verschwunden war. Wittiges wusste genau, dass er kein Recht hatte, sich in die häuslichen Angelegenheiten des Schmieds einzumischen. »Ich nehme an, das wolltest du auch gerade zu deinem Bruder sagen«, bemerkte er leichthin, ließ aber dennoch Verachtung durchklingen. Grausamkeit gegenüber Kindern verstieß gegen alle überkommenen Sitten und Gebräuche und nicht nur gegen die Christenpflicht der Nächstenliebe.

Der junge Schmied trug ein auffälliges Holzkreuz an einem Lederriemen um den Hals, das Wittiges noch nie an ihm gesehen hatte. Es musste neu sein. Nun krallte Otho eine Hand darum, während er offensichtlich mit sich rang. »Ich verstoße das Weib, es taugt nichts.«

Einen guten Schmied zu haben war ein Glücksfall. Wittiges konnte es sich nicht leisten, Otho zu verlieren, das wusste dieser nur zu genau. Er schien überhaupt mehr zu wissen, als ihm guttat. Keineswegs unterwürfig, sondern eher angriffslustig musterte er seinen Grundherrn und war sich seiner Stellung als einziger Schmied in weitem Umkreis nur allzu bewusst.

»Wie du willst, dann rechne fürs nächste Jahr aber mit höheren Abgaben«, erklärte Wittiges gelassen und schritt zurück zu seinem Pferd.

»Das kannst du nicht machen!«, schrie Otho aufgebracht. »Diese Frau ist von Gott verflucht, sieh dir doch die Kreatur an, die sie geboren hat. Das ist kein Mensch.«

Viel zu viele Kinder überlebten die Geburt nicht, andere erlitten einen Schaden. Ein gesundes Kind war deshalb ein Geschenk, für das die Eltern nicht dankbar genug sein konnten. Daher war die Fürsorge für Kinder etwas ebenso Selbstverständliches wie Notwendiges. Umso unbegreiflicher die rohe Gewalt dieses Mannes gegen seinen jungen Halbbruder Ulf.

»Ich kann die Abgaben erhöhen, wann ich will«, entgegnete Wittiges ungerührt. »Ich bin hier das Gesetz.«

Es war sicher Zufall, dass Pontus abends auf Otho zu sprechen kam. Er beklagte sich über die Übellaunigkeit des Schmieds. »Aber daran ist nur der Heilige schuld, verstehst du?«, erklärte er aufgebracht.

Es war nicht das erste Mal, dass Pontus das Gespräch auf den Eremiten zu lenken versuchte. Wäre Wittiges dem Schmied nicht begegnet, wäre er nicht auf das Thema eingegangen oder hätte überhaupt die Unterhaltung nicht fortgeführt. Neuerdings zog er es vor, möglichst oft allein zu sein, was auf einem Gut, zu dem so viele Menschen gehörten, nicht einfach war. Zweimal war er ohne Begleitung auf die Jagd geritten, hatte aber um den Wald, in dem der Heilige hauste, einen Bogen geschlagen. Eine gewisse Scheu hielt ihn davon ab, der Höhle und ihrem Bewohner einen Besuch abzustatten. Abgesehen davon konnten für ihn als Arianer religiöse Angelegenheiten ohnehin leicht heikel werden.

»Wieso? Was hat der Heilige damit zu tun?« Dann kam ihm ein Gedanke. »Drängt er Otho, seine Frau zu verstoßen?« Otho war nur eine Friedelehe eingegangen, das hieß, die Ehe bestand lediglich als private Vereinbarung. Sie hatte keinerlei offizielle Gültigkeit, konnte also leicht gelöst werden.

»Er hat Otho weisgemacht, dass auf dieser Verbindung kein Segen ruht, weil sie Blutschande bedeutet. Otho und seine Frau sind verflucht und von Gott verlassen, das wissen inzwischen alle hier. Seine Tochter wurde in Sünde gezeugt und ist eine Strafe des Himmels, die jeder …«

Falls Otho seine Frau verstieß, besiegelte er damit ihren Tod, denn niemand würde sie aufnehmen, nicht einmal die Angehörigen, die sie im Schmiededorf noch hatte.

»Hör auf, ich hab's verstanden«, fiel ihm Wittiges ins Wort.

Pontus schüttelte grimmig den Kopf. »Nein, hast du nicht. Otho ist ein anderer Mensch geworden. Er schlägt die Frau, was er früher nie getan hat. Und er quält den Jungen. Irgendwie scheint er zu glauben, sein Unglück liege vor allem an Ulf. Durch die Verbindung sind ja auch seltsame Verhältnisse entstanden, das musst du zugeben. Ein Halbbruder, mit dessen Mutter er verheiratet ist! Bisher hat niemand darüber nachgedacht, die Leute hier haben genug anderes zu tun. Aber jetzt, da ihnen jemand in einem fort die Hölle heiß macht ... Du musst etwas für Ulf tun, sonst geht er vor die Hunde.« Pontus schlug mit der flachen Hand auf den Tisch.

Wäre er anders gestimmt gewesen oder hätte zu seinem wichtigsten Vertrauten noch das gleiche, unbeschwerte Verhältnis wie früher bestanden, hätte Wittiges zweifellos von seinem Besuch in der Schmiede und seiner Drohung Otho gegenüber erzählt, und dann hätten sie sich gemeinsam über den Schmied und den Heiligen aufgeregt und überlegt, was zu tun sei, um die ganze verdammte Angelegenheit zu bereinigen. So regte sich nur Pontus auf.

»Vielleicht hättest du diese Heirat verhindern sollen«, sagte Wittiges langsam. »Wäre das nicht deine Pflicht als Hüter der Moral gewesen? Was kann ich schon tun? Ich hab keine Lust, mich mit diesem Heiligen anzulegen, auch wenn es mir nicht gefällt, dass er sich ohne Erlaubnis in meinem Wald eingenistet hat. Aber du hast ja zugelassen, dass er bleibt. Und nun, da er so viele Pilger anzieht, wird es schwer, ihn loszuwerden. Oder nicht?«

Pontus hatte mehrfach angesetzt, Wittiges zu unterbrechen, aber der ließ ihn nicht zu Wort kommen. Wittiges merkte, dass er dabei war, sich mit Pontus zu streiten, und das wollte er vermeiden. Wie so häufig in den letzten Tagen gedachte er, sich rasch davonzumachen, aber es kam nicht dazu.

In der Tür erschien ein Knecht und deutete ratlos hinter sich. »Da ist jemand mit zwei Pferden eingetroffen, Herr, er sagt, er kommt aus Metz. Pferde wie diese haben wir hier noch nie gesehen. Was sollen wir tun?«

Pontus und Wittiges standen gleichzeitig auf.

»Was für ein Mann?«, fragte Pontus.

Wittiges streifte eine ungute Ahnung. »Schon gut. Ich sehe nach, wer es ist. Du kannst hierbleiben«, sagte er mit belegter Stimme zu Pontus.

»Warte!« Pontus wandte sich an den Knecht. »Geh du voraus, wir kommen nach.«

Pontus hielt Wittiges am Ärmel fest, und als sich dieser losreißen wollte, packte er ihn und zog ihn zwei Schritte zurück ins Zimmer. »So kommst du mir nicht davon!«, knurrte er. »Es reicht jetzt! Was ist los mit dir? Sag's mir! Sag mir, was dich quält, und hör auf, mich mit halben Lügen abzuspeisen. Ich weiß, wann ich die Wahrheit höre. Was ist bei den Awaren geschehen? Da war doch etwas. Und was steckt wirklich hinter der Geschichte von Bautos Tod? Ich verstehe sie nämlich nicht.«

Pontus blinzelte, und überrascht bemerkte Wittiges, dass dessen Augen verdächtig feucht glänzten. Also machte sich Pontus ernsthaft Sorgen um ihn. Es wäre jetzt so einfach gewesen, sich ihm anzuvertrauen und sich alles von der Seele zu reden.

»Natürlich verstehst du das nicht. Du warst bei den Verhandlungen in Pannonien ja nicht dabei, und wozu ...«

»Hör auf!«, brüllte Pontus. »Erzähl mir nicht, dass ich für alles außerhalb dieses Guts zu blöd bin! Seit du zurück bist, stänkerst du herum, bist unleidlich, und keiner versteht dich mehr. Du benimmst dich, als würde dich nichts mehr von allem hier interessieren und wir dich auch nicht.«

Genauso war es irgendwie und doch wieder nicht. Nur konnte Wittiges dies nicht eingestehen und hätte auch nicht gewusst, wo er anfangen sollte.

»Findest du nicht, dass du zu dick aufträgst? Ich hab bei den Awaren meinen Hals riskiert, während du hier ...«

Unvermittelt packte ihn Pontus an beiden Oberarmen und sah ihm mit brennendem Blick ins Gesicht. »Gib endlich zu, dass dich etwas bedrückt, mit dem du allein nicht fertig wirst. Freunde stehen sich in der Not bei. Bist du wirklich so ehrgeizig, dass dir dein Scheitern bei den Verhandlungen derartig nachgeht? Kannst du dich nicht mit dem zufriedengeben, was du bereits hast?«

Pontus folgte einer völlig falschen Fährte. Abwehrend schüttelte Wittiges den Kopf.

»Warum bist du nur so verstockt?«, schimpfte Pontus und streifte den Freund mit einem letzten beleidigten Blick, bevor er den Raum verließ. Benommen folgte ihm Wittiges in den Stallhof, brachte es aber nicht fertig, ihm nachzurufen, damit er stehen blieb, um ihn anzuhören.

Im Stallhof umringte eine Gruppe von Knechten und Mägden mehrere Fremde, aber Wittiges ahnte sofort, wen sein Knecht gemeint hatte. Es war Samur, der die beiden *blauen Pferde* brachte, das verfluchte Geschenk des Khagans. Da wusste Wittiges, dass er noch immer in schwerer Schuld stand und Gott weit davon entfernt war, ihm zu vergeben. Der lange dunkle Schatten seiner Taten in der Fremde hatte ihn eingeholt.

Er blieb stehen. Dafür drängte sich Pontus durch das Gesinde und trat auf Samur zu, der die Pferde am Zügel hielt und leise auf sie einredete. Beide tänzelten auf der Stelle und verdrehten die Augen, sicheres Zeichen dafür, wie stark die fremde Umgebung sie beunruhigte. Der Hof, um den sich Scheunen und Ställe gruppierten, war erfüllt vom Abendlärm. Ein Heuwagen stand in der Mitte, hoch beladen mit trockenem Heu. Zwei Hähne kämpften miteinander, ein kleines Schwein rannte quiekend über den Hof, verfolgt von einem Hausknecht, der für die Küche arbeitete. Ein Hütejunge trieb eine kleine Ziegenherde vor sich her zum Stall. Tief stand die goldene Abendsonne über den Dächern, eine warme Brise wehte und trug von den Wiesen und Feldern Sommerdüfte heran. Einen Moment lang verlor sich Wittiges im Anblick dieses friedvollen Lebens, dann traf sein Blick den des Awaren, und es wurde ihm schlagartig kalt.

»Ich bring dir deine Pferde«, sagte Samur mit seinem schweren, kehligen Akzent.

Wittiges nickte beklommen und rührte sich nicht vom Fleck.

»Bevor ich aufbrach, habe ich etwas erfahren. Betrifft einen Jungen mit Namen Felix, der mit eurer Königin nach Chalon gegangen ist.«

Das Flüstern und Geraune der Leute erstarb. Niemand regte sich mehr, der Koch ließ das Schweinchen laufen. Überlaut war das erregte Schnauben der *blauen Pferde* zu hören.

»Mein Sohn heißt Felix«, erklärte Wittiges wie unter Zwang.

Samur hielt seinen Blick fest. »Ich denke, ist dein Sohn, um den es geht. Heißt, er ist verschwunden.«

Eine junge Magd löste sich aus der Gruppe und stob mit gerafftem Rock davon.

»Was heißt verschwunden?«, polterte Pontus.

Samur lächelte ohne jede Freundlichkeit. »Frag *dux* Gogo. Er hat mit Boten aus Chalon gesprochen.«

»Ich glaube nicht«, mischte sich Wittiges endlich ein, »dass wir das hier im Hof besprechen sollten.« Einigermaßen beherrscht, gab er Anweisungen, die fremden Knechte und ihre Pferde unterzubringen. Unschlüssig war er sich noch, was mit den *blauen Pferden* geschehen sollte, als Pontus bereits einen seiner Männer anwies, die Tiere zu den Falben auf die Weide zu bringen. Wahrscheinlich die beste Lösung, denn diese Pferde waren Ställe nicht gewöhnt.

»Ich kann das nicht glauben«, sagte Pontus unsicher, als sie mit Samur zur Villa hinübergingen. Wittiges dagegen wusste genau, dass das Schicksal unerbittlich zugeschlagen hatte. Sie nahmen den Weg durch den großen Garten – es war die gewohnte Abkürzung –, und dort hastete ihnen Aletha entgegen.

Sie rannte auf sie zu und schrie, sobald sie Wittiges sah, und noch während sie näher eilte, ahnte er bereits, dass Felix' Verschwinden immer noch nicht genug des Unglücks und der Strafe war. Das Schicksal hielt noch mehr für ihn bereit.

Der Garten glühte in den Sommerfarben. Jahrelange sorgfältige Pflege hatte der Anlage die alte Pracht zurückgegeben. Buchshecken säumten Beete mit Kräutern und Blumen, Rosen dufteten überall; an langen Spalieren, die die Wege begleiteten, reiften goldene Birnen und Äpfel. In der Mitte erhob sich ein kunstvoller Brunnen, aus dessen vier Röhren sich Wasser in ein weites, flaches Marmorbecken ergoss.

Auf einmal drehte sich die Zeit langsamer, und so konnte Wittiges genau beobachten, wie Aletha stolperte und ähnlich wie Ulf nur wenige Stunden zuvor reglos liegen blieb.

Wittiges erreichte seine Frau als Erster und beugte sich zu ihr hinab.

Sie stöhnte, die Hände auf den Leib gepresst. »Das Kind«, flüsterte sie.

Während er neben ihr in die Hocke ging, fühlte er eine Hand auf der Schulter und schüttelte sie ab. Stimmen klangen durcheinander, aber er hörte nicht, was sie sagten. Vorsichtig schob er die Arme unter Alethas Körper und wollte sie hochheben, da spürte er wieder die Hand.

»Lass mich!«, sagte ihm Pontus laut ins Ohr. »Lass mich erst sehen …«

Wittiges stand unter seiner Last schwankend auf. An der Stelle, wo seine Frau gelegen hatte, zeigte sich ein wenig Rot im hellen Kies, und dann entdeckte er auch die Harke, die jemand achtlos liegen gelassen hatte, und den Korb mit abgeschnittenen Kräutern, daneben ein Messer. Damit würde er sich später befassen, aber wer immer diese Gegenstände vergessen hatte, war nur ein Werkzeug des Schicksals gewesen. Der Hauptschuldige war zweifellos er selbst.

Nicht einmal Pontus durfte ihm helfen, Aletha ins Schlafzimmer zu tragen, aber sobald er sie aufs Bett gelegt hatte, drängte ihn Pontus rigoros beiseite. Jemand fasste Wittiges am Arm und zog ihn aus dem Zimmer. Es war Viola, wie er verblüfft bemerkte. Mitleidig schaute sie ihn mit ihren Veilchenaugen an. »Geh in den kleinen Hof, ich komme, sobald ich etwas Näheres weiß«, flüsterte sie.

Ein Knecht brachte ihm Wein in den Hof, wahrscheinlich hatte Viola dafür gesorgt. Es wurde dunkel, bevor sie in Pontus' Begleitung wieder erschien.

Stumm sah Wittiges ihnen entgegen. Er hatte inzwischen einige Becher Wein geleert, es war das einzige Mittel, um den ungeheuren Schmerz und die furchtbare Angst ein wenig zu betäuben.

Die beiden setzten sich. Selbst Viola fand nicht sofort die richtigen Worte.

»Wie geht es ihr?«, fragte Wittiges schließlich.

»Sie hat das Kind verloren«, antwortete Viola.

Von einem Kind hatte Wittiges nichts gewusst. Erschüttert schloss er die Augen und stöhnte gequält aus tiefster Seele auf.

Warum hatte Aletha ihm nichts von ihrer Schwangerschaft erzählt? Sie wusste doch, wie sehr er sich ein weiteres Kind wünschte. Einen Sohn, wenn möglich …

»Pontus?« Sein Freund verfügte über einige medizinische Kenntnisse, gerade ausreichend für gewöhnliche Übel. Dieser Unglücksfall musste seine Fähigkeiten übersteigen, aber er war der Einzige, der überhaupt etwas Sachkundiges tun konnte.

»Sie hat viel Blut verloren. Wir haben ihr etwas gegeben, damit die Blutung aufhört. Jetzt schläft sie.«

Wittiges wollte sich erheben, wurde aber von Pontus mit einer Hand zurückgehalten. »Du kannst nichts für sie tun, also bleib sitzen. Wir müssen über Felix reden. Ich hab mit diesem Awaren gesprochen.«

Eigentlich hätte er das selbst tun sollen, fiel Wittiges ein. Auf einmal sehnte er sich mit einer Heftigkeit nach Felix, wie er sie in den Tagen seit seiner Heimkehr nicht mehr gespürt hatte, und sein Magen krampfte sich vor Angst um ihn zusammen. »Was sagt er?«

»Nicht viel mehr, als wir bereits wissen, außerdem ist er schlecht zu verstehen. Sein Fränkisch klingt barbarisch. Anscheinend ist Felix aus der Residenz in Chalon entführt worden, vor den Augen von Männern, die zu Brunichilds Gefolge gehören. Sie haben es nicht verhindern können – oder wollen.«

Wittiges wachte an Alethas Bett. Draußen herrschte tiefe Dunkelheit, nur eine schwach brennende Öllampe erhellte das Gemach. Eine Magd döste, mit dem Rücken an die Wand gelehnt, auf einem niedrigen Schemel. Hinter ihr leuchtete die Wand in einem wunderbaren Rotton. Sie war in schmale rechteckige Felder aufgeteilt, die oben und unten von schwarzen und lindgrünen Partien begrenzt wurden. Auf die senkrechten Mittelstreifen waren hohe schlanke Kandelaber gemalt, deren Schäfte mit Schirmchen dekoriert waren, an denen Fabelwesen herumturnten oder Zierrat herabhing. Die Bemalung der Wände war aufgefrischt worden, wenn auch nicht immer sonderlich kunstfertig. Sie stammte noch aus der römischen Zeit der Villa, und früher hatte Wittiges das Wissen, dass sein Haus eine Geschichte hatte, deren sichtbare Zeichen er hegte und pflegte, mit Stolz erfüllt. Jetzt war das nicht mehr wichtig. Alethas langes Haar lag auf dem Kissen ausgebreitet, das Schwarz betonte die unnatürliche Blässe ihrer Haut, die die Nähe des Todes ahnen ließ. Wittiges machte sich keine Illusionen, ihm sollte alles genommen werden. Gott kannte keine Gnade. Voller Schmerz betrachtete er das schöne Gesicht mit den perfekt geformten Augenbrauen, dem üppigen, sinnlichen Mund und den immer noch jugendlich runden, weichen Wangen. Wie sehr er seine Frau doch liebte! Und wie sehr ihn diese Liebe nun krank machte, weil er an ihr schuldig geworden war.

Statt die Fibel der Awarin wegzuwerfen, bewahrte er sie weiterhin auf, stach sich aber nicht mehr damit in die Handfläche. Wenigstens von diesem Irrsinn war er losgekommen, seit Aletha seine Hand betrachtet hatte.

Sie bewegte sich unruhig im Schlaf, als spüre sie die Beobachtung, dann schlug sie unversehens die Augen auf. Schweigend sahen sie sich an.

»Wie lange bist du schon hier?«, flüsterte sie.

Die Angst um sie schnürte ihm die Kehle zu, während sich ihre Augen langsam mit Tränen füllten. »Es tut mir so leid«, flüsterte sie. »Ich habe versagt.«

Erst begriff Wittiges nicht, was sie meinte, bis ihm das verlorene Kind einfiel. Immer noch schweigend legte er sich neben sie, den Oberkörper an das hohe Kopfteil des Betts gelehnt, und zog sie an sich.

Lange schwiegen sie, und er lauschte ihren zittrigen, von Seufzern unterbrochenen Atemzügen.

»Hast du große Schmerzen?«, fragte er schließlich.

»Ich hätte es dir längst erzählt, aber …«

Es war seine Schuld, dass sich Entfremdung bei ihnen eingeschlichen und Aletha daran gehindert hatte, ihm von dem Kind zu erzählen. Oder gab es noch etwas anderes? Er strich ihr begütigend übers Haar und drückte mit einer wehen Zärtlichkeit die Lippen darauf. »Du musst mir nichts sagen …«

»Doch, du sollst es wissen«, wisperte sie. »Ich hätte verhindern müssen, dass sie Felix mitnahm.« Sie bäumte sich auf. »Ich hätte es unter allen Umständen verhindern müssen.«

Er wollte ihr die Hand auf den Mund legen, denn er wollte nicht, dass sie sich aufregte, aber sie drehte den Kopf weg und sprach rasch weiter.

»Erst habe ich mir nichts dabei gedacht. Brunichild hat für Felix und Bertho völlig gleiche Kleidung nähen lassen, wirklich schöne und kostbare Gewänder – gefertigt aus unseren Stoffen! Du weißt, die Jungen sehen sich ein wenig ähnlich, und in dieser Kleidung …«

Nun war er ganz Ohr. »Was hat das …«

»Am Tag bevor sie abreisten, hab ich die beiden gesehen. Sie spielten in ihren neuen Tuniken unten im Hof und waren nicht auseinanderzuhalten … zumal … jetzt weiß ich es: Brunichild hatte Bertho Stiefel anfertigen lassen, die ihn größer machten. Es gab nicht einmal mehr den Größenunterschied! Und ich glaube, Berthos Haar war dunkler gefärbt, dunkel wie das von Felix.«

Erschöpft hielt sie inne und legte mit einem leisen Wimmern eine Hand auf den Leib. Wittiges starrte die gegenüberliegende Wand an. Die seltsamsten Gedanken schossen ihm durch den Kopf, alle drehten sich um Brunichild, die Königin, an die er sich auf eine ganz besondere Weise gebunden fühlte, seit sie beide zusammen ihre Heimat Spanien verlassen und sich trotz größter Widrigkeiten einen Platz in diesem Land erkämpft hatten. Was für eine Schlange war sie doch! Was für eine hundsgemeine Sache hatte sie da ausgeheckt!

»Sie hat es darauf angelegt, dass die beiden verwechselt wurden. Natürlich, das ist sonnenklar.«

»Ich hab's nicht glauben wollen. Vergib mir, aber ich wollte es einfach nicht wahrhaben.«

»Das bedeutet, sie hat unseren Sohn für Berthos Sicherheit geopfert und alles dafür Erforderliche genau geplant.«

Aletha schluchzte, schmiegte sich in seine Arme und drückte wie ein schutzbedürftiges Kind den Kopf an seine Schulter.

»Ich hätte es verhindern müssen.« Sie war kaum zu verstehen.

»Ich glaube nicht, dass du es hättest verhindern können. Wie sicher ist es überhaupt, dass wirklich Felix und nicht Bertho entführt wurde?« Das war ein ganz neuer Gedanke, den er erst noch ausloten musste.

Schwer atmend stemmte Aletha sich hoch und sah ihm forschend ins Gesicht. »Meinst du das im Ernst?« Hoffnung klang in ihrer Stimme auf.

»Ich weiß es nicht. Morgen spreche ich mit Samur. Ich frag ihn, woher er sein Wissen hat, und entscheide dann, ob ihm zu trauen ist. Und nun schlaf, Liebes. Schlaf dich gesund«, flüsterte er voller Zärtlichkeit und zog sie wieder an sich.

Er verbrachte eine unbequeme Nacht, in der sie die ganze Zeit über an ihn geschmiegt blieb. Es war eine süße und bittere Qual, aber auch ein Schritt in die alte Vertrautheit. Im Morgengrauen schlich er sich in den Hof hinaus und streckte die schmerzenden Glieder. Weder Aletha noch die Magd waren aufgewacht. Einem plötzlichen Einfall nachgebend, machte er sich zur hausnahen Weide auf. Dort grasten die *blauen Pferde,* unwirkliche Erscheinungen im Frühlicht der Morgendämmerung, das ihre schönen Körper in einen feenhaften lichtblauen Silberton tauchte.

Am Zaun stand eine kleine Gestalt und schreckte auf, als er ihr die Hand auf die Schulter legte.

»Was machst du hier, Ulf?«

Der Junge krümmte sich. Wittiges spürte die aufsteigende Panik des Kindes, das wie ein gehetztes Tier hinter sich spähte, als wolle es im nächsten Augenblick flüchten.

»Weiß dein …« – Wittiges hätte beinahe »Vater« gesagt, besann sich aber noch rechtzeitig – »… Bruder, dass du vor Tagesanbruch das Haus verlässt? Ich kann mir nicht vorstellen, dass er das gutheißt.«

»Ich mach nie was richtig«, sagte der Junge dumpf und streckte sich ein wenig. »Ich wollte die Pferde sehen. Die … *blauen Pferde.* Alle reden davon. Und von dem Mann mit den Schlitzaugen.« Als hätte er schon zu viel gesagt, sank er ängstlich in sich zusammen.

»Gefallen dir die Pferde?«

Ruckhaft hob Ulf den Kopf und schaute zu Wittiges auf, als wolle er sich vergewissern, dass diesem wirklich etwas an einer Antwort lag. »Sie sind wunderschön«, flüsterte er schließlich mit Inbrunst, »wie die Pferde Freyrs.«

Freyr gehörte zu den alten Göttern, und es erstaunte Wittiges nicht im Geringsten, dass er nicht vergessen war. Im Wald standen noch die uralten mächtigen Bäume, unter denen er heimlich verehrt wurde, obwohl sich alle Menschen in weitem Umkreis längst zu Christus bekannten. Freyr und die alten Riten waren gut für das Gedeihen auf den Feldern und in den Familien, für Abwehrzauber und Beschwörungen. Dagegen war Christus zuständig für etwas so Neues und Unglaubliches wie das Seelenheil.

Ulfs Wange war blauschwarz angelaufen, das sonst ebenmäßige Gesicht völlig entstellt. Bei seinem Anblick fühlte sich Wittiges merkwürdig schuldig, wehrte sich aber gegen diese Empfindung.

»Ich denke, du gehst jetzt besser nach Hause. Hast du nicht schon genug Prügel eingesteckt?«

Betreten wandte Ulf den Kopf, bis nur noch die unverletzte Seite zu sehen war. »Wann kommt Felix nach Hause?«, stieß er beinahe trotzig hervor.

»Bald, ich hole ihn zurück, verlass dich darauf«, sagte Wittiges.

Ulf atmete spürbar auf. Seine Schultern hoben sich, der ganze Körper straffte sich merklich, dann rannte der Junge mit einem Aufjuchzen davon. Kopfschüttelnd sah ihm Wittiges nach. Wie schlicht diese Kinderwelt doch war. Seine dagegen … Unversehens überkam ihn eine unendliche Traurigkeit. Die Hände um einen Zaunpfosten gekrampft, wurde er von einem Schluchzen geschüttelt, das tief aus der Kehle aufstieg. So geweint hatte er schon lange nicht mehr, aller Schmerz brach sich Bahn, er kam sich so erbärmlich vor, so hilflos in seinem Zorn auf sich selbst und das ungerechte Schicksal. Es schüttelte ihn regelrecht. Als das Schluchzen verebbte, er sich wieder einigermaßen gefasst hatte und um sich schaute, ob ihn jemand bei seinem beschämenden

Ausbruch beobachtet hatte, stand eines der *blauen Pferde* nicht weit entfernt am Zaun. Jemand streichelte ihm das Maul. Es war Samur. Was hatte der Kerl zu dieser Stunde hier zu schaffen?

Gelassen schlenderte der Aware heran, das Pferd folgte ihm.

»Warum du die Pferde in Metz zurückgelassen?«, erkundigte er sich.

»Ich habe nicht an sie gedacht. Aber mir fällt gerade etwas ein, das ich gern wüsste. Bei deinem Vater hab ich an einer Beerdigung teilgenommen ...« Wie konnte er unverfänglich nach der Awarin fragen?

Unverkennbar blitzte Neugier in Samurs schwarzen Augen auf, und ein Lächeln huschte über sein Gesicht.

»Du denkst an Pferd? Dein Pferd?«

Sicher hatte irgendwer Samur nicht nur von der Beerdigung, sondern ebenso von Bautos Opferung erzählt.

»Auch«, antwortete Wittiges. »Dabei weiß ich nicht einmal, für wen ich mein Pferd geopfert habe. Ich kenne ihren Namen nicht.«

Samur nickte.

»Erst Pferd, dann Sohn. Du hast um Sohn geweint? Mein Vater hat viele Söhne, du nur einen.«

Hatte der Aware ihn nicht verstanden? Kaum denkbar. Wittiges nahm an, dass er absichtlich nicht auf seine Frage geantwortet hatte. Wie ungeheuer gern hätte Wittiges in diese glatte, höflich kalte Miene geschlagen. Aber er beherrschte sich. Sein Widerwille gegen den Awaren war unwürdig, der Mann hatte ihm keinerlei Anlass dazu gegeben. Im Gegenteil, er hätte sich höflich dafür bedanken sollen, dass er ihm die Pferde gebracht hatte, das unerwünschteste Geschenk, das er je erhalten hatte. Es war eine groteske Situation, in die sie beide verstrickt waren. Und es ließ sich nicht leugnen, dass Samur etwas in ihm auslöste, das über Widerwillen oder Abscheu hinausging. Der Mann hatte etwas Unergründliches an sich, das ihn in tiefe Unruhe versetzte. Hätte er bloß gewusst, was in diesem fremden Geist vorging.

»Wer hat dir mitgeteilt, dass Felix entführt wurde? Könnte es sich nicht auch um Bertho handeln, den kleinen König?«

Samur neigte den Kopf und dachte offensichtlich erst einmal nach. »Alle *sollen* denken, Bertho entführt. Ich hab *dux* Gogo gehört, er vergessen, ich verstehe manches. Ich bin sicher: Felix ist entführt, nicht Bertho. Bote Königin Brunichilds, der Nachricht gebracht, ich hab später selber gesprochen, er liebt sehr Awarengold.«

Um Samurs Hals lag ein Goldring, der vorn in Drachenköpfen auslief. Der Gürtel des Mannes war reichlich mit barbarischen Goldornamenten besetzt und die Schwertscheide vollkommen mit punziertem Goldblech beschlagen. Allerdings hatte Samur bei seinem Eintreffen am Tag zuvor einen schlichten dunklen Umhang über der Pracht getragen statt seines alten stinkenden Fellmantels. Den Umhang musste er in seiner Kammer gelassen haben. Samur war ein Prinz, das hatte Wittiges fast vergessen, ein offenkundig reicher Prinz. Wieso hatte er sich dazu herabgelassen, die Aufgabe eines Knechts zu übernehmen und die Pferde zu überbringen? Und auf der Reise nach Metz hatte er Fränkisch schon besser gesprochen, ein Mann voller Überraschungen.

»Was du tun jetzt?«

Wittiges runzelte die Stirn. »Nun, was wohl? Ich geh auf die Suche nach meinem Sohn. Wie du richtig erwähnst hast, habe ich nur den einen, da lohnt sich der Aufwand.«

Samur nickte bedächtig. »Dann viel Glück.« Es schien, als wolle er noch etwas hinzufügen, aber da stupste ihn das Pferd an. Er begann, es zu streicheln und in seiner Sprache mit ihm zu reden. Es klang sehr zärtlich.

Pontus zeigte sich geradezu erleichtert über Wittiges' Entschluss, sich persönlich auf die Suche nach Felix zu begeben, und Aletha drängte ihn, bald aufzubrechen. Sie wollte nicht, dass er ihretwegen auch nur einen Tag zögerte. Vielleicht gab ihr der Gedanke, ihn auf der Suche nach Felix zu wissen, ein wenig Kraft. Aber ihre Züge wurden immer durchscheinender, die Schatten unter ihren Augen tiefer. Jedes Mal aufs Neue erschreckte ihn ihr Anblick. Außerstande abzureisen, solange er keinerlei Hoffnung hegte, sie lebend wiederzusehen, hielt er endlich den überfälligen

Gerichtstag ab und dachte zwischen den Verhandlungen beständig an sie und wie es wäre, wenn er wieder wochenlang fernblieb. Das Gericht tagte unter einer alten Eiche am Rand des Mühldorfs. Um unliebsame Zwischenfälle zu verhindern, hatte Wittiges einige schwer bewaffnete Knechte mitgebracht, die ringsum Aufstellung nahmen. Auf die Verhandlung der kleineren Streitigkeiten folgte die des einzigen schwerwiegenden Falls.

Den Mann, der die Frau seines Nachbarn erst vergewaltigt und dann getötet hatte, ließ Wittiges an Ort und Stelle aufhängen. Das Angebot einer Wergeldzahlung wischte er wegen der doppelten Missetat beiseite, ebenso den Protest des Mannes, der auf das Geld gehofft hatte. Kalt drohte er ihm, ihn von seinem Land zu verjagen, wenn er keine Ruhe gebe. Damit war der Gerichtstag beendet. Wittiges hatte damit gerechnet, dass ihm Pontus, der ihn zu den Verhandlungen begleitet hatte, wegen des Todesurteils zürne.

»Ich fange an zu glauben«, sagte dieser stattdessen auf dem Rückweg, »dass du allmählich deinen Verstand wiederfindest.« Und als Wittiges vor Überraschung nichts darauf erwiderte, fügte er hinzu: »Der Mann hat wegen seiner Frau keine Träne vergossen, und der andere hat nur bekommen, was er verdient hat. Du weißt, ich hasse das Töten, aber diesmal war es richtig.«

Als sie den großen Innenhof betraten, kam ihnen Aletha, auf Viola gestützt, mit schleppenden Schritten entgegen. Erst durchzuckte Wittiges eine wilde Freude, dann schaute er genauer hin, rannte auf sie zu, hob sie hoch und trug sie zurück ins Haus. Dort bettete er sie behutsam auf eine Liege. Er setzte sich zu ihr. »Lass das«, raunte er ihr zu. »Ich will nicht, dass du dich meinetwegen auf die Füße quälst.«

»Dann mach dich auf die Suche nach Felix«, murmelte sie und legte den Kopf an seine Schulter.

Abends suchte Viola ihn auf – zur blauen Stunde, bevor die Dämmerung das Tageslicht endgültig auslöschte. Wie immer zu dieser Zeit klang das Plätschern des Brunnens wie Musik, und die Rosen dufteten in betörender Intensität. Auch Viola duftete, sie hatte sich in ein Gewand aus leichtestem hellgelben Leinen gehüllt, das sich bei jedem Schritt an ihre langen, wohlgeformten Beine schmiegte. Ein Gürtel aus bestickter Seide saß hoch unter der Brust und betonte die weiblichen Rundungen. Aus der Frisur, einem komplizierten, oben auf dem Kopf mit Seidenbändern zusammengehaltenen Gebilde, ringelten sich einzelne Locken bis auf die nackten Schultern herab.

»Was willst du?«, fragte er abwehrend. »Schickt Aletha dich?«

»Nein, ich komme aus eigenem Antrieb.«

»Dann geh gleich wieder.« Er vermied es, sie noch einmal anzusehen. Ungerührt setzte sie sich neben ihn.

»Du machst es ihr nicht einfacher. Weder das Leben noch das Sterben«, sagte sie mit ruhiger Stimme. So ernst, so gefasst kannte er sie gar nicht. »Du kannst nur noch eines für sie tun: Such Felix. Besser heute als morgen. Das würde auch Pontus sagen, wenn du ihn fragtest.«

Sobald er die Augen schloss, hatte er das Gefühl, dass sein Leben an ihm vorüberzog, das glückliche Leben, das er hier geführt hatte und das nun vorbei war. Es stimmte, sie hatte recht. Es war höchste Zeit, sich auf die Suche zu machen.

»Wirst du hierbleiben und dich um sie kümmern?«

Viola lachte. »Na, hör mal, wohin sollte ich denn? Ohne Cniva und Alexander halte ich es auf Theodos Hof nicht aus. Wann reist du ab? Und glaub mir, Pontus und ich, wir tun alles, was in unseren Kräften steht, damit Aletha das Unglück überlebt und wieder zu Kräften kommt. Ich hab von meiner Großmutter Barchild einiges gelernt.«

Wittiges lauschte dieser weichen, warmen Stimme, die ihm unendlich wohltat und ein wenig Frieden schenkte. Unverdienterweise hatte er noch immer Verbündete, das hatte er vergessen. »Ich reise morgen ab.« Er stand auf und lächelte Viola ruhig an. »Und jetzt geh ich und sag es Pontus.« Auf einmal war es ihm völlig unverständlich, dass er die Suche nach seinem Sohn so lange aufgeschoben hatte. Allerdings wusste er nur zu gut, wie gering die Chance war, überhaupt eine Spur von ihm zu finden.

Am nächsten Morgen erklärte Samur überraschend, ihn begleiten zu wollen, um Königin Brunichild seine Aufwartung zu machen. Gern hätte Wittiges das Ansinnen abgelehnt, fand aber keinen vernünftigen Grund dafür. Als er nachfragte, ob ihn Gogo nicht zurückerwarte, zuckte Samur mit den Schultern und erklärte, in seinen Entscheidungen völlig frei zu sein. Er gehe, wohin er wolle.

Noch am Abend hatte Pontus drei Knechte ausgewählt, die sich während der Reise um Schutz, Quartiere, Gepäck und Pferde kümmern sollten. In Chalon würden sie umkehren, da Wittiges sich allein besser in der Lage glaubte, etwas über Felix herauszufinden. Von früheren Handelsreisen kannte er die Stadt flüchtig. Er setzte darauf, dass die dortigen Kaufleute genau wie die Händler anderswo über das Kommen und Gehen in der Stadt bestens unterrichtet waren.

Bei Sonnenaufgang brachen er und die Männer auf. Sie wandten sich direkt nach Süden, um die Seine zu erreichen und ihrem Lauf zu folgen, der in die richtige Richtung wies. Leider war die Straße, die sie zunächst nehmen mussten, nur ein holpriger Karrenweg, der sich durch tiefen Wald schlängelte. Wittiges hoffte, vor Einbruch der Dunkelheit ein Dorf zu erreichen, wo sie Obdach fänden.

Gegen Abend verließ Samur ohne Erklärung die Gruppe und verschwand im Gebüsch neben dem Weg, die anderen ritten weiter. Als Wittiges sich schließlich fragte, ob sie den Awaren doch noch losgeworden waren, hörte er hinter sich scharfen Hufschlag. In vollem Galopp kam Samur ihnen nach, ein Pferd vor sich hertreibend. Voller Staunen erkannte Wittiges einen von seinen Falben, einen dreijährigen Hengst, auf dessen Rücken sich Ulf mit Mühe hielt, die Hände in die fliegende lange Mähne gekrallt. Vor Wittiges' Stute hielt der Hengst jäh inne, stieg auf die Hinterhand, warf seinen Reiter ab und wieherte freudig.

Wittiges war außer sich vor Zorn. »Was fällt dir ein?«, herrschte er den Jungen an, der sich gerade aus dem Staub aufrappelte.

Samur grinste breit. »Hat Mut«, sagte er lapidar. »Ist uns ganze Zeit gefolgt. Nicht schlecht für kleinen Jungen.«

7 Was waren das für Männer? Felix kannte keinen von ihnen. Sie unterhielten sich in einer fremden Sprache, in der nur hier und da ein vertrautes Wort aufklang. Wie weit sie ihn am ersten Tag gebracht hatten, wusste er nicht, denn sie hatten ihn bis über den Kopf in eine Decke gehüllt, sodass er nichts mehr sehen konnte, und wie einen Sack auf einen Pferderücken geschnallt. Irgendwann schwanden ihm die Sinne.

Als man ihn vom Pferd hob, kam er nur mühsam wieder zu sich. Jemand trug ihn in ein Zimmer, und dort wurde er aus der Decke gewickelt und auf die Füße gestellt. Angestrengt lauschte er, während er, hin- und herschwankend, das Gleichgewicht zu wahren versuchte. Vor den Fenstern herrschte Dunkelheit. Felix hatte genug Zeit in Städten verbracht – vor allem in Metz – und kannte die Geräusche einer lebhaften Stadt, die auch nachts nie vollständig erstarben. Hier fehlten sie, nur Zikaden sangen draußen. Also befand er sich auf dem Land, wahrscheinlich auf einem abgelegenen Gutshof. Der Raum hatte verputzte Wände, blassrosa gestrichen, gehörte demnach zu einem vornehmeren Gebäude, möglicherweise dem Hof eines Adligen. Während Felix den Blick gesenkt hielt, beobachtete er die Männer verstohlen. Zwei von ihnen schlenderten auf ihn zu und packten ihn plötzlich.

Überrascht schrie er auf und wehrte sich mit aller Kraft. Was wollten sie von ihm?

Jetzt kam noch ein Dritter hinzu.

Einer hielt ihn fest, die beiden anderen streiften ihm die Kleider ab, bis er völlig nackt war.

Sie stellten ihn auf einen Schemel. Nun traten auch die übrigen Männer heran, gingen um ihn herum und betrachteten ihn aufmerksam. Alle waren bewaffnet. Felix überlegte, ob er einem von ihnen wenigstens einen Dolch entreißen konnte, wenn nicht ein Schwert. Damit konnte er umgehen.

»Was wollt ihr von mir?«, schrie er. Keiner antwortete. Nur einer streckte die Hand aus und strich ihm über den rechten Schenkel – innen, ungefähr an der Stelle, wo eine kleine Narbe von einem Unfall zeugte.

Den ganzen Tag über hatte Felix nachgedacht, was ihn erwartete. Er war davon ausgegangen, dass man ihn für Bertho hielt. Man musste ihn für Bertho halten, etwas anderes war gar nicht möglich. Aber was würde man mit ihm anstellen?

Bertho war ein König, das sollte die Männer davon abhalten, ihn zu erniedrigen oder zu quälen. Wenn sie ihn töten wollten, dann hoffentlich rasch.

Warum wollten sie ihn nackt sehen? Felix begann zu zittern.

Durch sein Leben am Hof wusste er genug über Männer, die sich mit Knaben vergnügten. Der Mann sagte etwas und lachte dreckig und laut, und da wusste Felix, was ihm bevorstand. Ehe sichs der Mann versah, riss er ihm den Dolch aus der Scheide, aber noch bevor er zustechen konnte, schlug ihm jemand gegen die Schläfe, und er verlor abermals das Bewusstsein. Nur undeutlich spürte er noch die Hände, die nach ihm griffen …

Wittiges konnte Ulf nicht zurückschicken, dafür war es zu spät. Deshalb nahmen die Reisenden ihn erst einmal mit. Nach einer Stunde erreichten sie ein elendes Köhlerdorf, das vor Schmutz nur so starrte, sodass sie es vorzogen, im letzten Tageslicht weiterzureiten. Obwohl es als gefährlich galt, verbrachten sie die Nacht im Wald und hielten abwechselnd Wache. Als Wittiges an der Reihe war, kroch Ulf zu ihm ans Feuer, das sie wegen der marodierenden Banden, vor denen die Köhler sie gewarnt hatten, so klein wie möglich hielten. Der Junge hatte sich als anstellig erwiesen. Ohne dass ihm jemand etwas sagen musste, hatte er Brennholz zusammengetragen, und er hatte auch die Quelle entdeckt, bei der sie schließlich ihr Lager aufschlugen. Ulf verfügte offensichtlich über die Augen und Ohren eines Luchses und bewegte sich im Wald völlig geräuschlos.

»Warum schläfst du nicht?«, fragte Wittiges. »Du hast morgen einen langen Heimweg vor dir.« Er war immer noch wütend auf den Jungen. Einer der Knechte würde ihn nach Hause begleiten müssen, das hieß, für die weitere Reise auf diesen Mann zu verzichten. Zudem fragte er sich, ob die beiden das Schmiededorf jemals erreichen würden, ohne in einen Hinterhalt zu geraten.

»Ich geh nicht zurück«, bekannte Ulf entschlossen. »Nimm mich mit – oder ich verschwinde. Dein Knecht kann nicht ständig auf mich aufpassen.« Eine Fülle sandfarbenen Haars, das er für einen Unfreien viel zu lang trug, fiel ihm ins Gesicht und verdeckte die immer noch blau angelaufene Wange.

»Dann bringt er dich eben gefesselt nach Hause«, erklärte Wittiges leidenschaftslos.

»Lieber sterbe ich.« Ulf sagte das so trocken und dennoch überzeugend, dass es Wittiges kalt überlief.

Von der Schwellung abgesehen sah das Bürschchen recht ansehnlich aus. Für einen Jungen seines Alters hatte er ungewöhnlich breite Schultern, und seine fließenden, kraftvollen Bewegungen ließen den athletischen Kämpfer erahnen, der aus ihm werden würde. Ein wirklich attraktives Kind, dabei meist freundlich und offen.

»Du kehrst morgen heim, glaub mir«, gab Wittiges barsch zurück.

»Ich sterbe lieber als, als …« Ulf suchte nach Worten.

Wittiges war schon aufgefallen, dass Ulfs Sprache eher schlicht war, der einzige Makel an ihm. Aber vielleicht sprach selten jemand mit ihm. Otho bellte sicher nur Befehle oder raunzte das Kind an, wenn er es nicht schlug. Rasch packte er den Jungen im Nacken.

»Das wollen wir doch einmal sehen.« Dann wusste auch er nicht weiter. Ulf hielt sich überraschend still, und so schaute auch Wittiges auf die andere Seite des Feuers hinüber. Samur hatte sich aufgesetzt und beobachtete die beiden, die Mundwinkel zun einem eigentümlichen Grinsen verzogen.

»Bei den Awaren«, sagte er mit schwerer Stimme, »wird aus Junge früh ein Mann. Ich kaufe Jungen, ist guter Sklave.«

Als Felix erwachte, war der Tag schon angebrochen. Jemand hatte ihn auf eine Pritsche gelegt und mit einer Decke zugedeckt. Sobald er sich regte, trat jemand an sein Lager heran und hieß ihn mit einem Wink aufstehen. Hastig zog er sich an, seine Kleidung lag auf einem Schemel neben dem Bett bereit.

Unter ständiger Bewachung verbrachte er die nächsten Tage im Pferdesattel und die Nächte auf abgelegenen Landgütern. Nachts wurde er sogar gefesselt, aber sonst in Ruhe gelassen. Die Landschaft, durch die er kam, war ihm völlig unbekannt. Ab und zu sah er durch das Buschwerk am Straßenrand hindurch einen breiten Fluss glänzen, der mächtige Schleifen zog, an den sie aber nie näher heranritten. Und endlich, eine Woche nach seiner Entführung, erreichten er und seine Bewacher eine Villa am Hang eines kleinen Hügels, von dem aus er eine große befestigte Stadt erblickte. Inzwischen sprach einer der Männer hin und wieder auf Fränkisch mit ihm und hatte ihn sogar nach seinem Namen gefragt. Aber darauf hatte er nicht geantwortet. Was hätte er denn antworten sollen? Felix oder Bertho? Er hätte ihnen gern erklärt, dass er nur der Sohn eines *anstrustios* sei und nicht der kleine König von Austrasien. Falls sie ihm glaubten, würde das seine Überlebenschance erhöhen? Daran hatte er entschieden seine Zweifel.

Die Männer brachten ihn in einem Zimmer unter, das auf einen hübschen Innenhof hinausging, der ihn an zu Hause erinnerte. Vor der Tür stand ein Wachtposten, und zwei weitere hielten sich beständig im Hof auf, an ein Entkommen war nicht zu denken. Abends brachte man ihm etwas zu essen, danach führte man ihn in einen großen Saal und hieß ihn dort auf einem Scherenstuhl Platz nehmen. Zu den Männern, die er kannte, waren weitere hinzugekommen. Sie unterhielten sich, warfen ab und zu einen Blick auf ihn und sprachen weiter. Schließlich hörte er eine Stimme aus dem Vorraum dringen und sprang auf.

»Alexander!«, schrie er. »Ich bin hier!«

Der große schlanke Mann, der eintrat, war tatsächlich sein Onkel, der Bruder seiner Mutter. In seinem Haar zeigten sich erste Silberfäden, dabei war er erst knapp über dreißig. Ein sehr gut aussehender Mann, der lange am Hof von Toledo gelebt hatte und dort eine Stellung als hoch geachteter Hofmusiker und Sänger bekleidet hatte. Und an dem man einen Eingriff vorgenommen hatte, der seiner Stimme für immer den hohen Ton eines Knaben bewahrt hatte. Felix hatte vor Jahren herausgefunden, was man ihm angetan hatte. Seit man ihn ausgezogen und nackt zur Schau gestellt hatte, hegte er die geheime Furcht, dass seine Entführer eventuell genau das mit ihm vorhatten: Alexander hatte man etwa in seinem Alter die Eier abgeschnitten, er war kein richtiger Mann mehr.

Wie kam sein Onkel hierher?

Felix stürzte auf ihn zu und umarmte ihn stürmisch, bevor ihn jemand daran hindern konnte. »Wie gut, dass du da bist! Ich war schon ganz verzweifelt«, stieß er hervor. »Wer sind diese Männer? Was wollen sie von mir?«

Hinter Alexander schnaufte ein beleibter alter Mann herein. Cniva! Der Alte, der Theodos Hof gepachtet hatte und den Felix sehr viel weniger mochte als seinen Onkel. Denn ab und zu sagte Cniva seltsames Zeug, das er lieber nicht hörte, da er ahnte, wie sehr sich sein Vater darüber aufregen würde. Einmal hatte der Alte behauptet, Felix stehe im Rang eigentlich hoch über seinem Vater Wittiges, und eines Tages werde sich alles für ihn ändern. War es jetzt so weit? Aber von diesen Männern konnte nichts Gutes kommen, dessen war er sich sicher.

Sanft machte sich Alexander von ihm los. Inzwischen war Cniva zu den Männern getreten und sprach mit ihnen in der fremden Sprache, die Felix nun schon oft gehört hatte. Aber auf einmal wechselte er ins Fränkische. »Ja, das ist er«, versicherte er feierlich. »Das ist der wahre Erbe Burgunds.«

»Nein!«, schrie Felix. »Ich bin nicht Bertho.« Auf einmal war es ihm gleich, was Königin Brunichild und *comes* Wandalenus von ihm erwarteten. Er wollte nicht länger den Kopf für einen anderen hinhalten. »Ich bin der Sohn des *anstrustios* Wittiges.«

»Nein«, entgegnete Alexander ruhig, »er ist nicht dein Vater, und du vergisst ihn am besten.«

Felix begann zu zittern. Also trat nicht einmal Alexander, sein eigener Onkel, für ihn ein. Wenn von ihm keine Hilfe zu erwarten war, dann von niemandem.

»Cniva?«, fragte er dennoch, schon ohne jede Hoffnung. »Warum hast du das über mich gesagt?«

»Weil es die Wahrheit ist«, erklärte der Alte feierlich. Er

wandte sich an die Männer. »Ich leiste meinen Eid als General des alten Reichs darauf.«

»Dann haben wir also den richtigen Jungen erwischt«, bemerkte einer der Männer. »Wir glauben dir, den Eid brauchen wir nicht.«

Cniva seufzte tief auf. »Dafür habe ich all die Jahre gelebt. Gott, ich danke dir für die Gnade, diesen bedeutenden Moment mitzuerleben. Jetzt kann das alte Burgundia wiederauferstehen. Das ist mein Lohn fürs Ausharren.« Er breitete weit die Arme aus.

»Glaubst du?« Einer der Männer trat dicht an ihn heran, gab zwei anderen einen Wink, und Cniva wurde von zwei Seiten gepackt.

Der Mann zog seinen Scramasax, den Langdolch, den jeder Krieger mit sich führte.

Auf Alexanders Miene zeigte sich erst Überraschung, dann Entsetzen. Cnivas Gesicht wurde aschgrau. »Was …?«

Er brachte seine Frage nicht zu Ende, sondern stieß einen furchtbaren Schrei aus, als ihm der Mann die Waffe in den Bauch rammte und bis zur Brust hochzog. Während Cniva die Beine versagten, schlitzte er ihm den Leib auch noch quer auf und riss ihm das Gewand herunter, sodass alle sehen konnten, wie die Eingeweide blutig und wirr hervorquollen.

Weißer Schaum trat Cniva auf die Lippen, er röchelte, ein Blutschwall floss ihm aus dem Mund. Die beiden, die ihn hielten, ließen ihn los. Er fiel vornüber – und lag still.

»Das«, sagte der Mann ruhig, der die grausige Tat vollbracht hatte, »ist der Lohn für einen elenden Versager.«

8 Mit voller Wucht schlug Chilperich seinem Sohn rechts und links ins Gesicht, sodass der Kopf hin- und herflog, bevor Merowech reagierte. Er wankte zwei Schritte rückwärts, rieb sich mit einer Hand die Wange und legte die andere dorthin, wo eigentlich der Schwertknauf hättte sein müssen. Nur hatte man ihm alle Waffen abgenommen.

Chilperich lächelte dünn. »Sei froh, dass du keine Waffe mehr hast. Denn solltest du das Schwert gegen mich ziehen, deinen Vater und König, müsste ich dich töten lassen.«

Merowech brummte der Schädel. Argwöhnisch trat er noch einen Schritt zurück, um außerhalb der väterlichen Reichweite zu gelangen. Seit dem vorigen Abend war er in seinem Schlafraum eingesperrt gewesen, und nicht einmal der Diener, der ihm durch die Tür etwas zu essen gereicht hatte, hatte auf seine Fragen geantwortet. Was die Haft zu bedeuten hatte, ahnte er immerhin.

Chilperich hatte ihn zu sich in eines seiner luxuriösen Gemächer bringen lassen und die Wachen angewiesen, vor der Tür Posten zu beziehen. Für die Flucht bot sich allenfalls das Fenster an, sofern Merowech einen Sprung aus dem zweiten Stock für erwägenswert hielt.

»Was soll das? Warum schlägst du mich?«

»Du mieser kleiner Dreckshaufen! Wie konntest du sie heiraten? Sie war *meine* Gefangene. Sie befand sich in *meiner* Obhut. Hast du dich nie gefragt, was ich mit ihr vorhabe? Du hast mich, deinen eigenen Vater, hintergangen.«

Also doch! Die alte Eule Praetextatus hatte geplaudert. Seit er zur Synode angereist war, hatte sich Merowech gefragt, wie lange dieser das große Geheimnis für sich behalten würde. Wenn er selbst über die wenigen Tage in Rouen nachdachte, glaubte er zuweilen an einen seltsamen Traum. Es war ein Abenteuer gewesen, eine Verrücktheit, hatte aber dennoch wenig mit Leidenschaft zu tun gehabt. Obwohl ... Brunichild war eindeutig eine der schönsten und begehrenswertesten Frauen, die er je getroffen hatte.

»Warum regst du dich auf? Du hast ihre Schwester geheiratet, ich sie. Es bleibt alles in der Familie.«

»Es ist Blutschande!«, schrie Chilperich.

Merowech zuckte mit den Schultern. Der Vorwurf ließ ihn zwar nicht gänzlich unberührt, aber moralische Bedenken hatten in der Familie seit jeher wenig Gewicht gehabt. Sein Vater wollte sich aufregen, er streckte beide Hände aus, als beabsichtige er, ihm an den Hals zu gehen.

»Ja, erwürg mich nur, genau wie Gailswintha!«, rief Merowech herausfordernd.

Abrupt blieb Chilperich stehen. »Das sagst du mir so ins Gesicht?«

»Wenn du mich erwürgst, glauben auch die letzten Zweifler, dass du sie auf dem Gewissen hast.« Von den Zweiflern konnte es kaum mehr als eine Handvoll geben; sogar Guntram war von der Schuld seines Bruders überzeugt. Nur Chilperich selbst klammerte sich an die Vorstellung, dass ihn nicht jedermann für den Mörder der eigenen Frau hielt.

Chilperich wandte sich ab und kehrte dem Sohn den Rücken zu. »Ich sag dir, was ich mit dir tun werde. Du bleibst in Haft.«

»Wie lange und wo?«

»Unterbrich mich nicht.« Chilperich fuhr herum, nun erkannte Merowech an der unverhohlen schmerzvollen Miene, dass sein Vater unter dem Zerwürfnis mit ihm litt. Obwohl er ihn gut zu kennen glaubte, steckte Chilperich doch immer noch voller Überraschungen. »Du bleibst hier, hier in Paris. Ich laste es Brunichild und diesem ... Trottel Praetextatus an, dass es zu dieser Heirat gekommen ist. Er ist seit Jahren gegen mich.«

Vermutete sein Vater eine Verschwörung?, fragte sich Merowech. Nun ja, er und Brunichild hatten häufig mit Praetextatus diskutiert, über die verheerenden Kriege und dass eine Änderung der Politik dringend nötig sei, damit endlich Frieden herrsche, und dass es gut wäre, in Rouen und Umgebung neue Verbündete zu gewinnen. Verschwörung hätte Merowech das nicht genannt, mehr ein gemeinsames Abwägen, was gut für das Land sei.

Er fiel auf die Knie. »Es tut mir leid«, nuschelte er. »Ich habe nicht nachgedacht, was es für dich bedeutet.« Er stockte und wartete auf eine Bemerkung, als diese jedoch ausblieb, musste er notgedrungen fortfahren. »Sie war so traurig, weißt du, ich musste sie trösten, und da ...« Er seufzte tief. »Schönen, trostbedürftigen Frauen konnte ich noch nie widerstehen.«

Unerwartet zog ihn Chilperich auf die Füße und drückte ihn an sich. »Ich weiß, ich kenne ihren Zauber nur zu gut.« Er hatte Tränen in den Augen. »Ihre Schönheit war immer schon ihre stärkste Waffe. Von allen Hexen in der Familie ist sie eine der gefährlichsten. Vergiss das nie.« Langsam gab er Merowech frei und schritt unruhig im Raum hin und her. Schließlich riss er die Tür auf und rief die Wachen herein.

»Mein Sohn bleibt bis auf Weiteres in Haft. Zwar darf er sich im Palast frei bewegen, ihn aber ohne meine Erlaubnis nicht verlassen. Du« – er zeigte auf den älteren Mann – »bist mir dafür verantwortlich, dass er Tag und Nacht unter Bewachung steht.«

Merowech mochte kaum glauben, dass er so glimpflich davonkommen sollte. Um seine Reue überzeugend zu demonstrieren, fiel er erneut auf die Knie und küsste den Saum von Chilperichs Gewand. »Ich danke dir, Vater«, raunte er mit ersterbender Stimme. »Ich danke dir aus ganzem Herzen für deine Güte.«

»Nicht doch«, entgegnete Chilperich verlegen. »Glaubst du etwa, ich liebe meine Söhne nicht und will sie vernichten?«

Merowech hätte um ein Haar laut aufgelacht. Seit er den Kinderschuhen entwachsen war, wurde er bei jeder Gelegenheit von seinem Vater abgekanzelt, damit er ja nie vergaß, wer die Macht innehatte. Von Liebe keine Spur.

»Nein«, fuhr Chilperich theatralisch fort, »ich baue auf euch, ihr seid meine Zukunft. Steh auf – jetzt steh schon auf!« Er zerrte Merowech auf die Füße. »Vielleicht war es doch kein so übler Zug, dass du sie geheiratet hast. Besser du als Guntram. Und nun geh!«

Merowech machte, dass er fortkam, bevor die Stimmung des Vaters erneut umschlug. Fast sofort sann er über Flucht nach. Da er recht viel Bewegungsfreiheit behalten hatte, musste es doch eine Möglichkeit geben. Nur wann oder wo? Chilperich hatte, um ihn am Entkommen zu hindern, sogar sein Gefolge aus Kriegern und Vasallen vom Hof verbannt, sodass er nicht mit deren Hilfe rechnen konnte. Allerdings war fraglich, wer von ihnen überhaupt noch zu ihm hielt, denn es gab ein ungeschriebenes Gesetz, das an allen Höfen galt: Ein Verlierer hatte keine Anhänger mehr.

Er steckte in einer wahrhaft üblen Klemme.

Als Chilperich bei einem gemeinsamen Abendessen auch noch laut darüber nachdachte, ihm eine Tonsur scheren zu lassen und ihn für immer in ein Kloster zu stecken – eine grauenvolle Vorstellung –, befiel ihn Verzweiflung.

Praetextatus konnte ihm auch nicht helfen. Der alte Mann saß im Kerker.

Bischof Gregor von Tours hatte zwar dagegen protestiert und im Namen einer ganzen Gruppe Verbündeter aus der Synodalversammlung gefordert, den Amtsbruder in den Gewahrsam der Kirche zu überstellen, aber Chilperich ging auf die Forderung nicht ein.

Tag für Tag durchlebte Merowech den gleichen Albtraum. Kaum einer sprach mit ihm, denn für Chilperichs *anstrustiones* war er als Verräter gebrandmarkt. Der Vater rieb ihm bei jeder Gelegenheit seine Verfehlungen unter die Nase, und wenn er besonders aufgeräumter Stimmung war, ging er mit ihm peinlich genau eine Liste der Klöster durch, die für die lebenslange Buße infrage kamen.

Nach einer Woche war Merowech beinahe so weit, sich in das unvermeidliche Schicksal zu fügen. Hätte er doch bloß Brunichild eine Nachricht schicken können! Aber würde sie eine Streitmacht zu seiner Befreiung aufbieten? Er wollte daran glauben, aber sein Verstand sprach dagegen. Sie würde seinetwegen keinen neuen Krieg anzetteln, wenn sie annehmen musste, dass er kaum einen Rückhalt in Paris hatte. Wie er es auch drehte und wendete, er stand auf verlorenem Posten.

Es wunderte ihn nicht wenig, als eines Abends Bischof Bertram von Le Mans mit zwangloser Freundlichkeit auf ihn zutrat und ihn bat, ihm auf einen Umgang hinaus zu folgen, von dem aus sie auf die Seine sehen konnten. Der Fluss glitzerte trübe im Abendlicht. Ein Kahn war unterwegs, der große Tonkrüge geladen hatte. Sehnsüchtig sah ihm Merowech nach. Am liebsten hätte er sich in den Fluss gestürzt, aber er konnte nicht einmal schwimmen.

»Besser, du erfährt es von mir«, begann Bertram und legte Merowech die Hand auf den Arm. Sofort wurde der Wächter aufmerksam, der ihnen gefolgt war, aber höflich Abstand hielt. Daher trat Merowech ein wenig beiseite, und Bertram nahm seine Hand weg. »Entschuldige, ich vergaß.«

»Was willst du mir sagen?«

»Dein Pate ist gestorben.«

Zunächst konnte Merowech mit der Nachricht nichts anfangen. Dann verstand er. Unbeherrscht stöhnte er auf. »Das wundert mich nicht. Wie hat es der alte Wolf machen lassen? Gift, Strick oder Dolch?«

Bertram lächelte unverbindlich. »Ich würde sagen, die Haft im Kerker war zu viel für einen alten Mann wie Praetextatus, der sein weiches Bett gewöhnt ist – und die Frau, die es ihm warm hält.«

»Nein, keine Frau, nicht einmal ein Knabe«, widersprach Merowech. »Er war tatsächlich keusch. Dir muss das seltsam vorkommen.« Er hatte einmal gesehen, wie Fredegund Bertram begrüßt hatte, als sie sich unbemerkt glaubten, und das hatte ihm einiges über das Verhältnis der beiden zueinander verraten.

Amüsiert zog Bertram die Brauen hoch. »Jeder nach seinem Geschmack. Dir bleibt bald auch nur noch die Keuschheit, hab ich vernommen. Eigentlich schade bei einer so schönen Braut. Sie muss sich noch in Chalon aufhalten und für ihren Sohn um Guntrams Erbe buhlen. Schade auch, dass sich Chilperich so wenig um diese Angelegenheit kümmert.«

»Burgund als Erbe könnte mir gefallen. Damit ließe sich etwas anfangen.«

Bertram lachte, beugte sich vor, und verblüfft spürte Merowech den Griff eines Dolchs in der Hand. Er schaffte es sogar, die Waffe im weiten Ärmel seiner Tunika verschwinden zu lassen, ehe der Posten abermals unruhig wurde.

»Das glaube ich. Mir genügen meine Diözese und meine Landgüter. Von einem habe ich Pferde mitgebracht. Selbst gezüchtet. Schöne, ausdauernde Tiere. Leider fehlt ihnen ausreichende Bewegung hier. Eines lasse ich immer gesattelt für den Fall, ich könnte der Synode für einen Morgen- oder Abendritt entkommen.«

Bertrams Pferde standen im besten Stall des Palasts, das hieß bei den Rössern des Königs.

»Warum tust du das?«, fragte Merowech leise.

»Es ist besser, wenn du von hier verschwindest, bevor Fredegund zurückkehrt. Wie wir alle wissen, reagiert sie stets heftig, wenn sie die Macht deines Vaters bedroht sieht. Solange er lebt, ist es auch ihre Macht.«

»Erstaunlich, was du da sagst. Das hört sich so an, als wolltest du gegen sie Partei ergreifen.«

Bertram blickte starr auf den Fluss. »Weder für sie noch gegen sie oder ihn. Ich bin für das Land, hast du das immer noch nicht begriffen?«

Bald darauf verabschiedete er sich, und Merowech blieb nachdenklich zurück.

Zum Abort folgte ihm immer nur ein Mann, das musste er nutzen. Er wartete bis zum folgenden Morgen. Scheinbar noch benommen vom Schlaf, trottete er in aller Frühe, nachlässig in einen Umhang gehüllt, zur Latrine. Sie lag im Erdgeschoss am Ende eines Gangs, von dem aus eine Tür ins Freie führte. Vor der Pissrinne entblößte Merowech betont auffällig den Unterleib, nahm sein Glied in die Hand und stöhnte leise, als habe er Schwierigkeiten beim Wasserlassen. Peinlich berührt wandte sich der Wächter ab, und so konnte er ihm von hinten das Messer an die Kehle setzen. Ein rascher Schnitt, ein leises Röcheln, und er hatte seine Chance zur Flucht.

Was ihm vorher so gut wie unmöglich vorgekommen war, erschien nun unglaublich einfach.

Im Stall stand tatsächlich ein gesatteltes Pferd mit einer gut gefüllten Packtasche, die neben einem kleinen Vorrat an Lebensmitteln als wichtigsten Ausrüstungsgegenstand einen Scramasax enthielt. Der Dachboden über dem Stall diente den Knechten als Unterkunft. Es war noch so früh, dass sich keiner von ihnen blicken ließ. Leise schlich Merowech die Stiege zu ihrem Lager hinauf, spähte zu den tief Schlafenden hinüber, nahm sich an Kleidung, was er brauchte, zog sich unten im Stall rasch um, versteckte sein langes Haar unter einer schmierigen Wollkappe, rollte seine teure Kleidung zu einem Packen zusammen, den er am Sattel befestigte, und mischte sich unter die Menschen, die frühmorgens die Brücke von der Seineinsel zur Stadt in beiden Richtungen überquerten.

In der Umgebung von Paris kannte er sich gut genug aus, um die Straßen zu meiden, auf denen man ihn wahrscheinlich verfolgen würde. Er überlegte, ob er es wagen konnte, einige seiner Anhänger aufzuspüren, entschied sich aber dagegen. Das Risiko war zu groß, auf einen Wendehals zu treffen, der inzwischen Chilperich seinen Eid geleistet hatte und nur zu begierig war, den in Ungnade gefallenen Sohn ans Messer zu liefern.

Einen Tag lang hielt er sich nördlich in Richtung Reims, dann schlug er eine Straße nach Süden ein, die ihn wieder zur Seine führte.

Wittiges fand, dass er nicht auf den Knecht verzichten konnte, den er Ulf zum Schutz oder zur Bewachung hätte mitgeben müssen. Unwillig beschloss er, den Jungen nach Chalon mitzunehmen, und hatte dabei auch noch das unsäglich dumme Gefühl, dass sich Samur köstlich darüber amüsierte. Schon deshalb beachtete Wittiges Ulf so wenig wie möglich, aber das schien diesen nicht zu stören. Willig übernahm er alle Aufträge, redete nicht viel und war in seiner Anspruchslosigkeit ein überraschend angenehmer Reisegefährte. Mehr und mehr spürte Wittiges eine Sympathie, der er aber auf keinen Fall Raum geben wollte.

Beschwerlich wurde die Reise, als das Wetter umschlug. Es wurde unerwartet schwül, Gewitter entluden sich über ihnen, und ein Platzregen durchnässte sie bis auf die Haut. Ab und zu erreichten sie Dörfer, meist unbefestigte, namenlose *vici*, wo sie die Nächte bei Bauern oder auf einem kleinen Gutshof verbrachten. Die Städte vermieden sie, nur in Troyes legten sie eine längere Rast ein. Wittiges suchte zwei ihm bekannte Händler auf, um sich bei ihnen nach Neuigkeiten umzuhören. Die Königin, hieß es, weile noch in Chalon. Darauf hatte er gehofft, dort würde er die Spur seines Sohns aufnehmen und vor allem Brunichild zur Rede stellen. Mit grimmiger Freude malte er sich das

Gespräch mit der Königin aus. Er war gerade wieder einmal dabei, seine Anklagen gegen sie zu proben, als Ulf aufschrie.

»Wittiges!«, rief er gedämpft.

»Was ist?«, fuhr dieser aus seinen Gedanken auf. Im ersten Dorf, das sie gemeinsam erreicht hatten, hatte er von einem Bauern Zaumzeug und einen passenden Sattel für den Falben erworben, den der Junge ritt, sowie ein wenig Kleidung zum Wechseln, da Ulf nicht mehr dabeigehabt hatte, als er auf dem Leib trug. Nur schlichte Sachen, über die er sich dennoch gefreut hatte.

Ulf zügelte das Pferd. »Kampflärm«, sagte er gepresst.

Wittiges lauschte vergeblich auf die vertrauten Geräusche, aber seine Stute kanterte unruhig.

Schon einige Male hatten sie über einen möglichen Überfall gesprochen, nun schienen sie mitten hineinzugeraten. Wittiges gab den Reisegefährten durch Handzeichen zu verstehen, dass sie sich seitwärts in die Büsche schlagen sollten, denn er gedachte, mit seinem Trupp dem Kampf möglichst auszuweichen. Wenig später vernahmen alle das Waffengeklirr. Kurz entschlossen lenkte Wittiges sein Pferd neben Ulfs Falben. »Wie viele? Was meinst du?«

Ulf war aufgeregt, er musste schlucken, bevor er antwortete. »Sechs, sieben?«

»Sieben«, sagte Samur. Er fiel hinter die anderen zurück.

Endlich sah Wittiges die Straße. Sie befanden sich oberhalb davon, weil das Gelände auf der vom Fluss abgewandten Seite leicht anstieg. Ein Mann zu Pferd wehrte sich gegen sechs Räuber zu Fuß, und nur weil diese offenbar das Pferd haben und es nicht verletzen wollten, lebte der Reiter noch. Seine einzigen Waffen waren augenscheinlich Scramasax und Dolch, die nur für den Nahkampf taugten.

Obwohl ihn der Fremde nichts anging, hieb Wittiges seiner Stute die Fersen in die Flanken und galoppierte mit einem wilden Kampfschrei ins Getümmel. Überrascht wichen die Angreifer zurück. Wittiges setzte nach, aber da tauchten aus der anderen Straßenrichtung vier Reiter auf und schwangen bereits von Weitem die Schwerter. Es sah nicht so aus, als kämen sie Wittiges zu Hilfe.

Nun geriet er wirklich in Bedrängnis. Zum Glück mischten sich endlich seine Knechte ein. Auf der engen Straße gestaltete sich der Kampf äußerst schwierig. Zur Verwirrung trugen das Wiehern der Pferde und die Schreie der Bagauden bei. Die Angreifer bildeten eine regelrechte Räuberbande, reizbar, furchtlos und daher überaus gefährlich. Diese geächteten Männer, die in den Wäldern hausten und kaum etwas anderes als Kampf kannten, achteten das eigene Leben gering. Der Fremde, für den Wittiges sein Leben aufs Spiel setzte, machte einen der unberittenen Räuber nieder, der zwischen sie geraten war, und Wittiges spaltete einem Reiter den Schädel, aber sie waren immer noch in der Minderzahl. Was seine Knechte ausrichteten, konnte er nicht überblicken, so sehr war er damit beschäftigt, selbst anzugreifen oder sich zu verteidigen. Einmal zischte etwas an ihm vorbei und traf einen Räuber an der Schläfe, sodass er im Sattel schwankte und sein Hieb ins Leere ging. Ein Knecht fiel, Wittiges stöhnte auf, sein Blick flog über das Schlachtfeld hinaus und blieb an einer einsamen Gestalt am Hang hängen. Samur hält sich heraus, dachte Wittiges dumpf. Der Hundsfott hält sich heraus! Dann erstarb alles Denken. Zwei Männer griffen ihn gleichzeitig zu Fuß an und ein Reiter von der Seite. Einer der Unberittenen wollte seiner Stute die Kehle aufschlitzen, dessen Kumpan langte nach Wittiges' Bein, und der Reiter schwang sein Schwert. Wittiges sah den Schlag kommen und versuchte, sich wegzudrehen. Er hörte das Sirren der Schwertklinge, die durch die Luft fuhr.

Aber dann war da noch ein anderes Geräusch, und die Bewegung des Schwerts nahm eine neue Richtung. Aus dem Hals des Reiters ragte ein Pfeil, die Augen wurden glasig. Während Wittiges die beiden übrigen Angreifer zurückschlug, sackte der Reiter vom Pferd. Wie auf ein Signal hin gaben die restlichen Bagauden auf, flohen die Straße hinunter und verschwanden im Wald. Einer der Knechte setzte ihnen nach, aber Wittiges pfiff ihn zurück.

Der Fremde, für den er sich in den Kampf eingemischt hatte, stieg ab, bückte sich und wischte seine Klingen am Gewand eines der Toten ab – es war Wittiges' Knecht.

»He, lass das!«, schrie Wittiges.

»Was?«, fragte der Fremde ungehalten.

Wittiges deutete auf den Leichnam. »Der Mann ist für dich gestorben. Er war mein Knecht. Zeig dich ihm gegenüber nicht so respektlos.«

Der Fremde musste einige Jahre jünger sein als er selbst. Ein ansehnlicher Mann mittlerer Größe, außerordentlich gut gekleidet. Auch das Pferd war kein Karrengaul, sondern von edelster Zucht. Ein wahres Prachtstück von einem Hengst, der nun unruhig den Kopf aufwarf, weil er Blut roch.

»Entschuldige«, sagte der Fremde ruhig. »Dann sollten wir ihn begraben. Und vorher aufräumen.« Ohne Umstände packte er einen der anderen Gefallenen an den Füßen und schleifte ihn in Richtung Fluss. Wittiges sah sich um. Es waren insgesamt vier Tote. Zwei reiterlose Pferde strebten den Hang hinauf in den Wald, aber da schnitten ihnen Ulf und Samur den Weg ab. Eines der Pferde gehörte Wittiges, das andere einem toten Räuber. Die Beute aus diesem Kampf.

Da damit zu rechnen war, dass sich die Räuber neu formierten oder Verstärkung fanden, hielt es Wittiges für geraten, die Toten liegen zu lassen, aber seinen gefallenen Knecht wollte er bis ins nächste Dorf mitnehmen, wo er ihn auf dem dortigen Friedhof zu bestatten gedachte. Der Fremde war einverstanden, der einzige andere, der etwas zu sagen hatte, Samur nickte nur. Wittiges war wütend auf ihn, bis er den Bogen auf dessen Rücken bemerkte sowie den Köcher mit den Pfeilen. Beides hatte er natürlich bereits vorher gesehen, aber nie sonderlich beachtet.

Für die Bestattung des Knechts auf dem eine Viertelmeile vom Dorf entfernten Friedhof musste Wittiges zahlen, aber das tat er gern, denn der Tod des Mannes bekümmerte ihn. Und noch wusste er nicht, für wen er ihn geopfert hatte. Bisher hatte er keine Zeit gefunden, sich mit dem Fremden bekannt zu machen. Aber dann war es so weit. Der Dorfälteste hatte ihnen sein Haus angeboten und war mit Familie und Gesinde in die Scheune gezogen. Eine Magd brachte Bier und die Frau des Bauern grobes Brot und eine Schüssel mit lauwarmer Grütze. Nicht gerade ein Festmahl.

Wittiges nahm einen tiefen Zug aus seinem Tonbecher und wandte sich an den Fremden. »Ich bin Wittiges, und wer bist du?« Die Frage klang gerade eben noch nach einer höflichen Erkundigung.

»Wittiges von Reims?«

»Wenn schon, dann Wittiges von *casa alba*. So heißt mein Gut bei Reims.«

»Dann bist du der Wittiges, den ich meine.«

»Womit ich immer noch nicht weiß, wer du bist.«

»Merowech.«

»Aus …?«

»Merowech von Soissons, König Chilperichs Sohn.«

Wittiges verschluckte sich und spie aus. »Verdammt!«, fluchte er. Der Sohn des Mannes, der König Sigibert hatte ermorden lassen! Und für den hatte er einen Knecht geopfert. Ihm sogar das Leben gerettet. Dieser Fehler ließ sich korrigieren. Ohne weiter nachzudenken, ließ Wittiges den Becher fallen, der prompt zerbrach und Bier verspritzte, riss seinen Dolch aus der Scheide und sprang auf die Füße. »Dann hast du Pech gehabt, wenn du Merowech von Soissons bist.«

»Das glaube ich nicht. Brunichild hat immer voller Hochachtung von dir gesprochen«, erklärte Merowech nicht sonderlich beunruhigt.

Wittiges' Puls raste.

»Wer?«

Merowechs vorgebliche Sorglosigkeit wich einer gewissen Wachsamkeit, aber er griff nicht zur Waffe, sondern äugte nur zu Wittiges auf. »Königin Brunichild von Austrasien, *deine Königin*, ich traf sie in Rouen.«

Wittiges gab seine Kampfhaltung nicht auf.

»Wann?« Er hatte Brunichild zur Flucht aus Rouen verholfen, aber in der Zeit danach hatte sie wenig von ihrer fast zweijährigen Haft erzählt und ganz sicher Merowech nicht erwähnt. Hätte sie das nicht tun müssen?

»Letztes Jahr im Winter.«

»Wieso warst du überhaupt dort? Und was hat sie mit dir zu schaffen gehabt?«

Sicher, die Festung von Rouen war groß, sie mussten sich nicht unbedingt begegnet sein. Aber hatte der Kerl nicht gerade behauptet, sie hätten sogar über ihn, Wittiges, gesprochen?

Merowech seufzte. »Wir haben geheiratet.«

»Was?«

»Ich denke, du hast mich verstanden.«

Lüge, eine faustdicke Lüge, wollte Wittiges schreien, brachte aber keinen Laut heraus. Es musste eine Lüge sein.

»Kannst du das beweisen?«

Merowech grinste flüchtig. »Hier? Auf der Stelle?« Er winkte Wittiges heran, packte ihn vorn an der Tunika, zog ihn noch näher und dämpfte die Stimme. »Das könnte ich nur, falls du sie einmal nackt gesehen hast, aber davon gehe ich nicht aus.«

Sie hat ein großes Muttermal oberhalb des rechten Knies, meinst du das mit deinem Beweis?, dachte Wittiges aufgebracht. Soll ich dir verraten, dass ich ihr erster Liebhaber war? Damals, vor elf Jahren, waren wir fast noch Kinder, und sie war eine ängstliche Braut auf dem Weg zu ihrer Hochzeit.

Wusste Merowech über ihn und Brunichild Bescheid? Wollte er das mit seiner Bemerkung andeuten? Sein Blick spiegelte Dummdreistigkeit, gepaart mit Zügellosigkeit, wie sie die meisten jungen Edlen am Hof von Metz kennzeichnete. Dennoch wurde Wittiges nicht gänzlich schlau daraus. Und diesen Hanswurst hatte Brunichild freiwillig geheiratet? Es war ein Witz, aber einer, den sich nicht einmal ein Wicht wie Merowech ausdenken konnte.

Bedächtig steckte Wittiges den Dolch ein, holte aus und versetzte Merowech eine gewaltige Ohrfeige, die diesen von der Bank fegte. »Falls du mich fragst, wofür das ist: dafür, dass du meine Königin beleidigt hast.« Breitbeinig ging er in Kampfstellung, ganz und gar auf einen Angriff gefasst, er war geradezu versessen darauf. Eine wilde Wut in ihm verlangte nach Befriedigung.

Merowech wischte sich über das Gesicht und starrte abschätzend zu ihm hoch.

Dann rappelte er sich betont langsam wieder auf. »Unter anderen Umständen hätte ich dich ganz sicher erstochen, aber ich denke, wir sind quitt. Bei deinem Sohn muss ich mich allerdings bedanken, er kann wirklich verdammt gut mit der Schleuder umgehen.«

Das Gespräch war anstrengend, fand Wittiges, und das nach allem, was er hinter sich hatte. »Welcher Sohn?«

Verwundert schaute Merowech zu Ulf hinüber, der ein Stück entfernt am Feuer hockte, das mitten im Raum schwelte und dessen Rauch durch ein Loch in der Decke abzog.

»Das ist der jüngere Bruder meines Schmieds«, erklärte Wittiges barsch. »Ich wusste gar nicht, dass er mit der Schleuder …« Er verfügte selbst über einiges Geschick im Umgang mit der Schleuder, und er hatte Felix darin unterrichtet. Wahrscheinlich hatten die Jungen gemeinsam geübt.

Das Gespräch wurde erst ruhiger, als Wittiges von seiner Suche nach Felix erzählte. Es störte ihn nur, dass Samur, der sich aus allem heraushielt, den Blick zwischen ihm und Ulf hin- und herschweifen ließ und dabei teuflisch grinste. Wittiges hätte sich bei ihm bedanken müssen, weil ihm der Aware mit einem Bogenschuss das Leben gerettet hatte, doch das brachte er beim besten Willen nicht über sich. Er vergaß es lieber.

9 Chalon wirkte merkwürdig still. Wittiges hatte mehr fliegende Händler auf den Straßen erwartet, mehr Radau von Kriegern, die die Königin zu den Trauerfeierlichkeiten begleitet hatten und nicht wussten, was sie mit ihrer freien Zeit anfangen sollten. Es war später Nachmittag. Eine Frau leerte unmittelbar vor ihnen einen Kübel Unrat aus, schaute auf und glotzte sie an. Sie ritten weiter. Auch im Palastbezirk, der nahe am Fluss lag, tat sich nicht viel.

»Wartet hier«, sagte Wittiges beunruhigt, saß ab und ließ die anderen in einem der Stallhöfe zurück. Eine Weile irrte er durch die verschiedenen Trakte des Palasts, aber dann traf er auf einen *referendarius*, einen Verwaltungsbeamten, der ihm die Stille erklärte. Wittiges kehrte zu Merowech und Samur zurück, die er mitten im Hof mit einem Stallmeister plaudernd antraf.

»Wir wissen Bescheid«, rief ihm Merowech entgegen. »Alle sind abgereist, die Feier ist vorüber, und Guntram hat sich in ein Kloster zurückgezogen.«

»Es sind nicht alle abgereist«, widersprach der Stallmeister und winkte einem Knecht, der ein aufgezäumtes Pferd aus dem Stall herausführte. »Königin Fredegund ist noch da, und … da kommt ihre Tochter, sie will ausreiten.«

Das junge, rothaarige Geschöpf im kurzen Reitumhang, das, gefolgt von mehreren unglücklich dreinschauenden Kriegern, in den Hof stürmte, blieb stehen. Merowech machte eine hastige Bewegung, als wolle er sich hinter Wittiges verstecken, aber dieser trat beiseite und gewährte dem Mädchen volle Sicht auf den Mann neben ihm.

»Merowech!«, rief das Mädchen. »Was machst du hier?« Langsam kam sie näher. »Und … und … stimmt das, dass du Brunichild geheiratet hast? Stimmt das wirklich? Mutter ist außer sich vor Wut. Wie konntest du nur!«

Sie sieht ihrer Mutter wirklich sehr ähnlich, dachte Wittiges.

Merowech trat auf das Mädchen zu, fasste es an den Schultern und sah sich beunruhigt um. »Rigunth, du hast mich nicht gesehen. Hörst du?« Er wandte sich an einen der Knechte. »Holt mein Pferd, ich bleibe nicht.«

Rigunth riss sich los und schrie im Davonlaufen: »Ich sag Mutter Bescheid, dass du da bist, sie wird's wissen wollen.«

Merowech machte Anstalten, ihr nachzusetzen, zuckte aber dann nur mit den Schultern und stieß heftig die Luft aus. »So ein Pech«, knirschte er. »Verdammte Göre!«

Von den Kriegern, die das Mädchen begleitet hatten, blieben alle bis auf zwei, die ihr folgten, im Hof. Einer trat ruhig auf Merowech zu. »Bringst du eine Botschaft?«, fragte er.

»Natürlich hat er eine Botschaft, schließlich kommt er geradewegs aus Paris«, mischte Wittiges sich ein. Er amüsierte sich. »Dann hast du ja jetzt Familienanschluss gefunden, viel Spaß mit deinen Lieben«, wandte er sich an Merowech. »Du machst deiner Stiefmutter Fredegund besser gleich deine Aufwartung. Mich brauchst du nicht mehr. Tja, es tut mir leid, Samur«, verabschiedete er sich auch von dem Awaren. »Ich hab in der Stadt zu tun, aber irgendjemand wird sich deiner schon annehmen.« Ohne auf eine Entgegnung zu warten, wies er seine Knechte an, im Palast um Quartier zu bitten, befahl Ulf, bei ihnen zu bleiben, und machte sich zu Fuß zu den Händlern auf, die er in der Stadt mehr oder weniger flüchtig kannte. Für Erkundigungen blieben ihm nur noch wenige Stunden, bevor jeder dieser Händler sein Haus für die Nacht verriegelte.

Der Erste empfing Wittiges freundlich, lud ihn zu einem frühen Abendessen ein, aber der begnügte sich mit einem Becher verdünnten Weins. Auf einmal kam es ihm auf jede Stunde an. Hier in Chalon war Felix zuletzt gesehen worden, und jede Stunde, die er vertrödelte, schien die Möglichkeit, ihn wiederzufinden, ferner zu rücken. Natürlich fragte er nicht geradeheraus nach seinem Sohn, sondern nach etwaigen besonderen Vorkommnissen während der Trauerfeierlichkeiten. Erst beim zweiten Becher erwähnte der Händler das Verschwinden eines Kindes, welches, wie das Gerücht besagte, der kleine Sohn der Königin von Austrasien sei.

»Und was erzählt man sich über dieses Verschwinden?«, fragte Wittiges mit mühsam unterdrückter Erregung.

Der Händler wiegte den Kopf hin und her und warf Wittiges unter schweren Lidern einen abwägenden Blick zu. »Auf Befehl Guntrams wurde jedes Haus durchsucht. Hast du eine Vorstellung davon, wie es ist, wenn dein Warenlager durcheinandergebracht und dein Gesinde zu Tode erschreckt wird? Und alles nur wegen eines Balgs, das uns nichts angeht.« Er stockte. »Entschuldige, ich vergaß, dass du selbst aus Austrasien stammst. Du bist sogar *anstrustio* der Königin, sagt man. Tut mir leid, ich weiß nichts Genaues. Was uns nicht unmittelbar selbst betrifft, kümmert mich nicht. Du bist nicht in Geschäften hier, nehme ich an?«

Dabei blieb es. Nahezu gleiche Gespräche führte Wittiges mit drei weiteren Händlern. Er wusste, er war hier in Burgund und nicht in Austrasien, aber die Händler – zumindest die wichtigen – bildeten über die Herrschaftsgrenzen hinweg eine Bruderschaft, der er vor vielen Jahren beigetreten war, als er mehr oder weniger zufällig in eine Handelstätigkeit hineingeschlittert war. Damals hatte er Purpur und Edelsteine in Marseille gekauft, sie im Norden verkauft und nach anfänglichen Schwierigkeiten gute Gewinne erzielt. Einen Teil des Purpurs, den er immer noch von Zeit zu Zeit im Süden besorgte, verarbeitete Aletha in ihrer Wollweberei.

Die Mitglieder der Händlerbruderschaft waren durch heilige Eide verpflichtet, sich gegenseitig zu helfen. Wenn er hier keine Unterstützung erhielt, dann nirgends. Es ging auf Mitternacht zu, in den Straßen trieb sich nur noch Gesindel herum, und er gab auf. Im letzten Haus der Gasse brannte noch Licht, es war ein kleines, schäbiges Eckhaus, dessen Obergeschoss aus windschiefem Fachwerk nicht zum soliden Mauerwerk des unteren passte. Obwohl Wittiges nicht wusste, wer hier wohnte, hämmerte er an die Tür. Zu seiner Überraschung wurde sie fast augenblicklich geöffnet.

Ein Mann lugte heraus. »Bist du der Arzt?«, fragte er hastig.

Wittiges drängte sich durch die Tür, schloss sie hinter sich und lehnte sich dagegen. »Danke, dass du mich zu so später Stunde noch empfängst. Nein, ich bin kein Arzt.«

Erschrocken wich der Mann zurück. Es war ein älterer, nachlässig gekleideter Mann mit dünnem Haar und Bart, der ihn hohläugig anstarrte und den Mund weit öffnete, als wolle er um Hilfe schreien.

»Ich tu dir nichts«, zischte Wittiges. Sie standen in einem engen Flur, der auf einen Innenhof führen musste. Irgendwo in diesem Hof gab es eine Treppe nach oben, und von dort waren gedämpfte Schreie zu hören, bei denen der Händler zusammenzuckte.

Wittiges sprach schnell weiter. »Verzeih, wenn ich dich erschreckt habe. Ich bin Wittiges …«

»Du bist Wittiges«, fiel ihm der Mann aufatmend ins Wort und packte ihn mit überraschend festem Griff am Umhang. »Wittiges aus Reims! Jetzt erkenne ich dich. Was suchst du hier?«

Wittiges war der Mann fremd, aber dem Gehabe nach schien dieser nun ein Zeichen des Wiedererkennens zu erwarten. »Hatten wir einmal Geschäfte miteinander«, murmelte er. Wer schrie da? Es musste eine Frau sein, eine Frau, die Schmerzen litt.

»Aber ja, aber ja doch! Als ich noch in Reims lebte, aber das ist Jahre her, da hast du …« Der Mann brach ab und lauschte. »Meine Frau verbrennt im Fieber«, flüsterte er. »Ich weiß mir keinen Rat mehr. Schon vor Stunden hab ich nach einem Heilkundigen geschickt, aber er kommt nicht.«

Das Gesicht kam Wittiges nun doch vage bekannt vor. Der Mann handelte mit Rohleder, fiel ihm ein. Er hatte einmal Häute von Wildtieren an ihn verkauft, die von einer großen Jagd in seinen Wäldern übrig geblieben waren. Nun nahm er auch den Geruch wahr, der das Haus durchzog, den Gestank nach Leder, das noch der Weiterverarbeitung harrte. Soweit sich Wittiges entsann, hatte der Mann bei der letzten Plünderung von Reims schwere Verluste erlitten. Sein Haus hatte zu jenen gehört, die bis auf die Grundmauern niedergebrannt waren. Anscheinend hatte er sich finanziell noch nicht erholt. Und auch sonst machte er den Eindruck eines Verlierers und vom Unglück Verfolgten. Der Flur war schon seit einer Weile nicht mehr gefegt worden. Durch den Staub war das abgetretene Mosaik aus einfachsten geometrischen Mustern kaum noch zu erkennen, und von der niedrigen, weiß gekalkten Decke, die deutliche Wasserflecken aufwies, hingen Spinnweben herab. Also nur wenig Gesinde im Haus.

»Ich besorge dir einen Arzt«, erklärte Wittiges kurz entschlossen. »Im Palast finde ich sicher einen.«

»Den kann ich nicht bezahlen«, wehrte der Mann ab.

»Doch, du kannst, du bezahlst mit Informationen«, entgegnete Wittiges, riss die Tür auf und wollte in die Nacht hinaus verschwinden. Aber da prallte er beinahe mit einem Mann zusammen, der die Hand gehoben hatte, um an die Tür zu klopfen.

Wittiges stutzte kurz und trat dann beiseite. »Bist du der Arzt?«

Der Mann nickte nur gemessen. Etwas an ihm wirkte fremd.

Wie sich herausstellte, war der Arzt ein jüdischer Gelehrter, der seit einigen Jahren in der kleinen Gemeinde lebte, die sich in Chalon gebildet hatte. Die meisten Mitglieder waren Händler, hatten aber ihr eigenes Viertel. An dieses Viertel hatte Wittiges noch gar nicht gedacht, aber nun war es viel zu spät, um dort noch jemanden aufzuscheuchen. Der Hausherr ließ ihn ohne Umstände allein und führte den Arzt eilig in die Tiefe des Hauses. Wittiges lauschte den Stimmen, die sich die Treppe hinauf verloren, und überlegte, ob er gehen solle. Er starrte noch in die zuckenden Flammen der Fackel, die den Flur beleuchtete, als er einen Schreckenslaut vernahm, dem gleich darauf ein furchtbares Jammern folgte. Es war nicht sein Unglück, welches das Haus getroffen hatte, dennoch brachte er es nicht über sich, sich ohne ein Wort der Anteilnahme davonzumachen. Mit spürbarem inneren Widerstreben stieg er die Treppe in den ersten Stock hinauf. Oben traf er auf eine ältere Magd, die weinend an der Wand lehnte.

Er fasste sie am Arm. »Welches Zimmer?« Eigentlich erübrigte sich die Frage, er brauchte nur den Klagelauten zu folgen.

Auf der Schwelle prallte er zum zweiten Mal beinahe mit dem Juden zusammen. Der Mann hatte den Türvorhang angehoben, um herauszuschlüpfen, so konnte Wittiges an ihm vorbei ins Innere spähen. Der Arzt war offensichtlich zu spät gekommen. Der alte Händler war am Bett seiner Frau zusammengebrochen und schluchzte in tiefster Untröstlichkeit.

»Tritt lieber nicht näher, das Fieber ist ansteckend«, raunte der Arzt.

Wittiges nickte nur, trat aber dennoch ein. Sanft legte er dem Trauernden die Hand auf die Schulter. »Es tut mir leid um deine Frau«, sagte er schlicht. »Kann ich etwas für dich tun?«

Der Händler schaute auf, runzelte fragend die Stirn, als wisse er nicht, wen er vor sich hatte, und schüttelte mit einem Ausdruck grenzenloser Qual den Kopf. »Sie ist tot«, wimmerte er.

»Pass auf«, sagte Wittiges, eingedenk der Warnung des Arztes, »dass du dir nicht selbst den Tod holst. Begrab deine Frau so rasch wie möglich.« Und fass sie nicht an, hätte er noch hinzufügen müssen, traute sich aber nicht.

Der Mann schüttelte nur wieder den Kopf, und Wittiges erkannte, dass seine wohlgemeinten Ratschläge nichts ausrichten konnten. Er zog sich zurück. Unten im Hausflur wartete der Arzt, neben ihm ein gähnender Knecht.

»Du bist noch hier?«, wunderte sich Wittiges.

»Er hat noch nicht bezahlt«, sagte der Arzt verlegen, aber dennoch mit fester Stimme.

»Du bist zu spät gekommen und verlangst trotzdem Geld? Ist das anständig?« Im gleichen Augenblick ärgerte sich Wittiges, dass er sich überhaupt einmischte. Das hier war weiß Gott nicht seine Angelegenheit.

»Ich habe mich in Gefahr begeben, indem ich die Tote untersuchte, und habe dem Ehemann eine Arznei dagelassen, die ihm hilft, falls er sich angesteckt hat. Es ist nur gerecht, wenn ich eine Bezahlung verlange.«

Wittiges griff unter dem Umhang an den breiten Ledergürtel, in dem er immer einige Münzen versteckt hielt. »Wie viel?«, fragte er nur.

Es war wenig, was der Mann verlangte. Bei näherem Hinsehen erkannte Wittiges, wie jung der Arzt noch war und wie einfach, beinahe ärmlich seine Kleidung, wenn auch sehr sauber. Jetzt schämte er sich, weil er die Ehrenhaftigkeit des Mannes angezweifelt hatte. Gemeinsam traten sie auf die Gasse hinaus, während hinter ihnen der Knecht die Tür mit einem massiven Balken von innen verriegelte.

Kaum hatten sie das Viertel der Händler verlassen, tauchten Gestalten aus dem Dunkel auf. Es war etwa ein halbes Dutzend. Wittiges konnte gerade noch sein Schwert ziehen und sich die Kerle mit einer raumgreifenden Drehung vom Leib halten, aber sicher nicht für lange.

»Licht, ich brauche Licht!«, schrie er und zog sich mit dem Arzt an die nächste Hauswand zurück. In dieser Gasse waren die letzten Fackeln in den eisernen Haltern neben den Hauseingängen längst ausgebrannt. Aber plötzlich flammte die Fackel hinter ihm wieder auf, gerade rechtzeitig. Wittiges rammte einem der Angreifer das Schwert in die Kehle und riss es blitzschnell zurück, um den Schlag eines anderen zu parieren.

»Scramasax, an meiner linken Hüfte«, schrie er und hoffte, der Jude verstand, was er meinte: Er sollte die Waffe aus seinem Gürtel ziehen. Aber vielleicht konnte der Mann gar nicht damit umgehen? Ein Funkenregen übersprühte Wittiges und hielt die Räuber kurz auf, doch dann drangen die Überlebenden wieder auf ihn ein, drei gleichzeitig, während der Vierte ein Messer in der Hand wirbelte, um es zu werfen. Wittiges verlor die Übersicht, ein tödlicher Fehler. Und genau da erhielten die Räuber Verstärkung. Etwas sirrte knapp an Wittiges' Kopf vorbei, als er versuchte, wenigstens noch einen von ihnen mit in den Tod zu nehmen. Der Mann brach zusammen, ohne dass er ihn getroffen hatte.

Schreie gellten, und zu Wittiges' grenzenloser Überraschung erkannte er im erlöschenden Licht der Fackel Merowech, der sich an seine Seite kämpfte. Endlich hatte der Jude den Griff des Scramasax gepackt, zog den Langdolch aus der Scheide und fuchtelte wild damit herum. Haarscharf entging Wittiges einer Verletzung durch seine eigene Waffe. Es würde nicht gut gehen. Aber da knickte ein weiterer der Räuber in die Knie, und plötzlich war der Kampf vorbei. Die zwei letzten Strolche flohen.

Aus dem Dunkel, das sich nun wieder ausbreitete, trat Samur hervor und stach mit einer geschmeidigen Bewegung einen der Fliehenden nieder. Den letzten erledigte Ulf. Es war tatsächlich Ulf, der die Schleuder über dem Kopf herumwirbelte, und nur ein Schrei aus der Finsternis verriet, dass er getroffen hatte.

Schwer atmend lehnte sich Wittiges gegen die Wand. Es roch nach verbrannter Wolle, ein ätzender Gestank. »Was macht ihr hier, Gott verdammt?«

»Du sollst den Namen des Herrn nicht mit einem Fluch im Mund führen«, wies ihn der Jude streng zurecht.

»Stimmt«, ließ sich Merowech auflachend vernehmen, »eine üble Angewohnheit. Ulf erinnerte uns daran, dass du ins Viertel der Händler wolltest, ich hatte es vergessen, aber du hattest es erwähnt. Nun, die Königin ist nicht in Chalon, aber Samur hat uns verraten ... Wen hast du da bei dir?« Wittiges ahnte mehr, als er es sah, dass der Aware auf den jüdischen Arzt wies.

Irgendwo ging eine Tür auf, und eine brennende Fackel beleuchtete die Gasse. Drei tote Männer lagen auf der Straße, ein vierter ein Stück weiter entfernt. Aber Wittiges sah auch, dass der jüdische Arzt keinen Mantel mehr trug, und ahnte, woher der ätzende Gestank nach verschmorter und verbrannter Wolle stammte. Der Mann hatte seinen Umhang geopfert, damit sie etwas Licht hatten. Er hatte ihn in den Fackelhalter gestopft und angezündet.

»Deine Waffe.« Der Jude hielt Wittiges den Scramasax hin. »Ich fürchte, ich war keine große Hilfe.«

Das Licht verschwand, und das dumpfe Dröhnen einer Tür war zu hören, die mit Nachdruck geschlossen wurde.

»Schon gut.« Wittiges griff mehr oder weniger blind nach der Waffe, steckte sie ein und hatte es nun eilig, den Arzt loszuwerden. »Wenn du mir sagst, wo du wohnst, begleiten wir dich nach Hause.«

»Das ... das ist großzügig von euch«, sagte der Mann schleppend.

Bis ins jüdische Viertel mussten sie die halbe Stadt durchqueren, aber es gelang ihnen ohne weiteren Zwischenfall. Hier und dort fiel etwas Mondlicht in die engen Gassen, genug, um sich zurechtzufinden. Als Wittiges danach zum Palast zurückkehren wollte, hielt ihn Merowech auf und bat, ihn erst anzuhören.

»Was gibt's denn noch?«, fragte Wittiges. »Hat das nicht bis morgen Zeit?«

»Wie man's nimmt. Samur weiß, wo sich die Königin aufhält. Sie und Guntram sind kurz nacheinander aufgebrochen, heißt es. Aber Samur erinnerte sich, dass der Bote, den Brunichild nach Metz geschickt hat, einen bestimmten Ort erwähnte. Es dauerte eine Weile, bis ich begriff, welchen er meinte. Es ist Dompierre, dort hat Guntram ein Landgut, wie ich inzwischen weiß. Und ich hab auch in Erfahrung gebracht, dass ihn Rechtsgelehrte, Kanzleischreiber und ein Bischof begleiten. Wozu benötigt er deren Dienste in einem Kloster? Sag mir das einmal. Ich will nach Dompierre. Sofort.«

»Nicht mit mir, falls du das meinst«, wies ihn Wittiges ab. »Ich reite nicht mitten in der Nacht los, das ist lebensgefährlich. Reicht dir der Überfall von eben nicht? Außerdem sind die Stadttore verschlossen.«

»Ich muss die Stadt verlassen, auf der Stelle, oder ...«

»Oder Königin Fredegund lässt ihn kaltmachen, ich hab's gehört«, mischte sich Ulf ein.

Wenn Fredegund Merowech bedroht hatte, hatte auch sie von der Hochzeit erfahren. Wittiges hatte sich, was diese Eheschließung betraf, bisher an letzte Zweifel geklammert. Falls aber Ulf tatsächlich Zeuge einer Auseinandersetzung gewesen war, in der Fredegund eine Morddrohung ausgestoßen hatte, sprach das für eine größere Wahrscheinlichkeit der Heirat.

»Was hat sie noch gesagt, und warum warst du überhaupt dabei?«, wollte Wittiges von Ulf wissen.

»Warum fragst du nicht mich?«, warf Merowech ein.

»Du sei still!«, raunzte ihn Wittiges an. »Ulf, antworte mir«, fuhr er gemäßigter fort.

»Samur und ich haben draußen auf dem Gang gelauscht«, bekannte Ulf freimütig. »Sie haben sich angeschrien, wir haben alles verstanden. Fredegund glaubt Merowech nicht. Er hat gesagt, sein Vater hat ihm verziehen, aber sie glaubt es nicht. Sie glaubt an eine Täuschung, eine Verschwörung von Brunichild. Und sie will Brunichild vernichten, bevor sie selbst ...« Ulf verstummte verlegen.

»Er versteht überhaupt nichts«, mischte sich Merowech empört ein. »Der Bengel hat keine Ahnung, was vorgeht. Ich muss aus der Stadt verschwinden, bevor mich Fredegunds Gefolgsmänner aufspüren. Denn eines stimmt schon: Sie hat einen ziemlichen Hass auf mich.«

Wittiges ahnte, dass ihm Merowech noch einiges vorenthielt, aber eines schien sicher: Sein Leben war bedroht. Eigentlich machte ihm, Wittiges, das nichts aus, aber ebenso sicher war, dass ihm sein Eid als *anstrustio* Pflichten auferlegte.

Wie sich herausstellte, hatte Merowech Wittiges' Knechte mit Pferden und Gepäck zu einem der Stadttore geschickt, und die Männer waren umstandslos seinem Befehl gefolgt, was Wittiges nicht wenig verdross. Dank einer kleinen Bestechungssumme konnten sie die Stadt im allerersten Licht der Morgendämmerung verlassen. Wittiges ritt in gedrückter Stimmung zum Tor hinaus, musste er doch die Suche nach Felix ohne das geringste Ergebnis abbrechen. Auch Ulf schien sich Sorgen zu machen, denn nach einer Weile lenkte er sein Pferd neben das von Wittiges, wartete aber, bis er angesprochen wurde.

»Ich bin dir noch etwas schuldig«, sagte Wittiges gedämpft. »Zum einen eine Tracht Prügel, weil du dich unerlaubt aus dem Palast entfernt hast ...« Aus den Augenwinkeln spähte er dem Jungen ins Gesicht, um zu sehen, wie er auf diese Eröffnung reagierte. Aber Ulf ließ sich weder Furcht noch Schuldbewusstsein anmerken. Da fiel Wittiges ein, wie schlecht der Junge zu Hause behandelt worden war, und er schämte sich seines Versuchs, ihn in Schrecken zu versetzen. »Zum anderen«, fuhr er wesentlich freundlicher fort, »bist du wahrscheinlich der beste Schütze mit der Schleuder, den ich kenne, und ich muss dir danken, dass du einen der Halunken erledigt hast. Du hast Mut, weißt du?«

Ulf nickte nur ernst und völlig unbeeindruckt. »Was ist jetzt mit der Suche nach Felix?«, fragte er.

10 Brunichild dachte daran, mit Bertho nach Metz zurückzukehren.

Guntram hatte seine Gunst ohne Zögern von Felix auf ihn übertragen, und zu ihrer Erleichterung begegnete ihr Sohn dem Onkel mit gerade dem richtigen Maß an Ergebenheit: weder zu viel, was als Unterwürfigkeit hätte gedeutet werden können, noch zu wenig, was Guntram als Frechheit betrachtet hätte. Wahrscheinlich tat es Bertho gut, sich einmal nicht mit dem klügeren und reiferen Felix messen zu müssen.

Jetzt war Bertho unanfechtbar der Erbe von Frankoburgund. Der Bischof hatte die Einsetzung gesegnet, die Schreiber hatten die Urkunde ausgefertigt, die von den Rechtsgelehrten geprüft und für gut befunden worden war.

Der Gutshof in Dompierre mochte für ländliche Verhältnisse recht ansprechend sein, ließ aber doch viel vermissen. Eine gepflegte Abendunterhaltung mit Musik und Dichtkunst beispielsweise. Stattdessen las auf Guntrams ausdrücklichen Wunsch ein Mönch mit monotoner Stimme auf Latein aus der Bibel vor. Nicht nur für die Krieger und die Edeldamen, von denen die meisten ohnehin nichts verstanden, war es zum Einschlafen langweilig.

Noch zwei Tage, an denen man sich unverbrüchlicher Treue und gegenseitiger Zuneigung versicherte, und sie würde abreisen. Ein Bote war mit dem kostbaren Erb- und Adoptionsvertrag unterwegs nach Metz, damit er sicher in der Kanzlei aufbewahrt werden konnte. Nachdem das erledigt war, nutzte Brunichild die allgemein gute Stimmung, um Guntram daran zu erinnern, dass er ein wichtiges Versprechen noch immer nicht eingelöst hatte: Chilperich zu zwingen, die fünf Städte aus Gailswinthas Morgengabe als Wergeld für ihre Ermordung an sie herauszugeben.

Guntram zeigte sich verschnupft. »Ich weiß, ich weiß«, winkte er ab. »Aber liegt dir wirklich etwas an diesen Städten? In deiner Hartnäckigkeit kann ich keine Tugend erkennen. Ist es nicht genug, dass ich Bertho und nicht etwa einen von Chilperichs Söhnen zu meinem Erben gemacht habe? Was willst du denn noch?«

»Gerechtigkeit, darin bin ich sehr eigen«, erwiderte Brunichild und stand auf. »Ich ziehe mich zurück, ich habe Kopfschmerzen.« Sie würde nie klein beigeben, obwohl seit der letzten Begegnung mit Fredegund, bei der sie ihre Feindin vor der Kirche in Chalon so schön auf den zweiten Platz verwiesen hatte, einiges von ihrem stets gegenwärtigen Hass erloschen war: Einen geschlagenen Feind sah man mit anderen, milderen Augen.

Wandalenus und einige aus ihrem Gefolge begleiteten sie zu ihren Räumen. Wandalenus wollte noch die Abreise mit ihr besprechen.

Plötzlich wurde der Türvorhang beiseitegerissen, und Wittiges trat ein. Schnurstracks eilte er auf Brunichild zu, verneigte sich knapp und heftete den Blick mit einer Intensität auf sie, die die Grenzen des Höflichen weit überschritt. »Kann ich dich sprechen, Königin? Unter vier Augen?«, blaffte er.

Es gab einen winzigen Moment, da hätte sie ihn noch kaltschnäuzig hinausweisen können, aber dann war er verstrichen.

»Lasst mich mit *anstrustio* Wittiges allein«, verlangte sie beherrscht. »Ihr alle.«

Zögernd setzten sich die Ersten in Bewegung.

Wittiges war drei Schritte von ihrem Stuhl entfernt stehen geblieben und senkte heftig atmend den Kopf.

»Bitte, geht!«, befahl Brunichild noch einmal.

Wandalenus schob sich von der Seite her auf sie zu. »Ich verstehe nicht …«, begann er.

Brunichild lächelte kühl. »Bitte, auch du. Sei so gut. Und es bleibt dabei, wir reisen morgen ab. Bestimmt hast du dafür noch einige Regelungen zu treffen.«

»Die können warten. Ich bin sicher, Wittiges bringt wichtige Nachrichten, da er hier so hereingeplatzt ist.«

Wittiges trat einen Schritt näher an ihn heran und dämpfte die Stimme zu einem Flüstern. »Hast du Stroh in den Ohren? Das hier geht dich nichts an. Wir reden später miteinander – über meinen Sohn Felix.« Der *comes* musste in die Verwechslungsgeschichte eingeweiht gewesen sein, und er würde ihn für seine Beteiligung zur Rechenschaft ziehen. Aber die Hauptschuldige saß hier vor ihm.

Wandalenus hatte endlich begriffen. Er verbeugte sich knapp, machte eine rasche Drehung und ging hinaus. Eilig folgten ihm die anderen.

Wittiges wartete nicht einmal, bis der Vorhang wieder gerade hing. »Wie konntest du das tun?«, stieß er voller Wut hervor.

»Was?«

Das Dumme war, dass er immer noch so stark auf sie reagierte. Er konnte nicht aufhören, die schöne junge Prinzessin in ihr zu sehen, in die er sich vor langer Zeit verliebt hatte. Die Vergangenheit gab ihn nicht frei, und das wusste sie. Damit rechnete sie auch jetzt wieder. Entspannt lehnte sie sich zurück, ihrer Wirkung auf ihn voll und ganz bewusst. Sie war schöner geworden, auch härter und gerissener, aber ehe sie sichs versah, packte er sie und zog sie vom Stuhl hoch.

»Spiel nicht die Unwissende. Aletha hat mir alles erzählt, über die Kleidung, die du für beide hast anfertigen lassen, die Stiefel mit den hohen Absätzen, Berthos gefärbtes Haar. Was bist du für ein gewissenloser Mensch! Du hast meinen Sohn geopfert – meinen einzigen Sohn!«, schrie er unbeherrscht und schob sie so heftig zurück, dass sie um ihr Gleichgewicht ringen musste.

»Was fällt dir ein, mich anzufassen!«

Der Vorhang wurde beiseitegerissen, beide starrten verblüfft Wandalenus an, der mit gezogenem Schwert hereinstürmte.

»Was soll das?«, fragte Brunichild kalt. »Hatte ich nicht klargemacht, dass ich ungestört mit einem meiner wichtigsten Gefolgsmänner zu sprechen wünsche? Und ich schätze es nicht, wenn du draußen stehst und lauschst.«

Wandalenus lief rot an, machte kehrt und stapfte hinaus.

»Dieser Schleimpilz«, knurrte Wittiges.

»Rede nicht so von ihm. Während dir nichts Besseres einfällt, als hier flegelhaft hereinzudrängen und mich mit Anklagen zu überhäufen, hat er mir in den letzten Wochen vorbildlich zur Seite gestanden. Ich bin ihm unendlich dankbar für seine Unterstützung, ohne ihn wäre Bertho heute nicht in Sicherheit.«

Wittiges lachte verbittert auf. »Sei nicht albern. Ihm tropft der Ehrgeiz mit dem Schweiß aus allen Poren. Und er ist dir so lange ergeben, wie es ihm nützt.« Wandalenus war schließlich nicht der einzige Ehrgeizling bei Hof, Wittiges kannte sie alle.

»Ach ja? Also bist du der Einzige, der selbstlos und lauter zu mir steht? Willst du das behaupten?«

»Ab heute nicht mehr«, sagte Wittiges hart. »Seit du meinen Sohn geopfert hast, bist du für mich ...«

»Er ist nicht dein Sohn«, fiel ihm Brunichild wütend ins Wort. »Felix ist nicht dein Sohn, du weißt es, und ich weiß es auch.«

Wittiges musste sich beherrschen, um sie nicht erneut zu packen und durchzuschütteln. Sie hatte genau das gesagt, was ihn am tiefsten schmerzte und verletzte. Woher wusste sie das?

»Er ist mein Sohn seit dem ersten Tag seines Lebens. Und ich bin sein Vater, der für ihn …«

Brunichild trat näher, bis er ihren Atem im Gesicht spürte. Zu viel Nähe, gefährliche Nähe, die seine Erregung aufputschte, wobei er nicht wusste, ob er Liebe oder Hass empfand. Dieses Gemach war viel zu klein für ihre Auseinandersetzung. Er wollte Abstand, er überlegte, ob er, um sich abzureagieren, die Stühle zum Fenster hinauswerfen sollte. Dann war wenigstens mehr Platz um ihn herum. Mit ausgestreckten Armen hielt er Brunichild von sich weg.

»Wenn ich sein Gesicht sehe, erkenne ich meinen Vater darin«, sagte Brunichild leise. »Die Wahrheit habe ich schon vor langer Zeit erraten, und irgendwann hat es mir Aletha gestanden. Mein Vater Athanagild hat sie geschwängert, als sie noch eine unbedeutende, kleine Sklavin in Toledo war. Es war allgemein bekannt, dass mein Vater sich an den jungen Mägden vergriff und sie sich nicht gegen ihn wehren konnten. Dafür verurteile ich ihn heute noch. Felix ist mein Halbbruder, also erzähl mir nichts über seine Abstammung. Du jedenfalls bist daran nicht beteiligt.«

»Also ist er nur ein Bastard, auf den es nicht ankommt?«

»Ganz und gar nicht. Und glaub mir, es fiel mir nicht leicht, was ich getan habe. Aber Bertho ist der König, und Felix war einverstanden. Er hat eine noblere Gesinnung als du.« In ihrer Stimme klang etwas auf, das ihn flüchtig anrührte. Bedauern, Reue, Trauer. Es konnte nicht alles nur gespielt sein. »Was willst du überhaupt hier? Wir haben dich nicht erwartet. Und weiß Gogo, dass du von den Awaren zurück bist? Was hast du dort überhaupt erreicht?«

Sie setzte auf Ablenkung, aber er war in seinem Zorn auf sie noch nicht mit ihr fertig. »Ein Bote hat uns benachrichtigt, dass

Felix in Chalon entführt wurde.« Als er fortfuhr, schwankte seine Stimme. »Aletha war so entsetzt, dass sie das Kind verlor, das sie erwartete. Sie war schwer krank, als ich aufbrach, vielleicht ist sie bereits gestorben.«

»Nein!« Brunichild tappte zu ihrem Stuhl, sank darauf nieder und begann zu schluchzen.

Er war derjenige, den all das Unglück getroffen hatte, aber sie schluchzte vor Kummer! Es war zum Verrücktwerden. »Hör auf!«, fuhr er sie an. »Die Tränen waschen dich von deiner Schuld nicht rein.«

»Sie darf nicht sterben«, flüsterte sie, außer sich vor Schmerz.

Seit sie zusammen Toledo verlassen hatten, hingen die beiden Frauen aneinander. Das Leben in der Fremde hatte sie zusammengeschmiedet. Sie stritten zwar häufig, vergaßen aber nie, wie sehr sie sich brauchten.

»Sag du das Gott. Auf mich hört er längst nicht mehr.« Die Bitterkeit stieg ihm wie Galle in die Kehle. »Und ehe ich es vergesse, ich bin hier, um dir deinen Ehemann anzukündigen. Ich habe ihn mitgebracht.«

Merowech hatte ihn gebeten, die Lage in Pompierre auszukundschaften. Er selbst wartete eine Meile entfernt auf einem Hof, der zum Landgut des Königs gehörte.

»Merowech ist hier?« Brunichild rührte sich nicht, hörte aber auf zu weinen. Endlich wischte sie sich die Tränen ab und schaute ihn ungläubig an. Nun hatte er den Beweis. Er konnte seine Zweifel begraben.

»Du hast ihn wirklich geheiratet?«, fragte er dennoch.

Sie senkte den Blick und legte die Hände im Schoß zusammen. »In Rouen, ja.«

Auf einmal überlief ihn die Erbitterung bis in die Fußspitzen, der Schweiß brach ihm aus und rann ihm unter dem Gewand zwischen den Schulterblättern hinab, von einem unangenehmen Jucken begleitet. »Du hast dich an diese halbe Portion gebunden? Einfach so, weil du gerade einen Mann im Bett brauchtest? Wir führen seit Jahren Krieg gegen seinen Vater, und du vergnügst dich mit dieser Laus im Bett?« Er redete sich neu in Rage.

Aber auf einmal fuhr sie auf und stieß ihn vor die Brust.

»Du unverschämter Maulesel! Du Mistkerl! Ich hab mir jetzt genug von dir angehört. Was Felix betrifft, verstehe ich deinen Schmerz und verzeihe dir deine Beleidigungen, aber rede nicht so von Merowech und mir.«

Hinter ihnen hustete jemand.

Angriffsbereit griff Wittiges zum Schwert. Jetzt würde er sich nicht mehr zurückhalten und seinem aufgestauten Ärger die Zügel schießen lassen, gleichgültig, was er sich damit einhandelte.

Der Vorhang hob sich, und Merowech spazierte herein. Er grinste verlegen. »Ich hab das Warten nicht mehr ausgehalten. Was soll's, ich bin schon andere Risiken eingegangen.«

Brunichild sank zurück auf ihren Stuhl, stand wieder auf, trat auf ihn zu und lehnte sich aufatmend an ihn. Wittiges merkte, dass er vergessen war, ließ das Schwert stecken und wollte sich hinausschleichen.

»Warte«, sagte Brunichild. »Untersteh dich, den Hof zu verlassen. Wir reden noch miteinander.« Über Merowechs Schulter hinweg sah sie ihn an, tauchte in seinen Blick ein, wie nur sie es konnte, und er musste vor sich selbst zugeben, dass sie ihn immer noch an der Kandare hielt, da konnte er nichts machen. Er nickte verkniffen und riss vor Wut beinahe den Vorhang herunter, als er hinausging.

In der Nacht grübelte Wittiges über das Gespräch mit Brunichild nach.

Dass Felix ihr Halbbruder war, hatte er sich nie ausreichend klargemacht. Aber da war noch etwas anderes, Wichtigeres zu bedenken. Alethas Abstammung vom alten burgundischen Königshaus. Wahrscheinlich wusste Brunichild auch davon. Und mit dieser Wahrscheinlichkeit tat sich ein ganz anderer Hintergrund der Verwechslungsgeschichte auf. Wenn Brunichild die Dinge genauso beurteilte wie er inzwischen, war Felix im Hinblick auf das Erbe Burgunds ein gefährlicher Konkurrent Berthos. Wittiges wusste, dass es nur eines geeigneten Anführers aus dem Kreis des alten burgundischen Adels bedurfte, der sich Felix' Abstammung zunutze machte, und in Burgund brach ein gewaltiger Krieg um dieses Erbe aus.

Es sprach einiges dafür, dass Brunichild die Verwechslungsgeschichte nur eingefädelt hatte, um sich Berthos Konkurrenten vom Hals zu schaffen. Zuzutrauen war es ihr. Die Sympathie für Felix, die zweifellos bestand, hätte sie nicht daran gehindert.

Andererseits, mutmaßte Wittiges, konnten Cniva und Alexander die Entführung angezettelt haben.

Immer mehr neigte Wittiges zu der Überzeugung, dass Felix von seinen Entführern gar nicht mit Bertho verwechselt worden war.

Zwei Möglichkeiten galt es zu bedenken. Beide waren gleich quälend und zudem schwer zu durchschauen: Wer steckte hinter Felix' Verschwinden? Cniva und Alexander samt ihren Hintermännern oder Brunichild zusammen mit Wandalenus?

Jetzt lag sie mit Merowech im Bett. Wahrscheinlich war er gleich bei ihr geblieben, denn nach ihm, Wittiges, hatte sie nicht mehr geschickt. Obwohl er sich dafür verachtete, empfand er schneidende Eifersucht.

11 Brunichild beschlich eine merkwürdige Scheu, als sie in ihrem Schlafgemach mit Merowech allein war. Er war ihr fremd geworden, aber eigentlich war schon die gemeinsame Zeit in Rouen zu kurz gewesen, um Vertrautheit aufkommen zu lassen. Immerhin war sie keine verzweifelte Gefangene mehr, sondern eine Königin im Besitz ihrer Macht, er dagegen ein auf ihre Gnade angewiesener Flüchtling ohne jeden Anhang. Die Situation hatte sich umgekehrt.

Als ahne er ihre Gedanken, lächelte er sie verlegen an. »Bereust du unsere Heirat?«

Und ob ich das tue, dachte sie.

Zögernd ließ Merowech seinen Umhang von den Schultern

gleiten. Unter der dünnen Tunika zeichneten sich eine wohlgeformte Brust und kräftige Oberarme ab, dennoch überkam sie keinerlei Verlangen, mit ihm zu schlafen. In Rouen hatten sie sich nur hastig im Dunklen geliebt, stets auf der Hut vor der Gefahr, entdeckt zu werden.

Hier wartete auf sie ein breites Bett, üppig mit Kissen, Laken und einer weichen Decke ausgestattet.

»Du hast nicht geantwortet«, murmelte Merowech. Geschickt drängte er sie aufs Bett, drückte sie hinunter und zog ihr leichtes Leinenkleid hoch, bis er ihre Schenkel entblößt hatte. Sie vermochte sich nicht zu regen.

Sie dachte an Wittiges. Seine Eifersucht war unübersehbar gewesen. Wie sie ihn kannte, würde er nicht so leicht bereit sein, Merowech als ihren neuen Gemahl zu akzeptieren. Nein, Wittiges würde Schwierigkeiten machen, wann immer er konnte.

Selbst als Merowech in sie eingedrungen war, lag sie wie erschlagen unter ihm. Sie hoffte nur, dass es bald vorbei war. Langsam bewegte er sich in ihr, hielt inne, bewegte sich erneut, diesmal in kleinen Kreisen. Er hob den Unterleib, schob ihr zwei Finger in die Vagina und begann sie zu stimulieren. Sie stöhnte auf. Immer wieder verhielt er, wartete, bis sie sich vor Ungeduld wand, lauschte ihrem Stöhnen, während ein zufriedenes Lächeln sein hübsches, aber sonst nichtssagendes Gesicht erhellte, und erst als sie vor Lust schrie, stöhnte auch er, stieß heftiger und schneller zu und entlud sich schließlich mit einem Gebrüll, das bis draußen auf den Flur zu hören sein musste.

Als Liebhaber war er wundervoll. Als sie sich längst satt und müde fühlte und nur noch schlafen wollte, zwang er sie, sich rittlings auf ihn zu setzen.

»Ich kann nicht mehr«, murrte sie und warf das verschwitzte Haar zurück, das ihr in wirren Locken ins Gesicht fiel.

»O doch, du kannst«, antwortete er mit einem Auflachen. »Gib dir Mühe, denk daran, dass ich nun dein Herr bin und du mir zu Willen zu sein hast«, fügte er süffisant hinzu.

Gehorsam verschränkte sie die Arme hinter dem Kopf, während er sich ein wenig aufrichtete, bis er ihre Hüften umfassen konnte, und dann ritt sie ihn, bis sie zusammen einen letzten leidenschaftlichen Höhepunkt erreichten.

Kurz vorm Wegdämmern dachte sie, dass diese Ehe nun wirklich für alle Ewigkeit vollzogen war. Und ja, sie liebte diesen Mann. Sie hatte es nur vergessen.

Merowech kniff sie in die Wange. »Schlaf nicht ein. Wir müssen miteinander reden.«

»Nicht jetzt.« Sie versuchte, ihm die Hand auf den Mund zu legen, aber er schob sie beiseite.

»Jetzt! Du musst wissen, was Fredegund im Schilde führt.«

Es war so quälend, wach zu bleiben. »Nein, bitte, gib Ruhe.«

»Fredegund wird Chilperich in einen Krieg hetzen. Sie wird ihn davon überzeugen, dass unsere Verbindung eine Bedrohung für ihn darstellt. In Wirklichkeit ist sie eifersüchtig und will sich rächen. Sie hat schon in Paris versucht, sich an mich heranzumachen, aber ich schlafe nun mal nicht mit einer Hure meines Vaters. Und dann denk an Guntram und Bertho. Fredegund wird meinem Vater weismachen, dass es eine Beleidigung für ihn ist, in der Erbfolge übergangen worden zu sein. Es gibt ein altes Gesetz, wonach der Bruder erbt und nicht etwa der Neffe. Alle diese Gründe zusammen reichen aus für einen Krieg.«

Brunichild bestand darauf, dass Wittiges mit ihr nach Metz zurückkehrte. Sie ließ ihm keine Wahl, er musste ihrem Befehl Folge leisten und die weitere Suche nach Felix aufschieben. Allerdings hatte er nach den vergeblichen Mühen in Chalon und den Grübeleien in der Nacht eingesehen, dass er die Suche anders angehen musste. Nur wie?

Und er musste Ulf trösten, ja, er fühlte sich sogar gedrängt, sich vor dem Jungen zu rechtfertigen, der von Politik nichts verstand und die Freundschaft mit Felix über alle Überlegungen und Verpflichtungen stellte.

Wittiges kam sich schäbig vor, fast als Verräter an dem Sohn, der Felix nach wie vor für ihn war. Und dennoch fehlte ihm etwas von der schlichten Unwandelbarkeit des Gefühls, die Ulf an den Tag legte.

Bertho freute sich, als er Wittiges am Tag der Abreise traf. Der Kleine strahlte ihn an, und Wittiges konnte sein Lächeln nur mit Mühe erwidern, bis er sich klarmachte, dass die Intrigen der Erwachsenen nicht die der Kinder waren.

»Wo ist Felix?«, fragte Bertho sofort. »Hast du ihn nicht mitgebracht?«

»Nein, es tut mir leid.«

Bertho ließ nicht locker. »Niemand sagt mir, wo er ist. Das ist gemein.« Seine Augen füllten sich mit Tränen. »Ich vermisse ihn so sehr«, klagte er. Wittiges ließ sich auf ein Knie nieder und nahm den kleinen König in die Arme, der sich sogleich an ihn schmiegte. »Wir beide vermissen ihn«, sagte er weich.

»Ich bin bloß froh, dass du wieder da bist«, sagte Bertho, »du warst lange fort.« Aus für Wittiges unerfindlichen Gründen hatte der Kleine eine große Zuneigung zu ihm gefasst. Einige Male war er schon auf *casa alba* gewesen und hatte sich dort sehr wohlgefühlt.

»Aber jetzt wird er uns begleiten und bei uns in Metz bleiben.« Brunichild war leise eingetreten. Sie trug Reisekleidung und hatte einen Umhang für Bertho über dem Arm. »Zieh das an.« Es war ein langer dunkler Umhang mit Kapuze, aber als sie Bertho zu sich heranziehen wollte, um ihn darin einzuhüllen, wehrte er sich.

»Muss ich mich wieder verstecken?«

Über seinen Kopf hinweg trafen sich Brunichilds und Wittiges' Blicke. »Nur bis Metz, mein Liebling, und bis dort dauert die Reise nicht sehr lange. Ich glaube nicht, dass Felix sich so anstellen würde.«

Stumm sah Wittiges zu, wie sie Bertho fertig ankleidete und ihn dann nach draußen schob, wo Mägde und Knechte schon auf ihn warteten, um ihn in den Reisekarren zu setzen. »Ich habe Merowech geheiratet, um nicht Chilperich in die Hände zu fallen«, sagte Brunichild leise. »Er hat mich in Rouen unter Druck gesetzt, ich wusste nicht mehr, was ich tun sollte.«

Darauf konnte er nichts entgegnen, weil Guntram mit einem kleinen Gefolge in den Empfangsraum drängte. Unbeteiligt sah

Wittiges den Abschiedsumarmungen zu und hörte die letzten Beteuerungen gegenseitigen Wohlwollens. Anscheinend nahm Guntram Brunichilds Heirat mit seinem Neffen gelassen – oder wusste er nicht Bescheid?

Etwa zehn Tage später war Wittiges auf dem Weg nach Hause.

Ulf hatte er in Metz gelassen. Der Junge sollte in die Palastschule gehen und mit den adligen Zöglingen lesen, schreiben und rechnen lernen und Unterricht im Umgang mit Waffen erhalten. Es war nicht ganz einfach gewesen, ihn dort einzuschmuggeln, aber am Ende war es ihm dank der Beziehungen gelungen, die er immer noch hatte. Nach allem, was sie zusammen erlebt hatten, konnte er das Kind unmöglich in die Schmiede zurückschicken. Er machte sich zwar Gedanken, wie die *nutriti* einen einfachen Schmiedessohn bei sich aufnahmen, aber Ulf war kein Schwächling, und vielleicht hatte er keine Schwierigkeiten, sich innerhalb einer raubeinigen Bande von Kindern und Halbwüchsigen zu behaupten. Er wünschte ihm jedenfalls nur das Beste.

Als er sich seinem Gut näherte, war die Luft vom Duft frisch gemähten Heus geschwängert, Kühe lagen satt, fett und geruhsam wiederkäuend auf den Weiden. Ein tiefer Friede schwebte über dem Land, das in den Farben des Hochsommers glühte: im Blau, Gelb und Rot der wilden Blumen am Wegrand, aber vor allem in edelsteinfarbenen Grüntönen, die die Sonne mit ihren intensiven Strahlen anzufachen schien und wie von innen heraus leuchten ließ. Sein Land hielt ein Fest für die Augen bereit, und er dachte nur daran, dass er nach der völlig fehlgeschlagenen Suche nach Felix wieder als Versager heimkehrte.

Auf einer Wiese in der Talsenke beluden Knechte und Mägde in aller Hast einen Heuwagen. Einer der Knechte bemerkte den Reitertrupp, machte die anderen darauf aufmerksam, aber schon wandten sich die Leute wieder der Arbeit zu. Etwas trieb sie an.

Es war sehr schwül, merkte Wittiges.

Schwalben, die sonst nicht hoch genug fliegen konnten, schossen knapp über der Erde hin und her, ein untrügliches Zeichen für Unheil.

Am Horizont zeigte sich eine dunkle Linie, die rasch an Tiefe gewann. Schwarze Wolken wuchsen empor, blähten sich auf, jagten ins tiefe Blau des Sommerhimmels.

Auf einer Weide neben der Heuwiese erhoben sich eine nach der anderen die Kühe aus dem Gras, während der junge Ochse, der den Heuwagen ziehen sollte, unruhig am Geschirr zerrte. In der Luft lag eine knisternde Spannung, der Wind frischte spürbar auf. Gewitter hatte Wittiges häufig genug erlebt, aber dieses heraufziehende Unwetter entwickelte sich wie von magischen Kräften angefacht. Der Ochse brach in die Knie, die Knechte begannen zu schreien, rissen hektisch am Geschirr und machten dadurch nur alles schlimmer.

»Helft den Leuten!«, befahl Wittiges den beiden Knechten, die ihn immer noch begleiteten. »Schirrt den Ochsen aus, und spannt eure Pferde vor den Wagen.« Nass gewordenes Heu faulte nur allzu leicht.

Die Kühe brüllten verstört.

Die Wolken hatten den Scheitelpunkt des Himmels noch nicht erreicht, teilten aber die Welt bereits in eine düstere nachtschwarze Hälfte und eine gleißend helle, deren Licht in die Augen stach.

Wittiges setzte seinen Weg allein fort, das Packpferd, das einer der Knechte am Zügel geführt hatte, nahm er mit.

Die ersten Regentropfen klatschten herab, während er an der Hausweide entlangritt. Die *blauen Pferde* stoben, aufgepeitscht von der Gewitterstimmung, in einem atemberaubenden Tempo über das Gras, ihre Körper hoben sich von dem dunklen Hintergrund ab, wurden von einem Licht umflossen, das von irgendwoher aus der Überwelt zu kommen schien. Mehr denn je erinnerten sie an die magischen Rösser alter Götter. Wittiges war versucht, sich nach Samur umzuschauen, den er aber in Metz wusste, und dennoch sträubten sich beim Gedanke an ihn und beim Anblick der *blauen Pferde* die Nackenhaare.

Der Wind peitschte ihm den Regen scharf ins Gesicht, nach wenigen Augenblicken war er völlig durchnässt. Im Stallhof warf er einem herbeieilenden Knecht aufs Geratewohl die Zügel zu und hastete zum Haus. Über ihm begann sich das Gewitter zu entladen, und er war sich nur allzu bewusst, dass es eine Spiegelung großen Unheils sein musste.

Abgesehen vom Brausen des Winds wirkte das Haus seltsam still, dunkel und verlassen.

Im Säulenumgang vor dem großen Empfangssaal zündete eine junge Frau eine Laterne an. Das Oberteil ihres Kleids schmiegte sich wie nasses Leinen eng um den Körper.

Wittiges rannte auf sie zu und prallte mit ihr zusammen, als sie sich umwandte.

Es war Viola!

»Wittiges! Du bist zurück!«

Ungeniert schlang sie die Arme um ihn und drückte sich an ihn. Einen Moment lang hielt er sie fest, verwirrt von der plötzlichen Nähe. Genau das hatte er immer vermeiden wollen.

»Kein Licht, viel zu gefährlich hier draußen«, raunzte er sie scharf an.

Die Laterne schwankte heftig unter den Windstößen, die in den Umgang fuhren. Obwohl der Abend noch gar nicht hereingebrochen war, war es inzwischen fast so finster wie in der Nacht.

Geblendet von einem grellen Blitz, schloss Wittiges kurz die Augen. Als der Donner krachte, klammerte sich Viola vor Schreck wieder an ihn, er roch ihr Parfüm, spürte erneut ihren nachgiebigen Körper, während ihr Haar seine Wange kitzelte. Ein zweiter Blitz tauchte sie beide in Licht, er sah in ihre tiefblauen, schimmernden Augen, die irgendetwas in ihm auslösten, bevor es ihm gelang, die junge Frau von sich zu schieben.

»Wo ist Aletha? Wie geht es ihr?«, stieß er hervor.

»Komm!« Sie fasste ihn einfach an der Hand und wollte ihn mit sich ins Haus ziehen.

»Warte, das Licht!« Er löschte die Laterne.

Aletha lag auf einer Liege mit erhöhtem Kopfteil, trotz der sommerlichen Temperaturen in eine Wolldecke gehüllt. Er hockte sich auf die Kante und nahm sie behutsam in die Arme.

»Du hast Felix nicht mitgebracht«, sagte sie leise.

»Nein, ich musste die Suche abbrechen. Es tut mir leid. Brunichild hat mich gezwungen, sie nach Metz zu begleiten. Ich komm jetzt von dort. Und du? Wie geht es dir?« Ihre Augen lagen tief in den Höhlen, und genau wie bei Felix, wenn er sich nicht wohlfühlte, waren sie von dunklen Schatten umgeben. Aletha hatte sich von der Fehlgeburt noch nicht erholt. Aber sie lebte, vor allem das zählte. Dankbar drückte er sie an sich und spürte beklommen, um wie viel schmaler und zarter ihr Körper geworden war.

»Es geht mir gut. Aber hast du denn gar nichts herausgefunden? Ich dachte ...« Sie schluchzte auf.

»Still!« Er legte ihr einen Finger auf den Mund. »Später, wir reden später darüber.«

Ein Krachen und Donnern ließ sie beide zusammenzucken. »Ich muss hinaus und nachsehen, was das Gewitter anrichtet. Bleib hier, hörst du?« Als er sich umschaute, entdeckte er Viola, die sie mitleidig beobachtete. »Wo ist Pontus?«

»Irgendwo draußen«, antwortete sie ruhig. »Alle sind irgendwo draußen.«

Das Weinen eines kleinen Kinds drang leise zu ihnen, vielleicht war es auch das Schreien einer Katze. Wittiges stand auf.

Draußen im Hof fegte der Sturm Ziegel vom Dach, die laut scheppernd beim Aufprall zerbrachen.

»Bleibt im Haus!«, rief er den Frauen zu und eilte ins Freie. Als er hörte, dass Viola ihm folgte, drehte er sich zu ihr um und machte ihr mit einer Handbewegung klar, sie solle zurückbleiben. Aber sie schüttelte nur eigensinnig den Kopf und blieb ihm auf den Fersen.

Pontus traf er im Stallhof. »Die *blauen Pferde* sind aus der Weide ausgebrochen, und die Falben sind ihnen gefolgt. Wir müssen ihnen nach. Gut, dass du da bist, hab es schon gehört«, rief dieser kurzatmig, sein Bauch unter der braunen Kutte bebte vor Erregung. Kurz umarmte Pontus ihn, stieß ihn aber sofort wieder von sich. »Du bist ja klatschnass!«

»Dann brauch ich mir ja wegen des Regens keine Sorgen mehr zu machen.«

»Was will sie hier?« Pontus deutete auf die Gestalt hinter Wittiges.

Viola zog gerade ihren Rock zwischen den Beinen durch und stopfte ihn sich vorn in den schmalen Gürtel, der ihr Gewand zusammenhielt.

»Was tust du da? Geh zurück zu Aletha. Kümmere dich um sie«, befahl ihr Wittiges.

»Glaub mir, sie kommt allein zurecht. Sie ist stärker, als du denkst. Ich begleite euch, die *blauen Pferde* vertrauen mir. Wenn sie überhaupt einem Menschen folgen, dann mir.«

»Ich pfeif auf die Pferde«, schimpfte Wittiges und packte Viola unversehens an den Schultern, um sie umzudrehen und ihr einen Schubs in Richtung aufs Haus zu geben, aber sie riss sich los. Als er wieder nach ihr greifen wollte, tauchte schreiend und gestikulierend ein vor Nässe triefender Knecht auf und fiel ungeschickt vor Wittiges auf die Knie, denn er war auf dem nassen Boden ausgerutscht. Der Regen rauschte nun in dicken Schwaden herein und überschwemmte den Hof. Wittiges fasste den Mann unter die Achseln und zog ihn auf die Füße.

»Was hast du gesagt?« Im Getöse des Sturms und abgelenkt von Viola, hatte er kein Wort des Geschreis verstanden.

»Draußen im Wald, oberhalb der Straße«, sagte Pontus, »irgendetwas ist da.«

Vielleicht die Pferde.

Es blieb keine Zeit für lange Erklärungen, sie holten nur noch rasch ihre Waffen und eilten zurück in den Stallhof. Viola stand neben einem gesattelten Pferd.

»Du bleibst hier!«, fuhr Wittiges sie an. Ein Knecht hielt ihm die Zügel einer Stute hin.

Viola hing das Haar strähnig ins Gesicht, sie hatte sich ganz in das aufsässige Geschöpf verwandelt, das sie bereits als Kind gewesen war. Entnervt gab Wittiges seinen Widerstand auf.

Im strömenden Regen kam ihnen der schwankende Heuwagen entgegen. Ein Junge trieb die blökenden Kühe zum Stall. Die

Gruppe um Wittiges zwängte sich an ihnen vorbei, und alle beugten sich tief über die Rücken der Pferde, wussten sie doch nur zu gut, wie gefährlich es war, sich mitten im Toben der entfesselten Gewalten draußen zu befinden.

Nicht weit von ihnen entfernt fuhr ein Blitz in eine Weide am Wegrand und setzte den Baum in hoch auflodernde Flammen. Der nachfolgende Donner machte Wittiges fast taub. Oben im Wald peitschten ihnen unablässig Zweige ins Gesicht, bis sie anhalten mussten, weil quer vor ihnen ein umgestürzter Baum den schmalen Weg versperrte, der über den Hügel hinweg zu Theodos Hof führte.

Nur undeutlich sah Wittiges, wie sich der Knecht, der sie geholt hatte, vom Pferd gleiten ließ.

Bei dem umgestürzten Baum regte sich etwas. Eine dunkle, bucklige Masse, die sich bei ihrem Herannahen streckte, zu ungeheurer Größe aufrichtete und brüllte.

Ein Bär!

Und jemand schrie, schrie in Todesnot.

Wittiges sprang aus dem Sattel, zog das Schwert blank, warf einen Blick auf Viola hinter sich und wollte ihr zurufen, sie solle zurückbleiben. Sie aber schnellte in einer einzigen Bewegung vom Pferderücken, kam federnd auf dem Boden auf, in beiden Händen Dolche, die sie unverzüglich warf.

Der Bär zuckte, die Messer waren ihm in die Seite gefahren, dennoch tappte er brüllend auf sie zu. Vielleicht lag es am Regen, dass er so riesig wirkte.

Wittiges stieß der Bestie unterhalb der Rippen das Schwert bis zum Heft schräg nach oben in den Leib, um das Herz zu treffen. Statt zusammenzubrechen, presste ihn der Bär in eine Umarmung, bis ihm die Luft wegblieb und die Rippen schmerzhaft knackten. Als der Bär die vom letzten Fraß blutigen Zähne entblößte, schlug Wittiges stinkender Atem ins Gesicht. Auf einmal ragte ein Pfeil aus der Schnauze des Raubtiers, und die Augen überzogen sich mit einem glasigen Schimmer. Wittiges stemmte sich gegen den mächtigen Leib, spürte, wie jemand von hinten an ihm zerrte, und überraschend gab ihn der Bär frei. Mit einem grässlichen Stöhnen fiel die Bestie auf den Rücken und rührte sich nicht mehr.

»O, Pontus, du hättest mich treffen können«, murmelte Wittiges entsetzt. Er vermutete, dass sein Freund den Pfeil abgeschossen hatte.

So war es auch. Als sich Wittiges zu ihm umwandte, nahm Pontus den zweiten Pfeil, den er bereits eingelegt hatte, von der Bogensehne.

»Wegen dieses Bären hast du uns in den Wald geholt?«, schrie Wittiges den Knecht an.

Der schüttelte nur den Kopf und deutete, am ganzen Körper schlotternd, auf etwas kaum Erkennbares, das sich unter dem Stamm des Baums schwach regte. Ein Mann lag dort, halb vom Baum verdeckt, ein Mann, der wimmerte, dessen ganzer Kopf mehr oder weniger eine blutige Masse bildete. Viola kniete bereits neben ihm, tupfte behutsam mit einem Zipfel ihres Kleids den blutigen Schaum ab, der aus dem Mund quoll. Wittiges bückte sich zu ihr hinunter und zog sie beiseite. Der Mann lag im Sterben, daran gab es keinen Zweifel. Ohne auf ihren Protest zu achten, kniete Wittiges nun seinerseits nieder, riss sich den nassen Umhang herunter und schob ihn unter den Kopf des Mannes. Der herabstürzende Baum hatte ihn in der Leibesmitte getroffen. Wittiges wollte sich nicht vorstellen, welche Verletzungen er angerichtet hatte, den Rest hatte der Bär besorgt. Es glich einem Wunder, dass der Mann noch lebte. Er wollte sprechen, bewegte die Lippen, aber kein Laut drang heraus. Wittiges legte sich flach auf den Boden, bis er das Ohr am Mund des Unglücklichen hatte.

»Cniva«, winselte der Mann. Wittiges hob den Kopf, starrte in das zerstörte Gesicht. Kannte er den Mann? Ein Röcheln veranlasste ihn, das Ohr wieder so nahe wie möglich an den Mund des Sterbenden zu bringen.

»Cniva, Alex … Tours …« Lange hörte Wittiges nur Röcheln, während ihm der Regen in die Augen rann und sich sein Körper in der ungewohnten Stellung verkrampfte. Pontus rüttelte ihn an der Schulter.

»Der Baum muss weg!«, brüllte er.

»Nein!«, schrie Wittiges. »Das hat keinen Zweck mehr, außerdem ist er viel zu schwer.«

Aber Pontus und der Knecht zogen Wittiges auf die Füße. »Wir müssen es sowieso tun. Wir können den Mann nicht hier liegen lassen. Die Pferde sollen den Stamm beiseiteziehen, gemeinsam schaffen sie es.«

»Sobald wir ihn bewegen, ist er tot«, entgegnete Wittiges und wollte sich wieder neben dem Verletzten niederlassen, aber da ging ein Ruck durch den geschundenen Körper, und er lag still. »Jetzt ist er's«, fügte Wittiges beklommen hinzu.

Da sie nun keine Rücksicht mehr nehmen mussten, zerrten sie tatsächlich mithilfe der Pferde den Stamm beiseite, mit den bei jedem Donnerschlag scheuenden Tieren eine Schinderarbeit. Der Körper des Toten zeigte sich weniger verletzt als erwartet. Wittiges spähte prüfend zum Baum hinüber. Er wies eine leichte Krümmung auf, sodass er den Mann beim Niederbrechen nicht völlig zerquetscht hatte. Es war also letztlich der Bär gewesen, der den Ärmsten getötet hatte.

Mittlerweile klang der Donner nicht mehr ganz so laut, und die Abstände zwischen den grellen Blitzen und dem Krachen dehnten sich aus. Das Schlimmste schien überstanden. Sie legten den Toten, in Wittiges' Umhang gewickelt, hinter dem Sattel des Knechts über den Pferderücken und schickten den Knecht zur Villa, während Wittiges und Pontus nachsehen wollten, welche Schäden das abziehende Gewitter angerichtet hatte. Später wollte Wittiges über das wenige, das der Fremde hatte sagen können, nachdenken und vor allem den Knecht dazu befragen. Es war ja nicht ausgeschlossen, dass er mit dem Verletzten geredet hatte, bevor er sich auf die Suche nach Hilfe gemacht hatte.

Fast die Hälfte des Korns war von Sturm und Regen auf den Feldern niedergewalzt worden, vor allem der ertragreichere römische Weizen. Der Weizen der alten Sorte, den man erst darren musste, damit sich die Spelzen lösten, hatte mit seinen robusteren Halmen das Unwetter besser überstanden. Es würde dennoch eine schlechte Ernte geben. Überall floss das Wasser in sprudelnden Bächen von den Äckern und riss die Krume mit sich. Es war ein einziger großer Jammer, die Mühen der Feldarbeit vernichtet zu sehen.

»Die *blauen Pferde!*«, rief Viola auf einmal und deutete über ein Feld zum Waldrand hinauf. Sie hatte sich nicht mit dem Knecht zum Haus zurückschicken lassen. Jetzt trug sie ihre Messer offen in Lederscheiden am Gürtel, feuerte ihr Pferd an und ritt in scharfem Galopp den Hang hinauf.

Wittiges schrie gegen den brausenden Wind an, um sie aufzuhalten. Aber Pontus setzte ihr nach, da blieb ihm auch nichts anderes übrig. Das Gewitter kehrte zurück. Der Donner wurde wieder lauter, die gezackten Blitze schossen in wilden Zuckungen vom Himmel.

Die *blauen Pferde* verschwanden im Wald. Wittiges fluchte, während er hinter den beiden anderen her den Hang hinaufjagte.

Kaum hatte er die Kuppe erreicht, preschten die Pferde aus dem Wald hervor, Viola trieb sie vor sich her. Wittiges' Stute stieg, halb wahnsinnig vom Sturm, schrill wiehernd auf die Hinterhand. Er riss sie hart an den Zügeln, damit sie, rückwärts ausweichend, den anderen den Weg freigab. Unverhofft stürmte die kleine Herde der Falben hinter den *blauen Pferden* her, grell beleuchtet von einem Blitz, der sich schräg über ihnen entlud. Die Pferde mussten Schutz im Wald gesucht haben, das Beste, was sie tun konnten.

Wittiges verfluchte Viola und ihren Wahnsinn, der sie alle in neue Gefahr gebracht hatte. Ihr aber schienen weder die Gefahr noch das Unwetter etwas auszumachen. Mit nackten Fersen hieb sie auf die Flanken ihres Pferds ein, schwang einen Arm kreisend in der Luft und schrie gegen den Sturm an. Unwillkürlich bewunderte Wittiges sie, ihren Wagemut, ihre Furchtlosigkeit, die er so noch nie bei einer Frau erlebt hatte.

Als sie den Stallhof erreichten, eilten ihnen ein paar Knechte entgegen und scheuchten die Pferde in den sicheren Stall. In dem Augenblick, als sich Wittiges aus dem Sattel schwang, schlug ein Blitz in eine der Scheunen ein, die den Stallhof säumten. Fast augenblicklich stieg eine Flammensäule empor. Es war also noch nicht vorbei.

Wittiges riss Viola vom Pferd und stieß sie aufs Haus zu. »Hol alle Mägde zusammen, wir müssen eine Eimerkette bilden.« In der Scheune lagerten bereits überlebenswichtige Vorräte für den Winter. Viola schüttelte sich das Wasser aus den Haaren, hob in einer seltsam beschwörenden Geste die Arme hoch über den Kopf, und wie zur Antwort rauschte ein so gewaltiger Regen herab, dass die Flammen in zischenden Dampfwolken erloschen. Für Wittiges löste sich die Wirklichkeit auf.

Mit einer Hand langte er nach der Frau und zog sie an sich.

»Wer bist du?«, fragte er heiser.

Sie aber lachte nur und küsste ihn auf den Mund, bevor sie sich abwandte und über den Hof davonrannte, während er ihr nachstarrte und sie aus ganzem Herzen verwünschte.

Das Unwetter tobte die halbe Nacht, niemand ging schlafen. Wittiges und Pontus teilten Hausdiener als Feuerwachen ein, die sie in den verschiedenen Höfen der Villa postierten, während für die Feldarbeit zuständige Knechte die Wache im Wirtschafts- und im Stallhof übernahmen. Bei einem Blitzeinschlag sollten sie sofort Alarm geben. Darüber hinaus wollten Wittiges und Pontus in Abständen Kontrollgänge durchführen.

Nachdem Wittiges sich endlich gewaschen und trockene Kleidung angelegt hatte, suchte er den großen Saal auf, wo sich bereits alle übrigen Bewohner des Hauses eingefunden hatten.

Die Amme mit der kleinen Agnes im Arm, die trotz des Getöses schlief, hatte sich neben Aletha niedergelassen, und dort saß auch Viola, die sich gleichfalls umgezogen hatte, sittsam auf einem dicken Kissen am Boden. Nun trug sie ein schlichtes, hellbraunes Gewand mit halblangen Ärmeln, und ein Tuch bedeckte Hals und Brustansatz. Ihre Haare waren wieder wohlfrisiert, glänzten aber noch vor Nässe. Sie hielt ihren Blick züchtig gesenkt, sprach leise und gab sich ganz als wohlerzogene Haustochter. Nichts gemahnte mehr an die wilde Megäre, die sie noch vor so kurzer Zeit gewesen war, aber Wittiges schüttelte sich noch bei der Erinnerung. Von der alten Barchild, der verstorbenen Dorfhexe, musste recht viel in der Enkelin stecken.

Zwei Kohlebecken brannten trotz der schwülwarmen Regenluft, die durch die breiten Türen zum Säulenhof hereindrang, denn die glimmenden Kohlen schufen eine gewisse Heimeligkeit in diesen trostlosen Stunden. Außerdem hielt eine Sklavin in einem großen Tongefäß kühlen Apfelwein bereit, den die meisten dankbar annahmen.

Nur Aletha fröstelte.

Nachdem die Wachen eingeteilt waren und auch sonst alles erledigt war, um Haus und Hof zu schützen, hatte Wittiges zusammen mit Pontus den Körper des toten Mannes in einem Vorraum der Bäder untersucht. Inzwischen wussten sie von dem Knecht, der den Verletzten unter dem Baum entdeckt hatte, dass er zusammen mit einem weiteren Diener Cniva und Alexander auf ihrer Pilgerreise begleitet hatte. Er stammte also von Theodos Hof. Leider hatte der Knecht, der den Mann gefunden hatte, weiter nichts in Erfahrung bringen können.

»*Tours*«, hatte der Sterbende gesagt. Hatten sich Cniva und Alexander demnach tatsächlich auf einer Pilgerreise befunden? Wie weit waren sie gekommen, und warum war dieser Knecht umgekehrt? Alle diese Fragen blieben unbeantwortet. Kaum verheilte Wunden an den Armen und an einer Schulter bewiesen, dass der Mann in Kämpfe verwickelt gewesen oder überfallen worden war. War er der einzige Überlebende der Pilgergruppe?

Wittiges hatte Aletha nichts erzählt. Sie schien ihm viel zu schwach, um solche Nachrichten über ihren Bruder Alexander zu verkraften. Die beiden standen sich sehr nahe. Argwöhnisch beobachtete Wittiges Viola, um herauszufinden, ob diese vielleicht über etwas redete, das besser noch ungesagt blieb.

Aletha schaute auf und lächelte ihren Mann über Violas Kopf hinweg beruhigend an, wie um ihm mitzuteilen, dass er sich um sie keine Sorgen zu machen brauche. Da fiel ihm ein, wie stark sie wirklich war, dagegen zählte die körperliche Schwäche wenig. Unverhofft wallten Zärtlichkeit und der dringende Wunsch in ihm auf, sie in den Armen zu halten.

Gegen Morgen zog das Gewitter ab, und auch der Sturm legte

sich. Draußen dämmerte ein strahlender Sonnentag herauf. Knechte und Mägde regten sich, streckten die verkrampften Glieder. Wittiges war kurz auf einem Stuhl eingenickt und schrak hoch, als er Schritte hörte. Es war das seltsam unregelmäßige Auftreten harter Sohlen auf dem Steinboden. Er kannte diesen Schritt.

Übernächtigt blinzelte er dem Eintretenden entgegen, aber der junge Mann beachtete ihn nicht, sondern strebte mit seinem auffälligen Hinken direkt auf Viola zu, die, die Arme auf den Rand von Alethas Liege gebettet, eingeschlummert war. Aber nun hob sie den Kopf.

»Chramm!«, stieß sie leise hervor. »Woher kommst du?«

Vor vielen Jahren hatte Chramm zu den *nutriti* gehört, den königlichen Zöglingen am Hof von Reims. Er war der Bruder eines Erzfeinds von Wittiges, hatte aber die Feindschaft nicht geteilt, sondern gleich bei der ersten Begegnung eine große Zuneigung zu Wittiges gefasst, die dieser erwiderte. Er mochte das Kerlchen, das so großartig mit seinem angeborenen Gebrechen zurechtkam. Chramms rechtes Hüftgelenk war bei der Geburt verdreht worden, sodass er sich nur grotesk hinkend vorwärtsbewegen konnte. Nach dem gewaltsamen Tod des Bruders hatte Wittiges den anhanglosen Jungen bei sich aufgenommen. Aber vor einem Jahr war Chramm zu Cniva auf Theodos Hof gezogen und von ihm in die Gutsverwaltung eingewiesen worden. Er war nun derjenige, der Theodos Hof führte. Eine große Verantwortung für einen Siebzehnjährigen.

Immer mehr vom Gesinde standen auf. Unbeirrt bahnte sich Chramm seinen Weg zu Viola, beugte sich zu ihr hinunter und legte ihr die Hand auf den Kopf. »Geht es dir gut?«, fragte er heiser. Sie drehte den Kopf unter seiner Hand und schaute ihn an. Blitzartig erkannte Wittiges die Wahrheit. Der Junge liebte sie.

»Sie ist nur nass geworden«, mischte er sich trocken ein.

»Ich hab mir Sorgen gemacht«, bekannte Chramm und wandte den Blick nicht von Viola.

Er musste losgeritten sein, bevor die Dämmerung einsetzte und während der Sturm noch tobte. Von Theodos Hof bis *casa alba* brauchte ein geübter Reiter zwei Stunden. Und bestimmt war auch Chramm die ganze Nacht aufgewesen. Seine Augen waren gerötet, und die Wangen wirkten ein wenig eingefallen. Jede Anstrengung sah man ihm sofort an. Ansonsten war er ein gut aussehender junger Mann mittlerer Größe und mittlerer Statur mit dichtem dunklen Haar, freundlichen blauen Augen und einem offenherzigen Charme. Es gab wesentlich schlechtere Verehrer für Viola. Insgeheim seufzte Wittiges erleichtert auf. Das war die Lösung! Falls Cniva nicht heimkehrte, würde er Viola mit Chramm verheiraten. Für sie als ehemalige Sklavin würde das einen ungeheuren Aufstieg bedeuten, denn Chramm war von adliger Abstammung. Das ließe sich alles wunderbar einrichten – die beiden würden weiterhin als seine Vasallen auf Theodos Hof leben, und die Göre würde aufhören, ihm mit ihren Verführungskünsten zuzusetzen.

Pontus trat neben ihn. »Nettes Paar«, murmelte er.

Wittiges stand auf. Gemeinsam beobachteten sie die beiden. Viola wehrte freundlich die Hand Chramms ab, der ihr aufhelfen wollte, und schuf sofort einen gewissen Abstand zu dem jungen Mann, indem sie an die andere Seite der Liege trat.

»Sie hat keine Angehörigen. Ohne Cnivas Schutz fällt sie wieder in meine Munt, und ich will, dass sie Chramm heiratet.«

Pontus schlug ihm auf die Schulter. »Aber nicht heute. Komm, lass uns nachsehen, was das Unwetter in der Villa angerichtet hat, und überlass die Turteltauben Aletha.«

Wittiges hatte keine Zeit, sämtliche Schäden selbst in Augenschein zu nehmen, denn Brunichild hatte ihn mit einem dringenden Auftrag nach Hause entlassen. Aus allen Dörfern der Umgebung sollte er die Wehrfähigen zusammenrufen. Auf seinen Ritten übers Land bemerkte er die Schäden, die das Gewitter hinterlassen hatte. Es war, als hätte ein Krieg das Land verheert. Häuser, Schuppen und Scheunen waren niedergebrannt, das Korn war im Schlamm versackt, Vieh in überquellenden Teichen und Bächen ertrunken. Eine derartige Verwüstung durch ein Unwetter hatte Wittiges noch nie erlebt, und er befürchtete, aufgrund der fehlenden Ernteerträge seine Steuern nicht zahlen zu können.

Nur einer zog seinen Vorteil aus der Lage. Der Heilige in seiner Höhle hatte das Unwetter nicht nur unbeschadet überstanden, sondern anscheinend vorhergesagt. Es sei, ließ er seine verstörten Anhänger wissen, eine Strafe Gottes für das allgemeine Festhalten an heidnischen Bräuchen. Wittiges wusste, wie viel Aberglaube überall noch herrschte, aber das kümmerte ihn nicht. In die religiösen Belange seiner Leute mischte er sich nicht ein. Gern hätte er den Unruhestifter fortgejagt, aber ihm fehlte die Zeit dazu.

Eine Woche später war er mit seiner Truppe abmarschbereit. In der Nacht wälzte er sich ruhelos im Bett hin und her, bis sich auch Aletha regte, mit der er jede Nacht verbracht hatte, allerdings ohne sie anzurühren. In dieser Hinsicht war alles beim Alten geblieben, nur hielt er sich nun mit Rücksicht auf ihren geschwächten Zustand zurück.

»Warum kannst du nicht schlafen?«, fragte sie.

Über Felix und die vergebliche Suche nach ihm hatten sie inzwischen ausführlich gesprochen, also würde das Thema sie nur beide quälen. Tatsächlich schmerzte ihn der Gedanke, dass ihn der bevorstehende Krieg daran hinderte, die Suche wieder aufzunehmen.

»Wir wissen immer noch nichts über Cniva und Alexander«, wich er aus. Falls sich die beiden tatsächlich auf eine Pilgerfahrt begeben hatten, konnten sie bei Felix' Entführung nicht mit burgundischen Aufständischen gemeinsame Sache gemacht haben. Vielleicht gab es gar keine Verschwörung. Und was Brunichild betraf, war es ihr letztlich doch nicht zuzutrauen, dass sie Felix als Berthos Konkurrenten kaltherzig beseitigt hatte. So weit ginge sie nicht.

Welche Möglichkeiten blieben dann noch? Chilperich konnte die Entführung veranlasst haben, das hieß, seine Leute hatten Felix für Bertho gehalten. War diese Annahme richtig, ergab sich nur eine einzige Schlussfolgerung: Sie hatten ihn für immer verschwinden lassen.

»Ich sollte nach Tours reisen und versuchen, die Spur der beiden aufzunehmen.« Er schwieg einen Augenblick lang. »Aber vielleicht sind sie längst tot«, fügte er langsam hinzu und dachte doch nur an Felix.

»Nein, das würde ich spüren. Ich habe immer gespürt, wenn etwas mit meinem Sohn oder mit meinem Bruder war.«

Aletha rückte näher zu ihm und begann, ihn zu streicheln. Ihr Begehren war nur allzu deutlich, und er mochte sie nicht noch einmal abweisen. Als er wider alle Vernunft in sie eindrang, schrie sie gedämpft auf. Sofort zog er sich zurück, aber sie hielt ihn fest. »Bitte!«, flehte sie.

»Nein, ich bereite dir Schmerzen.« Rasch rollte er sich auf die Seite, drückte sie aber an sich, sodass sich ihr Rücken an seine Brust schmiegte. »Wir warten, bis es dir besser geht.«

»Es wird mir nicht mehr besser gehen, nur schlechter. Etwas zehrt an mir, es ist, als sei etwas in mir zerbrochen«, flüsterte sie und schluchzte leise auf.

Wittiges fielen die Rosenbüsche im Hof ein, die der Sturm völlig zerschlagen hatte, die geknickten jungen Obstbäume, die Pontus an Spalieren gezogen hatte, und das zerstörte Land. Aber nun war es, als hätte ihn eine Faust im Nacken getroffen, die Faust eines Gottes, der sich mit einem Übermaß an Strafe für etwas rächen wollte.

12

Ungefähr vier Wochen später stand Wittiges mit austrasischen Truppen vor Soissons. Sie führten Krieg gegen Chilperich. Brunichild hatte den Rat davon überzeugt, dass dieser Krieg notwendig war, um nicht selbst angegriffen zu werden.

Wittiges hatte seine Krieger nach Reims geführt, wo sie sich mit anderen zu einer größeren Truppe unter seinem Befehl vereint hatten. Otho war auch dabei. Bei der Mitteilung, dass sein kleiner Bruder für unbestimmte Zeit am Hof in Metz weilte und damit seiner Munt entzogen war, war der Schmied einigermaßen gelassen geblieben. Dennoch nahm Wittiges einen vagen Eindruck von Groll als Erinnerung an das kurze Gespräch mit.

Als ehemaliger Königssitz Chilperichs galt Soissons als blühende Stadt. Von früheren Besuchen kannte Wittiges etliche Händler dort, mit denen er regelmäßig Geschäfte getätigt hatte. Er hatte Stoffe an sie verkauft, aber auch Edelsteine und Purpur, nur war er seit Längerem nicht mehr dazu gekommen, in den Süden zu reisen, um für Nachschub zu sorgen. Der *anstrustio* Wittiges stand dem Händler Wittiges mehr und mehr im Weg. Und den *anstrustio* quälte die Vorstellung, welches Unheil der Stadt und ihren Bewohnern durch den Überfall bevorstand.

Dux Lupus führte zusammen mit seinem Bruder Magnulfus den Kriegszug an. Zu den Unterheerführern gehörte neben Wittiges und anderen Edlen auch Merowech. Seine freiwillige Teilnahme am Krieg trug ihm Anerkennung ein, wenn auch kaum Sympathie. Seine Heirat mit der Königin hatte der Rat nicht gerade mit Jubel aufgenommen, im Gegenteil, es gab etliche unter den Reichsgroßen, die Brunichilds Eigenmächtigkeit missbilligten. Zu den schärfsten Kritikern gehörten sowohl Lupus als auch Wandalenus.

Der Angriff auf die Stadt erfolgte im ersten Morgengrauen und von mehreren Seiten gleichzeitig. Schon nach zwei Stunden konnten die austrasischen Truppen mit einem Rammbock eines der Stadttore aufsprengen. Nun begann der Kampf in der Innenstadt, der sich aber rasch zum Plünderungszug wandelte, da die austrasischen Krieger auf wenig bewaffnete Gegenwehr stießen. Wittiges ekelte es an, Krieger zu sehen, die in Häuser eindrangen, Frauen an den Haaren herauszerrten und nicht selten vor den Augen ihrer Kinder vergewaltigten. Hier kämpften Franken gegen Franken, es war ein schmutziger, unwürdiger Bruderkrieg. Und wofür bloß? Mehr als einmal rettete er einem Mann oder einer Frau das Leben, aber er konnte nicht überall zugleich sein.

Merowech hatte er aus den Augen verloren, wusste aber, dass dieser gegen den Palast vorrücken wollte, weil er hoffte, Fredegund zu fassen, die, wie es hieß, von Chalon nach Soissons statt nach Paris gereist war.

Wittiges, immer mehr geneigt, sich aus diesem ganz und gar verderblichen Krieg zurückzuziehen, aus dem nichts Gutes erwachsen konnte, drang gegen Mittag mit einigen Kriegern aus seinen Dörfern zögernd in eine Gasse vor, die auf ein Kloster zuführte, das unmittelbar an der Stadtmauer lag. Jemand hatte die Klosterpforte bereits mit einer Axt aufgesprengt, musste aber abgelenkt worden sein, denn im Innenhof herrschte keinerlei Verwüstung. Bis auf zwei alte Mönche, die zur kleinen hölzernen Kirche hasteten, war niemand zu sehen. Wittiges hatte die Pforte nur einen Spaltbreit aufgestoßen, lugte in den Hof hinein und wollte sich schon zurückziehen, da öffnete sich das Kirchenportal. Auf der Schwelle erschien – Fredegund!

Sie musste den Palast rechtzeitig verlassen haben, um in der Immunität der Klosters Schutz zu suchen. Aber es würde ihr nichts nützen. Wittiges glaubte keinen Augenblick lang daran, dass Merowech das Kirchenrecht achten würde. Fredegund schaute sich gehetzt um. Wittiges zog kurz den Kopf zurück, um nicht entdeckt zu werden, nahm aber gleich darauf seinen Beobachtungsposten wieder ein.

Hinter Fredegund verließ ein hochgewachsener junger Mann die Kirche. Aufgrund der Ähnlichkeit schloss Wittiges, dass es sich um Chlodowech handelte, Merowechs älteren Bruder. Einige Krieger folgten ihm.

Hinter Wittiges verriet einer seiner Männer Ungeduld und fragte, ob sie nun das Kloster stürmen sollten oder nicht.

»Wartet«, knurrte Wittiges. Von *Stürmen* konnte für ihn ohnehin nicht die Rede sein. Er würde das Kloster nicht antasten. Fredegund allerdings …

Sie wurde aufmerksam. Ihre Augen weiteten sich vor Schreck, das Gesicht erstarrte vor Furcht. Jetzt war der Moment gekommen, sie samt Chlodowech gefangen zu setzen. Aber Wittiges zögerte. An der Mauer bemerkte er eine Leiter, anscheinend hatten die beiden die Absicht, über die Stadtmauer zu entkommen.

Vor dem Aufbruch hatte Merowech Wittiges darauf angesprochen, dass dieser es gewagt hatte, sich bis zuletzt im Rat laut und deutlich gegen den Krieg auszusprechen.

»Du musst mir glauben«, hatte er ihm ruhig erklärt, »Fredegund will mich tot sehen. Sie wird nicht eher ruhen, bis sie ihre

Rache hat, und mit meinem Tod kann sie Brunichild am ehesten treffen. Sie hat den Gürtel gestohlen, den ich meiner Frau als kleine Hochzeitsgabe schenkte. Brunichild hat sie mit dem Gürtel vor der Kirche in Chalon in aller Öffentlichkeit als Diebin bloßgestellt. Eine solche Demütigung wird sie niemals vergessen.«

Wittiges hatte Mühe gehabt, dieser Erklärung zu folgen. »Wir führen Krieg wegen eines Gürtels?«

»Du willst mich nicht verstehen.« Merowech hatte ihn verächtlich gemustert.

»Aber ja doch. Mir wird gerade klar, dass wir wegen des Hasses, der in deiner Familie herrscht, einen neuen Krieg beginnen, der Städte veröden lässt und viele Menschen das Leben kostet. Eine seltsame Politik.«

»Hass war seit jeher Politik in meiner Familie. Wann geht das in deinen Bauernschädel?«, hatte Merowech gereizt entgegnet. Damit war das Gespräch beendet gewesen.

Die Fehde in dieser Familie war nicht seine Fehde, entschied Wittiges, sollten die Königinnen und ihr mordlüsterner Anhang das unter sich ausmachen.

Chlodowech hatte ihn nicht bemerkt, er winkte Fredegund ungeduldig, ihm zur Mauer zu folgen. Sie aber starrte weiter zur Pforte herüber, und aus ihrer Miene sprachen Verzweiflung und Hoffnungslosigkeit. Wittiges hörte seine Männer hinter sich murren, machte ihnen aber mit einer Geste klar, dass sie noch zu warten hatten. Ohne seinen Befehl würden sie das Kloster nicht betreten.

Nun huschten zwei Jungen aus der Kirche, offenbar Fredegunds Söhne. Chlodowech rief ungehalten etwas, Fredegund regte sich endlich, legte die Arme um ihre Kinder und schob sie eilig auf die Mauer zu. In diesem Moment trat Wittiges zurück und schloss die Klostertür. Sollte das Schicksal doch ohne ihn seinen Lauf nehmen.

Als er sich seinen Männern zuwandte, stand nur noch Otho vor ihm, die anderen hatten sich davongemacht, um irgendwo an leichtere Beute zu gelangen.

Das blanke, blutbesudelte Schwert in der Hand, drang der Schmied wie ein Berserker auf ihn ein, Wittiges hatte keine Zeit, lange zu überlegen. Er musste den Schlag abwehren, stieß aber beinahe gleichzeitig mit der anderen Hand dem Schmied seinen Scramasax in die Seite. Er hatte ihn nicht töten wollen, dennoch brach Otho sofort zusammen, sein Blick wurde leer. Wittiges hatte den Groll des Mannes also doch unterschätzt, er hatte seine eigene Fehde am Hals gehabt und es nicht einmal gewusst. Rasch vergewisserte er sich, dass sich in der kurzen Gasse vor dem Kloster niemand zeigte, der Zeuge des Kampfs geworden war, dann beugte er sich hinunter und schloss dem Toten die Augen, während er innerlich über dieses unnötige Abschlachten fluchte sowie über seine Unfähigkeit, es zu verhindern. Er hätte mehr an Othos Ehre denken, sich mehr Zeit für das Gespräch mit ihm nehmen und berücksichtigen sollen, wie viel Verantwortung bereits in so jungen Jahren auf ihm lastete. Sein Tod bedrückte ihn.

Etwas entfernt wartete sein Pferd, er führte es heran, um die Leiche über den Sattel zu legen. Er wollte dafür sorgen, dass Otho auf dem kleinen Friedhof oberhalb des Schmiededorfs begraben wurde. Aber dann sah er ein, dass es ein unmögliches Unterfangen wäre, den Toten in dieser Sommerhitze heimzubringen. Also würde Otho zu den vielen anderen gehören, die in rasch ausgehobenen Gruben vor der Stadt verscharrt wurden. Er nahm ihm die Waffen ab und suchte nach einem Andenken, das er seiner Frau mitbringen konnte. Schließlich fand er das schlichte Holzkreuz, welches der Tote an einem Lederband um den Hals trug, das Kreuz, das der Höhlenheilige gesegnet und mit dem Othos Unglück seinen Anfang genommen hatte. Bevor er den Toten verließ, kniete er nieder und sprach mit trockener Kehle ein Gebet für ihn.

13 Die Stadt war an einem einzigen Tag erobert worden, während sich die Verluste in Grenzen hielten. Etliche Gefolgsleute Sigiberts, die nach dem Tod des Königs die Seiten gewechselt hatten, hatten die Kunde vom Sieg zum Anlass genommen, sich eilig den austrasischen Truppen anzuschließen, die nun ins Umland der Stadt ausschwärmten.

Aber nach einer siegreichen Woche wendete sich überraschend das Blatt. Chilperich hatte in aller Eile ein Heer aufgestellt und marschierte gegen Soissons, wo es zu einer großen, erbitterten Schlacht kam. Da die Befestigungen der Stadt bei der Eroberung teilweise schwer beschädigt worden waren, ließ sie sich nun schlecht verteidigen.

Innerhalb kürzester Zeit eroberte Chilperich das gesamte besetzte Gebiet zurück und verfolgte die zurückweichenden austrasischen Truppen bis zur Grenze, aber nicht darüber hinaus. Der Krieg, der so verheißungsvoll begonnen hatte, endete mit einer gewaltigen Schlappe. Wittiges war froh, dass er vorbei war.

Nach Auflösung des Heers blieb er ein paar Tage in Reims und hielt dort eine Nachhut von zweihundert Mann in Bereitschaft, falls Chilperich es sich anders überlegte und das Grenzland doch noch überfiel. Aber eigentlich rechnete er nicht damit. Sicher beschäftigte sich der König mit dringenderen Angelegenheiten. Denn in Soissons war ihm Merowech in die Hände gefallen, es gab Zeugen, die das bestätigt hatten.

Wittiges war die Neuigkeit nicht gerade unangenehm.

In Reims suchte er Händler auf, die er gut genug kannte, um ein offenes Gespräch mit ihnen zu führen. Sie unterhielten sich über die Lage des Handels und über die Folgen dieses üblen Kriegs. Zu seinem Erstaunen billigten einige trotz der Niederlage den Einfall ins Nachbarland, hatten sie doch selbst oft genug unter solchen Übergriffen gelitten. Wittiges verstand das nicht.

Als er die Weiterreise nach Metz nicht länger aufschieben konnte, machte er sich schließlich auf den Weg. Er wusste, dass ihn dort nichts Gutes erwartete. Bei der ersten Ratssitzung, an der er teilnahm, wurde er auch unverzüglich angegriffen. »Wir hatten nicht mehr mit dir gerechnet«, begann Wandalenus anzüglich. »Aber nun kannst du uns sicher erklären, wie es Königin Fredegund und Chlodowech gelungen ist, uns zu entkommen. Und wie es geschehen konnte, dass Merowech gefangen genommen wurde.«

»Wie soll er das wissen?«, fragte Brunichild.

Sie hatte an nahezu allen Beratungen teilgenommen, die seit der Rückkehr des Heers und den ersten Nachrichten von der Niederlage stattgefunden hatten. Die seltsamsten Gerüchte kursierten über Wittiges' Treiben während des gesamten Feldzugs, aber Wandalenus war der Einzige, der offen von Verrat sprach. Hatte Wittiges etwas damit zu tun, dass Merowech Chilperichs Gefolgsleuten in die Hände gefallen war?

Wittiges schwieg, während er darüber nachdachte, ob jemand ahnte, dass er Fredegunds und Chlodowechs Flucht nicht vereitelt hatte. Mit Merowechs Festnahme hatte er nichts zu tun, bei dieser Sache traf ihn keine Schuld.

Wandalenus zupfte an seiner Unterlippe, während er ihn beobachtete, und wandte sich, sobald er erkannt hatte, dass es keine Antwort gab, den anderen zu.

»Er schweigt also«, stellte er gewichtig fest. »Will er uns damit glauben machen, dass er von nichts weiß? Ich aber sage euch, er hat mitten im Krieg die Seiten gewechselt. Meine eigenen Leute haben mir berichtet, wie er sie davon abgehalten hat...«

»...wehrlosen Männern und Frauen die Kehlen aufzuschlitzen. Ja, dessen bekenne ich mich schuldig«, fiel ihm Wittiges ruhig ins Wort. Er ließ sich von diesem aufgeblasenen Krötenarsch doch nichts anhängen. Keiner von Wandalenus' Leuten war an der Klosterpforte dabei gewesen, nur seine eigenen, und Otho, der Einzige, der sich gegen ihn gestellt hatte, war tot.

Bischof Aegidius von Reims nahm ebenfalls an der Beratung teil. Noch rechtzeitig vor Ausbruch des Kriegs war er von der Synode in Paris heimgekehrt. Er neigte sich vor. »Warum hast du das getan?«, fragte er neugierig.

»Weil ich es verabscheue, dass Menschen, die mit den Kriegen nichts zu tun haben, ihres wenigen Golds und Silbers beraubt und getötet werden. Wir alle leben letztlich besser von den Erträgen des Landes, von Handel, Handwerk und Landwirtschaft als von Kriegsbeute. Nehmen wir doch nur den Handel. Wenn wir das Handelsnetz zerstören, indem wir die Händler abschlachten, schaden wir uns nur selbst.«

Verblüfft strich sich Remigius über das glatt rasierte Kinn. »Das ist ein ganz neuer Gedanke. Und er hat etwas für sich.«

»So redet nur ein Narr«, entgegnete Wandalenus. »Er ist dem Kampf immer wieder ausgewichen. Entweder ist er ein Feigling oder ein Spion! Wie kommt es denn, dass Chilperich so rasch seine Truppen gegen uns führen konnte? Doch nur, weil er eine Warnung erhalten hatte. *Er* hat den Feind gewarnt.« Wandalenus zeigte mit ausgestreckter Hand auf Wittiges.

»Wenn alle das glauben, müsst ihr mich festnehmen«, sagte Wittiges.

»Das kommt nicht infrage!«, rief Brunichild. »Ich kenne Wittiges«, fuhr sie leiser fort. »Wenn mich alle verraten – er ist der Einzige, der zu mir hält.«

Einen Augenblick lang saßen alle stumm und unbewegt da, dann stand Gogo auf und trat gewichtig in die Mitte der Versammlung. »Ich schließe mich voll und ganz der Äußerung der Königin an. Seit vielen Jahren und in unzähligen Konflikten hat Wittiges seine Treue bewiesen, daran kann niemand rütteln, auch du nicht, Wandalenus. Du bist nicht lange genug am Hof, und es schickt sich nicht für dich, einen der verdienstvollsten Männer der Krone zu verunglimpfen.«

Damit waren die Vorwürfe gegen Wittiges erst einmal vom Tisch. Die Beratung wandte sich der Frage zu, wie man Näheres über Merowechs Schicksal herausfinden könne, und Wittiges bot widerstrebend an, über das Handelsnetz Erkundigungen einzuholen. Das leuchtete allen sofort ein, eine große Erleichterung machte sich breit, die ihm verriet, was niemand auszusprechen wagte: In Wirklichkeit konnte Merowech in einem Kerker verrotten oder viergeteilt auf dem Marktplatz in Paris enden, es war ihnen gleichgültig. Sobald eine derartige Nachricht eintraf, war für sie der Fall erledigt. Denn Merowech hatte sie in einen unnötigen Krieg getrieben, der viele Männer das Leben gekostet und mit einer Niederlage geendet hatte.

Als die Versammlung sich auflöste, gab Gogo Wittiges ein Zeichen, dass er noch bleiben solle. Zu beider Überraschung gesellte sich Wandalenus zu ihnen.

»Da wäre etwas über deinen Besitz zu klären«, äußerte er.

»Ich wüsste nicht, was«, entgegnete Wittiges schroff.

»Das wirst du gleich erfahren«, erklärte Wandalenus nicht einmal unfreundlich, aber dennoch in einem Ton, der Wittiges gereizter und wachsamer machte. »Es geht um ein Anwesen, das als Theodos Hof registriert ist. Wie bekannt geworden ist, verschwand der Pächter. Damit fällt das Lehen an die Krone zurück.«

»Theodos Hof gehört mir, und ich lebe, wie du siehst«, erklärte Wittiges verwundert.

»In den Unterlagen ist als Herr des Besitzes ein gewisser Cniva eingetragen, und dieser ist verschollen. Das stimmt doch, oder?«

»Was heißt hier überhaupt Lehen?«, brauste Wittiges unvermittelt auf. »Ich habe für Theodos Hof bezahlt. Also noch einmal: Der Hof gehört mir, und Cniva war mein Lehnsmann.«

Wandalenus lächelte dünn. »Du hast nicht mehr und nicht weniger als eine Lehnsgebühr entrichtet. Theodos Hof gehört zu den Latifundien der Krone, das war schon immer so, und daran wird sich nichts ändern. Die Rechtslage ist sicherlich so kompliziert, dass du dich damit nicht auskennst. Glaub mir, das geht auch anderen so.«

Es gab verschiedene Arten von Lehen, und Wittiges hatte sich bisher nie um die Feinheiten seiner Besitzurkunden gekümmert. Er war davon ausgegangen, reine Erblehen zu besitzen, die höchste Form der Lehen überhaupt. Also konnte er mit Fug und Recht behaupten, das Land gehöre ihm.

»Aber ich kenne mich aus«, mischte sich Gogo ein. »Sei ganz beruhigt, Wandalenus. Mit den Rechtstiteln von Wittiges' Ländereien hat alles seine Richtigkeit, dafür verbürge ich mich. Niemand kann sie ihm streitig machen. Und nun sei so gut und lass uns allein. Wir haben etwas Persönliches zu besprechen.«

Gogo war der *magister officiorum,* die oberste Instanz im Reich, gegen sein Wort galt das von Wandalenus nichts. Doch Wittiges fragte sich auf einmal, wie lange das noch so sein würde.

»Bist du sicher, er kann mir nichts anhaben?«, erkundigte er sich, sobald Wandalenus hinausgegangen war.

Gogo musste sich längst dem fünfzigsten Lebensjahr nähern, der unabweislichen Schwelle zum Alter. Bevor er antwortete, nahm er schwerfällig Platz, ja, er plumpste geradezu auf seinen Stuhl. Und es war diese Bewegung, der es so sehr an Geschmeidigkeit fehlte, die Wittiges' Besorgnis schürte. Gogos Hand zitterte, als er einen Becher Wein ergriff, der neben ihm auf einem dünnbeinigen Tischchen aus geschmiedetem Eisen stand, und er bekleckerte sich beim Trinken. Ein solches Ungeschick hatte Wittiges bei dem alten Haudegen noch nie beobachtet.

»Solange ich da bin, hast du nichts zu befürchten, glaub mir«, beschwichtigte er im gewohnt sonoren Tonfall.

»Na schön«, gab sich Wittiges unbehaglich zufrieden. »Was wolltest du mit mir besprechen? Oder gedenkst du mir hier so ganz im Vertrauen deine Kritik an meinem Verhalten in Soissons mitzuteilen?«

Gogo winkte ärgerlich ab. »Sei nicht albern. Es geht um den Jungen, Ulf. Du weißt, ich bin für die *nutriti* zuständig.«

Wittiges nickte vorsichtig.

»Der Junge gefällt mir«, räumte Gogo ein. »Er macht sich gut, aber wir müssen dennoch etwas klarstellen. Es geht nicht an, dass er auf Dauer hierbleibt. Wir können nicht alle Bastarde der *anstrustiones* in die Schule aufnehmen, sonst würde sie bald überquellen. Also ist es das Beste, du erkennst ihn an. Zumal dein anderer Sohn Felix verschwunden ist und wohl keine große Hoffnung mehr besteht, ihn wiederzusehen.«

Wittiges schwieg einen Moment lang, Felix' Erwähnung hatte ihn mehr aus der Fassung gebracht als die Andeutung über Ulf. »Wie kommst du darauf, dass Ulf mein Bastard ist?«, stieß er endlich hervor.

Seufzend streckte Gogo die Beine aus. »Ich hab zwar nur noch ein Auge, aber mit diesem sehe ich ausgezeichnet. Die Abstammung steht dem Jungen ins Gesicht geschrieben. Ich könnte wetten, du hast in seinem Alter genauso ausgesehen.«

»Unfug«, widersprach Wittiges. »Er ist blond, blauäugig, groß und kräftig – wie unzählige andere Jungen auch. Wenn das allein zählte, sind die anderen ebenfalls meine Bastarde, oder?«

Gogo schüttelte den Kopf und verzog den Mund zu einem schiefen Lächeln. »Was soll das? Du brauchst dich des Jungen weiß Gott nicht zu schämen. Glaub mir, die Ähnlichkeit ist unübersehbar. Du musst einmal beobachten, wie er mit Pferden umgeht. Da spricht der Vater aus ihm. Und überhaupt: Warum schickst du den Jungen in die Schule, wenn er nicht dein Sohn ist?«

Ich habe meiner Frau versprochen, dass es für mich nur einen Sohn und Erben gibt: Felix!, dachte Wittiges. Ihn liebe ich, wie ich nur je einen Sohn lieben könnte, und ich will die Hoffnung, ihn wiederzubekommen, nicht aufgeben. Ulf anzuerkennen würde Verrat an Felix bedeuten.

»Ich hoffe, dass ein guter Verwalter aus ihm wird.«

»Entscheide dich. Entweder erkennst du ihn an, oder du bringst ihn auf dein Gut zurück. Was dort aus ihm wird, ist nicht meine Sache.«

»Hab ich noch ein bisschen Zeit für die Entscheidung?«

»Wie viel Zeit brauchst du?«

»Ich soll herausfinden, was aus Merowech geworden ist, wie du weißt.«

Unwillig nickte Gogo. »Bis zum Herbst muss die Sache mit Ulf geklärt sein.«

Wittiges vermutete, dass Gogo ihm die Entscheidung aufzwingen wollte, um das Erbe zu sichern, das er einmal hinterlassen würde. Ein Erbe für einen Sohn, der am Königshof zu einem vertrauenswürdigen Gefolgsmann des kleinen Königs erzogen werden konnte. Gogo dachte als einer der Wenigen bei Hof langfristig und ohne ausgeprägten Eigennutz.

Noch am gleichen Tag bestellte Brunichild Wittiges zu sich. Er wäre dieser Begegnung unter vier Augen gern ausgewichen und hätte sich lieber unverzüglich nach Paris aufgemacht, wo er Merowech vermutete, falls dieser überhaupt noch lebte. Noch befanden sie sich in der guten Jahreszeit, aber die Tage wurden merklich kürzer und kühler und mahnten ihn, keine Zeit zu verlieren. Im Palast roch es nach getrocknetem Lavendel, Rosenblüten und den Schalen der seltenen Pomeranzen, der Liebesäpfel, die die Römer in Kübeln mit in den kühlen Norden gebracht hatten.

Eine mit eingeritzten Ornamenten verzierte kostbare Glasschale stand in Brunichilds Empfangsgemach gleich hinter der Tür auf einem Eibenholztischchen. Beiläufig steckte Wittiges eine Hand in raschelnde Blütenblätter.

Die Königin saß, einen Stickrahmen in der Hand, am Fenster, aber er ließ sich von dieser Häuslichkeit nicht täuschen. Sie wollte etwas von ihm.

»War es dir ernst damit, was du über mich in der Ratsversammlung gesagt hast?«, fragte er sie, kaum dass er eingetreten war und sich knapp vor ihr verneigt hatte. Ihr Gesichtsausdruck verhärtete sich schlagartig. Anscheinend verstand sie Wittiges sofort. Sie warf den Stickrahmen auf den Boden und verschränkte die Arme vor der Brust.

»Meine Bemerkung über deine Treue?«, fragte sie stirnrunzelnd. »Nein, natürlich nicht. Du wirst mich ebenso verraten wie jeder andere, wenn du einen triftigen Grund dafür hast.«

»Das erleichtert mich«, gab Wittiges unumwunden zu und angelte sich mit dem Fuß einen Schemel heran.

»Du hasst mich wegen Felix«, stellte Brunichild sachlich fest und schwieg dazu, dass er sich ohne Erlaubnis setzte. Nur ein kurzes Heben der Augenbrauen zeigte an, dass sie sich seines wie so oft allzu lässigen Benehmens bewusst war.

»Und weil du meine Frau so gut wie umgebracht hast.«

»Nein!« Brunichild schlug die Hand vor den Mund. »Das sagst du, um mich zu treffen, weil du weißt, wie sehr ich an ihr hänge«, flüsterte sie.

»Ich sage es, weil es die Wahrheit ist. Ist das alles, was du mit mir zu besprechen wünschst?« Er blickte angelegentlich in eine Zimmerecke.

»Es geht ihr nicht besser?«

»Nein, als ich sie zuletzt sah, nicht.«

Sie stieß einen zittrigen Seufzer aus. »Ich hatte so gehofft, dass …«

»Ich auch«, unterbrach er sie brüsk.

»Nun gut.« Brunichild starrte vor sich hin. »Also auch du hast weder Verständnis noch Mitgefühl für meine Lage.« Allmählich wurde ihre Stimme lauter. »Ja, glaubst du denn, ich handle gern so, wie ich es muss? Niemand fragt nach meinem Opfer oder meinem Leiden, ich bleibe allein mit meinem Kummer. Ja, ich weiß, du glaubst, ich hätte weder ein Gewissen noch eine Seele.«

Wovon sprach sie? Von Aletha oder von Felix? Er blieb stumm und verschloss sich innerlich gegen alles, was sie zu ihrer Entlastung vorbringen mochte, es war ohnehin vorhersehbar.

»Wirst du nach Merowech suchen?«, fragte sie mit bebender Stimme. »Auch wenn du ihn nicht magst? Streite es nicht ab, ich weiß es. Dennoch, ich vertraue dir. Du wirst ihn retten, wenn du kannst, nicht wahr? Du hast es schon einmal getan.«

Da wusste ich nicht, wer dieser einsame Reisende war, den wir auf dem Weg nach Chalon trafen, dachte Wittiges müde.

»Wittiges?«

Er gab sich einen Ruck. »Wenn du mir gestattest, mich danach auf die Suche nach meinem Sohn zu machen. Ich will wenigstens herausfinden, was mit ihm geschehen ist. Und wer ihn entführt hat«, knurrte er. Denn das war es, was er die ganze Zeit im Sinn gehabt hatte, seit dieser Kriegszug vorbei war.

»Einverstanden. Du kannst gehen«, sagte sie kalt.

Wittiges stand auf, verneigte sich diesmal förmlich, und im Aufrichten trafen sich ihre Blicke. »Sag mir nur eines: Liebst du deinen Mann?«, fragte er eindringlich, bevor er sich zurückhalten konnte.

14 Aus einem der oberen Stockwerke beobachtete Fredegund einen Wanderhändler, der sich unten im Hof mit ein paar Mägden und Knechten unterhielt. Offensichtlich führte er ihnen seine bescheidenen Waren vor, die er in einem kleinen Kastenwagen mit sich führte, vor den ein stämmiger kleiner Gaul gespannt war. Etwas an dem Mann, der eine hässliche Kappe trug und ein wenig gebeugt ging, erregte ihre Aufmerksamkeit. Nach einer

Weile kam es ihr so vor, als mache er sich kleiner und älter, als er war. Hoffte er, dass er mehr von seinem Tand loswurde, wenn er sich den Anstrich eines bemitleidenswert schwächlichen, aufs Alter zuwankenden Kerls gab?

Der Mann war nicht alt, dafür bewegte er sich nicht steif genug.

Vor wenigen Tagen hatte einer der verbannten Freunde Merowechs versucht, einen *referendarius* der Kanzlei auszuhorchen. Es war schon erstaunlich, dass er sich überhaupt zurück in die Hauptstadt gewagt hatte, noch erstaunlicher, dass er offensichtlich noch an Merowech hing. Dieser hatte also doch nicht alle Verbündeten verloren. Leider war ihnen der Mann entwischt, der *referendarius* hatte den Vorfall zu spät gemeldet.

Fredegund hatte Chilperich eindringlich vor solchen Vorkommnissen gewarnt, in der Hoffnung, dass er mit seinem Sohn diesmal kurzen Prozess machte. Aber er weigerte sich strikt. Eine solche Tat, ging ihr erst nach und nach auf, beschädigte gewissermaßen den magischen Schutz, unter dem er selbst stand. Achtete er das königliche Blut seines Sohns gering, wäre das ein Zeichen für seine Gegner, dass auch sein eigenes nicht mehr heilig wäre. Immerhin hatte er Merowech eine Tonsur scheren und zum Priester weihen lassen, sobald man ihn nach Paris gebracht hatte. Es war genau die Strafe, die er ihm bereits früher angedroht hatte.

»Du lässt ihn doch nicht hier, wo er so viele Freunde und Verbündete hat, oder? Hier musst du immer damit rechnen, dass dir einer von ihnen oder sogar er selbst einen Dolch in den Rücken stößt«, hatte Fredegund zu bedenken gegeben.

»Nicht Merowech«, hatte Chilperich abgewunken, »so hinterhältig ist er nicht. Er ist nur ein unverbesserlicher Dummkopf, sonst nichts. Nein, er bleibt nicht hier. Ich schicke ihn ins Kloster nach Le Mans. Bertram wird die Verantwortung für ihn übernehmen, ich vertraue ihm.«

Bertram also, das trifft sich gut, dachte Fredegund und überlegte, ob sich ihr Liebesverhältnis mit dem Bischof von Le Mans dazu ausnutzen ließ, ihn zum Mord an seinem Schützling zu bewegen. Denn Merowech musste beseitigt werden, daran gab es für sie keinen Zweifel. Anders als Chilperich beurteilte sie seine älteren Söhne viel zutreffender und klarer: Beide warteten nur auf eine Gelegenheit, dem Vater die Macht zu entreißen.

Fredegund sah, wie der Händler, ein Pferdegeschirr über den Arm gelegt, mit einem der Knechte in Richtung der Ställe davonging. Im Stallhof herrschte immer Betrieb, er zog vor allem Männer magisch an, die gern dort herumsaßen, unter einer der großen Linden kühles Bier tranken und sich über eines der drei Themen austauschten, die sie alle beherrschten: Krieg, Pferde und Frauen. Kurz bevor der Mann ihrem Blick entschwand, überkam sie wieder das seltsame Gefühl, dass etwas an ihm nicht stimmte und dass – eine noch befremdlichere Eingebung – sie ihn schon einmal gesehen hatte.

Gott ja, sie kannte ihn!

Das Wichtigste hatte Wittiges von einer blutjungen Magd erfahren, der neuen Geliebten von Chilperichs ältestem Sohn Chlodowech, die sich nicht wenig auf ihre intimen Kenntnisse der Familienangelegenheiten einbildete. Merowech lebte, und er war in ein Kloster in Le Mans verbannt worden.

Mehr brauchte Wittiges nicht zu wissen, nun musste er nur noch heil die Stadt verlassen. Aber erst hatte er mit dem Käufer eines Pferdegeschirrs einen Becher sauren Weins zu leeren, um den Handel zu besiegeln, danach trieb ihn ein dringendes Bedürfnis in einen stillen Winkel hinter dem Stall. Hier stand ein hoher, dürrer Baum, der seine Äste über die Mauer neigte, die den ganzen Palastbezirk umzog. Wahrscheinlich gedieh der Baum nicht ordentlich, weil hier jeder pisste. Es stank derartig, dass sich Wittiges die Nase zugehalten hätte, wäre er nicht beidhändig beschäftigt gewesen. Mit der einen Hand hielt er die Tunika hoch.

»Ich hab ihn größer in Erinnerung«, bemerkte eine spöttische Stimme hinter ihm.

Zusammenzuckend pinkelte sich Wittiges auf die Schuhe, beendete dann aber ruhig sein Geschäft und brachte seine Kleidung in Ordnung.

»Immer noch so offenherzig wie früher«, murmelte er und wandte sich um.

Fredegund war allein, zumindest entdeckte er hinter ihr keinen Krieger, vermutete aber, dass sich zwei oder drei in Rufnähe vor dem Stallgebäude aufhielten. Sie war schließlich keine Närrin.

»Und du bist auf den Hund gekommen«, stellte sie fest. »Verdienst du nach der letzten Niederlage dein Brot als Hausierer? Ich hab dich mit deinem Klapperkarren im Hof beobachtet.«

»Man muss schauen, wie man zurechtkommt«, erwiderte Wittiges gleichmütig.

»Oder kann es sich Brunichild nicht mehr leisten, ihre Spione anständig zu entlohnen?«

Damit waren sie also beim Thema, sie wusste, warum er in Verkleidung hier herumschlich.

Er schwieg.

»Was willst du wissen? Darf ich dir mit Informationen behilflich sein, damit du rascher von hier verschwinden kannst?«, fuhr sie aufgeräumt fort.

»Was kostet das?« Wittiges lehnte sich gegen die urinfleckige Mauer. Fredegund trug ein grünes Kleid aus weich fallendem Wollstoff, den er erstaunt als einen aus der Fertigung von *casa alba* erkannte. Er schmeichelte ihrer etwas fülligen Figur. Da sie die Ecke des Gebäudes im Auge behielt, rechnete er damit, dass sie dem Gespräch urplötzlich ein Ende setzte. Ein Schrei von ihr genügte, den Rest erledigten ihre Krieger. Sollte er sie daran erinnern, dass er ihr in Soissons die Flucht ermöglicht hatte?

Sie stieß ihn leicht gegen die Brust. »Du bekommst die Informationen gratis. Sag deiner Königin, dass sie ihren zweiten Gemahl genauso verloren hat wie den ersten. Aber vielleicht schreib ich ihr einen Brief. Das würde sicherstellen, dass du die Nachrichten nicht verdrehst oder entstellst.«

»Du kannst schreiben? Darauf wäre ich nie gekommen.«

Die Bemerkung ärgerte sie sichtlich. Auf einmal war alle aufgesetzte Freundlichkeit verschwunden. »Ich verwalte meine Güter selbst, das lass dir gesagt sein, und selbstverständlich beherrsche ich Schreiben und Lesen.«

Er hatte etwas anderes gehört, wollte aber auf keinen Fall darauf beharren. Sein Karren mit dem Pferd stand noch vor dem Palast. Auf den Karren konnte er verzichten, auf das Pferd dagegen nicht. In den Sattel des Falben eingenäht befand sich ein Vermögen in *Goldsolidi*. Es war das Geld für die Reise in den Süden, die er antreten würde, sobald er seinen Auftrag erfüllt hätte. Von unterwegs würde er Brunichild einen Brief schreiben und ihn mit einem verlässlichen Boten nach Metz schicken. Dadurch entging er einem neuen Auftrag, der ihn zweifellos verpflichten würde, Merowech aus Le Mans zu befreien.

Ein Geräusch schreckte ihn aus seinen Überlegungen. Fredegund klatschte laut in die Hände. Noch während er dachte, was für ein Miststück sie war, stürmten fünf Männer um die Stallecke. Gleichzeitig rammte ihm Fredegund mit voller Wucht das Knie in den Schritt. Wittiges krümmte sich vor Schmerz.

Es gelang ihm nicht einmal, Schwert oder Dolch zu ziehen. Einer der Männer schlug ihm mit einem schweren Knüppel ins Kreuz. Er fiel kopfüber in den Dreck und wurde, bevor er sich zur Wehr setzen konnte, systematisch zusammengeschlagen. Mehrere Tritte erhielt er in die Nieren und in die Rippen, von denen mindestens eine mit einem trockenen Knacken brach. Am Ende hatte er das Gefühl, keinen heilen Knochen mehr im Leib zu haben, und es hörte noch nicht auf. Einer der Knechte schlug ihn immer wieder gegen den Kopf, obwohl er sich dagegen mit den Armen zu schützen versuchte. Dass keiner seiner Peiniger auch nur ein Wort sprach, empfand er als besonders grauenvoll.

Von fern hörte er ein letztes Mal Fredegunds Stimme, dann wurde er an den Armen gepackt und weggeschleift. Ihm schwanden die Sinne.

Als er aufwachte und sich der Schmerz wieder in sein Bewusstsein stahl, befand er sich in halb sitzender Stellung in einem großen, eiskalten Raum mit niedriger gewölbter Decke und einer blakenden, im Verlöschen begriffenen Fackel. Eisenketten zogen sich von seinen Handgelenken bis zu einem Ring in der Wand hoch über seinem Kopf. Während der Schmerz zu einer Feuersbrunst anwuchs, die durch seinen geschundenen Körper raste, bemerkte er ein Stück von seinen Füßen entfernt eine große eingetrocknete Blutlache. Die Wände schwitzten Kälte und Nässe aus, die Oberfläche der groben Steine wirkte schmierig, und alle Einzelheiten verrieten Wittiges eindrücklich, dass er sich an einem Ort der Hoffnungslosigkeit befand. Er machte sich keine Illusionen. Ihm stand eine Leidenszeit bevor, die nur ein bestimmtes Ende finden konnte, und er fragte sich, wann Fredegund zu der Meinung kam, dass er genug gebüßt hatte. Früher, dessen war er sich sicher, hätte sie ihn laufen lassen. Aber mittlerweile war sie härter und gnadenloser geworden. Er hätte sie in Chalon gefangen nehmen müssen, seine eigene Milde oder vielmehr Schwäche ihr gegenüber zahlte sich nicht aus.

Die Zeit verging in einem unheiligen Gleichmaß. Beinahe täglich wurde er morgens und abends geschlagen, bis er zu winseln begann, und wieder sich selbst überlassen. Einmal am Tag erhielt er ein Stück altes, trockenes Brot, das ihm oft die Ratten wegfraßen, weil er zu müde war, es zu verteidigen. Dazu gab es einen Becher abgestandenes, leicht faulig schmeckendes Wasser. Als sich seine Beine mit Schwären bedeckten, begann er zu begreifen, dass es sein Los war, bei lebendigem Leib zu verfaulen, und er überlegte, ob es nicht besser wäre, auf jegliche Nahrung und das ungenießbare Wasser zu verzichten, um den Prozess abzukürzen.

Eines Morgens fielen die Eisenschellen, mit denen er gefesselt war, einfach auseinander, als er sich beim Aufwachen bewegte. Er spürte eine sachte Erleichterung und rieb sich die aufgeschundenen Handgelenke, während er wie irre lachte. In welcher Stellung wollte er sterben? Jetzt konnte er es sich aussuchen. Kichernd krümmte er sich zusammen, streckte sich wieder, erhob sich auf die Knie und kroch langsam, unendlich langsam vorwärts.

Sein Ziel war die Wand neben der Tür, wo eine Fackel brannte. Es kam nur ab und zu vor, dass ihm die Kerkerknechte ein Licht daließen, heute war anscheinend ein solcher Gnadentag. Durch die Tür zog es mächtig herein. Neugierig kroch er näher, stieß sie an und sah sie aufschwingen. Der Gang vor der Tür war menschenleer.

Dem Gefühl nach brauchte er mindestens eine Stunde, um das Ende des Gangs zu erreichen, wo er sich aufrichtete, und noch einmal so lange, um sich Stufe für Stufe die Wand entlang, die Treppe hinaufzuschleppen. Zum bewussten Denken fehlte ihm die Kraft. Er vermochte sich lediglich auf die nächste Bewegung zu konzentrieren, das war anstrengend und verwirrend genug. Zwischendurch meinte er immer wieder zu träumen. Im Erdgeschoss fand er eine schmale, quietschende Pforte, die ins Freie führte. Niemand war ihm entgegengetreten und hatte ihn aufgehalten. Es *musste* ein Traum sein!

Mit benebelten Sinnen ließ er sich auf die ausgetretene Schwelle sinken. Draußen herrschte Dämmerung, ob es der beginnende Morgen oder Abend war, wusste er nicht. Er genoss nur vorsichtig die reine, wenn auch schneidend kalte Luft.

Seiner Einschätzung nach befand er sich am Ende eines Nebentrakts, der an die Umfassungsmauer angebaut war. Von hier konnte es nicht weit zu den Küchen, Wirtschaftshöfen und Ställen sein und dennoch unerreichbar für seine geschwächten Glieder. Er vermochte nicht klar zu sehen, alles verschwamm ihm vor den Augen, und so war auch die Gestalt, die langsam auf ihn zukam, zuerst nicht mehr als ein Schemen.

Mach's bloß kurz und richtig, dachte er.

»Jetzt sitzen die Bettler schon hier auf der Schwelle. He, pack dich!«

Wittiges stieg der süßliche Geruch frischer Milch in die Nase, und ihm schwindelte noch stärker, als es ohnehin der Fall war. Vor sich erahnte er eine Magd mit einem Holzeimer.

»Bitte!«, röchelte er.

Die Milchmagd stieß ihn mit dem Fuß an. Haltlos rollte er die Stufen hinunter und blieb liegen, während er ihren Aufschrei hörte. Wenig später wurde er vorsichtig aufgerichtet, und große graue Augen sahen ihn an.

»Was ist das?« Ihr Finger glitt über seine Wange, aber er stöhnte auf, denn sie berührte eine der schmerzenden Stellen, die sicher blau verfärbt und schorfig waren. Angst und Mitleid leuchteten in ihrem Blick auf, aber ebenso Abscheu. Sie rückte ab.

»Bitte, Milch!«

Er schloss vor Verlangen die Augen, hörte, wie sie mit ihrem Eimer hantierte, und konnte es kaum fassen, als sie ihm den hölzernen Rand an die Lippen hielt. Eine schreckliche Gier überkam ihn. Er packte mit beiden Händen den Eimer und schlürfte in langen Zügen die Milch, die ihm seitlich übers Kinn lief, bis ihm die Magd den Kübel entriss.

»Mehr, mehr!«, wimmerte er.

»Du hast genug. Und jetzt hau ab!«, schimpfte sie angewidert und verließ ihn.

Vielleicht war es gut, dass sie ihm nicht mehr gegeben hatte, denn nun überkam ihn Brechreiz. Die Hand auf den Mund gepresst, setzte er seinen Weg fort und schaffte es mit Mühe, die Milch bei sich zu behalten. Inzwischen überzog ein fahles Grau den Himmel. Wintergrau, stellte er überrascht fest. Die Kälte roch nach Schnee. Natürlich gab es Wachen in diesem Teil des Palasts, aber wenn ihn die Magd für einen Bettler hielt, würden es vielleicht auch andere tun. Gebeugt schlich er an den Mauern entlang, ständig lauschend. Nur selten hob er den Kopf, um sich zu orientieren, und schlurfte schließlich in den Stall, wo die Frühaufsteher unter den Knechten gerade die Morgenarbeit aufnahmen.

»Raus, los, los, raus hier!« Ein Knecht packte ihn am Arm und stieß ihn auf die Tür zu. Wittiges zog den Kopf tiefer zwischen die Schultern und torkelte durch den Gang zwischen den niedrigen Holzverschlägen, in denen meist mehrere Tiere untergebracht waren. Sobald er einen offenen Verschlag erspähte, ließ er sich hineinfallen und kroch zu einem hinten an der Wand aufgetürmten Strohhaufen. Darin versteckte er sich den ganzen Tag über und wagte sich erst in der Nacht wieder hinaus. In diesem Stall standen Klepper, wie sie für Knechte und andere niedere Bedienstete bereitgehalten wurden. Daher nahm er an, dass auch sein Pferd hier untergebracht war. Er kroch zwischen den Tieren umher, pfiff leise und lauschte angestrengt. Bauto, sein alter Bauto, hätte sich längst durch ein helles kurzes Wiehern bemerkbar gemacht, aber der Falbe, den er nach Paris geritten hatte, war schlecht dressiert. Er antwortete nicht. Oder hörte er ihn bloß nicht? Da sein Gehör durch die Haft und die Entbehrungen gelitten hatte, drang jedes Geräusch nur wie durch Schichten gepresster Wolle gedämpft zu ihm. Es war reiner Zufall, dass er den kleinen Hengst schließlich fand. Natürlich war der Sattel mit dem Geld verschwunden, er musste sich ohne ihn behelfen. Nach Sattel oder Zaumzeug zu suchen erschien ihm zu riskant, er begnügte sich mit einem einfachen Halfter, das an einem Pfosten hing.

Seiner Berechnung nach blieben noch drei Stunden bis zum Morgengrauen. Er folgte keiner genauen Überlegung, ließ aber die Brücke, die von der Seineinsel zur Stadt hinüberführte, links liegen. Dort standen mit Sicherheit Wachen. An der äußersten, unbebauten Spitze der Insel glitt er, das Halfter dreimal um die Hand geschlungen, ins Wasser. Zum Schwimmen war er viel zu schwach, aber er brauchte nur den Kopf über Wasser zu halten, denn der Hengst zog ihn ans gegenüberliegende Ufer.

Zwei Stunden später erreichte er ein Kloster außerhalb der Stadt und fiel vor der geschlossenen Pforte vom Pferderücken.

Fredegund fragte sich, was sie dazu gebracht hatte, einer sentimentalen Regung nachzugeben. Sie hatte die Wachen angewiesen, die Handfesseln und die Kerkertür aufzuschließen, als der Gefangene noch schlief, hatte aber nicht wirklich damit gerechnet, dass Wittiges die Gelegenheit zur Flucht ergriff. Doch dann hatte sie selbst beobachtet, wie er krank vor Schwäche frühmorgens an einer Mauer entlanggeschlichen war, und hatte dagegen angekämpft, ihn wieder ergreifen zu lassen. Die letzte Entscheidung über ihn sollte das Schicksal selbst treffen, nicht sie. Auf diese Weise stattete sie ihm ihren Dank dafür ab, dass er sie in Soissons hatte laufen lassen. Irgendwie hatte sie ja doch eine Schwäche für ihn, wenn auch keine besonders große. Und was konnte er schon ausrichten, falls er lebend aus Paris entkam? Merowech befand sich längst nicht mehr in der Stadt.

15 Wittiges verbrachte ewig gleiche Tage zwischen Traum und Schlaf, merkte nur am Rand seiner Wahrnehmung, wie er mit flüssiger und fester Nahrung versorgt wurde, und ließ alles gottergeben mit sich geschehen. Hin und wieder wurde er auf einen Eimer gesetzt, damit er Blase und Darm entleerte, danach versank er erneut in Halbdämmer, denn auch die geringste Anstrengung führte zu völliger Erschöpfung. Hitze und Kälte, die seine Zähne klappern ließ, wechselten sich ab. Die halblauten, aber manchmal auch scharfen Unterhaltungen, die an seinem Lager geführt wurden, nahm er nur als gelegentlich störende Geräusche wahr. Aber als ihn jemand sacht und hartnäckig auf die Wange schlug, riss er verärgert die Augen auf.

Er blickte in ein mild lächelndes rundes Gesicht, in dessen Stirn sich ein paar graue Strähnen ringelten. »Wusste ich's doch. Du bist wach. Das Fieber ist endlich gesunken. Nun, mein Freund, wie geht es dir?«

Vater Christophorus leitete das Kloster. Es war die Stiftung eines frommen Mannes, der auf einem der vielen Pilgerwege nach Tours eine einfache Herberge hatte errichten wollen, daher war das Pilgerhaus größer als das den Mönchen vorbehaltene Wohngebäude. Das gesamte Kloster nebst der Kirche bestand nur aus Holzrahmenwerk, ausgefacht mit Stroh und Lehm, der in der Winterkälte vor sich hinbröckelte und dem Wind überall Einlass gewährte. Die reicheren Pilger auf dem Weg zum Grab des heiligen Martin suchten daher meist komfortablere Unterkünfte auf. Das einigermaßen gehaltvolle Essen – meist Erbs- oder Kornbrei mit geschmolzener Butter oder etwas geräuchertem Speck – brachte Wittiges aber langsam wieder auf die Beine. Noch wackelig tappte er wie ein Welpe hinter Vater Christophorus her und lernte wieder laufen. Christophorus schimpfte auf den König, der ein Testament zugunsten des Klosters, das ihm zwei Bauernhöfe eingebracht und die finanzielle Lage erheblich verbessert hätte, für nichtig erklärt hatte. Außer Wittiges befanden sich nur noch drei Pilger als Dauergäste im Kloster, zwei davon litten wie er an einer fiebrigen Erkrankung und der dritte starb, während er sich bereits auf dem Weg der Besserung befand.

Wenn die Mönche gerade nicht in ihrer zugigen Kirche beteten, sich um die Pilger kümmerten oder ihr Vieh versorgten, stritten sie erbittert um Nichtigkeiten. Allesamt liefen sie in lumpigen Kutten herum, und ihre ungewaschenen Leiber stanken schlimmer als ein Fuchsbau.

Wittiges fühlte sich längst nicht wiederhergestellt, als ihm Vater Christophorus freundlich, aber bestimmt mitteilte, das Kloster könne ihn nicht länger beherbergen. Vor allem sein Pferd fraß ihnen trotz der geringen Größe die Haare vom Kopf. Wittiges sah ein, dass er die Mildtätigkeit der Mönche nicht länger in Anspruch nehmen durfte, zumal er sich keineswegs auf einer Pilgerfahrt befand. Er wusste nicht, ob Vorsicht oder Rücksicht Christophorus davon abgehalten hatte, ihn zu fragen, wie er überhaupt in den elenden Zustand geraten war, bevor ihn die Brüder vor der Klosterpforte gefunden hatten. Zwei Wochen hatte er bei ihnen verbracht, und zweifellos verdankte er den Mönchen sein Leben. Hätte er Geld besessen, hätte er es ihnen gegeben, so aber, völlig mittellos, musste er zum letzten Mal ihre Mildtätigkeit in Anspruch nehmen. Seufzend reichte ihm Christophorus einen kleinen Sack mit Proviant herauf, nachdem Wittiges sich mit seiner tatkräftigen Hilfe auf den Rücken des Falben gesetzt hatte. Statt seiner eigenen Kleidung, die völlig zerfetzt gewesen war, trug Wittiges eine alte Kutte und darüber statt eines Mantels ein großes löchriges Tuch, ebenfalls ein Abschiedsgeschenk, zusammengehalten von einer krumm gebogenen eisernen Nadel. Als er sich zum Tor wenden wollte, fielen ihm die beiden Silberfibeln ein, die in seinem alten Mantel gesteckt hatten, aber danach gefragt zu werden, hätte Vater Christophorus sicher als Beleidigung aufgefasst.

»Möge Gott über dich wachen«, sprach Christophorus salbungsvoll zum Abschied und winkte Wittiges ungeduldig zum Tor hinaus.

Ein milder Winter war hereingebrochen, der die schneelose Landschaft trist und grau erscheinen ließ. Wittiges befand sich nördlich von Paris in einer waldreichen, von Bächen durchzogenen Gegend, in der es große Gehöfte und kleine Weiler gab, in denen er um Unterkunft bitten konnte. Aber bevor er am ersten Abend den Weg zu einem solchen Gehöft einschlug, schnitt er sich die Haare kurz und schabte sich unter großer Mühe eine Tonsur. Das Messer stammte aus der Klosterküche, und ein wenig plagte ihn das schlechte Gewissen, weil er es hatte mitgehen lassen. Es bildete seine einzige Verteidigungswaffe neben einem kräftigen Stock, den er sich gleich im ersten Wald zurechtgeschnitten hatte.

Am dritten Abend näherte er sich einem Gehöft, das ihn der Größe wegen an Theodos Hof erinnerte. Bisher hatte er die Erfahrung gemacht, dass er in den kleinen Gehöften eher Aufnahme fand, dennoch wollte er hier um ein Nachtquartier bitten.

Wie üblich war das Anwesen von einer breiten, undurchdringlichen Hecke aus dornigen und stachligen Sträuchern umgeben. In Tornähe erreichte ihn der Klang zweier Männerstimmen. Die eine lispelte deutlich. Jeder S-Laut endete in einem Zischen, das an eine Schlange erinnerte und der Stimme etwas Verschlagenes und unterschwellig Bedrohliches gab, aber vielleicht bildete er sich das nur ein. Es schien ihm jedenfalls geraten, erst einmal zu lauschen, bevor er entschied, ob er hier vorsprechen sollte.

»Warum hier?«, fragte einer der Männer.

»Wegen der Lage natürlich. Der Hof hat keine Nachbarn und ist gut zu verteidigen. Ein perfekter Treffpunkt.«

»Und wie locken wir ihn her?«

»Das dürfte leicht sein. Ihm ist jeder willkommen, der sich ihm anschließen will. Sobald er hier ist, geben wir ihr Nachricht. Und dann…«

Wittiges dachte nach. Was er da gehört hatte, klang nach einer Verschwörung. Wer war mit *er* oder *sie* gemeint? Allerdings gab es überall und immer wieder Verschwörungen, und mit dieser hatte er nichts zu schaffen.

Die zischende Stimme stockte. »Da ist jemand. Siehst du ihn? Du stehst…«

Die Hecke war wohl doch nicht so dicht, wie Wittiges angenommen hatte. Er trieb dem Pferd die Fersen in die Weichen, trabte an und galoppierte am Tor vorbei. Als er glaubte, der Gefahr entronnen zu sein, hörte er hinter sich Hufschlag. Leider führte der Weg durch halb offenes Gelände. Zwischen den einzeln stehenden Bäumen fehlte das Unterholz, das Sichtschutz hätte bieten können. Dennoch verließ Wittiges den Weg und lenkte das Pferd tiefer in den Wald hinein, immer auf der Suche nach einem Versteck. Er konnte doch jetzt so kurz vorm Ziel nicht scheitern! Noch ein Tagesritt, und er wäre zu Hause.

Stimmen schallten hinter ihm her, und als er sich umwandte, meinte er, einen Reiter zu sehen, der ihm viel zu dicht folgte.

Immer noch kein Versteck.

Als er schon die Hoffnung aufgeben wollte, seinen Verfolgern zu entkommen, erreichte er den Rand einer sumpfigen, mit Schilf bestandenen Mulde, durch die ein träger Bach floss. Wittiges lenkte das Pferd hinein, glitt von seinem Rücken und trieb das Tier mit einem Schlag auf die Kruppe weiter, während er blieb und sich zwischen die Halme in den Schlamm duckte. Die Kälte ließ ihn sofort zittern. Lange war nichts zu hören, aber dann verrieten ihm das Klirren von Zaumzeug und andere Geräusche, dass sich seine Verfolger näherten. Er machte sich noch kleiner und zog sich die braune Kapuze über den Kopf, ganz darauf bedacht, mit dem Schlamm zu verschmelzen.

Jetzt konnte er nur noch still halten.

Das war gar nicht so einfach. Er hörte sein Herz schlagen und widerstand dem Drang hochzuschauen. Es war grauenhaft, seine Verfolger nicht sehen zu können. Er hörte ein Tier schnauben, es war ganz nahe.

Etwas stach ihn in den Rücken. Eine Schwertspitze?

»Was ist?«, fragte der eine der Männer.

»Irgendwas Armseliges«, antwortete der andere gelangweilt.

»Mach keine Scherze. Wenn du ihn gefunden hast, töte ihn, und komm aus dem Sumpf heraus«, sagte der Mann mit der zischenden Schlangenstimme ungeduldig.

»Nein, warte!« Das Schwert glitt höher, drückte Wittiges ins Genick. »Es ist ein Mönch. Ein stinkender Dreckhaufen von einem Mönch.«

»Ich sag's noch einmal: Töte ihn. Worauf wartest du?«

So elend zu verrecken, hatte sich Wittiges nie vorgestellt. Wie ein Schwein abgestochen zu werden! Seine Hände tasteten nach dem Messer, fassten aber nur in Schlamm. Es stank nach Fäulnis und Tod. Hier würde er also verrotten, und niemals würden Aletha, Pontus … und Brunichild davon erfahren …

»Das kleine Pferd gefällt mir. Hol es her, wir nehmen es mit.«

Wittiges' linkes Ohr war voll mit kaltem, klebrigem Modder. Mit dem anderem fing er ein schwaches Wiehern auf, dann trat ihm ein Pferdehuf in den Rücken, drückte ihn tiefer und tiefer in den Morast, bis er mit dem Kopf darin versank. Beim Versuch, Luft zu holen, drang ihm schlammiges Wasser in den Mund. Ein heißer Schmerz ballte sich in seiner Brust zusammen, sprengte ihm die Rippen, Angst stieg auf, Vorbote des Erstickens, siedend heiße Angst und Verzweiflung, rabenschwarze Verzweiflung über dieses unwürdige, erbärmliche Ende.

Als Wittiges auch nach Wochen nichts von sich hören ließ, nahm Brunichild an, dass er gefasst worden war. Leider konnte sie nichts für ihn tun. Aus Burgund erreichten sie Nachrichten über Aufstände, und das bedeutete, dass sie Guntram nicht einmal um Hilfe für Merowech bitten konnte.

Vor Weihnachten erreichte sie dann ein Brief ihres Gatten. Außer sich vor Freude, las sie, dass er mithilfe einiger Getreuer aus einem Kloster in Le Mans, wohin ihn Chilperich verbannt hatte, nach Tours entkommen war und dort bei Bischof Gregor, einem erklärten Gegner seines Vaters, Aufnahme und Schutz gefunden hatte.

Zufällig wusste sie, dass die Umgebung von Tours wieder einmal von Chilperichs Truppen heimgesucht wurde. Es konnte also nicht lange dauern, bis er sich über seine Hemmungen hinwegsetzen und die Klosterimmunität angreifen würde. Dieser Gefahr musste sie zuvorkommen. Aus diesem Grund hatte sie die wichtigsten Mitglieder des Rats zu sich gebeten, darunter Gogo, Lupus, seinen Bruder Magnulfus und Wandalenus. Aegidius, der Erzbischof von Reims, nahm gleichfalls an der Beratung teil.

Seit der Niederlage gegen Chilperich begegneten die Räte Brunichild immer öfter mit Ablehnung. Nur Gogo hielt unerschütterlich zu ihr und kritisierte sie allenfalls unter vier Augen. Sorgen bereitete ihr, dass er seit einiger Zeit über Gicht klagte, aber ihre Empfehlung, weniger zu trinken und zu essen, was ihm auch die Ärzte in Toledo unzweifelhaft geraten hätten, in den Wind schlug.

»Warum hast du uns rufen lassen?«, fragte *dux* Lupus nicht gerade höflich.

Durch die Pergamenthäute, die vor die Fenster gespannt worden waren, erhielt das Winterlicht einen warmen, fast goldenen Ton. Zusätzliche Behaglichkeit schufen eiserne Wärmeöfchen, in denen heiße Getränke bereitgehalten wurden. Aber die meisten bevorzugten ungemischten Wein.

Brunichild saß auf einem kleinen Podest vor einem leuchtend farbigen Wandbehang. Gogo hatte hinter ihrem Sitz Stellung bezogen, wartete, bis sich das Räuspern legte, und setzte sich dann auf einen Stuhl neben sie. Die Sitzung war eröffnet.

»Wie ihr wisst, hat mein Gemahl in einem Kloster in Tours Zuflucht gefunden. Wie gedenkt ihr, ihm eine sichere Rückkehr nach Metz zu ermöglichen? Wenn ihr ihn befreit, könnt ihr auch gleich Tours von Chilperichs Horden säubern. Ich muss euch nicht daran erinnern, dass die Stadt von Rechts wegen uns gehört«, sagte sie.

Einen der kostbaren, gold überfangenen Weinpokale in der Hand, die Brunichild vor vielen Jahren als Teil ihres Brautschatzes aus Toledo mitgebracht hatte, stand Lupus bedächtig auf. Er hielt das Glas dermaßen achtlos, dass Wein auf den Mosaikboden tropfte und es so aussah, als werde er es gleich fallen lassen. Am liebsten hätte sie ihn deswegen angeschrien.

»Wir können nicht gegen Tours ziehen«, entgegnete er bestimmt. »Wir würden sonst den Norden entblößen, und außerdem steht der Winter vor der Tür. Ja, hätte es diesen Feldzug gegen Soissons nicht gegeben, sähe die Sache vielleicht anders aus. Wir müssen immer noch damit rechnen, dass Chilperich zu einem Vergeltungsschlag ausholt.« Lupus stellte einen Fuß auf das Podest und sprach nachdenklich weiter. »Es schiene mir auch nicht sonderlich ratsam, wenn dein Gatte Merowech hierherkäme. Zum einen halten ihn viele für einen Kriegstreiber, der für den Tod unserer Söhne, Brüder und Väter verantwortlich ist, zum anderen müssen wir mit einem neuen Krieg rechnen, sobald Chilperich erfährt, dass Merowech hier ist. Willst du das? Willst du einen neuen Krieg?« Anklagend schaute er sie an.

Alle blickten sie an. Und in ihren Mienen las sie die Wahrheit: Weder war Merowech hier willkommen, noch wollten sie länger von einer unvernünftigen Frau regiert werden. Gogo, wandte sie sich im Stillen an ihren letzten Verbündeten, warum trittst du nicht für mich ein? Als sie sich zu ihm umdrehte, bemerkte sie, wie er schmerzlich das Gesicht verzog. Litt er an einem Gichtanfall, oder brachte er zum Ausdruck, dass auch er ihr die Heirat nicht verziehen hatte? Merowech würde auf alle Fälle versuchen, zu ihr zu gelangen. Nur, wie konnte sie ihn vor ihren eigenen Leuten schützen?

16 Wittiges genoss in vollen Zügen mit Aletha zusammen ein warmes Bad in einem der großen Becken der hauseigenen Therme. Den Rücken an ihre Brust gelehnt, teilten sie sich einen Becher gewürzten Weins und plauderten leise miteinander. Vorher hatten sie sich im warmen Wasser behutsam geliebt. Es gab kein besseres Mittel, um die hinter ihm liegenden Schrecken zu vergessen.

Vor genau zwei Tagen war er heimgekehrt.

Als er geglaubt hatte, im Morast zu ersticken, hatte ihn ein letzter Gedanke an Aletha gerettet. Unwillkürlich hatte er die Muskeln angespannt, er hatte sich aufgebäumt, mit einer gewaltigen Anstrengung den Kopf aus dem Schlamm gerissen, keuchend nach Luft geschnappt, gehustet, Schlamm gespuckt und wieder gespuckt und dann erst gemerkt, dass seine Verfolger abgezogen waren. Pferdewiehern und Hufschlag verklangen in der Ferne. Gerade als er sich zitternd vor Kälte aus dem Dreck herausarbeitete, kam der Hufschlag wieder näher und näher, und es blieb ihm nichts übrig, als wieder zurückzukriechen. Aber er brachte es nicht fertig, den Kopf in den Modder zu drücken, um sich wieder tot zu stellen.

Es war nur ein reiterloses Pferd – sein Pferd. Der Falbe musste sich losgerissen haben, er schleifte den Zügel hinter sich her, trat vorsichtig zu ihm und senkte den Kopf zu ihm herab, bis er ihm über die Nüstern streichen konnte. Es war, als wäre Bauto in einem seiner Söhne auferstanden.

Der kleine Hengst schnoberte und wieherte leise. Wittiges griff in die lange Mähne und zog sich daran hoch, bis er sich aus dem Sumpf befreien konnte. Zum Schluss hangelte er sich auf den Pferderücken und ritt mit aller Vorsicht quer durch den Wald.

Wittiges schüttelte die Erinnerung ab. Er schenkte neuen Wein ein und ließ Aletha als Erste am Glas nippen. Es ging ihr endlich besser, allerdings ermüdete sie noch rasch. Das schien ihm nach der langen Krankheit kaum verwunderlich, die Schwäche würde sich mit der Zeit schon geben.

Sie hatten das Haus beinahe für sich allein. Viola lebte zwar nach wie vor bei ihnen, hielt sich aber entweder in den Werkstatträumen oder bei Agnes in der Kinderstube auf.

Pontus war mit einigen Knechten in den Süden gereist, um in Lyon einen neuen Schmied anzuheuern, und würde frühestens in einer Woche zurückkehren.

»Warum wollte er nach Lyon?«, erkundigte sich Wittiges. »Gibt es in Reims keine Schmiede?«

Aletha bewegte sich unruhig. Wittiges ahnte, was Pontus bewogen hatte, in den Süden zu reisen. Zweifellos würde er in Chalon Station machen, und zweifellos würde er versuchen, etwas über Felix' Verschwinden herauszufinden. Aber Wittiges glaubte nicht, dass Pontus mehr Erfolg beschieden wäre als ihm. Inzwischen war zu viel Zeit vergangen, um überhaupt noch an brauchbare Informationen zu gelangen. Falls Felix lebte, befand er sich sicherlich längst anderswo. Erstaunt bemerkte Wittiges, dass ihn zum ersten Mal der Gedanke an Felix keinen schneidend scharfen Schmerz verursachte.

»Pontus meint, manche Schmiedemeister aus dem Süden verständen sich auf Verfahren, die einen härteren Stahl hervorbrächten.«

Wittiges blieb bei seiner Meinung über diese Reise in den Süden. Hier auf *casa alba* brauchten sie einen gewöhnlichen Schmied, der sich außer auf die Anfertigung von Werkzeugen ein wenig auf die Herstellung von Waffen verstand und der den Hof, der zur Schmiede gehörte, ordentlich bewirtschaftete.

»Und er wird auf der Rückreise in Metz Station machen, hat mir aber nicht sagen wollen, warum.« Missbilligung schwang in Alethas Stimme mit.

Er will Ulf nach Hause holen, ging Wittiges auf. Nun wusste er, dass er sich bald den Tatsachen stellen musste, und überlegte, wie es wäre, wenn der Junge nach und nach Felix' Stellung einnähme. Wie würde Aletha darauf reagieren? Als hätte sie seine innere Anspannung bemerkt, begann sie, ihn sacht zu streicheln, zu kneten und zu liebkosen, und noch einmal vergaß er die bedrohliche Welt außerhalb der wohligen Atmosphäre des Bads.

Gerade rechtzeitig zum Abendessen platzte Chramm herein. Ein Sklave hatte ihn angemeldet, und Wittiges ging ihm entgegen. Als Chramm ihn sah, erhellte große Freude sein Gesicht. Ungläubig schüttelte er den Kopf und fasste Wittiges behutsam am Arm, als müsse er sich vergewissern, einen Menschen aus Fleisch und Blut und keinen Geist vor sich zu haben.

»Ich bin so froh, ich bin so grenzenlos froh, dass du wieder hier bist! Das ist wie ein Wunder, als hätte Gott meine Gebete erhört. Aber du siehst ...«

»... nicht besonders gut aus«, beendete Wittiges seinen Satz, dabei fühlte er sich frisch gebadet und ordentlich gekleidet sogar sehr wohl. »Was hat dich bewogen, noch so spät von Theodos Hof herüberzureiten? War das klug? Wir wollten uns gerade zum Essen niedersetzen. Also leg deinen Mantel ab, wasch dir die Hände, und komm mit mir. Du siehst aus, als könntest du eine Stärkung vertragen.«

Während ein Sklave für den Besucher ein kleines Bronzebecken mit lauwarmem Wasser hielt, musterte Wittiges Chramm unauffällig etwas eingehender. Sein einstiger Zögling machte einen sehr nervösen Eindruck und wirkte abgehetzt.

»Ich muss sofort mit dir reden«, stieß Chramm hervor.

»Später«, gab Wittiges gelassener zurück, als er sich fühlte, und ging bis zur Tür des Esszimmers voraus, bevor ihn Chramm aufhalten konnte.

Sichtlich beschäftigte diesen etwas so stark, dass sein Hinken stärker als gewöhnlich hervortrat. Er aß nur wenig, und sein Blick glitt auffallend häufig zu Viola, während sie vorgab, dies nicht zu bemerken. Waren sich die beiden in den letzten Wochen nähergekommen oder nicht? Aletha hatte nichts dergleichen verlauten lassen.

Als Chramm ihn nach dem Essen wieder dringend um eine Unterredung unter vier Augen bat, hätte er ihn beinahe abgewiesen. Zwar hegte er unerschütterlich die Absicht, Viola mit ihm zu verheiraten, hatte aber wenig Lust, sich gerade jetzt mit dem Vorhaben zu befassen. Vor dem nächsten Frühjahr würde die Hochzeit ohnehin nicht stattfinden. Alles, was er sich im Augenblick wünschte, waren einige Nächte ungestörten, tiefen Schlafs, kräftige Mahlzeiten und viel Ruhe, bevor er sich wieder mit irgendetwas Wichtigem oder Aufregendem beschäftigte. Immerhin wollte er in den nächsten Tagen einen Brief schreiben, der Brunichild darüber in Kenntnis setzte, was er in Paris über Merowech erfahren hatte. Aber vielleicht kam dieser Brief bereits zu spät. Dann hatte es keine Eile mehr damit.

»Morgen, Chramm, heute brauche ich meine Ruhe. Können wir morgen miteinander reden? Du schläfst am besten hier, es ist sowieso zu spät, heute noch heimzureiten.« Er schlug dem Jungen leicht auf die Schulter und zwinkerte ihm zu. »Ich weiß genau, was du auf dem Herzen hast.«

Chramm blinzelte verständnislos. »Bitte! Ich breche mein Wort, indem ich mit dir rede, aber ich kann nicht anders.«

Von einem kleinen Schwindelanfall gepeinigt, hielt sich Wittiges an einer Stuhllehne fest. »Was kannst du nicht?«

»Es länger für mich behalten. Die Sache wächst mir über den Kopf. Ich brauche deinen Rat. Ich stecke in Schwierigkeiten.«

O nein!, dachte Wittiges. Hatte der kleine Dreckskerl Viola geschwängert? Zorn wallte in ihm auf, als er sich vorstellte, die beiden hätten … Und falls Chramm Viola … Nein, schon beim Versuch, sie zu vergewaltigen, hätte sie ihm die Augen ausgekratzt und das Herz bei lebendigem Leib aus der Brust gerissen. Wie er es auch betrachtete, irgendetwas stimmte hier nicht.

Wittiges ging voran, sie durchquerten den großen Säulenhof und zogen sich in das kleine, am Ende eines kurzen Zwischenflurs gelegene Kontor zurück, in der die Geschäftsunterlagen des Guts aufbewahrt wurden. Schwerfällig setzte sich Wittiges und bat Chramm mit einer Geste, ebenfalls Platz zu nehmen.

»Willst du noch Wein?«

Chramm hatte beim Abendessen nicht mehr als einen Becher getrunken. Entschieden winkte er ab und rückte seinen Stuhl näher.

»Vielleicht ändert sich nun alles, weil du heimgekehrt bist«, sagte Chramm leise und verstummte. Mit einer ungeduldigen Kopfbewegung forderte Wittiges ihn auf weiterzusprechen.

Chramm räusperte sich und fuhr gedämpft fort. »Sie tauchten vor gut einer Woche bei mir auf. Ich hab's erst nicht glauben wollen, und auch jetzt bin ich nicht restlos überzeugt, ob er's wirklich ist. Aber er hat von Chalon erzählt und wie du ihn auf der Reise dorthin gerettet hast. Er ist wieder vor seinem Vater geflohen. König Chilperich hat ihn zum Priester weihen lassen … und …« Chramm stockte und warf Wittiges einen unglücklichen Blick zu. »Klingt das für dich unglaubwürdig? Die Tonsur ist fast herausgewachsen, aber noch erkennbar.«

Wittiges merkte, wie ihm abwechselnd heiß und kalt wurde und sich ein Gefühl von Schwäche im ganzen Körper ausbreitete, dabei war er sich eben noch so stark vorgekommen. Wie gern hätte er dieses Gespräch abgebrochen. Stattdessen verschränkte er die Arme, presste sie an die Brust und stieß heiser hervor, als ob er nicht längst wüsste, von wem die Rede war: »Wer? Sag es mir!«

»Merowech, der Gemahl der Königin«, kam prompt die Bestätigung. Ungelenk stand Chramm auf, hinkte zur Tür, hob den

Vorhang und spähte nach draußen, als ob er befürchtete, einen Lauscher zu entdecken.

»Setz dich wieder und erzählt mir alles, was du weißt!«, befahl Wittiges barsch, und Chramm gehorchte erleichtert.

Merowech, berichtete er, war die Flucht aus Le Mans gelungen, dann hatte er sich nach Tours gewandt und bei Bischof Gregor um Asyl nachgesucht. Bald aber wurde die Lage für ihn gefährlich, denn Chilperich stellte Gregor ein Ultimatum. Der Bischof sollte Merowech ausliefern. Um der Forderung Nachdruck zu verleihen, ließ Chilperich die Umgebung der Stadt erneut verheeren. Gregor hätte vielleicht nicht mehr lange standhalten können, daher hatte Merowech Tours verlassen und versucht, sich nach Burgund durchzuschlagen.

»Ist er allein? Wenn nicht, wer begleitet ihn?«, unterbrach Wittiges den Bericht.

»Männer, die mir nicht gefallen, Freunde oder Verbündete aus Paris und Soissons, die mit dem Heer nach Tours gezogen waren und das Gemetzel satt hatten. Ich glaube aber, dass ihnen die Beute zu gering war und sie sich mehr davon versprachen, sich mit Merowech zusammenzutun. Ich musste schwören, dass niemand von ihrer Anwesenheit auf Theodos Hof erfährt.«

Wittiges konnte sich ungefähr vorstellen, was das für Männer waren, man begegnete ihnen an allen Höfen. Sie waren jung und unersättlich. Ihre größte Gefährlichkeit lag in ihrer Dummheit und Unbeständigkeit, ihr Verstand gierte ständig nach Aufregung, nichts war ihnen fremder als ruhiges Überlegen – oder gar moralische Bedenken.

»Warum ist er ausgerechnet zu dir gekommen?«

»Er hatte einen Boten zu König Guntram geschickt, aber der kam mit der Nachricht zurück, dass Guntram sich entschlossen habe, ihn an seinen Vater auszuliefern, sobald er ihn zu fassen bekäme. Damit sollten neue Kriege vermieden werden. Merowech und seine Anhänger wurden tatsächlich gefangen genommen, konnten aber entkommen. Dann ist Merowech eingefallen, dass du in dieser Gegend ein Gut besitzt. Verstehst du? Er wollte gar nicht zu mir, sondern zu dir. Nur zufällig sind die Männer zuerst zu mir gelangt, aber als ich ihnen sagte, dass du verschwunden bist und niemand weiß, was aus dir geworden ist, haben sie sich auf Theodos Hof eingenistet, und seitdem ...«

Wittiges konnte sich gut vorstellen, wie Chramm unter diesen Kerlen zu leiden gehabt hatte. Da war es erstaunlich, wie halbwegs ruhig er noch wirkte. Sicher hatten sie ihn wegen seines Gebrechens gehänselt und ihn täglich seine Ohnmacht spüren lassen.

»Sie sind wie die Schweine. Sie saufen den ganzen Tag, und sie greifen sich die Mägde und ...«, fuhr Chramm voller Erbitterung fort.

»Kann ich mir denken«, warf Wittiges trocken ein. »Du brauchst mir keine Einzelheiten zu erzählen. Wer weiß, dass Merowech bei dir ist?«

Chramm schüttelte den Kopf, wie um unangenehme Vorstellungen abzuwehren. »Niemand darf ohne Erlaubnis seiner Männer den Hof verlassen, und nachts sperren sie meine Knechte in der großen Scheune ein. Einer hat versucht zu fliehen, sie haben ihn dabei erwischt und erstochen. Ich hab viel riskiert, um herzukommen, aber ich konnte nicht länger tatenlos zusehen. Wahrscheinlich haben sie mir nicht zugetraut, dass ich etwas gegen sie unternehme.« Ein verächtliches Lächeln huschte über Chramms Züge. »Ich muss sie loswerden.« Er sah Wittiges beinahe flehend an. »Diese Kerle sind unberechenbar. Wie kann das sein, dass du Merowechs Freund und Verbündeter bist? Das hat er nämlich behauptet.«

»Ich bin nicht sein Freund.«

»Aber ...« Chramm sank in sich zusammen. »Ich hatte eigentlich auf Pontus' Rat oder Unterstützung gehofft. Aber jetzt sehe ich ein, dass das dumm war, ich hätte überhaupt nicht herkommen sollen, ich bringe euch nur in Gefahr.«

Uns? Erstaunt musterte Wittiges ihn, dann ging ihm ein Licht auf.

Chramm sorgte sich um Viola, vor allem ihretwegen wollte er unter keinen Umständen, dass Merowechs Horde *casa alba* überfiel.

»Erzähl weiter. Was gibt es sonst noch?« Inzwischen überlegte Wittiges fieberhaft, was zu tun sei.

»Einer scheint ein besonderes enger Freund Merowechs zu sein. Er heißt Gailen, die beiden reden viel miteinander, wenn die anderen nicht dabei sind. Diese Männer halten meine Leute zwar fest, selbst kommen und gehen sie aber, wie es ihnen beliebt. Vor vier oder fünf Tagen sind zwei davongeritten, ich weiß nicht, wohin, aber heute Mittag sind sie zurückgekommen und haben Verstärkung mitgebracht. Es sind Männer aus einer Nordprovinz, die sich unbedingt Merowech anschließen wollen. Wittiges, was soll ich tun? Sollte nicht die Königin erfahren, dass Merowech hier ist und eine kleine Streitmacht um sich sammelt?«

»Wie viele, Chramm? Wie groß ist die gesamte Horde?«

»Etwa drei Dutzend«, flüsterte Chramm.

Wittiges dachte nach. Im Haus kehrte Stille ein, und er sehnte sich danach, sich ins Schlafzimmer zurückzuziehen. Jede Faser seines Körpers verlangte nach Ruhe. In ihm machte sich eine geheime Wut auf den jungen Mann neben sich breit, der als Störenfried aufgetaucht war und anscheinend nur zu bereitwillig die Lösung eines fast unlösbaren Problems auf ihn abschob.

»Ich glaube, Merowech ist verzweifelt«, erklärte Chramm und redete Wittiges damit unbewusst ins Gewissen. In Metz, wusste dieser, war die Stimmung entschieden gegen den Gemahl der Königin. Niemand außer Brunichild würde ihn dort willkommen heißen, denn alle Mitglieder des Rats einschließlich Gogo verdammten diese Heirat nach dem unglücklichen Feldzug gegen Soissons mehr als zuvor. Alle hatten genug von den kriegerischen Auseinandersetzungen innerhalb der weitverzweigten Merowingersippe. Wittiges dachte an seine eigenen Ländereien. Viele Felder waren unbestellt geblieben, der schlechten Ernte dieses Jahres würde eine weitere schlechte folgen, das war bereits vorauszusehen. Und so wie ihm erging es vielen Gutsbesitzern.

Und genau da lag die Schwierigkeit. Auf Merowech würde sich der Zorn der austrasischen Großen konzentrieren, und der Erste, der ihn zu fassen bekäme, würde ihn mit Vergnügen kaltmachen. Wohin also mit ihm?

»Das glaube ich dir gern«, murmelte Wittiges und erhob sich ächzend.

»Was wirst du tun?«

»Mich der Sache stellen. Ich glaube, es ist besser, du bleibst hier. Aletha wird dir ein Zimmer herrichten lassen.«

Chramm kam rascher auf die Füße als er. »Wenn du jetzt zu Theodos Hof reitest, bin ich dabei. In Cnivas Abwesenheit bin ich für alles und alle dort verantwortlich. Also behandle mich nicht wie ein Kind.«

Wittiges' Zorn auf Chramm war verraucht, es war ohnehin nur eine Anwandlung von Schwäche und Selbstmitleid gewesen. »Ich möchte, dass du bleibst und mir nicht noch einmal widersprichst«, sagte er nachdrücklich. »Ich vertraue darauf, dich hier vorzufinden, wenn ich zurückkehre. Du rufst alle Knechte zusammen, bewaffnest sie und teilst sie in Gruppen ein, die rings ums Haus Wache halten. Vorsichtshalber schickst du die Frauen und Kinder in den Wald hinauf. Bitte Viola, dir zu helfen.«

Chramms Augen leuchteten auf. »Wenn du wirklich meinst, aber …«

»Ja, das meine ich«, bekräftigte Wittiges rasch. Hoffentlich begriff der junge Esel, dass er ihm eine wichtige Aufgabe anvertraute und nicht etwa als nutzlosen Verbündeten zurückließ. Falls es stimmte, dass Merowech auf seine, Wittiges', Unterstützung hoffte, waren die Vorsichtsmaßnahmen vielleicht überflüssig, aber nach Chramms Schilderungen der Zustände auf Theodos Hof sicher nicht abwegig.

Zusammen gingen sie zurück zu den Frauen, Wittiges erklärte Aletha, was er vorhatte, und schickte einen Knecht nach seinen Waffen. Draußen im Hof warteten wenig später sein Pferd und zwei Männer aus dem Gesinde, die sich freiwillig erboten hatten, ihn zu Theodos Hof zu begleiten.

17 Niemand rief die Reiter an, als sie sich der Umfriedung näherten, anscheinend waren keine Wachen aufgestellt worden, das erschien seltsam. Sobald sie das große Tor in der mehr als mannshohen Hecke erreichten, schlug ein Hund an, aber sonst rührte sich nichts. Vorsichtig drangen sie weiter vor, stießen die Tür ins Haus auf, und dort hörten sie jemanden schluchzen. Es war eine kleine Magd, die am Feuer kniete. Mit tränennassen Wangen schaute sie auf. Wittiges ließ das Schwert sinken und beugte sich zu ihr hinab.

»Wo sind sie alle? Kannst du mir das sagen?«

Das Mädchen raffte den Kittel an der Brust zusammen, aber nicht so rasch, dass Wittiges nicht noch einige rote Male erspäht hatte. Die Kleine war offensichtlich misshandelt und höchstwahrscheinlich auch missbraucht worden. Ihr verstörter Blick, der mehr als nur körperlichen Schmerz verriet, sprach dafür. Behutsam fasste er sie unter den Armen und zog sie hoch. Sie war höchstens zwölf.

»Hab keine Angst vor mir. Du kennst mich doch.«

Sie nickte zögernd.

»Also?«

Mit zitternder Hand wies sie zur Tür. »Sie sind weg«, flüsterte sie.

Es stimmte. Wittiges' Begleiter befreiten die Knechte aus der Scheune, aber von ihnen war wenig zu erfahren. Nur das Mädchen wusste etwas. Immer wieder von Schluchzern unterbrochen, berichtete sie von einer Auseinandersetzung zwischen Merowechs alten und neuen Gefolgsleuten, die damit geendet hatte, dass alle aufbrachen und fortritten.

»Und wohin?«, fragte Wittiges zum wiederholten Mal. Sie wusste es nicht. »Und wann sind sie aufgebrochen?«

»Ist noch nicht lange her.«

Zerbrochenes irdenes Geschirr lag herum, der Boden war mit Essensresten übersät, an den Wänden waren Strohsäcke verteilt, die nach abgestandenem Bier, Wein und Erbrochenem stanken. Während sich nach und nach weitere Mägde hereintrauten und aufzuräumen begannen, kroch ein Junge unter der Treppe hervor, die ins Obergeschoss hinaufführte. Wittiges war mit wenigen Schritten bei ihm und zog ihn ans Licht des Feuers.

»Wer bist du? Was machst du hier?«

Es war ein Hütejunge, der den ungebetenen Gästen gezwungenermaßen aufgewartet hatte. Ein verschrecktes Kind, dem Wittiges erst einmal gut zureden musste, bevor es etwas sagte. Aber was dann bei der Befragung herauskam, war aufschlussreich.

»Sie haben gemerkt, dass Chramm weg ist. Dann haben sie gestritten. Einer hat gesagt, es ist nicht mehr sicher hier, und er weiß was Besseres.«

Wie groß war die Wahrscheinlichkeit, dass sich der Trupp als nächstes Ziel *casa alba* vorgenommen hatte? Aber dann hätte Wittiges ihm begegnen müssen. Dennoch. »Haben sie *casa alba* erwähnt?«, fragte Wittiges alarmiert. Er musste sofort zurückreiten.

Der Junge schüttelte den Kopf. Jemand hatte ihm wie einem Sklaven den Schädel geschoren und dabei die Kopfhaut verletzt, es sah übel aus. Sicher einer der »Scherze«, mit denen sich Merowechs Männer die Langeweile zu vertreiben pflegten. »Nein, sie sagten, sie erreichen den Hof in etwa zehn bis zwölf Stunden.«

Bis *casa alba* hätten sie nur zwei Stunden gebraucht.

»Es ist alles vorbereitet, hat einer gesagt«, ergänzte der Junge. »Es ist alles für ...« – er spuckte aus und verzog angewidert das Gesicht – »... den Prinzen vorbereitet«, beendete er den Satz. Wittiges klopfte dem Jungen begütigend auf den Rücken.

Geistesabwesend nahm er einen Becher gewürzten Weins entgegen, hockte sich ans Feuer und sann über das Gehörte nach. Ein Hof, auf dem alles für besondere Gäste vorbereitet war. *Casa alba* konnte nicht gemeint sein. Ein abseits gelegenes Gut? Während um ihn herum geredet wurde, versuchte er sich vorzustellen, wie weit Merowech in zehn bis zwölf Stunden kommen konnte, und irgendwann dachte er an einen großen Hof, der gut zu verteidigen war und an dem er auf seiner Reise nach Hause vorbeigeritten war. Und an das dort erlauschte Gespräch. Mühsam rief er sich die wenigen Äußerungen ins Gedächtnis zurück. Es war offensichtlich: Merowech, dieser Unglücksrabe, würde in eine eigens für ihn aufgestellte Falle tappen.

Wittiges hatte mehr als einen Grund, nicht noch einmal in den Verlauf von Merowechs Schicksal einzugreifen. Das musste er sich deutlich bewusst machen. Außerdem war fraglich, ob er das Schicksal überhaupt noch aufzuhalten vermochte.

Den Knechten von Theodos Hof konnte er es nicht verdenken, wenn sie Merowech nur das Schlimmste an den Hals wünschten. Knechte zählten wenig, ihr meist kurzes Leben gestaltete sich als Abfolge harter, entbehrungsreicher Tage; die wenigen besseren mit Festen und Feiern wogen die anderen kaum auf. Er konnte ihnen befehlen, sich ihm anzuschließen, aber das widerstrebte ihm. Nur seine eigenen beiden Knechte würde er mitnehmen. Er wandte sich an einen Älteren, der eine Vertrauensstellung bei Cniva, seinem früheren Herrn, bekleidet hatte.

»Ich brauche für einige Tage Verpflegung für mich und meine Leute. Und einen Boten, der in meinem Auftrag nach Metz reitet.« Wittiges ließ sich Pergament, Tinte und Feder bringen und schrieb einen Brief an Brunichild, in dem er sie davon in Kenntnis setzte, wohin sich ihr Gemahl vermutlich gewandt hatte. Der Bote würde im Morgengrauen aufbrechen. Als das abgesprochen war, ließ Wittiges sein Pferd wieder satteln.

Vier Knechte von Theodos Hof waren nicht davon abzuhalten, sich ihm als Leibgarde zur Verfügung zu stellen. Es waren allesamt junge Burschen, die darauf brannten, ihren Mut zu beweisen.

Kurz vor Mitternacht machten sie sich auf den Weg. Da der Mond aufgegangen war und von einem wolkenfreien Himmel herableuchtete, brauchten sie nicht den Morgen abzuwarten. Wittiges hatte seine Begleiter angewiesen, stets die Waffen griffbereit zu halten. Niemand durfte sprechen, alle sollten sich so leise wie nur möglich verhalten, um nur ja keine Aufmerksamkeit zu erregen. Bei einer nächtlichen Reise musste man nicht nur mit wilden Tieren rechnen, sondern vor allem mit einem überraschenden Angriff der Räuberbanden, die Straßen und Wege unsicher machten.

Der Boden war ein wenig hart gefroren, aber die dicke Laubschicht darauf dämpfte den Hufschlag der Pferde. Der alte General Cniva hatte seine Leute gut geschult, das musste Wittiges ihm lassen. Das waren keine unbesonnenen Draufgänger, sondern sie verhielten sich mustergültig. Als sie den geheimen Treffpunkt beinahe erreicht hatten, überdachte Wittiges die Sache noch einmal und entschied, den Hof zunächst allein aufzusuchen. Nach einer vorsichtigen Erkundung hatten seine Männer eine geeignete Stelle mit viel Buschwerk gefunden, von der aus sich das Tor einigermaßen im Auge behalten ließ, ohne dasss man selbst gesehen wurde.

»Ihr kommt nach, wenn ich mir die Kapuze vom Kopf streife. Das ist das Zeichen, dass keine unmittelbare Gefahr droht.«

»Und wenn du uns kein Zeichen gibst?«, fragte einer der Knechte.

Darauf wusste Wittiges keine direkte Antwort. »Benutzt euren Verstand und handelt entsprechend«, beschied er ihnen vage. Unbehaglich gaben sie sich zufrieden.

Wittiges ritt geradewegs auf das Tor zu und wurde prompt von einem scharfen Ruf aufgehalten. Wie aus dem Nichts trat ein Wächter hervor, das blanke Schwert in der Hand.

Wittiges lehnte sich im Sattel vor. »Sag Merowech, Wittiges ist gekommen«, erklärte er lässig. »Wir haben uns auf Theodos Hof leider verpasst.«

Die Augen des Mannes blitzten auf, dann stieß er einen Pfiff aus. Kurz darauf erschienen zwei weitere Männer. Einer von ihnen forderte den Besucher mit einer herrischen Handbewegung auf, in den Hof einzureiten. Wittiges schüttelte den Kopf. »Ich verlange mit Merowech zu sprechen. Hier vor dem Tor.«

Die Hand des Mannes spielte mit dem Schwertgriff, während er sich murmelnd mit seinen Kameraden verständigte. Dann nickte er und ging zurück zum Haus.

Als Merowech langsam durch das Tor trat, hielt sich jemand dicht hinter ihm.

»Wittiges! Du bist es wirklich!«, rief Merowech gedämpft und wandte sich an seinen Begleiter. »Ich hab's nicht glauben wollen. Gailen, sieh, das ist er, ich hab dir von ihm erzählt!«

Der Mann musste Merowechs enger Freund sein, von dem der Hütejunge berichtet hatte. Ein Mann gleichen Alters von mittlerer Statur, mit breiten Schultern, großen Händen und einem merkwürdig kleinen Kopf mit glattem braunen Haar. Er schaute nur kurz zu Wittiges auf, ließ den Blick über ihn hinwegschweifen und blieb stumm. Es mochte zum Schutz von Merowech sein, dass nun die anderen vortraten, aber es konnte auch bedeuten, dass der Prinz unter Bewachung stand. Wittiges vermochte es nicht eindeutig zu erkennen. Merowech wirkte hohläugig und übernächtigt, er war nicht mehr der allzu selbstsichere, leichtlebige Mann, den er kennengelernt hatte.

»Nun komm endlich herein«, sagte einer der Männer und winkte. Aus dem Hintergrund schob sich ein Bogenschütze nach vorn, und da wusste Wittiges, dass es kein Zurück mehr gab. Mit aufgesetzter Sorglosigkeit ritt er in den Hof ein und hörte, wie das Tor sofort hinter ihm geschlossen wurde.

Merowech lächelte ihn unsicher an. »Willkommen!«, sagte er leise. »Nun müssen wir nur noch auf die Leute meines Vaters warten und uns festnehmen lassen.«

Also hatte Wittiges richtig vermutet. Zwei stille Gestalten, das Gesicht zur Wand gekehrt, lagen unter der weit vorkragenden Traufe des Strohdachs, und das Blut auf dem Boden bewies, dass sie nicht mehr lebten.

»Was sind das für Männer?«, fragte Wittiges leise, während er sich dicht an Merowechs Seite hielt. Sie betraten das Haus.

»Die Toten oder die, die mich hergelockt haben?«, entgegnete Merowech. »Meine neuen Freunde sind Männer aus Therouanne. Die Stadt gehört zu den alten fränkischen Stammesgebieten oben an der Küste. Die Leute von dort dienen seit vielen Generationen meiner Familie. Fredegund stammt auch von dort«, fügte er bitter hinzu.

Also fragt er sich, ob ihm sein Vater oder Fredegund diese Falle gestellt hat, mutmaßte Wittiges und tippte auf Fredegund.

Gailen drängte sich zwischen sie. »Wir könnten immer noch einen Ausfall versuchen«, sagte er leise. Wittiges dachte an die Knechte, die ihn begleitet hatten und die sicher darauf brannten, in einen Kampf einzugreifen. Aber für wen? Ihre einzige Sorge galt seiner, Wittiges', Sicherheit. Für Merowech würden sie nicht kämpfen.

Erst einmal musste er sich Klarheit über die Lage verschaffen. »Wer gehört überhaupt noch zu dir?«, erkundigte er sich.

Aber bevor Merowech antworten konnte, meldete sich einer der anderen Männer dicht hinter ihnen.

»Wenn ihr etwas zu sagen habt, sprecht laut«, forderte er.

Wittiges zuckte zusammen. Die Stimme kannte er, das Zischen war unverkennbar. Dieser Mann war einer der beiden, die ihn in den Sumpf gedrängt und dort beinahe getötet hatten. Wieder erinnerte er sich an das belauschte Gespräch. Natürlich, das war ein Verbündeter Fredegunds, er hatte von *ihr* gesprochen. Und das bedeutete: Merowech musste verschwinden, oder er war so gut wie tot.

»Was fällt dir ein?«, fuhr Merowech den Mann an, aber der andere grinste ihn nur unverschämt an und wich nicht von der Stelle.

Wittiges' Hirn fühlte sich wie mit Werg ausgestopft an, denn die Anstrengung des langen Ritts machte sich bemerkbar, zudem meldete sich ein schrecklicher Durst. In dem großen Raum blakte in der Mitte ein Feuer, dessen Rauch sich unter dem Dach sammelte und das zwei verschüchterte Sklaven in Gang hielten. Ein paar Mägde huschten mit gesenkten Köpfen herum und versuchten, den Kriegern auszuweichen, wurden aber immer wieder gepackt und roh betatscht, es war ein widerwärtiges Treiben. Wittiges nahm einem Mädchen einen Krug ab und trank in tiefen Zügen, während er sich bis zu einem der Pfosten zurückzog, die das gewaltige Dach trugen. Von hier aus beobachtete er die Männer einen nach dem anderen. Die Krieger aus Therouanne waren an ihren besonders breiten, mit grob geschmiedeten Eisenplatten verzierten Gürteln leicht zu erkennen.

Nach einer Weile kam Wittiges zu dem Schluss, dass höchstens vier oder fünf der übrigen Krieger noch auf Merowechs Seite standen, denn es waren diejenigen, die weder mit den Therouannern tranken noch mit ihnen redeten.

Aber vielleicht war nur noch dieser Gailen als Verbündeter übrig geblieben. Einer der Männer schlenderte auf Wittiges zu und sprach ihn an. »Gehört dir dieser falbe Hengst da draußen?«

Wittiges war sofort auf der Hut. Unglücklicherweise mischte sich Merowech ein. »Warum?«, rief er zu ihnen herüber. »Willst du sein Pferd kaufen?«

Der Mann grinste. »Wozu?«, fragte er leichthin. »Wozu etwas kaufen, was mir zusteht? Ebroin« – er deutete auf den Zischler – »kommt das Pferd auch bekannt vor. Solche Pferde sieht man hier nicht. Und du hast nicht zufällig eine Kutte im Gepäck, die nach Schlamm stinkt?«

Ehe sich Wittiges versah, wurden seine Arme nach hinten gerissen. Drei, vier Männer stießen Merowech aus dem Weg, entwaffneten Wittiges, fesselten ihn und banden ihn an den Pfosten. Als er lauthals protestierte, in der Hoffnung, bis draußen gehört zu werden, stopfte man ihm einen Lappen in den Mund und band ihn mit einem Tuchstreifen fest.

Jetzt begehrte nur noch Merowech auf. »Was fällt euch ein? Was soll das?«, schrie er außer sich vor Zorn. »Warum bringt ihr ihn nicht gleich um?«

Ebroin winkte ab. »Dafür ist später noch Zeit. Hauptsache, er fuhrwerkt uns nicht dazwischen. Vor etwa drei Tagen schlich er als Mönch verkleidet um den Hof herum. Warum? Betrachte es als Vorsichtsmaßnahme, dass wir ihn gefesselt haben. Und nun gib Ruhe.« Ebroin grinste breit. »Es kann nicht mehr lange dauern, bis ...« Er beendete den Satz nicht und zuckte nur vielsagend mit den Augenbrauen.

Wittiges konnte den Kopf noch drehen. Nun fiel ihm auf, was ihm vorher entgangen war: Weder Merowech noch Gailen trugen Waffen. Sie waren also Gefangene wie er selbst. Zwei Krieger passten auf, dass niemand Wittiges zu nahe kam.

Mittags gab ihm eine der Mägde einen Schluck Wasser zu trinken, wurde aber sogleich fortgescheucht. Etwa eine Stunde später drangen von draußen Rufe herein. Etwas tat sich dort. Schon vorher hatte Wittiges bemerkt, wie Merowech immer wieder leise und mit wachsender Unruhe auf Gailen einredete, in den Augen blanke Verzweiflung. Gailen wirkte zunehmend bedrückt, aber das war aufgrund der aussichtslosen Lage kein Wunder.

Auf einmal bückte er sich, nestelte an seinem Stiefel, und in diesem Moment hätte Wittiges gern warnend aufgeschrien. Gailen zog ein Messer hervor. Fast beiläufig legte ihm Merowech die Hände auf die Schultern.

Wittiges zerrte an seinen Fesseln, hielt dann aber still. Niemand beachtete die beiden, nur Wittiges stand so, dass er das Messer sehen konnte. Es hatte eine schmale, biegsame, leicht bläulich schimmernde Klinge. Immerhin ein gutes Messer.

Die beiden Freunde sahen sich ein letztes Mal in die Augen.

Wittiges hielt den Atem an und machte sich klar, dass Merowech nichts Besseres widerfahren konnte. Lieber so, als Fredegund in die Hände zu fallen. Aber vielleicht hatte sie ihm solch ein Ende gewünscht? Damit doch endlich jemand aufmerksam wurde, trat Wittiges mit einem Fuß gegen den Pfosten. Aber in diesem Moment setzten draußen gellende Schreie ein.

Merowech nickte, fasste die Schultern seines Freundes fester und warf sich dem Messer entgegen, das ihm Gailen von unten ins Herz stieß.

Pferde wieherten schrill, die Tür flog auf, und ein Trupp Krieger stürzte ins Haus. Das mussten Fredegunds Männer sein. Im Handumdrehen entwickelte sich ein regelrechtes Gemetzel rings um das Feuer.

Gailen hatte den toten Merowech vorsichtig zu Boden gleiten lassen und warf sich über die Leiche. Der Kampf tobte um die beiden herum.

Warum wurde überhaupt gekämpft?

Fassungslos schaute Wittiges zu, während er hilflos an seinen Fesseln zerrte. Niemand beachtete ihn, es war, als ob er zu einem Teil des Pfostens geworden wäre.

Fredegunds Männer waren in der Überzahl, und sie entschieden den Kampf sehr rasch für sich. Die letzten sechs oder sieben Überlebenden senkten die Waffen und gaben sich geschlagen. Ihnen wurden die Hände auf den Rücken gefesselt, und sie wurden gezwungen, sich mit dem Gesicht zur Wand auf den Boden zu kauern.

Ruhe kehrte ein. Einer der Sieger ging nach draußen und kam mit einem hochgewachsenen Mann zurück.

Es war Chilperich!

Einer seiner Gefolgsleute ließ den Platz um das Feuer räumen, das hieß, die Leichen wurden beiseitegezerrt. Gailen hatte sich aufgerichtet und kniete nun neben dem toten Merowech, in dessen Brust noch immer das Messer steckte. Auf einen leisen Befehl Chilperichs hin rührte niemand die beiden an.

Tief verstört sah Gailen auf.

»Er wollte, dass ich ihn töte«, murmelte er. »Er hat mich so lange angefleht, bis ich's getan hab.«

»Das ist alles, was du zu sagen hast?«, fragte Chilperich beinahe sanft.

Auf einmal starrte Gailen am König vorbei zur Tür, die weit offen stand. Auch Wittiges wandte den Kopf. Auf der Schwelle stand Fredegund, in einen langen roten Mantel gekleidet. Ganz hoheitsvolle Königin, trug sie sogar einen goldenen Stirnreif. Langsam und würdevoll trat sie herein, und mehrere Krieger folgten ihr über die Schwelle, die blanken Waffen in der Hand.

»Kommen wir zu spät?«, fragte sie und betrachtete den Toten.

Vielleicht merkte nur Wittiges, wie ein Lächeln über ihr Gesicht huschte, aber der Ausdruck wechselte so rasch zu einer kummervollen Miene, dass auch er schon fast an eine Einbildung glaubte.

Chilperich zog Gailen an den Haaren auf die Füße und stieß ihn auf seine Männer zu. »Er hat es so gewollt!«, schrie Gailen wieder.

Was dann folgte, sollte Wittiges für einige Wochen schlimme Träume bescheren. Gailen wurden die Kleider heruntergerissen, dann schlug man ihm die Hände und die Füße ab, und erst als seine Schreie in einem Gurgeln erstarben, wurde er mit einem gewaltigen Hieb enthauptet. Sein Kopf rollte Fredegund bis vor die Füße.

Mit einem seltsamen Ausdruck sah sie auf den abgetrennten Kopf hinunter. Mehr denn je ähnelte sie einer Hexe.

Mit kalter Wut hatte Chilperich seine Befehle gegeben und ungerührt der Hinrichtung beigewohnt. Hände, Füße und Rumpf des Toten ließ er in einem Sack sammeln und nach draußen bringen. Gleich darauf setzte wildes Hundegebell ein, und Wittiges war sicher nicht der Einzige, der sich vorstellte, wie sich die Tiere um die grausige Beute balgten. Chilperich eilte hinaus.

Wittiges stand immer noch am Pfosten angebunden, ein mehr als unwilliger Zuschauer all der Gräuel. Fredegund raffte sorgfältig ihre Röcke, stieg mit einem weiten Schritt über Gailens Kopf hinweg und näherte sich Wittiges. Sie trat ganz dicht an ihn heran, griff ihm in den Nacken, löste den Tuchstreifen und entfernte den Knebel. Danach streifte ihre Hand beinahe zärtlich über Wittiges' Lippen.

»Bin ich nun an der Reihe?«, murmelte er.

Chilperich stürzte wieder herein, kniete nun seinerseits neben der Leiche seines Sohns nieder und schloss ihm die Augen. Alle sahen, wie seine Schultern vor Erschütterung bebten, während kein Laut über seine Lippen drang.

Zu Wittiges' Erbitterung umflorte sich Fredegunds Blick. Verhalten seufzte sie auf. »Er wird lange um ihn trauern«, sagte sie leise. »Es ist schade um ihn, nicht wahr?«

Dem konnte Wittiges nur bedingt zustimmen. Merowech war ein glückloser, nicht sonderlich gescheiter Mann gewesen, aber er wollte nicht das Andenken eines Menschen herabwürdigen, der so elend umgekommen war. Daher nickte er nur steif.

Chilperich hob den Kopf und sah seine Frau durchdringend an. Anscheinend hatte er trotz seines Grams zugehört. Wittiges musste sich nochmals das erlauschte Gespräch ins Gedächtnis rufen. Zweifellos hatte Fredegund Merowech die tödliche Falle gestellt. Er wäre ihr lebend niemals entkommen. Auch Chilperich schien so zu denken.

»Du wirst ihr die Nachricht überbringen, nicht wahr, Wittiges?«, fuhr Fredegund ernst und gefasst fort. »Du wirst Brunichild berichten, dass er von einem seiner eigenen Gefolgsmänner getötet wurde. Weder mich noch Chilperich trifft die Schuld an seinem Tod.«

Der König zog scharf die Luft ein, während er sich vom Boden hochstemmte. In seinen Augen funkelte Mordlust, nun hatte er verstanden, dass seine Frau ihre Rache auskostete, den Triumph, den Merowechs Tod für sie bedeutete. Es sah so aus, als wolle er sich auf sie stürzen, aber im letzten Moment beherrschte er sich und wies auf Wittiges. »Schneidet ihn los! Worauf wartet ihr, wird's bald?«, schnauzte er.

Mehrere Männer stürzten gleichzeitig herbei. Sobald Wittiges' Fesseln gelöst waren, scheuchte Chilperich sie beiseite und legte die Hand auf den Schwertgriff.

»Sag mir, dass du mit seinem Tod nichts zu tun hast!«

Wittiges war ihm von Zeit zu Zeit als Gesandter des austrasischen Hofs begegnet. Chilperich mochte ihn nicht – und er ihn genauso wenig.

»Wie kommt es, dass du zur Stelle bist?«, fragte er ihn ruhig. Die eigentliche Frage lautete: Wie kommt es, dass ihr beide hier seid, du und die Königin? Offensichtlich hatten beide ihre eigenen Gefolgsleute mitgebracht. Daher sah es für Wittiges so aus, als habe einer nichts von den Absichten des anderen geahnt.

»Ich bin hier«, antwortete Chilperich schwer atmend, »weil es immer Leute gibt, die sich einen Vorteil versprechen, indem sie sich nach zwei Seiten absichern. Verstehst du?«

»Nein, das versteht er nicht«, mischte sich Fredegund ein. »Wittiges ist ein einfacher Mann vom Land, dem die Intrigen des Hofs fremd sind. Lass ihn gehen.«

Wittiges begriff, dass sie ihn tatsächlich zum Boten auserkoren hatte, statt ihn hier und jetzt als zweiten Höhepunkt ihrer Intrige umbringen zu lassen.

Wider Erwarten nickte Chilperich. »Ja, geh und unterrichte Königin Brunichild davon, dass sie keinen Gatten mehr hat.«

Wittiges deutete auf den Toten. »Kann ich ihn mitnehmen?«, fragte er so unbeteiligt wie möglich.

Mit einem Sprung zurück rettete er sich vor Chilperich, der zu einem Faustschlag ausgeholt hatte. »Er ist mein Sohn!«, brüllte er zornig auf. »Wie jeder andere aus der Familie wird er in der königlichen Gruft von Soissons bestattet, nirgendwo sonst. Dort gehört er hin.«

Natürlich, nun galt nur noch die Familienehre, die bei jedem Toten Prunk und Pomp erforderte, gleichgültig, was vorher geschehen war. Merowech würde in einem Sarkophag ruhen, dessen Deckel die in Stein gehauene Gestalt eines überlebensgroßen edlen Kriegers zeigte, und man würde ihm ein Prunkschwert und alle Insignien seiner königlichen Abkunft mit ins Grab geben.

Aber erst einmal war er nur ein armseliger Toter, dessen Unterkiefer im letzten Atemzug aufgeklafft war, ein wie ein Stück Wild gehetzter, gescheiterter Mann. Im Tod wirkte er kleiner, schmächtiger und unbedeutender, als käme nun die letzte traurige Wahrheit über ihn zum Vorschein.

Wittiges ging langsam auf die Tür zu, aber niemand hielt ihn auf. Als er, davon ermutigt, nach seinen Waffen fragte, wurden sie ihm tatsächlich ausgehändigt. Um sein gutes Schwert, den Scramasax und den Dolch hätte es ihm auch entsetzlich leidgetan. Er ließ sich sein Pferd bringen, saß auf und ritt vom Hof, ohne sich noch einmal umzublicken. Die Abenddämmerung setzte gerade ein, ein deutlicher Hauch von Frost lag in der diesigen Luft. Aus einem Gebüsch an der Straße löste sich eine Gestalt mit einem Bogen im Anschlag. Wittiges winkte nur, und nach und nach kamen seine Begleiter aus ihrem Versteck hervor und schlossen sich ihm an. Sie ritten nach Hause.

Als sie spät am nächsten Tag *casa alba* erreichten, herrschte ungewöhnliche Geschäftigkeit auf dem Gut. Fremde Pferde standen in den Ställen, fremde Knechte und Krieger drückten sich im Hof herum, und Wittiges fühlte sich sofort gereizt, bis ihm jemand erklärte, was der Trubel zu bedeuten hatte.

Königin Brunichild war gekommen. Sie hatte Pontus auf dem Heimweg begleitet, denn sie wollte Aletha wiedersehen und sich davon überzeugen, dass sie sich erholt hatte. Anscheinend hatte der Bote, den Wittiges geschickt hatte, sie verfehlt.

Wittiges begab sich umgehend ins Bad, reinigte sich erst einmal gründlich und dachte darüber nach, was er sagen sollte. Schließlich ließ er sich frische Kleidung bringen.

Der Erste, den er traf, als er sich zu dem kleinen Saal aufmachte, wo sich die Frauen aufhielten, war Ulf. Der Junge war gewachsen. Wittiges fuhr ihm durch das dichte Haar, und einer Aufwallung nachgebend, drückte er ihn an sich, gab ihn aber sofort wieder frei. Bevor er seine schlechten Nachrichten nicht überbracht hatte, durfte er sich noch nicht seinen eigenen Angelegenheiten widmen.

Brunichild erhob sich, als er eintrat. »Hast du ihn mitgebracht?«, fragte sie. »Wo ist er?«

Hilflos hob Wittiges die Schultern, setzte mehrfach zu einer Erklärung an und verstummte schließlich. Sah sie ihm die schreckliche Botschaft an den Augen an? Brunichild taumelte auf ihn zu. »Ist er tot? Wagst du mir das nicht zu sagen?«

Er nahm sie in die Arme. »Ja.«

Über ihre Schulter hinweg trafen sich seine Blicke mit denen Alethas, die undurchdringlich blieben. Vielleicht dachte sie, dass die Rechnung, die sie mit Brunichild noch offen hatte, nun beglichen war.

KAPITEL III

Weihnachten 577–579: Die Heiratspläne

1 Die Weihnachtstage verbrachte Brunichild auf *casa alba*. Nach der schrecklichen Nachricht von Merowechs Tod war sie anscheinend nicht in der Lage, so bald nach Metz zurückzukehren. Sie schickte nur einen Boten, der Gogo von dem Geschehen in Kenntnis setzte, verschob ihre Abreise von Tag zu Tag und hielt sich fast ausschließlich in den Gemächern auf, die für sie hergerichtet worden waren. Da Wittiges mit Merowechs Tod selbst noch längst nicht fertig war, erleichterte es ihn, sie nur selten zu Gesicht zu bekommen.

Jeden Morgen zelebrierte Pontus eigens ihretwegen eine Messe mit viel Weihrauch und Gebeten in klangvollem Latein, aber für die Predigt am ersten Weihnachtstag wählte er Fränkisch, das er mit einem leichten Akzent sprach und das seine Herkunft aus dem Süden verriet. Seine Predigt war anschaulich und herzerwärmend und von der Liebe Gottes zu den Menschen geprägt. Etliche Bewohner der Dörfer waren zum Gottesdienst gekommen, sodass in der Kapelle drangvolle Enge herrschte. Sogar draußen vor der weit offen stehenden Tür knieten Männer, Frauen und Kinder und lauschten andächtig. Selbst Brunichild, die ihrer Stellung gemäß nahe am Altar stand, lächelte, als ob sie ihren Kummer für eine kurze Weile vergessen habe.

Abends zündeten die jungen Männer große Feuer an, lärmten herum, tranken gewaltige Mengen Bier oder gewürzten heißen Wein und zogen, lauthals die uralten Mittwinterweisen grölend, von Dorf zu Dorf. Es waren aus vorchristlicher Zeit überkommene Bräuche, und jeden Abend bot sich das gleiche Spektakel. Wittiges machte sich Sorgen, dass Brunichild dieses Treiben missbilligen könne, unternahm aber keinen Versuch, es zu unterbinden.

Im Gegenteil. Am dritten Weihnachtsabend machte er sich entgegen seiner sonstigen Gewohnheit selbst zu einem der Feuer auf.

Mitten auf der Hausweide hinter dem Stallhof loderten die Flammen gewaltig zum sternenübersäten Nachthimmel empor, während der Mond fern über dem Horizont als volle runde Scheibe aufging. Es herrschte klirrender Frost, die Weide war von einer dünnen, knisternden Schneeschicht bedeckt, die rings ums Feuer entweder zertrampelt oder geschmolzen war, nur hier und da glitzerten im Flammenschein Eiskristalle.

Irgendwo hinten auf der Weide bewegten sich Schatten, es waren die *blauen Pferde,* die selbst bei dieser Kälte die Weide dem warmen Stall vorzogen. Zu ihrem Schutz hatte Pontus einen einfachen Unterstand bauen lassen, den sie aber nur selten aufsuchten. Ihr dichtes, wunderbares Fell schützte sie gegen alle Wetterunbill. Wittiges spähte zwar kurz nach ihnen aus, wollte sie aber dann für den Abend vergessen, weckten sie doch immer noch ungute Erinnerungen.

Er war beinahe schon so betrunken wie die anderen, als sich überraschend Aletha, Brunichild und Viola zu ihnen gesellten, begleitet von einigen Kriegern aus Metz, die zu Brunichilds Gefolge gehörten.

Alle drei Frauen waren in kostbare Pelzumhänge gehüllt. Die Kapuzen mit ihrem schimmernden Fellsaum aus weißem Winterwiesel umschmeichelten ihre zarten Gesichter, die der Widerschein des Feuers rosig überhauchte. Brunichilds Augen glänzten etwas lebhafter als in den letzten Tagen. Aletha hatte die meiste Zeit mit ihr verbracht, dennoch ahnte Wittiges, wie sehr Brunichild Merowechs Tod verstört hatte, denn sie zeigte sich meist völlig in sich gekehrt.

Dabei konnte niemand beurteilen, ob sie ihren Mann geliebt hatte oder ob sein Tod nur eine weitere, bittere und diesmal sehr persönliche Niederlage war, die sie von Fredegund und Chilperich hatte einstecken müssen. Nach und nach hatte er ihr erzählt, was auf jenem Hof an der Grenze zu Neustrien geschehen war, sie hatte ein Recht, es zu erfahren. Und vielleicht machte sie das für die Zukunft vorsichtiger und hielt sie von ähnlich unüberlegten Handlungen wie dieser Heirat ab.

Wittiges machte sich einerseits Vorwürfe, weil er Merowechs Tod nicht hatte verhindern können, war aber andererseits so ehrlich, sich einzugestehen, dass damit einige Probleme gelöst waren. Früher oder später hätte sich Brunichild über der Frage der Anerkennung ihres Gemahls mit dem Kronrat völlig entzweit. Und irgendwo ganz verborgen in einem dunklen Winkel seines Herzens gestand sich Wittiges ein, dass er auf Merowech eifersüchtig gewesen war und hauptsächlich deshalb nichts von ihm gehalten hatte.

»Da! Seht, der Mond!«, rief Viola auf einmal und deutete zum Himmel hinauf.

Der Mond wurde schwarz.

Während nach und nach sein gleißendes Licht erlosch, fiel ein verhängnisvoller, unheildrohender Schatten auf die Weide.

Rings ums Feuer schrien die Menschen entsetzt auf.

»Die Welt steht still!«, rief ein Knecht wie von Sinnen.

Es war nicht die erste Mondfinsternis, die Wittiges erlebte.

Aber diese war vollkommen.

Wenn der Mond schwarz wurde, stand die Welt still, und keine Frau konnte mehr ein Kind gebären. Wittiges merkte, wie er in den beklemmenden Strudel der umgehenden Furcht unaufhaltsam hineingezogen wurde. Selbst Pontus bekreuzigte sich und begann, ein Gebet zu murmeln.

Mitten in dem allgemeinen Geschrei und dem kopflosen Herumrennen erteilte Viola Befehle. Gleich darauf eilte eine Gruppe Männer und Frauen mit Trommeln und anderen Schlaginstrumenten herbei, andere schleppten Töpfe, Pfannen und große Holzlöffel heran. Nach und nach ordnete sich der anfangs chaotische Lärm zu einem wild hämmernden Rhythmus, der die ohnehin erregten Gemüter weiter aufpeitschte.

Mit dem infernalischen Krach sollte der Mond von seinem verhängnisvollen Schatten befreit werden.

Auf einmal warf Viola ihren Pelzumhang ab. Darunter trug sie ein Kleid aus schmiegsamem, mitternachtsblauem Stoff, mit

Silberfäden bestickt, die glitzernde Muster auf ihrer Brust bildeten und zu kreisen begannen, als sie, die Arme hoch erhoben und mit den Fingern schnippend, sich in Hüften und Schultern wiegte, überaus lasziv und selbstvergessen. Der Rhythmus wurde rascher, Viola tanzte wilder und ungehemmter, während die Umstehenden klatschten und sie anfeuerten. Wie berauscht von ihrem Anblick, sprangen die ersten Männer wagemutig durch die heruntergebrannten Flammen und kreisten um sie herum. Etwas Magisches ging von dieser jungen Frau aus, die mitten unter ihnen die alten Kräfte der Erde und des Kosmos beschwor, gegen die das neue Christentum keinerlei Macht besaß. Nicht in dieser Nacht.

Zufällig sah Wittiges zu Chramm hinüber, der mit den Frauen gekommen war und sich unauffällig, wie es seine Art war, als einer der wenigen, die kaum dem Wein oder Bier zusprachen, im Hintergrund hielt. Chramms Gesicht glühte vor Verlangen, vor Sehnsucht und vor Qual, weil er mitansehen musste, wie heiß die Frau, nach der er sich verzehrte, von allen begehrt wurde. Sie musste ihm wie ein unerreichbarer Stern vorkommen. Wittiges hätte ihn gern getröstet, wusste aber nicht, wie. Ihm selbst war der Mund trocken geworden, während er wie die anderen Viola nicht aus den Augen ließ und ihn eine Erregung erfasst hatte, gegen die nichts half.

Strahlend tauchte der Mond aus dem Schatten hervor und hüllte die Wiese in Silberglanz. Ein irrsinniger Jubel brach los, die Menschen fielen sich erlöst in die Arme.

Die Mächte der Unterwelt waren auch diesmal wieder bezwungen worden.

Und wie eine königliche Erscheinung zeigte sich eines der *blauen Pferde*, hob sich auf die Hinterhand, wieherte, fiel zurück auf die Vorderhufe und stob mit fliegender Mähne dicht am Feuer vorbei. Ein Funkenregen wallte auf und fiel gleich Myriaden von Sternschnuppen herab. Auch das war pure Magie.

Wieder klang Jubel auf, die Tonkrüge mit Wein und Bier kreisten erneut, und immer noch wurde getrommelt, und Viola tanzte wieder.

Chramm wandte sich um und hinkte, die Schultern hochgezogen, in Richtung Haus zurück, blieb aber auf einmal stehen.

Ein Fremder näherte sich dem Gut. Wittiges sah eine Gestalt mit einem langen Knotenstock, der bei jedem Schritt heftig auf den gefrorenen Grund gestoßen wurde. Noch hatte außer ihm und Chramm niemand den Mann bemerkt. Bevor er ganz heran war, ahnte Wittiges, um wen es sich handelte, denn eine solche Aura von Missbilligung und Wut umgab den Fremden, dass kaum ein Irrtum möglich schien.

Die Kutte und der Umhang starrten vor Dreck, ein grässlicher Gestank schlug Wittiges entgegen und machte ihn halbwegs nüchtern.

»Satansbrut!« Die ungewöhnlich tief dröhnende Stimme des Fremden durchdrang den Lärm der Trommeln wie ein Paukenschlag. Der Krach erstarb. Langsam, mit dem Stock auf das Feuer weisend, trat der Mann mitten unter die Leute, die ihm zögernd Platz machten. Einige taumelten und wirkten wie aus einer Trance erwachend. Viola scherte sich nicht um den Ankömmling, sondern drehte sich selbstvergessen weiter, ihre Füße schrieben komplizierte Muster ins zertretene Gras, während sie beinahe unhörbar vor sich hin murmelte.

Brunichild hatte sich die ganze Zeit nicht vom Fleck gerührt. Wittiges konnte nur ahnen, wie sehr das heidnische Treiben sie verwunderte, dem sie in dieser Unmittelbarkeit sicher nur selten begegnete. Es war erstaunlich, dass sie sich nicht längst zurückgezogen hatte.

»Das ist das Feuer der Hölle, das hier brennt!«, rief der Fremde wütend. »Ihr alle seid verdammt auf ewig, wisst ihr das nicht? Tut Buße, kehrt um auf eurem Weg ins Verderben!«

Das also war der Heilige, der oben im Wald in einer Höhle hauste.

Einige Leute bekreuzigten sich im Stehen, andere knieten erst einmal nieder, wieder andere wichen ins Dunkel zurück.

Pontus stellte sich neben Wittiges. »Nun siehst du ihn endlich selbst. Er wird die Leute gegen dich aufhetzen, weil er dich für dieses gottlose Treiben verantwortlich macht. Begreifst du endlich, dass er kein harmloser Narr ist?«, sagte er gedämpft, und Wittiges gab ihm im Stillen recht. Es gab mittlerweile Strafen, von den Bischöfen gegen Grundbesitzer verhängt, die solch unchristliche Rituale auf ihren Ländereien immer noch duldeten. Im schlimmsten Fall drohte die Exkommunikation, die niemand auf die leichte Schulter nehmen durfte.

Als Brunichild den Mann ansprach, wandte er sich zu ihr um.

»Verrätst du uns, wer du bist und warum du ein harmloses Vergnügen störst?«

»Das nennst du ein harmloses Vergnügen, wenn ein Feuer zu Ehren heidnischer Götzen entzündet wird, und eine Metze« – er deutete mit verzerrtem Gesicht auf Viola – »Dämonen beschwört?«

Viola stemmte die Hände in die Hüften. »Halt den Mund, Alter! Kriech zurück in deine Höhle, und leg dich schlafen. Und pass auf, dass dich die Wölfe nicht für Aas halten. Du stinkst wie fauliges Fleisch.«

Irgendjemand lachte, aber unvermittelt brach das Lachen ab, als der Heilige seinen Stock drohend in den Himmel reckte. Mit dunkel schwingender Stimme sagte er: »Habt ihr nicht alle das Zeichen des Himmels gesehen? Es kündet ein furchtbares Unheil an.« Dann wies er auf Brunichild. »Ich weiß, wer du bist, Königin«, begann er langsam und hob allmählich die Stimme, bis sie wieder dröhnte. »Ich aber sage dir, eure Reiche werden untergehen, und ihr Herrscher werdet einen schrecklichen Tod erleiden. Du bist die Erste. Dein Schicksal ereilt dich, noch bevor ein Jahr vergangen ist.«

Brunichild schwankte, als hätte er sie geschlagen.

Wittiges überlief ein Schaudern. Es hatte schon immer Prophezeiungen gegeben, selbst die Bibel kannte Heilige, deren Weissagungen sich unzweifelhaft bewahrheitet hatten.

Nur Viola zeigte sich völlig unbeeindruckt. Beherzt schob sie sich zwischen den Höhlenheiligen und Brunichild. »Und ich sage dir: Pack dich, Alter! Hör auf, Angst und Schrecken zu verbreiten. Denn das nenne ich wahrhaft *unchristlich*. Und sieh selbst:

Der Mond leuchtet wieder in alter Pracht. Selbst du kannst nicht leugnen, dass das Unheil bezwungen ist.«

Der Heilige zeigte mit der Stabspitze auf ihre Brust. »Auch du wirst ein schreckliches Schicksal erleiden. Früher, als du denkst, ereilt dich die Strafe Gottes.«

Unbemerkt war Chramm herangehinkt. »Jetzt ist es aber genug.« Er riss dem Heiligen den Stab aus der Hand, und es sah ganz so aus, als wolle er ihn damit schlagen. Das ging zu weit.

»Halt!«, schrie Wittiges. »Gib mir den Stock!«

Pontus kam ihm zuvor. Er fiel Chramm in den Arm und entriss ihm den Stock. Nun näherten sich auch die Krieger der Königin und bildeten einen schützenden Ring um sie herum. Wittiges ließ den Heiligen von zwei Knechten ergreifen und bis an den Waldrand bringen. Pontus befahl allen übrigen Leuten, das Feuer zu löschen und ihre Häuser oder Unterkünfte aufzusuchen. Das Fest war vorüber, vergessen würde die unseligen Prophezeiungen aber sicher niemand.

Zwei Tage später ritt Wittiges mit Pontus und einigen Knechten zur Höhle des Heiligen hinauf. Der Mann war verschwunden. Die Höhle stank widerlich. Als sie nachschauten, entdeckten sie im hinteren Teil eine Menge ungenießbarer Lebensmittel, darunter schimmliges Brot und verdorbenes Fleisch. Schmutzige Lumpen lagen herum, neben kleinen Amuletten aus Bein oder hartem Holz.

In den nächsten Tagen ließ Pontus die Höhle ausmisten und die Hinterlassenschaft des Heiligen auf einem Scheiterhaufen verbrennen. Zum Schluss brachten die Knechte einen großen, aus dicken Brettern gefertigten Holzladen an, mit dem sie die Höhle fest verschlossen. Eine anschließende Befragung unter den Dörflern erbrachte keinen Hinweis darauf, was aus dem Mann geworden war. Vielleicht hatte er erkannt, dass ihn Wittiges nicht länger auf seinem Grund dulden würde, und hatte sich deshalb mit einer durch die Spenden vieler Pilger gut gefüllten Reisekasse aus dem Staub gemacht.

2 Kurz nach Weihnachten traf Wandalenus ein, um sich zu erkundigen, warum die Königin immer noch nicht nach Metz zurückgekehrt war. Zu seinem Gefolge gehörten einige *anstrustiones* und ein Rechtskundiger, ein Rachinburger, die alle untergebracht und mit üppigen Mahlzeiten beköstigt werden mussten. Aletha wusste, dass sich Wittiges und Pontus Sorgen über diese zusätzliche Belastung machten. Die Vorräte für den Winter würden sich weiter verknappen, wenn die ungebetenen Gäste nicht bald abreisten, aber noch sprachen sie nicht davon. Dabei war es bis zur königlichen Residenz in Reims nur ein kurzer Ritt von einigen Stunden, der auch im Winter durchaus zu bewältigen war. Aber den Gästen gefiel es auf *casa alba,* vor allem Wandalenus. Er hatte eines der schönsten Zimmer für sich beansprucht und gebärdete sich schon bald so, als ob er der Hausherr wäre. Aletha rechnete damit, dass Wittiges bald der Kragen platzte und es zum Streit kam. Außerdem machte die Heizung Probleme: Ein Teil des gemauerten Ofens im Untergeschoss, der das Wasser für das Hypokaust-System erhitzte, war zusammengebrochen und nur notdürftig geflickt worden. Der neue Mörtel hielt der Hitze weniger gut stand als der alte, denn das Wissen um dessen Zusammensetzung war mit dem Untergang des römischen Reiches verloren gegangen. Jederzeit konnte der gewaltige Ofen endgültig zusammenstürzen. Um das zu verhindern, hatte Pontus angeordnet, nur noch mit halber Kraft zu heizen. Zudem leckten einige der unter dem ganzen Haus verlegten Leitungsrohre aus Ton, sodass ohnehin nicht mehr überall geheizt werden konnte. In manchen Räumen wurde es ungemütlich kühl. Am angenehmsten war es im Bad, das der Größe der Villa entsprechend aus einer Folge mehrerer Räume bestand, ausgestattet mit diversen Becken für kaltes, warmes und heißes Wasser, mit eingebauten marmornen Ruhebänken, plätschernden Wandbrunnen und einem wunderbar erhaltenen Mosaikfußboden, der spielende Delfine zeigte. Im Boden und in den Wänden zirkulierte warme Luft. Alles in allem glich die Anlage der Miniaturausgabe einer altrömischen Therme, wie sie noch in Resten in Trier und andernorts existierte.

Etwa vier Tage nach Ankunft der neuen Gäste lag Aletha zusammen mit Viola im gleichen, mit Marmor ausgekleideten Becken, in dem sie wenige Wochen zuvor mit Wittiges gebadet hatte. Für einige Stunden hatten die Frauen das Bad ganz für sich. In das Becken führten breite Stufen hinab, und zur Bequemlichkeit lagen auf dem Rand Kissen, an die sie den Kopf anlehnen konnten.

Aletha brauchte diese Entspannung. Nur im heißen Wasser vergaß sie die Schmerzen, die sie immer häufiger und heftiger überfielen.

Mägde wärmten Tücher vor, die sie auf einer Marmorliege ausbreiten würden, sobald sich eine der beiden Frauen für eine Massage mit angewärmtem Duftöl darauf ausstrecken würde. Es war ein ruhiges Treiben, das unendlich guttat. Aletha wunderte sich aber, wieso Viola so viel Zeit hier verbrachte. Vielleicht zog sie es vor, den Männern, die sie bei jeder Mahlzeit allzu dreist anstarrten, aus dem Weg zu gehen. Einem *anstrustio*, der die Finger nicht bei sich behalten konnte, hatte sie kurzerhand den kleinen Elfenbeindolch, den ihr Wittiges als Geschenk von der Reise zu den Awaren mitgebracht hatte, in die Hand gerammt. Sie trug stets eine Waffe bei sich und konnte damit ausgezeichnet umgehen. Kämpfen hatte der alte Cniva sie gelehrt, und sie war eine begabte Schülerin gewesen. Aletha wusste so gut wie Wittiges, dass bald schon über ihre Zukunft entschieden werden musste, und sie ahnte durchaus, warum ihr Mann immer noch zögerte. Wie viele andere war er Viola verfallen, leugnete es aber hartnäckig vor sich selbst. Irgendwann würde sie das Spiel, das sie schon lange mit ihm spielte, gewinnen. Noch vor einem Jahr hätte Aletha der Gedanke empört, aber jetzt regte sie Wittiges' Schwäche für das Mädchen nicht mehr sonderlich auf. Sie mochte Viola. Mit der Zeit hatte sie den Platz in ihrem Herzen eingenommen, den früher Brunichild innegehabt hatte. Früher, als Felix noch bei ihnen gewesen war. Inzwischen rechnete sie nicht mehr damit, dass sich Wittiges wieder auf die Suche nach ihm machte. Sicher hatte er sich mit dem Verlust mittlerweile abgefunden. Nun war ja dieser andere Junge da. Ulf.

»Mir wird kalt«, erklärte Viola, stand auf und schaute kritisch auf Aletha hinab. »Jedes Mal, wenn ich dich nackt sehe, bist du dünner geworden.«

»Das täuscht«, entgegnete Aletha träge und strich sich über die flache Wölbung ihres Bauchs, unter der der Schmerz lauerte. Pontus braute ihr ab und zu einen Sud aus Kräutern zusammen, zu denen eine kleine Menge Bilsenkraut gehörte, das er im Sommer getrocknet hatte. Der Sud versetzte sie in eine gewisse Empfindungslosigkeit, aber sie wusste, dass sie das Gebräu weder häufig noch in zu großen Mengen zu sich nehmen durfte.

Sie beobachtete, wie Viola aus dem Becken stieg. Stets überraschte es sie, wie grazil und zugleich üppig ihr Körper war. Im Licht der hohen Kandelaber glänzte die nasse Haut, als sich Viola, ein Bein vorgeschoben, eine Hüfte ein wenig gedreht, das Wasser aus den Haaren wand. Es war ein uraltes Bild weiblicher Anmut, festgehalten in marmornen Statuen, als wohne darin auf ewig der Hauch der Götter. Eine Magd breitete ein Tuch aus, im Begriff, Viola darin einzuhüllen.

In diesem Moment betrat ein Mann das Bad und blieb mit einem Ruf der Überraschung stehen.

Es war Wandalenus, der Viola ohne jede Hemmung unverhohlen anstarrte.

Hinter ihm tauchte eine der älteren Mägde auf. »Ich hab dir gesagt, du hast hier keinen Zutritt. Die Frauen wollen allein sein.«

Während Wandalenus die Magd abwehrte, die ihn am Ärmel zog, ließ er den Blick Zoll für Zoll über Violas Körper wandern, als wollte er sich ihr Bild für immer einprägen. Sein Starren hatte eindeutig etwas Besitzergreifendes. Natürlich ließ sich Viola wie jede gepflegte Frau regelmäßig die Scham enthaaren, und Aletha brauchte keine Phantasie, um sich vorzustellen, was in dem Mann vorging, als sein Blick schließlich darauf verweilte.

»Es tut mir leid«, schnarrte er, rührte sich immer noch nicht vom Fleck, »ich habe mich in der Tür geirrt.«

»Das hat er nicht!«, zeterte die Magd. »Ich hab ihm gesagt, dass du badest, Herrin, aber ...«

»Hinaus!«, brauste Viola auf einmal auf. Wütend riss sie der Dienerin das Tuch aus den Händen und schlang es sich um die Hüften, rannte zu ihren Kleidern, die auf einer in die Wand eingelassenen Bank lagen, und griff nach ihrem Dolch.

Aletha schrie auf. Endlich kam Wandalenus zur Besinnung. Er wich zurück, drehte sich hastig um und verschwand. Eilig verließ Aletha das Becken, kleidete sich an und suchte nach Wittiges. Sie fand ihn im Kontor, an einem der wenigen Orte, wo er zurzeit vor Besuchern sicher war. Ulf war bei ihm und erhielt Schreibunterricht.

»Bitte, lass uns allein!«, befahl Aletha dem Jungen. Ulf gehorchte umgehend, als hätte er Angst, dass sie ihm das Beisammensein mit Wittiges übel nahm.

»Worüber hast du dich aufgeregt? Der Junge hat nichts Verbotenes getan«, erklärte Wittiges.

»Der Junge?« Erstaunt sah sie zur Tür, durch die Ulf gerade verschwunden war. »Nein, um den geht es nicht.« Sie wandte sich Wittiges zu. »Hör zu! Du musst Viola verheiraten, noch heute. Pontus soll sie mit Chramm zusammengeben. Du hast doch ohnehin vor, die beiden zu verheiraten, oder nicht? Tu's jetzt, oder es passiert ein Unglück.«

Sie erzählte ihm von der Begegnung mit Wandalenus im Bad.

Wittiges knurrte unwillig, sie wusste nicht, ob aus Wut über Wandalenus' Verhalten oder weil er ihre Forderung ablehnte.

»Verstehst du nicht?«, fragte sie. »Viola ist in Gefahr. Wandalenus wird ...«

Wittiges hob die Hand, und Aletha verstummte, aber als er immer noch nichts sagte, begann sie von Neuem. »Du magst Viola doch, nicht wahr?«, fragte sie unsicher.

Seit Violas ungezügeltem Tanz am Feuer hatte er das Gefühl, dass sie sein Inneres in Brand gesetzt hatte. Noch viel bedachter als früher ging er ihr aus dem Weg und setzte sich sogar bei den Mahlzeiten so, dass er sie nicht anschauen musste. Wenn er ihr zufällig begegnete, flüchtete er. Das war auch nicht gut. Hin und wieder kam sie zu ihm, die kleine Agnes auf dem Arm, weil sie genau wusste, dass er sich wenigstens eine Weile mit der Kleinen abgeben musste – und zugleich mit ihr.

Wittiges wünschte sie sich aus den Augen, aber um alles in der Welt würde er sie nicht Wandalenus überlassen.

»Was genau befürchtest du? Dass Wandalenus sie entführt? Oder meinst du, er fällt heute Nacht im Schlaf über sie her?«

»Vielleicht sehe ich ja zu schwarz«, räumte Aletha ein. »Aber ich habe ein Gefühl kommenden Unheils. Bitte, unternimm etwas. Würdest du Viola heiraten?«

Die Frage schockierte ihn. Bisher hatte er sich jeden derartigen Gedanken strikt verboten, rief er doch unweigerlich die Erinnerung an die Awarin hervor, die Frau, die er hatte mitbringen wollen …

»Meinst du das im Ernst?«, fragte er heiser.

»Was? Ob ich einverstanden wäre, wenn du Viola zur zweiten Frau nähmst?« Sie betrachtete ihn abwägend, aber keineswegs empört – eher traurig.

Viola heiraten! Er betete sie nicht nur wegen ihrer Schönheit an, sondern ebenso wegen ihrer Wildheit, der inneren Unabhängigkeit, die täglich neue Überraschungen bot. Diese Frau ließ sich nicht beherrschen, sie gehörte zu einem Menschenschlag, dessen Macht aus grauer Vorzeit stammte.

Aletha hatte sich auf den Stuhl gesetzt, den er für sie freigemacht hatte. Sie beobachtete ihn, während er am Tisch lehnte und seiner Gefühle Herr zu werden suchte. Nur zu gut ahnte er, dass sie ihn durchschaute.

»Nein, ich werde sie nicht heiraten«, erklärte er langsam.

»Warum nicht?«, fragte sie. »Ich wäre einverstanden.«

Ihr Gesicht gab keine Regung preis. Das machte die Äußerung so verdächtig. Inzwischen hatte er etwas dazugelernt. Die Begegnung mit der Awarin hatte ihm eine Lektion erteilt, die er nicht vergessen wollte.

»Warum solltest du einverstanden sein?«

»Weil sich die Dinge ändern. Ich werde dir keine weiteren Kinder schenken, ich weiß es. Felix ist verschwunden, aber du hast jetzt einen neuen Sohn, Ulf. Nicht wahr? Alles ist anders geworden, und es nutzt nichts, der Vergangenheit nachzutrauern.«

So viel Bitterkeit in ihrer Stimme!

Also hatte sie sich Gedanken um Ulf gemacht. Sie war zu der Überzeugung gelangt, dass dieser Junge Felix' Platz eingenommen hatte. Wie konnte er nur so dumm gewesen sein, nicht mit ihr über Ulf zu sprechen? Er beschäftigte sich zwar mit dem Jungen, hatte aber keine bewusste Entscheidung getroffen. Das war falsch, erkannte er.

»Du glaubst, dein Leben ist ein Scherbenhaufen? Ich hätte unseren Sohn Felix abgeschrieben und für Ersatz gesorgt?« Bekümmert sah er auf die Tischplatte. »Aber so ist es nicht. Es vergeht kaum ein Tag, an dem ich nicht an Felix denke, und ich bin nach wie vor entschlossen, nach ihm zu suchen. Glaub nicht, ich hätte die Suche aufgegeben. Du weißt, was mich davon abgehalten hat. Wenn du willst, breche ich morgen auf.«

Auf einmal weinte Aletha. Wittiges kniete sich vor ihren Stuhl und zog sie sanft in seine Arme. »Du brauchst keine Angst zu haben. Du wirst mich nie an eine andere verlieren, nichts soll zwischen uns treten, solange wir leben. Ich liebe dich, Aletha, aus ganzem Herzen.« Er hatte es ihr selten genug gesagt, sprach aber nun im vollen Bewusstsein der Wahrheit, einer fragilen Wahrheit, ahnte er doch schmerzlich, dass die eine Liebe die andere keineswegs ausschloss.

Was die Heirat betraf, machte Pontus Schwierigkeiten. Er sei nur bereit, das Paar zusammenzugeben, wenn sich nicht nur Chramm, sondern auch Viola einverstanden erkläre, und er wisse zufällig genau, dass sie sich dagegen sperren werde. Damit war der Plan erst einmal vom Tisch. Wittiges gestand sich nicht ein, dass ihn das erleichterte.

Zu Violas Schutz verbrachten gleich drei Mägde die Nacht in ihrem Zimmer, aber niemand versuchte, bei ihr einzudringen. Alethas Ängste erwiesen sich als unbegründet.

Am nächsten Abend erklärte Wandalenus überraschend, endlich abreisen zu wollen, und bat Brunichild, sich ihm anzuschließen. Sie lehnte ab. Aletha und Viola, die den *comes* seit der Begegnung im Bad mieden, hatten nicht mehr an den Mahlzeiten im Speisesaal teilgenommen, und Brunichild zog sich gleich nach dem kurzen Gespräch zurück.

So blieben in der abendlichen Runde nur noch Wittiges, Pontus, einige Krieger, Wandalenus und der Rechtsgelehrte übrig. Wittiges gab sich entspannt, er freute sich, wenigstens den *comes* samt Gefolge loszuwerden und mit ihm einiger Befürchtungen enthoben zu sein.

»Wünschst du noch etwas, bevor wir uns alle zur Ruhe begeben?«, fragte er Wandalenus höflich und hoffte, dass ihn bis zur Abreise die Selbstbeherrschung nicht im Stich ließ. Eigentlich überkam ihn jedes Mal, wenn er an Wandalenus' Eindringen ins Bad zu den nackten Frauen dachte, der dringende Wunsch, ihm die Hände um den Hals zu legen und zuzudrücken.

»Da wäre noch etwas zu klären«, entgegnete dieser und bedeutete seinem Rechtsgelehrten, sich zu ihnen zu gesellen. Der Mann schien nur darauf gewartet zu haben und kam eilfertig näher, einige Schriftrollen in der Hand, die er einem Kasten entnommen hatte, den er den ganzen Abend gehütet hatte.

»Wir haben schon einmal über Theodos Hof gesprochen«, fuhr Wandalenus fort.

»Ja und?«, fiel ihm Wittiges unbeherrscht ins Wort. »Da gibt es nichts mehr zu klären.«

»Was sollte da zu klären sein?«, mischte sich Pontus ein.

Wandalenus beachtete ihn nicht, seine volle Aufmerksamkeit war auf Wittiges gerichtet.

»Was Theodos Hof betrifft, so habe ich mich Gogos Ansicht gebeugt, obwohl mir die Sache nicht eindeutig schien. Cniva ist, wenn ich richtig unterrichtet bin, seit einem Dreivierteljahr verschollen. Um Tours herum, wohin er reisen wollte, herrscht Krieg, sodass wir davon ausgehen müssen, er kehrt nicht lebend zurück. Soweit ich weiß, hast du keinerlei Nachricht von ihm erhalten.« Sein Lächeln wurde unangenehm.

»Der Hof ist an Chramm verpachtet, mit Brief und Siegel«, warf Pontus ein.

»Cniva hinterlässt ein Mündel«, sprach Wandalenus ruhig weiter, »zu dessen Gunsten er in Reims ein Testament hinterlegt hat. Wie du weißt, gibt es ein Gesetz, das Witwen und Waisen unter den Schutz des Königs stellt. Dieses Gesetz findet auch im Fall von Cnivas Mündel Anwendung, das heißt, das Mädchen steht in *verbo regis,* und daran kann auch Gogo nicht rütteln. Ich habe hier die entsprechenden Urkunden« – er deutete auf den Rachinburger – »das Testament und eine weitere, die verfügt, dass mir das Mädchen übergeben wird, damit ich im Auftrag des Königs durch eine passende Heirat ihr Erbe und ihre Zukunft sichere.«

Er hatte nicht einmal Violas Namen genannt, das fand Wittiges besonders heimtückisch. Urkunden konnte man leicht fälschen, nur war das im Einzelfall schwer nachzuweisen. Das Testament, das ihm der Rechtsgelehrte hinhielt, sah überraschend echt aus, allerdings kannte er sich damit nicht sonderlich gut aus. Cniva hatte einige Reichtümer hinterlassen, vor allem ein Vermögen in Gold und Schmuck, das zwischen Alexander und seiner Adoptivtochter Viola aufgeteilt werden sollte. Wortlos reichte Wittiges das Testament an Pontus weiter.

Die Urkunde, die der Rechtsgelehrte, ein Mann mit Hängebacken und teigiger Haut, als Nächste präsentierte, trug unzweifelhaft das königliche Siegel, das hatte Wittiges oft genug gesehen. Demnach war Viola in Wandalenus' Obhut gegeben und ihm sogar als zukünftige Ehefrau zugesprochen worden. Es war schlicht ein Befehl zur Heirat. Wandalenus hatte mit der Präsentation der Urkunden nur gewartet, bis er seine Erinnerungen an Viola genügend aufgefrischt hatte, denn er hatte sie ja bereits bei seinem früheren Besuch auf *casa alba* gesehen – nur nicht nackt.

Wittiges spürte, wie ihm die Zornesröte ins Gesicht stieg. Noch weniger als zuvor kam ihm Wandalenus' Besuch im Bad wie ein Versehen vor.

»Morgen«, sagte Wandalenus mit offensichtlicher Befriedigung, »nehme ich das Mädchen mit.«

Wittiges lehnte sich zurück und schaute zur Decke hinauf. »Überlässt du mir die Urkunden zur Überprüfung?«, fragte er ruhig. »Ich benötige Abschriften, die ich Cniva vorlegen kann, falls er doch noch zurückkehrt. Ich hoffe, du verstehst das.«

Sein ruhiger Ton überraschte Wandalenus sichtlich. Wahrscheinlich hatte er sich auf eine Auseinandersetzung gefreut, bei der Wittiges den Kürzeren gezogen hätte. Das rasche Einlenken ließ ihn unbefriedigt.

»Sei versichert, du erhältst Abschriften. Sobald ich in Metz bin, veranlasse ich, sie für dich anzufertigen, und kümmere mich persönlich darum, dass ein Bote sie dir bringt. Ich nehme an, du bleibst für längere Zeit hier, da du nun kein offizielles Amt mehr bekleidest?«

»Ganz recht«, antwortete Wittiges knapp, erhob sich und wünschte Wandalenus eine gute Nacht. Ohne sich nach Pontus umzuschauen, eilte er hinüber in die Kanzlei. Wie erwartet traf sein Verwalter wenig später dort ein.

»Was jetzt?«, fragte Pontus.

Wittiges starrte die Wand an. »Wir können nur noch eines tun, nicht wahr? Nur – bleibt uns noch genügend Zeit dazu?«

»Sollen wir Brunichild in die Sache einweihen?«, erkundigte sich Pontus.

»Ich weiß es nicht«, antwortete Wittiges und rieb sich unbehaglich die Schulter. »Sie hineinzuziehen würde die Sache wahrscheinlich komplizierter machen. Wir brauchen aber eine rasche und einfache Lösung – vor morgen früh.« Ich könnte sie heiraten, jetzt hab ich einen guten Grund dazu, dachte er. Los, Pontus, schlag es vor.

Pontus nickte zustimmend. »Das hab ich auch gedacht. Deshalb hab ich jemanden geschickt, der Chramm von Theodos Hof holt – das war doch richtig, oder?«

Wittiges verschränkte die Arme vor der Brust und merkte, wie sich seine Miene verhärtete.

Misstrauisch musterte ihn Pontus. Sollte er sich gerade fragen, ob er, Wittiges, Viola für sich wollte? Gut möglich.

Chramm war vor zwei Tagen auf Theodos Hof zurückgekehrt.

»Das Warten wird uns verdammt lang werden.«

»Und wenn schon.«

In den nächsten Stunden standen sie abwechselnd auf, horchten in den Hof hinaus und unterhielten sich über Belanglosigkeiten. Einige Male war Wittiges versucht, Aletha aufzusuchen und nochmals mit ihr zu reden. Vielleicht, ja, vielleicht gäbe es doch die Möglichkeit, mit Anstand ... nein, er hatte ihr sein Wort gegeben.

Als Chramm eintraf, machte er einen durch und durch erschöpften Eindruck. »Was ist passiert?«, fragte er müde.

Wittiges hielt ihm einen vollen Becher Wein hin. »Noch nichts. Aber gleich. Du heiratest nämlich. Trink das zur Stärkung.«

Chramm nahm den Becher nicht entgegen.

»Würdest du bitte die Braut holen ... und Aletha ebenfalls. Ich denke, sie sollte bei der Trauung dabei sein. Und sei ja leise und erschreck niemanden«, sagte Wittiges zu Pontus, ohne Chramm aus den Augen zu lassen.

Endlich setzte sich Chramm. »Du sagst mir noch, was das alles zu bedeuten hat?«

»Wir verlangen von dir ein Opfer, das dir aber sicher nicht schwerfällt. Es geht um Viola.«

So einfach war es dann doch nicht, den Jungen von der Notwendigkeit der raschen Heirat zu überzeugen. Wittiges verlor fast die Geduld mit ihm. Chramm wandte ein, dass Viola vielleicht gern mit Wandalenus nach Metz ginge und mit ihm verheiratet würde.

»Du Schafskopf!«, wetterte Wittiges. »Selbst wenn es so wäre, müssen wir sie vor ihm schützen. Keine Frage, sie gefällt ihm, aber sie ist nur eine hübsche Zutat zu ihrem Vermögen. Er wäre nicht der Einzige, der auf diese Art zu Geld kommt.«

Mit Viola wurde es noch schwieriger. Natürlich weigerte sie sich strikt, sich wegen dieser Ratte Wandalenus oder irgendwelcher strittigen Dokumente in eine Ehe zu stürzen, gleichgültig, mit wem. Chramm tat Wittiges leid, weil Viola wenig Rücksicht auf seine Gefühle nahm, dabei war er sich sicher, dass sie ihn mochte. Allerdings hatte sie sich einen anderen in den Kopf gesetzt: ihn, Wittiges. Und dann sprach sie es auch noch aus.

»Wenn überhaupt, heirate ich dich«, sagte sie herausfordernd.

Ernst schüttelte Wittiges den Kopf. »Ich bin bereits verheiratet.«

»Und wenn schon! Selbst die Könige haben mehrere Ehefrauen. Chilperich, Guntram, ihr Vater Chlothar. Bist du besser als sie?«

»In dieser Hinsicht zweifellos, denn ich achte das Gesetz der Kirche, das mir nur eine Ehefrau gestattet. Und außerdem – ich will nur die eine.« Er schaute Aletha mit aller Innigkeit, zu der er momentan fähig war, in die Augen. »Nachdem ihr beide, du und Chramm, geheiratet habt, werden wir unser Ehegelöbnis erneuern.«

Eine Weile blieb es still, dann seufzte Viola auf. »Also gut.«

»Gehen wir in die Kapelle hinüber, aber leise, wenn ich bitten darf«, drängte Pontus, aber Chramm zögerte und blieb zurück.

»Was noch?«, fragte Wittiges ungnädig. »Bist du nicht zufrieden, dass dir gleich die schönste Frau der Welt gehört?«

»Ich finde es nicht besonders erhebend, als Notnagel zu dienen«, sagte Chramm mürrisch.

Wittiges lachte rau. »Warum soll es dir besser ergehen als mir? Als ich Aletha heiratete, wollte sie mich eigentlich nicht, und es nahm auch keinen guten Anfang mit uns. Erleichtert dich das nicht? Brunichild zwang uns damals zur Heirat. Und schau uns jetzt an. Wir lieben uns von ganzem Herzen. Was du aus dieser Ehe machst, ist deine Angelegenheit.«

Pontus bemühte sich redlich, der Zeremonie einen feierlichen Anstrich zu geben. Dem Verlöbnis vor der Kapellentür, das bereits die Ehe begründete, folgte die eigentliche Trauung, bei der Wittiges und Aletha als Zeugen fungierten. Danach zogen sie alle in die Kapelle ein, wo Pontus klangvoll und wortreich den Segen des Himmels auf das Brautpaar herabflehte. Er verwies auf Beispiele aus der Bibel über gelungene Ehen, über Vertrauen, Treue und ewige Liebe, an der die Heiligen im Himmel ihre Freude hatten. Bewegt erneuerte auch Wittiges sein Ehegelöbnis und legte alles, was er für Aletha empfand, in die Stimme. Sie standen sich gegenüber und vergaßen die anderen. Es war die wirkliche, die wahre Liebe, die sie beide verband. Kein Strohfeuer der Leidenschaft.

Nach der Zeremonie ging Aletha zwei Mägde wecken, um mit ihnen ein Brautgemach herzurichten. Pontus nahm den Bräutigam beiseite und redete auf ihn ein. Wittiges bemerkte, wie sich Verlegenheit auf Chramms Gesicht zeigte, und konnte sich ungefähr zusammenreimen, was der Mönch dem jungen Mann mitteilte: Bis zum Morgengrauen musste die Ehe vollzogen sein.

Als Aletha und Wittiges Viola an die Hand nahmen, um sie gemeinsam zum Brautgemach zu geleiten, dachte Wittiges daran, wie er vor vielen Jahren die Hand eines kleines Mädchens gehalten hatte, das seinem Schutz anvertraut worden war. Aber diesmal war es kein väterliches Gefühl, das ihn durchrieselte, als Viola es fertigbrachte, mit zwei Fingern nach seinem Puls zu tasten und ihm sacht über das Gelenk zu streichen, eine erstaunlich erotische Berührung. Aber das änderte nichts.

Am nächsten Morgen herrschte bereits früh Unruhe im Haus. Wandalenus und seine Männer nahmen nur ein kleines Frühstück ein, während bereits die Pferde gesattelt wurden. Wittiges gesellte sich erst recht spät zu ihm und traf ihn im Gespräch mit Brunichild an, die sich wohl nur eingefunden hatte, um Wandalenus zu verabschieden.

»Wo ist das Mädchen?«, fragte Wandalenus mit vollem Mund.

»Es tut mir leid, aber die Gegebenheiten haben sich geändert,«, entgegnete Wittiges ruhig. »Das Mädchen, von dem du sprichst, ist inzwischen verheiratet.«

»O ja! Das ist sie.« Pontus kam herein, brachte einen deutlich spürbaren Hauch von Kälte mit und rieb sich geschäftig die Hände. »Ist noch etwas kalter Braten da? Heiß wäre er mir allerdings lieber. Es friert draußen wieder.« Unauffällig nickte er Wittiges zu.

Wandalenus schleuderte den Becher, den er in einer Hand hielt, auf den Boden, wo das Bier eine Lache bildete. »Was soll das heißen – das Mädchen ist verheiratet?«, polterte er.

»Das wüsste ich auch gern«, mischte sich Brunichild ein. »Um wen geht es überhaupt? Doch nicht um Viola?« Ungläubig schaute sie von einem zum anderen.

Wandalenus ignorierte ihren Einwurf und herrschte Wittiges an. »Falls du auf die lächerliche Idee gekommen bist, das Mädchen rasch zu heiraten, so lass dir gesagt sein, dass ich die Ehe nicht anerkenne. Das Mädchen ist mir zugesprochen worden, und dabei bleibt es.«

»Bitte?«, fragte Brunichild dazwischen und funkelte Wittiges so an, dass es ihn kalt überlief. Beschwichtigend hob er die Hände.

»Wer sollte die Trauung überhaupt vollzogen haben?«, fragte Wandalenus höhnisch. »Du etwa?« Er zeigte auf Pontus.

Lächelnd nickte dieser, die Hände in den Kuttenärmeln verborgen. An diesem Tag trug er ein besonders sauberes Gewand, und anscheinend hatte er die Tonsur frisch geschoren. Die kahle Stelle auf seinem Haupt leuchtete rosig und glänzte, als habe er sie zusätzlich mit Öl eingerieben, um sie auffälliger zu machen. Dazu trug er ein kleines Silberkreuz auf der Brust, das Wittiges noch nie gesehen hatte. Pontus kam ihm geradezu verwandelt vor, ein Hauch von pastoraler Würde umschwebte ihn.

»Du täuschst mich nicht!«, polterte Wandalenus. »Ich könnte darauf wetten, du bist nicht mal ein ordentlicher Christ. Arianer, stimmt's? Die Leute aus dem Süden sind es meistens. Und dass du von dort kommst, verrät deine Sprache.« Der Griff an den Gürtel, wo sein Schwert hing, verriet, dass er sich auf einen Kampf einrichtete.

Dass sich diese Heirat als ungültig erweisen könnte, beschäftigte Wittiges, seit die Trauung vollzogen war. Es gab nur Pontus' Behauptung, er habe irgendwann in grauer Vorzeit die Priesterweihe erhalten. Wendig wie ein Aal, schlüpfte er von Zeit zu Zeit in eine Rolle, die ihm höchstwahrscheinlich nicht zustand, und wand sich wieder heraus, sobald es ihm passte. Nie hatte Wittiges so handfeste Zweifel an seinem geistlichen Stand gehegt.

Demütig neigte Pontus den Kopf und sprach erstaunlich leise, aber klar verständlich. »Vor zwanzig Jahren habe ich im Kloster von Cahors die Weihe zum Priester empfangen. In der Chronik dort müsste ein Vermerk darüber zu finden sein, und es leben sicher noch Mönche, die sich daran erinnern. Ich habe einige Jahre die Bibliothek geführt, übrigens eine bemerkenswert umfangreiche mit vielen aus der Römerzeit überkommenen Schriften. Ich habe dort untilgbare Spuren hinterlassen, verstehst du?«

Cahors gehörte zu Chilperichs Machtbereich, und es war unwahrscheinlich, dass Wandalenus eine Abordnung dorthin senden würde, um Pontus' Angaben zu überprüfen. Einmal mehr staunte Wittiges über das Geschick seines alten Freunds, im richtigen Moment das Richtige vorzubringen. Ob es allerdings die Wahrheit war …

Brunichild war einige Schritte hin und her gegangen, blieb nun wieder bei den Männern stehen und rang um Fassung. »Warum hat mir niemand etwas gesagt? Vielleicht sollten wir das Mädchen selbst befragen«, mischte sie sich wieder ein. »Wo ist sie?«

»Mit ihrem Ehemann auf einer Pilgerreise«, gab Pontus vergnügt bekannt. »Und falls noch Zweifel an der Eheschließung bestehen, so werden Wittiges und Aletha sie gern unter Eid bezeugen.«

Im Morgengrauen hatte Pontus das Paar mit einem Begleitschreiben von Wittiges auf das Nachbargut geschickt, das *dux* Lupus gehörte, den Wittiges immer noch auf seiner Seite wusste. Er würde die beiden nicht an Wandalenus verraten, dessen war er sich einigermaßen sicher.

»Mit ihrem Ehemann?« Wieder starrte Brunichild Wittiges an, der nun unverhohlen grinste.

»Würde mich bitte jemand vollständig aufklären?«, forderte sie eisig.

»Aber ja«, kam Wandalenus Wittiges zuvor, gab eine langatmige Erklärung ab und präsentierte der Königin die Dokumente, die sie sorgfältig studierte.

»Das scheint mir ziemlich eindeutig«, sagte sie langsam, als sie endlich wieder aufschaute.

Ein Ausdruck des Triumphs stahl sich in Wandalenus' Züge, dennoch spielte seine Hand weiter mit dem Griff des Schwerts.

»Das ist eine Sache für die Rechtsgelehrten«, beschied Brunichild schroff. »Wandalenus' Anspruch kann nicht so einfach übergangen werden. Daher …«

Das hieß, dass Chramm mit Wandalenus' Rache zu rechnen hatte, wenn feststand, dass dieser das Gesetz des Königs auf seiner Seite hatte.

»Vielleicht darf ich auch etwas dazu bemerken«, fiel ihr Wittiges ins Wort. »Bevor Cniva Viola in seine Obhut nahm, war ich für sie verantwortlich, und jetzt, da er fort ist, bin ich es wieder, daran kann kein Zweifel bestehen. Allerdings hat nicht viel gefehlt, und ich wäre …« Er senkte die Stimme, stockte, suchte den Blickkontakt mit der Königin und setzte nur in Gedanken den Satz fort: … beim Versuch, Merowech zu retten, mit draufgegangen. Nur aus den Augenwinkeln bemerkte er, dass Wandalenus einen Einwand vorbringen wollte, aber Brunichild hob abwehrend die Hand.

»Sprich weiter!«

»Nun, ich bin hier, und ich kann für sie sorgen. Die Heirat mit Chramm war längst beschlossene Sache und entsprach Cnivas Wunsch. Viola hat den allseits geachteten jüngeren Bruder eines *anstrustios* Sigiberts geheiratet. Was habt ihr gegen eine solche Verbindung einzuwenden?« Höchstens, dass dieser ältere Bruder einer derjenigen war, die Sigibert getötet hatten, aber daran wollte Wittiges nicht ausdrücklich erinnern. Chramm war damals noch ein Kind gewesen, er hatte keinen Anteil an dieser Tat gehabt.

Offensichtlich wusste Brunichild, wer Chramm war, sie hatte ihn einige Male gesehen, aber nie mit ihm gesprochen, und er hatte nicht gewagt, sich ihr zu nähern, als fürchte er sich davor, ungute Erinnerungen heraufzuschwören.

Ihre Augen verschatteten sich, aber sie wandte den Blick nicht von Wittiges ab.

»So entspricht diese Heirat auch deinem Wunsch?«, fragte sie leise.

Kommt es darauf an, fragte sich Wittiges, ob ich mir diese Heirat gewünscht habe? Brunichild war dabei gewesen, als Viola vor dem Feuer getanzt hatte, und sie hatte ihn sicher beobachtet und erkannt, was in ihm vorging. Es war eine gemeine Frage, und offensichtlich erheischte sie eine Antwort.

»Ja, ich billige diese Verbindung voll und ganz«, stieß er hervor.

Ein flüchtiges Lächeln glitt über ihre Züge. »Dann erkläre ich im Namen des Königs, für den ich die Regierungsgewalt ausübe, die Heirat für rechtmäßig mit allen Konsequenzen, was das Vermögen Violas betrifft.«

»Aber das ist …«, schrie Wandalenus.

»… eine abgeschlossene und beschiedene Sache«, mischte sich der Rachinburger unmissverständlich, wenn auch mit einer Spur Bedauern ein. Wahrscheinlich entging ihm gerade eine ansehnliche Belohnung für seine Beteiligung an diesem Komplott.

»Dann wäre das geklärt«, sagte Brunichild und wandte sich an Wandalenus. »Übrigens, ich werde mit dir reisen. Warte mit deinem Aufbruch, bis ich fertig bin.«

Das hieß, dass er sich noch eine Weile gedulden musste, falls er daran dachte, Viola und Chramm zu verfolgen, wobei er nicht einmal wusste, wohin die beiden geflohen waren. Wittiges ahnte, welches Spiel Brunichild spielte. Mit einiger Sicherheit vermutete sie, dass die Dokumente gefälscht waren, mochte aber Wandalenus nicht bloßstellen. Mittlerweile gehörte er zu ihren engsten Verbündeten, da wäre es unklug gewesen, ihn sich zum Feind zu machen. So hatte sie ihn wirkungsvoll außer Gefecht gesetzt, ohne ihm eine Handhabe zu geben, sich an ihr zu rächen. Sie setzte sogar noch eins drauf.

»Das nächste Mal möchte ich vorher informiert werden. Aber es war sehr richtig von dir, dich der Sache anzunehmen«, fuhr sie ernst fort. »Auch mir liegt daran, dass dieses Mädchen gut versorgt ist, aber daran besteht ja nun kein Zweifel mehr.«

Wandalenus verneigte sich zum Zeichen, dass er sich geschlagen gab. Wittiges gönnte ihm die Niederlage von Herzen. Im Übrigen spürte er nur noch eine furchtbare Müdigkeit und Schwäche, und er musste mit dem unvertrauten Gefühl der Entsagung fertig werden.

Wandalenus wartete, bis Brunichild den Raum verlassen hatte, bevor er Wittiges ansprach.

»Das Mädchen kann mit diesem Krüppel nichts anfangen. Die Ehe schert mich nicht im Geringsten. Glaub mir, es ist noch nicht vorbei«, zischte er. »Am Ende bekomme ich immer, was ich will.«

Wittiges begleitete die Königin in den Stallhof, wo ihr Pferd bereitstand.

»Ich habe mich die ganze Zeit hier schrecklich gehen lassen«, sagte sie plötzlich mit spürbarer Traurigkeit. »Entschuldige, ich habe dir nicht dafür gedankt, dass du wieder einmal dein Leben aufs Spiel gesetzt hast. Für mich – für Merowech, auch wenn du ihn nicht retten konntest.«

Auf einmal entstand wieder eine Vertrautheit zwischen ihnen, die er längst verloren geglaubt hatte.

»Ich dachte, du hältst mich für mitschuldig«, murmelte er.

Unauffällig schob sie ihre Hand in die seine, während sie sich dicht an seiner Seite hielt. Ihre Hand fühlte sich so warm und klein an wie die eines Kindes – eines schutzbedürftigen Kindes.

»Habe ich auch«, bekannte sie offen. »Aber das war nur der Schmerz. Da ich die wahren Schuldigen nicht belangen konnte, richtete sich mein Zorn auf dich. Kannst du mir auch diesmal noch verzeihen?«

»Ich werde mir Mühe geben. Genügt dir das?«

Sie lachte verhalten. »Was ich an dir so schätze, ist deine unverfrorene Ehrlichkeit. Solange du die beibehältst, weiß ich, dass du mich weder belügst noch hintergehst wie so viele andere.«

Dessen sei dir bloß nicht zu sicher, dachte er, erwiderte aber den freundlichen Druck ihrer Hand.

3 Eine Woche vor Ostern machte sich Wittiges auf in den Süden. Der Winter war mehrmals zurückgekehrt, sodass sich der Aufbruch immer wieder verzögert hatte, aber schließlich war es so weit. Er verließ Aletha höchst ungern, denn er machte sich wieder ernsthaft Sorgen um sie. Aber es gab immer noch genügend

Tage, an denen sie ihm beinahe gesund vorkam. Dann ließen sie zuweilen alles stehen und liegen und ritten auf zwei der Falben aus. Er auf dem Sohn Bautos, der ihm mittlerweile das liebste Pferd war, sie auf einer munteren, ausdauernden Stute, die das besondere Talent ihres Ahns geerbt hatte, die fünfte Gangart, den Tölt, der das Reiten so angenehm ruhig machte.

Zwischen ihm und Aletha hatte sich eine neue Vertrautheit entwickelt, die beide genossen. Ein Blick, eine Geste genügten, und eine warme Zärtlichkeit wallte auf, zugleich aber auch das Gefühl, dass die gemeinsame Zeit kostbar und knapp wurde. Jede Nacht hielt er sie in den Armen, streichelte und küsste sie, bis sie einschlief, vermied aber den eigentlichen Beischlaf. Pontus hatte ihn gewarnt: Eine Schwangerschaft konnte ihre Kräfte so aufzehren, dass sie sie nicht überlebte.

An ihren guten Tagen beschäftigte sich Aletha intensiv mit der Entwicklung von Filzstoffen, und die Ergebnisse nach langem Herumprobieren sahen schon recht manierlich aus.

Viola und Chramm hatten ihr Eheleben auf Theodos Hof begonnen, nachdem sie vier Wochen auf dem Nachbargut verbracht hatten. Fast sah es so aus, als hätte Wandalenus seine finsteren Absichten aufgegeben, denn es wurden weder verdächtige Gestalten in der Nähe von *casa alba* oder Theodos Hof gesichtet, noch waren irgendwelche dubiosen Aufforderungen aus Metz oder Reims eingetroffen. *Casa alba* war in Winterruhe gesunken.

Aber nun hatte der Frühling seinen Einzug gehalten, die ersten Zugvögel kehrten zurück und stimmten zusammen mit den daheimgebliebenen Vögeln ihre betäubenden Paarungsgesänge an.

Wittiges hatte zusammen mit Pontus einige Vorkehrungen für die Sicherheit seiner Leute getroffen, die darin gipfelten, eine ständige Wachtruppe aufzustellen und eine zweite auf Theodos Hof zu postieren. Hauptsächlich ging es ihm dort um Violas Sicherheit. Fälle von Frauenraub waren nicht gerade selten, wenn es auch meist um Ledige ging, an deren Vermögen oder Erbe jemand gelangen wollte.

Viola hatte sich anscheinend in ihre erzwungene Ehe gefügt. Sie begegnete Wittiges nicht mehr mit der aufreizenden Haltung von früher, und dennoch versetzte ihn jede Begegnung mit ihr in einen unerwünschten, schmerzlichen Taumel.

Es würde eine lange Reise werden, weil er einerseits endlich die Nachforschungen nach Felix aufnehmen, aber auch in Marseille seinen Geschäften nachgehen wollte. Er reiste nur mit kleinem Gefolge und leichtem Gepäck, das hieß, lediglich ein Knecht begleitete ihn, was weder Pontus noch Aletha guthießen. Aber Wittiges hatte vor, in Marseille weitere Männer anzuheuern, um die Waren, die er einzukaufen gedachte, sicher nach *casa alba* zu schaffen. Was seine Nachforschungen betraf, kam er allein am besten zurecht, wie er aus seinen Spionagediensten in der Vergangenheit wusste. Als großer Herr mit entsprechendem Gefolge aufzutreten hätte nur unerwünschte Aufmerksamkeit auf ihn gelenkt. Geld führte er diesmal lediglich in geringer Menge mit sich. Als Mitglied einer großen Händlerbruderschaft hatte er in Reims einen Betrag hinterlegt und dafür ein Dokument erhalten, das es ihm ermöglichte, bis zum angegebenen Betrag einzukaufen. Den Geldtransfer würden Reimser Händler übernehmen, die eine stetige Handelsroute in den Süden unterhielten.

Ein Teil des Gelds stammte aus Violas Vermögen, denn Wittiges war knapp bei Kasse, da die Instandhaltung der Villa immer mehr Geld verschlang und er in letzter Zeit wenig Geschenke vom Hof erhalten hatte, die übliche Art für einen *anstrustio,* an Geld zu kommen.

Felix war vor rund einem Jahr verschwunden, und Wittiges fragte sich, wo er mit den Nachforschungen beginnen sollte.

Chalon war sein erstes Ziel.

Nach einer Woche in der Stadt hatte er den niederschmetternden Eindruck, gestrandet zu sein. Beinahe alle Händler hatte er aufgesucht, auch die unbedeutenden, hatte mit ihnen getrunken und gegessen und hartnäckig in ihren Erinnerungen gewühlt.

Über die Trauerfeierlichkeiten vor einem Jahr waren viele Geschichten im Umlauf. Eine befasste sich mit dem Streit der Königinnen Brunichild und Fredegund vor der Kirche, wo es darum gegangen war, welcher der beiden als der Ranghöheren der Zutritt als Erster zustand. Eine alberne Geschichte. An die Entführung eines Kinds erinnerte sich niemand. Mit jedem Tag, der ergebnislos verstrich, verdichtete sich der ganze Jammer eines Jahrs bis zu tiefer Verzweiflung. Wo war Felix? Was war aus ihm geworden? Es musste eine Antwort auf diese Fragen geben. Hier, in dieser Stadt. Chalon kam ihm vor wie in Nebel gehüllt, in einen Nebel der Verweigerung, der Täuschung, den er zu durchdringen suchte, um dahinter die Wahrheit über seinen Sohn herauszufinden.

Nach der ersten Woche besuchte er einen der großen Händler zum zweiten Mal, denn er hatte ihm von den Filzstoffen erzählt, von denen er Proben mitgenommen hatte, und der Mann hatte Interesse gezeigt.

Nikomedes rieb den Stoff, zerrte und dehnte ihn, ließ von einem Sklaven eine Kanne Wasser bringen, goss Wasser über das Stoffstück und sah zu, wie die Tropfen sauber abperlten, ohne in das Gewebe einzudringen.

»Nicht übel«, urteilte er schließlich, »gar nicht übel. Aber viel zu steif. Was soll man damit anfangen?« Er seufzte und legte den Stoff auf ein Tischchen neben sich, wo schon andere Filzstücke lagen.

Als gewiefter Verkäufer ließ sich Wittiges nicht täuschen. Der Mann hatte angebissen.

»Das musst du wissen. Ich biete dir den Stoff nur einmal an. Glaub mir: Ich habe genügend Nachfrage und bin auf dich nicht angewiesen.«

»Na schön! Kommen wir zum Geschäft!« Nikomedes breitete die Arme aus. Seine fette Gestalt war in ein weites, wallendes Gewand gehüllt, das über den Gürtel hing und ihn verdeckte, sich bei dieser raumgreifenden Bewegung aber spannte.

Der breite Ledergurt, den er um die dicke Mitte trug, wurde sichtbar.

Wittiges blinzelte ungläubig.

Hatte Nikomedes diesen Gürtel bereits beim ersten Besuch getragen? Dann hätte ihm die Schließe auffallen müssen.

»Schöne Schließe.« Scheinbar beiläufig deutete er darauf.

»Was?« Nikomedes ließ verdutzt die Arme sinken.

»Die Schließe. Gute Arbeit.«

Nikomedes fasste sich an den Gürtel, rüttelte daran, sodass der ganze Bauch bebte, und lächelte breit. »Stammt aus Spanien.« Er raffte den Stoff so, dass er die Schließe nicht mehr verdeckte. »Kommt dir das Muster bekannt vor?«

Und ob!, dachte Wittiges erregt. Als er die Schließe zum letzten Mal gesehen hatte, hatte sie Cnivas Gürtel zusammengehalten. Es war eine schwere Schließe mit eingelassenen Karfunkeln, die an der Oberseite völlig plan geschliffen waren. Silberstege begrenzten die einzelnen Segmente, meist Dreiecke, die sich zu einem einfachen Muster zusammensetzten, das in der Gesamtwirkung aber bestechend kunstvoll wirkte.

»Du hast die Schließe nicht für dich anfertigen lassen?«, erkundigte er sich, während ihm der Mund trocken wurde.

»Nein, ich habe sie fertig gekauft, und nun lass uns über den Preis für den Stoff reden und wann du liefern kannst. Aber erst einmal nur einige Zoll. Und gibt es den Stoff breiter?«

Wittiges stürzte sich in die Verhandlung über Preis, Lieferbedingungen, Stofffarbe und Dicke und war die ganze Zeit über kaum bei der Sache. Wie sollte er das Gespräch wieder auf die Schließe bringen? Er verging beinahe vor Ungeduld, fragte sich aber, ob das Verschwinden von Felix überhaupt etwas mit dem von Cniva zu tun hatte. Es war nicht mehr als eine Ahnung, dass es einen Zusammenhang gab.

»Ich würde dir die Schließe gern abkaufen«, wagte er sich endlich vor, als das Geschäft mit dem Stoff so gut wie abgeschlossen war.

Nikomedes schlug sich auf den feisten Wanst. »Dacht ich's mir doch! Sie gefällt dir. Ich hab gemerkt, wie du sie immer wieder angestarrt hast. Aber sie ist nicht zu verkaufen, sie gefällt mir selbst. Sie passt zu mir.«

»Dann könntest du mir wenigstens verraten, woher du sie hast.« Wittiges hatte Mühe, seiner Stimme einen gleichmütigen Klang zu verleihen. Er hatte sich geradezu in den Gedanken verbissen, Cnivas Gürtelschließe gefunden zu haben.

»War ein Gelegenheitskauf«, winkte Nikomedes ab. »Ich kann dir nicht sagen, wo sie angefertigt wurde. Wie gesagt, in Spanien, aber wer will das so genau wissen?«

»Ich. Solche Arbeiten werden für den Hof in Toledo angefertigt, ich kenne mich da aus«, erklärte Wittiges großspurig. »Hat sich der Gelegenheitskauf hier ergeben?«

»Allmählich wird deine Fragerei lästig. Hat sie etwas mit deinen Erkundigungen zu tun, die du auch bei anderen Händlern eingezogen hast? Es spricht sich herum, weißt du. Geht es um dieses Kind?«

Wittiges hatte keineswegs allen verraten, warum er die vielen Fragen stellte, nur einigen hatte er zumindest die halbe Wahrheit gestanden. Irgendetwas hielt ihn davon ab, mehr zu sagen.

»Und wenn?«

Nikomedes wuchtete sich von seinem Stuhl hoch. »Vergiss diese Suche, sie bringt nichts. Und nun sag mir, ob du an Geschäften mit mir interessiert bist oder nicht. Ich will nicht den ganzen Tag mit dir verschwenden.«

Das war ein grober Verstoß gegen das Gesetz der Höflichkeit. Wittiges sah aber ein, dass er nicht weiterkam, und so verabschiedete er sich, nicht ohne vorher die ausgehandelten Kontraktsbedingungen zu bestätigen, um den Anschein des üblichen Geschäftsgebarens aufrechtzuerhalten.

Noch am gleichen Tag wurde er von einem Hofbeamten Guntrams, der ihn am späten Nachmittag in seiner Unterkunft aufspürte, zu einer Audienz in den Palast gebeten. Anscheinend stimmte, was Nikomedes erwähnt hatte: Über ihn wurde bereits in der Stadt geredet.

Er hatte nicht einmal ein Gewand, das dem Anlass entsprach, und musste der Aufforderung in seinen notdürftig ausgeklopften und gelüfteten Reisekleidern nachkommen. Vor Jahren hatte er Unterhandlungen für Brunichild geführt, bei denen es um das Wergeld für ihre ermordete Schwester gegangen war. Daher erinnerte sich Guntram noch sehr gut an ihn. Der König begrüßte ihn höflich, aber nicht allzu freundlich, als erwarte er, etwas Unerfreuliches zu hören.

»Wie geht es meiner Schwägerin? Wie hat sie ihren tragischen Verlust verkraftet?«, fragte er.

»Königin Brunichild?«, erkundigte sich Wittiges, um Zeit zu gewinnen.

»Du bringst keine Botschaft von ihr? Es heißt, du bist bereits seit einigen Tagen in der Stadt. Warum erscheinst du erst heute bei mir?«

Wittiges hatte das merkwürdige Gefühl, in etwas hineingeraten zu sein, das sich seinem Verständnis entzog. Guntram wirkte angespannt. Er empfing ihn auch nicht allein, sondern zusammen mit zwei Ratgebern, von denen der eine sein wichtigster Heerführer war, *dux* Boso. Die Gegenwart des Herzogs ließ darauf schließen, dass wieder kriegerische Auseinandersetzungen bevorstanden. Nur, was hatten Neustrien und Brunichild damit zu tun?

»Um ehrlich zu sein, ich habe die Königin seit Weihnachten nicht mehr gesehen und bin in einer Angelegenheit in eigener Sache hier. Ich suche nach meinem Sohn Felix, der in dieser Stadt verschwunden ist. Vor etwa einem Jahr, vielleicht hast du davon gehört.«

Guntram schlug die Hand vor den Mund und starrte ihn entsetzt an. »Er war dein Sohn? Das hat sie damals nicht gesagt.«

Wittiges wartete schweigend darauf, dass der König fortfuhr. Er wusste also von Felix' Entführung? Das war neu für ihn.

»Der kleine Bertho sollte entführt werden, nicht wahr? Aber er wurde mit einem anderen Jungen verwechselt. Es tut mir leid, dass es ausgerechnet dein Sohn war. Hätte ich das geahnt, ich hätte …« Guntram verstummte.

Wittiges war heilfroh, endlich offen über die Sache mit jemandem reden zu können. Das war entschieden ein Fortschritt.

»Wir haben damals die Stadt Haus für Haus durchsucht«, mischte sich Boso ein. »Und nicht mehr erfahren, als wir bereits wussten. Es waren Fremde, die dem Kind aufgelauert hatten. Es war eine von langer Hand geplante Entführung. Mich verwundert nur …« Er dachte nach. »Sobald sie den Irrtum bemerkten, hätten sie den Jungen freilassen müssen, und falls sie ihn sofort getötet hätten, hätte man seine Leiche gefunden. Ich frage mich ernsthaft, warum der Junge weder tot noch lebendig wieder aufgetaucht ist. Was nutzte er ihnen denn noch? Spätestens seit Berthos Einsetzung als Erbe von Burgund war klar, dass sie sich den falschen Jungen geschnappt hatten.«

Bosos Ausführungen lösten einen irrsinnigen Schub von Hoffnung bei Wittiges aus. »Du meinst, er könnte noch leben?«

Boso betrachtete ihn mitleidig. »Ehrlich gesagt, nein. Wer weiß, welchen Strauchdieben oder Halunken er in die Hände gefallen ist. Selbst Meuchelmörder sind nicht mehr das, was sie einmal waren. Es gibt keinen Ehrenkodex mehr, der ihnen gebietet, die Toten zu ehren.«

Wie Strohfeuer sank Wittiges' Hoffnung in sich zusammen. Er erhob sich. »Da ja nun klar ist, dass ich nicht als offizieller Bote Königin Brunichilds hier bin, gestattet Ihr mir, mich zurückzuziehen?«

»Noch nicht«, sagte Guntram rasch. »Es wäre mir lieb, wenn du die Übermittlung wichtiger Nachrichten an den Hof von Neustrien übernähmst. Kaiser Tiberius zieht gegen die Langobarden in Oberitalien, und es sieht nicht gut für ihn aus. Alles spricht für eine schwere Niederlage der Byzantiner. Eure Gebiete um Marseille sind in unmittelbarer Gefahr.«

Wittiges verstand sofort. Der Kaiser galt immer noch als Oberherr aller fränkischen Könige. Seine Siege und vor allem seine Niederlagen betrafen also auch die fränkischen Reiche, und es würde sich noch zeigen, in welcher Weise diesmal. Warum aber wies Guntram nicht darauf hin, dass auch seine Hälfte von Marseille in Gefahr war? Wollte er etwa die Verteidigung der Grenzgebiete Brunichild überlassen? Und von Marseille war es nicht weit bis Arles und bis in den Süden Burgunds. Guntram hatte durch die Langobarden mehr zu verlieren als Brunichild.

Als er sich endlich verabschieden konnte, hatte er einen Entschluss gefasst. Er würde nicht nach Metz aufbrechen, sondern seine Reise in den Süden fortsetzen und in Marseille Näheres über die Lage in Oberitalien in Erfahrung bringen.

Aber vorher brach er in das Haus von Nikomedes ein.

Es war kurz nach Mitternacht, und die Stadt lag in tiefem Schlaf. Es zahlte sich aus, dass er sich dank seiner häufigen Besuche in der Anlage von Haus, Hof und Garten städtischer Anwesen gut auskannte. Daher hatte er bald eine kleine Pforte ausfindig gemacht, die sich an der Rückseite des Grundstücks befand und von Knechten und Mägden für Botengänge benutzt wurde. Das Schloss gab bereits nach kurzer Gewaltanwendung nach. Wittiges tastete sich im Dunklen weiter vor. Wie die meisten Stadthäuser hatte auch dieses einen Innenhof und eine umlaufende Galerie im Obergeschoss. Dort lagen die Schlafräume. Er schlich die Treppe hinauf, tappte die Galerie entlang und horchte an jeder Tür.

Schließlich raffte er behutsam einen der schweren Vorhänge beiseite, die als Türen dienten. Ein tiefes Schnarchen, unterbrochen von Atemaussetzern, ließ ihn vermuten, am richtigen Ort zu sein. Er hoffte nur, dass Nikomedes keine Magd mit ins Bett genommen hatte.

Wittiges trat zum Fenster und schob den Vorhang beiseite, bis genügend Mondlicht von draußen hereinfiel, damit er sich zurechtfand. Leise entzündete er eine der Öllampen in der Nähe des Betts und zog seinen Dolch aus der Scheide.

Er rüttelte sacht den Schlafenden. Erst als er das Rütteln mit mehr Druck wiederholte, grunzte Nikomedes und öffnete die Augen.

»Beweg dich nicht!«, zischte Wittiges und hielt ihm die Klinge an den Hals.

Nikomedes erstarrte, die Augen traten ihm fast aus den Höhlen vor Angst.

»Wittiges? Was willst du? Die Schließe? Nimm sie dir«, keuchte er.

»Ich hab nicht die Absicht, dich zu berauben. Alles, was ich verlange, sind Antworten. Woher hast du die Schließe? Hättest du mir gleich geantwortet, hätten wir uns diese Begegnung hier erspart«, knurrte Wittiges gedämpft.

»Bitte!« Nikomedes wollte eine fette, fleischige Hand zwischen die Klinge und seinen Hals schieben, aber Wittiges stach zu, und der Händler quiekte. Dabei hatte ihn die Spitze nur berührt.

»Hast du nun verstanden?«, fragte Wittiges erbittert. »Antworte mir, und du bist in Sicherheit, oder weigere dich und …« Er hielt dem Mann die Klinge wieder an den Hals.

Nikomedes schluckte, während ihm Tränen über die Wangen liefen. »Ich habe die Schließe einem Unbekannten abgekauft, der zusammen mit einem anderen in der Stadt auftauchte. Sie hatten noch mehr anzubieten. Ich hab ihnen außer der Schließe auch ein Schwert abgenommen. Sie wollten bloß zu Geld kommen, verstehst du? Und sie haben nichts über die Herkunft der Sachen verraten. Ich hab allerdings auch nicht gefragt. Zurzeit stellt hier niemand gern Fragen.«

Wittiges war wie betäubt. Wieder waren seine Ermittlungen in eine Sackgasse geraten. Es war zum Verzweifeln. Er versuchte, ein Verbrechen aufzuklären, und beging selbst eines: Er bedrohte einen unbescholtenen Bürger mit der blanken Waffe. Gerade als er das Messer zurückziehen wollte, fiel ihm noch etwas ein.

»Wieso stellt hier niemand Fragen? Warum sagst du so etwas?«

»Kann ich mich aufsetzen?«, flehte Nikomedes. Wittiges zog sein Schwert und richtete die Spitze auf Nikomedes' Brust. Falls der Händler ein Messer unter dem Kopfkissen versteckt hielt, würde er ihn auf diese Weise daran hindern, es hervorzuziehen.

»Bitte«, sagte er. »Aber keine falsche Bewegung!«

Mit größter Vorsicht setzte sich Nikomedes auf.

»Also?«, fragte Wittiges erneut.

Nikomedes vermied es, seinem Blick zu begegnen. »Hast du nichts von den Unruhen gehört? Darüber gehen die wildesten Gerüchte um. Es könnte Krieg geben. Jeder hier hat Angst.«

Fürchteten sich die Leute vor den Langobarden?, fragte sich Wittiges. Hielten sie Guntram für unfähig, Burgund zu verteidigen?

»Zeig mir dieses Schwert, das du gekauft hast«, forderte er.

»Es liegt auf der Truhe hinter mir.«

Wittiges hatte bisher mit einem Bein auf der Bettkante gekniet, stand nun auf, beugte sich vor und entdeckte die kleine Truhe, die hinter dem Bett stand. In einer Hand hielt er seine Waffe und bedrohte Nikomedes weiterhin damit, mit der anderen langte er nach dem Schwert und warf es auf die Bettdecke.

Wenn er bei der Gürtelschließe schon kaum Zweifel gehegt hatte, so beim Schwert noch weniger: Beides hatte Cniva gehört, und damit wusste er, was er schon geahnt hatte: Cniva war tot, denn freiwillig hätte er sich nicht von diesen Besitztümern getrennt.

»Weißt du wenigstens, woher die Männer kamen?«

Nikomedes zögerte mit der Antwort. »Waren es Burgunder?«, hakte Wittiges nach.

»O ja, das waren sie«, keuchte der Händler. Auf einmal griff er sich ans Herz und fiel mit einem klagenden Schrei zurück in die Kissen. Seine Augen zeigten nur noch das Weiße.

Rasch legte Wittiges ihm unterhalb des Ohrs zwei Finger an den Hals und war einigermaßen beruhigt, als er den Pulsschlag spürte, der allerdings sehr unregelmäßig war. Nikomedes war zwar nicht tot, dennoch machte sich Wittiges nun große Sorgen um ihn. Schließlich hatte er ihn nicht umbringen wollen.

Leise Geräusche verrieten ihm, dass sich im Haus jemand regte, daher konnte er nicht länger bleiben, ohne Gefahr zu laufen, entdeckt zu werden. Er warf noch einen Blick auf das Schwert und den Gürtel und huschte hinaus.

Es war der Vorabend von Karfreitag, die Stadt lag wie ausgestorben da, in schweigendes Dunkel gehüllt wie im Vorgefühl großen Unheils. Am Gründonnerstag hatte Christus die dunkelsten Stunden seines Lebens durchlitten, und alle Christen nahmen daran Anteil, tauchten ein in seine unermessliche Verzweiflung, die am Karfreitag mit dem Tod am Kreuz eine letzte Steigerung erfahren sollte. Es war der alljährliche Weg durch die Finsternis, an dessen Ende das triumphale Licht der Auferstehung leuchten würde.

Guntram hatte Wittiges beim Abschied zu den Feierlichkeiten in seine neue Kirche eingeladen. Wittiges hatte nicht vorgehabt, der Einladung Folge zu leisten, und nachdem er Nikomedes im Bett überfallen hatte, musste er erst recht schleunigst die Stadt verlassen. Ansonsten riskierte er, für seine Tat zur Rechenschaft gezogen zu werden. Dennoch drängte es ihn, etwas für Nikomedes zu tun, er durfte ihn nicht einfach aus seinen Gedanken verbannen und abreisen.

Nach kurzem Nachdenken machte er sich auf den Weg.

Der Gang durch die finstere Stadt war nicht ungefährlich, und er hatte keine allzu genaue Erinnerung, wo der jüdische Arzt wohnte, den er beim letzten Besuch in der Stadt kennengelernt hatte. Aber schließlich fand er das Haus. Im Türrahmen oben an der rechten Seite war ein winziges Kästchen eingelassen, ein jüdisches Glaubenszeichen, und daran erinnerte er sich.

Er ließ den schweren Klopfer gegen die massive Tür fallen.

Nichts rührte sich. Eigentlich war das zu erwarten gewesen. Aber so rasch gab er nicht auf. Unheil verkündend, dröhnten die Schläge durch die Nacht. Endlich, in einer Lauschpause, hörte er Schritte, die sich der Tür von innen näherten.

Trotz der späten Stunde war der Jude vollständig bekleidet. Hatte er sich noch rasch angezogen? Aus dem Flur wehte ein würziger Duft heran. Der Arzt hielt eine Kerze in der Hand, deren Licht in der Zugluft flackerte und jeden Moment zu verlöschen drohte.

Der Mann sagte nichts, sondern starrte Wittiges nur wachsam an, die Lippen fest aufeinandergepresst.

»Ich brauche deine Hilfe«, stieß Wittiges rasch hervor. »Bitte, begleite mich zu einem Kranken.« Sollte er Nikomedes sofort erwähnen? Er hatte vor, den Arzt bis vor die Tür des Händlers zu begleiten, anzuklopfen und ihm alles Weitere zu überlassen, während er sich aus dem Staub machte.

»Nein.« Die Tür, nur einen Spaltbreit offen, begann sich zu schließen.

Wittiges drückte mit einer Hand dagegen. »Du musst mit mir kommen!«, forderte er lauter als beabsichtigt.

Jetzt zeigte sich deutlich Furcht in dem schmalen bärtigen Gesicht vor ihm. »Auf keinen Fall.«

»Aber du musst dich um einen Mann kümmern, der ohne deine Hilfe stirbt. Selbstverständlich bezahle ich dich.«

Hinten im Flur tauchte ein kleiner Junge auf. Mit beiden Händen hielt er einen Schürhaken umklammert.

»Vater?«, rief er mit hoher, ängstlicher Stimme.

Angesichts des mutigen Kleinen, der seinem Vater beispringen wollte, wurde Wittiges höchst unbehaglich zumute.

Der Arzt versuchte die Tür zu schließen, aber nun stemmte sich Wittiges mit aller Kraft dagegen, zwang sie weiter auf und schlüpfte in den Flur. Schreiend stürzte sich das Kind auf ihn, das Eisen hoch erhoben. Wittiges sprang zur Seite und ließ den Schlag ins Leere fahren. Bevor sich das Kind fassen konnte, hatte er den Schürhaken gepackt und ihn an sich gerissen.

»Du brauchst keine Angst zu haben«, keuchte er, »du nicht und niemand hier im Haus. Vor allem dein Vater nicht. Ich will ja nur Hilfe von ihm.«

Der Junge flüchtete zu seinem Vater, der schützend die Arme um ihn legte.

»Bitte, beruhigt euch beide«, fuhr Wittiges flehend fort. »Und bitte, sag mir deinen Namen.«

»Dich kenne ich doch«, sagte der Jude auf einmal. »Du warst letztes Jahr schon hier.« Er musterte Wittiges eingehend und nickte, als wolle er seine Feststellung bestätigen. »Ich bin Samuel, der Arzt. Ja, ich erinnere mich an dich.«

»Gott sei Dank!«, stieß Wittiges erleichtert hervor. »Entschuldige, Samuel, ich habe die Sache vollkommen falsch angefangen. Ich hätte gleich sagen müssen, dass wir uns kennen. Und? Begleitest du mich nun? Ich brauche deine Hilfe für Nikomedes, den Händler, der ...« Er brach ab.

Wieder schüttelte der Jude energisch den Kopf.

»Es ist unmöglich. Ich kann das Haus nicht verlassen.«

Eine Welle von Zorn wallte in Wittiges auf. »Ich denke, du bist Arzt! Und du weigerst dich, einem angesehenen Bürger dieser Stadt, die dir großzügig Wohnrecht gewährt, zu helfen?« Juden waren längst nicht in allen fränkischen Städten willkommen, im Norden noch weniger als im Süden.

»Du scheinst dich auszukennen«, sagte Samuel verächtlich. »Ja, die Stadt duldet uns. Und dennoch … Geh jetzt!« Er wurde laut. Das Kind schaute hasserfüllt zu Wittiges auf.

Langsam sah Wittiges ein, dass hier keine Hilfe zu erwarten war. Besser, er ging und hörte auf, diese Familie zu drangsalieren, nur weil er Hilfe wollte, um die Folgen seiner eigenen Missetat zu mildern.

»Nikomedes? Was fehlt ihm?«, fuhr der Arzt zu seiner Überraschung fort.

»Du kennst ihn?« Neue Hoffnung wallte in Wittiges auf.

»Wenn es der Dicke ist, der nicht weit von der großen Kirche im Händlerviertel wohnt, ja. Noch einmal, was fehlt ihm?«

Jetzt musste Wittiges Farbe bekennen, oder seine ganze Anstrengung war umsonst. »Ich habe ihn zu Tode erschreckt«, antwortete er dumpf. Er stockte, sammelte sich und begann von Neuem, diesmal mit hörbarer Verzweiflung. »Ich bin auf der Suche nach meinem Sohn, der vor einem Jahr hier in der Stadt verschwunden ist. Seit Tagen frage ich überall herum, um eine Spur von ihm zu finden. Es muss diese Spur geben. Und heute habe ich bei Nikomedes etwas herausgefunden, aber er wollte nicht recht mit der Sprache heraus. Deshalb … deshalb … habe ich ihm einen zweiten Besuch abgestattet, vorhin. Ich habe ihn … er ist in seinem Bett zusammengesunken und rührt sich nicht mehr. Es ist nur noch das Weiße in seinen Augen zu sehen.«

»Schlägt sein Herz noch?«, fragte der Arzt ungerührt.

Überrascht von diesem ganz und gar nüchternen Ton, schaute Wittiges auf und nahm eindeutige Neugier in den Augen des anderen wahr.

»Ja, ja! Ich hab nach seinem Puls gefühlt. Er schlägt unregelmäßig, aber er schlägt.«

»Dann brauchst du dir keine allzu großen Sorgen um Nikomedes zu machen. Er hat zu viel träges Blut in den Adern. Ich hab ihm oft genug geraten, weniger zu essen, vor allem von den fetten Speisen und den Süßigkeiten, die er so sehr liebt. Wenn die Osterfeierlichkeiten vorüber sind und ich das Haus wieder verlassen kann, werde ich nach ihm sehen. Spätestens wenn ich ihn zur Ader gelassen habe, kommt er wieder auf die Beine.«

Wittiges hatte sich an die Wand des engen Flurs gelehnt. »Wieso nicht gleich?«

Samuel seufzte und wies den Flur entlang. »Komm mit. Ich sehe, du lässt nicht locker, und ich schulde dir noch etwas, wie ich mich dunkel entsinne.«

Er ging voraus und führte ihn an einer offen stehenden Tür vorbei. Wittiges blickte in einen Raum, der von einem hohen siebenarmigen Silberleuchter wundersam erhellt wurde. An einem Tisch saß eine Frau, den Kopf mit einem schwarzen Schleier bedeckt, neben ihr saßen zwei kleine, dunkel gekleidete Mädchen, auf die sie mit leiser Stimme einsprach.

Auf dem Tisch stand ein Krug mit Wein, und auf einem großen Teller waren einige mit irgendwelchen Köstlichkeiten gefüllte Schälchen angeordnet. Ein Hauch von Zimt und Ingwer hing in der Luft, so sündteuren Gewürzen, dass Wittiges sich insgeheim fragte, wie einträglich die Heilkunst des Hausherrn wohl sein mochte. Neben dem Teller lag ein großer dünner Fladen sehr hellen Brots.

Der Arzt beugte sich zu seinem Sohn hinab, flüsterte ihm etwas ins Ohr und schob ihn durch die Tür zum Rest der Familie. Wittiges ließ er in einem kleinen, karg eingerichteten Raum allein, nachdem er die Kerze abgestellt hatte. Kurz darauf kehrte er in Begleitung einer sehr jungen Magd zurück, die scheu einen Weinkrug, zwei schlichte Tonbecher mit Kerbschnitt am Rand und ein Stück von diesem wunderbar hellen Brot auf den Tisch in der Mitte des Raums stellte und sofort wieder ging.

Behutsam nahm der Jude das Brot in die Hand, murmelte einen Segen, brach ein Stück ab und reichte es Wittiges. Ihm ging auf, dass er an einer kleinen Zeremonie teilnahm, und er erinnerte sich vage, dass auch die Juden um diese Zeit eines ihrer Feste feierten. War nicht auch für sie der Karfreitag ein heiliger Tag?

Mit einer Geste forderte ihn der Jude auf, sich vom Wein zu bedienen.

Das knusprige Brot schmeckte ein wenig fad. Aber da Wittiges hungrig war, aß er es und spülte mit Wein nach. Der Arzt sah ihm dabei zu.

»Ich kann dich nicht in die Stadt begleiten, nicht einmal in der Nacht, denn man weiß nie, wer einem begegnet«, begann er ruhig. »Es gibt neue Verordnungen, die uns Juden dazu anhalten, uns Ostern nicht auf den Straßen zu zeigen. Unser Anblick könnte einen Christen beleidigen und veranlassen, uns aus lauter Wut zu töten, verstehst du? Wir, die Juden, haben Jesus von Nazareth ans Kreuz geschlagen, wir tragen die Schuld an seinem Leiden und Tod.«

»Du doch sicher nicht«, warf Wittiges mit belegter Stimme ein.

»Nein, ich nicht. Ebenso wenig mein Vater, Großvater und Ururgroßvater.«

Seit über fünfhundert Jahren haftete an den Juden diese Schuld, Wittiges hatte nie darüber nachgedacht. Das Wissen darum gehörte zu den fundamentalen christlichen Wahrheiten, von denen ihm diese eine nun eigenartig vorkam. Er musste einmal mit Pontus darüber reden.

»Und diese Verordnung?«

»Ist zu unserem Schutz erlassen worden. Sie ist noch kein Gesetz, aber das wird sie sicher, sobald sich eure Bischöfe wieder zu Synoden treffen. Sie beschäftigen sich recht eingehend mit uns Juden, musst du wissen.«

»Du kannst tagelang das Haus nicht verlassen?«, fragte Wittiges ungläubig.

»Auf alle Fälle, bis die drei Osterfeiertage vorüber sind, und am sichersten ist es, die ganze Osteroktav über zu Hause zu bleiben. Wenn wir etwas benötigen, was wir nicht im Haus haben, schicke ich unsere christliche Magd, die ich als Jude eigentlich gar nicht haben dürfte. Und nun erzähl mir von deinem Sohn und warum du glaubst, bei Nikomedes eine Spur von ihm entdeckt zu haben.«

Erleichtert ging Wittiges auf den Themenwechsel ein, fühlte er sich doch unbehaglich dabei, etwas über die offensichtlichen

Schikanen zu hören, denen die Juden ausgesetzt waren. Einige Händler, mit denen er im Süden Geschäfte machte, waren Juden, aber über ihr Leben hatte er nie viel erfahren. Nun berichtete er recht ausführlich von Cnivas angeblicher Wallfahrt nach Tours und wie er dessen kostbare Gürtelschnalle und sein Schwert bei Nikomedes entdeckt hatte.

»Ist dieser Cniva Burgunder?«, fragte der Arzt.

»Er ist ein General des alten Burgundia, des Königreichs, das vor der fränkischen Herrschaft existierte«, antwortete Wittiges und erging sich in einer kurzen Erläuterung über Cnivas Herkunft und dessen Schicksal am Hof von Toledo.

»Merkwürdig«, sagte Samuel nachdenklich. »Du musst wissen, auch wir haben unsere Nachrichtenquellen. Überall in Burgund, heißt es, finden sich Adlige zusammen, die die alte Burgunderherrschaft wieder errichten wollen. Könnte dieser Cniva etwas damit zu tun haben?«

Ganz sicher, dachte Wittiges. »Aber warum sind dann sein Schwert und die Gürtelschließe in den Besitz eines Händlers in dieser Stadt gelangt?«

»Das ist leicht zu erklären. Er hat sich in einen Kampf verwickeln lassen und ist geschlagen worden. Der Sieger hat sich seine Sachen angeeignet und sie verkauft. Es heißt, es gibt einen Prinzen, der der wahre Thronanwärter Burgunds ist. Damit kann doch nicht Bertho gemeint sein, der Sohn Königin Brunichilds, der zu König Guntrams Erbe erklärt worden ist? Und vor allem: Wie passt dein Sohn da hinein?«

Samuel sah seinen Gast abwartend an.

Mein Sohn Felix, dachte Wittiges benommen, ist der wahre Erbe von Burgund, so könnte man das durchaus sehen. So hat Cniva es gesehen. Aber mehr weiß ich nicht.

»Bedeutsam scheint mir, dass er hier verschwunden ist und die Besitztümer Cnivas, eines burgundianischen Generals, hier aufgetaucht sind. Also hat es in dieser Gegend ein Treffen der Verschwörer gegeben«, antwortete er und unterdrückte den Impuls, aufzuspringen und zu schreien: Mein Sohn lebt, er muss leben, wenn es denn wirklich eine Verbindung zwischen seinem und

Cnivas Verschwinden gibt. Oder nicht? »Ich werde herauszufinden versuchen, wo ich diese Burgunder finde, die gegen Guntram einen Aufstand anzetteln.«

»Da wäre ich vorsichtig«, mahnte Samuel und machte Anstalten aufzustehen. Anscheinend hielt er die Unterredung für beendet.

Wittiges blieb sitzen. »Warum nur hat Nikomedes nichts von dieser burgundischen Verschwörung gegen Guntram erwähnt? Bestimmt weiß er davon. Es wäre doch so viel einfacher gewesen, wenn er es mir erzählt hätte«, brach es schließlich aus ihm heraus.

Seufzend setzte sich Samuel wieder. »Weil er höllische Angst hat. Kein friedlicher Händler möchte mit einer Verschwörung in Verbindung gebracht werden. Allein das Wissen darum macht ihn bereits verdächtig.«

»Und was ist mit dir? Hast du keine Angst?«

Samuel lächelte geringschätzig, er hatte die Frage genau verstanden. »Wir Juden leben immer in Angst, wir sind so daran gewöhnt, dass wir sie fast nicht mehr spüren.«

Wittiges sah keinen Grund mehr, den Arzt noch länger mit seiner Geschichte zu behelligen. Wie versprochen, zahlte er dafür, dass Samuel Nikomedes nach Ostern einen Besuch abstattete und, wenn nötig, zur Ader ließ, dann erhob er sich.

Auf dem Rückweg zur Haustür kamen sie wieder an der offenen Tür zu dem Zimmer vorbei, in dem die Familie auf Samuels Rückkehr wartete.

»Welches Fest feiert ihr?«, fragte Wittiges leise.

Samuel antwortete erst, als sie die Haustür erreicht hatten. »Wir feiern den Sederabend. Aber erzähl mir nicht, dass dich das wirklich interessiert.«

Das stimmte, erkannte Wittiges beschämt. Trotz seiner Geschäfte mit jüdischen Händlern und eines freundschaftlichen Umgangs mit einigen von ihnen hatte er sich nie Gedanken über ihre Religion gemacht. Es gab da eine innere Sperre, die das verhinderte.

»Leb wohl«, sagte Samuel fest. »Und noch einmal: Sei vorsichtig bei dem, was du vorhast.«

Die Besorgnis rührte Wittiges, er hatte sie nicht verdient. Und in diesem Augenblick kam ihm eine Idee. »Bitte«, sagte er eindringlich. »Würdest du dir meine Frau ansehen? Sie ist krank.«

»Was fehlt ihr?«, fragte Samuel mit hörbarem Widerstreben.

»Sie hat sich von einer Fehlgeburt nicht wieder erholt. Ich weiß, dass sie Schmerzen hat, auch wenn sie mit mir nicht darüber spricht. Und man sieht es ihr an – sie leidet«, sagte Wittiges mit bebender Stimme.

»Wo hat sie Schmerzen?«

Wittiges musste sich erst besinnen. »Wenn ich über eine bestimmte Stelle ihres Leibs streiche, zuckt sie zusammen, beherrscht sich aber, damit ich nichts merke.«

»Wie alt ist deine Frau?«

»Sechsundzwanzig.«

»Das ist nicht sehr alt. Eine Fehlgeburt macht nicht auf Dauer krank. Ich denke, sie hat nichts mit ihrem derzeitigen Leiden zu tun.«

»Bitte, sieh sie dir an, ich reise weiter in den Süden, könnte dich aber auf dem Rückweg hier abholen.«

»Nein.«

»Es wäre keine allzu lange Reise, ich besitze ein Gut in der Nähe von Reims. *Casa alba*. Ich garantiere dir Schutz auf der Hin- und Rückreise und eine großzügige Bezahlung.«

»Nochmals nein«, sagte Samuel fest.

»Warum nicht? Es würde dich vielleicht zwei, drei Wochen kosten, mehr nicht.« Wittiges wusste selbst nicht, warum er sich auf einmal diesen Plan in den Kopf gesetzt hatte.

Der kleine Junge kam wieder in den Flur gelaufen. »Mutter fragt, wann du endlich kommst, das Lamm …«

»Sofort«, unterbrach Samuel den Redeschwall des Kinds. »Bitte, geh jetzt. Es ist ganz ausgeschlossen, dass ich diese Reise unternehme«, sagte er an Wittiges gewandt und riss die Tür auf.

Wittiges gab sich geschlagen. Unter dem anklagenden Blick des Kinds verließ er das Haus.

4 Fredegund war auf dem Weg zu ihren Gemächern, um sich umzukleiden. In dem Kleid, das sie trug, war ihr zu heiß, außerdem hatte sie ohnehin eine schlechte Wahl getroffen. Die Farbe stand ihr nicht. Das helle Grün machte sie zu blass. Überhaupt war sie merkwürdig unzufrieden. Das Leben war schal geworden. Vielleicht sollte sie zu Bischof Bertram reisen und ihm von ihrem gemeinsamen Sohn erzählen, während sie sich miteinander im Bett vergnügten. Der Gedanke hatte etwas Tröstliches.

Zu gern hätte sie gewusst, wie Brunichild mit der doppelten Witwenschaft zurechtkam. Trauerte sie noch? Vermutlich. Merowech war in der kurzen Zeit ihrer Gemeinsamkeit sicher ein Schmuckstück an ihrer Seite gewesen. Aber hatte er auch nach ihrer Macht gestrebt?

Das Tröstliche an der Witwenschaft war zweifellos die Unabhängigkeit.

Trotzdem wollte Fredegund lieber keine Witwe sein. Allein schon bei dem Gedanken daran grauste ihr, und überhaupt fühlte sie sich nicht mehr wohl seit jenem Tag, als sie auf Merowechs Leiche hinabgeschaut hatte. Es war seltsam. Ihr Triumph über Brunichild hatte nicht lange vorgehalten, und er hatte einen deutlich faden Beigeschmack gehabt.

Im Begriff, den Raum zu betreten, in dem sich Truhen mit Kleidern und wertvollen Gegenständen befanden, entdeckte sie eine Gestalt, die sich über eine offene Truhe beugte. Es handelte sich um eine ihrer Schatzkisten; offensichtlich hatte sie vergessen, sie abzuschließen. Darin bewahrte sie eine erlesene Sammlung wertvollen Schmucks auf, die ihr das Gefühl gab, reich und bedeutend zu sein. Bei jedem einzelnen Stück wusste sie noch genau, von welchem Herzog oder Bischof sie es erhalten hatte. Alle diese Männer hofften, sich mit solchen Geschenken Einfluss auf den König zu erkaufen. Ein schönes Spiel.

Die junge Person, die sich tief über die Truhe neigte, hatte sie anscheinend immer noch nicht bemerkt. Es war eine eisenbeschlagene Truhe mit einem schweren Deckel. Inzwischen hatte Fredegund begriffen, wer sich über ihre Schätze hermachte, und ein maßloser Zorn flammte in ihr auf. In ihm verdichtete sich alles, was ihr in den letzten zähen Monaten quergegangen war. Mit wenigen Schritten hatte sie die Truhe erreicht. Sie packte den Deckel mit beiden Händen, den gebeugten, ungeschützten Nacken vor sich im Visier.

»Nein!«

Der Schrei fuhr ihr in alle Glieder. Schmerzhaft herausgerissen aus ihrer Anspannung, wandte sie sich aufgebracht um und war sich nur allzu bewusst, dass sie vor Wut rote Flecken im Gesicht hatte.

Ausgerechnet Chlodowech stand in der Tür, glotzte sie ungläubig an und deutete mit einem Finger auf sie, während aus seinem Blick geradezu Flammen schlugen. »Du verkommenes Weibsstück! Du schreckst nicht einmal davor zurück, dein eigenes Kind…« Er brach ab.

Chlodowech war seinem Vater von allen Söhnen am ähnlichsten. Das hieß, er strotzte vor Kraft und Selbstbewusstsein und sah auch noch so gut aus wie Chilperich zu jener Zeit, als Fredegund ihn sich geangelt hatte. Leider ließ er sich aber nicht ebenso leicht um den Finger wickeln. Und seit Merowechs Tod wollte er erst recht nichts mehr mit ihr zu tun haben und mied sie, wo er nur konnte. Es schien ihn sogar Überwindung zu kosten, sich im selben Raum mit ihr zu befinden und ihr nicht an die Gurgel zu fahren. Vielleicht gab er seine Hemmung gerade auf.

Dennoch machte es Spaß, ihn so fassungslos zu sehen. Dieser Kerl, der selbst stets geradlinig in seiner Gewalttätigkeit war, hatte weiche Knie bekommen.

»Ja, was denn?«, fuhr sie ihn an.

»Du wolltest deiner Tochter den Truhendeckel auf den Nacken knallen!«, bellte er.

»Nein, wieso denn auch?«

»Mutter!«, schrie Rigunth, die gerade erst begriff, in welcher Gefahr sie sich befunden hatte. Sie sprang auf und stolperte rückwärts, die Arme abwehrend ausgestreckt.

»Jetzt beruhige dich bloß«, sagte Fredegund beherrscht und schloss so behutsam wie möglich die Truhe, obwohl es ihr noch in den Armen vor Verlangen zuckte, den Deckel mit aller Kraft hinabzuschmettern. Nur um den Knall zu hören. Wäre Chlodowech nicht aufgetaucht, hätte sie Rigunth wahrscheinlich das Genick gebrochen, stellte sie einigermaßen ernüchtert fest. »Was willst du? Was machst du hier?«, fragte sie ihn giftig. Ein wenig stand sie immer noch neben sich.

Hätte sie wirklich … ihre eigene Tochter? Wäre sie so weit gegangen, dieses gierige kleine Luder …?

»Die Tür stand offen, und ich hab genau gesehen, wie du …«, brauste er wieder auf und ließ den Blick zwischen ihr und Rigunth hin- und herschweifen, die Hände zu Fäusten geballt, die sich unablässig öffneten und schlossen.

Würde er es wagen, sie anzugreifen?, fragte sich Fredegund.

Mochte er seine Halbschwester überhaupt? Darüber hatte sie sich noch nie Gedanken gemacht. Viel gemeinsam hatten die beiden ja nicht. Sie waren weder im gleichen Alter noch zusammen aufgewachsen. Das brachte die Herumreiserei des Hofs in den Sommermonaten mit sich, während dieser Zeit hatte Fredegund ihre Kinder meist in Tournai oder an einem anderen abgelegenen und sicheren Ort zurückgelassen, vor allem die Jungen. Die waren am meisten gefährdet.

»Nichts hast du gesehen! Gibt es etwas, was dich hier festhält?«

Was wollte er überhaupt hier? War er auf der Suche nach seiner kleinen Geliebten? Hatte er noch diese freche Magd mit den großen Brüsten?

Nichts regte sich in seinem erstarrten Gesicht. Hatte er auf einmal Angst vor ihr?

Dabei hatte sie gelegentlich Angst vor ihm. Aber noch nicht so viel, dass sie ihn unbedingt aus dem Weg zu schaffen hatte. Wenn, dann musste die Sache unauffälliger als bei Merowech vor sich gehen und nach einem Unfall oder einer tragischen Schicksalsfügung aussehen. Außerdem sollte bis dahin ihr ältester Sohn für mündig erklärt werden. Der Junge war inzwischen vierzehn, aber Chilperich beharrte darauf, bis zur Vollendung des fünfzehnten Lebensjahrs zu warten, wie es in der Familie bisher immer gehandhabt wurde.

Chlodowech schielte zur Truhe, während er Rigunth, die sich wie ein gehetztes Tier zu ihm flüchtete, zögerlich einen Arm um die Schultern legte.

»Wenn es nichts weiter gibt, könntest du mich mit meiner Tochter allein lassen. Rigunth, komm her zu mir! Ich hab mit dir zu reden.«

»Ich bleibe nicht bei dir!«, schrie das Mädchen, riss sich von Chlodowech los und rannte hinaus.

Erst abends erfuhr Fredegund die wichtigste Nachricht des Tages und ärgerte sich, dass Chlodowech kein Sterbenswörtchen darüber hatte verlauten lassen. Der Kronrat hatte getagt, und es war um eine ernste Angelegenheit gegangen. Nur – worum? Sie kam sich wie eine Närrin vor, während ein unbedeutender kleiner *vicarius,* der als Sekretär fungiert hatte, atemlos vor Stolz die mehrstündige Beratung erwähnte.

Ein Bote von Kaiser Tiberius war eingetroffen. Um nicht als dumme unwissende Kuh dazustehen, fragte sie den Mann nicht nach Einzelheiten, sondern geduldete sich, bis sie mit Chilperich im Schlafgemach allein war.

»Was will der Kaiser? Und warum sagt mir niemand etwas?«, fragte sie.

Chilperich hatte das Obergewand und die Wadenwickel abgelegt, im Sommer trug er sie ohnehin ungern. Am rechten Schienbein hatte sich ein nässendes Geschwür gebildet, das er mit schmerzlich verzogenem Gesicht vorsichtig untersuchte. Der Arzt hatte es ausbrennen wollen, aber er hatte sich geweigert und es nur straff verbinden lassen. Eiter quoll heraus, sobald er auf die Stelle drückte. Fredegund schüttelte angewidert den Kopf, befeuchtete aber ein Tuch mit Wein und trat näher.

»Lass mich das machen. Setz dich.«

Chilperich stöhnte mit zusammengebissenen Zähnen, als sie den Eiter herausdrückte, bis zuletzt helles, reines Blut hervorquoll, das sie geschickt mit dem angefeuchteten Tuch abtupfte. Zum Schluss goss sie ein wenig Wein über die Wunde. Sie sah grässlich aus.

»Gib her!« Chilperich nahm ihr den Weinkrug ab und trank, schauderte und trank weiter.

»Die Botschaft!«, mahnte Fredegund und betrachtete ihn mit mehr Nachsicht als seit Langem. Nun stöhnte er wieder vor Schmerz, während sie die Wunde mit einem sauberen Leinenstreifen frisch verband. Als sie fertig war, drückte er seinen Kopf gegen ihren Leib und legte einen Arm um sie.

»Der Kaiser fordert Hilfe im Kampf gegen die Langobarden, mit denen er allein nicht fertig wird. Wie es aussieht, dringen sie aus der Poebene immer weiter nach Süden vor, und er will sie aus ganz Italien hinausjagen, am liebsten zurück nach Pannonien und noch weiter nach Osten. Er braucht uns.«

»Mag sein. Aber was schert uns das?«

Chilperich schob sie von sich, stand auf und stellte den Weinkrug beiseite, bevor er sie wieder an sich zog und ihren Rücken zu streicheln begann. Also wollte er mit ihr schlafen. Falls ihm die Geschichte mit Rigunth zu Ohren käme, würde er sich darüber aufregen, und da war es gescheit, vorher nett zu ihm zu sein, nett genug, dass er sich später noch daran erinnerte.

Statt die Lampen zu löschen, zündete sie einige zusätzliche an. Schließlich bot sie nackt immer noch einen Anblick, der sich lohnte. Er sollte sie sehen, wenn sie sich unter oder auf ihm wand. Aber erst einmal musste sie ihn zappeln lassen. Sie machte sich von ihm los, zog sich die Nadeln aus dem Haar und schüttelte ihre lockige rote Mähne aus. Er mochte ihr Feuerhaar.

»Bitte, was ist mit dem Kaiser? Was sagt der Rat zu seiner Forderung?«

»Wir werden eine Delegation zu ihm nach Konstantinopel schicken und verhandeln, das verschafft uns Zeit.«

Sie begann, sich auszukleiden, und wehrte ihn ab, als er ihr helfen wollte. Daraufhin setzte er sich aufs Bett, sah ihr zu und entledigte sich eher beiläufig seiner restlichen Kleidung.

Inzwischen hatte sie auch Unterkleid und Hemd abgelegt. Sie trug nur noch das knappe seidene Mieder, das ihre vollen Brüste nach oben drückte. Die Schenkel leicht geöffnet, nahm sie auf einem Hocker Platz und bürstete scheinbar seelenruhig ihr Haar.

»Komm ins Bett«, nuschelte er heiser, die lüstern vorquellenden Augen auf ihre entblößte Scham gerichtet. Ungeduldig fasste er sich ans Glied, das eine mächtige Erektion zeigte. Fast wie früher.

Fredegund merkte, wie sich die Zuneigung zu diesem alten Esel regte, während sie darüber nachdachte, wie sie ihm beibringen sollte, dass sie mit ihrer Tochter nach Tours zum Grab des heiligen Martin reisen wollte. Auf dem Weg dorthin würde sie für einige Tage Station in Le Mans machen und Bischof Bertram besuchen. Auch sie brauchte Aufmunterung.

»Schickst du Chlodowech nach Konstantinopel?«

»Nein. Ich schicke ihn zurück in den Süden. Zuerst nach Tours. Komm jetzt.« Er stöhnte, diesmal aber nicht vor Schmerz.

Chlodowech in Tours? Dann sollte sie die Reise besser aufschieben. »Was versprichst du dir von der Delegation zum Kaiser?« Sie legte die Bürste beiseite und stand auf.

»Geld. Bevor wir in den Krieg gegen die Langobarden eingreifen, will ich Geld sehen.«

Fredegund lächelte. Kaum etwas konnte Chilperichs Erregung mehr steigern als die Aussicht auf Gewinn.

»Wie viel?«

»Genug, um die gierigen Mäuler bei Hof eine Weile zu stopfen.«

»Wenn der Kaiser uns einen Boten geschickt hat, warum dann nicht auch Brunichild?«

»Aber das hat er ja. Die Byzantiner waren eine größere Gruppe, die sich auf dem Weg hierher geteilt hat. Einige sind nach Metz gereist. Tiberius sucht in Austrasien ebenfalls um Unterstützung nach.«

»Wie wird sich Brunichild zu dem Ansinnen stellen?«

Abwehrend schüttelte Chilperich den Kopf. »Schluss mit dem Gerede.«

Fredegund setzte sich rittlings auf ihn, nahm sein Glied in sich auf und bewegte sich sanft, bis er sie um die Hüften packte und ihr einen schnelleren Rhythmus aufzwang.

5 Noch vor Morgengrauen hatte Wittiges seinen Knecht geweckt, die Pferde satteln lassen und beim ersten Hahnenschrei Chalon verlassen, wobei er durchaus damit rechnete, am Tor festgenommen zu werden. Aber Nikomedes hatte wohl noch keine Klage gegen ihn erhoben. Das Geschäft mit dem Filz konnte er sicher vergessen und durfte sich wahrscheinlich eine ganze Zeit lang nicht mehr in Chalon blicken lassen.

Eine gewisse Strecke fuhr er mit dem Schiff die Sâone hinunter. Beim ersten größeren Ort unterbrach er die Reise und begann mit vorsichtigen Erkundigungen. Als er schließlich Lyon erreichte, hatte er ein etwas genaueres Bild über die Verhältnisse in Guntrams Reich, das kaum weniger als das seiner Brüder von Parteiinteressen zerrissen war. Guntram galt zwar als einigermaßen friedliebender Herrscher, aber nicht allen gefiel es, dass sein Erbe ein Kind aus dem Norden war. Es gab sie tatsächlich, die Anhänger der alten Burgunderherrschaft. Nur – wer gehörte dazu? Und wo befand sich ihr geheimer Treffpunkt, an dem sie sich versammelten und ihre umstürzlerischen Pläne schmiedeten?

Wittiges kam es so vor, als müsse er ein schwer beschädigtes Mosaik zusammensetzen, von dem so viele Steinchen fehlten, dass beim besten Willen das Muster nicht mehr zu erkennen war. Hier und dort fand er manchmal nur ein halbes Steinchen, nicht mehr. Mehrmals verlief eine Spur, die er entdeckt zu haben glaubte, im Sand.

Nach vier Wochen in Lyon und der Umgebung der Stadt, die immerhin einmal ein Zentrum der alten burgundischen Königsherrschaft gewesen war, reiste er weiter nach Marseille, um dort endlich die Geschäfte zu tätigen, die das Überleben auf *casa alba* sichern sollten.

Sein alter Freund Josephus, von dem er früher Purpur gekauft hatte, war gestorben, und dessen Neffe Claudius führte die Geschäfte weiter. Zum Glück lag dessen Haus im austrasischen Teil von Marseille, Wittiges konnte sich also bei ihm einigermaßen sicher fühlen. Außerdem hatte Claudius keine Hemmung, über alles zu sprechen, was den frankoburgundischen Teil betraf. Claudius sehnte das Ende der Teilung herbei, die den Handelsgeschäften nicht förderlich war. Ständig gab es Streit, und die beiden gegnerischen *comites*, die für die Stadt und die Umlandregionen zuständig waren, beschäftigten sich hauptsächlich damit, sich gegenseitig die Anhänger abspenstig zu machen.

Im Haus war seit dem Tod des alten Josephus wenig verändert worden. Es war ein weitläufiges Stadthaus mit einem schönen Atrium, einem kleinen rückwärtigen Garten und einem Obergeschoss, das über die Nachbarhäuser hinausragte, sodass auch die oberen Räume von Licht durchflutet waren. Claudius hatte nicht nur die Geschäfte, sondern auch die gemäßigte Lebensweise seines Onkels übernommen, das hieß, es gab zwar die besten Weine und erlesene Mahlzeiten, aber der Hausherr neigte nicht zur Völlerei. Einzige Ausnahme bildeten die Zusammenkünfte der Händlergilde, auf denen ritualisiert getrunken wurde, bis sich niemand mehr auf den Beinen halten konnte. Wittiges, der vor Jahren auf Betreiben von Josephus der Händlergilde beigetreten war, begleitete Claudius zu einem derartigen Treffen, um die alten Eide, wie es üblich war, zu erneuern oder zu bestätigen. Die Versammlung fand im Haus eines Händlers in der burgundischen Hälfte von Marseille statt. Alle Mitglieder der Bruderschaft fürchteten sich vor dem drohenden Krieg gegen die Langobarden, der auch das Hauptgesprächsthema bildete.

Schneller als sonst waren fast alle betrunken.

»Weißt du, mein Freund« – einer der Händler klopfte Wittiges zutraulich auf die Schulter –, »wenn doch bloß dieser Frömmler endlich abserviert wäre. Dieser kinderlose Trauerkloß, der selbst kein Schwert in die Hand nimmt.«

»Guntram?«

»Wer denn sonst? Gibt's noch einen von der Sorte?«

»Und dann?« Wittiges kämpfte gegen die Wirkung des Weins an und blinzelte mühsam ins Licht der Lampen, die ihm viel zu grell schienen. Woran erkannte man einen waschechten alten Burgunder? Schon zur Römerzeit hatten sich in Gallien die Völker gemischt, mehr noch als in Spanien, weil hier mehr Volksstämme durchgezogen waren, bis sich vor wenig mehr als hundert Jahren diese *alte* burgundische Herrschaft etabliert hatte, von der gerade die Rede war.

»Dann wird das glorreiche Burgundia wie Phönix aus der Asche auferstehen«, lallte sein Nachbar.

»Und wer soll dann herrschen?«

Voller Kummer dachte Wittiges an Felix. Er wollte doch nur seinen Sohn zurückhaben.

»Hast du nicht gehört, dass es einen neuen ... neuen ... «

Leider mischte sich nun Claudius ein. »Am Hof in Konstantinopel lebt ein Sohn Clothars, der neuerdings irgendwelche Ansprüche stellt, wie ich gehört habe. Gundowald. Der Thronprätendent Gundowald. Merk dir den Namen. Mit dem Mann müssen wir rechnen.« Claudius sprach noch erstaunlich verständlich, diese Trinkfestigkeit hatte Wittiges ihm gar nicht zugetraut.

»Meinst du den? Gundowald?« Wittiges rüttelte seinen Nachbarn, der auf seinem Sitzplatz hin und her schwankte, als ob er gleich zu Boden stürzen würde.

»Nein, nein, lass mich, ich will schlafen ...« Der Mann wehrte sich gegen seinen Griff.

Claudius schüttelte nur den Kopf und ließ sich von einem anderen Mann in ein Gespräch ziehen. Die beiden wankten unterhakt quer durch den Raum zu einer freien Liege. Wittiges sah ihnen nach und wandte sich wieder an seinen Nachbarn.

»Ist nicht von einem Jungen die Rede? Und von einem General Cniva?«, schrie er dem Mann ins Ohr. »Sag mir, was du weißt.«

»Ich will noch Wein!«

»Wo finde ich diesen Thronerben? Sag's mir!« Wittiges versuchte, den Kerl wach zu halten, der sich nun zurücklegte und einen Rülpser von sich gab.

»Orleen.«

»Orleen? Was heißt Orleen?«, schrie Wittiges.

Aber der Mann sank in sich zusammen und schnarchte nun so laut, dass ihn wahrscheinlich nicht einmal die Posaunen des Jüngsten Gerichts wecken konnten. Zwischen den anderen Mitgliedern der Gilde war längst die große Verbrüderung im Gang, das Umarmen und Schwören, das Wittiges ekelhaft fand, weil er den stinkenden Atem der Trunkenbolde, die feuchten Küsse und vor Rührung überquellenden Augen unerträglich fand. Bevor noch die Diener eintraten, um ihren Herren auf die Beine oder auf eine Trage zu helfen und sie nach Hause zu schaffen, verließ er die Versammlung. Am nächsten Tag fragte er Claudius nach dem Ort Orleen, aber dieser hatte noch nie davon gehört. Claudius brummte der Schädel, und zeigte sich weiteren Fragen nicht sonderlich zugänglich. Wittiges erkundigte sich dennoch nach dem Mann, der von Orleen gesprochen hatte, und begab sich unverzüglich zu dessen Haus. Aber dort fertigte man ihn an der Tür ab. Der Herr, hieß es, sei unpässlich. Mit so viel Anstand, wie Wittiges gerade noch aufbrachte, verabschiedete er sich und kündigte an, später wiederzukommen.

Da er sich beim Weintrinken einigermaßen zurückgehalten hatte, ging er den restlichen Tag seinen Geschäften nach, unablässig den Abend herbeisehnend, um noch einmal bei seinem Trinkkumpan vorzusprechen. Er hatte bereits einiges an Getreide gekauft und musste nun Vereinbarungen über den Transport treffen.

Sein Knecht würde die Ladung bis *casa alba* begleiten. Außerdem hatte Wittiges Purpur erworben und eine kleine Menge Edelsteine, die er in seinen Umhang einnähen ließ. Den Purpur würde der Knecht mitnehmen, außerdem einen Brief an Pontus und Aletha, in dem er unter anderem berichtete, dass er bei Claudius Interesse an Filz geweckt habe, aber man nicht wisse, ob der Handel am Ende zustande komme. Über seine Suche nach Felix teilte er nichts mit, es gab nichts zu berichten – zumindest nichts Aufmunterndes.

In einer Schmiede, in der Wittiges sein Schwert schleifen ließ, entdeckte er ein Paar Steigbügel. Als er sich über den Fund wunderte, erklärte ihm der Schmied: »Die kommen mehr und mehr in Mode. Ich reite nicht, weiß also nicht, welchen Vorteil die Dinger bringen, aber es heißt, ungelenken, schwergewichtigen Herren erleichtern sie das Aufsteigen.« Der Schmied musterte Wittiges neugierig.

»Nein«, winkte Wittiges belustigt ab, »ich komme ohne diese Hilfe in den Sattel, aber wenn die Steigbügel zu verkaufen sind, hätte ich sie gern.«

Außer den Steigbügeln erwarb er ein Paar Wurfmesser und einen langen, scharfen Dolch, der ihm gefiel.

Beim zweiten Versuch, den Anhänger des alten Burgunds zu sprechen, wurde er eingelassen und von einem übel gelaunten Mann empfangen, in dem er kaum den trinkfreudigen Handelsbruder vom Vorabend wiedererkannte.

»Man hat mir gesagt, du warst schon morgens hier. Was führt dich her?«

Eine so direkte Nachfrage gehörte sich nicht, aber sie bewies Wittiges, dass der Mann nun nicht nur nüchtern, sondern auch auf der Hut war.

»Du hast einen Ort namens Orleen erwähnt«, antwortete Wittiges liebenswürdig. »Wo liegt er? Gehört er zu Burgund?«

Der Mann kniff die Augen zu schmalen Schlitzen zusammen. »Was kümmert dich Burgund?« Er kratzte sich oberhalb der Stirn am Schädel. »Und Orleen? Nie gehört. Aber ich erinnere mich, dass du gestern viele seltsame Fragen gestellt hast. Wer bist du? In wessen Auftrag stellst du solche Fragen?«

Wittiges erkannte, dass er nichts in Erfahrung bringen würde, nicht in diesem Haus. Wie bei Nikomedes mit Gewalt zu drohen kam nicht infrage, denn er war auf das Wohlwollen der Händlergilde in Marseille angewiesen und durfte es nicht aufs Spiel setzen. Würde er jetzt offen erzählen, warum er nach Felix suchte, musste er damit rechnen, sich selbst eine Falle zu stellen.

»Natürlich in meinem eigenen Auftrag. Mich interessiert, ob es Krieg gibt oder nicht und ob wir demnächst mit diesem ... wie hieß er noch? Gundowald rechnen müssen. Wie alle Händler sammle ich Nachrichten, die ich mit nach Hause nehmen kann. Ich reise morgen ab. Und jetzt entschuldige, dass ich dich belästigt habe«, sagte er steif und verabschiedete sich eilig.

Was sollte er nun tun? Unfähig, zu Claudius zurückzukehren, um eine belanglose, freundliche Unterhaltung mit ihm zu führen, trottete er in den Hafen, suchte eine Kneipe auf und fing an, sich zu betrinken. All die Beherrschung, die er einen Abend zuvor geübt hatte, ließ er nun fahren. Es war ja doch alles vergeblich.

»He, du!«, sprach ihn ein Unbekannter an. »Woher kommst du?«

»Aus Orleen«, nuschelte Wittiges.

»Aus Orléans? Und was machst du hier?«

6 »Ich will ihn nicht heiraten! Bitte, Mutter, zwing mich nicht dazu.«

»Willst du *ihn* nicht oder überhaupt nicht heiraten?«

Schuldbewusst senkte Ingund ihren hübschen Lockenkopf. Brunichild verstand ihre Tochter nur zu gut. Das Kind war erst elf Jahre alt! Aber doch recht reif für sein Alter, wie ihr alle Lehrer bestätigt hatten. Dennoch. Sie musste sich zusammenreißen, um ihrem Mitgefühl nicht nachzugeben. Eine elfjährige Braut!

»Ich weiß doch nichts über ihn«, schluchzte Ingund.

»Aber ich.« Brunichild zog ihre Tochter an sich und strich ihr zärtlich über das glänzende Blondhaar, das so sehr ihrem eigenen glich. Ihre Hand fuhr gleichmäßig sanft über die Schultern und den Rücken, so hatte sie das Mädchen früher schon beruhigt, wenn es aus Albträumen aufgeschreckt war. »Du brauchst keine Angst vor ihm zu haben«, flüsterte sie.

Ingund zitterte und schwieg.

»Wenn ich es dir sage, musst du mir glauben.«

Die Angst machte sie selbst beklommen. Wie sollte sie der Elfjährigen erklären, was ihr bevorstand, ohne dass die Kleine den Verstand verlor?

Mit dem zitternden Geschöpf in ihren Armen durchlebte sie selbst noch einmal die Schrecken, die auch ihr nicht erspart geblieben waren: die Verlobung mit einem Fremden, den Verlust der Heimat, der Eltern, der Familie, die Reise in ein unbekanntes Land und eine ungewisse Zukunft. Aber sie war damals bereits sechzehn gewesen, eine junge Frau – kein Kind mehr.

Ingunds Brüste waren nicht mehr als eine Andeutung, nur mit gutem Willen konnte man sie überhaupt unter der Seide des Obergewands entdecken. Ein Paar geradezu erbarmungswürdig winzige Spitzen. Sacht strich Brunichild ihrer Tochter über die magere Brust. Ob Hermenegild Gefallen an seiner Kindsbraut fände?

Selbstverständlich.

»Er wird dich lieben, sobald er dich sieht«, fuhr sie mit weicher Stimme fort. Und das war keine leere Behauptung. Ingund hatte so viel Liebreiz, dass sie selbst in den stursten Haudegen bei Hof Beschützerinstinkte wachrief.

Gogo war über den Plan entsetzt gewesen, als sie ihn das erste Mal mit ihm erörterte. »Aber das Alter! Erst elf!«, hatte er ausgerufen und sie beinahe unter Tränen beschworen zu warten. Sie hatte gar nicht gewusst, dass er mit solcher Liebe an Ingund hing. Aber die Zeit drängte. Sie brauchten diese neue Allianz mit Spanien und dem Reich von Toledo. Noch herrschte dort Brunichilds Onkel Leovigild, der zwei Söhne im heiratsfähigen Alter hatte. Hermenegild war der Ältere, und auf ihn hatte sie sich bei ihren Plänen konzentriert. Dieses Bündnis musste geschmiedet werden, um Rückhalt im Süden zu haben. Leovigild lag an Garantien, die seine letzten Provinzen nördlich der Pyrenäen vor den Begehrlichkeiten der fränkischen Könige schützten, und sie, Brunichild, benötigte einen Verbündeten gegen Chilperich. Die Städte aus Gailswinthas Morgengabe, die er immer noch nicht herausgegeben hatte, befanden sich ohne Ausnahme im Süden. Und ihr Kind ging ja in ihre alte Heimat, das konnte so schlimm nicht sein.

»Ist er überhaupt Christ?«, wimmerte Ingund.

Das war also der wahre Grund für die Ablehnung, schwante Brunichild. Es gab kein frommeres Geschöpf als ihre Tochter. Selten sah man sie ohne ein Gebetbuch, ständig suchte sie die Nähe zu Priestern, Mönchen oder Nonnen. Mehrmals schon hatte sie einem Kloster in der Nähe von Metz einen Besuch abgestattet, und das hatte Brunichild zu denken gegeben. Dieses sonst so fügsame und zurückhaltende Kind hatte eigene Pläne.

»Ganz sicher. Vor allem ist er ein liebenswürdiger, gut aussehender junger Mann, glaub mir.«

War er das? Brunichild bemühte sich vergeblich, sich an den Jungen zu erinnern. Vage hatte sie das Bild eines hoch aufgeschossenen, nicht sehr klugen, aber hübschen Bürschchens vor Augen. Wie alt war er nun? Etwa zwanzig. Was hatten die letzten zwölf Jahre aus ihm gemacht? Das wusste sie nicht.

»Aber er ist Arianer. Sie sind alle Arianer, ich weiß es«, stieß Ingund verzweifelt hervor. »Das sind Ketzer, ich kann doch keinen Ketzer heiraten.«

Gogo, der der Auseinandersetzung bisher schweigend gelauscht hatte, räusperte sich. »Nun, dann bekehrst du ihn am besten.«

Brunichild ärgerte sich, dass sie ihn bei dieser Unterredung als Zeugen dulden musste. Aber er hatte darauf bestanden. Um ihn nicht noch heftiger gegen sich aufzubringen, hatte sie ihm die Bitte gewährt. Er sollte sich davon überzeugen, dass sie mit ihrer widerspenstigen Tochter fertig wurde.

»Bloß nicht«, rutschte es ihr heraus. Über Ingunds Kopf hinweg traf sich ihr Blick mit dem Gogos. Ingunds Versuch, Hermenegild zum römischen Glauben zu bekehren, konnte eine Katastrophe heraufbeschwören. »Bleib in deinem Herzen, was du bist, und bete täglich für das Seelenheil deines Mannes. Gott wird deine Gebete erhören«, sagte sie fest und sah Gogo spöttisch den Mund verziehen.

»Es klingt so furchtbar – deines Mannes«, schrie Ingund gepeinigt. »Ich will keinen Mann, ich will ins Kloster.«

Nun war es also heraus.

»In welches, mein Schatz?«, fragte Brunichild ruhig.

»In welches?« Hoffnung überstrahlte Ingunds Gesichtchen. »Ich möchte zu Radegunde nach Tours. Ich hab so viel von ihr gehört. Sie ist eine Heilige.«

Lächelnd drückte Brunichild sie wieder an sich. »So? Ich frage mich, was du über sie weißt. Und du willst ihr Leben teilen?«

Ingund nickte freudig, und Gogo seufzte vernehmlich. Dieser Esel hielt doch hoffentlich den Mund!

Leise, wie zu sich selbst, begann Brunichild zu sprechen. »Nun ja. Lass uns sehen, was das Leben bei Radegund für dich bereithält: einen harten Strohsack, eine dünne, verflohte Decke, täglich trockenes Brot und ein paar eingeweichte Erbsen, um mit der kargen Kost alle fleischlichen Begierden abzutöten und den Leib auf das Vergehen vorzubereiten. Keine anständige Seife zum Waschen, niemals mehr baden.« Allmählich wurde ihre Stimme lauter und eindringlicher. »Du darfst niemals wieder einen Fuß vor die Klostermauern setzen, sondern wirst innerhalb der Mauern bis an dein Lebensende ausharren und schließlich dort begraben werden. Du spürst nicht mehr das grobe kratzige Gewand, denn du trägst wie Radegunde einen mit Eisenzacken besetzten Bußgürtel auf der nackten Haut, die mit Schorf und Geschwüren bedeckt ist. Verstehst du? Aber das ist längst nicht alles. Dein Geist wird auf immer der Klosterregel unterworfen sein, die absoluten Gehorsam verlangt, selbst von einer Königstochter. Glaub mir: Für dich wird es keine Ausnahme geben, im Gegenteil, deine Großtante Radegunde wird von dir mehr Demut erwarten als von allen anderen Nonnen, genau so, wie sie es für sich selbst bestimmt hat. Das wird ihr Eintrittsgeschenk für dich sein. Willst du das alles?«

Ingunds Augen schimmerten wie in einem glücklichen Traum. »Ja, Mutter, aus ganzem Herzen«, hauchte sie ergriffen.

»O nein, du wirst weder einen Bußgürtel tragen noch deine schöne Haut misshandeln, das lasse ich nicht zu!«, rief Brunichild aufgebracht. »In drei Wochen reist du nach Spanien, mein Kind, zu deiner überaus glanzvollen Hochzeit. Nimm es als die Prüfung, die dir bestimmt ist.«

Ingund begann zu schreien, und Brunichild schämte sich unsäglich, nicht nur vor Gogo, der Zeuge ihres Versagens war, sondern vor allem vor ihrer Tochter. Wie hatte sie sie nur so unterschätzen können? Ihre Frömmigkeit war keineswegs die kapriziöse Laune eines verwöhnten Kinds. Und sie würde dieses Kind verlieren. Nun war ihr selbst elend zumute. Der Verlust wog viel schwerer, als sie jemals gedacht hatte. Voller Qual zog sie das Mädchen wieder an sich, während sie selbst zu weinen begann, vor Trauer über ein Schicksal, das sich nicht abwenden ließ.

Leise zog sich Gogo zurück und ging hinaus, um sie mit ihrer Tochter allein zu lassen.

7 Orléans hatte nie zu Burgundia gehört, warum also sollten sich die burgundischen Verschwörer hier treffen? Vielleicht weil sie niemand hier vermutete. Immerhin gehörte Orléans jetzt zu Guntrams Herrschaftsbereich. Wittiges hielt sich seit etwa zehn Tagen in der Stadt auf und zog durch alle Gasthäuser. Vom schweren Wein der Gegend schmerzte ihm täglich der Kopf ein wenig mehr. Aber das Trinken gehörte zu seiner Tarnung als ganzer Kerl, der seinen Schwertarm an denjenigen verkaufen wollte, der genug dafür zahlte. Hin und wieder ließ er sich mehr oder weniger kritisch über König Guntrams Herrschaft aus, in der Hoffnung, dass ihm jemand beipflichtete. Er hatte sich ausgerechnet, dass die Führer der Verschwörung Angehörige der alten, landbesitzenden Familien mit Geld sein mussten, sonst ergab der Aufstand keinen Sinn. Es ging um Macht und Machtverteilung, was sonst? Ein- oder zweimal erwähnte er auch, dass er ein Kind suche, an dessen Person sich sehr viel Hoffnung knüpfe.

Er konnte sich glücklich schätzen, dass er es überhaupt bis Orléans geschafft hatte. Zweimal war er in einen Hinterhalt geraten, und nur die Ausdauer und Wendigkeit seines Pferds hatten ihn aus der Gefahr errettet. Immer mehr lernte er den kleinen Hengst Odilo zu schätzen, trauerte aber trotzdem dessen Vater Bauto noch nach.

Erschwert wurde die Reise zusätzlich durch das große Misstrauen der Leute auf dem Land, die gelernt hatten, in jedem, der des Wegs kam, den Kundschafter einer Mörder- oder Diebesbande zu sehen. Es war daher fast unmöglich, in den kleinen Dörfern am Wegrand eine anständige und einigermaßen sichere Unterkunft zu finden. Dreimal übernachtete er in Klöstern und hörte sich die Klagen der Mönche an. Auch ihre Lage war schlecht. Zu oft waren die Felder, die ihnen gehörten, von durchziehenden Kriegshorden zertrampelt und zu viel von der Ernte war gestohlen worden. Und überhaupt fehlte es an Bauern, die das Land bestellten. Langsam bluteten die ewigen Kriege die Frankenreiche aus. Eine Ursache des Übels war die seltsame und aller Vernunft widersprechende Erbteilung der südwestlichen Städte und Provinzen unter den Königen, die einer Zerstückelung der gesamten Region gleichkam.

Auch Orléans, mutmaßte Wittiges, hatte schon bessere Zeiten erlebt. Bettler überfüllten die Armenhäuser und trieben sich tagsüber in der Hoffnung auf Almosen oder unaufmerksame Passanten, die sie bestehlen konnten, in regelrechten Banden auf den Straßen herum. Wer klug war, ging nicht allein vor die Tür.

In der zweiten Woche machte Wittiges die Bekanntschaft eines Mannes, der ihn nach der dreistündigen Messe in der größten Kirche – es war der Festtag eines bedeutenden Heiligen – aus Versehen anrempelte. Wittiges schrak zusammen und tastete sofort nach seiner Börse und seinen Waffen, während sich der Fremde überaus höflich und weitschweifig entschuldigte. Da es sich um einen gut gekleideten Mann handelte, ließ sich Wittiges in ein Gasthaus in der Nähe der Kirche zu einem Becher Wein einladen.

Anfangs plätscherte das Gespräch auf die übliche unverfängliche Weise dahin. Sie sprachen über Kaiser Tiberius und seinen Krieg gegen die Langobarden, wobei jeder darauf achtete, nicht sonderlich viel über seine persönlichen Verhältnisse preiszugeben. Weil es sich so ergab, speisten sie noch miteinander.

Und dann machte ihm der Mann einen erstaunlichen Vorschlag.

»Würdest du mich bitte begleiten?«, fragte er leise. »Allerdings kann ich dir nicht sagen, wohin. Du musst mir schon vertrauen. Man erzählt, du suchst jemanden, und vielleicht kann ich dir helfen.«

Plötzlich schlug Wittiges' Herz so heftig, dass es ihn schmerzte und er fast keine Luft mehr bekam. Er griff sich an die Brust und konnte nicht sprechen.

»Was ist?«, fasste sein neuer Bekannter nach. »Hat man mir etwas Falsches erzählt?«

Orléans gehörte zu den überschaubaren Städten. Wer hier einige Zeit verbrachte und Fragen stellte, musste zuverlässig auffallen. Jetzt war also eingetreten, worauf Wittiges gehofft und lange genug hingearbeitet hatte, wobei ihm das Risiko durchaus bewusst geblieben war.

»Nein, nein! Überhaupt nicht. Ja, ich suche nach zwei Männern und einem nun zwölf Jahre alten Jungen, der vor mehr als einem Jahr in Chalon entführt worden ist. Weißt du etwas über ihn?«

»Nicht so laut!« Der Mann packte ihn am Arm. »Hier können wir nicht darüber reden. Also, kommst du mit mir?«

Zwei Männer, die weiter hinten auf einer Bank gesessen hatten, erhoben sich und schlenderten zur Tür, blieben aber dort stehen. Wittiges behielt sie im Auge, obwohl er den Kopf gesenkt hielt. Warum verließen die Männer die Schenke nicht? Einer kehrte ihm den Rücken zu und sprach auf den anderen ein, aber dieser eine … Ja, der musterte ihn mit größtmöglicher Unauffälligkeit.

»Und was ist mit den beiden an der Tür? Sie beobachten uns«, sagte Wittiges ruhig.

Auch diese beiden Männer waren gut gekleidet und trugen breite, mit gediegenem Zierrat beschlagene Gürtel. Ihre Waffen, soweit er sie erkennen konnte, waren solche, mit denen man in einen Krieg zog – und nicht herumprotzte. Ernst zu nehmende Männer, erfahrene Krieger, weder Lumpengesindel noch Betrüger oder Aufschneider. Wittiges begriff.

»Sie gehören zu dir, oder nicht?«

Sein neuer Bekannter, der sich als Leudemund vorgestellt hatte, war der Älteste der drei: ein Mann von Mitte dreißig, mit gepflegtem, dunklem Haar und dichtem Bart. Über den buschigen Augenbrauen verschwand eine hässliche Narbe unter den Stirnhaaren. Ein gut wiedererkennbares Merkmal. Ob Leudemund sein richtiger Name war, zog Wittiges in Zweifel. Er selbst hatte sich einen lateinisch klingenden Namen zugelegt. Seinen wahren wollte er nicht preisgeben, solange er nicht wusste, wie dieser Leudemund, der nun beiläufig einen Blick über die Schulter warf, einzuschätzen war.

»Gut beobachtet. Ja, das sind meine Männer. Kommst du nun mit uns?«

»Weißt du etwas über diesen Jungen?«

»Über Felix?«, entgegnete Leudemund ruhig.

Beim Klang des vertrauten Namens hatte Wittiges das seltsame Gefühl, sein Hirn würde von einer Axt in zwei Hälften gespalten. Die eine Hälfte seines Ichs wollte Leudemund packen und alles aus ihm herausschütteln, was er über Felix wusste, die andere Hälfte mahnte, sich zu beherrschen. Es war ein äußerst schmerzhafter Zwiespalt.

»Hast du ›Felix‹ gesagt?«, flüsterte er mit brüchiger Stimme.

Eigentlich weigerte sich sein Verstand, daran zu glauben, dass er so unvermutet dem Ziel nahegekommen war. Aber Leudemund hätte den Namen nicht genannt, wenn er Felix nicht gekannt hätte. Ein Jahr quälender Ungewissheit, ein Jahr schwindender Hoffnung, ein Jahr der Verzweiflung ballten sich in diesem Augenblick zusammen, sturzflutartig rauschten Gedanken, Erinnerungen und Empfindungen durch seinen Kopf. Jetzt erst gestand er sich ein, wie sehr er unter dem Verlust seines Sohns gelitten hatte – jeden Tag, zu jeder Stunde.

»O Gott!«, stöhnte er auf. »Weißt du, was es für mich bedeutet, seinen Namen zu hören? Hier, von einem Fremden?«

Leudemund schwieg, einen Anflug von Besorgnis in der Miene.

Die zwei an der Tür schienen ungeduldig zu werden, immer häufiger und offener schaute der eine zu ihnen herüber.

»Komm, es wird Zeit!«, drängte Leudemund sacht und machte Anstalten, sich zu erheben.

Wittiges blieb sitzen. »Nein, erzähl mir erst von dem Jungen. Wie geht es ihm? Wo ist er? Ich bin ...« Er stockte gerade noch rechtzeitig. Sag nicht, du bist sein Vater, mahnte er sich mit einem Rest von Vorsicht. »... ihm voriges Jahr begegnet, ihm und den beiden anderen. Sie haben Eindruck auf mich gemacht.«

Im Gesicht des anderen zuckte es, jetzt verschattete es sich.

Leudemund stützte den Kopf in beide Hände und wagte nicht mehr, ihn anzuschauen.

Eine tödliche Stille breitete sich zwischen ihnen aus. Unheilschwanger, lähmend. Mit der Eiseskälte, die ihm nun in die Brust kroch, erkannte Wittiges die grausame Wahrheit. »Er ist tot, nicht wahr?«

Die Stirn gerunzelt, legte Leudemund die Hände flach auf die Tischplatte und spreizte die Finger, während ein Augenlid nervös zuckte.

»Ja.«

Wittiges hätte alles darum gegeben, hinter diese Stirn zu blicken, erkannte aber nur Trauer, Bedauern und ... vielleicht so etwas wie Schuldgefühl in der Miene des Mannes.

»Es war eine Seuche«, fuhr Leudemund flüsternd fort. »Das Kind starb zuerst. Sein Onkel Alexander folgte ihm. Der Junge hat tagelang Widerstand gegen die Krankheit geleistet, ist ihr dann aber doch erlegen. Woher kanntest du ihn?«

Wittiges dachte nach, soweit es die Dumpfheit zuließ, die sich nun in seinem Schädel ausbreitete. Also hatte er richtig vermutet: Alexander und Cniva hatten hinter der Entführung gesteckt. Sie waren dafür verantwortlich gewesen, sie vor allem. Zwei Männer, denen er aus ganzem Herzen vertraut hatte. Der eine sein Freund, der andere nicht nur ein Freund, sondern auch sein Schwager.

Wittiges schwankte auf seinem Sitz, ihm wurde heiß, kalt und schwindlig. Ungelenk erhob er sich und beugte sich über den Tisch. »Sagst du mir auch die Wahrheit?« Es war sein letzter Versuch, die Wahrheit nicht zu akzeptieren.

»Warum sollte ich dich belügen?« Leudemund schaute gefasst und doch deutlich betroffen zu ihm auf. »Du hast ja keine Ahnung, wie viel Hoffnung sich mit diesem Kind verband. Sein Tod hat alle unsere Pläne zunichtegemacht.« Er hielt für einen Moment inne. »Nun weißt du Bescheid.«

»Nichts weiß ich«, entgegnete Wittiges schroff. »Nichts über ...«

»Wenn du mehr wissen willst, sollten wir gehen. Ich will hier nicht länger bleiben. Wir sind schon viel zu lange da. Ich brauche dir wohl nicht zu sagen, dass wir vorsichtig sein müssen.«

Das Gasthaus war nicht sehr gut besucht, jeder der Gäste musterte und beäugte alle anderen. An einen Mann mit einer auffälligen Narbe an der Stirn würde man sich erinnern.

Wittiges strich sich die Haare aus dem Gesicht und merkte, dass er seine Trauer nicht mehr unterdrücken konnte. »Gleich. Entschuldige mich kurz.« Er stolperte auf eine kleine Tür im Hintergrund zu, die auf den Hof und den Abort hinausgehen musste. Niemand hielt ihn auf. Er stieß die Tür auf, trat in den Hof hinaus, stöhnte laut auf und hämmerte in sinnloser Wut mit den Fäusten gegen die nächste Wand, bis sie taub wurden.

Da war sie, die Gewissheit, die er so gefürchtet hatte. Was konnte ihm Leudemund jetzt noch mitteilen? Nur die eine Nachricht zählte, was scherte ihn der Rest. Andererseits ... Er musste um Alethas willen alles in Erfahrung bringen, was er noch nicht wusste. Wie war es Felix bei Leudemund und seinen Verbündeten ergangen? War er friedlich gestorben? Wo lag er begraben?

Ein Mann trat in den Hof hinaus, warf ihm einen neugierigen Blick zu und verschwand in Richtung des Aborts, dessen Lage sich durch den Gestank verriet, der von dort herüberwehte.

Wittiges taumelte in die Gaststube zurück, warf für Wein und Mahlzeit eine Münze auf den Tisch, obwohl er eingeladen war, und tappte zur Tür, sicher, dass ihm Leudemund folgen würde. Die beiden Männer am Eingang ließen ihm den Vortritt. »Und wohin?«, murmelte er im Vorübergehen.

»Das wirst du schon sehen«, murmelte der eine. »Nicht weit jedenfalls, nur hinaus aus der Stadt. Wo hast du dein Pferd?«

»Im Stall meiner Herberge.« Wittiges war in einem der Pilgerhäuser abgestiegen, weil er sich dort am sichersten fühlte. Die Männer folgten ihm hinaus, und einer ging rasch auf einen Jungen zu, der ihm unruhig entgegensah und drei Pferde am Zügel hielt.

»Was ist mit Cniva?«, fragte Wittiges gedämpft, sobald Leudemund nachgekommen war. »Über ihn hast du nichts verraten.

Ist er auch tot? Du kennst ihn doch.« Wieder diese Hoffnung, dass alles ein Irrtum war. Warum nur gab er sich nicht geschlagen und lernte endlich, die Wahrheit als unumstößliche Gewissheit anzuerkennen?

»Er hat bekommen, was er verdient hat«, antwortete Leudemund freimütig.

»Und das war?«, fragte Wittiges verblüfft.

»Das, was allen Verrätern blüht. Er hat zugelassen, dass Prinz Alexander, der mit seinem alten burgundischen Namen Aletheus heißt, in Spanien entmannt wurde. Er hat ihn nicht beschützt, wie es seine Aufgabe gewesen wäre. Wo hast du dein Pferd? Dies sind unsere.«

Er wies auf die Tiere, deren sich nun die Männer annahmen und die sie heranführten. Auf einmal ging Wittiges alles zu rasch.

»Was habt ihr vor … jetzt, da der Junge tot ist?« Er wollte nicht fragen: Was wird nun aus eurer ganzen dreckigen Verschwörung?

»Nun, es gibt andere«, erklärte Leudemund widerwillig. »Du musst wissen: Der Junge war nicht der Einzige, auf den wir setzen konnten.« Er zögerte kurz. »Aber er erschien uns als der Geeignetste.«

Endlich verstand Wittiges die Zusammenhänge. Ein zwölfjähriger Junge war leicht zu lenken oder zu manipulieren, er wäre nicht mehr als eine Strohpuppe auf dem alten Thron von Burgund gewesen, gerade lange genug, bis die wahren Drahtzieher die Macht unter sich aufgeteilt hätten. Deshalb hatten sie es auf ihn abgesehen.

In Wittiges stieg unvermittelt eine so ungeheure Wut auf, dass ihm die Knie weich wurden und er sich an der Hauswand abstützen musste.

»Ich gehe zurück zur Kirche. Ich will für die Toten beten, bevor ich euch begleite, wohin auch immer …« Es war ihm bitterernst.

Leudegast wollte widersprechen, nickte aber dann. »Wir warten draußen vor der Kirche auf dich.«

Sobald Wittiges auf dem kalten Steinboden des Gotteshauses niedergekniet war, tat er nichts anderes, als voller Inbrunst und Qual mit Gott zu hadern – einem Gott, an den er gar nicht recht glaubte.

Er brauchte eine Weile, um sich zu beruhigen, dann erst konnte er nachdenken.

Hatte ihm Leudemund die Wahrheit gesagt? Aber warum hätte er ihn belügen sollen? Das war die Frage, auf die er keine klare Antwort wusste. Vielleicht hatte er mit seinen Nachforschungen und dem Gerede in den Gasthöfen für Leudemund und seine Burgunder zu viel Aufmerksamkeit erregt und damit ihre Kreise gestört. Sicher wollten sie, dass er die Fragerei einstellte. Aber was hatten sie nun mit ihm vor? Im Grunde genommen war es ihm gleichgültig, er für seinen Teil wusste, was er wollte. Äußerlich gefasst verließ er die Kirche. Draußen erwartete ihn nur noch Leudemund.

»Die anderen erwarten uns vor der Stadt.«

Wittiges' Pilgerhaus gehörte zu einem bescheidenen kleinen Kloster direkt an der Stadtmauer. Zu seinem Erstaunen begleitete ihn Leudemund hinein. Es dauerte nicht lange, bis er seinen Kram zusammengepackt, sich von den Mönchen verabschiedet und sich mit einer kleinen Spende für ihre Gastfreundschaft bedankt hatte. Obwohl das Kloster über einen Knecht verfügte, der sich um die Pferde der Gäste kümmerte, beharrte Wittiges darauf, Odilo selbst zu satteln, da sich der Hengst nicht gern von Fremden anfassen ließ. Wie er gehofft hatte, gab sich Leudemund mit dieser Erklärung zufrieden und folgte ihm nicht in den dunklen, streng nach altem Stroh riechenden Stall. Als Wittiges Odilo gesattelt hinausführte, brauchte er nur noch seinen Reisesack aufzuladen.

»Wohin reiten wir?«, fragte er, sobald sie sich einem der südlichen Stadttore näherten, wo die anderen sie erwarten sollten. Von hier aus war es nicht weit bis zu einer Straße, die an der Loire entlang geradewegs nach Tours führte.

Gleich hinter dem Stadttor tauchten Leudemunds Begleiter auf und nahmen Wittiges in die Mitte. Er sah noch einmal zurück und verabschiedete sich in Gedanken von der relativen Sicherheit, die ihm die Stadt geboten hatte.

Leudemund hatte auf seine Frage keine Antwort gegeben. Erst nachdem Orléans etwa eine Meile hinter ihnen lag, verwickelte er Wittiges in ein Gespräch. Sie ritten die Straße entlang, die parallel zum Fluss verlief und nach Tours führte. Die Landschaft ringsum war recht flach und wies kaum nennenswerte Erhebungen auf. Felder wechselten mit kleinen Wäldern ab, und gelegentlich eröffnete sich die Aussicht auf einen Rebhang diesseits oder jenseits der Loire, der kaum mehr als zwanzig oder dreißig Fuß anstieg. Auf der Höhe eines dieser Hügel schimmerten die Mauern einer Villa, die das Zentrum eines größeren Guts bilden musste. Als Wittiges schon glaubte, sie würden darauf zuhalten, bogen sie erstaunlicherweise auf einen Pfad ab, der zum Fluss hinunterführte. Hier wuchsen Röhricht und uralte Weidenbäume. Leudemund erzählte gerade von dem Landsitz, den er in dieser Gegend besaß. Vielleicht lag sein Gut auf der anderen Seite des Flusses? Wittiges spähte nach einem Fährkahn aus, als Odilo warnend schnaubte. Ohne sich umzudrehen, beugte sich Wittiges tiefer, zog eines der Wurfmesser aus dem Versteck unter dem Sattel hervor, stemmte die Füße fester in die Steigbügel und wandte sich um.

Leudemund ritt neben ihm, trieb aber sein Pferd nun vorwärts, während sich seine Begleiter von hinten heranschoben – der Pfad war nicht breit genug für alle. Beide Männer zogen ihre Schwerter, und auch das sirrende Geräusch aus Leudemunds Richtung verriet Wittiges, dass er es mit drei Angreifern aus zwei Richtungen zugleich zu tun hatte. Ohne innezuhalten, riss er Odilo herum, warf gleichzeitig das Messer und griff nach dem zweiten. Der Mann hinter ihm schrie getroffen auf. Der andere holte gerade mit dem Schwert aus, verharrte aber mitten in der Bewegung. Das zweite Messer drang ihm in die Kehle. Jetzt war nur noch Leudemund übrig. Mit einem Schlachtruf kam er herangaloppiert, aber Odilo wich aus und bahnte sich durch das Weidengestrüpp einen Fluchtweg zum Fluss. Wittiges schnalzte nur mit der Zunge, und schon rutschte Odilo die Böschung hinunter ins Wasser.

8 »Wann soll die Hochzeit sein?« Fredegund starrte Chilperich aus weit geöffneten Augen an.

»Sie muss schon stattgefunden haben.«

»Aber das Mädchen ist erst elf!«, schrie Fredegund. »Wie kommt Brunichild dazu, ihre elfjährige Tochter zu verheiraten?«

»Weil sie uns immer einen Schritt voraus sein will.« Chilperich hob unbehaglich die Schultern. Es war eine schlechte Nachricht, die sie in Amiens gegen Ende ihrer jährlichen Ochsentour durch die Provinzen erreicht hatte, und sie kam zu spät, als dass noch etwas dagegen zu unternehmen war. Brunichilds Tochter Ingund hatte das westgotische Reich längst erreicht.

»Wir hätten diese Heirat für Rigunth arrangieren sollen. Unsere Tochter ist alt genug. Ein Bündnis mit den Westgoten! Wenn Brunichild will, kann sie uns im Süden mit Guntram auf der einen und ihrem Onkel Leovigild auf der anderen Seite in die Zange nehmen. Wie kommt sie überhaupt dazu, das Kind an Hermenegild zu verschachern? Er ist ihr Verwandter, er ist ... warte ... der Sohn ihres Onkels, das heißt, Ingund heiratet den Cousin ihrer Mutter. Das ist ekelhaft und verstößt auf alle Fälle gegen das Kirchengesetz. Diese Ehe ist Blutschande. Aber das ... schert sie wohl nicht. Das hat sie ja auch nicht davon abgehalten, Merowech ...« Sie brach ab. »Warum ist uns so eine Verbindung für uns nicht eingefallen? Meinst du, Leovigild könnte uns den Tod Gailswinthas noch nachtragen?«

Chilperich hatte geduldig dem Geplapper zugehört und es auf sich wirken lassen, und allmählich begriff er, wo sich für ihn eine Möglichkeit ergab. Bisher hatten ihn die Nachrichten aus Austrasien niedergedrückt, und er hatte noch nicht strategisch darüber nachdenken können. Aber es gab immer einen Ausweg. Er würde sich von Brunichild nicht auf der Nase herumtanzen lassen.

»Du müsstest einiges von deinem Vermögen opfern«, erklärte er. »Wir dürfen nicht knickrig sein, und der Rat würde es übel nehmen, wenn alles aus dem Staatsschatz käme.« Fredegunds Erfindungsreichtum, sich die Güter anderer anzueignen, stand nur noch unwesentlich seinem eigenen nach. Auf alle Fälle war sie eine sehr reiche Frau.

Sie schaute ihn an und überlegte, ob ihn bereits der Altersschwachsinn streifte. »Wovon redest du?«

»Ich habe den Schuldspruch, den Guntram wegen Gailswinthas Ermordung gegen mich verhängt hat, nie anerkannt, und das zahlt sich nun aus. Ich weiß, was wir tun werden. Leovigild hat noch einen Sohn, Rekkared. Was hältst du davon, wenn wir ihm Rigunth für Rekkared anbieten?«

»Aber Hermenegild ist der Ältere«, brauste Fredegund auf. »Wenn schon, dann hätte es Hermenegild sein müssen.«

»Das geht nun nicht mehr«, wandte Chilperich geduldig ein. »Hast du mir nicht zugehört?«

»Und was meinst du damit, ich soll etwas von meinem Vermögen opfern? Für die Mitgift? Wie käme ich dazu?«

»Weil Rigunth eine größere Mitgift braucht als Ingund, wenn wir das Gesicht wahren wollen.«

»Rigunth wird außer sich sein, wenn sie hört, dass sie nur die Braut des Jüngeren ist.«

»Hauptsache, sie wird überhaupt eine Braut – und zwar eine westgotische. Ich lasse sofort die Verhandlungen mit Leovigild aufnehmen, bevor er sich allzu sehr Brunichild und Austrasien verbunden fühlt.«

»Als wenn er das nicht längst schon wäre.«

»Ich soll nach Toledo?« Das Mädchen war totenblass geworden. Fredegund hatte ihre Tochter sofort nach der Unterredung mit Chilperich aufgesucht. Sie spielte mit ihren Brüdern irgendein idiotisches Brettspiel. Es wurde Zeit, dass solche Kindereien aufhörten.

Rigunth war ihr von allen Kindern am ähnlichsten – allerdings nur äußerlich. Im Grunde genommen verstand sie sie nicht. Vielleicht hatte sie daher mehr mit ihr zu kämpfen als mit den anderen.

»Ja, du wirst einen Prinzen von Toledo heiraten und dort deine Cousine Ingund treffen. Du bist vier Jahre älter als sie, also sollte es dir nicht schwerfallen, dich ihr gegenüber zu behaupten.«

Rigunth war aufgesprungen und hatte abwehrend die Hände gehoben, als hätte sie Angst, von der Mutter geschlagen zu werden.

»Nein, tu mir das nicht an, ich will nicht so weit weg. Nicht irgendwohin, wo ich niemanden kenne.«

Ihre Tochter hatte nie um Anerkennung ringen müssen, noch hatte es ihr an Freundinnen gefehlt. Stets war sie gut behütet worden, und alle Wünsche, die sie geäußert hatte, waren ihr in einem vertretbaren Maß gewährt worden. Obwohl sie sich ab und zu Gedanken um sie gemacht hatte, wusste Fredegund nicht sonderlich viel über sie. Ehrgeiz hatte sie gar keinen. Auffallend war nur ihre Gier nach Schmuck. Sie besaß sehr schöne Stücke, aber es war ihr nie genug. Litt sie zu häufig unter Langeweile? Seit ihrem zwölften Lebensjahr wurde sie von zwei zuverlässigen Kammerfrauen überwacht, die dafür sorgten, dass sie sich nicht mit Männern einließ. Doch im Gegensatz zu ihrer Mutter schien sie ihnen keine besondere Aufmerksamkeit zu schenken.

»Hast du mir nicht zugehört? Deine Cousine …« Fredegund hielt inne und überlegte, welche Argumente geeigneter waren, Rigunths Widerstand zu brechen. Die Mädchen kannten sich schließlich überhaupt nicht.

»Wir statten dich mit dem größten Brautschatz aus, den je eine Prinzessin der Familie erhalten hat. Du darfst dir aus meinen Schatztruhen …« Nein, das doch nicht. Rigunth war durchaus zuzutrauen, dass sie die Truhen gleich ganz leer räumte. »Du wirst zufrieden sein.«

Die Perlen, die Rigunth im Haar trug, erkannte Fredegund an dem besonderen silbergrauen Schimmer wieder, der sich in rotem Haar so gut machte. Wann hatte Rigunth die Perlen gestohlen?

»Nein, schick sie nicht weg.« Nun mischte sich auch noch ihr jüngerer Sohn ein. Er stellte sich neben seine Schwester und schaute die Mutter flehend an. Wieder fiel Fredegund die Ähnlichkeit mit Bischof Bertram auf. Er war wohl doch sein Sohn, und sie musste damit rechnen, dass auch Chilperich früher oder später etwas am Aussehen des Jungen bemerkte. Sie ging im Geist die Liste ihrer Landgüter durch. Irgendeines ließe sich bestimmt finden, wo der Junge das nächste Jahr verbringen konnte. Dann wollte sie weitersehen.

»Sie verlässt uns weder heute noch morgen. Erst einmal werden Verhandlungen geführt. Und glaub mir, Rigunth, wenn Brunichilds elfjährige Tochter nach Toledo heiraten kann, ohne sich anzustellen, kannst du das auch.«

Wittiges hatte sich ein Stück flussabwärts treiben lassen und war dann mit Odilo ans andere Ufer geschwommen. Er wusste zwar, dass er zwei seiner Gegner außer Gefecht gesetzt hatte, aber nicht, wie schwer sie wirklich verwundet waren. Der, den er an der Kehle getroffen hatte, mochte tot sein, aber da waren immer noch die beiden anderen – vor allem Leudemund, auf den er inzwischen einen tödlichen Hass verspürte. Leudemund war schuld an Felix' Tod. Ihn vor allem wollte er vernichtet sehen. Ihn und die ganze Verschwörung gleich dazu.

Er wartete im Uferschilf bis zum frühen Abend, ritt dann auf einem Treidelpfad zurück und schwamm wieder über den Fluss. Im letzten Tageslicht, kurz bevor die Stadttore geschlossen wurden, erreichte er Orléans und ritt zu dem Kloster, wo er schon einmal Quartier genommen hatte. Von einem der Mönche erbat er sich Tinte und einen Bogen Pergament und schrieb einen Brief an Guntram, um ihn über das Verschwörernest zu unterrichten. Er war sich einigermaßen sicher, dass sich Leudemund und seine Leute in einer der Villen südlich der Stadt eingerichtet hatten, ihre leichte Kleidung und das Fehlen von Gepäck hatten ihm das verraten. Ihr Schlupfwinkel war auf alle Fälle so gelegen, dass sie innerhalb kurzer Zeit die Stadt erreichen konnten. Vielleicht befand er sich sogar in Sichtweite der Stadt. Alle diese Überlegungen vertraute Wittiges dem Pergament an und nannte auch den einzigen Namen, den er kannte, und gab eine Beschreibung Leudemunds: der Mann mit der hässlichen Narbe an der Stirn. Jeden Satz überlegte er sich dreimal, bevor er ihn niederschrieb. Es hing ja so viel davon ab. Erst gegen Morgen fiel er für wenige Stunden in einen unruhigen Schlaf.

Das Kloster war königstreu, und darauf baute er. Nach dem kargen Morgenmahl bat er den Abt um eine Unterredung, zeigte ihm den zusammengefalteten und gesiegelten Brief, sagte ihm offen, an wen er gerichtet war, und fragte ihn um Rat. Der Brief musste so rasch wie möglich zugestellt werden. Nur, wem konnte er ihn anvertrauen?

Wittiges spielte durchaus mit dem Gedanken, selbst nach Chalon zu reisen und Guntram dazu zu bringen, ihm eine Streitmacht zur Verfügung zu stellen, mit der er das Verschwörernest ausheben konnte. Leudemund würde er persönlich zur Rechenschaft ziehen. Aber noch zauderte er. Guntram würde ihn vielleicht festhalten, ihn eventuell gar nicht anhören. Und da gab es immer noch die Sache mit Nikomedes.

»Du könntest deinen Brief uns zur Beförderung anvertrauen, wenn es da nicht eine Schwierigkeit gäbe«, begann der Abt nach einem Augenblick nachdenklichen Schweigens. Eine Botschaft an den König persönlich bekam er sicher nicht alle Tage zu Gesicht.

Ein Mönch als Bote! Nun wusste Wittiges, warum er den Abt um Rat gefragt hatte. Wer konnte unauffälliger und harmloser sein als ein reisender Mönch? »Welche Schwierigkeit? Ich komme selbstverständlich für die Reisekosten auf.«

Kurz leuchteten die Augen des Abts auf, dann wurde er sachlich. »Darum geht es nicht. Wir dürfen unser Kloster nicht verlassen, aber ich bin sicher, einen Dispens des Bischofs zu erwirken, wenn ich ihm erkläre, dass wir eine Botschaft an das Königskloster Sankt Marcel in Chalon haben. Wir unterhalten Verbindungen dorthin.« Den Brief hatte er längst in den Weiten seiner dünnen, schäbigen Kutte verschwinden lassen.

»Einen Dispens des Bischofs? Wieso braucht ihr den?«

Der Abt lächelte. »Wir Mönche sind zur *stabilitas loci* verpflichtet, zur Ortsansässigkeit, das ist auf den Konzilien so beschlossen worden. Das gilt sogar für mich. Aber mach dir keine Sorgen darum. Der Bischof von Orléans ist ein Vetter von mir.«

»Ich mache mir keine Sorgen«, bekannte Wittiges entgegen seiner wahren Meinung. Wie kam er nun wieder in den Besitz des Briefs? »Aber ich wüsste gern, was es mit dieser Beschränkung auf sich hat. Warum besteht sie?«

»Kirchenpolitik. Die Bischöfe wollen die Oberherrschaft über die Klöster innehaben, genau wie über ihre Priester und die Gemeinden ihrer Diözese. Wir dürfen weder das Kloster verlassen noch ohne Einverständnis des für uns zuständigen Bischofs Land oder anderen Besitz veräußern. Doch das sind« – er betrachtete Wittiges prüfend – »nicht deine Sorgen. Dein Brief wird den König erreichen, sei dessen sicher. Aber wenn du mir nicht glaubst, dann nimm ihn wieder an dich.« Allerdings machte der Abt keine Anstalten, das Schreiben hervorzukramen. Wittiges hatte sich inzwischen dazu durchgerungen, ihm zu vertrauen.

»Dann sei es so. Das Wohl und die Zukunft Orléans könnten von der Botschaft abhängen.«

»Das habe ich schon verstanden«, erklärte der Abt mit Würde. »Wohin wirst du nun reisen?«

Das wüsste ich auch gern, dachte Wittiges.

»Es scheint mir, dass du tief im Innern eine große Traurigkeit mit dir herumträgst«, tastete sich der Abt vor.

»Wie kommst du darauf?«, fragte Wittiges erstaunt.

»Deine Haltung verrät dich, die Anspannung, die mir schon aufgefallen ist, als du das erste Mal herkamst. Menschen, die mit sich und Gott im Reinen sind, bewegen sich anders, ihr Blick ist stetig und flattert nicht wie deiner, noch zeigt ihre Haut diesen fahlen Schimmer, als würden die Säfte im Körper nicht gehörig zirkulieren. Dabei bist du ein Mensch, der über Kraft und Wendigkeit verfügt – normalerweise.«

»Und wenn es so wäre, wie du glaubst?«

»Dann rate ich dir, nach Tours zu pilgern und alles, was dich bedrückt und unglücklich macht, dem heiligen Martin anzuvertrauen. Du wärst nicht der Erste, der bei ihm Klarheit und Ruhe fände. Er heilt und besänftigt, und er tilgt alte Schuld, wenn sich der Schuldige reuig zeigt.«

Der Abt erinnerte Wittiges an Pontus; es war die gleiche praktische Art des Glaubens, die aus den grauen Augen strahlte, und Güte, die in Menschenliebe wurzelte. Wittiges war geneigt, diesem Mönch sein Herz auszuschütten, endlich alles, was ihn so lange schon belastete, hervorzuholen und vor einer mitleidigen, aber nicht sentimentalen Seele auszubreiten, ihn um ein Urteil über seine Verfehlungen und die Gnade der Absolution zu bitten. Zu bereuen hatte er viel, angefangen beim Tod einer schönen jungen Frau, deren Sprache er nicht einmal sprach und deren Namen er nie erfahren würde. Aber er fürchtete sich davor, auf Felix und die burgundische Verschwörung zu kommen, die besser ein Geheimnis blieb, bis Guntram davon erfuhr.

Der Abt legte ihm sanft eine Hand auf den Arm. »Noch einmal: Geh nach Tours und bitte Martin um Heilung für deine verletzte Seele. Ich erkenne diejenigen, die mit Gott hadern. Du bist einer von ihnen, und du solltest nicht in diesem Zustand der Umnachtung verharren. Und überlass die Sorge für den Brief uns, wir werden ihn sicher dem König überbringen. Es wird uns ein Anliegen sein, dass er rasch in seine Hände gelangt.«

Wittiges lauschte der Stimme, prüfte sie auf Unaufrichtigkeiten, konnte aber nichts dergleichen entdecken. Und irgendwie kam ihm die Erleuchtung, dass der kleine Mann ihm das Richtige geraten hatte. Er würde nach Tours reiten und dort auf Nachrichten aus Orléans warten. Es war nur eine Zweitagereise, wenn er sich beeilte. Sobald sich ein größerer Kriegertrupp Guntrams Orléans näherte, würde sich die Kunde früher oder später bis Tours verbreiten, dafür sorgten schon die Händler, die auf der Loire Waren von einer Stadt zur anderen transportierten. Dann war hoffentlich noch Zeit genug, in den Kampf einzugreifen.

Zwei Tage später erreichte Wittiges Tours und begegnete dort jemandem, mit dem er nicht im Entferntesten gerechnet hatte.

Es war Fortunatus, sein Gefährte auf der Reise zu den Awaren. Er verließ gerade ein Kloster, dessen Pilgerhaus Wittiges vom Abt in Orléans empfohlen worden war.

»Hab gerade an dich gedacht«, sagte Fortunatus und lächelte breit. »Du bist kein Geist? Ein bisschen sieht du so aus.«

Wittiges umarmte ihn mit plötzlich aufwallender Herzlichkeit. Es tat gut, ein vertrautes Gesicht zu sehen. »Und was zum Teufel machst du hier? Ich hab gewiss nicht an dich gedacht. Du bist der Letzte, den ich hier erwartet hätte.«

»Dann bist du nicht auf dem Laufenden.« Fortunatus spähte an ihm vorbei zu Odilo, der mit den Hufen scharrte. Der Hengst wollte nach einem gnadenlos fordernden Ritt einen Stall und eine Raufe voll Heu. »Mit diesem Pferd bist du hier? Sieht aus wie dein altes. Wie hieß es noch gleich?«

Wittiges verspürte wenig Lust, mit Fortunatus Erinnerungen an Bauto aufzuwärmen, und überhaupt tat ihm diese Begegnung jetzt schon leid. »Zieh du nur deiner Wege. Und wenn du gütigst erlaubst, dann lass mich endlich eintreten. Nicht nur mein Pferd ist hungrig und durstig.«

»Daher das geisterhafte Aussehen!« Fortunatus riss mit Schwung die Klosterpforte auf und winkte Wittiges samt Pferd hindurch, kam aber direkt hinter ihm herein und ließ sich auch nicht abwimmeln.

Wittiges war bei der Wahl seiner Unterkunft blindlings der Empfehlung gefolgt, musste aber nun feststellen, dass er in einem Kloster abgestiegen war, das unter dem besonderen Schutz Gregors stand, des streitbaren Bischofs von Tours. Das erzählte Fortunatus Wittiges auf dem Weg zum Gästehaus, das sich als wesentlich nobler erwies, als Wittiges erwartet hatte.

Knechte eilten auf ihn zu und wollten ihm Odilo abnehmen, der aber wenig davon hielt und kräftig auskeilte. So suchte er mit ihm den Stall auf, um zu sehen, wohin man seinen Hengst brachte, und hoffte, dass sich Fortunatus derweil trollte. Aber nein, er wartete draußen auf Wittiges und redete sofort auf ihn ein.

»Und nun sorge ich dafür, dass du zu einer anständigen Mahlzeit kommst, damit dieser Ausdruck eines hungrigen Wolfs aus deinem Gesicht verschwindet. Wie ist es dir überhaupt gelungen, in die Stadt zu kommen? Weißt du nicht, dass sie seit Monaten, ach was, seit Jahren von Chilperichs Horden heimgesucht wird? Erstaunlich, dass es überhaupt noch so etwas wie Leben innerhalb dieser leidgeprüften Mauern gibt. Und das Umland ist zu einer Einöde verkommen.«

Wittiges fühlte sich zu erschöpft, um den Redeschwall zu unterbrechen oder mit seinen eigenen Erfahrungen zu würzen. Ja, es war schwierig gewesen, bis hierher zu gelangen, aber er hatte nichts anderes erwartet. Er schwieg sich über eine tote, wahrscheinlich verstoßene und von Füchsen oder anderem Raubzeug angenagte Frau aus, die er beim Wasserlassen unter einem Gebüsch entdeckt hatte, über hungrige Kinder, die ihn angebettelt hatten, über Dörfler, die sein Pferd haben wollten, um es zu schlachten, und ähnliche Vorkommnisse. Leid tat es ihm um das schlecht bestellte Land, beste Voraussetzung für einen Hungerwinter, der nun nicht mehr allzu fern lag. Einen großen Bogen hatte er um ein Dorf gemacht, das gerade von feindlichen Kriegern heimgesucht worden war. Dabei behauptete Chilperich nach wie vor, dass die *civitas* von Tours nun zu seinem Herrschaftsbereich gehöre.

An das alles dachte Wittiges, während er Fortunatus bis zum Küchentrakt folgte, in dem dieser verschwand und aus dem er wenig später mit strahlender Miene wieder heraustrat. Er winkte Wittiges hinein.

Der Koch, ein Laienbruder mit vertrauenerweckend umfangreichem Wanst, musterte Wittiges kritisch, wies ihm einen Platz an einem langen, blank gescheuerten Tisch zu und setzte ihm gleich darauf einen gewaltigen Humpen Bier vor.

Dem guten Bier folgte leider eine Platte mit kaltem, zähem Fleisch und lauwarmer, beinahe geschmackloser Getreidebrei. Daran merkte Wittiges, dass mittlerweile selbst die Klöster Mangel litten.

Fortunatus schaute Wittiges beim Essen zu, während er wieder das Wort ergriff.

»Hast du nicht gewusst, dass ich in Poitiers lebe? Ich diene Königin Radegunde als Sekretär.«

Wittiges schob den Brei beiseite, der ihm unangenehm am Gaumen klebte. »Welcher Königin Radegunde? Muss ich von der wissen?«

Fortunatus lachte laut auf, was dem Koch ein Grunzen entlockte. »Wenn ihr fertig seid, dann verschwindet«, forderte er sie auf, »dies ist keine Gastwirtschaft.«

Inzwischen war Wittiges eingefallen, wer Radegunde war. Sie war mit König Chlotar verheiratet gewesen, Chilperichs und Guntrams Vater. Radegunde lebte also immer noch. Einiges wusste Wittiges tatsächlich über sie. Dass sie eine thüringische Königstochter war, die als halbes Kind von Chlotar in die Ehe gezwungen worden war, um die Oberhoheit über die gerade eroberten thüringischen Gebiete zu festigen. Radegunde hatte aber schon bald das Gezänk von Chlothars anderen vier Ehefrauen nicht mehr ausgehalten und war geflohen. In Poitiers hatte sie dann ein Kloster gegründet, in dem sie sich vor ihrem verhassten Ehemann verschanzte. Angeblich war sie eine Asketin, eine lebende Heilige, die ein Herz für die Armen und Leidbeladenen hatte.

»Und was machst du hier, wenn du eigentlich Sekretär einer Äbtissin bist?«, fragte Wittiges, nicht sonderlich erpicht auf die Antwort.

»Sie ist keine Äbtissin, sondern nur eine einfache Klosterfrau«, antwortete Fortunatus und zwinkerte.

»Kaum zu glauben. Aber ich nehme an, dass sie zwar nicht offiziell die Leitung ihres Klosters übernommen hat, aber dennoch alle wichtigen Fäden zieht.«

»Ja, mein Freund.« Gönnerhaft schlug ihm Fortunatus auf die Schulter. »Ich bin als ihr Unterhändler hier in Tours. Es gibt eine Auseinandersetzung um das Grab des heiligen Hilarius in Poitiers und um die Reliquie, die Radegunde für ihr Kloster hat besorgen lassen. Ein Splitter des wahren Kreuzes Christi. Radegunde macht Hilarius' Grab die Pilger abspenstig, und das ärgert den Bischof von Poitiers, der sich natürlich um seine Einnahmen geprellt sieht. Daher sucht sie Unterstützung bei Gregor, mit dem sie schon lange befreundet ist. Ich traf mich mit ihm, weil wir hier ungestört und unbelauscht miteinander reden konnten. Aber da ist noch etwas. Komm, setzen wir uns draußen auf die Bank.«

Auf einmal wirkte Fortunatus weniger zuversichtlich, irgendetwas schien ihn zu verwirren. Wie zum Beweis zog er ein zusammengerolltes Dokument hervor, das Wittiges den Brief in Gedächtnis rief, den er vor wenigen Tagen geschrieben hatte. Hatte das Schreiben seinen Empfänger bereits erreicht? Er hoffte es inständig.

Gästehaus, Scheune, Stall und Waschhaus gruppierten sich um den schmalen, kahlen Hof herum, den man durch das Eingangstor betrat. Die Bank am Gästetrakt lag in der Sonne, und dankbar genoss Wittiges die bereits herbstlich milde Wärme, dabei war es erst Anfang September. Er sehnte sich nach Hause zurück, während gleichzeitig eine furchtbare Ungeduld an ihm zerrte. Würde seine Rechnung aufgehen und er seine Chance auf Rache für seinen toten Sohn erhalten?

»Was ist das für ein Brief?«, fragte er widerstrebend.

»Ein Schreiben Königin Brunichilds. Sie wünscht mich in Metz zu sprechen.«

Es waren drei eng beschriebene Seiten, die Fortunatus nervös ent- und wieder zusammenrollte.

»Drei Seiten für eine solch kurze Bitte?«

»Es ist nicht der erste Brief, wir korrespondieren bereits länger in dieser Angelegenheit. Ich werde eine Reise antreten. Eine weite Reise. Du hättest nicht Zeit, mich zu begleiten? Es ließe sich bestimmt einrichten, dass du in die Gesandtschaft aufgenommen wirst.«

Wittiges wartete einfach, dass Fortunatus endlich die Katze aus dem Sack ließ. Unterdessen ging er vor der Bank ein wenig auf und ab, denn er fürchtete, von dem zweitägigen Gewaltritt steife Glieder zu bekommen, wenn er sich nicht bewegte.

»Die Königin gedenkt wieder zu heiraten. Ich bin sozusagen der Brautwerber.«

Unvermittelt ließ sich Wittiges wieder auf die Bank fallen, als hätte man ihm die Beine unter dem Leib weggeschlagen. »*Was* will sie?«

9 »Wäre nicht Guntram die bessere Wahl?«, fragte Gogo, wusste aber schon, wie die Antwort lauten würde.

»Ich will nicht so enden wie Chariberts Witwe Theudechilde«, antwortete Brunichild nach einer Bedenkpause. »Du weißt, wie Guntram mit ihr umgesprungen ist, als sie ihm nach Chariberts Tod eine Heiratsofferte machte?«

Gogo wusste Bescheid.

Guntram war auf das Angebot von Chariberts Witwe eingegangen, hatte sie mit all ihren Schätzen in Empfang genommen und sie umgehend auf Lebenszeit in ein trostlos abgelegenes Kloster verbannt. Ohne Skrupel hatte er sich ihr gesamtes Vermögen angeeignet. Allerdings hatte er die Frau nicht gemocht, sie stammte nicht einmal aus gutem Haus. Bei Brunichild verhielt es sich anders. Dennoch. Vielleicht hatte sie ja mit ihrer Vorsicht recht, musste Gogo einräumen. Aber warum hatte sie sich diesen Gundowald in den Kopf gesetzt? Von dem wusste man nur, dass er seit vielen Jahren am kaiserlichen Hof in Konstantinopel lebte – als Geisel, wie es hieß – und dass er angeblich ein Sohn König Chlotars war. Jetzt wartete man auf Fortunatus, der die Offerte überbringen sollte, zusammen mit der Zusicherung an den Kaiser, im Krieg gegen die Langobarden Beistand zu leisten. Was diesen Beistand betraf, würde es lange Verhandlungen über den Preis geben.

Aber es war dieser Heiratsplan, der Gogo Magenschmerzen bereitete. »Du weißt, dass auch viele im Rat gegen diese Heirat sind«, begann er erneut. Seit Sigiberts Tod fanden im Rat ständig Machtkämpfe statt, das war unvermeidlich. Und mehr als alles andere fürchteten sämtliche Ratsmitglieder eine Einflussnahme von außen auf die Königin. Deshalb hatten sie Merowech abgelehnt und würden mit jedem Nachfolger ähnlich verfahren. Das ständige gegenseitige Belauern, das Buhlen um Einflussnahme begannen seltsame Formen zu entwickeln. Brunichild war eben doch nur eine Frau. Während ein König nur ein Machtwort sprach, musste sie schmeicheln und mit Vergünstigungen, Privilegien und Geschenken Hauspolitik machen. Gogo wurde noch unwohler bei dem Gedanken, dass im letzten Jahr mehrfach Lehen eingezogen und neu vergeben worden waren, um angebliche Untreue zu bestrafen und im Gegenzug Gefolgschaften zu festigen. Über zu vielen dieser Maßnahmen schwebte der Verdacht der Willkür. Dadurch wurde das Gesamtgefüge der Gefolgschaft instabil. Aber Brunichild war in dieser Hinsicht unbelehrbar. Vielleicht war ein klar denkender, nüchterner Mann an ihrer Seite tatsächlich die beste Lösung.

»Davon ist mir nichts bekannt«, behauptete Brunichild.

»Dann frag Wandalenus nach seiner wahren Meinung oder besser noch Lupus.«

»Ausschlaggebend ist nur meine Meinung, und die steht fest.« Sie wollte nicht länger eine bemitleidenswerte Witwe sein, mit der jeder seine Spielchen treiben konnte. Ein Sohn König Chlotars war als Ehemann Gold wert, gleichgültig, ob legitim, illegitim oder nur ein Lügner. Hauptsache, er hielt ihr gegen die Räte den Rücken frei und, wenn nötig, auch gegen Chilperich und Guntram. Vielleicht taugte er ja sogar etwas im Bett. Sie lächelte versonnen.

In diesem Moment steckte ein Diener den Kopf zur Tür herein und gab ihr ein Zeichen. Sie nickte. Gleich darauf erschien Fortunatus.

»Was hat dich aufgehalten?«, fragte Gogo ungnädig.

Fortunatus verneigte sich formvollendet vor Brunichild, die rasch auf ihn zutrat, ihn umarmte und auf beide Wangen küsste. »Gogo will sagen, dass wir uns freuen, dich wohlbehalten hier zu sehen.« Sie wich einen Schritt zurück und runzelte die Stirn. »Allerdings hatten wir dich wenigstens zwei Wochen früher erwartet. Die Delegation soll schließlich noch in diesem Jahr nach Konstantinopel aufbrechen. Du musst vor dem Winter die Alpen überqueren.« Wie es hieß, hatte Chilperich seine Diplomaten längst auf die Reise geschickt. Es würde sie ärgern, wenn ihre Unterhändler aufgrund ihres späten Eintreffens eine schlechtere Verhandlungsbasis hätten. Es sah nach einem Wettrennen aus, das sie unbedingt gewinnen wollte. Vor allem sollten ihr Chilperichs Abgesandte bei der Verhandlung über die Heirat nicht dazwischenpfuschen.

Sie hatte Fortunatus strenges Stillschweigen auferlegt, um seine eitle Geschwätzigkeit einzudämmen. Der Dichter trug sein Haar noch kürzer als gewöhnlich, und sie fragte sich, ob er inzwischen die Priesterweihe erhalten hatte und ob dies an seiner Verwendbarkeit als Abgesandter etwas ändern würde. Eine Tonsur hatte er sich nicht scheren lassen.

Fortunatus verneigte sich nun auch vor Gogo. »Es tut mir leid. Ich war in Orléans in Kämpfe verwickelt. Mit Wittiges.«

»Mit Wittiges?«, riefen Gogo und Brunichild gleichzeitig.

Fortunatus freute sich über die ungeteilte Aufmerksamkeit der beiden, die ihn nun mit Fragen bestürmten und kaum Zeit für die Antworten ließen. Er sei gerade noch mit dem Leben davongekommen, betonte er mehrfach, aber Wittiges...

Wittiges war sofort einverstanden gewesen, ihn auf die Reise nach Metz zu begleiten, die sie etwa eine Woche nach seinem Eintreffen in Tours angetreten hatten. Auf seinen Wunsch hin waren sie über Orléans gereist, angeblich die bessere Route. Und erst ein paar Meilen vor der Stadt hatte er ihm von dem Brief an Guntram und der Nachricht eines Händlers erzählt, die er in Tours erhalten hatte. Eine Armee des Königs befand sich im Anmarsch auf Orleáns. Der Händler hatte das Heer mit seinem Schiff auf der Loire überholt. Vor der Stadt gerieten sie dann in die Kämpfe, die die ganze Umgebung von Orléans in Flammen setzten. Eine Weile konnte sich Fortunatus an Wittiges' Seite halten, in seinem Schutz gewissermaßen, aber dann... Er schauderte, gefangen in der Erinnerung. Wittiges schrie auf, trieb seinen Hengst an und preschte durch die feindliche Linie auf einen Mann zu, das Schwert zum Schlag erhoben. Fortunatus bemerkte noch, wie er von mehreren Gegnern zugleich angegriffen wurde. Als Letztes sah er einen von ihnen zuschlagen, es war ein unausweichlicher, ein tödlicher Schlag gewesen, und noch während Wittiges fiel, hatten sich andere Krieger ins Sichtfeld gedrängt. Es war unmöglich gewesen, ihm beizustehen.

Begriffen die beiden, was er ihnen schonend beizubringen versuchte?

»Wittiges ist tot?«, fragte Brunichild mit tonloser Stimme. Sie legte die Hand über die Augen. »Nein! Sag mir, dass das nicht wahr ist«, stammelte sie.

»Er hatte keine Chance zu entkommen.«

»Nein«, widersprach Brunichild abermals wild. »Nicht Wittiges. Über ihn wachen die Heiligen, ich weiß es. Er kann nicht tot sein.« Er war ihr der Liebste von allen, schon immer gewesen, selbst wenn sie miteinander gestritten und sich gegenseitig verletzt hatten, wie sich nur Menschen verletzen, die einander etwas bedeuten. In gewisser Weise war er ihr ähnlich. Beide waren sie stets von Zweifeln geplagt. Ständig im Zwiespalt, rechteten sie mit sich selbst und suchten doch nur nach Sicherheit und Liebe. Er konnte nicht tot sein. Nicht er.

Die letzten Worte hatte sie laut gedacht.

Fortunatus wusste kaum, was er noch sagen sollte. Der Tod dieses einen Gefolgsmannes traf die Königin viel tiefer, als er gedacht hatte. Dabei war Wittiges gar kein so großes Licht bei Hof gewesen. Nun, es waren nicht immer die Besten, die das Herz der Mächtigen rührten. Er selbst hatte häufig den Dank oder die Beachtung entbehren müssen, die er eigentlich verdient hatte. Wie hätte sie denn reagiert, wenn er in den Kämpfen umgekommen wäre? Ein wenig traurig?

Es machte ihn verlegen, sie so verstört zu erleben.

»Glaub mir, ich sah ihn fallen, und dann musste ich ...«

»... meinen Hintern in Sicherheit bringen«, ergänzte Gogo.

»Ich bin nun einmal kein Krieger«, bemerkte Fortunatus beschämt.

Brunichild begann zu schluchzen, ihr ganzer Körper bebte wie im Fieber. Als Fortunatus wieder sprechen wollte, winkte sie vom Schmerz überwältigt ab.

Er nahm sich die Freiheit, dennoch etwas zu sagen.

»Er hatte zwar diesen Brief an Guntram geschrieben, aber in Wahrheit ging es ihm keineswegs darum, der Sache des Friedens zu dienen und eine Verschwörung niederzuschlagen, deren Auswirkungen auch Austrasien zu spüren bekommen hätte.«

Gogo runzelte irritiert die Stirn, als ob er das eben Gehörte doch sehr infrage stelle.

»Es ging ihm«, fuhr Fortunatus dennoch fort, »um nichts anderes als um die Rache für seinen toten Sohn. Daher diese mörderische Wut, mit der er kämpfte, daher die Tollkühnheit, mit der er sich in Gefahr brachte. Er hat sein Leben weggeworfen. Kann man das verstehen? Er machte einen gewissen Leudemund für den Tod seines Sohns verantwortlich, und dieser Mann gehörte zu den Anführern der Verschwörung.«

In Gogos finsterer Miene wetterleuchtete es, und es kostete Fortunatus eine gewisse Anstrengung, sich davon nicht angegriffen zu fühlen. Schließlich sagte er nichts als die Wahrheit, so schmerzlich sie auch war.

»Leudemund«, knurrte Gogo wie zu sich selbst, »der Name sagt mir etwas. Der Kerl galt als treuer Gefolgsmann Guntrams. Er war *comes* irgendwo im Süden und führte seine Abstammung auf die alten Burgunderkönige zurück, aber wir wissen ja, was von solchen Behauptungen zu halten ist. Könnte aber doch wahr gewesen sein, wenn sich Leudemund an die Spitze dieser Verschwörung gestellt hat.«

»Das behauptete auch der Abt des Klosters, in dem ich mich erholt habe. Er kannte Wittiges. Und er hatte schon früher von den Gerüchten gehört, dass es einige Leute gab, die die alte Burgunderherrschaft wieder errichten wollten«, warf Fortunatus ein.

Brunichild hatte nicht mehr zugehört. »Wittiges' Tod wird Aletha das Herz brechen. Dabei ist ohnehin nicht mehr viel Leben in ihr. Felix ist also ebenfalls tot? Das ist ganz sicher?« Sie hob den Kopf.

»Das hat mich Wandalenus auch gefragt.«

»*Wer?*«

Zum ersten Mal wurde Fortunatus unsicher. Warum regte Brunichild sich denn nun auf?

»Noch einmal: Sag uns, wem du das alles brühwarm erzählt hast!«, blaffte Gogo.

Fortunatus mochte Menschen nicht, die laut wurden, und Gogo war sehr laut geworden. Es war eindeutig, gegen wen sich sein Zorn richtete, aber Fortunatus fühlte sich vollkommen unschuldig. Er hatte nicht über die Mission nach Konstantinopel geredet, sondern nur über den Tod eines *anstrustios* und damit über ein Ereignis, das ohnehin bald die Runde machen würde.

»Wandalenus. Durfte ich nicht mit ihm reden? Aber er ist Ratsmitglied! Er war sehr besorgt über das, was ich ihm mitgeteilt habe. Ich traf ihn gestern Abend, als ich gerade angekommen war. Ja, sie sind beide tot, Wittiges und Felix, jemand muss es seiner Witwe sagen. Ich glaube, Wandalenus wollte es tun.«

»Wandalenus will zu Aletha nach *casa alba?*« Brunichild zuckte zusammen. »Wann?«

Sollte er wahrheitsgemäß antworten? Fortunatus quälte sich mit Unsicherheit. Nun fiel ihm ein, wie begierig ihm Wandalenus gelauscht hatte, als ob er endlich eine Nachricht erhalten hätte, auf die er schon lange gehofft hatte. Er war ihm geradezu dankbar gewesen für das Vertrauen, das er ihm mit der Mitteilung erwies.

»Es hörte sich so an, als wolle er gleich heute …«

»Gogo?«, schrie Brunichild. »Kannst du ihn noch aufhalten?«

»Aufhalten? Wieso?«, erkundigte sich Fortunatus verwirrt.

KAPITEL IV

580–584: Der Tod des Königs

1 Wittiges war gewillt, Buße zu tun und um Vergebung zu bitten. Buße dafür, dass er den Hasenfuß Fortunatus seinem Schicksal überlassen hatte, sobald er Leudemund im Schlachtgewühl entdeckt hatte. Um Vergebung wollte er bitten, weil er das Schicksal allzu dreist herausgefordert hatte, als er sich seinem Feind ohne Rückendeckung gestellt hatte. Er war losgeprescht, hatte einen der Krieger neben Leudemund gerade niedergemacht, als er von der anderen Seite attackiert wurde. Gut, dass sein Pferd so klein war, so hatte er sich im letzten Moment seitlich unter einem Schlag wegducken können, der ihn sonst aus dem Sattel gefegt hätte. Als er sich wieder aufrichtete, hatte ihn Leudemund erkannt, sich ihm aber nicht gestellt, sondern sein Pferd gewendet und war geflohen. Vielleicht war ihm auch bewusst geworden, dass seine Sache längst verloren war. Seinen Hengst Odilo brauchte Wittiges nicht anzufeuern, wieder einmal konnte er auf den Instinkt des Pferds vertrauen, das sich hartnäckig an die Verfolgung machte und jede Möglichkeit erkannte, selbst den geringsten Vorteil zu nutzen. Sie befanden sich ja immer noch mitten in den heftigsten Kämpfen, wichen ständig aus, schlugen Haken, blieben Leudemund aber auf den Fersen.

Mehrfach schaute dieser zurück, jedes Mal entsetzter, ein Stück näher als vorher seinen Verfolger hinter sich zu sehen. Irgendwann begriff er wohl, dass ihm die Flucht nicht gelingen würde. Er riss sein Pferd herum. Nur darauf hatte Wittiges gewartet. Das Schlachtfeld hatte sich weit auseinandergezogen, es gab weder Gegner noch Verbündete in der Nähe. Die Pferde trampelten die Stoppeln auf einem Acker nieder, eine halbe Meile von der Stadt entfernt. Am Hang eines Rebhügels leuchteten die

Mauern einer weißen Villa. Hatte sich Leudemund dorthin flüchten wollen?

Gleich mit dem ersten Hieb traf er dessen Schwertarm, der zweite durchtrennte ihm die Halsschlagader. Leudemund sackte im Sattel zusammen. Wittiges packte den Sterbenden, zerrte ihn zu sich herüber und schleifte ihn mit, bis er wieder dichteres Getümmel erreicht hatte. Dort ließ er ihn zwischen die Hufe anderer Pferde fallen, damit sie den Leichnam zertrampelten und in den aufgewühlten Boden stampften. Es sollte nichts von ihm übrig bleiben, das sich noch ordentlich bestatten ließ. Von allen Verrätern, mit denen Wittiges es je zu tun gehabt hatte, war dieser der verhassteste.

An Gefahr dachte er gar nicht mehr. Das Blut sang ihm in den Adern, er fühlte sich unverwundbar, noch immer begierig, zu töten und seine ganze Wut in jeden Schlag zu legen. Also kämpfte er weiter. Und bei jedem tödlichen Hieb dachte er an einen anderen Toten: an Felix, an Alexander und an Cniva. Er war nicht mehr er selbst.

Und dann auf einmal hatte ihn Ernüchterung gepackt. Wozu das alles? Als ob er die Toten hätte lebendig machen können. Sobald sich der Sieg für Guntrams Seite unabweisbar abzeichnete, hatte er sich davongemacht und war nach Tours zurückgeritten, direkt ans Grab des heiligen Martin.

Er verbrachte zwei Tage mit Fasten und Gebet in der Grabeskirche. Um ihn herum herrschte Gewusel, ein Durcheinander inbrünstig flehender Stimmen. Mönche feilschten mit einzelnen Pilgern über die Höhe der fälligen Spende, und alles war dazu angetan, die Versenkung in die Wunder des Glaubens zu verhindern. Dennoch: Das Wunder geschah. Martin vergab ihm. Es gab diesen einen, flüchtigen, kostbaren Moment, als er die Gegenwart des Heiligen wie eine Berührung spürte. Ein Hauch, ein Innehalten, ein Erhobensein, kaum in Worte zu fassen. Der Kummer fiel von ihm ab, die innere Selbstgeißelung hörte auf, und Friede zog in seine Seele ein.

Nun konnte er heimreisen.

Casa alba näherte er sich auf einem Trampelpfad durch abgeerntete Kornfelder, denn er wollte vermeiden, von Dörflern erkannt und mit großem Getöse begrüßt zu werden. Er wünschte sich eine stille Heimkehr. Dann schwankte er noch, ob er sein Haus durch den Garten, den Stallhof oder doch durch den Vordereingang betreten sollte. Aus alter Gewohnheit entschied er sich für den Stallhof. In den Gerüchen von Stallmist, getrocknetem Heu und Stroh, beim Plätschern des Brunnens in der Hofmitte, beim Gackern von Hühnern und dem gelegentlichen Schnauben und Brüllen des wenigen Viehs, das weder auf den Wiesen graste noch im Wald gehütet wurde, wallte das Heimatgefühl am stärksten in ihm auf.

Zwei Krieger lümmelten an der Wand einer der beiden Scheunen, die den Durchgang zum Hof bildeten, und richteten sich lässig auf, sobald Wittiges nahe herangekommen war. Der eine wies mit der Spitze einer Lanze auf ihn.

Wittiges zügelte Odilo. Der Mann war ein Unbekannter. Gab es Gäste in der Villa? Wenn ja, musste es sich um ranghohe Besucher handeln, die ihre eigene Kriegereskorte mitgebracht hatten. Königlicher Besuch? Bloß das nicht.

»Wer bist du?«, fragte der Mann eher freundlich als misstrauisch.

Beinahe hätte Wittiges wahrheitsgemäß geantwortet. Er befand sich immer noch in jener seltsamen Stimmung innerer Sammlung und tiefer Ruhe, die ihn seit seiner Erleuchtung an Martins Grab nicht verlassen hatte. Es war diese Ruhe, die ihn zögern ließ. Gelassen schweifte sein Blick an dem Mann vorbei in den Hofbereich, den er sehen konnte. Die Mittagsstunde war noch nicht vorüber. Zu dieser Zeit standen so gut wie immer Mägde oder Knechte am Brunnen, die gern im Freien aßen und schwatzten, bevor sie ihre Arbeit wieder aufnahmen, oder Kinder rannten über den Hof. Keine Kinderstimmen, kein Geschäker.

»Ein Bote.« Wittiges lächelte harmlos.

»Von wem? Wer schickt dich?« Die Stimme des Mannes klang harscher.

Immer noch in einer Stimmung, die es ihm erlaubte, frei von Ängsten mit raschen Gedanken und plötzlichen Einfällen zu jonglieren, wurde er sich seines schäbig gewordenen Mantels bewusst, der ihm nachlässig von den Schultern hing, und überhaupt seiner ganzen staubigen, reisemüden Erscheinung. Vor dem Kampf gegen die Verschwörer hatte er sich das Haar kurz geschnitten, damit es ihm nicht in die Augen fiel. Mit dem kurzen Haar konnte man ihn gut für einen Knecht halten.

»Vom Bischof in Reims. Wo finde ich diesen verdammten Heiligen?«

»Was?« Nun war auch der zweite Mann in die Mitte des Durchgangs getreten, die Hand am Schwertgriff.

Ein unmerklicher Schenkeldruck veranlasste Odilo, unruhig zu tänzeln und sich unauffällig rückwärts zu bewegen. »Bitte, ihr macht mein Pferd nervös«, sagte Wittiges hastig und verstärkte den Druck einseitig, sodass Odilo zur Seite ausbrach.

Einer der Männer musste sich vor den Hufen in Sicherheit bringen und fluchte.

»Kannst du deinen Gaul nicht beherrschen? Was ist das überhaupt für eine kümmerliche Mähre?«

Der Mann war nicht der Erste, der Odilo unterschätzte.

»Der Heilige? Wo finde ich ihn?«, fragte Wittiges mit gerade der richtigen Andeutung von Unsicherheit, wie sie ein Knecht an den Tag gelegt hätte, wenn er es mit Kriegern zu tun hatte, die weit über ihm standen.

»Was für ein Heiliger? Hau ab und such ihn woanders!«, brüllte einer der Männer.

Wittiges machte Anstalten, Odilo zu wenden.

»Halt!«, mischte sich nun der andere Krieger ein. »Einen Boten des Bischofs können wir nicht einfach wegschicken.«

Doch Wittiges tat so, als hätte er den Mann nicht gehört. »Ich frag im Dorf nach dem Heiligen. Hätte ich gleich tun sollen. Sie werden wissen, wo er haust«, rief er über die Schulter zurück.

Nun hatte er das Ende des Durchgangs erreicht, beugte sich über den Pferdehals und trieb Odilo in einen kurzen Galopp, der ihn aus der Reichweite der Wurflanze brachte. Nach einer halben Meile bog er vom Weg ab, glitt aus dem Sattel, ließ Odilo in einem Gebüsch zurück und umrundete vorsichtig die Villa bis zur Gartenseite. Zum Glück waren Obstbäume und Beerensträucher noch voll belaubt. Und da er viele Stunden in diesem Garten verbracht hatte und die Anlage in- und auswendig kannte, gelangte er durch eine Schwachstelle in der breiten Hecke hinein, die den Garten mittlerweile anstelle eines Zauns nach hinten abschloss.

Eine laute Stimme veranlasste ihn, die Vorsicht nicht aufzugeben. Die Stimme kannte er, konnte sie aber nicht zuordnen, bis er den Mann erblickte. Er stand auf einem der Hauptwege, die den Garten in regelmäßige, von Buchsbaum gesäumte Abschnitte teilten.

Es war Wandalenus.

Wahrscheinlich war die Königin mit oder ohne Gogo ebenfalls hier. Wittiges wollte sich gerade aufrichten und bemerkbar machen, als sein Blick auf den Begleiter des *comes* fiel. Es war nicht Pontus. Und noch mehr erstaunte ihn die Art, wie Wandalenus mit weit ausholenden Gesten über den Garten wies und irgendwelche Erklärungen abgab. Der andere Mann nickte mit jenem unverwechselbaren Eifer, der ihn als Untergebenen auswies, der Anweisungen entgegennahm.

Wenn Wittiges es genau betrachtete, verhielt sich Wandalenus so, als gehöre ihm das alles hier.

Was mochte das bedeuten? Einige Schritte von Wandalenus entfernt erntete ein alter Diener Äpfel in einen Korb. Furchtsam warf er hin und wieder einen Blick zu Wandalenus hinüber. Noch vor zwei Wochen wäre Wittiges aufgesprungen und hätte eine Erklärung für alle diese Merkwürdigkeiten gefordert. Nun zog er sich so leise zurück, wie er gekommen war. Da bemerkte ihn der Diener. Der alte Mann erstarrte regelrecht, während ihm die Augen beinahe aus den Höhlen traten. Ein Zittern überlief ihn. Hatte er Wittiges erkannt? Hoffentlich schrie er nicht und wies mit dem Finger auf ihn.

Wittiges ruckte mit dem Kopf in Wandalenus' Richtung und legte einen Finger an den Mund. Als durchströme ihn neue Kraft, richtete sich der Alte kerzengerade auf, nickte unmerklich und fuhr fort, Äpfel zu pflücken. Wittiges spähte zu Wandalenus und seinem Begleiter hinüber und atmete auf. Die beiden hatten nichts von diesem stummen Austausch mitbekommen.

Schon von Weitem sah Wittiges, dass Chramm Knechte als Wachen am Tor von Theodos Hof aufgestellt hatte. Odilo hatte er wieder in einem Versteck zurückgelassen und sich zu Fuß an das Anwesen herangepirscht. Aus seiner Deckung heraus sah er einen Jungen, der hinter einem kläffenden, kleinen Hund aus dem Tor herausgeschossen kam und um die Schutzhecke herumlief, die das Anwesen umzog. Unauffällig folgte er den beiden in einem weiten Bogen außer Sichtweite der Knechte, und da der Junge nur Augen für den Hund hatte, gelang es ihm, sich zu nähern und ihn zu packen.

»Wer ist auf Theodos Hof? Ist Chramm da?«

Der Junge stieß einen Schreckenslaut aus. Rasch legte ihm Wittiges die Hand auf den Mund, damit er nicht noch einmal aufschrie.

»Hör zu! Ich will wissen, ob Chramm zu Hause ist. Und seine Frau Viola und …« Es war der Gedanke, der ihn hergeführt hatte. »… ist Pontus da?« Offenbar gehörte der Junge zum Hofgesinde, und er meinte, ihn auch schon einmal gesehen zu haben.

Der Kleine nickte. Wittiges wartete einen Augenblick und nahm die Hand herunter, war aber darauf gefasst, den Jungen eventuell wieder zum Schweigen bringen zu müssen.

»Wer noch?«

Der Junge starrte ihn unverwandt an.

»Kennst du mich?«

Wieder ein zögerndes Nicken.

»Wittiges?«, flüsterte das Kind.

»Ja, der bin ich. Schau mich genau an. Damit du dir sicher bist.«

»Sie sagen, du bist tot.«

»Wer?«

»Alle. Chramm, Pontus, Viola und … und Aletha ist auch da.«

Wittiges nahm den Jungen an die Hand und ging mit ihm um die Hecke herum, während der Welpe um sie herumsprang.

Sobald sie sich dem Tor näherten, schrie das Kind: »Es ist Wittiges, ich hab ihn sofort erkannt.«

Einer der Knechte entdeckte ihn. Langsam, ungläubig, als müsse er sich einem Trugbild stellen, kam er ihm entgegen.

»Ich bin's wirklich«, sagte Wittiges ruhig. »Und du gehst besser hinein und sagst Pontus Bescheid. Ich hole nur noch mein Pferd.«

2 Pontus stöhnte auf, fasste sich an den Kopf, wischte sich über die Augen und brachte lange Zeit keinen vollständigen Satz heraus. Obwohl er Wittiges umarmt, beklopft und befühlt hatte, legte er ihm immer wieder die Hand aufs Knie oder packte ihn am Arm, tat einfach alles, um sich von seiner Auferstehung von den Toten zu überzeugen und das Unwahrscheinliche zu glauben.

Noch nie hatte Wittiges Pontus so konfus, so aufgelöst erlebt.

»Soll ich gehen und noch einmal hereinkommen? Macht's das für dich leichter?«, fragte er schließlich ironisch.

Aletha lächelte nur still. Sie lag im oberen Stock in einer kleinen Kammer auf einer Ruheliege, bedeckt mit einer leichten Sommerdecke. Wittiges erschrak angesichts ihrer eingefallenen Wangen, der Blässe, der müden, eingesunkenen Augen, der Linien, die ihr die Schmerzen ins Gesicht gegraben hatten. Nur langsam entdeckte er das vertraute alte Bild in all den verheerenden Veränderungen.

»Ich hab gewusst, dass du nicht tot bist, aber niemand hat mir geglaubt«, sagte sie mit leiser, aber fester Stimme. Dafür war er ihr dankbar.

»Ich war nahe daran draufzugehen«, bekannte er ehrlich, »und größtenteils durch meine eigene Besessenheit. Ich wollte meine Rache. Aber es ist seltsam, jetzt, da ich sie erhalten habe, bedeutet sie mir nichts mehr. Ich war ein Narr.«

Sie hatten sich um Alethas Liege geschart: Pontus, Wittiges,

Chramm, Viola und Ulf. Viola trug einen gewaltigen Bauch vor sich her und schaukelte bei jedem Schritt wie ein Schiff am Ankertau. Von ihrer früheren Geschmeidigkeit war allenfalls eine Ahnung geblieben, wenn sie mit verschmitztem Lächeln und einer Drehung der unsichtbaren Hüften auf einem Stuhl Platz nahm, der bedenklich unter ihr knarrte. Auch sie hatte ihn umarmt, das ungeborene Kind zwischen ihnen. Er spürte es in der gewölbten Masse, die sie und ihn voneinander trennte – für immer. Viola schien ihren Weg gefunden zu haben, deshalb brauchte er ihr nicht mehr auszuweichen. Jetzt spürte er in ihrer Gegenwart nur freundliche Wärme. Außerdem einte sie fast sofort die Sorge um Aletha. Obwohl sie es nicht erwähnte, wusste er, dass sie alles Erdenkliche zur Linderung von Alethas Leiden tat. Und er schämte sich, so lange fortgeblieben zu sein.

Nun war es Zeit, über Felix zu sprechen. Dass er tot war, wussten alle schon, Wandalenus war mit dieser Nachricht und der von Wittiges' Tod auf *casa alba* erschienen. Bei der Erwähnung ihres Sohns glomm neuer Schmerz in Alethas Augen auf, den Wittiges ihr gern erspart hätte. Felix war an einer Krankheit gestorben, teilte er allen mit. Sie begriffen, dass es genauso gut hier hätte geschehen können, denn niemand war gegen die Seuchen gefeit, die immer wieder grassierten. Das Leben war flüchtig und unbarmherzig griff der Tod zu, wann immer es ihm passte.

»Alexander hat die Krankheit ebenfalls nicht überstanden. Ich weiß nicht, ob Wandalenus das auch erwähnt hat.« Wittiges dachte kurz nach. »Und Cniva ist tot.« Unnötig, mehr dazu zu sagen. Eine Weile hingen alle ihren Gedanken nach. Alethas Hand ballte sich auf der Decke zur Faust. Wittiges griff danach und begann, sie behutsam zu streicheln. Alexander und Aletha hatten sich sehr nahegestanden, das hatte er beinahe vergessen. Der Zorn auf seinen Schwager war nun verraucht. Selbst Cniva, der sicherlich schrecklich für seine Verirrungen bezahlt hatte, war er nicht mehr gram. Über Tote sollte man nur Gutes sagen oder denken.

Pontus schlug vor, gemeinsam für die Toten zu beten, und alle kamen der Aufforderung nach. Wer konnte, kniete nieder, und alle wiederholten die Worte, die er sprach. Es war ein einfaches, schlichtes Gebet, nicht auf Latein, sondern auf Fränkisch, das klang hier und jetzt besonders tröstlich.

Als sie sich wieder erhoben, war heftiges Schluchzen zu hören. Ulf kniete noch, den Körper vom Weinen geschüttelt.

Der Junge war erheblich gewachsen und hatte die kraftvolle Gestalt eines jungen Athleten entwickelt. Die Kindheit hatte er so gut wie hinter sich, sogar die Stimme des Dreizehnjährigen brach bereits. Und nun dieser Rückfall in eine Trostlosigkeit, wie sie nur Kinder in dieser Intensität und Tiefe empfinden können.

Wittiges zog ihn auf die Füße und schloss ihn in die Arme. »Wir werden gemeinsam einen Gedenkstein für Felix errichten, und du darfst bestimmen, was darauf stehen soll.«

Ulf hatte fast Wittiges' Größe erreicht, es fehlte allenfalls noch eine Handbreit. Er drückte den Kopf des Sohns an seine Schulter und sah darüber hinweg zu Pontus hinüber, der ihn aufmerksam und mit einem kleinen, versonnenen Lächeln beobachtete, sich zum Glück aber eines Kommentars enthielt. Über Ulf werden wir noch reden, verhieß das Lächeln.

Wittiges schob den Jungen ein wenig von sich und legte ihm den Arm um die Schultern.

»Und nun wird es Zeit, Wandalenus klarzumachen, dass ich lebe. Bin gespannt, wie er das aufnimmt. Wer kommt mit mir?«

»Setz dich erst wieder hin«, schlug Chramm vor.

Chramm hatte Gewicht zugelegt und wirkte wie ein zufriedener Ehemann. Der Stolz auf seine junge und trotz der Schwangerschaft strahlend schöne Frau und das zu erwartende Kind stand ihm unübersehbar ins Gesicht geschrieben und zeigte sich in seinem selbstsicheren Verhalten. Chramm war nun ein Mann, dessen Meinung zählte. Nur wenn Wittiges' Blick etwas länger auf Viola ruhte, zogen sich seine Brauen leicht zusammen. Wittiges beschloss, keinen Anlass zu Eifersucht oder Argwohn zu liefern, weder jetzt noch später.

»Um was zu bereden?«, fragte er und wandte sich an Aletha. »Erzähl mir, was auf *casa alba* passiert ist. Ich möcht's gern von dir hören.«

Was geschehen war, hatte ihm Viola als Erste erzählt, noch bevor er die Stiege zu Alethas Zimmer erklommen hatte. Wandalenus war am Abend zuvor mit einem schwer bewaffneten Trupp aufgetaucht, hatte Aletha den Tod ihres Mannes und ihres Sohns mitgeteilt und ihr versichert, dass er nur zu ihrem Schutz gekommen sei. Und dann hatte er die Herrschaft über das Gut übernommen. Aletha hatte Pontus dazu überredet, sich mit ihr, ihrer Tochter Agnes und deren Magd noch in der Nacht auf Theodos Hof zu flüchten. Ulf hatten sie auf Pontus' Vorschlag hin ebenfalls mitgenommen, weil er den Weg mehr oder weniger noch im Schlaf fand.

Er wollte Ulf retten, dachte Wittiges sofort.

»Was willst du hören?«, fragte Aletha zurück. »Hat dir Viola nicht schon alles erzählt?«

»Ich möchte die Begründung für Wandalenus' Erscheinen noch einmal hören. Es kann ihm nicht nur um die Mitteilung und um deinen Schutz gegangen sein. Warum solltest du auf deinem eigenen Gut überhaupt Schutz benötigen?«

Pontus mischte sich ein. »Sei nicht so begriffsstutzig. Wenn du ohne Erben stirbst, fällt dein Gut an die Krone zurück. Es ist ein erbliches Lehen, das nicht an Agnes gehen kann. Eine Tochter kann niemals in die Lehnsfolge eintreten.«

»Wollte er dich heiraten? Hat er das gesagt?«, fragte Wittiges seine Frau.

Agnes hatte er noch nicht gesehen. Ihre Magd beschäftigte sie in der Küche, zusammen mit den anderen Kindern vom Hof.

»Ich hab ihm keine Zeit gelassen, mir einen solchen Vorschlag zu machen. Er sagte, es gibt einen Augenzeugen, der dich fallen sah. Hörst du?« Sie schluchzte auf. »Jemand ... sah dich ... fallen!«

»Das hat mich überzeugt«, warf Pontus dumpf ein. »Er hat den Zeugen erwähnt. Venantius Fortunatus. Du hast ihn einoder zweimal erwähnt, daher kannte ich den Namen.«

»Venantius war mit mir in Orléans. Also ist er entkommen.«

»Ich wusste nicht, was wir tun sollten«, flüsterte Aletha.

»Bestimmt hätte Wandalenus dir in den nächsten Tagen einen auf Pergament festgehaltenen, königlichen Befehl präsentiert, ihn zu ehelichen. Aus reiner Pietät hat er noch gewartet. Diese Ratte.« Er will das Gut, er will unter allen Umständen *casa alba*, ging Wittiges auf. Der Versuch, Viola in die Finger zu bekommen, war nur ein Vorspiel gewesen, um zu prüfen, ob er mit seinen Urkundenfälschungen Erfolg hatte. Geschickt eingefädelt, aber es würde wieder misslingen. »Nun, dann reite ich hinüber und sage ihm, dass er seine Hoffnung begraben kann.«

»Nein«, widersprach Pontus entschieden. »Das tust du nicht! Wandalenus ist mit dreißig Kriegern gekommen – kampferprobten Männern, wohlgemerkt. Denen haben wir nicht genug entgegenzusetzen. Wenn du dich zu ihm begibst, bist du ein toter Mann. Du lebst keine Stunde länger, Wandalenus benötigt nur diese kleine Korrektur, und er kann sein Vorhaben wie geplant durchführen.«

Und bestimmt weiß er auch, dass Aletha todkrank ist, überlegte Wittiges. Mir könnte übel werden. Er hat gesehen, wie es um sie steht, also hat er damit gerechnet, dass sie keinen Widerstand leistet und bald sowieso aus dem Weg ist. Es erstaunte ihn, wie ruhig er darüber nachdenken konnte, ohne aus der Haut zu fahren, nach seinen Waffen zu greifen und brüllend vor Zorn hinauszustürmen. Er war tatsächlich ein anderer Mensch geworden.

»Ich gebe euch recht«, räumte er ein. »Aber was nun?«

»Wir müssen einen Boten zur Königin nach Metz schicken«, sagte Chramm. »*Ich* werde der Bote sein. Als Kämpfer tauge ich nicht viel. Mich könnt ihr am ehesten entbehren.«

»Das sehe ich nicht so. Es ist möglich, dass Wandalenus bald hier auftaucht«, entgegnete Wittiges langsam. »Er weiß von Alethas Freundschaft mit Viola, und so kann er sich zusammenreimen, wohin sie geflohen ist. Also sollten wir uns auf einen Überfall vorbereiten.«

Konnte Gott Eltern härter strafen als mit dem Tod ihrer unschuldigen Kinder? Fredegund betrachtete ihr vom Weinen aufgedunsenes Gesicht im Spiegel. Ganz genau nahm sie die Rötung der Haut, die zerlaufene und verschmierte Schminke wahr, die herabgezogenen Mundwinkel, die Furchen auf der Stirn, das Haar, das sie sich strähnig gerauft hatte. Nun kratzte sie sich mit den Fingernägeln über die Wangen, bis sich blutige Striemen zeigten. Das Blut sollte fließen.

Ihre Söhne, ihre beiden noch vor zwei Wochen gesunden Söhne, hatte eine Seuche dahingerafft. Es war eine Nachricht, die sie bei ihrer Rückkehr von der sommerlichen Rundreise hier in Soissons erwartet hatte.

Beide tot, beide Söhne tot!

Der Bote hatte ihr den Verlauf der Krankheit in allen Einzelheiten geschildert. Mit Fieber und Bauchkrämpfen hatte es angefangen. Die Jungen hatten den Stuhl nicht mehr halten können, sie hatten geschrien vor Schmerzen und sich hilflos und gedemütigt bis auf die Knochen in ihren eigenen Exkrementen gewälzt. Die Hölle auf Erden. Ihre Kinder waren wie Vieh in Schmutz und Gestank verreckt. Und niemand hatte ihnen helfen können. In dem ganzen elenden Nest wütete die Seuche und hatte bereits die Hälfte der Bewohner hinweggerafft. Berny-Rivière! Sie wünschte sich auch die andere Hälfte tot, denn mit welchem Recht sollte dort jemand die Seuche überleben, während ihre Kinder ihr zum Opfer gefallen waren?

Auf einmal wurde der Bote von einer kräftigen Hand beiseitegeschoben. Chilperich eilte auf Fredegund zu und schloss sie in die Arme, presste ihren Kopf hart an seine Brust, während er aufstöhnte.

»Ich hab's gerade erfahren.«

Fredegund kämpfte sich frei und hielt Chilperich auf Armeslänge von sich ab.

»Und du trauerst? Willst du das sagen? Weinst du wegen unserer Söhne? Du hast sie nie beachtet! Nicht ein bisschen. All die Jahre waren sie Luft für dich! Nur die anderen zählten, die Söhne Audoveras.«

Seine Augen blickten trübe und dunkel vor Schmerz, aber davon ließ sie sich nicht täuschen. Der Schmerz war nicht echt.

Betroffenheit vorzugeben war ihm immer schon leichtgefallen. Wie gut erinnerte sie sich daran, wie er öffentlich um Gailswintha getrauert hatte, diese dürre Ziege, die sein Bett nicht hatte teilen wollen. Brunichilds Schwester.

»Du weißt nicht, was du sagst«, widersprach er leidenschaftlich. »Du hast nie begriffen, warum ich mich so verhalten habe. Der beste Schutz eines minderjährigen Königssohns sind Unsichtbarkeit und Nichtbeachtung. Jede Aufmerksamkeit, die ich einem Sohn schenke, bleibt nicht folgenlos. Ich liebe alle meine Kinder ohne Unterschied. Meinst du wirklich, es fällt mir leicht, mich ihnen gegenüber abweisend zu geben?«

Es war dieser trostlose Ton, der Fredegund dann doch überzeugte. So hatte sie Chilperich noch nie erlebt. Ein Diener geleitete den Boten hinaus und schloss die Tür. Nun waren sie allein. Kraftlos ließ sie sich wieder in seine Arme sinken.

»Es ist besser für sie, wenn sie mich als Rabenvater sehen«, fuhr Chilperich bitter fort. »Denn sobald ich mich einem von ihnen zuwende, heften sich die Geier unter meinen Gefolgsleuten an seine Fersen, versuchen ihn zu beeinflussen und im schlimmsten Fall über ihn gegen mich zu intrigieren. Hat das nicht Praetextatus getan? Er wusste, was mir Merowech bedeutete. Über meine Kinder können mich meine Feinde am härtesten treffen.«

Fredegund machte sich schwer, sank auf die Knie, presste den Kopf an seinen Leib, zerrte an seinem Gewand. »Nimm mich!«, stieß sie hervor. »Jetzt, hier, auf der Stelle. Lass wieder Leben in mir erstehen.« Sie zog seine Tunika hoch.

»Du bist verrückt.«

»Ja, ich verliere den Verstand, ich sehne mich danach. Ich will nicht mehr leiden. Bitte!« Sie sträubte sich gegen seine Hände, die sie auf die Füße ziehen wollten. »Wenn du mich nicht lieben willst, dann schlag mich, töte mich, tu etwas, damit der Schmerz aufhört.«

Besser eine Messerklinge in der Brust als dieser reißende Schmerz, den sie nicht greifen konnte, dem sie ausgeliefert war, der sie irre machte. Sie knetete ihre Brüste, zerriss ihr Kleid, streifte das dünne Hemd herunter, zerrte das Mieder auf, kratzte sich über die nackte Haut. Körperlicher Schmerz war eine Erleichterung.

Verstört sank Chilperich neben ihr auf die Knie, umfasste sie, zog sie mit sich hinunter auf den Boden, entblößte ihre Schenkel. Es war ein unguter Akt, getrieben von Verzweiflung, schmerzhaft und heftig und nicht im Geringsten tröstlich. Danach weinten sie beide.

»Sind sie noch dort?«, flüsterte sie ihm heiser ins Ohr.

»Wer?«

»Die Jungen. In Berny- Rivière.«

»Die Toten? Ich denke schon.«

»Dann versprich mir etwas.« Sie legte sich auf ihn, spreizte die Beine, rieb ihren Unterleib an ihm. Chilperich ließ sie gewähren, ja, er spürte, wie sein Glied wieder steif wurde und sie es in sich aufnahm.

»Was du willst.«

»Schick Chlodowech nach Berny-Rivière, um die beiden zu holen. Ich traue sonst keinem.«

Chilperich stöhnte, und sie verstand dies als Zustimmung. Die Seuche wütete immer noch in jenem gottverlassenen Nest, in das sie ihre Söhne geschickt hatte. Die Familie besaß dort ein großes Landgut, dort hätten die Jungen in Sicherheit sein sollen und wären doch nicht weit von Soissons entfernt gewesen, wo sie den Winter zu verbringen gedachte. Ihr war gerade eingefallen, dass sie Chlodowech, Chilperichs letztem Sohn, die Seuche von Herzen an den Hals wünschte.

Der Angriff erfolgte in der Morgendämmerung. Noch in der Nacht war Chramm nach Metz aufgebrochen, und Ulf begleitete ihn. Es war sein eigener Wunsch gewesen. Pontus hatte das Begehren des Jungen unterstützt, denn, wie er Wittiges erklärte, Ulf sah selbst im Dunkeln wie ein Luchs und hatte sich längst zu einem unerschrockenen Kämpfer entwickelt, der selten die Umsicht oder die Fassung verlor. Wittiges lernte Züge an seinem Sohn kennen, die er nie vermutet hätte. Nun hatte er Angst um ihn, und es war ihm überhaupt nicht recht gewesen, ihn gehen zu lassen. Aber er sah ein, dass es eine gute Entscheidung war.

Vorher hatte er mit Chramm und Pontus zusammen die Knechte über den zu erwartenden Überfall informiert und sie für die notwendigen Wachdienste eingeteilt. Waffen waren in kaum ausreichender Zahl vorhanden, sodass sie auch Dreschflegel, Heugabeln und Schürhaken in ihr Arsenal aufnehmen mussten. Chramm hielt eine kleine Meute von Wachhunden, schwer zu zähmende Biester mit gewaltigen Kiefern, von denen sie zwei in Tornähe an lange Leinen banden. Die Übrigen wurden auf die Rückseite des Gehöfts geführt, damit sie anschlugen, falls sich dort jemand den Zugang erzwingen wollte. Zum Glück war die Wehrhecke intakt, das hieß, sie umzog den gesamten Hof mit einem Gürtel höchst stachliger Sträucher, die selbst Schwertern einigen Widerstand leisten würden. Dennoch. Wittiges hätte Aletha, Viola und die kleine Agnes samt ihrer Magd gern in Sicherheit gebracht, bloß wohin? Es wunderte ihn ein wenig, dass Chramm seine Frau zurückgelassen hatte, aber vielleicht rechnete er damit, dass man einer Hochschwangeren nichts antun würde. Wittiges war sich dessen nicht so sicher. Er kannte die Gräuel einer enthemmten Kriegerbande nur zu gut.

Die Hunde schlugen an, ein sicheres Zeichen. Gleich darauf rannte der Knecht, der oberhalb des Wegs zum Hof Wache gestanden hatte, durchs Tor herein, das sofort hinter ihm geschlossen wurde.

»Sie kommen.«

»Wie viele?«

»In der Dunkelheit schwer auszumachen. Den Geräuschen nach sehr viele.«

Anscheinend brachte Wandalenus alle seine Männer mit. Gegen diese Übermacht würden sie nicht vier Tage lang Widerstand leisten können. Nicht einmal zwei.

Neben dem Tor glühte in der Hecke ein Funke auf, dann noch einer.

Wandalenus hatte sich etwas besonders Perfides ausgedacht. Er ließ Brandpfeile in die Hecke schießen und hielt zunächst Abstand.

Als sich die rötlich gefärbte Sonne über dem Horizont zeigte, stieg überall dichter Rauch auf. Einige Mägde und Knechte gerieten in Panik, weil der beißende Qualm den ganzen Hof mit seinen Schwaden erfüllte. Es wäre nur ein gut gezielten Pfeil nötig, und das Dach des Haupthauses oder eine der Scheunen und Schober würde in Flammen aufgehen. Wollte Wandalenus tatsächlich den Hof vernichten? Das war kaum vorstellbar. Aber selbst wenn er keine Brandpfeile auf die Gebäude richten ließ, war die Katastrophe nur eine Frage der Zeit, es bedurfte lediglich eines Funkenflugs. Alle Hunde bellten, die Pferde, die noch im Stall standen, donnerten mit den Hufen gegen die Wände, weil sie den Rauch rochen und die Panik auch sie erreichte. Dabei hatte der eigentliche Kampf noch gar nicht begonnen.

Pontus ließ jeden Fetzen Tuch im Brunnen nass machen und wies zwei Knechte an, das Grubenhaus auszuräumen, das am weitesten von allen übrigen Gebäuden entfernt stand. Die Kinder sollten sich im Untergeschoss verkriechen, zusammen mit Aletha und Viola. Im Stockwerk darüber würde man nasses Zeug anhäufen, und auch das Dach des Hauses sollte durchfeuchtet werden.

Alle Kinder, die einen Eimer tragen konnten, halfen mit. Wittiges sah einmal flüchtig ein kleines Mädchen mit einem viel zu schweren Eimer vorüberwanken, und erst später ging ihm auf, dass es sich um seine Tochter handelte. Die Magd lief ihr schreiend und zeternd hinterher.

Anscheinend verlor Wandalenus die Geduld. Er unternahm einen Angriff auf das Tor, das die größte Schwachstelle in der Verteidigung bildete. Von dort klang ein unglaubliches Gebrüll herüber. Wittiges glaubte Waffengeklirr und Stimmen zu hören, aber in dem Lärm auf dem Hof gingen diese Geräusche unter. Wenn nur nicht der Wind gewesen wäre, der das Feuer, das hier und da in der Hecke aufloderte, noch anfachte. Pontus führte brüllend die Eimerketten zu den Glutherden und packte selbst überall mit an. Wittiges hoffte, dass Viola wenigstens die kleineren Kinder endlich ins Grubenhaus getrieben hatte. Als sie schwer atmend an ihm vorbeikam, fasste er sie am Arm.

»Verschwinde! Auf der Stelle. Wo ist Aletha? Habt ihr sie ins Grubenhaus geschafft?«

Unter wuchtigen Schlägen erzitterte das Tor. Wandalenus setzte anscheinend einen Rammbock oder etwas Ähnliches ein. Wie lange hielt das Tor noch stand?

Eine Stimme durchdrang das Geschrei draußen. »Aufmachen! Öffnet um Gottes willen das Tor!«

Ein Funke stob aus der Hecke auf, flog ins Dach des Stalls. Wittiges war es, als presse ihm eine Faust das Herz zusammen, als gleich darauf eine Feuergarbe aus dem Dachstroh aufschoss.

»Holt die Pferde heraus!«

Ein Knecht eilte auf den Stall zu.

»Aufmachen! Wittiges, mach auf!«

Es war Chramms Stimme. Also hatte Wandalenus ihn abgefangen und benutzte ihn als Geisel.

Wittiges stellte sich hinter dem Tor auf, das unter den Stößen ächzte, und zog das Schwert.

In wilder Panik preschten Pferde in den Hof, Wittiges äugte kurz hinüber und sah Odilo, der auskeilte und stieg, als ein Knecht nach seinem Halfter griff. Mit einem schrillen Pfiff lockte Wittiges den Hengst zu sich. Er war fast so gut wie eine scharfe Waffe.

Wieder schrie Chramm. Aber war er das wirklich?

Wittiges lauschte verunsichert.

Es war eine andere Stimme, tiefer, voller.

»Macht auf!«

»Gogo? *Dux* Gogo?«

Wittiges konnte sich irren.

»Macht endlich auf!«

Gogo musste unmittelbar vor dem Tor stehen. Wittiges trat zurück und wartete einfach, bis das Tor unter den Schlägen barst.

Es war tatsächlich Gogo, der als Erster in den Hof stürmte, das blanke Schwert in der Hand. »Warum hört ihr nicht? Wollt ihr alle verbrennen?«

Überrascht wandte sich Wittiges um. Das Haupthaus brannte.

»Aletha!« Er ließ das Schwert fallen und rannte in das brennende Gebäude.

3 Er hielt Brunichild in den Armen, sie schmiegte sich an ihn, ließ ihn nicht mehr los, umklammerte ihn, selbst als er sie von sich wegschieben wollte, weil er sich der Blicke, die sie beobachteten, bewusst blieb.

»Wittiges, o Wittiges, du bist nicht …« Sie flüsterte, das Gesicht an seine Brust gepresst. »Ich hätte es nicht ertragen … ich hab mir nie vorgestellt, dass es mich so trifft, und dann, als dein Gefolgsmann erschien …« Sie rang um Worte, brach ab, setzte neu an, und die Botschaft war doch immer die gleiche: Sie hing an ihm, liebte ihn – auf ihre Weise. Es war ein süßes und zugleich zwiespältiges Gefühl, das ihn durchlief. Auch er spürte die alte Verbundenheit wie ein Echo aus der Vergangenheit aufklingen.

»Ich hätte die Einsamkeit nicht ertragen.« Sie blickte zu ihm auf, die Augen noch immer von diesem so seltenen tief strahlenden Blau, das ihn vor langer Zeit in Bann geschlagen hatte. Nun war der Bann wieder da. Er strich ihr übers Gesicht, drückte sie an sich, wiegte sie in seinen Armen. Dann, ganz behutsam, schob er sie von sich.

»Es ist gut, ich lebe noch.«

Seufzend gab sie ihn frei und wandte sich zu Aletha um.

»Du bist mir nicht böse, dass ich mich einen Augenblick lang gehen ließ?« Sie lächelte, und Aletha lächelte ebenfalls, sagte aber mit einem feinen ironischen Unterton: »Wie könnte ich? Er gehört dir. Du weißt es, ich weiß es, so ist das nun einmal mit der Gefolgschaftstreue, wenn man sie, was selten genug vorkommt, so ernst nimmt wie er.«

Gogo räusperte sich. »Darf ich dir nun sagen, wie leid mir …«

»Nein, das darfst du nicht«, unterbrach ihn Wittiges fast

barsch. »Erklär mir lieber, wie diese Laus Wandalenus dazu kommt, mein Gut an sich zu reißen, als wäre das völlig in Ordnung. Dafür breche ich ihm das Rückgrat.«

Alle hatten sich retten können, sogar das Vieh war dem Inferno entkommen. Aber sämtliche Gebäude von Theodos Hof waren bis auf die Grundmauern niedergebrannt und mit ihnen die Wintervorräte, die bereits in den Scheunen lagerten. Über dem Hofgelände lag der beißende Gestank nach Verschmortem und Verbranntem, Asche und Ruß bedeckten jeden Fleck wie ein gräuliches Leichentuch. Einer der an der Rückseite angebundenen Hunde war umgekommen. Sein verkohlter Kadaver hing noch am Rest der Leine.

Wittiges hatte zusammen mit Chramm Wachen um die schwelenden Trümmer des Hofs aufgestellt, während Gogo mit dem Rest seiner Krieger Aletha, Viola, die Kinder und Mägde nach *casa alba* gebracht hatte. Er hatte gehofft, auf Wandalenus zu stoßen und ihn zur Rechenschaft ziehen zu können, hatte ihn aber nicht mehr angetroffen. Wandalenus' Krieger waren geflohen, sobald sie gemerkt hatten, wer ihnen bei Theodos Hof in die Quere gekommen war, die meisten wohl auf kürzestem Weg nach Metz, aber einige waren nach *casa alba* geritten, um Wandalenus zu warnen. Vielleicht hatten sie mitbekommen, dass Wittiges noch lebte.

Während sie zusammen tatenlos zusehen mussten, wie die Gebäude in einem Funkenregen zusammenbrachen, hatte Chramm Wittiges erzählt, dass er kurz vor Reims Gogo, einer großen Truppe von Kriegern und der Königin begegnet war, die darauf bestanden hatte, Aletha zu Hilfe zu eilen. Der Trupp hatte sich aufgeteilt, Brunichild war nach *casa alba* weitergeritten, aber als sie dort eintraf, war die Villa von der Besetzung bereits geräumt worden. Fest stand, dass Wandalenus nicht selbst am Überfall auf Theodos Hof beteiligt gewesen war, sondern das Ende der Unternehmung auf *casa alba* hatte abwarten wollen.

Gogo griff sich in den Zottelbart, sein verbliebenes Auge tränte. Er saß breitbeinig auf einem Hocker, ein müder Koloss, dem die Anstrengung der vergangenen Stunden deutlich anzumerken war.

Noch bevor Wittiges zu den anderen im Speisesaal gestoßen war, hatte er kurz mit Pontus gesprochen, der ihm das Nötigste berichtet hatte. Die Knechte und Mägde von Theodos Hof waren auf die Dienerquartiere verteilt worden, zwei der eigenen Knechte hatten Verletzungen davongetragen, als sie Wandalenus' abziehende Krieger daran hindern wollten, ein paar Kostbarkeiten mitgehen zu lassen. Eine Schmuckschatulle Alethas war aufgebrochen und ihres Inhalts beraubt worden, etliche Bahnen feinsten Stoffs gehörten ebenfalls zur Beute. Wittiges tat diese Verluste vorläufig mit einem Achselzucken ab, eingedenk der viel bedeutenderen Schäden auf Theodos Hof.

»Nun ja«, Gogo räusperte sich. Brunichild hatte sich auf einen Armlehnstuhl neben Aletha gesetzt, Viola saß an Chramm geschmiegt auf einer Ruheliege. Alle schauten Wittiges und den Herzog an und warteten, dass er es in die Hand nahm, die Ordnung ihrer kleinen Welt wiederherzustellen. »Er hat es geschickt angestellt. Zuerst einmal wird er das Gesetz bemühen, das dem Schutz von Witwen und Waisen dient. Darauf wird er sich zu Recht berufen und sein Erscheinen hier erklären. Allenfalls könnte man sagen, dass er voreilig gehandelt hat. Aber er ist mit Sicherheit nur anderen zuvorgekommen. Lupus zum Beispiel. Bestimmt hätte der das Gleiche getan, sobald er die Nachricht von deinem Tod erhalten hätte.«

»Aber Lupus hätte nicht Theodos Hof abgebrannt«, wandte Pontus ein. Er trat gerade zu ihnen. Sein breites Gesicht war immer noch mit Ruß beschmiert, und seine Kutte stank mächtig nach Rauch. Wittiges grinste und winkte ihn neben sich, zwei Veteranen, die der Königsgewalt zu trotzen gedachten.

»Nein, das kann ich mir auch nicht vorstellen«, stimmte Wittiges mit flacher Stimme zu. »Also, wie will sich Wandalenus herausreden?«

»Nichts einfacher als das.« Gogo ließ seine gewaltigen Pranken reglos zwischen den Knien herabhängen. »Es war schlau von ihm, dem Überfall fernzubleiben. Wir haben einen seiner Krieger in Gewahrsam genommen und von ihm erfahren, dass er ihnen aufgetragen hatte, das ›Nest bei Widerstand auszuräuchern‹, aber auf alle Fälle die Frauen zu retten. Ihnen sollte nichts geschehen. Verstehst du? Das Ausräuchern, wird er behaupten, war nicht wörtlich gemeint, ist aber so verstanden worden, und genau das war seine Absicht. Wandalenus ist ein gewiefter Rhetoriker der alten Schule. In dieser Winkelzügigkeit besteht die Macht solcher neuen Herren.«

»Er soll ungeschoren davonkommen?« Chramm erhob sich, Fassungslosigkeit im Blick. Schwerfällig hinkte er auf Gogo zu. »Das kann nicht dein Ernst sein.«

Viola schrie auf, fasste sich an den Leib, krümmte sich.

»Es ist so weit«, murmelte Pontus und stand auf. »Wir müssen das Gespräch vertagen.«

Eben noch voller Zorn, begann Chramm zu zittern. »Das Kind? Es ist doch noch zu früh«, flüsterte er.

»Es kommt immer alles auf einmal. Das ist so im Leben«, sagte Gogo mitleidig, wuchtete sich hoch, schob Chramm beiseite und half zusammen mit Pontus der stöhnenden Viola auf die Füße. Brunichild fasste Aletha ganz selbstverständlich unter die Arme und half ihr auf. Eingehakt folgten die beiden den Vorangehenden zu den Frauengemächern.

»Bleib hier«, forderte Wittiges den werdenden Vater auf, »und betrink dich.«

Aber Chramm bestand darauf, seiner Frau in ihrer schwersten Stunde beizustehen, und hinkte eilig hinter den Frauen her. Wittiges ließ ihn ziehen.

Er selbst ergriff einen vollen Weinkrug und trat in den großen Säulenhof hinaus. Dort gesellte sich wenig später Pontus zu ihm und nahm ihm wortlos den Krug ab.

»Willst du dich nicht endlich waschen?«, fragte ihn Wittiges, während er ihn beim Trinken beobachtete. »Du stinkst gewaltig.«

»Du auch«, gab Pontus gleichmütig zurück, nachdem er den Krug abgesetzt hatte.

Er hatte nicht ganz unrecht. Zwar hatte sich Wittiges gewaschen und das Gewand gewechselt, aber auch er spürte den Rauchgeruch, der ihm vermutlich noch in den Haaren hing.

Innerlich fühlte er sich aufgewühlt und gleichzeitig seltsam ruhig.

»Ich konnte noch gar nicht nachfragen: Ist das Korn angekommen, das ich aus dem Süden geschickt habe? Und der Purpur?«

»Ja, es ist alles da. Du brauchst dich nicht zu sorgen, wir kommen über den Winter. Allerdings kann es bei den zusätzlichen Mäulern knapp werden. Und wir müssen die Bauern unterstützen.«

Sie würden die Knechte und Mägde von Theodos Hof mit durchfüttern müssen und natürlich Chramm und seine kleine Familie. Aber schwerer wog die Tatsache, dass seine Bauern ihrer Abgabepflicht nicht nachkommen konnten und er kaum in der Lage war, die fälligen Steuern für das Gut zu entrichten. Von Jahr zu Jahr spürte er stärker den Würgegriff einer Gesetzgebung, die den Verhältnissen immer weniger gerecht wurde.

Eine Magd trat zu ihnen in den Hof, Wittiges' alten schäbigen Mantel über dem Arm. »Die Herrin sagt, ich soll ihn wegwerfen, mit den vielen Löchern, Rissen und Flecken taugt er nichts mehr, aber ich soll erst dich fragen«, berichtete sie zögernd.

Wittiges nickte uninteressiert. Die Magd wollte den Hof wieder verlassen, da sprang er auf. »Nein, warte, gib ihn mir!« Er rannte ihr nach, und sie blieb erschrocken stehen. Beinahe grob riss er ihr den Mantel aus den Händen und drückte ihn aufatmend an sich. »Es ist gut, du kannst gehen«, entließ er die Frau. »Es tut mir leid, wenn ich dich erschreckt habe, das habe ich nicht gewollt«, ergänzte er freundlich, als er die entsetzte Miene der Magd wahrnahm, und hielt ihr galant die Tür auf.

»Hängen besondere Erinnerungen daran?«, erkundigte sich Pontus, als Wittiges zu ihm zurückgekehrt war.

»Kann man so sagen«, brummte dieser. »Leihst du mir dein Messer?«

Pontus reichte ihm das kleine Speisemesser, das er stets mit sich führte, und sah zu, wie Wittiges den Saum des Mantels auftrennte. Als der erste Edelstein aufschimmerte, legte Pontus die Hände zu einer Schale zusammen, und die kostbaren Steine, an die Wittiges längst nicht mehr gedacht hatte, fielen nacheinander hinein. Sorgsam schloss Pontus die Hände um das Häuflein. »Ich wusste zwar, du wolltest Edelsteine besorgen, aber ich hab angenommen, sie sind verloren gegangen. Jetzt können wir es uns leisten, Chramm beim Aufbau von Theodos Hof unter die Arme zu greifen. Oder was meinst du?«

»Ich meine, dass ich Wandalenus nicht so davonkommen lasse. Er muss für den Schaden aufkommen. Ich strenge eine Klage gegen ihn an.«

»In Metz? Tu's nicht«, widersprach Pontus entschieden. »Zumindest nicht sofort. Du wirst deine Kraft für etwas anderes brauchen. Hier bei uns.«

Als keine weitere Erklärung folgte, dachte Wittiges einen Augenblick lang nach. »Aletha?«

»Dieser Mann namens Samuel war hier und sagte, du hättest ihn geschickt.«

»Welcher Samuel?« Wittiges sprang auf und ließ sich langsam wieder auf die Bank sinken. »Etwa der jüdische Arzt aus Chalon?«

»Ebender.«

»Aber er hatte abgelehnt, sich Aletha anzusehen. Ich hab ihn angefleht, nach *casa alba* zu kommen, und er hat immer wieder abgelehnt. Ich hab ihm versprochen, ihn fürstlich zu bezahlen ...«

»Das hab ich in deinem Auftrag getan«, unterbrach ihn Pontus, um die Rede abzukürzen.

»Was hat er festgestellt? Was fehlt ihr? Kann sie geheilt werden?«

Pontus antwortete nicht, sondern sah den Freund stattdessen nur aufmerksam an.

»Nein«, nahm ihm Wittiges die Antwort ab. »Also hat sich Samuel vergeblich herbemüht.«

Die Nacht brach herein. Über dem Hof funkelten die ersten Sterne. Wittiges nahm ihr Geflimmer mit eigentümlicher Intensität wahr, so als stünde die Zeit still. Nur ein schwacher Lichtschimmer drang aus dem Speisezimmer zu ihnen heraus. Es war angenehm, in diesem Dämmerlicht zu sitzen, in dem die Konturen verwischten, sich dafür das Gehör schärfte, bis im Klang der eigenen Stimme Schwingungen spürbar wurden, die über die Bedeutung der Worte hinaus etwas mitteilten. Kummer, Leid, Endgültigkeit.

»Immerhin wissen wir nun, dass nicht die Fehlgeburt Aletha in diesen elenden Zustand versetzt hat. Samuel hat erklärt, dass es ein ihm wohlbekanntes Leiden ist, gegen das es kein Heilmittel gibt. Lediglich die Schmerzen können gelindert werden. Etwas wächst in ihrem Innern, das nach und nach alle Lebenskraft aufsaugt. Eine Art Geschwulst. Manchmal wächst sie schneller, manchmal langsamer, aber er denkt, dass Aletha nicht mehr viel Zeit bleibt. Ein paar Monate noch. Gegen die Schmerzen hat er ein Mittel mitgebracht, von dem sie aber nur wenig auf einmal nehmen darf, da es zu merkwürdigen Rauschzuständen führt. Ein Saft, der aus einer Mohnpflanze gewonnen wird, aber es ist kein Mohn, wie er hier gedeiht. Wenn das Mittel aufgebraucht ist, sollen wir ihn benachrichtigen, dann schickt er mehr davon. Sie wird sterben, Wittiges.«

Was gab es noch zu sagen? Dass er es sofort geahnt hatte, als er den fortgeschrittenen Verfall bemerkt hatte? Dass die Krankheit unzweifelhaft eine Strafe Gottes für seine Sünden war? Oder gab es eine andere Erklärung?

»Weiß sie es?«

»Sie hat alles genau wissen wollen. Du kennst sie, sie fürchtet sich nicht, die Wahrheit zu erfahren. Ich glaube, es hat sie eher erleichtert, dass die Ursache ihrer Krankheit eine andere ist, als wir angenommen hatten. Der Auslöser war nicht das Unglück damals.«

Die Nachricht, dass Felix entführt worden war.

Auch eine Strafe.

»Als ich erfuhr, dass Felix tot ist, konnte ich um ihn trauern. Ich traure noch, aber einiges ist nun anders geworden.«

»*Du* scheinst ein anderer geworden zu sein«, sagte Pontus.

»Glaubst du? Ich denke nicht.« Da war es wieder, das Gefühl der Verworfenheit, das ihn so lange verfolgt hatte. Von allen Seiten drängte sie heran, die Schuld, die sich riesengroß vor ihm und um ihn herum auftürmte. »Bleib hier, ich muss dir etwas zeigen.«

Er stand auf und taumelte hinaus, er wusste, wo er die Gewandfibel der Awarin suchen musste. Als er sie gefunden hatte, kehrte er zurück und begann unvermittelt zu erzählen. Die Worte fielen aus ihm heraus, als hätten sie nur auf die Gelegenheit gewartet, während er das schwarz angelaufene Ding zwischen den Fingern hin und her drehte. Er erzählte von der jungen Frau, seiner Leidenschaft für sie, von ihrem und Bautos Tod und führte alles auf, worin er in den letzten Jahren gefehlt hatte, sprach über das Gefängnis, in dem er innerlich gesteckt hatte, die Unfreiheit seiner Seele, die Belastung, die Qual, aus der er so lange nicht herausgefunden hatte und die ihn wie ein Überfall aus dem Hinterhalt erneut gepackt hatte. Er machte seine Schuld weder kleiner noch größer, er breitete sie nur vor Pontus aus, damit endlich jemand einen Blick darauf warf und ein gerechtes Urteil sprach.

Pontus hörte zu und schwieg eine Weile, nachdem Wittiges geendet hatte. »Jetzt kann ich dich verstehen«, sagte er schließlich leise.

»Bin ich ein verworfener Mensch, den Gott straft, indem er diejenigen, die mir lieb sind, an meiner Stelle leiden lässt?«

»Nein.«

»Und Aletha?«, flüsterte Wittiges. »Ich habe zwei Jahre in einer Hölle verbracht, die ich mir selbst geschaffen hatte. Der heilige Martin hat mir einen Weg zur Erlösung gezeigt, aber nun ...«

»Begreif doch, dass auch du nur ein sündiger kleiner Mensch bist, voller Fehl, voller Irrtümer wie wir alle, angewiesen auf Gottes verzeihende Gnade! Alethas Krankheit ist ein Schicksalsschlag, nichts weiter. Und Felix ...«

»Du verurteilst mich nicht?«

Warm drang Pontus' Stimme durch die Nacht an Wittiges' Ohr. »Wie könnte ich! Ich bin ganz gewiss nicht dein Richter. Aber ich danke dir, dass du mich ins Vertrauen gezogen hast, das ist mir viel wert. Und nun ist mir leichter.«

Wittiges trank einen Schluck Wein, schaute zu den Sternen hinauf, lachte leise und schüttelte den Kopf. »Mir auch.«

»Was hab ich mir für Sorgen um dich Holzkopf gemacht. So viele gehen zugrunde, weil sie die Richtung im Leben verlieren. Und Felix …«

»Jetzt endlich kann ich ihn loslassen.«

Wieder versanken sie in Schweigen.

»Wirst du Ulf nun anerkennen? Er verdient es, dass du ihn in die Familie aufnimmst.«

Wittiges bedachte sich gründlich. »Solange Felix' Schicksal ungeklärt war, hätte ich es nicht gekonnt. Aber lass uns ein andermal darüber reden.« Er wollte Aletha keinen neuen Kummer bereiten. Ulf an die Stelle von Felix in alle Rechte eines Erben einzusetzen, während sich Felix' Mutter auf den Tod vorbereitete, wäre eine Grausamkeit gewesen. Ulf musste sich gedulden.

»Was ich noch vergaß: Samur, der Aware, war wieder hier«, sagte Pontus auf einmal. »Tatsächlich tauchte er kurz vor Wandalenus auf. Wie konnte ich das vergessen? Er erwähnte Fortunatus, also hat er ihn vermutlich irgendwo hinter Orléans getroffen und von ihm erfahren, dass du gefallen bist. Uns gegenüber hat Samur das verschwiegen, aber er behauptete, die *blauen Pferde* gehörten ihm. Ich hab sie ihm überlassen. War das falsch? Ich hatte nie den Eindruck, dass du dir etwas aus ihnen machst.«

Zu Pontus' Überraschung lachte Wittiges laut auf. »Nein, es war das Beste, was du tun konntest. Es kommt mir so vor, als wäre ich nun wirklich frei von den Dämonen, die mich fast zwei lange bittere Jahre lang drangsaliert haben.«

4 Auf ihren ausdrücklichen Befehl hin musste Wittiges Brunichild und Gogo nach Metz begleiten, was ihm nicht ganz ungelegen kam. Denn er wollte noch immer Wandalenus zur Rechenschaft ziehen, erlebte aber die Niederlage, die Gogo schon befürchtet hatte. Die Sache wurde im Rat vorgetragen, und etliche der Mitglieder schlugen sich auf Wandalenus' Seite, nicht im Geringsten im Zweifel, dass der *comes* richtig gehandelt hatte.

Am Ende konnte Wittiges noch froh sein, dass sich der windige Kerl nach langem Zögern bereiterklärte, anstelle der eigentlichen Übeltäter eine kleine Wiedergutmachung zu leisten, die bei genauer Betrachtung ein Witz war. Die Summe deckte nicht einmal die Kosten zum Wiederaufbau auch nur eines Grubenhauses. Zum Hauptschuldigen wurde auf der Versammlung der Anführer des Krawalltrupps erklärt, der Theodos Hof überfallen und in Brand gesetzt hatte. Leider war der Mann nicht greifbar, denn er war mit den anderen Beteiligten in den Süden abkommandiert worden, um den *comes* von Albi zu unterstützen, der in Schwierigkeiten geraten war. Schwierigkeiten mit Cahors, das zu Chilperichs Herrschaftsbereich gehörte. Dann hob ein Klagen über Unruhen und Kleinkriege an, und der abgebrannte Hof war vergessen.

Wittiges hatte das beklemmende Gefühl, die Welt nicht mehr zu verstehen. Später saß er mit Gogo in dessen Amtszimmer zusammen, einem großen, karg eingerichteten Raum mit Blick auf die Mosel. Auf einigen schmalen Tischen häuften sich Eingaben, Botschaften und Urkunden, so wie sie die Schreiber nach der Tagesarbeit hinterlassen hatten.

»Erklär mir, was ich nicht begreife«, bat Wittiges, erschöpft von dem Versuch, während der ganzen langwierigen Verhandlung seinen Zorn zu beherrschen.

»Das kommt davon, dass du dich zu wenig im Rat blicken lässt, vor allem in letzter Zeit. Die Politik wird feinfühlig.«

»Soll das heißen, wir schlagen nicht mehr zu und sehen erst später nach, wer uns in den Weg gelaufen ist?«

»Genau das«, antwortete Gogo gequält und hob das eine Auge zur Decke.

»Und Wandalenus gehört zu denen, die die neue Politik vertreten?«

»Er hat sie erfunden.«

Wittiges hielt sich die Versammlung nochmals vor Augen. Es waren einige neue Gesichter darunter gewesen, junge Männer mit großspurigem Auftreten, mit klimpernden Silberarmreifen und überaus prächtigen Waffen. Solche geschniegelten Kerle unterschieden sich deutlich von den älteren Mitgliedern. Etliche Ratsmitglieder, die Wittiges vermisste, waren in den langen Monaten seiner Abwesenheit Krankheiten oder Intrigen zum Opfer gefallen. Es waren zum Teil ihre Söhne, die nun ihre Stellung einnahmen. Sie sahen vieles völlig anders.

»Er hat eine ganz hübsche Gefolgschaft um sich geschart. Hat er die Männer alle mit vermögenden Witwen und Waisen versorgt? Ich dachte, es sei nur eine persönliche Vorliebe von ihm, sich deren Vermögen unter den Nagel zu reißen, aber da hab ich mich anscheinend geirrt. Er ist zum Teilen übergegangen oder zum Verteilen.«

Gogo seufzte tief auf. »Ich werde zu alt für so etwas. Wandalenus tritt dafür ein, sich mit dem Feind gutzustellen, damit die Kriege endlich aufhören. Viele pflichten ihm bei. Sie waren noch *nutriti*, als Sigibert ermordet wurde, und wollen von den alten Geschichten nichts mehr hören. Mehr als ihre Väter zeichnen sie vor allem Raffgier und Machtgelüste aus.«

Einigen dieser ehemaligen *nutriti*, ging Wittiges auf, hatte er vor Jahren wahrscheinlich das Kämpfen beigebracht, daher war ihm das eine oder andere Gesicht vage bekannt vorgekommen.

»Das heißt, Wandalenus plant ein Bündnis mit Chilperich? Will er sich in Neustrien um vermögende Witwen kümmern, oder was springt für ihn dabei heraus? Aber wenn er die Kriege unterbindet, geht ihm bald der Nachschub an Erbinnen aus.«

Während seines Aufenthalts in Tours hatte ihm Fortunatus von einigen jungen Frauen erzählt, die ins Kloster hatten eintreten wollen oder bereits eingetreten waren und dennoch in eine Ehe gezwungen wurden, damit man an ihr Erbe herankam. Es war schlicht und einfach gut organisierter Frauenraub, dem mit gefälschten Urkunden der Anschein der Rechtmäßigkeit verliehen wurde. Aber weil den Klöstern Schenkungen entgangen waren, hatte der Bischof im Namen der Frauen Anklage erhoben, es war alles aktenkundig. Nur ließ sich eine vollzogene Ehe nicht ohne Weiteres auflösen. Abgesehen davon, dass es durchaus im Interesse des Provinzverwalters lag, für größere, ertragreiche Güter einen neuen Besitzer zu haben, der auf diese Weise für irgendwelche Verdienste entlohnt und vor allem in die lokale Gefolgschaftstreue eingebunden werden konnte.

Es war überall das Gleiche. Vielleicht war das einer der Gründe, warum sich Brunichild ohne einen Ehemann an ihrer Seite schutzlos fühlte. Denn das war zweifellos der Fall. Wittiges spürte es.

Dennoch konnte er ihr nicht helfen, und es zog ihn nach Hause. Widerwillig ließen die beiden, Gogo und sie, ihn ziehen, nachdem er jedes offizielle Amt, für das sie ihn vorgeschlagen hatten, abgelehnt hatte. Um als *comes* tätig zu sein, als Verwalter in militärischen, steuerlichen und rechtlichen Angelegenheiten einer *civitas,* hätte er sich auf Jahre hinaus irgendwo weit weg von *casa alba* einrichten müssen, und das wollte er nicht. Vor der Reise zu den Awaren war er *comes* von Chalons an der Marne gewesen, einem Ort in der Nähe von Reims, aber dieses Amt hatte nun ein anderer inne, und er hatte ohnehin kein Bedürfnis, dort von Neuem anzufangen.

Nur für Sonderaufgaben und natürlich für den Kriegsdienst würde er sich bereithalten.

Endlich lernte er seine Tochter Agnes ein wenig kennen. Nach etwa zwei Wochen rannte sie nicht mehr vor ihm davon, sondern duldete ihn in ihrer Nähe, was er gutwillig als Zeichen beginnenden Vertrauens wertete. Allerdings hob sie den Blick nie höher als bis zu seiner Brust, und redete nicht direkt mit ihm, sondern sprach von ihm als »der Mann«. Wie ihre Kinderfrau ihm erklärte, hatte Agnes Angst vor seinem Bart und mochte Männer allgemein nicht – mit zwei Ausnahmen: Pontus und Ulf, der allerdings noch kein richtiger Mann war. Natürlich hätte er darauf bestehen können, dass ihr die Schrullen ausgetrieben wurden, aber er konnte die Liebe seines Kinds nicht erzwingen, also fügte er sich in die Position eines immerhin geduldeten Fremden.

Mit nicht geringem Erstaunen beobachtete er, wie Agnes freiwillig Pontus die Hand reichte und sich von ihm durch den großen Garten geleiten ließ, ja, sie suchte ihn von sich aus auf und vertiefte sich in lange Unterhaltungen mit ihm. Einmal kam er den beiden so nahe, dass er ein wenig von ihrem Gespräch erlauschte. Agnes sagte »Papa« zu Pontus! Eine wilde Flamme der Eifersucht schoss in Wittiges hoch. Zusätzlich überfiel ihn ein hässlicher, ungeheurer Verdacht, der aber gleich darauf wie eine Seifenblase zerplatzte. Undenkbar, dass Pontus und Aletha sich irgendwann einmal näher als erlaubt gekommen waren.

Unverkennbar liebte Pontus das kleine Mädchen. Wittiges lernte in diesem schmerzlichen Moment eine ganz neue Seite seines Freundes kennen. Pontus bemerkte ihn, zuckte schuldbewusst zusammen und legte wie beschwörend die Hand auf das kleine Lockenhaupt. Wittiges nickte beschämt und zog sich zurück. Mit Wehmut sann er über eine Liebe nach, die ihn ausschloss, und nahm sich vor, dieses Verhältnis um keinen Preis zu stören.

Agnes war ein bezauberndes Kind, das sein blondes Haar geerbt hatte, allerdings einen Ton dunkler, das hieß, es schimmerte wie flüssiger Honig. Den gleichen Ton zeigte Ulfs lange Mähne, überhaupt war die geschwisterliche Ähnlichkeit unübersehbar. Ulf hatte sich zu Agnes' Beschützer aufgeschwungen, spielte mit ihr und lehrte sie so wenig mädchenhafte Künste wie den Umgang mit der Steinschleuder. Und wieder unternahm Wittiges nichts dagegen, sondern zuckte nur mit den Achseln, wenn eine der kostbaren antiken Tonvasen, die den Garten zierten, zu Bruch ging. Die Vasen und ein paar hübsche Marmorfiguren waren zum Vorschein gekommen, als der Garten ein Jahr zuvor erweitert worden war.

Wittiges schaute seinen Kindern zu und spürte, wie sie einen immer größeren Raum in seinem Herzen einnahmen. Dazu bedurfte es nicht der Versicherung von Pontus, welch gutartiger, kluger und dennoch bescheidener Junge Ulf sei, er erlebte es ja selbst, ohne sich mit Rücksicht auf Aletha allzu offensichtlich mit ihm zu beschäftigen. Nur ab und zu nahm er ihn auf einen ausgedehnten Ausritt mit, auf dem er sich über den Stand der Feldarbeit informierte.

Auf einem dieser Ausflüge sagte Ulf auf einmal: »Ich hätte Samur die *blauen Pferde* nicht überlassen.«

Das Bekenntnis überraschte Wittiges nicht wenig. »Warum nicht? Weil du allgemein Pferde liebst, oder haben es dir diese besonders angetan? Oder meinst du, Pontus hat, als er die Pferde weggeben hat, unverantwortlicherweise meinen Besitz geschmälert?«

Es schien, als fühle sich Ulf mit den Fragen überfordert. Das war etwas, was Wittiges zuweilen gegen den Strich ging. Immer wieder reizte es ihn, die geistigen Fähigkeiten des Jungen einer Prüfung zu unterziehen, aber er kam zu keinem eindeutigen Ergebnis. Felix, dessen war er sich sicher, hätte sich nicht so lange bedacht.

Es war ein schöner Tag mit milder Frühlingsluft und einer von dünnen Wolkenschleiern überzogenen Sonne, die alles in ein weiches Licht tauchte. Blaumeisen, Rotkehlchen und Grünfinken schossen wie funkelnde Juwelen in den Bäumen am Wegrand umher und zwitscherten enthusiastisch ihre Liebeslieder.

Alle verfügbaren Leute arbeiteten auf den Feldern. Während Wittiges und Ulf vorüberritten, schauten sie auf, und viele winkten ihnen freundlich zu, eindeutig froh, dass der Herr des Guts sich auf lange Sicht um sie kümmerte. Wittiges hatte allen Grund zur Dankbarkeit, denn die Kornvorräte hatten sogar gereicht, um die bedürftigsten seiner Bauern über den Winter zu bringen. In den Dörfern waren nicht mehr Bewohner gestorben als in einem durchschnittlichen Winter, dafür waren drei Kinder geboren worden, die alle noch lebten. Lediglich die ausstehende Steuerzahlung bereitete ihm Sorgen. Abgelenkt von den winkenden Leuten, hatte er seine Fragen fast vergessen.

»Pferde sind die wunderbarsten Geschöpfe der Welt«, begann Ulf bedächtig. »Von allen Pferden auf dem Gut gefallen mir die Falben am besten, aber die *blauen Pferde* haben etwas ganz Besonderes. Man kann sie nicht anschauen, ohne dass es einen durchschauert. Am liebsten habe ich ihnen in der Abenddämmerung zugesehen, wenn das letzte Licht ihr Fell bläulich schimmern ließ, als kämen sie aus einer anderen Welt. Aus der alten Welt, von der meine Mutter manchmal erzählt hat.« Ulf stockte. Wittiges wagte nicht, etwas einzuwerfen. Ulfs Mutter war gestorben, als er im Sommer auf der Suche nach Felix unterwegs gewesen war. Pontus hatte ihm erzählt, dass ein Sommerfieber die Frau dahingerafft hatte. Seit sie einen neuen Schmied im Dorf hatten, hatte sie auf *casa alba* als eine der Mägde gelebt, die sich um die Wäsche kümmerten. An einem frühen Morgen hatte sie sich mit letzter Kraft den weiten Hang hinter der Villa bis zum Waldrand hinaufgeschleppt. Das Kind, die Tochter, dieses Gespenst, das weder sprach noch lief, hatte sie mitgenommen. Wie ein waidwundes Tier hatte sie sich unter einem Busch verkrochen und das Mädchen erwürgt. Als ein Hirtenjunge sie gegen Abend zufällig fand, waren beide längst tot. Wenn Wittiges an das Ende der beiden dachte, schauderte es ihn jedes Mal, aber noch mehr bei dem, was folgte. Mutter und Tochter sollten auf dem Friedhof oberhalb des Schmiededorfs beigesetzt werden, aber dem Kind hatte eine alte Frau einen Pfahl durchs Herz gestoßen. Die Kleine galt als Hexenkind, und sein im Leben nicht fassbar gewesener Geist musste für immer gebannt werden. Pontus, der sonst viel Verständnis für alten Glauben und alte Sitten aufbrachte, konnte die schreckliche Tat nicht verhindern, sah aber das grausige Ergebnis, denn der Pfahl ragte noch aus dem kleinen, ausgemergelten Körper hervor. Bevor er über den Toten das Kreuzzeichen schlug und ein Totengebet anstimmte, zog er ihn heraus und hielt den Dorfbewohnern eine ungewohnt heftige Strafpredigt.

Wie kam Ulf mit dem Tod der beiden zurecht?

Dann sprach Ulf weiter, aber in wesentlich nüchternerem Ton. »Natürlich ist es ein Verlust. Die Stute war trächtig. Ich glaube, einer unserer Falben ist der Vater des Fohlens und nicht der blaue Hengst. Über eine Weiterzucht mit solchen Fohlen hätten sich vielleicht die Fellqualitäten der Falben verbessert. Falben mit hellerem, dichterem Fell wären wertvoller.«

Wittiges war baff. So viel auf einmal und so flüssig hatte er Ulf noch nie reden hören. Also steckte doch mehr in ihm als gedacht. Er war nicht bloß ein gefügiger Bauernjunge. Und anscheinend hatten ihm die Monate auf der Schule in Metz gutgetan.

»Vermisst du deine Mutter?«

Über die blauen Augen Ulfs huschte ein Schatten. Der Junge drückte dem Pferd die Fersen in die Flanken und galoppierte an, aber nicht so rasch, dass es wie kopflose Flucht aussah.

Sie waren in einem großen Bogen so weit geritten, dass sie in der Senke vor ihnen, durch die der Mühlbach floss, die Reste von Theodos Hof sehen konnten. Wittiges dachte mit einigem Unbehagen an Chramm, denn dieser zeigte nur mäßiges Interesse am Wiederaufbau des Hofs. Ein paar behelfmäßige, wacklige Hütten aus Stroh und Flechtwerk dienten als Notunterkünfte und Geräteschuppen, aber der Bau selbst ließ sich eher schleppend an. Wittiges war mit Pontus einige Male hinübergeritten, und beide waren jedes Mal entsetzt über den Gestank nach Asche und kaltem Rauch, der ihnen entgegenschlug.

»Die Asche und am besten auch noch die oberste Erdschicht müssten entfernt werden, um den Gestank gründlich zu beseitigen«, sagte Pontus, »aber dafür haben wir keine Zeit, die Feldarbeit geht vor. Dennoch, es ist ein Fluch mit diesem Gestank.«

Wittiges verstand, was er sagen wollte. Die Leute quälte die Erinnerung an den Brand. Der ätzende Geruch beschwor eine Aura von Unheil herauf, der sich niemand entziehen konnte. Aus einem blühenden Hof war eine Stätte der Vernichtung geworden, da half auch keine christliche Segnung der Hütten. Die Leute wussten es besser. Wo der Hauch des Todes geweht hatte, konnte kein Leben mehr gedeihen.

»Am besten suchen wir uns eine andere Stelle und errichten dort einen neuen Hof«, murmelte Wittiges und fragte sich, warum sich Viola hier noch nie hatte blicken lassen. Von der Geburt hatte sie sich längst erholt. Sie hatte Zwillinge geboren, einen Jungen und ein Mädchen, beide vollkommen gesund und lebenshungrig vom ersten Augenblick an. Die Ammen, die aus den Dörfern geholt worden waren, behaupteten, die Kinder saugten sie aus und ließen kaum etwas für den eigenen Nachwuchs übrig.

Chramm war überglücklich, aber ansonsten saß er nur herum. Statt sich um den Wiederaufbau seines Hofs zu kümmern, hatte er einen erfahrenen Knecht zum Verwalter bestellt, der die Feldarbeiten und die Errichtung einer Scheune beaufsichtigte. Gelegentlich raffte er sich auf und arbeitete wenigstens im Kontor an den Steuerunterlagen.

Da Viola ihre Kinder bei den Ammen gut aufgehoben wusste, hatte sie sich in die Stoffherstellung vertieft und mit Aletha zusammen den Filz vervollkommnet. Das Ergebnis ihrer Bemühungen konnte sich sehen lassen: ein Stoff für die verschiedensten Einsatzmöglichkeiten, einmal dünner und geschmeidiger, dann wieder nahezu brettsteif, aber immer in leuchtenden, kaum verblassenden Farben.

Zu Wittiges' übergroßer Freude hatte sich Alethas Zustand wider Erwarten gebessert. Sie hatte sogar an Gewicht zugenommen und wirkte nicht mehr so erbarmungswürdig abgezehrt. Zwar stand sie hin und wieder nachts auf, nahm etwas von dem Mittel ein und wirkte am nächsten Tag müde und ein wenig abwesend, aber dazwischen gab es Tage, an denen die Krankheit beinahe in Vergessenheit geriet. Wittiges kam es gelegentlich so vor, als wolle Gott ihm zeigen, wie unschätzbar reich das Leben im Frieden sein konnte.

Als er an diesem Tag mit Ulf vom Ausritt zurückkehrte, erwartete ihn eine unangenehme Überraschung. Der Stallhof wimmelte von fremden Knechten, die unter den Argusaugen schwer bewaffneter Krieger eisenbeschlagene Truhen und Kästen von ein paar Karren abluden.

Waffen!, dachte Wittiges sofort.

War die kurze Friedensphase vorbei? Stand der nächste Krieg unmittelbar bevor, und sollte *casa alba* als geheimes Waffenarsenal genutzt werden? Beim Krieg kam es manchmal darauf an, den ersten Schlag völlig unerwartet zu führen. Oder was sonst sollte das Treiben bedeuten?

Da fiel ihm Wandalenus ein. Steckte er dahinter?

Noch hatte niemand Wittiges aufgehalten, auch einige seiner eigenen Knechte halfen beim Abladen. Es war eine dieser ungeklärten Situationen, in denen sich die Nackenhaare aufstellen und der Verstand darum ringt, die Lage zu begreifen. Wittiges sah, wie Ulf blass wurde. Also ahnte auch er die unbestimmte Gefahr.

»Bring die Pferde auf die Weide«, sagte er leise zu ihm, nachdem er abgestiegen war. »Und kehr nicht zurück. Geh hintenherum zum Garten und warte dort«, flüsterte er ihm zu.

Ulf nickte beklommen.

Wittiges wartete, bis der Junge mit den Pferden den Stallhof verlassen hatte, und trat dann einem Krieger in den Weg, der gerade eine Kiste ins Haus tragen lassen wollte.

»Einen Augenblick! Was geschieht hier? Ich bin Wittiges, und ich verlange eine klare Antwort.«

Der Mann lächelte flüchtig. »Gern. Gogo hat uns befohlen, alles ins Haus zu schaffen.«

Gogo?

Wittiges sah sich die Männer genauer an. Zwei oder drei gehörten tatsächlich zur persönlichen Garde des Herzogs.

Beruhigt war er dennoch nicht.

Die Stimmung im Haus ließ sich an den Geräuschen recht gut erkennen. Aufregung schlug ihm entgegen, da war eine Hektik spürbar, wie sie bei unverhofftem, hohem Besuch nahezu immer auftrat, aber diese hier ging darüber hinaus. Durch Erfahrung schlau geworden, durchschritt Wittiges die Räume seines eigenen Hauses, als müsse er sich durch ein Kriegsgebiet kämpfen. Er folgte der Spur dieser Truhen und Kästen – und gelangte in den Empfangssaal.

Die ersten Truhen wurden gerade ausgepackt. Gogo stand mitten im Raum und schaute argwöhnisch zu.

Auf einer Anrichte lagen Prunkwaffen neben Gürteln mit Silberzierrat, silbernes Geschirr stapelte sich auf dem Fußboden. Kostbare bestickte Seidenstoffe wurden vorsichtig über Tische, Stühle und Liegen drapiert. Es roch nach seltenen Gewürzen: Pfeffer, Safran, Ingwer, Kardamom. Sprachlos und voller Staunen wanderte Wittiges umher und befühlte hier etwas und nahm dort einen silbernen Teller in die Hand oder eine Vase, deren Henkel von naturgetreu nachgebildeten Wildvögeln gebildet wurden. Eines der schönsten Geschenke war ein Paar Pokale aus kunstvoll durchbrochenem Überfangglas. Einige schwere Leinensäcke enthielten geräucherte Schinken.

»Kannst du mir sagen, was das bedeuten soll?«

Gogo schlug Wittiges schmunzelnd auf die Schulter und überreichte ihm eine gesiegelte Rolle. Der wog die Rolle abwägend in der Hand. Wer hatte ihm diese Schätze geschickt? Wandalenus? Als Wiedergutmachung für Theodos Hof? Undenkbar. Wer dann? Zögernd erbrach er das Siegel und überflog den Inhalt. Guntram bedankte sich weitschweifig für die Hilfe bei der Aufdeckung und Niederschlagung der burgundischen Verschwörung.

Wittiges räumte kostbares Zaumzeug von einem Schemel, sank darauf nieder und blinzelte in den sonnendurchfluteten Hof hinaus. Pontus trat mit Ulf von draußen herein.

»Er lungerte hinten im Garten herum, sagte, er solle dort auf dich warten. Ich hoffe, du hast nichts dagegen, dass…« Pontus riss den Mund auf. Wie Wittiges zuvor ging er umher, roch lange an einem Schinken und nahm schließlich Wittiges das Schreiben aus den kraftlosen Händen. Halblaut las er vor, hob den Kopf und blickte den Freund stirnrunzelnd an.

»Du stiftest ein silbernes, mit Email eingelegtes Altarkreuz für die Kapelle, ist das klar? Eine Auffrischung der Wandmalerei wäre auch angebracht.«

Wittiges nickte benommen.

»Und eine silberne Weihrauchampel und mindestens zwei neue Kerzenleuchter, die die schäbigen aus Bronze ersetzen, die wir dort haben«, fuhr Pontus fort. »Der ganze alte Plunder fliegt hinaus. Das Haus Gottes verdient etwas Besseres.«

»Sonst noch etwas?«

Pontus klopfte sich mit der Rolle gegen die Wange. »Mir fällt schon noch was ein, du musst mir nur Zeit lassen.« Er sah sich um. »Es ist zu viel, begreifst du?«, sagte er leise.

Wittiges verstand, was er meinte.

»Wir könnten zwei Birnbäume vor die Kapelle pflanzen, das käme uns billiger«, meinte er versonnen und sah, wie Pontus' Augen zornig aufblitzten. Birnbäume galten als Schutz gegen Hexenzauber und den Neid unterweltlicher Geister.

»Unbedingt«, pflichtete ihm Gogo lebhaft bei.

Am Abend, als sie mehr Wein tranken als üblich und den ersten der köstlichen Schinken vertilgten, kamen sie auf die Neuigkeiten zu sprechen. Chilperich feierte Feste im Hippodrom von Paris, das er auf seine Kosten hatte instand setzen lassen, damit er dort mit dem Gehabe eines antiken Imperators, angetan mit einem kaiserlichen Purpurgewand, in der Ehrenloge bei den Pferderennen präsidieren konnte. Wittiges fand das absurd. Zumal, wie Gogo berichtete, die jüngsten Söhne des Königs vor etwa zwei Monaten an einer Seuche gestorben waren. Wahrscheinlich hatten ihm die Kinder nicht viel bedeutet.

Rasch kam die Tischrunde auf erbaulichere Themen zu sprechen. Gogo richtete aus, dass Brunichild sich einige Bahnen von den neuen Stoffen wünsche, vor allem von dem weicheren Filz. Pontus notierte sich die Bestellung auf einer Wachstafel und gab sie an Aletha weiter, die sie lächelnd Viola reichte.

Es war ein durch und durch unbeschwerter, fröhlicher Abend. Zwei Sklaven machten Musik, und Gogo sang dazu mit einem weichen, wohltönenden Bass. Insgeheim hoffte Wittiges, dass Viola aufstand, um zu tanzen. Aber sie blieb sittsam an der Seite ihres Gatten auf einer Liege sitzen, die sie sich auf römische Manier teilten. Viola trug ihr Haar genauso aufgesteckt, wie sie es bei Brunichild gesehen hatte, ein kompliziertes Gebilde aus dünnen, in sich verschlungenen Zöpfen und wie zufällig heraushängenden Locken, zusammengehalten von Schnüren aus kleinen Perlen und winzigen durchbohrten Glaskristallen.

Längst hatte sie ihre schlanke Figur zurückerlangt, ihre Bewegungen wirkten aber nun weicher und harmonischer als vor der Schwangerschaft. Wittiges fiel es schwer, nicht auf ihren überaus ansehnlichen Busen und das blendend weiße Dekolleté zu starren. Sie lehnte sich auf die Ellbogen zurück, den Blick träumerisch auf einen Punkt oberhalb von Gogos Haupt gerichtet, und lauschte dem Gesang. Chramm hatte am späten Nachmittag den Herzog um eine Unterredung gebeten, und Wittiges hätte zu gern gewusst, worum es dabei gegangen war, aber beide hatten ihm nichts verraten.

Irgendwann erhob sich Aletha, wünschte allen eine angenehme Nacht und zog sich zurück. Als hätte sie ein Zeichen gegeben, spürten auch die anderen plötzlich eine tiefe Müdigkeit, und so löste sich die Runde auf.

Aletha schlief bereits, als Wittiges ins Schlafzimmer trat. Rasch zog er sich aus, löschte die Lampen und legte sich ins Bett, einen Arm um seine Frau geschlungen. Mitten in der Nacht weckte ihn ein Stöhnen. Er nahm eine Bewegung neben sich wahr, aber bevor er ganz zu sich kam, schlummerte er wieder ein, noch vom vielen Wein betäubt.

Als er endlich erwachte, war der Morgen längst angebrochen. Aletha schlummerte noch tief und fest, ein leichtes Lächeln ließ sie sehr glücklich erscheinen; ihre Augen waren halb geschlossen. Wittiges warf einen Blick durch die offene Tür in den Innenhof und nahm den Sonnenschein wahr, der durch die leichten, in der Morgenbrise wehenden Türvorhänge hereinfiel. Wenn ihm nur nicht der Schädel so gebrummt hätte. Leise stand er auf und wankte hinüber in die Bäder.

Gerade hatte er sich einen Eimer kaltes Wasser über den Kopf gegossen, als ihn ein Gedanke erstarren ließ. Warum waren Alethas Augenlider nur halb geschlossen? Niemand, der fest schlief, tat das mit halb offenen Augen. Etwas stimmte nicht. Ein Tuch um die Hüften geschlungen, rannte er zurück ins Schlafzimmer.

Sie lag unverändert da, nur das Lächeln hatte diesmal etwas eindeutig Geisterhaftes, und nicht ein Hauch von Farbe zeigte sich auf den Wangen. Sie schimmerten totenbleich. Wie Wachs.

Ihre Hand fühlte sich kalt an, ebenso das Gesicht, der Mund, die Stirn. Wittiges rüttelte sie sacht. Fühlte nach ihrem Puls. Ihr Herz schlug nicht. Sicher hatte er sich geirrt. Er fühlte noch einmal. Kein Herzschlag. Wittiges brüllte auf.

Erschrocken stürzte eine Magd herein.

Er schnauzte sie an.

»Hinaus! Ich will niemanden sehen. Hast du verstanden?«

Sie nickte, schlug die Hand vor den Mund, drehte sich um und floh hinaus. Hatte sie begriffen, was geschehen war?

Wittiges erhob sich schwerfällig von der Bettkante. Es gab nicht allzu viele Türen im Innenbereich, das Schlafzimmer allerdings besaß zwei. Er schloss sowohl die zum Vorzimmer als auch die, die auf den Durchgang zu den Bädern führte, und schob den Riegel vor. Er schloss die Läden an den Fenstern und die Tür zum Innenhof. Durch die Ritzen drang gerade so viel Licht herein, dass er die Tote noch erkennen konnte, die nun wieder wie eine Schlafende aussah.

Er zog einen Armlehnstuhl ans Bett und setzte sich. Mehrfach wurde gegen die Türen gehämmert, er achtete nicht darauf.

Die Freude und das Glück der letzten Wochen waren nichts weiter als eine Gaukelei des Schicksals gewesen. Nein, schlimmer noch: ein Betrug, um ihn in Sicherheit zu wiegen, damit der Absturz in die Hölle der Verzweiflung umso tiefer war. Die dunklen Mächte triumphierten. Gott, wenn es ihn denn geben sollte, war bestenfalls ein Scharlatan und schlimmstenfalls ein sich in Rachsucht und Hass suhlendes Ungeheuer.

Er hatte wirklich an Heilung geglaubt.

Abends brach Pontus die Zwischentür zum Vorzimmer mit einer Axt auf. Wittiges regte sich auch dann nicht, als der Freund herantrat, ihm die Hand auf die Schulter legte und auf die Tote hinabschaute.

»Sie hat es so gewollt«, sagte er ruhig.

Voller Zorn sprang Wittiges auf und packte Pontus hart am Arm. »Was hat sie so gewollt? Mich so zurückzulassen? In dieser … dieser Dunkelheit …« Zum ersten Mal schluchzte er auf.

»In Ruhe sterben. An deiner Seite, ohne Aufhebens, ohne langen Kampf. Einfach im Schlaf hinübergehen in die andere Welt. Der beste Tod, den sie sich wünschen konnte. Vor einer Woche hat sie bei mir gebeichtet, sie starb völlig im Reinen mit sich. Die Schmerzen wurden wieder stärker, weißt du, sie ließen sich kaum mehr betäuben. Sie hat mir einiges aufgetragen, aber darüber reden wir später. Morgen vielleicht.«

Sie hatte Schmerzen gehabt und nichts gesagt! Ihm nicht, nur Pontus. Sie hatte gelitten, und er hatte nichts geahnt, sondern sich von ihr hinters Licht führen lassen, noch am letzten Abend.

Da hatte sie nur mehr Wein als gewöhnlich getrunken. Wie viel war von dem lindernden Mittel noch übrig gewesen? Hatte sie zu viel auf einmal davon genommen und wenn ja, absichtlich?

Wittiges sank wieder auf den Stuhl, beugte sich vor, barg den Kopf in den Armen und weinte. Es war ein hartes, stoßweises Weinen, das wehtat und ihm die Luft nahm. Wie von fern hörte er Pontus Befehle erteilen. Als er sich wieder aufrichtete, weil sich sein Rücken verkrampfte, brannten Kerzen rings um das Bett. Pontus reichte ihm erst eine Tunika zum Überstreifen, dann einen Becher Wein, und gemeinsam begannen sie die Totenwache. Wittiges fühlte einen Schmerz, der wie ein Messer stach, dann nachließ und in Wellen wiederkehrte. Erinnerungen zuckten durch seinen Geist, und immer wieder hob das Bewusstsein untilgbarer Schuld und nicht wiedergutzumachender Versäumnisse sein Schlangenhaupt, die größte und gefährlichste Herausforderung jeder tiefen Trauer.

Auch am nächsten Tag kam er kaum zu sich, er aß nichts, trank nur ein wenig Wasser. Pontus musste alles Nötige regeln oder veranlassen. Wittiges nickte nur, als Pontus vorschlug, eine Gruft in der Kapelle auszuheben. Aletha hatte es sich so gewünscht. Ein Steinmetz aus Reims würde eine Abdeckplatte aus Sandstein anfertigen, geschmückt mit einer liegenden Frauenfigur und einem umlaufenden Spruchband.

Gogo war noch da und bemühte sich ebenso wie Chramm und Viola, ihn ihr Mitgefühl spüren zu lassen. Das ganze Hauswesen versank in Trauer. Es gab niemanden, der den Verlust nicht spürte. Irgendwo weinte ein Kind und schrie nach seiner Mutter. Einmal sah Wittiges Pontus mit Agnes auf dem Arm, die sich an ihn schmiegte. Als er sie Pontus abnehmen wollte, trat sie nach ihm. Als Ulf kam und ihm bleich und stockend vorschlug, mit ihm auszureiten, willigte er ein. Stundenlang ritten sie durch die Felder, auf denen die Saat hoch aufgeschossen war, zeitweilig in einem wilden Galopp. Ulf sagte die ganze Zeit nichts, und Wittiges wusste nicht, ob er seine Gesellschaft als tröstlich oder als zusätzliche Belastung empfand.

Zwei Wochen nachdem sie Aletha beigesetzt hatten, wurden Wittiges von einem Diener Besucher gemeldet, die in der Einganghalle auf ihn warteten, das hieß, sie waren nicht über den Stallhof gekommen, mussten also Fremde sein. Den einen erkannte Wittiges sofort, es war der Höhlenheilige, so schmutzig und stinkend, wie er ihn in Erinnerung hatte, mit dem gleichen fanatischen Glühen in den Augen. Der Zweite war eine hochgewachsene, aber klapperdürre Jammergestalt mit grau meliertem Haar, und der Dritte ein Halbwüchsiger mit einem seltsam alten Blick.

Wittiges deutete auf den Heiligen. »Verschwinde, ich will dich nicht im Haus haben.«

»Wittiges, Wittiges! Er hat uns hergebracht. Ohne ihn …« Die hohe Stimme klang brüchig, und doch weckte sie Erinnerungen, ja sie stürmten auf Wittiges mit solcher Macht ein, dass er zwei Schritte zurückwich.

»Alexander?«

Hinter sich bemerkte er eine Bewegung, und dann schob sich Viola neben ihn.

»Felix!«, flüsterte sie außer sich.

»Felix ist tot«, sagte Wittiges bestimmt.

Der Junge löste sich von der Seite des hochgewachsenen Mannes, schluchzte rau und trocken auf und stolperte auf Wittiges zu, die Arme nach ihm ausgestreckt.

»Es ist nicht Felix«, sagte Wittiges beharrlich.

5 Von draußen drangen Schreie und das satte Klatschen einer Peitsche herein. Fredegund stand im Obergeschoss am Fenster, hielt sich aber halb hinter den Vorhängen verborgen. So konnte sie alles beobachten, ohne selbst gesehen zu werden. Unten im Hof kniete Chlodowechs Hure auf den Pflastersteinen, Obergewand und Hemd bis zum Gürtel heruntergerissen, damit die Peitsche die nackte Haut traf.

Es war ein genialer Einfall gewesen, das Mädchen mit der Alten, seiner Mutter, die am Rand kniete, niedergehalten von zwei Kriegern, unter einem Vorwand hierher nach Chelles zu locken. Aus irgendwelchen Gründen liebte Chilperich den Hof in Chelles, um den sich allmählich ein Dorf entwickelte. Der Vorteil für Fredegund lag in der Übersichtlichkeit. Der gesamte Hof ließ sich leicht überwachen. Hier gelangte niemand ungesehen herein oder hinaus. Das Anwesen lag in einer Biegung der Marne, die hier einige Inseln umfloss. Bis Paris waren es nicht mehr als fünfzehn Meilen, sodass von dort über die Marne, die in die Seine mündete, ohne allzu viel Mühe Baumaterial herangeschafft werden konnte. Die Reise hierher ließ sich auch über den Fluss zurücklegen.

Jetzt kam es darauf an, dass auch Chlodowech hier auftauchte. Leider hatte er sich nicht mit der Krankheit angesteckt, als er die Leichen seiner jüngeren Brüder von Berny-Rivière nach Soissons gebracht hatte, wo sie vorläufig in einfachen Steinsärgen bestattet waren. Warum hatte er sich überhaupt bereiterklärt, mitten in das verseuchte Gebiet zu reisen? Wollte er sich vergewissern, dass seine Brüder tatsächlich durch eine Krankheit und kein Attentat umgekommen waren? Wahrscheinlich. Und sicher hielt er sich nun für unsterblich, weil er erfolgreich der Ansteckung getrotzt hatte. Jedenfalls hatte er so viel Oberwasser gewonnen, dass er sich öffentlich damit gebrüstet hatte, der zukünftige König von ganz Neustrien zu sein. Es musste eine Art Siegesfeier gewesen sein, bei der man hätte glauben können, dass Chilperich so gut wie tot war. Genau so wollte Fredegund Chilperich die Geschichte erzählen. Er sollte begreifen, dass sein Sohn im Begriff stand, sich gegen ihn zu erheben.

Der Mann, der ihr von Chlodowechs Treiben berichtet hatte und mit dem sie gerade ein langes klärendes Gespräch geführt hatte, diente ihr schon eine ganze Weile als zuverlässiger Spion, dessen blasses Schreibergesicht die beste Tarnung darstellte. Er hatte sofort verstanden, was sie von ihm erwartete, fuhr aber mit dem Gehabe eines nervösen Jagdhunds auf, als von draußen Schritte zu hören waren. Gleich darauf flog die Tür auf.

»Was soll das da draußen?«, grollte Chilperich. Fredegund hatte ihn hergebeten. »Hab ich die Kleine nicht schon mal gesehen? Warum wird sie ausgepeitscht? Jemand sagte, du hättest das veranlasst.«

Aus Trauer um ihre toten Söhne trug Fredegund immer noch Schwarz, zumindest heute wieder. Sie hatte damit gerechnet, dass Chilperich eines dieser schreiend bunten, mit Perlen bestickten Gewänder trug, die er so sehr liebte. Nun zog sie den schwarzen Schleier tiefer in die Stirn, um das Bild einer verhärmten, ganz in Trauer verharrenden Frau zu vervollkommnen. Chilperich schluckte bei ihrem Anblick und ließ sich schwer auf den Stuhl sinken, den Fredegunds Gefolgsmann, ganz serviler Schreibstubenhengst, eilig für ihn zurechtrückte.

Fredegund blieb am Fenster stehen.

»Sind die Spiele in Paris vorbei?«, fragte sie mit tragisch verhangener Stimme. »Ich habe dich frühestens morgen erwartet. Da wäre dir dies« – sie deutete nach draußen – »erspart geblieben.«

Chilperich schnaubte verächtlich. »Erspar mir dein Getue, denk daran, ich kenne dich, ich weiß genau, was du mit deinem Aufzug bezweckst. Um was geht es? Warum soll ich ein schlechtes Gewissen haben? Wegen der Spiele?« Er machte eine wegwerfende Geste. »Das ist bloß Augenwischerei für Brunichilds Kundschafter.«

Fredegund schossen Tränen in die Augen. Ihre Söhne waren erst einige Monate tot, und der Vater … der Vater vergnügte sich bei Wagenrennen, Tierhatzen und ähnlich billigem Klamauk! Von wegen bloße Augenwischerei für Spione. Er genoss es! Auftritte hatte er schon immer genossen. Hass wallte in ihr auf.

Du sollst leiden, dachte sie, du sollst so leiden, wie ich es immer noch tue. Sicher, er hatte getrauert, und wie er getrauert hatte! Zehn ganze Tage, dann hatte er von einem auf den anderen Tag die Trauer abgelegt, sich neue Gewänder anfertigen lassen und auf die Spiele gestürzt.

Der Heuchler, der gottverdammte, elende Heuchler! Dabei hatte sie im Frühjahr gedacht, diesmal gehe ihm der Verlust wirklich nahe.

»Weißt du, warum deine Söhne gestorben sind?«

Chilperich hob bei ihrem tragischen Ton abwehrbereit die Schultern und wich unbehaglich ihrem Blick aus. »Die Seuche, das wissen wir doch«, murmelte er, sprang auf und eilte zum Fenster. »Kann das nicht aufhören?« Er deutete hinaus.

Fredegund raffte den Vorhang etwas beiseite und schaute ebenfalls hinaus. »Nicht, bevor sie gestanden haben. Siehst du die Mutter? Sie hat das Mädchen angestiftet, unsere Söhne mit einem Fluch zu belegen. Sie hat die beiden verwünscht, verstehst du? Die Alte ist eine Hexe und die Junge ihre Schülerin. Sie kennen sämtliche alten Zaubersprüche und wenden sie immer noch an. Muss ich dich daran erinnern, wie grauenhaft unsere Söhne gestorben sind? Als Nächste bin ich an der Reihe. Chlodowech will meinen Tod. Er hat es gesagt. Und dann deinen.«

Chilperich bekreuzigte sich hastig, begann ein Gebet zu murmeln, brach ab.

Er krallte eine Hand in den Vorhang. »Das ist lächerlich. Er ist nicht einmal hier«, widersprach er. Die vorher ungesund wirkenden tiefroten Flecken auf seinen Wangen waren einer leichenhaften Blässe gewichen. Es war immer noch leicht, ihn bei seinem Aberglauben zu packen. Kaum etwas fürchtete er so sehr wie Zauberei.

»Die Kleine ist schon seit Jahren seine Geliebte. Deshalb kommt sie dir bekannt vor. Verstehst du nun?« Und dann erzählte sie ihm von Chlodowechs großem Auftritt in Soissons und wie er sich vor seinen Gefolgsleuten praktisch als neuer König hatte feiern lassen. »Frag *ihn*.« Sie deutete auf den Mann, der sich bisher im Hintergrund gehalten hatte. »Frag ihn, er war dabei. Dein Sohn Chlodowech ist fertig mit uns, mit mir ebenso wie mit dir.«

Unten hatte die Geißelung aufgehört. Aber nun riss ein Mann den Kopf der jungen Frau grob nach hinten, und ein anderer schnitt ihr mit einem scharfen Messer Strähne für Strähne das Haar ab, es war wie eine öffentliche Vergewaltigung. Die Alte schrie und schrie und rang noch immer verzweifelt die Hände, als ein Krieger die Tochter bereits abführte. Fredegund sah genau hin, sah die aufgeplatzte Haut am Rücken, das Blut, die Stoppeln auf dem Kopf, und ein durchaus willkommener Schauder der Befriedigung durchrann sie.

Nun war die Mutter an der Reihe. Wieder waren Schreie zu hören, Fredegund stellte sich innerlich taub. Die beiden bekamen nur, was sie verdient hatten. Sie wusste genug über das Mädchen, schließlich war sie selbst einmal solch eine ehrgeizige, aufreizende Magd gewesen. Sie stellte sich vor, wie sich das Mädchen Hoffnung gemacht hatte, die zukünftige Königin zu werden, und über sie, Fredegund, herzog, als wäre sie ein ranziges Stück altes Fleisch.

»Ich kann das nicht hören!«, rief Chilperich und hielt sich die Ohren zu.

»Sei nicht so verdammt empfindlich!« Sie trat zu ihm und riss ihm die Hände herunter. »Sie schreit, weil sie schuldig ist. Schau – genau – hin! Sie wird alles gestehen. Glaub mir.«

Das Auspeitschen stockte, die Alte gab schreiend, keuchend und flehend etwas von sich, während ihr Rotz und Tränen übers Gesicht rannen.

»Willst du hören, wie sie gesteht?«, fuhr Fredegund fort. »Dann komm mit nach unten.«

»Nein.« Chilperich wandte sich vom Fenster ab und deutete auf den Schreiber. »Du da, komm her! Wiederhol, was mein Sohn gesagt hat. In Soissons. Stimmt das? Hat er sich als König feiern lassen?«

Der Schreiber sank auf die Knie und beugte den Kopf bis auf den Boden. »Ja, Herr«, sagte er mit tonloser Stimme.

Noch am gleichen Tag machte sich ein berittener Trupp in Chilperichs Auftrag nach Soissons auf, um Chlodowech unter einem Vorwand nach Chelles zu holen.

Fredegund ließ die Alte nochmals auspeitschen und mit einem glühenden Eisen foltern. Halb verrückt vor Schmerzen antwortete sie stammelnd und wimmernd auf die Fragen des Folterknechts.

»Hast du mit deiner Tochter Magie betrieben? Habt ihr beide den Söhnen des Königs mit einem Fluch die Seuche angehext? Hat deine Tochter Chlodowech zum Aufstand angestiftet?«

Nach jeder Frage wartete der Mann auf die Antwort, die kaum zu verstehen und dennoch klar und immer die gleiche war. Die Alte bekannte sich schuldig.

Diesmal hatte Fredegund darauf bestanden, dass Chilperich zuhörte, unten im Hof.

Der Gestank nach verbranntem menschlichen Fleisch nahm ihnen den Atem, die blutüberströmte halb tote alte Frau winselte, ob um Gnade oder nur vor Schmerzen, war nicht auszumachen. Chilperich stützte sich schwer auf die Schulter des Schreibers, der die Aussage protokollierte.

»Glaubst du mir nun?«, fragte Fredegund.

»Pfählt sie«, befahl Chilperich, »und erwürgt die Tochter.«

»Er hat sich umgebracht?« Chilperich hatte den Kopf zwischen die Schultern gezogen.

»Mit seinem eigenen Dolch«, sagte der Wächter unbehaglich.

»Er hat sich mit dem eigenen Dolch umgebracht«, wiederholte Chilperich fassungslos.

»Das verstehe ich nicht«, mischte sich Fredegund ein. »Hat man Chlodowech die Waffen denn nicht abgenommen?«

Sie frühstückten gerade.

Chilperich legte das Stück Brot, das er gerade essen wollte, zurück auf den Tisch und schrie den Wächter an. »Ich will wissen, woher er den Dolch hatte.«

Die Adern bildeten auf seinen Wangen ein rotes Netz, und die Nasenspitze hatte sich zu einer hässlichen roten Knolle entwickelt. Tränensäcke warfen blaue Schatten.

Fredegund stand auf, legte ihm von hinten die Arme um die Schultern und zog ihn an sich. »Natürlich haben sie ihm die Waffen abgenommen. Aber du kannst niemals wissen, wer von den Männern zu ihm hielt und wen er dort unten im Keller gesprochen hat. So leid es mir tut, es zeugt doch nur von seiner Schuld, dass er sich den Dolch besorgen ließ. Es ist traurig, aber nun brauchst du ihn nicht mehr vor Gericht zu stellen. Diese Schmach bleibt dir erspart.«

Sie hatte Chlodowech einen Boten entgegengeschickt, der ihn im Beisein der ihn eskortierenden Männer davon unterrichten sollte, was mit seiner Geliebten und deren Mutter geschehen war und dass Chilperich von seinem verbrecherischen Treiben in Soissons wusste. Kurz vor Chelles hatte Chlodowech einen Fluchtversuch unternommen. Bis dahin hatte er geglaubt, dass ihn sein Vater lediglich in einer dringenden Angelegenheit zu sprechen wünsche.

Chilperich griff hart nach ihren Armen, krallte die Finger hinein, bis es schmerzte. »Ich habe keine Söhne mehr.«

Nein, dachte sie ruhig, du nicht und ich auch nicht, darin sind wir uns nun gleich. Chlodowech war eingekerkert worden, damit hatte sie natürlich gerechnet. Es war alles von ihr vorbereitet gewesen. Einer der Wächter, der längst für diesen Auftrag bezahlt worden war, hatte mitten in der Nacht Chlodowech mit dessen eigenem Dolch erstochen. Es war ein anderer Mann als jener, der die Botschaft zum Frühstück überbrachte.

»Weißt du, was das heißt?«, fuhr Chilperich grimmig fort. »Ohne einen Erben kann ich nicht herrschen. Alle wichtigen Männer werden von mir erwarten, dass ich einen Erben benenne, oder sie fallen von mir ab und versuchen, selbst an die Macht zu kommen. Ich muss diesen Bengel, Brunichilds Sohn Bertho, zu meinem Erben erklären. Es gibt niemanden sonst. Wie findest du das« – er schaute zu ihr auf – »dass diese Hexe Brunichild nun über uns triumphiert?«

6 Es war einer dieser Momente gewesen, die sich für immer ins Gedächtnis einbrennen.

Viola hatte Felix in die Arme geschlossen, dann hatte sich Pontus seiner bemächtigt, und sie hatte Alexander heftig an sich gedrückt. »Als Erstes nehmt ihr ein Bad, alle beide«, sagte sie schließlich streng, und dennoch schwankte ihre Stimme vor Rührung. »Und in den kommenden Tagen werden wir euch aufpäppeln, bis euch die Arme vom Leib abstehen«, fügte sie weich hinzu.

»Für mich keine Umstände«, ließ sich der Heilige volltönend vernehmen. »Nur etwas Brot und Wasser und einen Knecht, der mich zu meiner Heimstätte geleitet. Und später erwarte ...«

»Du hast hier keine Heimstätte«, entgegnete Wittiges ruhig und sah Viola hinterher, die ihre beiden Schützlinge hinausführte. Er fühlte sich wie benommen. Alle möglichen widerstreitenden Gefühle bedrängten ihn und stürzten ihn in ein inneres Chaos. Merkwürdigerweise empfand er außer Fassungslosigkeit, Zweifel und Staunen auch Wut. Warum kehrten die beiden erst zwei Wochen *nach* ihrem Tod heim?, fragte er sich unablässig. Wem konnte er dafür zürnen? Dem Heiligen?

»Überlass ihn mir«, mischte sich Pontus ein. »Ich weiß genau das Richtige für ihn.«

Misstrauisch kniff der Einsiedler die Augen zusammen. »Ohne mich wären die beiden längst verreckt. Ich hab sie hergebracht, vergesst das nicht.«

»Wir wissen, dass wir dir Dank schulden«, gab Pontus unerschütterlich ruhig zurück. »Und du wirst dich über unsere Dankbarkeit nicht beklagen müssen.«

»Felix!« Das war Ulfs Stimme, die bis zu ihnen vordrang.

Pontus und Wittiges sahen sich einen Augenblick lang besorgt an, beide dachten das Gleiche. Wittiges hatte Ulf immer noch nicht offiziell als Sohn anerkannt, obwohl es auf dem Gut sicher niemanden gab, der nicht wusste, wer er war. Jetzt strafte ihn sein Versäumnis. Fast unmerklich nickte er Pontus zu und begab sich auf die Suche nach Ulf.

Der Junge stand bewegungslos im Durchgang zu den Bädern. »Es ist Felix, nicht wahr? Ich hab ihn erkannt«, murmelte er fassungslos. »Er hat nicht mit mir geredet, dabei hab ich ihm gesagt, wer ich ... Er hat mich nicht erkannt.«

Wittiges legte ihm beruhigend die Hand auf die Schulter. »Lass ihm Zeit. Er hat viel durchgemacht.«

Ulf nickte beklommen. »Ja, natürlich. Hoffentlich erinnert er sich noch an mich.«

Wittiges lachte verhalten. »Da kannst du ganz sicher sein.« Er stockte kurz. »Du musst mir dabei helfen, ihm die Wiedereingewöhnung zu erleichtern. Ich zähle auf dich. Und du musst sicher viel Geduld mit ihm haben.«

»Alle Geduld der Welt, wenn's nötig ist«, antwortete Ulf bang.

Es war nicht gerade leicht, in dem um eine Handspanne gewachsenen Jungen Felix wiederzuerkennen. Alles an ihm war kantig geworden, die Gesichtszüge beinahe hart, was an den Entbehrungen liegen mochte. Am stärksten aber hatte sich der Blick verändert, er war seltsam kühl und abwartend.

Vielleicht waren zwei Söhne einer zu viel. Aber Wittiges konnte und mochte Ulf nicht mehr wegschicken, und Felix – er gehörte von Geburt an hierher.

Als die beiden Heimkehrer wieder erschienen, in saubere Gewänder gekleidet, das Haar noch nass, versuchte Viola, Wittiges mit Gesten und Blicken etwas klarzumachen. Was? Die verschatteten, in sich gekehrten Mienen der beiden fielen ihm auf. Er begriff. Felix und Alexander hatten von Alethas Tod erfahren.

Obwohl er bestimmt sehr hungrig war, aß Felix auffallend wenig, die Trauer schien ihn zu würgen, aber er sprach nicht darüber. Alexander dagegen verlangte Auskunft.

»Viola sagt, meine Schwester sei an einer Krankheit gestorben. An welcher?«

»Ist das wichtig? Sie ist friedlich gestorben, ohne Schmerzen. Genügt das nicht für den Moment?«, antwortete Wittiges abwehrend.

Felix schob seinen Teller von sich und starrte in den dämmrigen Hof hinaus. Wie hatte sich der Junge die Heimkehr vorgestellt? Sicher hatte er sich in der Zeit seiner Gefangenschaft oft ausgemalt, wie es wäre, nach Hause zu kommen. Und sicher hatte er nicht mit Trauer und dem Verlust der Mutter gerechnet. Als er verschwand, war sie wohlauf und voller Leben gewesen.

Wittiges verging ebenfalls der Appetit.

Ulf saß mit bei Tisch, aber er hatte sich ganz ans Ende der Tafel gesetzt.

Später begaben sich alle in den Hof hinaus; dort ließ sich im weichen Abendlicht vielleicht besser reden. Und dort begann

Alexander über Erlebnisse aus der Gefangenschaft zu sprechen, stockend, unterbrochen von langen Pausen. Irgendwann begriff Wittiges, was geschehen war und dass er indirekt an der Befreiung der beiden mitgewirkt hatte. Alexander berichtete von Kämpfen, die plötzlich rund um die Stadt begannen, in deren Nähe man sie auf einem Gut gefangen gehalten hatte. Sie hatten nicht einmal gewusst, dass es Orléans war. Sie hatten die Stadt nie betreten.

»Wie hieß der Mann, der euch gefangen hielt?«, fragte Wittiges dazwischen.

»Leudemund«, antwortete Felix. »Er war der Anführer der Verschwörer.«

»Ich habe ihn getötet«, bekannte Wittiges. Plötzlich schlug er die Hände vors Gesicht und stöhnte auf. »Ich hab Guntram über die Verschwörung informiert und ihn veranlasst, sie niederzuschlagen. Ich war dabei, ich war mittendrin. Und ich hab nicht geahnt, dass ihr … wenn ihr bei den Kämpfen umgekommen wärt, die ich selbst … Mein Gott, warum hab ich Leudemund geglaubt, als er mir gesagt hat, dass ihr tot seid? Wie konnte ich ihm auf den Leim gehen?« Knapp berichtete er über seine Begegnung mit dem Verschwörer. »Ich wollte meine Rache und hätte beinahe …«

»Aber du hast uns zur Flucht verholfen«, unterbrach ihn Alexander vehement. »Ohne diese Kämpfe wäre sie uns nicht gelungen.«

Mitten im ausbrechenden Chaos waren sie zu Fuß entkommen. Allerdings war Alexander verwundet worden, ein Schwertstreich hatte ihn in die Rippen getroffen, und der Blutverlust setzte ihrer Flucht sehr bald ein Ende. Sie mussten sich in einem Wald verkriechen. Felix hatte von seiner Mutter einiges über Heil- und Kräuterkunde gelernt. Er fand Moose, mit denen er die Blutung stillen und die Wunde notdürftig versorgen konnte. Aber sie war noch immer nicht richtig verheilt. Daher, ging Wittiges auf, fasste sich Alexander von Zeit zu Zeit an die Brust und verzog das Gesicht. Er schaute zu Viola hinüber, und sie nickte. Sie hatte die Wunde gesehen, und Wittiges stellte sich eitriges, entzündetes Fleisch vor. Pontus musste sich der Verletzung annehmen – später.

Felix hatte Alexander nicht verlassen wollen, und so mussten sie immer wieder rasten und sogar wochenlang irgendwo Unterschlupf suchen, es war eine harte Zeit gewesen. In der Gegend von Troyes hatte Alexander wieder Fieber bekommen, und sie hatten sich verirrt, waren aber dort auf den Heiligen gestoßen, der versprach, sie nach Hause zu bringen.

»Wir sollten morgen weiterreden«, meldete sich Viola resolut. »Felix gehört ins Bett. Komm, Junge, und keine Widerrede.« Sie griff nach seiner Hand.

»Ja, geh mit ihr.« Wittiges stand auf, zog Felix auf die Füße, umarmte ihn, drückte ihn heftig an sich, küsste ihn auf die Stirn und fuhr ihm durch das inzwischen trockene Haar, das sich wieder so weich und angenehm anfühlte wie früher – es war wohl das Einzige, was gleich geblieben war. »Schlaf, mein Junge, du ahnst nicht, was es für mich bedeutet, dass du wieder zu Hause bist.«

Unter halb geschlossenen Lidern warf Felix einen Blick in jene Richtung, wo Ulf im Dunkeln saß. »Ja, Vater.«

Alexander blieb sitzen, und das war Wittiges nur recht. Er begann, von Pontus unterstützt, ihn gründlich auszufragen. Die Zeit des freundlichen Geplauders war vorbei. Später sollten sie sich über ihre Hartnäckigkeit und den manchmal anklägerischen Ton Vorwürfe machen. Sie wollten alles wissen, was der Entführung vorangegangen war, die ganze üble und klägliche Geschichte. Wie Cniva auf Theodos Hof Alexander immer mehr von seinem Gift ins Ohr geträufelt hatte, bis dieser tatsächlich geglaubt hatte, einer hehren Pflicht zu genügen, indem er sich daran beteiligte, seinen Neffen den Verschwörern in die Hände zu spielen. Felix war aufgrund seiner Abstammung dazu auserkoren gewesen, der neue König des alten Burgundia zu werden.

»Also gab es gar keine Pilgerreise nach Tours«, stellte Wittiges fest und bemühte sich, nicht allzu zornig zu klingen.

»Nein. Es war verabredet, dass Leudemund Felix in Chalon abfing, und es gab einen Treffpunkt, wo wir zu ihnen stoßen sollten. Wittiges, es ging um Felix' Geburtsrecht.«

»Unfug!«, polterte Pontus erbost. »Das ist das Dümmste, was ich je gehört hab.«

Alexander war nur ein Schatten. Bis fast zur Unkenntlichkeit abgemagert, das Haar frühzeitig ergraut, das Gesicht voller Falten, der Blick unstetig, ein Mensch, der Schonung brauchte.

»Ich denke, es reicht«, sagte Wittiges gedehnt. Es fiel ihm entsetzlich schwer, einen versöhnlichen Ton anzuschlagen, denn innerlich erhob er permanent Anklagen. »Du hast getan, was du für richtig gehalten hast. Was immer dich umgetrieben hat, es ist vorbei. Ihr seid wieder hier, und du legst dich nun auch besser schlafen.«

»Erzähl mir erst noch von Aletha. Wie kam sie mit Felix' Verschwinden zurecht?«

Das war der kritische Punkt, an dem Wittiges beinahe doch noch die Beherrschung verlor. »Das fragst du dich allen Ernstes? Die Antwort darauf kannst du dir selbst geben. Du hast dein altes Zimmer, Viola hat es für dich herrichten lassen. Schlaf gut.« Unvermittelt stand er auf.

Am frühen Morgen wurde er von einem Knecht geweckt. Völlig außer sich, bat dieser Wittiges, ihm in eine der Scheunen zu folgen.

Alexander hing an einem Deckenbalken, unter ihm lag ein umgeworfener Schemel. Ein zweiter Knecht musste Pontus benachrichtigt haben, denn der traf kurz nach Wittiges ein. Er zog sofort sein Messer. Gemeinsam schnitten sie den Toten vom Strick ab und legten ihn behutsam auf den Boden aus festgestampfter Erde.

»Das ist unsere Schuld«, sagte Wittiges niedergeschlagen.

Pontus schloss dem Toten die Augen, dann stopfte er die heraushängende, unnatürlich geschwollene, bläulich angelaufene Zunge in den Mund zurück und drückte vorsichtig das Kinn nach oben.

»Gib mir deinen Gürtel«, bat er und nahm ihn, ohne hinzuschauen, entgegen. Mit dem Gürtel band er Alexanders Kinn fest. Jetzt sah der Tote nicht mehr ganz so grauenerregend aus. »So können wir ihn wenigstens anständig beerdigen. Wir werden allen sagen, dass er an seinen Entbehrungen gestorben ist. Und so war es auch. Sein Geist war verwirrt, und eigentlich war er schon lange ein gebrochener, zerstörter Mensch. Das begann vor vielen Jahren, in Toledo, als man ihm als Zehnjährigen Gewalt antat. Vergiss nicht, dass ich ihn fast so lange kannte wie du selbst. Ihn hat hier nichts mehr gehalten.«

»Wir hätten ihn gestern Abend nicht so hart herannehmen dürfen.«

Pontus seufzte. »Vielleicht. Ich bin sicher, wir werden uns mit dieser Schuld quälen, wie wir uns immer mit Schuld quälen, wenn jemand stirbt, der uns etwas bedeutet hat. Aber jetzt müssen wir an Felix denken und wie es mit ihm weitergehen soll.«

»Ja, ich weiß, was ich tun muss.«

Sie beteten gemeinsam für den Toten, bevor sie die Scheune verließen und dafür sorgten, dass Alexander in der Kapelle aufgebahrt wurde. Drei Tage später wurde er in einer schlichten Zeremonie an Alethas Seite in der neuen Gruft beigesetzt. Felix nahm an der Trauerfeier teil, und Wittiges fragte sich besorgt, wie er diesen neuen Verlust verkraften würde. Äußerlich ließ er sich wenig anmerken, sein Gesicht zeigte nur eine beunruhigende Leere. Wittiges hatte mit ihm über Alexanders Ende gesprochen, war aber nicht dahintergekommen, was er über seinen Onkel dachte. Sie hatten zwei Jahre in einer engen Schicksalsgemeinschaft verbracht. Wusste Felix, dass Alexander mitverantwortlich für all das Leid war, das er hatte erdulden müssen?

Nachdem die Gruft geschlossen, das letzte Gebet gesprochen war und sich die Hausgemeinschaft zerstreut hatte, nahm er ihn beiseite.

»Es tut mir leid um ihn«, sagte Wittiges.

»Mir auch«, erwiderte Felix.

»Und es ist schade um ihn. Ich hab ihn gemocht, weißt du?«

Felix rührte sich nicht. »Ich hab ihn in den letzten zwei Jahren oft gehasst und oft genug verflucht«, sagte er langsam. »Aber das ist nun vorbei.« Er hob die Schultern und ging davon, und alles deutete darauf hin, dass er die Last der Vergangenheit, die auf ihm ruhte, allein tragen wollte.

In diesem Moment erinnerte sich Wittiges an den Heiligen. Er hatte ihn nicht mehr gesehen, und das beunruhigte ihn. Es schien ihm ein Lebensalter her, dass der wirre Kerl in einer kalten Weihnachtsnacht seine düsteren Prophezeiungen ausgesprochen hatte. Wittiges entsann sich, dass von Unglück und Tod die Rede gewesen war. Davon hatte er nun genug erlebt.

Pontus löschte gerade die Kerzen am Altar.

»Was hast du mit dem Heiligen gemacht?«, fragte er ihn.

»Ich habe ihm ein Geleit in ein Kloster seiner Wahl angeboten, zusammen mit einer großzügigen Spende.«

»Das glaube ich nicht«, sagte Wittiges gequält.

»Vermisst du nicht die silbernen Leuchter?« Pontus deutete auf den Altar. »Das war die Spende. Damit macht er sich bei jedem Abt beliebt. Der Heilige war sofort einverstanden, hat aber eine Begleitung in ein Kloster abgelehnt. Ich denke, wir sind ihn los.«

»Erst wolltest du die Leuchter für die Kapelle haben, dann schenkst du sie weg.« Im Grunde genommen war Wittiges der Verlust gleichgültig. Er hatte nicht an ihnen gehangen, dann fiel ihm ein, dass Pontus sowieso keinen Wert auf etwas legte, das sich weder essen ließ noch einem anderen nützlichen Zweck diente. Selbst wenn es sich um geweihte Gegenstände handelte – für ihn lag Heiligkeit nicht im Materiellen.

Um für einen Neuanfang ohne Unklarheiten zu sorgen, bat Wittiges Ulf und Felix am nächsten Tag in sein Kontor, wo er vorher eine Stunde zugebracht und eine Urkunde aufgesetzt hatte. Viola und Chramm fanden sich auf seine Bitte ebenfalls ein, und Pontus brachte Agnes mit.

Sobald alle versammelt waren, wandte sich Wittiges ernst und feierlich an die beiden Jungen. Es wurde eng in dem kleinen

Raum. Alle standen bis auf Viola, die sich, einen Säugling auf dem Schoß, auf einen der beiden vorhandenen Stühle gesetzt hatte. Chramm lehnte an der Wand, den anderen Zwilling auf dem Arm. Den Sohn wahrscheinlich.

Auf dem Schreibpult brannte eine Kerze neben einem schlichten kleinen Holzkreuz, das Pontus aus der Kapelle mitgebracht hatte.

Beiden Jungen legte Wittiges eine Hand auf die Schulter. »Ich erkläre hier vor Gott und den anwesenden Zeugen, dass es mein unumstößlicher Wille ist, euch als meine gleichberechtigten Söhne und Erben anzuerkennen, mit allen Rechten und Pflichten. Noch heute wird die Urkunde, die ich aufgesetzt habe, von den Zeugen unterzeichnet, gesiegelt und nach Reims in die königliche Kanzlei geschickt, um dort registriert und aufbewahrt zu werden.« Er legte eine Pause ein. »Werdet ihr es schaffen, euch wie Brüder zu verhalten?«, fügte er leise hinzu.

Ulf wagte nicht, als Erster zu antworten. Fragend schaute er zu Felix hinüber.

»Wenn du es wünschst, bestimmt«, sagte Felix. Die Spannung, die sich nach dieser hintersinnigen Antwort ausbreitete, war mit Händen zu greifen.

Wittiges winkte Agnes zu sich und ging vor ihr in die Hocke. »Du hast jetzt zwei Brüder, Liebes, Felix und Ulf.«

»Das hat Papa auch gesagt«, antwortete die Kleine und schielte zu Pontus hinauf.

Wittiges zuckte zusammen. Zum einen, weil Agnes ihn immer noch nicht als Vater akzeptierte, zum anderen, weil er sich hätte denken können, dass Pontus seine eigenen Maßnahmen ergriffen hatte, um die Familie zusammenzuführen.

»Dann kümmere dich um die beiden, hörst du? Das ist nun deine Aufgabe.« Wittiges erhob sich und sah zweifelnd auf seine kleine Tochter hinunter.

Agnes blickte von einem Jungen zum anderen. Auf einmal nahm Felix sie bei der Hand. Wittiges hatte sie einmal beobachtet, wie sie nach Felix getreten hatte, als er sich ihr zu nähern versuchte. Nun kniff sie die Augen zu, hielt den Atem an, stieß ihn mit einem tiefen Seufzer wieder aus und blickte zu ihrem Bruder auf.

»Wo ist Mama, Felix?«

»Sollen wir sie besuchen?«

»Ja!«

»Dann komm mit.«

Die beiden gingen zur Tür. Auf der Schwelle drehte sich Agnes um und winkte Ulf an ihre andere Seite. Zögernd setzte er sich in Bewegung, bis sie ihn energisch an die Hand nahm. Zu dritt verließen sie den Raum.

»Ob das gut geht?«, murmelte Wittiges.

»Aber sicher«, sagte Viola heiter und brach damit den Bann. Im gleichen Augenblick begann das Kind auf ihrem Schoß zu schreien. Es war wohl doch der Junge, der sich zu einem kleinen Schreihals entwickelt hatte. Ansonsten fiel es Wittiges schwer, die Säuglinge auseinanderzuhalten.

»Wohin sind sie gegangen?«, fragte Chramm laut, um das Gebrüll zu übertönen.

»Zur Kapelle, wohin sonst?«, brummte Pontus und tauchte einen Gänsekiel ins Tintenfass, um seine Unterschrift unter das Dokument zu setzen, das er bereits vorher durchgelesen und voll und ganz gebilligt hatte. Wittiges machte keinen Unterschied zwischen seinen Söhnen.

Irgendwann im Lauf des Sommers begriff Wittiges, dass Felix nie wieder der unbeschwerte, vertrauensvolle Junge sein würde, der er einmal gewesen war. Er blieb seltsam verschlossen, zeigte sich aber nicht unfreundlich, und vor allem trat nicht ein, was er, Wittiges, am meisten befürchtet hatte: Aus den Jungen wurden keine Rivalen. Im Gegenteil.

Wenn man beide nicht finden konnte, musste man davon ausgehen, dass sie sich gemeinsam davongemacht hatten, auf die Jagd oder einen langen Ausritt, was Pontus manchmal dazu veranlasste, sie hinterher gehörig auszuschimpfen. Zwar war Ulf der Größere und Stärkere, aber als sich Felix erst einmal von seinen Entbehrungen erholt hatte, zeigte sich, dass aus ihm ein gewandter Kämpfer mit größerer Körperkraft geworden war, als es den Anschein hatte. Allmählich ergab sich für Wittiges aus vielen kleinen Bemerkungen ein Bild der Jahre in Gefangenschaft. Leudemund hatte Felix auf seine zukünftige Aufgabe vorbereitet und ihn einem harten körperlichen Training unterworfen, denn ein König musste immer auch ein Kämpfer sein. König würde er nur so lange bleiben, wie er siegte. Nur einmal erzählte er von Cnivas Ende, und Wittiges verwünschte einmal mehr die ganze burgundische Verschwörung. Danach war von dem alten General nie mehr die Rede.

Später sollte er sich an diesen Sommer immer mit einer gewissen Wehmut erinnern. Es war ein zauberhafter Sommer mit Wolkenbrüchen und heißen Tagen, aber die Unwetter richteten nur geringen Schaden an, und wenn die Luft vor Hitze flimmerte, verbrachte er mit der ganzen Familie Stunden am Bach, an einer Stelle mit sandigem Ufer, wo die Mägde Decken ausgebreitet hatten. Körbe mit einem Imbiss warteten im Schatten unter dem Weidengebüsch auf hungrige Mäuler. Wittiges warf sich ins quirlige, hüfthohe Wasser, zusammen mit Ulf und Felix. Manchmal war sogar Agnes dabei und tauchte kreischend und strampelnd nacheinander ihre großen Brüder unter, was sie sich gutwillig gefallen ließen, während immer einer darauf achtete, dass ihr Köpfchen über der Wasserlinie blieb. Agnes spielte die Brüder gern gegeneinander aus, das machte sie ebenso mutwillig wie gekonnt, und manchmal überkam Wittiges der Wunsch, ihr dafür den Hintern zu versohlen. Er selbst wartete darauf, dass die Rivalität zwischen den Jungen offen ausbrach, die unterschwellig inzwischen durchaus spürbar war. Aber anscheinend war genügend von der ursprünglichen Verbundenheit geblieben, und die alte Freundschaft behielt die Oberhand. Die Jungen gingen vorsichtig miteinander um, nur im Wasser rauften sie unter dem Vorwand des Übermuts manchmal etwas zu erbittert.

Zu einem besonderen Erlebnis entwickelte sich die Planscherei jedes Mal, wenn sich Viola dazugesellte, mit Ammen und Säuglingen im Schlepptau. Seelenruhig zog sie sich vor aller Augen aus und stieg in einem dünnen Hemd ins Wasser. Nicht nur die

Jungen betrachteten mit eindeutigem Interesse die herrlichen Formen, die sich unter dem nassen Stoff nur allzu deutlich abzeichneten. Viola stillte nicht, aber ihre Brüste waren so voll und rund, dass Wittiges sich neidvoll fragte, ob Chramm, dieser glückliche Esel, manchmal an den vorwitzig aufgereckten Brustwarzen saugte, und dann musste er auf der Suche nach Abkühlung tiefer ins Wasser eintauchen. Viola schien von der Verwirrung, die sie stiftete, nichts zu bemerken. Wittiges erinnerte sich, dass Prüderie noch nie ihre Sache gewesen war.

Chramm war nie dabei, ihm war das Baden draußen zu albern und die Luft zu heiß. Er blieb lieber im kühlen Kontor und kümmerte sich um Abrechnungen, Bestellungen und Lieferungen von Rohmaterial, das immer öfter verspätet eintraf.

Unter Violas Leitung gedieh die Werkstatt, *casa alba* lieferte Wollstoffe und Filz an Händler in Reims, Metz, Marseille und anderswo und konnte die ständig steigende Nachfrage kaum befriedigen. Das größte Problem, das auch den Wiederaufbau von Theodos Hof beträchtlich verzögerte, war der Mangel an Helfern. Es gab kaum arbeitsfähige Männer und Frauen, nirgendwo, das war der große Fluch des ganzen Landes.

Nicht allein deshalb, weil jede nützliche Hand willkommen war, zeigte sich Wittiges sehr damit einverstanden, dass Viola mit ihrer kleinen Familie immer noch bei ihm wohnte. Es war ihm auch eine Freude zu beobachten, wie prächtig sich die beiden Säuglinge entwickelten. Mittlerweile waren sie auch für ihn unterscheidbar. Das Kind mit der röteren Haut, das hässlichere der beiden, war der Junge. Das Mädchen hatte einen milchweißen Teint und niedliche Grübchen in den Wangen, wenn es lächelte. Chramm war vernarrt in beide, zog aber dennoch den Jungen vor.

Wittiges liebte es, so viel junges Leben um sich herum gedeihen zu sehen. Darüber vergaß er ab und zu die Trauer, ja, es gab Momente vollkommenen, trägen Sommerglücks, kostbarer als der wertvollste Edelstein. Er hatte zurückgefunden zu jener inneren Ruhe und Kraft, die ihm am Grab des heiligen Martin in Tours so unverhofft zuteilgeworden war. Allmählich kam er sich wie ein Patriarch vor.

Allerdings hatte er erstmals zwei Monate nach Alethas Tod den Eindruck, dass Chramm eifersüchtig war. Es war nur eine flüchtige Eingebung, die aber im Lauf des Sommers deutlicher wurde. Daher hütete er sich, mehr als unbedingt nötig mit Viola zu sprechen, und war so gut wie nie allein mit ihr. Daher war er auch nicht sonderlich glücklich, als sie ihn gegen Ende des Sommers – die Schatten wurden am späten Nachmittag bereits lang – um eine Unterredung bat, sofort in den kleineren der beiden eigentlichen Wohn- und Repräsentierhöfe vorausging, sich auf die Marmorbank an der Hauswand setzte und auf den Platz neben sich klopfte. Sie waren allein. Wittiges blieb stehen und fühlte sich äußerst unbehaglich. Vielleicht lag es am Licht, an den weichen Schatten, den die Rosen- und Fliederbüsche im Hof warfen, dem Duft, an dem leisen Plätschern des Brunnens, dass die Atmosphäre um sie herum etwas verführerisch Intimes annahm. In Wittiges läuteten alle Warnglocken.

»Was gibt es?«, fragte er betont kühl.

»Du hast Nachrichten erhalten, nicht wahr? Von Gogo«, antwortete Viola und lächelte, als amüsiere sie sich insgeheim über sein vorsichtiges Verhalten.

»Das weißt du doch«, entgegnete er unwillig. »In einer Woche, wenn Chilperich Bertho zu seinem Erben erklärt, muss ich in Reims sein. Gogo will mich dabeihaben. Als Zeugen, zum Schutz des Thronfolgers oder wozu auch immer.«

Viola seufzte leise und beugte sich wie absichtslos ein wenig vor. Beim unerwartet tiefen Einblick in ihr verführerisches Dekolleté hielt Wittiges den Atem an. Jetzt meinte er auch, Violas Duft wahrzunehmen, nicht nur den der Rosen und des Flieders, der ihm sowieso schon die Sinne verwirrte. Was, um Himmels willen, wollte sie von ihm? Es war ihm nach Flucht zumute, er wusste aber genau, dass er keinen Fuß vor den anderen zu setzen vermochte.

»Es hätte alles anders kommen können, wenn du nicht so halsstarrig gewesen wärst, nicht wahr? Mit uns beiden.«

Gepeinigt schloss er die Augen. »Schweig!«, stöhnte er auf.

»Nun, ich wollte das nur klarstellen«, sagte sie maliziös und wechselte den Ton. »Wir gehen fort von hier. Chramm, die Kinder und ich.« Sie sprach schnell weiter, um ihn nicht zu Wort kommen zu lassen. »Chramm hat mit Gogo gesprochen, als er das letzte Mal hier war. Wir haben nur gewartet, bis die Kinder etwas kräftiger sind und die Reise überstehen können ... und ... den Ortswechsel. Mein Mann will an den Hof. Er ist weder Krieger noch ein ...« Ihre Stimme schwankte.

»... Bauer wie ich«, half ihr Wittiges trocken weiter. Der Sommer ging zu Ende und mit ihm die Zeit des schwerelosen Glücks, des Friedens. »Ich verstehe ihn«, rang er sich tonlos ab. Es war besser so, denn er hätte nicht gewusst, wie lange er der Verlockung dieser Sirene noch standgehalten hätte.

»Das freut mich, das macht es leichter«, fuhr sie gefasster fort. »Wir begleiten dich nach Reims, und wenn du von dort zurückkehrst, ziehen wir mit Gogo, Brunichild, Bertho und dem übrigen Hof nach Metz. Und dort ... ich weiß nicht, was genau sich Chramm vorstellt. Vielleicht wird er Rechtskundiger, Leiter der Kanzlei oder vielleicht doch *comes*, wie Gogo vorgeschlagen hat, irgendwo in der Nähe von Köln.«

Wittiges hielt es nicht länger mit ihr allein aus. »Dann gebe ich Pontus gleich Bescheid, er muss es als Erster wissen.« Vielleicht weiß er es längst, dachte er, als er sich noch gerade so langsam davonmachte, dass es nicht wie Flucht aussah.

7 Brunichild hatte darauf bestanden, dass die Zeremonie in Reims stattfand. Guntram war als Zeuge und Garant für eine friedliche Zusammenkunft eingeladen worden, hatte aber abgelehnt. So musste sie sich darauf verlassen, dass Chilperich ihr nicht mit Hinterhältigkeiten oder unannehmbaren Bedingungen ins Gehege kam.

Nach dem von Aegidius, dem Bischof von Reims, mit allem Pomp zelebrierten Gottesdienst fand zu Ehren Berthos, des frisch ernannten Erben zweier Reiche, ein Festmahl in der großen Halle der Residenz statt. Die Edlen aus Neustrien und Austrasien drängten sich um die Tafel mit der Absicht, sich vollzustopfen,

Unmengen von Wein zu trinken und sich über den Tisch hinweg ewiger Freundschaft zu versichern, die vielleicht bis zur Abreise dauern würde, höchstens aber bis zum nächsten Krieg. Brunichild hatte angeordnet, dass weder Hunde noch Gaukler zugelassen wurden. Sie wollte eine Feier mit dem Höchstmaß an Vornehmheit, das sie ihren Edlen abtrotzen konnte. Denn die meisten hatten mit feineren Sitten nichts im Sinn.

Der Höhepunkt der Unterhaltung wurde von Venantius Fortunatus bestritten, der einige seiner neuesten Gedichte vortrug. Vor einem Monat war er mit guten Nachrichten aus Konstantinopel zurückgekehrt. Kaiser Tiberius würde fünfzigtausend *Goldsolidi* für die Unterstützung gegen die Langobarden zahlen, und Prinz Gundowald, König Chlothars vergessener Sohn, ließ Brunichild wissen, dass er sich glücklich schätze, sie zu heiraten. Brunichild merkte, dass die Stimmung allmählich ausgelassener wurde. Chilperich, der an Berthos anderer Seite saß, strahlte so seltsam. Da nun lauschte sie wieder der Darbietung. Fortunatus trug ein Lobgedicht auf Chilperich vor! Zum Schluss erhoben sich alle, Jubel brandete auf. Chilperich ließ sich tatsächlich hier, in Reims, feiern, in ihrer Stadt! Sie hatte gute Lust, ihm eine schallende Ohrfeige zu versetzen. Schließlich war er der Unterlegene, der bei ihr um einen Erben hausierte!

Er wischte sich Tränen der Rührung von den Wangen, winkte Fortunatus herbei und dankte ihm stammelnd für die Freude, die er ihm mit diesem Gedicht gemacht habe. Er stand sogar auf und umarmte den schmächtigen Dichter, der in den weiten Purpurgewändern, die ihn auf einmal einhüllten, fast verschwand.

»Das Gedicht war gut«, meldete sich Bertho.

»Halt den Mund!«, fuhr Brunichild ihn gedämpft an. »Das waren nichts als Lügen.«

Aber Bertho hob seinen Weinkelch und stand ebenfalls auf, Bewunderung für seinen machtvollen Onkel im Blick. Dieser Dummkopf, er begriff nicht, was um ihn herum vor sich ging. Oder war es etwa Klugheit, dass er nun seinem Onkel huldigend zutrank? Immerhin würde er ihn beerben.

Chilperich lud Fortunatus mit wohlgesetzten Worten zu sich

nach Paris ein, was dieser lächelnd, die Hand an der Brust, zwei Schritte zurückweichend, mit einer eleganten Verneigung akzeptierte. Unten wurde immer noch applaudiert, einige der Edlen prosteten dem König und dem besten Dichter der vereinten Königreiche zu.

Fortunatus sonnte sich im Beifall.

Brunichild spürte, wie ihr die Galle hochkam. Wie konnte es dieser Wicht wagen, hier vor allen Gästen eine Einladung ihres Erzfeinds anzunehmen, nachdem er sich als ihr wichtigster Botschafter gerade den Reisestaub vom Mantel geschüttelt hatte? Gab es einen größeren Wendehals als ihn?

Die Gäste begannen, im Raum herumzuschlendern und sich in Gruppen zusammenzufinden. Von ihrem Sitz an der erhöhten Tafel aus beobachtete Brunichild misstrauisch, was unten im Saal vor sich ging. Wittiges spähte zu ihr hoch, sie nickte nur leicht, und er stieg die zwei Stufen zu ihr herauf. Chilperich hatte inzwischen seinen Platz verlassen und sich unter die Menge gemischt. Bertho hatte er mitgenommen, fürsorglich lag seine Hand auf dessen Schulter, wie um die geleisteten Eide nochmals zu bekräftigen.

Wittiges verneigte sich förmlich und blieb im angemessenen Abstand zu ihr stehen. Sie deutete auf den Stuhl neben sich, er setzte sich zögernd.

»Ich kann kaum hinschauen. Siehst du das auch?« Unter dem Tisch krallte sie ihm eine Hand in den Oberschenkel.

»Was meinst du?«

»Erinnere dich: Er hat meine Schwester eigenhändig erwürgt. Und jetzt fasst er mit einer dieser Mörderhände mein Kind an. Wittiges, ich ertrage das nicht. Wieso muss ich mir das gefallen lassen?« Sie schluchzte auf und knetete schmerzhaft sein Bein.

»Nimm die Hand weg«, sagte er leise.

»Was?«

»Nimm deine Hand weg, und leg sie auf den Tisch, ich möchte nicht, dass jemand auf Gedanken kommt …«

»… ich würde dir unterm Tisch in den Schritt fassen. Hast du keine anderen Sorgen?«

Hinter ihnen räusperte sich unruhig einer der bewaffneten Krieger ihrer Leibgarde, die an der Wand aufgereiht Wache standen. Wittiges warf ihm rasch einen Blick zu, wandte sich aber sofort wieder ab. Es konnte ihm gleichgültig sein, was ein subalterner Mann sah, dachte oder erlauschte.

Wichtiger war, was sich unten im Saal anbahnte. Wandalenus schlenderte auf Chilperich zu. Es hatte etwas durchaus Zufälliges, und die Annäherung geschah schließlich in aller Öffentlichkeit. Jeder wusste, auf welcher Seite die beiden standen. Aber galt das wirklich noch? Jetzt trat Bischof Aegidius zu ihnen, sie unterhielten sich zu dritt, Chilperich warf lachend den Kopf zurück, anscheinend fand ein Gespräch von jener schwerelosen Bedeutungslosigkeit statt, wie es sich nur auf heiteren Festen am Rand der Trunkenheit ergab.

Wittiges' Blick wurde von Viola gefangen genommen, die mit Chramm am Festmahl teilnahm. Sie hielt ihn an der Tunika fest, aber er riss sich los und näherte sich der Gruppe um Chilperich, die ihn aber nicht beachtete. Mit verdrossener Miene blieb er bei einigen anderen stehen, die wie er begierig darauf warteten, von jenen wahrgenommen zu werden, die die Macht innehatten.

»Sie ist noch schöner geworden«, sagte Brunichild.

»Wer?«, fragte Wittiges abgelenkt.

»Viola, sie beobachtet dich unablässig. Und was dich betrifft: Immer wieder starrst du zu ihr hinüber. Meinst du, ich merke das nicht? Hast du sie inzwischen gehabt? Natürlich hast du.«

Wittiges schwieg betroffen.

»Ich werde sie wohl als Hofdame akzeptieren müssen«, fuhr Brunichild spöttisch fort. »Aber glaub mir, sie ist kein Ersatz für Aletha, nicht im Entferntesten.«

»Nein, es gibt keinen Ersatz für sie«, stimmte Wittiges mit flacher Stimme zu, riss den Blick von Viola los und beobachtete Chilperich wieder.

Wo steckte Gogo? Abgesehen von Brunichild, verkörperte er die Macht in Austrasien und nicht etwa der Raffzahn Wandalenus oder der Schleimer Aegidius. Wittiges musste eine Weile suchen, bis er den Herzog entdeckte.

Beinahe unbeachtet lehnte Gogo hinter den anderen an der Wand und hielt eine Hand auf das Herz gepresst. Es schien ihm nicht gut zu gehen.

Wittiges entschuldigte sich bei Brunichild und stieg die zwei Stufen in den Saal hinunter. Aber als er sich der Stelle näherte, an der er Gogo zuletzt gesehen hatte, war dieser im Gewühl verschwunden. Als Wittiges sich nach ihm erkundigte, hieß es, Gogo habe das Fest bereits verlassen. Jetzt machte er sich wirklich Sorgen um ihn.

Am nächsten Tag, als er sich nach ihm erkundigte, erfuhr er, dass Gogo nach Metz zurückgekehrt war.

Wittiges blieb noch einige Tage in Reims und widmete sich seinen Geschäften. Nach und nach reisten die Festgäste ab, die Residenz versank in der Bedeutungslosigkeit jener Zeiten, wenn niemand Wichtiges mehr da war. Aber weil es für ihn das Bequemste war, wohnte er weiterhin in seinem Quartier im Palast.

Als er eines Morgens auf dem Weg zu den Ställen hastig die Eingangshalle durchquerte, sprach ihn jemand an. Es war Samur. An den Awaren hatte er schon lange nicht mehr gedacht, aber sein Anblick versetzte ihm sofort einen unangenehmen Stich.

»Hab schon gehört, dass es dich noch gibt«, begrüßte ihn Samur. Wittiges nickte und wollte weitergehen, aber der Aware trat ihm in den Weg. Wittiges schielte zum Ausgang.

»Falls du dich entschuldigen willst, weil du dir die *blauen Pferde* einfach geholt hast: Du kannst sie behalten, ich lege keinen Wert mehr darauf«, sagte er barsch.

Samur bewegte sich nicht von der Stelle, Wittiges hätte um ihn herumgehen müssen, um zur Tür zu gelangen. Die Züge des Awaren waren hagerer geworden, und der Blick aus den dunklen Augen wirkte undurchdringlicher als früher.

»Aber sie gehören dir, selbstverständlich bringe ich sie zurück.«

Wittiges rückte näher an ihn heran. »Wenn du das tust, schlachte ich sie auf der Stelle ab, lass dir das gesagt sein!« Die Drohung war natürlich schierer Blödsinn, klang aber beleidigend, und das hatte er gewollt.

Samur grinste nur und wich zurück. »Ich hab gehört, deine Frau ist gestorben. Ich erinnere mich an sie. Sie war …«

Wittiges hatte genug von der Unterhaltung. Er stieß Samur vor die Brust, sodass dieser zurücktaumelte, und ging zur Tür.

Bevor er eine Woche später nach *casa alba* zurückkehrte, hatte er alles an Korn aufgekauft, was er bekommen konnte, dazu Säcke voll getrockneter Erbsen, Bohnen und Hirse. Er kaufte zu jedem Preis, und die Preise waren gesalzen. Salz kaufte er auch, dazu andere Gewürze und Vorräte an Wachs, Wolle und Flachs. Er gab Unsummen aus, konnte es sich aber dank Guntrams Geschenken leisten, zu denen auch mehrere Beutel mit *Goldsolidi* gehört hatten. Mit den Händlern schloss er neue Freundschaftspakte.

Nach seiner Heimkehr setzte er Pontus über seine Einkäufe in Kenntnis und befahl ihm, die Keller für die Vorräte auszubauen, eine neue Scheune zu errichten und sie gut gegen Räuber zu sichern.

»Nicht, dass ich etwas gegen Vorräte einzuwenden habe«, erklärte Pontus daraufhin. »Aber was soll diese Vorsicht? Wenn ich dich richtig verstanden habe, herrscht jetzt zwischen Neustrien und Austrasien Freundschaft. Dank dieses Lümmels Bertho, der einmal alles erben wird. Also, was ficht dich an?«

Wenn ich's bloß wüsste, dachte Wittiges. Aber seit er an jenem Festmahl teilgenommen hatte, hatte ihn eine unbestimmte Furcht beschlichen, die ihn nicht mehr losließ. Brunichild, dessen war er sich sicher, hatte sie auch empfunden.

Aber das Jahr ging zu Ende, ohne dass etwas Dramatisches geschah, sah man davon ab, dass einer der Höfe im Mühlendorf abbrannte. Es gab keine beunruhigenden Neuigkeiten vom Hof in Metz. Deshalb brach Wittiges im Frühjahr zu einer Einkaufsfahrt in den Süden auf. Er besuchte die Händler in Marseille und machte auf der Rückreise in Chalon Station, um dem jüdischen Arzt Samuel dafür zu danken, dass er sich entgegen seiner ursprünglichen Absicht doch noch nach *casa alba* begeben hatte, um Aletha zu untersuchen und ihr ein Mittel gegen die Schmerzen dazulassen. Der nüchterne und kühle Samuel war seltsam gerührt über so viel Dankbarkeit und zeigte offen seine Anteilnahme, als ihm Wittiges von Alethas Tod erzählte. Samuel war es auch, der den Händler Nikomedes veranlasste, sich versöhnlich zu zeigen und den nächtlichen Überfall ein für alle Mal zu vergessen. Wittiges nahm die Gelegenheit wahr, die neue Freundschaft durch ein Geschäft zu krönen. Beim unvermeidlichen Mahl danach versetzte ihm Nikomedes allerdings mit einer beiläufigen Bemerkung einen furchtbaren Schlag.

Nikomedes wusste aus sicherer Quelle, das *dux* Gogo gestorben war.

Wittiges fühlte sich wie vor den Kopf geschlagen. Gogo tot!

Dann erinnerte er sich an das letzte Mal, als er ihn gesehen hatte: an die Wand des Festsaals in Reims gelehnt, die Hand auf der Brust, als ob er Schmerzen hätte. Damals, das ging Wittiges nun auf, hatte ihn die Furcht gepackt.

Am nächsten Tag brach er in aller Hast nach Metz auf, erfuhr aber dort, dass die Beisetzung längst stattgefunden hatte und ein Nachfolger für Gogo ernannt worden war. Es war kein anderer als Wandalenus.

Schlimmer hätte es nicht kommen können.

Wittiges hatte wieder die Dreiergruppe mit Chilperich, Wandalenus und Bischof Aegidius in der Reimser Festhalle vor Augen. Die drei waren in eine launige Unterhaltung vertieft und klopften sich gegenseitig auf die Schultern, ganz in der Manier selbstherrlicher Machthaber, mit dem kleinen Bertho als unwichtigem Anhängsel, das sich zu fügen hatte. Auf einmal gewannen alle Sorgen Wittiges' neue Nahrung: Eine unheilige *Allianz* war dort in Reims geschmiedet worden.

Brunichild, mit der Wittiges gern gesprochen hätte, befand sich mit Bertho auf der üblichen Rundreise durch die Provinzen. Er musste ihr entweder nachreisen oder bis zum Herbst warten, wenn sie wieder in der Residenz eintraf, um dort den Winter zu verbringen.

Er traf die rasche, aber vielleicht törichte Entscheidung heimzureisen, da er an den neuen Verhältnissen ohnehin nichts ändern konnte. Er fragte noch nach Viola, Chramm und ihren Kindern und brauchte eine Weile, bis er herausfand, wo sie nun lebten. Chramm war auf irgendeinen Außenposten mitten im Barbarenland weit im Osten geschickt worden, der unattraktivste Dienst, der sich überhaupt denken ließ. Wittiges fragte sich beklommen, ob Chramm seine Familie mit den kleinen Zwillingen in den Osten mitgenommen hatte.

8 Ulf und Felix sprachen nie über Burgund. Wenn Ulf versehentlich Burgund erwähnte, schalt er sich im Stillen sofort dafür aus. Über Burgund zu reden brachte nichts. Ein anderes Thema, das sie vermieden, war Familie. Wittiges hatte sie zu Brüdern erklärt, und basta. Damit und mit der seltsamen Erfahrung, dass Brüder wie sie keine Freunde mehr sein konnten, mussten sie nun zurechtkommen. Ab und zu ritten sie zusammen vom Hof, um dem Druck, der auf ihnen lastete, und der permanenten Beobachtung zu entkommen. Als ob sie nicht genau wüssten, dass Wittiges und Pontus nur darauf lauerten, dass sie sich stritten und Gefühle offenbarten, die sie nicht haben durften. Meist trennten sie sich, sobald sie außer Sichtweite gelangt waren, aber manchmal ritten sie auch gemeinsam weiter.

Ulf wünschte sich immer noch Felix' Freundschaft. Er konnte die Verhältnisse nicht ändern, er wollte es nicht einmal, denn zu gut hatte er das elende Leben in der Schmiede in Erinnerung. Aber er wollte Felix auch nicht von seinem Platz verdrängen – und war dem doch sehr nahegekommen. Wenn ihn Felix deshalb hasste, konnte er das verstehen. Nur gab Felix nicht zu erkennen, wie er wirklich zu ihm stand.

Mittags hatten Pontus und Wittiges über den Krieg im Süden gesprochen. In Aquitanien eroberte Chilperichs Feldherr Desiderius eine *civitas* Guntrams nach der anderen. Das schwächte dessen gesamte Herrschaft, und die austrasische Regierung bot ihm keinerlei Unterstützung an. Der neue Regent Wandalenus, so viel hatte Ulf begriffen, billigte insgeheim Chilperichs Vorgehen. Und zwar wegen Marseille, denn Guntram lehnte es ab, seine Hälfte der Stadt an Austrasien zurückzugeben.

An diesem Tag im Herbst schlugen sie einen kaum erkennbaren Pfad ein, der sie schließlich ans Bachufer führte, wo Schilf und niedriges Gebüsch fast kein Durchkommen mehr zuließen. Sie stiegen ab, banden die beiden Falben nachlässig an einen Busch und wanden sich durch das Gestrüpp bis zum Wasser, das hier durch eine felsige Enge floss.

Sie kannten die Stelle. Lediglich einige morsche Aststücke waren von der Brücke übrig geblieben, die sie vor Jahren hier zu bauen angefangen hatten. Das Holz hatte sich zwischen den Felsbrocken am Ufer verfangen. Ulf zog einen der Knüppel heraus und schlug ihn mühelos in Stücke.

»Wir bräuchten richtige Bretter oder Balken«, murmelte er.

»Wozu? Mit solchen Kindereien gebe ich mich nicht mehr ab.« Felix ließ sich am Ufer auf einen flachen Felsen sinken, band die Riemen der Sandalen auf und schlenkerte das Schuhwerk von den Füßen. Ulf fragte sich, was er vorhatte, als Felix erst die Füße ins Wasser tauchte und sich dann einer plötzlichen Eingebung folgend ganz hinabgleiten ließ. Überraschenderweise reichte ihm das Wasser bis weit über die Hüften, und die Strömung riss regelrecht an ihm. Das Wasser musste das Ufer tief unterspült haben. Falls er sich noch weiter vorwagte, konnte jeder Schritt gefährlich werden. Gefährlich war es jetzt schon.

Statt sofort wieder herauszukommen, spähte er zum anderen Ufer, das etwa neun, zehn Armlängen entfernt lag. Dazwischen markierten große Steine, deren runde Kuppen ab und zu im schäumenden Wasser sichtbar wurden, die alten Auflager ihrer Brückenkonstruktion. In der Mitte schoss der Bach mit gewaltiger Kraft zwischen den Steinen hindurch. In den vergangenen Wochen hatte es heftig geregnet, und nun tanzte Unrat vorbei: eine Menge Äste, Zweige und ein totes Rehkitz.

»Komm lieber heraus«, bat Ulf beunruhigt.

»Wäre doch gut für dich, wenn ich ertrinke«, murmelte Felix und stützte sich am Fels ab, um den Halt nicht zu verlieren. Die Strömung war viel stärker, als er erwartet hatte.

»Armleuchter!« Ulf streckte Felix die Hand hin, aber dieser ergriff sie nicht.

Bachaufwärts hatte sich an einem der ins Bachbett ragenden Felsen allerhand treibendes Gestrüpp zu einer festen Masse zusammengeschoben. Und noch ein Stück weiter hob sich aus dem tobenden Wasser etwas Dunkles hervor. Es war ein mächtiger Holzkloben. Er wirbelte um sich selbst, driftete am Ufer entlang, prallte gegen das Gestrüpp und setzte es in Bewegung.

Auf einmal wurde es Ulf siedend heiß. »Los, komm heraus.« Er versuchte Felix' Hand zu packen, aber der entzog sich dem Zugriff.

Aus dem herangleitenden Zeug stachen Astenden wie Speerspitzen hervor.

»Hast du eine Ahnung, wie das ist zu ertrinken?«, fragte Felix, während er den Klotz beobachtete, der immer mehr Fahrt aufnahm.

Es war jene Ruhe in der Stimme, die Ulf erschreckte. Sie verschlug ihm die Sprache. Er konnte nichts tun, als sich in einer einzigen Bewegung auf dem Felsen langzumachen und Felix' Hand zu ergreifen, bevor dieser wieder ausweichen konnte.

Aber aus eigener Kraft konnte er ihn nicht aus dem Wasser ziehen.

Die stachlige Reisigmasse rauschte wie eine Flutwelle heran. Der Klotz hielt genau auf Felix zu, er würde ihn von den Füßen reißen. Danach würde das Treibgut den Rest besorgen und ihn unter die Wasseroberfläche drücken.

»Wäre doch gut für dich, wenn du der einzige Sohn wärst.« Felix starrte Ulf unverwandt an.

»Na, klar!«, fauchte Ulf.

»Dann lass los.«

»Du Mistkerl!« Verzweifelt spannte Ulf die Armmuskeln an und zog mit aller Kraft an Felix' Hand.

Der Klotz war höchstens noch eine Armlänge entfernt.

Auf einmal reagierte Felix. Er stemmte einen Fuß gegen den Fels und glitt mit Ulfs Hilfe aus dem Wasser, knapp bevor der Kloben gegen das Ufer schlug.

»Komm mir bloß nicht nahe!«, blaffte Ulf. Er war so wütend wie schon lange nicht mehr.

»Du bist klatschnass, wenn … wenn Wittiges das sieht …« Er stockte.

»… bin ich eben in den Bach gefallen, was soll's?« Felix grinste verhalten. »Übrigens kannst du ihn ruhig Vater nennen. Ich hab gerade beschlossen, in Zukunft Wittiges zu ihm zu sagen.« Er wrang die nasse Tunika aus, als wenn nichts gewesen wäre.

»Wittiges ist …«

»… dein Vater, nicht meiner.«

Jetzt war es ausgesprochen. Die Wahrheit, die nackte Wahrheit, die zwischen ihnen stand und ihnen so zu schaffen machte.

Ulf schwieg. Auf einmal hatte ihn die alte Schwierigkeit gepackt, seinen Gedanken und Gefühlen Ausdruck zu verleihen. Aber die Sache war zu wichtig, als dass er stumm bleiben durfte. Er riss sich zusammen.

»Das ist ziemlich gemein, was du da sagst«, knurrte er und hielt wieder inne. »Oder liegt dir so viel daran, einen Vater zu haben, der … der …« Wer war sein Vater?

»… kein Bauer ist wie Wittiges? Stimmt genau. Mein Vater war König Athanagild von Toledo und meine Mutter eine burgundische Prinzessin. Ein König als Vater macht sich immer besser als ein Bauer, Schweinehirt oder Schmied.« Aus Felix' Stimme sprach so viel Bitterkeit, dass für Ulf weniger zählte, was er sagte, als vielmehr, wie er es sagte. Über die Abstammung seines Stiefbruders kursierten die wildesten Gerüchte, er schenkte es sich, länger darüber nachzudenken. Wesentlich war nur, dass Wittiges nicht dessen Vater war. Aber die Anspielung auf den Schmied Karl, der so lange als sein Vater gegolten hatte, kränkte Ulf. Unversehens versetzte er Felix einen heftigen Puff und wappnete sich für den Gegenangriff.

Felix war zur Seite gekippt, richtete sich bedächtig wieder auf, rieb sich den Arm und starrte aufs Wasser, statt sich für den Schlag zu revanchieren.

»Was soll's. Uns hat keiner gefragt, wen wir zum Vater haben wollen. Aber …« Er hob den Kopf und ließ den Blick über die Baumwipfel jenseits des anderen Ufers schweifen, weit in den Himmel und die nur erahnbare Ferne hinaus, und Ulf spürte in jähem Erschrecken, dass Felix hier nicht mehr zu Hause war, sosehr er sich das auch wünschen mochte. Fröstelnd zog Felix die Schultern hoch und stand auf. »Du kannst hierbleiben, wenn du willst, ich reite allein weiter. Komm mir bloß nicht nach!«

Ulf war versucht, Felix festzuhalten, ließ es aber sein. Er wartete eine Weile und ging schließlich daran, die restlichen vermoderten Knüppel aus dem Wasser zu ziehen. Er nahm sich vor, eine neue Brücke zu bauen. Einfach so, zur Erinnerung an früher.

Bei seiner Heimkehr erwartete ihn eine Überraschung. Im großen Säulenhof vor dem Speisesaal standen zwei geräumige Weidenkörbe, über die sich Pontus und Wittiges mit einem merkwürdigen Ausdruck von Besorgnis oder Hilflosigkeit beugten. Felix war auch schon da. Er trat zu ihm.

»Was ist in den Körben?«

»Violas Zwillinge, sie hat sie hergeschickt.«

Auf einmal schaute Wittiges grimmig auf. »Wo bist du gewesen?«, blaffte er. »Felix konnte es uns nicht sagen, dabei seid ihr zusammen fortgeritten. Also? Was ist passiert? Habt ihr euch gestritten und dann getrennt?«

Die Frage hing einen Augenblick lang in der Luft. Warum dürfen wir uns nicht streiten?, dachte Ulf aufsässig. Es gibt Brüder, die sich dauernd streiten, auch die fränkischen Könige tun es, und niemand erwartet etwas anderes von ihnen.

»Nein, haben wir nicht.«

Wittiges durchbohrte ihn mit seinem Blick. »Lass dir nicht noch einmal einfallen, einfach zu verschwinden. Das gilt für euch beide, hört ihr?«

Felix und Ulf sahen sich an und zuckten einvernehmlich mit den Schultern. Wittiges hatte sich bereits wieder einem der Körbe zugewandt, aus dem ein ärgerliches Greinen erklang.

»Warum regt er sich so auf?« Ulfs Frage galt Wittiges' Verhalten.

»Er macht sich Sorgen um Viola, sie hat die Zwillinge hergeschickt, ist aber nicht selbst gekommen«, antwortete Felix gedämpft und verließ den Hof, um die feuchte, schmutzige Kleidung gegen saubere zu tauschen.

9 Fredegund schwante, dass sie diesmal nicht so leicht davonkommen sollte. Dabei war sie zur Bereinigung der Angelegenheit eigens nach Berny-Rivière gereist, an diesen verfluchten Ort, wo ihre Söhne gestorben waren. Die Seuche war inzwischen vollständig abgeklungen, Chilperich war kein Narr, er suchte sich keine verpestete Gerichtsstätte aus. Aber dennoch. War seine Wahl ein Hinweis darauf, dass sie bei ihm verspielt hatte? Aber warum um Himmels willen gleich eine Gerichtsverhandlung?

Chilperich hatte Anklage gegen Bischof Gregor von Tours erhoben, der verbreitet hatte, Fredegund habe die Ehe gebrochen. Mit Bischof Bertram von Le Mans.

Wie hatte diese miese Ratte das herausgefunden? Welchen priesterlichen Schnüffler hatte er auf sie angesetzt? Selbst nach gründlichem Nachdenken kam Fredegund auf keinen bestimmten von all den speichelleckenden Klerikern, die sich mehr oder weniger ständig in ihrer Nähe herumtrieben. Als Chilperich von der Beschuldigung erfahren hatte, war er außer sich geraten.

Nun war auf sein Drängen hin das Gericht aus mehreren Erzpriestern und zwei Bischöfen endlich zusammengetreten. Die Anschuldigung einfach als Äußerung eines notorisch übelwollenden Aftermoralisten abzutun, dafür war er zu eitel, zu eingebildet und … zu gekränkt.

Wie würde er mit ihr verfahren, wenn Gregor seine Aussage nicht widerrief?

Genau diese Frage wollte sie ihm stellen, es hatte keinen Zweck, ihre Unschuld nochmals zu beteuern, das machte sie kaum glaubhafter.

Berny-Rivière gehörte zu den völlig abgelegenen Höfen, die Fredegund ungern aufsuchte, da sie wenig Komfort boten. So hatte sie nach ihrer Ankunft nicht einmal baden können, sondern sich mit lauwarmem Wasser aus einer Waschschüssel begnügen müssen. Noch dazu war es überall in diesem erbärmlich hässlichen Gemäuer zugig und kalt. Dennoch hatte sie auf einen Mantel verzichtet, als sie zu dem einzigen einigermaßen repräsentablen Zimmer eilte, in dem Chilperich die Vornehmen der Gegend zu empfangen pflegte.

Vor der Tür stand ein doppelter Wachposten, zwei grimmig dreinblickende Männer, die ihr gänzlich unbekannt waren. Sie wollte an ihnen vorbei, aber sie hielten sie auf.

»Niemand darf hinein«, schnauzte der eine.

»Ich schon.« Es war so absurd, von subalternen Männern aufgehalten zu werden, dass Fredegund sogar lachte.

»Niemand, hab ich gesagt«, wiederholte der Kerl.

Fredegund warf den Kopf hoch. »Ich bin kein Niemand, sondern die Königin, du ungehobelter Klotz!«

Hatte Chilperich eine Frau bei sich? Hoffentlich! Wenn sie ihn dabei erwischte, wie er …

Einen winzigen Moment lang wirkten die beiden Krieger verunsichert, und den nutzte sie, um die Tür aufzureißen und den Raum zu betreten.

Keine Frau! Chilperich unterhielt sich mit *patricius* Desiderius, es mussten also dessen Männer sein, die draußen Wache standen. Wieso war der Feldherr hier? Er befehligte die Truppen im Süden, die Guntrams *civitates* in Aquitanien überrannten. Mit großem Erfolg, wie sie wusste. War Desiderius gekommen, um über die Verteilung der Beute zu verhandeln? Die Städte im Süden waren überaus wohlhabend, da kam bei einem Beutezug einiges zusammen. Vermutlich ging es auch um die Verteilung von Landbesitz und um die Neubesetzung von lukrativen Verwaltungsposten.

Der Raum hatte die doppelte Länge gegenüber der Breite. Wandteppiche schmückten ihn, auf dem Boden lagen kunstvoll geflochtene Strohmatten, die das Geräusch der Schritte dämpften, an einer Längsseite reihten sich schmale Fenster aneinander. Ein sehr lichter, freundlicher Raum.

Die beiden derzeit mächtigsten Männer des Reichs lümmelten, die Beine weit von sich gestreckt, auf Armlehnstühlen nahe bei einem Fenster. Auf einem Eisentischchen neben Chilperich stapelten sich unordentlich einige Schriftrollen.

Ein einziger Sklave stand außer Hörweite an der Querwand, um die beiden Männer mit Getränken zu versorgen oder ihnen sonstige Wünsche zu erfüllen.

Bei Fredegunds Eintritt stockte die gemurmelte Unterhaltung. Die beiden Männer musterten die Königin mit einem verächtlichen Blick, der ihr durch und durch ging. Desiderius besann sich schließlich auf seine Manieren, erhob sich und deutete eine Verbeugung an.

»Königin!«

Chilperich runzelte die Brauen, stand dann gleichfalls auf. Er wandte sich in bedauerndem Ton an Desiderius. »Das haben wir gleich.« Er kam auf sie zu.

Fredegund winkte dem Diener. »Für mich auch einen Becher Wein.« Der Diener zuckte zusammen, goss hastig aus einem von Feuchtigkeit dunkel beschlagenen Tonkrug Wein in einen Silberbecher. Chilperich hob die Hand, um dem Sklaven Einhalt zu gebieten, und sah dabei Fredegund an.

»Wer hat dich geheißen herzukommen? Du kehrst sofort nach Soissons zurück!«

Fredegund ignorierte ihn und sprach stattdessen Desiderius an, der überrascht blinzelte.

»Wie läuft es im Süden? Warum nehmt ihr nicht Guntrams Hälfte von Marseille ein? Damit kämt ihr Wandalenus und Aegidius doch sehr entgegen.«

Wie sie gehofft hatte, versetzte ihre Frage den Feldherrn in Verlegenheit. Nun musste er entscheiden, ob er ihr antworten sollte oder nicht. Mochte sich Chilperich ihr gegenüber schlecht benehmen, konnte er sich das kaum leisten. Oder doch? War ihr Ansehen schon so weit gesunken? Chilperich beobachtete sie mit so kühlem Interesse, wie sie es nicht von ihm gewohnt war. Das machte ihr Angst.

»Antworte ihr«, forderte er den Feldherrn auf.

Fredegund lauschte der langatmigen Erklärung nur mit halbem Ohr. Guntrams Hälfte von Marseille einzunehmen sei nicht einfach, erklärte Desiderius, denn auch der *comes* der austrasischen Hälfte habe sich auf die Seite der Burgunder geschlagen.

»Wie dumm«, sagte Fredegund leichthin und zitterte unmerklich. Sie trug nur ein leichtes, leuchtend hellgrünes Gewand, das in raffinierte, ihre üppigen Hüften umschmeichelnde Falten gelegt und tief ausgeschnitten war, aber ihr verführerischer Anblick machte erkennbar keinen Eindruck auf Chilperich. Von ihm ging eine Kälte aus, die sie frösteln ließ.

Desiderius dagegen betrachtete sie wie ein gefälliges Stück Fleisch, nach dessen Preis er sich gern erkundigt hätte. »Ein kleiner Aufstand auf der austrasischen Seite? Damit haben Wandalenus und Aegidius sicher nicht gerechnet«, fuhr sie scheinbar ruhig in jenem metallisch kühlen Ton fort, in dem wichtige Männer wichtige Angelegenheiten besprachen. Den Ton imitierte sie perfekt. Desiderius starrte nun nicht mehr in ihren Ausschnitt. »Und Brunichild ebenso wenig. Wartet sie noch auf ihren Bräutigam, diesen windigen Thronprätendenten Gundowald aus Konstantinopel? Möchte wissen, ob der jemals bei ihr eintrifft.«

»Wenn wir's verhindern können, nicht. Wandalenus und Aegidius sind gegen diese Heirat, und wir wünschen sie auch nicht.«

»Das genügt«, fuhr Chilperich dazwischen. »Gibt es sonst noch etwas zu besprechen, bevor du wieder abreist?«

Fredegund hatte das Gefühl, nicht mehr atmen zu können. Dachte Chilperich ernsthaft daran, sie zu verstoßen? Sie brauchte ein Kind von ihm, sie musste unbedingt wieder von ihm schwanger werden, und zwar mit einem Sohn. Nur ein Sohn von ihm konnte sie noch retten. Sie legte ihm die Hand auf den Arm. Missmutig starrte er darauf, als wolle er sie abschütteln.

»Der Prozess«, sagte sie mit einem flehenden Augenaufschlag.

»Was soll damit sein?«, knurrte er.

Sie lugte zu Desiderius. »Können wir das unter uns ...«

»Wozu? Hier reden alle darüber, ich, Desiderius, das ganze gottverdammte Nest. Ich hab Richter bestellt, denen ich einigermaßen vertraue wie Bischof Ragnemod von Paris. Er weiß, was ich von ihm erwarte. Und jetzt geh! Geh mir aus den Augen.«

Fredegund machte einen Schritt auf die Tür zu, drehte sich aber dann abrupt um und warf sich ihm an die Brust. Es war ihr gleichgültig, dass es einen Zeugen ihres letzten verzweifelten Versuchs gab, Chilperich wieder für sich zu gewinnen.

»Du glaubst einem kleinen Ränkeschmied, der nie auch nur ein gutes Wort über dich gesagt hat, mehr als mir? Ist dir denn nicht bewusst, dass sich Gregor nichts mehr wünscht, als deine und meine Ehre zu beschmutzen? Es ist der billigste Trick der Welt: Zieh die Ehre seiner Frau in den Schmutz, und du gibst ihn vor aller Welt der Lächerlichkeit preis.«

Seine Brust hob und senkte sich in heftigen Atemzügen. Eine wilde Lust auf Rache und Gewalt leuchtete ihm aus den Augen.

»Ich schätze«, sagte er langsam, »Bischof Gregor als aufrechten und wahrhaftigen Menschen.«

Er schlug sich auf Gregors Seite! Und der Prozess?

Jetzt machte es ihr doch etwas aus, dass Desiderius alles mitansah und hörte. Sie wandte den Kopf und äugte zu ihm hinüber.

Er stand am Fenster und kehrte ihnen den Rücken zu. »Die Ehre der Königin ist auch die des Königs«, sagte er gerade noch vernehmlich.

Dann soll doch beides den Bach hinuntergehen, dachte Fredegund mit aufflackernder Wut. »Da hörst du's«, zischte sie.

»Ganz recht. Deine Ehre muss auf alle Fälle gewahrt bleiben. Deshalb dieser Prozess und der Druck auf Gregor. Selbst wenn er die Anschuldigung zurücknimmt, ist die Sache unter uns beiden längst nicht vorbei«, stieß Chilperich grimmig hervor.

Also drohte ihr das Kloster – bestenfalls.

Viola ließ das ganze Jahr nichts von sich hören. Kein Brief von ihr oder Chramm traf ein. Zwar reiste Wittiges einige Male nach Metz, erhielt aber nur vage Auskünfte, wenn er nach den beiden fragte. Nachrichten aus den Grenzprovinzen trafen nur sporadisch ein, in Metz interessierte sich kaum jemand dafür. Die Aufmerksamkeit aller Ratsmitglieder war auf Neustrien und den Krieg Chilperichs gegen Guntram gerichtet. Bei einem seiner Besuche sprach Wittiges Brunichild auf Violas Schicksal an, aber auch sie konnte ihm nichts berichten, und überhaupt hatte sie ihre eigenen Sorgen. Unter vier Augen vertraute sie ihm an, dass sie immer mehr an Macht verlor. Bertho würde auf Betreiben von Wandalenus und dessen Verbündeten im nächsten Jahr im Alter von zwölf für mündig erklärt werden und dann völlig ihrem Einfluss entzogen sein.

Das Allerschlimmste war, dass sich *dux* Lupus, bisher einer ihrer getreuesten Anhänger, Guntram angeschlossen hatte. Damit hatte sie in der Regierung so gut wie keinen Rückhalt mehr.

»Ich brauche dich hier. So viel kann ich sicher noch bewirken, dass du wieder einen Posten erhältst«, sagte sie flehend.

»Wandalenus wird mich umgehend in die Provinz schicken. Wahrscheinlich darf ich Chramm an der Elbe Gesellschaft leisten.« Er überlegte kurz. Dann ergäbe sich vielleicht eine Gelegenheit, ihn und Viola zu sehen und sich davon zu überzeugen, dass es den beiden gut ging. Er machte sich nichts mehr vor. Ihm lag vor allem an Violas Wohlergehen. Warum fragte sie nicht nach ihren Kindern? Hatte sie so wenig Interesse an ihnen? Er dachte nach. Nein, er konnte sich nur vorstellen, dass sie in Schwierigkeiten steckte. In großen Schwierigkeiten.

»Nein«, fuhr er fort, »ich kehre besser heim, gehe meinen Geschäften nach und sammle Nachrichten. So wie früher.«

Sie nickte. Ihren Bewegungen haftete eine gewisse Fahrigkeit an. Daran merkte er, unter welch gewaltigem Druck sie stand.

»Ja«, sagte sie tonlos, »tu das für mich. Ich erfahre kaum noch etwas Wichtiges. Wandalenus hat Bertho nach Reims geschickt, damit er dort die Palastschule besucht. Als ob wir hier keine hätten.«

Wittiges schwieg dazu. In Reims war Bertho beinahe eine Geisel Chilperichs. So festigte Wandalenus also das heimliche Abkommen mit Neustrien.

Reisen in den Süden wurden immer gefährlicher, der Warenverkehr stockte zunehmend. Dennoch brach Wittiges im Frühjahr 582 wieder nach Marseille auf. Nur dank seiner guten Beziehungen zu Guntrams Vertreter und zu Lupus, der gerade selbst dort weilte, gelangte er in die Stadt.

Lupus empfing ihn zusammen mit Dynamius, dem austrasischen Statthalter. Und dann erfuhr er die große Neuigkeit: Gundowald war sicher in Marseille gelandet.

»Wo ist er?«, fragte Wittiges sofort, von zwiespältigen Gefühlen gequält. Brunichild brauchte dringend Unterstützung, aber der Gedanke an diese Heirat machte ihm nach wie vor zu schaffen.

»Nicht hier«, antwortete Lupus und starrte in die Luft.

»Dann ist er auf dem Weg in den Norden? Wie viele Krieger hat er mitgebracht?«

»Genug jedenfalls, um eine Kiste mit fünfzigtausend *solidi* zu sichern. Wenn wir gewusst hätten, dass er die gesamte Summe dabeihat, hätten wir ihn hier festgehalten«, erläuterte Dynamius. »Als wir ihm gesagt haben, dass von der austrasischen Regierung einzig und allein Brunichild die Heirat will und ihm in Metz Wandalenus' Krieger einen mörderischen Empfang bereiten würden, ist er in die Gegend südlich von Albi gezogen und hat sich im Niemandsland an der Grenze zur Septimania verschanzt.«

Die Septimania war die einzige noch unter westgotischer Herrschaft stehende Provinz. Mit den Westgoten im Rücken war Gundowald dort einigermaßen sicher, begriff Wittiges. Er fragte sich, was das für eine Summe war, diese fünfzigtausend *Goldsolidi*, dann fiel ihm der Kaiser ein. Das Geld war für die Unterstützung gegen die Langobarden gedacht.

»Dann ist von Gundowald keine Hilfe zu erwarten?«, fragte er.

»Für Austrasien? Nein. Und du tust besser daran, dich uns anzuschließen«, erklärte Lupus.

Wittiges erhob sich. »Einer muss zu Brunichild halten. Und wenn du es genau wissen willst: Ich bin keine Ratte, die ein sinkendes Schiff verlässt.«

Dynamius wollte auffahren, aber Lupus beschwichtigte ihn. »Lass ihn in Ruhe. Er wird noch dahinterkommen, was er sich einhandelt, wenn er jetzt nicht die Seiten wechselt. Aber denk daran, Wittiges, es könnte bald zu spät sein. Brunichilds Herrschaft ist Vergangenheit.«

Im Jahr darauf erhielt Wittiges Kunde von einem formellen Bündnis zwischen Chilperich und Wandalenus. Endlich legten die beiden die Karten offen und unverfroren auf den Tisch. Das

Bündnis zielte darauf ab, der Forderung nach Rückgabe der Hälfte von Marseille neuen Nachdruck zu verleihen, das hieß, gemeinsam gegen Guntram vorzugehen und ihn in die Knie zu zwingen. Ein Geheimbote Brunichilds hatte die Nachricht überbracht, während in Austrasien bereits überall der Heerbann ausgerufen wurde.

Es wurde Zeit für Wittiges, in der Ratsversammlung in Metz eindeutig Stellung zu beziehen. Er machte sich reisefertig und bat Pontus und die Jungen zu sich.

»So oder so: Es wird Krieg geben, und ich weiß nicht, wo ich mich befinde, wenn er ausbricht. Ihr müsst euch auf alles gefasst machen. Pontus?«

Er hatte mit den dreien einige Male die Lage im Land besprochen, sie kannten seine Einstellung zu dem Bündnis mit Chilperich. Ulf war ganz auf seiner Seite, Felix dagegen behielt seine Meinung für sich. Pontus ging es in erster Linie um *casa alba* und die Menschen, die zum Gut gehörten. Um Felix machte sich Wittiges auf einmal die größten Sorgen. Nie waren ihm seine Verschwiegenheit und seine Zurückhaltung, die er seit der Rückkehr nicht aufgegeben hatte, gefährlicher vorgekommen. Dagegen war Ulfs Offenheit eine Wohltat. Die Befürchtungen über das Verhältnis der beiden hatten sich bisher als unbegründet erwiesen, lebten aber gerade wieder auf.

»Hab verstanden«, antwortete Pontus, »sobald du fort bist, bauen wir die Eremitenhöhle oben im Wald als Fluchtburg aus und schaffen Vorräte und Waffen hinein.«

»Du machst das«, sagte Felix versonnen. »Ich nicht.«

»Wir kommen mit dir«, warf Ulf lebhaft ein. »Wir sind wehrfähig.«

Das stimmte. Bei der Vorstellung, dass die mittlerweile Fünfzehnjährigen mit dem Feuereifer der unbesonnenen Jugend in den Krieg ziehen sollten, wurde Wittiges ganz elend zumute. Er würde das zu verhindern wissen. Unerfahrene Jungen wie diese fielen als Erste. Zwar hatte er sie, wann immer es ihm die Zeit erlaubte, im Gebrauch der Waffen geschult, aber der Ernstfall der Schlacht ließ sich nicht proben.

»Noch hat der Krieg nicht begonnen, und ich reise nach Metz, um ... nun ja, es fallen noch einige Ratssitzungen an.«

»Du bist kein Ratsmitglied«, wandte Felix ein.

»Im Krieg bin ich ein Heerführer, also habe ich das Recht, an Beratungen teilzunehmen, die den Krieg betreffen. Noch einmal: Ihr bleibt hier, ihr unterstützt Pontus und habt Acht auf Agnes und die Zwillinge. Lasst sie nicht mehr aus den Augen, behaltet sie unter allen Umständen im Haus.«

Violas Kinder hatten gerade damit begonnen, den Garten zu erkunden. Sie zogen ihre Kreise immer etwas weiter und fanden Unterstützung bei Agnes, die auch gern ihrer Magd entwischte.

»Mach dir keine Sorgen«, brummte Pontus. »Sieh nur zu, dass du heil heimkehrst.«

Sieh zu, dass du dich bei Wandalenus nicht in die Nesseln setzt, hieß die eigentliche Botschaft, die Wittiges durchaus verstand. In der Nacht, als alle schliefen, traf er sich noch einmal mit Pontus zu einer Unterredung unter vier Augen. Sie suchten die Kapelle auf, wo niemand sie belauschen konnte. Zuletzt saßen sie dort noch eine Weile schweigend beisammen, beim Licht einer einzigen Kerze, die nur schwach die kunstvoll gestaltete Platte über Alethas Gruft beleuchtete. In diesem Dämmerlicht wurde ihr steinernes Abbild lebendig. Wittiges rannen kalte Schauder über den Rücken, so sehr war ihr Geist gegenwärtig. Und der warnte eindringlich vor den furchtbaren Zeiten, die kommen würden.

Sogar Pontus verließ die Unerschütterlichkeit. »Hilf uns, Herr, unser Gott, ich flehe dich an«, stöhnte er aus tiefster Seele auf.

Die große Ratssitzung, an der alle wichtigen Heerführer auf den Krieg eingeschworen werden sollten, fand immerhin in Brunichilds Beisein statt. So viel Macht besaß Wandalenus nun auch wieder nicht, um sie auszuschließen.

Anfangs sah es sogar nicht einmal übel aus. Es gab tatsächlich außer Wittiges noch andere Männer, die sich gegen einen Krieg aussprachen. Nachdem zwei von ihnen recht bedächtig ihre Meinung geäußert hatten, ergriff Wandalenus das Wort.

»Bitte, seht euch um, dann werdet ihr feststellen, dass ihr

Angsthasen in der Minderzahl seid«, ließ er sich großspurig vernehmen. »Alle anderen sind dafür, dass wir uns nicht länger von Guntram auf der Nase herumtanzen lassen und endlich wieder eine Stärke zeigen, wie wir sie zu Sigiberts Zeiten besaßen. Manche von euch können sich noch daran erinnern, wie es war, als ein großer König herrschte, denn das war Sigibert ohne Zweifel. Wir wurden respektiert. Seit seinem Tod ist das anders.« Sein Blick ruhte bedeutungsschwer auf Brunichild, um allen zu verstehen zu geben, dass eine Frau nicht herrschen konnte. »Auch *dux* Gogo hat den Niedergang nicht aufgehalten, er war nicht hart genug. Ich bin es, ich fürchte mich vor keinem Krieg.« Mit großer Geste deutete er auf seine Brust. »Gibt Guntram nicht gutwillig heraus, was ihm nicht gehört, dann nehmen wir es uns.« Beifallheischend sah er sich um.

Tatsächlich brachen einige in zustimmende Rufe aus. Das genügte Wandalenus noch nicht. Er reckte das Kinn, schoss wilde Blicke um sich und starrte schließlich einen der Widerspenstigen an, einen älteren Mann aus der Gegend von Köln, der sicher schon unter Sigibert gedient hatte.

Wittiges widerte die Bereitwilligkeit an, mit der die meisten wie hirnlose Idioten Wandalenus beipflichteten. Es gab etliche unter den Versammelten, die sich nur im Krieg und beim Beutemachen richtig lebendig fühlten. Im Frieden wussten sie nichts mit sich anzufangen.

»Auf Männer, die zu alt zum Kämpfen sind, verzichten wir gern«, dröhnte Wandalenus weiter. »Entscheidet euch. Entweder ihr seid für Austrasien oder dagegen. Im letzteren Fall habt ihr hier nichts mehr verloren und könnt gehen.«

Stille trat ein.

Natürlich ging niemand. Wittiges sah zu Brunichild hinüber, die bleich auf ihrem Stuhl saß. In ihren Augen flammte Zorn auf. Niemand beachtete sie außer Wittiges, sie hatte die gesamte Sitzung über kein Wort geäußert, aber nun würde sie es tun. Er sah ganz deutlich, wie sie sich zu einer Gegenrede sammelte.

Langsam erhob er sich und setzte sich in Bewegung, den Blick zu Boden gesenkt.

Wandalenus lachte laut auf. »Das hätte ich mir denken können. Wittiges geht. Seht ihn euch genau an! Der Held einiger vergangener Kriege hat seinen Schneid verloren. Armer Kerl! Dann wollen wir ihn nicht aufhalten.«

Ringsum kam verhaltenes Gelächter auf, aber Wittiges wurde auch mit verwunderten Blicken bedacht, und hier und da scharrte jemand mit den Füßen, als ringe er noch mit sich, ihm zu folgen.

Wittiges hob die Hand in einer kleinen Geste, als würde er gegen die Beleidigung schwach protestieren.

»Du hast uns noch etwas mitzuteilen, bevor du dich auf deinem Gut verkriechst?«, lästerte Wandalenus. »Was kann das wohl sein? Kannst du wieder deine Steuern nicht pünktlich bezahlen? Oder willst du dich dafür entschuldigen, dass du nicht mit uns für die Ehre Austrasiens kämpfst?«

Wieder wurde gelacht, aber nicht sehr laut.

In sich gekehrt, blieb Wittiges stehen, bis das Gelächter verstummte. Unter halb geschlossenen Lidern sah er Brunichild unverwandt an. Sie erwiderte seinen Blick völlig fassungslos und presste die Hände um etwas Glänzendes, Goldenes, das sie im Schoß hielt. Nun war eingetreten, was sie nie für möglich gehalten hatte: Wittiges ließ sie ohne ein Wort im Stich.

»Da wir nun geklärt haben, wer nicht mit uns kämpft«, fuhr Wandalenus aufgeräumt fort, »können wir mit der Beratung fortfahren. Wir sind uns also einig: Krieg gegen Guntram.« Mit einem kleinen Wink in Wittiges' Richtung nickte er unauffällig den Wachen an der Tür zu, während zustimmendes Gemurmel einsetzte.

Wittiges legte die Hand an den Schwertgriff und hob ruckhaft den Kopf, sodass ihm das lange Haar aus der Stirn flog.

»Nein, wir sind uns nicht einig«, widersprach er laut genug, um das Stimmengewirr zu übertönen, das sogleich verstummte. »Du hast es gewagt, von Sigibert zu sprechen. Du hattest kein Recht dazu«, fuhr er Wandalenus an. »Offensichtlich hast du vergessen, wie er starb. Dann lass mich dein Gedächtnis auffrischen. Er starb von der Hand zweier Meuchelmörder, die ihm sein Bruder Chilperich auf den Hals gehetzt hatte. Ihr alle wisst das. Und dennoch billigt ihr die Allianz, die Wandalenus mit Chilperich geschlossen hat? Wie könnt ihr das tun?« Er deutete auf Wandalenus, der zum Sprechen ansetzte, kam ihm aber zuvor. »Mit dieser Allianz billigst du nachträglich Sigiberts Ermordung. Da mache ich nicht mit. Weder will ich mit diesem Krieg etwas zu tun haben, noch kämpfe ich gegen Guntram, der immer auf unserer Seite stand. Er ist der Verbündete, den wir brauchen. Nicht Chilperich. Nicht dieser Chilperich, der immer noch nicht die von Guntram verhängte Sühne für die Ermordung von Königin Brunichilds Schwester gezahlt hat. Nicht dieser Chilperich, der uns angeblich seine Unterstützung gegen Guntram zusichert und gleichzeitig unsere Städte im Süden besetzt hält. Ich war in Tours und weiß, wie seine Truppen in der dortigen Gegend gehaust haben. Ich kenne die verödeten Dörfer, den Hunger, den Tod, der dort umgeht. Das sind unsere Leute! Nein, da mache ich nicht mit. Nicht noch mehr Verwüstung und kein Bündnis mit einem Königsmörder.«

»Das ist infam!«, tobte Wandalenus und lief rot an. »Wittiges versteckt seine Feigheit hinter hinlänglich bekannten Anklagen, die er seit Jahren wie eine Kuh wiederkäut. Sie sind nichts als Erfindungen und üble Nachrede. Dagegen wissen wir, dass er Verbindung zu Guntram hat, seit Jahren schon. Er fürchtet um seine Geschäfte, das ist alles. Ich kenne ihn, und ihr kennt ihn auch. Wann habt ihr ihn zuletzt hier in einer Ratssitzung gesehen? Es ist Jahre her! Denn er interessiert sich nur für seine Kornernten und für den Gewinn aus seinem Wollhandel. Er ist ein Bauer und Krämer ohne Ehre im Leib.«

Leider schwenkten die Hohlköpfe, die nur kurz zur Besinnung gekommen waren, nun wieder ungehemmt auf Wandalenus' Kriegskurs ein und johlten diesem anfeuernd zu. Selbst jene, die eigentlich Bedenken gegen einen Krieg hegten, wagten sich nicht mehr zu äußern.

Wittiges sah ein, dass er verspielt hatte. Enttäuscht und entsetzt schaute er zu Brunichild hinüber.

Langsam stand sie auf und kam auf ihn zu. Der Lärm verebbte, während alle sie beobachteten.

»Bitte, Wittiges, bring mich zurück in meine Gemächer, ich wünsche dieser Versammlung nicht länger beizuwohnen, in der es nur verblendete Narren gibt. Anscheinend bist du der Einzige, der noch klar zu sehen vermag.« Sie streckte ihm die Hand entgegen, und er reichte ihr verblüfft den Arm, um sie hinauszugeleiten. Als sie die Wachen passierten, die sich sofort an ihre Fersen hefteten, ging ihm auf, was sie gerade tat. Sie rettete ihn davor, verhaftet zu werden, wie es Wandalenus gewollt hatte.

In ihrem kleinen privaten Empfangszimmer angekommen, schickte sie die Dienerinnen hinaus, die einen Imbiss holen sollten.

»Merkwürdig, ich bin hungrig.«

»Und du willst, dass ich dir beim Essen Gesellschaft leiste?«, fragte Wittiges ungläubig.

»Warum nicht? Wer will denn noch etwas mit mir zu tun haben? Du hast es erlebt: Niemand kann Wandalenus aufhalten«, sagte sie bitter. »Aber ich danke dir, dass du es versucht hast. Das war mutig von dir.«

»Was sollte ich sonst tun? Der Heerbann ist aufgerufen worden. Ich konnte nicht fernbleiben.«

Sie schlug die Hände vors Gesicht und ließ sie in einer Geste grenzenloser Verzweiflung wieder sinken. »Ich habe keine Macht mehr, Wittiges. Die einzigen Männer mit Rückgrat, Lupus und Dynamius, haben sich auf Guntrams Seite geschlagen. Vielleicht hätte Lupus Wandalenus aufhalten können, aber so ist niemand mehr da, der sich gegen ihn stellt. Außer dir. Aber das wird er dich teuer bezahlen lassen.«

Ich weiß, dachte Wittiges beklommen. Ich weiß auch, wie. Wieder hielt Brunichild die Hände im Schoß. Wittiges ging in die Hocke und nahm ihr den Gegenstand ab, den sie umklammert hielt. Es war Sigiberts goldener Handgelenksring, der zu den Insignien seiner königlichen Macht gehörte. Ein eingearbeiteter Stierkopf verwies auf Sigiberts mythischen Ahnherrn, einen stierköpfigen Meeresgott. Wittiges hatte Sigibert häufig genug mit diesem Ring auf dem Marsfeld gesehen, dem jährlichen Aufmarsch der Krieger, und bei anderen feierlichen Anlässen. Die

Macht der Könige galt als Garant für den Frieden und den Wohlstand der Bevölkerung, schoss es ihm durch den Kopf. Aber jetzt herrschte nur noch die Gier Einzelner, die sich die Wirren der Zeit zunutze machten.

»Lass ihn mir. Er hilft mir dabei, nicht völlig den Verstand zu verlieren«, sagte Brunichild leise. »Ich will ihn bei mir haben, wenn ich sterbe.«

»Was redest du da? Du stirbst nicht«, fuhr er auf.

»Ich bin Wandalenus zu unbequem. Er hat Bertho in der Hand, er braucht mich nicht mehr. Gib mir den Reif.«

Die Truppen würden sich in Reims sammeln, das war schon gleich zu Beginn der Versammlung besprochen worden. In Reims, wo sich Bertho, der kleine König, aufhielt.

»Nein, den brauche ich. Und nun hör mir gut zu: Du reist nach Reims. Wenn du gleich aufbrichst, wird dich Wandalenus nicht an der Abreise hindern, er ist noch mit den Vorbereitungen für den Krieg beschäftigt, und er hält dich ohnehin für außer Gefecht gesetzt. Nutz die Zeit, solange er glaubt, auf der Höhe seiner Macht zu stehen und hier keine ernst zu nehmenden Gegner mehr zu haben.«

»Und du? Was hast du vor?«, fragte sie ängstlich.

Zärtlich strich er ihr über die Wangen. »Du hast noch Verbündete, du weißt es nur nicht. Vertrau mir. Wir sehen uns in Reims. Sieh zu, dass Bertho immer bei dir ist. Er ist der König.« Er lächelte sie aufmunternd an.

Sie umschloss sein Gesicht mit beiden Händen und küsste ihn auf den Mund. »Ich konnte nicht glauben, dass ausgerechnet du mich im Stich lässt.« Sie schob ihn von sich, ihre Stimme wurde nüchtern. »Wie willst du an Wandalenus' Wachen vorbeikommen? Er lauert doch nur darauf, dich in den Kerker werfen zu lassen.«

Er grinste schief. »Tja, das ist die Frage. Da müssen wir uns rasch etwas einfallen lassen.«

Die Dienerinnen traten wieder ein, und er erhob sich. Während die Mädchen geschäftig umherhuschten, fiel ihm tatsächlich etwas ein.

»Vertraust du deinen Mägden?«

Zum Glück waren zwei der Mädchen kräftig genug, um einen Waschkorb zu tragen, in dem sich Wittiges unter einem Haufen schmutziger Leibwäsche verbarg. Die Mädchen schleppten den Korb über eine unbewachte Hintertreppe bis zum Waschplatz im Außenbereich der Residenz, und von dort gelangte Wittiges in den Stall und zu seinem Pferd. Er hatte seine Knechte nicht mit in den Palast genommen, sondern vorsorglich in einem Gasthof in der Stadt untergebracht. Auf dem Ritt nach Reims überlegte er tausendmal, ob er es sich noch leisten konnte, vorher nach *casa alba* zu reiten. Der Umweg hätte ihn einen halben Tag gekostet. Er bog ab, als er die Abzweigung zur Villa erreicht hatte.

Pontus war im Stallhof beschäftigt, als er eintraf.

Er wirkte nicht sonderlich erstaunt, aber seltsam bedrückt. »Ist es so weit?«, fragte er nur.

Wittiges wandte sich an einen Knecht. »Sattle mir ein frisches Pferd, und warte damit im Hof. Pontus, wir müssen auf allen Wegen Wachen aufstellen. Sie sollen melden, sobald sich ein fremder Reitertrupp der Villa nähert.«

»Verstehe.«

Pontus gab sofort die nötigen Befehle.

»Dann komm mit ins Kontor.«

Auf dem Weg dorthin wies Wittiges einen Diener an, etwas zu essen herbeizuschaffen.

»Bist du so in Eile?«, fragte Pontus.

»Ja. Ich hab mich vor dem gesamten Rat gegen Wandalenus gestellt. Das heißt, er hat viele Zeugen, die beschwören werden, dass ich ein Verräter bin. Und du kennst das Gesetz. Als Verräter bin ich meine Lehen los. Wie ich Wandalenus einschätze, hat er seine Männer längst losgeschickt, mich hier einzufangen. Entweder heute noch, spätestens morgen sind sie da. Mein Vorsprung kann nicht groß sein. Also nimm die Kinder, geh mit ihnen nach Chalon, und stell dich unter Guntrams Schutz, wie wir es abgesprochen haben. Hörst du mir überhaupt zu?«

»Tritt erst einmal ein.« Pontus hielt ihm die Tür zum Kontor auf.

Nachdem sie sich gesetzt hatten, knetete Pontus seine großen Hände und hielt den Kopf gesenkt.

»Ich hab längst alles Nötige zusammenpacken lassen. Wir können jederzeit aufbrechen.« Endlich sah er Wittiges an. »Felix ist weg, seit zwei Tagen.«

»Nein.«

Ein Diener trat ein, und Wittiges hätte ihn beinahe angeraunzt, sie nicht ausgerechnet jetzt zu stören. Stattdessen wartete er voll nagender Ungeduld, bis der Sklave umständlich eine kalte Mahlzeit abgestellt hatte, und bedankte sich höflich.

»Wir haben ihn überall gesucht, dann hab ich mich mit Ulf unterhalten. Du sprichst am besten selbst mit ihm«, sagte Pontus und schloss die Tür hinter dem Mann.

»Sag du es mir. Was ist passiert? Was ist zwischen den Jungen vorgefallen?« Also war die Rivalität schließlich doch ausgebrochen. Sie hatten sich gestritten, und Felix hatte den Kürzeren gezogen. Hatte sich irgendwo beleidigt, verbittert oder gekränkt verkrochen. Jetzt keine neuen Katastrophen!, dachte Wittiges. Ich bin es so leid, immer wieder gegen neues Unheil anzukämpfen.

»Iss endlich!«

Pontus stand schwerfällig auf und ging hinaus.

»Das kann doch nicht wahr sein!«, schrie ihm Wittiges hinterher. Er bekam nichts hinunter.

Als Pontus mit Ulf zurückkehrte, fiel dieser weinend vor Wittiges auf die Knie. »Ich hab ihn nicht ... ich hab ihn nicht umstimmen können. Ich hab's versucht«, stammelte er.

Wie betäubt wartete Wittiges, bis sich der Junge ein wenig beruhigt hatte.

»Was hast du versucht? Habt ihr euch gestritten?«

»Nein, haben wir nicht.« Ulf konnte vor Erschütterung kaum sprechen. »Felix hat ... er hat ...«

Wittiges stand auf und schüttelte ihn. »Reiß dich zusammen!«

Ulf nickte, wischte das nasse Gesicht am Ärmel ab. »Er hat gesagt, er gehört nicht mehr hierher. Daran könne er nichts ändern. Ich hab versucht, ihm das auszureden. Denn das stimmt doch gar nicht. Er gehört hierher, nicht wahr? Wenn nicht er, wer dann?«

Wie hatte er so an Ulf zweifeln können? Wittiges zog den Jungen hoch, schloss ihn in die Arme und schämte sich. Über seinen Kopf hinweg starrte er Pontus ratlos an. »Was hab ich falsch gemacht?«

Pontus hatte die Arme vor der Brust verschränkt und die Hände in den Kuttenärmeln verborgen. »Nichts, du nicht und ich auch nicht. Wir konnten nur die zwei Jahre Gefangenschaft nicht auslöschen. Wir haben ihn nicht halten können.«

Wittiges schaute Ulf in die Augen.

»Er hat dir gesagt, dass er fortgeht?«

»Nein, nein, das hat er nicht! Dann hätte ich bestimmt nicht geschwiegen.«

Wittiges betrachtete das kummervolle, junge Gesicht, das so sehr seinem eigenen glich. Ulf litt unter Felix' Verschwinden, wie er schon einmal gelitten hatte. Ihn traf keine Schuld, höchstens hatte er sich durch sein Verständnis von Freundschaft irreleiten lassen, dieser heiligen Verschwiegenheit, wie sie zu einer echten Freundschaft dazugehörte.

Ein Knecht platzte herein, er keuchte noch vom schnellen Laufen.

»Kommen sie?«, fragte Wittiges.

Der Knecht nickte, Pontus eilte bereits davon.

»Ulf, du bist mit Pontus dafür verantwortlich, dass deine Schwester und die Zwillinge Chalon sicher erreichen. Du kennst den Weg dorthin, wir sind ihn zusammen geritten. Verstehst du? Ich vertraue dir die Kinder an. Und nun geh.«

Auf der Gartenseite der Villa führte ein kaum erkennbarer Pfad zum Wald hinauf, von dort war es nicht mehr weit bis zum Versteck, der Eremitenhöhle. Pontus wollte dort die Nacht abwarten, und sicher hatte er recht damit.

Wittiges legte sich in der Nähe des Eingangs zur Villa auf die Lauer, um das Eintreffen von Wandalenus' Trupp zu beobachten. Er hatte es sich schon gedacht: Wandalenus kam selbst, er ließ es sich nicht nehmen, die Beute, die nun endlich ihm gehörte, eigenhändig in Besitz zu nehmen. Wie so viele andere vor ihm verlor Wittiges seinen gesamten Besitz. Aber er war das Risiko bewusst eingegangen, es war seine eigene Entscheidung. Das unterschied ihn von den vielen, die nur Spielbälle der Mächtigen waren. Dennoch wurde es für ihn nicht leichter. Er kam sich entwurzelt und beraubt vor, und es fiel ihm schwer, sich überhaupt noch auf den Weg nach Reims zu begeben. Auf die Begleitung von Knechten hatte er verzichtet. Es war einfacher, das, was er sich vorgenommen hatte, allein anzugehen.

In Reims beschaffte er sich erst einmal ein sicheres Quartier in einem kleinen Kloster, dem er schon öfter Geld oder Vorräte gespendet hatte, dann spielte er seine Verbindungen zu den Händlern der Stadt aus. Erst auf kleinen, geheimen, dann auf immer größeren Versammlungen zeigte er Sigiberts Handgelenksring vor und hielt flammende Reden gegen den Krieg, die ohne Einschränkung auf Beifall stießen. Aber inzwischen sammelten sich die Truppen in der Stadt und vor der Stadt. Reims quoll vor Bewaffneten geradezu über, und er musste sich immer vorsichtiger durch die Gassen bewegen. Die ersten Heerführer trafen ein, einige gehörten dem Rat an. Nun wurde es für Wittiges gefährlich.

Allerdings brauchte er gar nicht mehr überall selbst zu reden. Der Widerstand organisierte sich selbst, die Leute traten überall in den Gassen zusammen, Krieger wurden auf offener Straße angehalten und in Gespräche verwickelt. Die Ereignisse gerieten in Fluss, und noch schritt keiner der Machthaber ein.

Wandalenus weilte noch auf *casa alba*. Die größte Gefahr bestand darin, dass er vorzeitig Wind von dem Geschehen bekam. Eines war inzwischen sicher: Die Bevölkerung wollte keinen Krieg. Und dank der Händler, die Verbindungen zu vielen anderen Städten hatten, regte sich auch dort der Widerstand.

Es wurde Zeit, die eigentliche Brandfackel zu entzünden. Eine knappe Woche nach seiner Ankunft schmuggelte sich Wittiges, in eine Mönchskutte gehüllt, zu Brunichild in den Palast, der er bereits vorher eine Nachricht geschickt hatte. Sein Bote war ein Händler, der Verbindung zu einem der Verwalter hatte und daher, ohne Verdacht zu erregen, ein- und ausgehen konnte.

Brunichild erwartete ihn mit Bertho in einem ihrer Privaträume.

»Wittiges!«, rief Bertho erstaunt, als dieser die Kapuze der Kutte abstreifte. »Was tust du hier?«

Wittiges hatte wenig Lust, sich mit dem Jungen zu unterhalten, die Zeit drängte. »Vertraust du mir noch?«, fragte er ihn.

Bertho trat einen Schritt zurück und legte den Kopf schief. »Kann ich das? Wandalenus spricht schlecht von dir.«

»Aber bestimmt vertraust du *mir,* deiner Mutter, die sich nichts anderes wünscht, als deine Herrschaft zu sichern. Und ich vertraue Wittiges wie keinem Menschen sonst. Er steht noch zu uns, nachdem sich alle anderen abgewandt haben«, mischte sich Brunichild ein.

»Was willst du?«, fragte Bertho an Wittiges gewandt, keineswegs überzeugt von den Worten seiner Mutter.

»Sag den Bürgern von Reims, dass du keinen Krieg gegen Guntram und kein Bündnis mit Chilperich willst, dem Mörder deines Vaters. Sag ihnen, dass die Menschen in Tours und anderswo, wo seine Truppen gewütet haben, Not und Hunger leiden. Glaub mir, kein Mensch will einen Krieg. Komm, sie warten auf dich.«

»Nein, ich will nicht.« Das Gesicht des Zwölfjährigen spiegelte nichts als Misstrauen und Widerstand.

»Aber ich, ich werde sprechen. Du bist ja auch noch zu jung dazu«, sagte Brunichild ruhig. »Du kannst mitkommen oder hierbleiben. Ganz, wie du willst.«

Bertho kam mit, murrend zwar, aber er wollte nicht zurückbleiben, und nur darauf hatte Wittiges gehofft. Brunichild hatte ein ihr ergebenes kleines Gefolge aus Dienstleuten, Knechten, Mägden und Kriegern ihrer Leibgarde aufgestellt, die sie, Wittiges und Bertho in die Mitte nahmen und sie bis zu einem Umgang geleiteten, von dem aus Brunichild zu der versammelten Menge sprechen sollte.

Als sie die Tür zum Umgang erreicht hatten, legte Brunichild den dunklen Mantel ab, der ihre Seidenrobe in königlichem Purpur verhüllt hatte. Eine Dienerin setzte ihr einen breiten goldenen Stirnreif auf und zog den Prunkgürtel zurecht, an dem goldene Stierkopfanhänger befestigt waren. Aber das wichtigste Herrschaftszeichen, das sie dem Volk vorweisen würde, war Sigiberts Handgelenksring, den ihr Wittiges vor Kurzem zurückgegeben hatte.

Brunichild holte tief Luft und trat auf den Umgang hinaus. Sofort brandete Jubel auf.

Einige Instrukteure skandierten einen Ruf, der rasch von den umstehenden Leuten aufgegriffen und weitergetragen wurde.

»Königin Brunichild soll sprechen!« Irgendwann schrie die Menge nur noch ihren Namen. »Brunichild! Brunichild!«

Der Hof wimmelte inzwischen auch von Bewaffneten – wie viele eingeschworene Anhänger von Wandalenus darunter waren, ließ sich nicht sagen. In der Menge tauchten einige Ratsmitglieder auf, und als Wittiges nach links und rechts in den Umgang spähte, rückten von beiden Seiten Bewaffnete unter der Leitung von zwei Heerführern heran, die an der Beratung in Metz teilgenommen hatten. Langsam wurde die Lage brenzlig für ihn.

»Fang an!«, schrie Wittiges Brunichild ins Ohr.

Sie hob die Hand, und beinahe augenblicklich trat Stille ein.

Dann winkte sie Bertho zu sich und legte ihm die mit dem königlichen Siegelring geschmückte Hand auf die Schulter.

»Halt dich gerade«, zischte sie ihm zu. »Du bist der König.«

Bertho, überwältigt von der wogenden Menge, die zu ihm emporstarrte, straffte sich.

Wittiges staunte, welch gute Rednerin Brunichild in dieser Krisensituation war. Zwar wurde sie immer wieder durch Rufe unterbrochen, aber sie ließ sich nicht beirren. Sie sprach weiter, setzte neu an, variierte das bereits Gesagte mit anderen Worten. Sie beschwor das Andenken an Sigibert, hob seine stets aufrechte, auf das Gemeinwohl bedachte Haltung hervor, erinnerte in von Schluchzern unterbrochenen Wendungen an seinen schmählichen Tod und warnte eindringlich vor einem Kriegsbündnis mit dem Mann, der für seine Ermordung verantwortlich war. An der Reaktion der Leute merkte man, dass dies ihr stärkstes Argument war. Zuletzt verwies sie auf Bertho, Sigiberts Erben. Sie legte ihm beide Hände auf die Schultern und schob ihn an die Brüstung, damit ihn auch alle sahen.

Sobald sie ihre Ansprache beendet hatte, hob Wittiges die Hand und rief mit donnernder Stimme: »Huldigt eurer Königin! Huldigt Bertho, unserem König!«

Eine Bewegung erfasste die Menge und breitete sich in immer größer werdenden Kreisen aus. Unten im Hof sanken die Menschen auf die Knie oder beugten tief die Häupter.

Kein Zweifel: Das Volk stand hinter seiner Königin.

»Wir haben gesiegt, oder?« Brunichild strahlte Wittiges an.

»Ich denke doch«, antwortete er.

Hinten im Hof tauchte ein neuer Trupp Bewaffneter auf und in ihrer Mitte – Wandalenus.

10 »Es geht dir gut?«, fragte Brunichild freundlich und betrachtete Wittiges. Für das, was er hinter sich hatte, sah er recht wohl aus.

»Nein«, antwortete er prompt. »Aber danke der Nachfrage.«

Wandalenus hatte ihn verhaften lassen. Es geschah, nachdem er Brunichild in ihre Gemächer zurückbegleitet hatte. Unten in der Eingangshalle hatten ihm Wandalenus' Männer aufgelauert, ihn entwaffnet und eingekerkert. Brunichild hatte erst nach zwei Wochen davon erfahren. Denn fast sofort nach ihrer ersten Ansprache hatten sich Anhänger um sie geschart, die noch vor einer Woche für den Krieg gestimmt hatten und nun anderen Sinnes geworden waren. Sie hatten sie gedrängt, sich auf eine Rundreise von Stadt zu Stadt zu begeben. Es war alles sehr schnell gegangen. Sie hatte überall Ansprachen gehalten, die den Widerstand der Bevölkerung stärkten. Wittiges hatte ihr von der Besetzung seines Guts erzählt, also hatte sie gedacht, dass er nach *casa alba* geeilt sei, um mithilfe einiger Getreuer sein Eigentum zurückzuerobern. Eigentlich hatte es sie geärgert, dass er sich ohne Abschied davongemacht hatte.

Inzwischen war klar, dass die unmittelbare Gefahr eines Bruderkriegs, in den Austrasien eintreten sollte, abgewendet worden war. Der Heerbann löste sich von selbst auf, die Krieger kehrten in ihre Dörfer zurück.

»Deine Manieren lassen nach«, wies sie ihn zurecht. »Es tut mir leid, dass ich deine Freilassung nicht früher erwirken konnte.« Unerwartet lächelte sie. »Aber ich habe es bei meiner Heimkehr sofort veranlasst. Auch die Einziehung deiner Güter ist rückgängig gemacht worden. Es ist alles wieder in Ordnung. Von Wandalenus hast du nichts mehr zu befürchten.«

»So?«, brummte er nur.

»Ja«, antwortete sie munter. »Sein Stern sinkt. Du kennst unsere Wendehälse so gut wie ich. Auf einmal wollen alle schon immer gegen den Krieg und für eine Allianz mit Guntram gewesen sein. Das müssen wir ausnutzen. Ich ernenne dich zum Botschafter. Du reist als Unterhändler nach Chalon. Und bitte nimm Kontakt zu Lupus auf. Wir brauchen ihn hier. Die Verhältnisse ändern sich.« Versonnen betrachtete sie Sigiberts Handgelenksring, den sie als Glücksbringer stets bei sich trug, seit sie das Volk für sich gewonnen hatte. Auch Chilperichs Ansehen hatte gelitten, das war ein weiteres Ergebnis des Volksaufstands. Sein Ruf als starker Mann und vorausschauender Lenker hatte sich als unbegründet erwiesen, die Kriegshetze war auch ihm übel genommen worden. Daher hatte Brunichild im Geheimen Verbindung zu einigen seiner wichtigen Anhänger aufnehmen können. Ohne dass er es ahnte, entwickelte sich eine starke Opposition an seinem eigenen Hof. Eigentlich hatte sie das Wittiges erläutern wollen, aber da er seiner Miene und Haltung nach in seinem Groll verharrte, verschob sie das auf eine andere, bessere Gelegenheit.

»Ich soll nach Chalon reisen? Das sagt mir zu, ich habe meine Familie dorthin geschickt. Vielleicht leben meine Kinder ja noch«, sagte Wittiges mit schlecht verhohlener Bitterkeit.

Das also war's: Wittiges machte sich Sorgen um seine Angehörigen. Das konnte sie verstehen, denn sie hatte ähnliche Sorgen. Es gab schlechte Nachrichten aus Toledo. Ihre Tochter Ingund hatte ihren Gatten Hermenegild überredet, zum katholischen Glauben überzutreten. So löblich dies in den Augen des Papstes sein mochte, damit hatte sich Hermenegild von seinem Vater, König Leovigild, losgesagt. Ingund und ihr Mann wurden seit Monaten in ihrer Residenzstadt Sevilla von Leovigilds Truppen belagert. Hermenegild hoffte, seine Frau und seinen kleinen Sohn aus der belagerten Stadt hinausbringen und unter den Schutz von Ostrom stellen zu können. Ostrom beherrschte immer noch den Süden Spaniens. Aber würde der Plan gelingen? Brunichild dachte beinahe täglich daran und an diesen Enkel, der vielleicht nicht mehr lange zu leben hatte. Er hieß Athanagild wie ihr eigener Vater.

»Weißt du, dass ich einen Enkel habe?«, fragte sie, und dann erzählte sie von Ingund und dem ganzen Schlamassel, den ihre Tochter verursacht hatte, weil sie ihren Glauben so wichtig nahm.

»Was hast du erwartet?«, fragte Wittiges wenig mitfühlend. »Du hast ein Kind von elf Jahren nach Spanien verkauft. Mein Gott! Wie alt ist sie nun? Vierzehn?«

»Fünfzehn!«

»Immer noch ein halbes Kind. Und auch schon Mutter.«

Brunichild schenkte es sich, darauf hinzuweisen, dass sie auch erst sechzehn gewesen war, als man ihr die Ehe mit Sigibert befohlen hatte.

»Bitte! Keine Vorwürfe mehr! Wann wirst du nach Chalon abreisen?«

»Gestern, wenn du gestattest«, antwortete Wittiges unverbesserlich schlecht gelaunt. »Und vorher schau ich noch kurz nach, was mir Wandalenus auf *casa alba* übrig gelassen hat. Darf ich dich daran erinnern, dass er bereits einmal über mein Gut hergefallen ist und mir keinen Schadensersatz geleistet hat?«

»Wenn sich Wandalenus wieder uneinsichtig zeigt, komme ich für alle Schäden und Verluste auf«, sagte sie schnell, um ihn endlich zu besänftigen.

»Nein«, widersprach er.

»Was willst du dann?«, fuhr sie ihn an. »Gib mir einen Rat, wie ich deine Stimmung heben kann. Dein Selbstmitleid wird nämlich langsam unerträglich, selbst für mich, die ich deine Launen gewöhnt bin.«

Er blieb stur, runzelte nur die Brauen und betrachtete sie gekränkt, offensichtlich nicht zum Einlenken bereit.

»Also was? Bitte erlöse mich, ich flehe dich an, teil mir deine Wünsche mit«, fügte sie gemäßigter, aber leicht ironisch hinzu.

»Wenn du deine alte Macht zurückhast, kannst du es sicher bewerkstelligen, dass Chramm und Viola heimkehren.«

Sie brauchte eine Weile, um zu verstehen. Darum ging es ihm also. Um eine Frau! Warum war sie nicht früher darauf gekommen? Was sollte bei ihm anders sein als bei anderen Männern?

»Ah, die schöne Viola«, sagte sie anzüglich. »Wie erfreulich zu hören, dass doch noch etwas an dir lebendig ist, und wenn es das Ding in deiner Hose ist.«

Er war einfach nicht aus dieser missvergnügten Ruhe zu bringen. »Sie hat mir ihre Kinder anvertraut. Da sie keine Königskinder sind, müssen sie nicht notwendigerweise ohne ihre Mutter aufwachsen.«

Wandalenus hatte diesmal noch mehr bewegliche Güter mitgehen lassen als beim letzten Mal, aber er hatte die geheimen Vorräte im Keller nicht entdeckt, sodass genügend Saatgut für die Frühjahrsbestellung der Felder vorhanden war. Darüber war Pontus herzlich froh. Wittiges hatte ihn und die Kinder gleich nach seiner Haftentlassung aus Chalon zurückgeholt. Das Leben nahm allmählich wieder seinen gewohnten Gang auf.

Aber ein Jahr später musste Wittiges doch noch in den Krieg ziehen.

Der Kaiser von Ostrom war gestorben, und sein Nachfolger Mauricius bestand auf der Einhaltung der Verträge, die Unterstützung gegen die Langobarden zusicherten. Schließlich war dafür gezahlt worden. Zwar war das Geld nie nach Metz gelangt, aber daran war nicht der Kaiser schuld.

Nach einem raschen Sieg über die Langobarden in Mittelitalien war das austrasische Heer gerade wieder in Marseille eingetroffen, als mehrere Boten kurz hintereinander aus dem Norden eintrafen. *Dux* Lupus, nach seiner Rückkehr in den Rat zum *patricius* ernannt, zum obersten Heerführer, rief nach Anhörung der Boten einen kleinen Kriegsrat ein.

Es war nur eine Gruppe von vier Männern, die sich im Obergeschoss der schönen Residenz des Statthalters von Marseille zusammenfand. Außer Lupus selbst waren nur sein Bruder Magnulfus, *comes* Dynamius und Wittiges zugegen.

»Die Lage hat sich geändert. Wir können noch nicht nach Hause. Brunichild will, dass wir einen Schwenk ins westgotische Reich machen, um ihrer Tochter und ihrem Schwiegersohn zu Hilfe zu eilen«, eröffnete Lupus das Gespräch.

Magnulfus stöhnte. »Muss das sein? Wie wichtig ist uns das?«

»Das müssen wir uns gut überlegen«, meldete sich Dynamius. Im Frühjahr 584 hatte Guntram seine Hälfte von Marseille zurückgegeben und damit ausdrücklich das Bündnis mit Brunichild und Bertho gefestigt. Dynamius gebot nun über die gesamte Stadt, und es lag ihm daran, seine Stellung erst einmal zu festigen. Ein neuer Feldzug kam ihm äußerst ungelegen. »Was sagst du dazu, Wittiges?«

Wittiges war in Brunichilds Auftrag wiederholt als Unterhändler nach Chalon gereist und hatte nebenbei nach Felix gefahndet. Er hatte Hinweise erhalten, dass es immer noch Anhänger des alten burgundischen Königshauses gab, und er vermutete Felix unter ihnen. Aber wie sollte er herausfinden, wo er steckte? Wollte er überhaupt gefunden werden? Dieses Mal war er nicht entführt worden, sondern hatte aus eigenem Entschluss die Familie verlassen und die alten Bindungen aufgegeben. Wittiges dachte oft an diesen verschollenen Sohn, dessen Verlust ihn schmerzte wie eine nicht heilen wollende Wunde.

»Ich bin ganz deiner Meinung, Dynamius«, kam Lupus Wittiges' Antwort zuvor. »Wir sollten darüber nachdenken, ob wir tatsächlich einen Feldzug gegen Toledo anhängen sollten. Es spricht einiges dagegen.« Er lächelte versonnen.

Wittiges sehnte sich nach Heimkehr. Er war mehrmals verwundet worden, zum Glück nur leicht, trug aber gegenwärtig den linken Arm in einer Schlinge. Von dem Schwerthieb, der ihn getroffen hatte, würde günstigenfalls eine hässliche Narbe zurückbleiben und ungünstigenfalls … Die Wunde hatte sich entzündet, und er spürte beständig einen klopfenden Schmerz. Sollte sich Brand entwickeln, drohte ihm die Amputation. Daran wollte er nicht denken, aber er hatte leichtes Wundfieber, und es fiel ihm ohnehin schon schwer, dem Gespräch zu folgen.

»Machen wir's kurz, ich bin hungrig und hundemüde«, äußerte Magnulfus und gähnte heftig.

Lupus grinste. »Du wirst gleich wieder wach werden. Also, damit du auf dem Laufenden bist: Leovigild hat bei Chilperich um Hilfe ersucht. Wahrscheinlich fürchtet er, dass Brunichild einen Feldzug gegen ihn plant, was ja tatsächlich der Fall ist. Und damit die Hilfe auch geleistet wird, hat er gefordert, dass Chilperich ihm endlich die Braut seines zweiten Sohns schickt. Rigunth.«

»Moment«, hakte Wittiges ein. »Die ist doch schon vor Jahren verlobt worden, fast gleichzeitig mit Brunichilds Tochter. Die muss schon eine alte Jungfer sein. Mindestens zwanzig. Und jetzt erst …«

»Woher weißt du das, Lupus?«, fuhr Magnulfus dazwischen.

»Tja, woher?« Lupus ließ die anderen absichtlich zappeln. Er goss sich Wein ein, trank einen großen Schluck und setzte das kostbare Glas, in dem der Wein klar und hell funkelte, wieder ab. Auch Wittiges mochte diese leichten, frischen Weißweine aus dem Süden. Aber bereits nach einem Glas fühlte er sich so berauscht, dass er das Glas kaum noch in der Hand halten konnte. Vorsichtig stellte er es auf den Tisch zurück. Solche Gläser hatte er auch einmal besessen. Bevor Wandalenus sie mitgehen ließ.

»Verbindungen. Es gibt nützliche Verbindungen, die uns darüber unterrichten, was sich an Chilperichs Hof tut.«

Wittiges ödete das Gerede an. Er war selbst lange genug als Spion und Bote zwischen den Königshöfen unterwegs gewesen. Und er wusste Bescheid. Schließlich war er mit Brunichild wesentlich vertrauter als Lupus.

»Hat Desiderius einen Boten geschickt?«, fragte er. Desiderius war Chilperichs *patricius*, und er gehörte zu denen, die sich immer unzufriedener mit Chilperichs Politik der Bruderkriege zeigten.

»Ja, und er behauptet, Wandalenus halte immer noch Verbindung zu Chilperich. Wenn also Brunichild etwas plant, weiß es Chilperich bald.«

»Und wenn schon. Was machen wir jetzt?«, knurrte Magnulfus. »Wie notwendig ist eine bewaffnete Auseinandersetzung mit Toledo?«

»Ich bin dafür, dass wir sie vertagen. Besser, wir kehren heim und misten erst einmal zu Hause den Stall aus. Desiderius steht mit einem Heer vor Cahors, er wird stillhalten, wenn wir uns zurückziehen. Irgendetwas tut sich in Paris, ich komme nicht ganz dahinter, was es ist. Chilperich hat jedenfalls im eigenen Haus mehr Gegner, als er vermutet, und die meisten haben wir bestochen. Wie Desiderius.«

Wittiges merkte, wie die Stimmen von ihm wegglitten.

»Und was der Bote noch berichtet hat: Königin Fredegund ist schwanger. Wittiges? Langweile ich dich? Um Gottes willen, Wittiges!«

Eine wunderschöne Frau beugte sich über Wittiges, die er aber nur verschwommen wahrnahm. Ihre Hand fühlte sich kühl und sanft an, wenn sie ihm über die fieberheiße Stirn strich, und ihr betörender Duft erinnerte ihn an jemanden, den er früher gekannt hatte. Immer wieder tauchte er aus der Bewusstlosigkeit auf und glitt wieder in sie hinein. Der Arm schmerzte noch, manchmal wurde der Schmerz so unerträglich, dass er laut aufschrie, bis man ihm etwas einflößte, das ihn beruhigte und ihn in verworrene Träume zurückschickte.

Eines Morgens wachte er auf und fühlte sich klarer und wacher. Und dann sah er Pontus an seinem Bett sitzen.

»Willkommen daheim«, brummte Pontus. »Wird auch Zeit, dass du zu dir kommst.« Seine Stimme bebte vor Erleichterung und Freude. »Die Pflege wird langsam lästig.«

»Wie lange bin ich schon krank?«, fragte Wittiges und wollte sich aufrichten, fiel aber auf die Seite. Etwas stimmte nicht mit ihm. Er tastete nach dem linken Arm und erstarrte.

»Du gewöhnst dich daran«, sagte Pontus nicht sonderlich bewegt.

Der linke Arm endete unterhab des Ellbogengelenks. Aber da war doch dieser Schmerz, er war sogar jetzt spürbar.

»Wer hat das gemacht?«

»Samuel, in Chalon. Du bist in Marseille ohnmächtig geworden, hast aber irgendetwas gebrabbelt, woraus man nur schwer schlau wurde. Einer deiner Knechte hat sich an Samuel erinnert und seinen Namen verstanden. Sie haben dich nach Chalon gebracht, und dort hat Samuel gerade noch rechtzeitig die Amputation vorgenommen. Sei froh, dass es nicht dein Schwertarm ist. Du kannst noch kämpfen. Und wie gesagt, du gewöhnst dich daran.«

»Nie!«, ächzte Wittiges.

Die schöne Frau aus seinen Träumen trat ein, einen dampfenden Becher in der Hand.

»Viola, er jammert!«, rief Pontus und stemmte sich von seinem Sitz hoch. »Sag du ihm, was er für ein Glück gehabt hat, überhaupt mit dem Leben davongekommen zu sein. Hat dieses Fieber überstanden, das einen Gaul umgebracht hätte, und jammert.«

Viola blieb stehen, bis Pontus hinausgegangen war, und setzte sich erst dann auf die Bettkante. »Ich helfe dir auf, warte.«

»Nein.« Merkwürdigerweise wünschte er sie zum Teufel. Ihr Lächeln und die Vertrautheit, mit der sie an seinem Bett saß, verursachten ihm nichts als Pein. Und überhaupt: Er wollte mit seinem Elend allein sein. Er schämte sich, weil ihm Tränen über die Wangen liefen.

»Also gut. Ich lebe, bin aber nur noch ein halber Mann. Entschuldige, wenn ich mich nicht gebührend dankbar für meine Rettung von den Toten zeige.«

»Ich bin dankbar, dass du schon wieder missmutig, zornig und unleidlich sein kannst. Das erfordert Kraft, die hattest du gestern noch nicht.«

Wider Willen grinste er. Als Antwort erhellte ein strahlendes Lächeln ihr schönes Gesicht. Sie neigte sich über ihn und küsste ihn ungeniert auf den Mund.

»Willkommen daheim«, sagte auch sie, aber mit einem Unterton, den er lieber überhörte. Nun stemmte er sich doch hoch. Es bereitete ihm Qualen, aber es gelang ihm, sich in eine halb sitzende Position zu mühen. Aufmerksam, aber bar jedes Mitgefühls sah sie ihm dabei zu. Das besänftigte ihn.

»Wie kommst du hierher? Seit wann bist du da?«

Sie war wieder schwanger, nun merkte er es. Einen Augenblick lang sah sie in sich versunken vor sich hin, strich über ihren gewölbten Bauch und schaute ihn danach ruhig an.

»Chramm ist tot. Er starb auf der Reise nach Metz. Einige Wochen zuvor hatten wir den Befehl zur Rückkehr erhalten. Wir hatten es nicht gerade leicht bei den Barbaren, es gab immer wieder Missverständnisse, und daher waren wir heilfroh über die Abberufung. Auf der Reise gerieten wir in einen Hinterhalt. Chramm hat eine Verletzung am Bein davongetragen, die sich entzündete. Wir kamen noch bis Köln, dort hat ihm ein Arzt das Bein abgenommen, aber Chramm starb an dem gleichen Leiden, an dem du beinahe zugrunde gegangen wärst…« Sie brauchte nicht weiterzusprechen. Wittiges hatte einen schalen Geschmack im Mund. Wäre das Schicksal eine Person gewesen, hätte er ihr gern den Hals umgedreht.

Viola stand auf. »Kann ich dir noch etwas bringen?«

»Nein danke, ich brauche nichts.« Nur ein Mittel gegen den Zorn, dachte er. »Geht es den Kindern gut?«, rief er ihr noch nach.

»Sie fragen nach dir, vor allem Agnes und Ulf. Darf ich sie zu dir schicken?«

»Später, am Nachmittag vielleicht.« Er würde nie wieder über den verlorenen Arm klagen, nahm er sich vor.

11 Fredegund machte sich zur Abreise bereit. Sie wollte Chelles so unauffällig wie möglich verlassen und ihr vier Monate altes Kind mitnehmen. Besser, sie brachte den Kleinen in Soissons oder Paris in Sicherheit. Noch immer staunte sie über das Wunder, das ihr diesen Sohn beschert hatte, der nach seinem Großvater Chlotar genannt worden war. Oder sollte sie ihn an einen ganz anderen Ort bringen? Wo war sein Leben ab morgen am wenigsten gefährdet? Denn von morgen an würde vieles anders sein.

Schade, dass sie ihre Tochter nicht zurückholen konnte.

Rigunth war mit einem gewaltigen Brautschatz unterwegs und musste Toledo in den nächsten ein oder zwei Wochen erreichen. Es hatte einen Kampf um den Schatz gegeben, der ihrer Tochter nicht groß genug sein konnte. Wahrscheinlich hatte sie nicht mehr damit gerechnet, dass sie diese Ehe doch noch eingehen musste. Sie hatte eine schreckliche Vorahnung von Unglück gehabt, das ihr mit dieser Ehe drohte, und da hatte sie ihr leidgetan. Sie lebte ja selbst in ständiger Furcht. Seit jenem Prozess, der ihre Untreue öffentlich gemacht hatte, fürchtete sie sich vor Chilperich. Er hatte zwar irgendwann wieder mit ihr geschlafen, ihr aber nicht mehr vertraut. Er verachtete sie, um genau zu sein. Und darin lag die Gefahr. Jetzt, da sie ihm einen Sohn und Erben geboren hatte, würde er vielleicht nicht mehr lange zögern, sie in einem Kloster lebendig zu begraben, wie er es mit Audovera getan hatte, ihrer Vorgängerin. Gut möglich, dass er sich eine jüngere Frau nahm. All das trieb sie zum Handeln. Die Tat würde sie den Austrasiern in die Schuhe schieben, sie wusste längst über Brunichilds heimliche Verbündete am Pariser Hof Bescheid.

Am Abend würde es ein Bankett geben, und sie hatte dem Mann, der bei Chlodowechs Ableben so hilfreich gewesen war, zwei Dolche geschickt, die sorgfältig mit Gift präpariert waren. Eigentlich genügte ein kleiner Kratzer. Zugefügt bei einem Stolpern, einem Anrempeln, den Rest besorgte das Gift. Aber die Einzelheiten überließ sie gern dem Mann, der sich durch seine Erfahrung für diesen Auftrag empfohlen hatte.

12 »Der Botschafter von Khagan Baian will sich verabschieden, er wartet draußen.« Ein *secretarius* überbrachte Brunichild die Nachricht. Sie winkte ab. »Er soll warten.« Seit vier Wochen residierte sie wieder in Reims, hier fühlte sie sich am wohlsten, und Angst um Bertho brauchte sie auch nicht mehr zu haben.

Chilperich war in Chelles ermordet worden.

War es das, was ich wollte?, fragte sich Brunichild nicht zum ersten Mal.

Ja, natürlich.

Noch unklar war allerdings, durch wen und wie Chilperich zu Tode gekommen war, aber die Details kümmerten sie nicht sonderlich. Es war sowohl von Gift wie von einem Dolchattentat die Rede, das an Sigiberts Ermordung erinnerte. Letzten Endes war es unwichtig, wer die Tat begangen hatte. Ohne die von Austrasien ausgehende Unterwanderung des neustrischen Rats wäre sie kaum möglich gewesen. Chilperich hatte nur noch wenig Rückhalt gehabt, letztlich hatten ihn seine eigenen Anhänger im Stich gelassen.

Prominentester Verräter war Desiderius, sein ehemaliger *patricius*, der inzwischen offen übergelaufen war. Gleich nachdem er vom Tod des Königs erfahren hatte, hatte er dessen Tochter Rigunth kurz vor der Grenze zu Spanien abgefangen – samt ihrem Brautschatz, den er Brunichild als Antrittsgeschenk mitgebracht hatte. Rigunth, hieß es, habe er eigenhändig getötet. Daran mochte Brunichild nicht denken, weil es sie an ihre Tochter erinnerte. Ingund hatte mit ihrem kleinen Sohn die oströmische Exklave in Spanien erreicht, aber Hermenegild war bei der Einnahme von Sevilla gefallen.

Lieber dachte Brunichild an Fredegund. An die Frau, die nun alles durchmachen musste, was sie durchgemacht hatte: ein Schattendasein als Witwe und Mutter eines unmündigen Kinds, dem jederzeit der Tod durch ein Attentat drohte. Nein, so verlassen wie Fredegund war sie nie gewesen.

Der *secretarius* kam noch einmal herein.

»Ja?«

»Samur wartet, er lässt fragen, wann du Zeit für ihn hast.«

Samur? Der awarische Botschafter! Brunichild wollte niemanden sehen. Der Aware war unwichtig, der Khagan war unwichtig. Die Neuordnung der Macht in den fränkischen Reichen stand an, da hatte sie keine Zeit für die Barbaren in den Randgebieten.

»Er soll morgen wiederkommen. Wenn *dux* Lupus aus Metz eintrifft, dann verabschieden wir ihn gemeinsam. Wieso überhaupt ein offizieller Abschied?«

»Samur wünscht, in seine Heimat zurückzukehren, für immer.«

»Dann soll er das in Gottes Namen tun.« Brunichild entließ den *secretarius* und gab Anweisung, dass niemand mehr vorgelassen wurde. Sie versank wieder in ihren Grübeleien.

Nun würde sie die fünf Städte aus Gailswinthas Morgengabe, die Guntram als Wehrgeld festgesetzt hatte, endlich erhalten, und damit würde sich der letzte Teil ihrer Rache vollenden.

Eine Erinnerung streifte sie. Die Prophezeiung dieses seltsamen Höhlenheiligen, der in einer Weihnachtsnacht auf Wittiges' Gut aufgetaucht war. Was Chilperich betraf, war sie in Erfüllung gegangen. Aber dieser Mann hatte auch ihr ein schlimmes Ende vorhergesagt. Wie sicher waren solche Prophezeiungen? Bisher hatte sie sie nicht sonderlich ernst genommen, dennoch ... Ein plötzlicher Schauder ließ das Triumphgefühl schwinden, und eine Ahnung überkam sie, dass das Schicksal auch mit ihr noch eine Rechnung offen hatte.

Wittiges saß allein in der Abenddämmerung am Weidezaun im Gras und beobachtete die Pferde. Da trat jemand von hinten an ihn heran, vermutlich ein Diener, der ihn zum Essen holen sollte. Aber als er angesprochen wurde, erwies sich seine Annahme als Irrtum.

»Sie hieß Cotani.«

»Was?«

»Sie hieß Cotani, du hast mich vor Jahren nach ihrem Namen gefragt.«

Wittiges begriff immer noch nicht, von wem die Rede war, aber die Gestalt neben ihm erkannte er. Es war Samur, der Aware.

»Willst du mir wieder die Pferde bringen?«

»Diesmal nicht. Diesmal bin ich gekommen, um dich zu töten.«

Nachlässigerweise war Wittiges unbewaffnet. Allerdings hatte er noch nicht wieder versucht, mit einer Waffe zurechtzukommen. Er scheute sich geradezu davor, ein Schwert in die Hand zu nehmen.

So nahe beim Haus hatte er nicht mit Gefahren gerechnet, ein Fehler, wie er seltsam nüchtern erkannte.

»Jetzt gleich? Ich bin unbewaffnet.«

Samur zog einen Dolch aus der Scheide, die in seinem Gürtel steckte. »Jetzt gleich. Aber vorher sollst du den Grund erfahren.«

Wittiges wusste nicht, ob er tatsächlich Angst hatte oder ob er alles nur träumte. »Sehr freundlich von dir, mich vorher noch mit Erklärungen zu versorgen. Meinst du, dadurch fällt mir das Sterben leichter?«

»Ich hoffe es«, antwortete Samur ernst. Er machte gar nicht den Eindruck eines Meuchelmörders. Entspannt stand er neben ihm und sah auf ihn herab.

»Willst du dich nicht setzen? Dann spricht es sich leichter.« Wittiges deutete mit dem Armstumpf neben sich. Die Wunde war inzwischen recht gut verheilt, und die Schmerzen hatten merklich nachgelassen. Allmählich kam er mit diesem halben Arm zurecht, nur wenn Violas Blick zu lange darauf ruhte, brach ihm der Schweiß aus. In ihrer Nähe überfielen ihn Befangenheit, eine seltsame Scheu und manchmal Wut. Wahrscheinlich ahnte sie das, denn sie ging ihm mehr oder weniger aus dem Weg. Auf ihre Bitte hin hatte er ihr einen ganzen Flügel der Villa überlassen. Von Zeit zu Zeit erschien sie zu den Mahlzeiten, und sie hatte wieder die Leitung der Werkstatt übernommen. Was immer er sich früher in seiner Phantasie mit ihr ausgemalt hatte, schien nie Wirklichkeit zu werden. Er respektierte ihre Zurückhaltung, sie verursachte ihm nur gelinde Bitterkeit, denn richtige Verbitterung wollte er nicht mehr aufkommen lassen. Viola gegenüber hatte er keine Rechte und sie ihm gegenüber keine Pflichten, alles, was er sich erhoffen durfte, war Freundschaft. Darüber brauchte er sich nun keine Gedanken mehr zu machen. Samur wollte ihm alle Sorgen um die Zukunft abnehmen.

»Ich stehe lieber«, antwortete Samur und blickte auf die Weide hinaus, auf der sich in der Abenddämmerung die Herde der Falben tummelte, die inzwischen etwa zwanzig Tiere umfasste.

»Also, wer ist Cotani?«, fragte Wittiges, obwohl er die Antwort ahnte.

»Wer *war* sie, solltest du fragen, denn sie ist tot. Ich spreche von der Awarin, der die Kehle durchgeschnitten wurde, weil du mit ihr geschlafen hattest. Sie gehörte mir. Du erinnerst dich an sie?«

Wittiges schwieg einen Moment lang. Allmählich schwante ihm, worauf Samur anspielte.

»Merkwürdig, sie war noch Jungfrau.«

Samur machte eine Bewegung, als wolle er Wittiges endlich das Messer an die Kehle setzen, aber er beherrschte sich. »Sie war mir versprochen, und sie wollte mich. Aber mein Vater beanspruchte sie auf einmal für sich selbst. Und sie verweigerte sich ihm.« Samur sprach nun fast akzentfrei Fränkisch.

Eine alte Geschichte, die für Wittiges inzwischen in weite Ferne gerückt war. Er hatte längst seinen Frieden mit sich selbst gemacht und war erstaunt, dass ihn die Vergangenheit doch noch einholte und eine letzte Rechnung präsentierte.

»Und deshalb hat er sie mir zugeschoben. Warum erzählst du mir die Geschichte erst heute? Das alles ist Jahre her, und *jetzt* willst du mich dafür umbringen?«

»Du verstehst es nicht, weil sie dir nichts bedeutet hat. Ich wollte dich sofort töten, aber dann fragte ich mich, wer du warst, und begriff, dass dir dein Leben wenig wert war. Ich wollte dich aber töten, wenn dir der Tod etwas ausmacht. Erst hast du unter dem Verschwinden deines Sohns gelitten, dann, als ich annahm, du bist darüber hinweg, starb deine Frau. Immer wenn ich dachte, nun ist es so weit, hat dich wieder ein neuer Schicksalsschlag getroffen.«

Wittiges begann zu lachen. Er musste sich die Seite vor Lachen halten, so sehr schüttelte es ihn.

»Also hat mich mein Unglück vor deiner Rache bewahrt?«, stieß er hervor, als er endlich wieder sprechen konnte. »Das ist der größte Witz, den ich je gehört habe. Und was ist nun? Ich bin ein Krüppel, und mein Sohn Felix ist wieder verschwunden. Hast du das nicht gewusst?« Tausendfach hatte er für diese eine Verfehlung gebüßt, Samur hatte ja keine Ahnung, wie er jahrelang die Schuld mit sich herumgetragen hatte. Und das Schicksal hatte ihn wahrhaft leiden lassen. Das galt immer noch.

»Du hast zwei gesunde Kinder und die schönste Frau der Welt an deiner Seite. Königin Brunichild war so freundlich, mich darauf hinzuweisen. Ich hab mich bei ihr nach dir erkundigt. Sie sagte, du musst glücklich sein, da du nichts mehr von dir hören lässt.«

»Ich erinnere mich gerade an die Nacht nach der Beerdigung Cotanis. Ich hatte mein Lieblingspferd opfern müssen und saß im Dunkeln auf dem Grabhügel. Ich wurde überfallen. Genau wie jetzt war ich unbewaffnet und hatte keine Chance zu entkommen. Aber jemand kam mir zu Hilfe. Warst du das?«

»Kursich hatte dich überfallen, aber das stand ihm nicht zu. Ja, ich rettete dich vor ihm. Später hängte ich ihn an der Mauer des Kastells Boiotro auf. Glaub mir, er hatte es verdient. Er hatte meinem Vater vorgeschlagen, dir Cotani zu schicken, denn er war selbst in sie verliebt. Der Dummkopf hatte geglaubt, sie werde ihm zufallen, nachdem du sie gehabt hattest. Aber es kam alles anders. Mein Vater befahl, sie zu töten. Nun weißt du alles. Deine Zeit ist abgelaufen. Bist du bereit?« Samurs Stimme klang immer noch freundlich, mit einer kleinen Schärfe im Unterton.

Wittiges überlegte, dass sich Gegenwehr kaum auszahlte. Er konnte nichts tun, um den Tod aufzuhalten. Es wurde Zeit für den endgültigen Frieden mit sich selbst. Musste er sich noch Sorgen um etwas machen? Pontus würde mit Viola das Gut weiterführen und seine Kinder aufziehen.

»Was ist mit meinen Kindern?«, stieß er hervor. »Beziehst du sie in deine Rache ein?«

»Nein«, sagte Samur feierlich. »Ich will nur dein Leben.«

Ein Letztes verlangte Wittiges noch zu wissen, während ihn eine Art Abschiedsruhe überkam. Wie aus innerer Ferne sah er die blaue Dämmerung hereinbrechen, nahm die Silhouetten der Pferde wahr, die sich langsamer bewegten, Vögel sangen ihr Abendlied.

»Warum hat mir dein Vater die *blauen Pferde* geschenkt, wenn sie doch dir gehörten?«

»Das hast du immer noch nicht begriffen? Sie sollten mein Hochzeitsgeschenk für Cotani sein. Er wollte mich demütigen, indem er dir auch noch die Pferde schenkte, nachdem du meine Braut gehabt hattest.«

Es war so weit. Wittiges spürte die Anspannung des Awaren. Jetzt würde er ausholen und …

Ein merkwürdig dumpfer Aufprall war zu hören, dann fiel Samur vornüber gegen den Zaun. Seine Beine knickten ein, und hinter Wittiges erhob sich ein triumphierendes Johlen, gefolgt vom Klatschen einer Ohrfeige.

Gleich darauf stand Ulf neben ihm, und eine hohe junge Stimme zeterte.

»Ich hab das Messer gesehen, glaub mir!«

Wittiges wandte sich so weit um, dass er hinter sich blicken konnte. Da stand, einige Ellen entfernt, breitbeinig seine Tochter Agnes, eine Schleuder in der Hand.

»Hat sie ihn erledigt?«, fragte er unsicher.

Ulf antwortete nicht, sondern beugte sich über Samur und nahm ihm das Messer aus der Hand. Dann richtete er sich auf.

»Dreh dich um, Agnes, und sieh nicht her!«, befahl er seiner Schwester.

»Pah!«, schrie sie trotzig.

»Dreh dich um!«, donnerte nun auch Wittiges und stand rasch auf. Ulf hatte Samur bereits am Schopf gepackt und riss seinen Kopf hoch. Der Aware stöhnte kurz auf, als Ulf ihm mit einer einzigen ruhigen Bewegung die Kehle durchschnitt.

»Ich hab ihm nie getraut, irgendwas stimmte nicht mit ihm.« Ulf ließ den Schopf los, Samur sank zusammen, zuckte noch einmal und lag still.

Wittiges ging Agnes entgegen. »Was suchst du hier? Und warum bist du bewaffnet?« Die Schleuder war nun wirklich kein Spielzeug.

»Viola hat gesagt, du bist bestimmt bei den Pferden. Wir sollen dich zum Essen holen. Darf ich nun hinschauen?«

»Auf keinen Fall«, antwortete Ulf. Sie nahmen das Mädchen in die Mitte und legten gemeinsam das kurze Stück zum Haus zurück. Wittiges konnte kein Wort mehr sagen, erst jetzt übermannte ihn das Entsetzen, und er zitterte heftig, wollte es sich aber um keinen Preis vor seinem Sohn, der gerade so kaltblütig einen Feind getötet hatte, anmerken lassen.

»Samurs Pferd steht unten an der ersten Scheune«, raunte Ulf, als sie den Stallhof beinahe erreicht hatten, »ein *blaues* Pferd. Daran hab ich erkannt, wer uns besuchte. Ich war schon auf der Hut, bevor wir dich und ihn sahen. Aber Agnes war schneller, sie hat Augen wie ein Luchs und erkannte als Erste die Gefahr. Tut mir leid, dass ich dich geohrfeigt hab«, setzte er an seine Schwester gewandt hinzu.

Drei Wochen später stand Wittiges zusammen mit Viola wieder am Zaun, fast zur gleichen Stunde, zu der Samur aufgetaucht war. Sie hatte den Spaziergang vorgeschlagen. Den Awaren hatten sie auf dem Friedhof oberhalb des Schmiededorfs bestattet und ihm den Dolch, der ihn getötet hatte, mit ins Grab gegeben. Obwohl niemand etwas über den Gott der Awaren wusste, hatte Pontus ein Gebet gesprochen und die Seele des Toten der Fürsprache aller Heiligen empfohlen. Mehr konnten sie nicht tun.

Viola strich sich über den runden Bauch, die Geburt stand kurz bevor. Und was käme dann?, fragte sich Wittiges. Auf einmal nahm er das Leben mit größerer Intensität wahr, es war ihm so kostbar wie nie zuvor, nun, da es ihm neu geschenkt worden war.

»Wie wollen wir es nennen?«, fragte Viola und lehnte sich an ihn.

»Müssen wir nicht erst einmal abwarten, ob es ein Junge oder ein Mädchen wird?«

»Ach, das meinst du«, gab Viola erstaunt zurück. »Es wird eine Tochter, da bin ich mir sicher. Sie ist zu bockig für einen Jungen. Nein, ich meine das Pferd. Den blauen Hengst. Hoffentlich sorgt er für viele schöne Nachkommen. Ich hab mir schon immer gewünscht, dass sich die Blauen und die Falben mischen. Was hältst du davon?«

»Das ist mir völlig gleichgültig«, antwortete Wittiges ehrlich und küsste sie auf den Nacken. »Im Augenblick sind mir Pferde nicht so wichtig.«

Nachbemerkung

Gregor von Tours lässt kein gutes Haar an Fredegund. Er mag sie nicht, wahrscheinlich spielt bei dieser Ablehnung ihre nicht ganz einwandfreie Herkunft eine gewisse Rolle. Denn Brunichild, die kaum weniger als Fredegund auf dem Kerbholz hat, kommt bei ihm entschieden besser weg. Bei der erstmaligen Erwähnung Brunichilds in seiner Chronik *Zehn Bücher Geschichte*, die er der Herrschaft der Merowinger widmet, beschreibt er die sechzehnjährige Prinzessin, die gerade den älteren Sigibert von Austrasien heiratet, als schön, gebildet und fromm.

Gregor von Tours ist *der* Chronist der Merowingerzeit, ein Zeitgenosse Chilperichs, Fredegunds und Brunichilds, aber keineswegs ein neutraler Berichterstatter, das muss man sich deutlich vor Augen halten. Mehrmals gerät er in Konflikte mit Chilperich; so wird er von diesem tatsächlich wegen Verleumdung Fredegunds angeklagt, nachdem er es gewagt hat, die Untreue der Königin publik zu machen. Chilperich wird von Gregor zum Bösewicht schlechthin stilisiert. Dabei kann auch er nicht verhehlen, dass die übrigen Merowinger, selbst der eher gemäßigte Guntram, nicht weniger zu Gewalttaten neigen. Mord ist in der damaligen Zeit anscheinend ein probates Mittel zur Konfliktlösung.

Die fränkische Gesellschaft des 6. Jahrhunderts ist eine junge Gesellschaft, die durchschnittliche Lebenserwartung dürfte bei etwa dreißig Jahre liegen. Entsprechend intensiv ist der Lebenshunger der Menschen, die sich der täglichen Gefährdung ihrer Existenz stets bewusst sind.

Was ist nun Wahrheit im vorliegenden Roman und was Dichtung?

Mehr, als Sie, liebe Leserin und lieber Leser, wahrscheinlich vermuten. Im Großen und Ganzen bin ich der Chronik Gregors gefolgt, so beim Tod Merowechs, Chlodowechs, Chilperichs und der beiden kleinen Söhne Fredegunds, samt der Anschuldigung, dass Chlodowechs Geliebte die Jungen verhext habe. Wahrscheinlich sind die beiden an der Ruhr gestorben.

Praetextatus verwendet tatsächlich einige Schätze Brunichilds dazu, für ihren zweiten Gatten Merowech Anhänger zu werben, auch der kostbare Gürtel findet Erwähnung, und er brachte mich auf die Idee, die Szene an der Kirche von Chalon-sur-Marne als Hinweis darauf einzufügen, dass es dieser Gürtel wohl bis in die Nibelungensage geschafft hat.

Laut Gregor schickt Brunichild einen Priester als Meuchelmörder zu Fredegund. Der Name des Mannes wird nicht überliefert, wohl aber sein Ende: Ihm werden wie beschrieben auf Fredegunds Befehl hin Hände und Füße abgehackt.

Die Awaren machen den Franken Brunichilds erst um 611 größeren Ärger, und die burgundische Verschwörung findet ebenfalls etwa zu dieser Zeit (613) statt. Gefährliche Unterströmungen zu Guntrams Herrschaft gibt es sicher bereits vorher.

Erfunden ist Wittiges, dem ich eine eigene Geschichte zubillige, ihn aber vor allem als Kommentator und Zeugen der Ereignisse sowie als Gegenfigur zu all den monströsen historischen Gestalten einsetze. Dabei habe ich mir Mühe gegeben, seinen Charakter nicht zu modern zu gestalten, denn er soll ein Kind seiner Zeit und einer Gesellschaft sein, in der der Eigennutz eine Ausprägung zeigt, die uns heute fast fremd ist. Die Römer kannten noch den Begriff des Gemeinwohls, die Franken dieser frühen Zeit kennen ihn nicht mehr. Vom König abwärts handelt jeder vor allem im eigenen Interesse. Nur so ist zu erklären, dass die Freunde und Verbündeten von heute die Feinde und Gegner von morgen sind. Wendehälse wie die fränkischen Könige, Bischöfe, *comites* und andere Würden- und Amtsträger muss man in der Geschichte in dieser Häufung sonst suchen.

Ich gestehe gern, dass mir die Arbeit an diesem Roman Spaß gemacht hat. Im Lauf der Zeit sind mir die Merowinger ans Herz gewachsen wie eine Bande unartiger Kinder, über deren Kapriolen man manchmal wider Willen lachen muss.

Dabei habe ich mir immer wieder vor Augen geführt, dass ihre Schandtaten, Bösartigkeit, Verschlagenheit, Untreue und Gier nach Schätzen, Ruhm und Anerkennung am Anfang dessen steht, was wir heute Europa nennen. Dass sich Europa entwickeln konnte, haben wir unter anderem den Merowingern zu verdanken, was wieder einmal beweist, dass auf dem größten Misthaufen etwas Gutes gedeihen kann.

Falls Ihnen der vorliegende Roman gefallen hat, empfehlen Sie ihn fleißig weiter, vielleicht motiviert mich Ihre Anerkennung dazu, den dritten Teil in Angriff zu nehmen, denn mit diesem Buch ist die Geschichte Brunichilds und Fredegunds noch längst nicht zu Ende.

DAS FRANKENREICH IM 6. JAHRHUNDERT

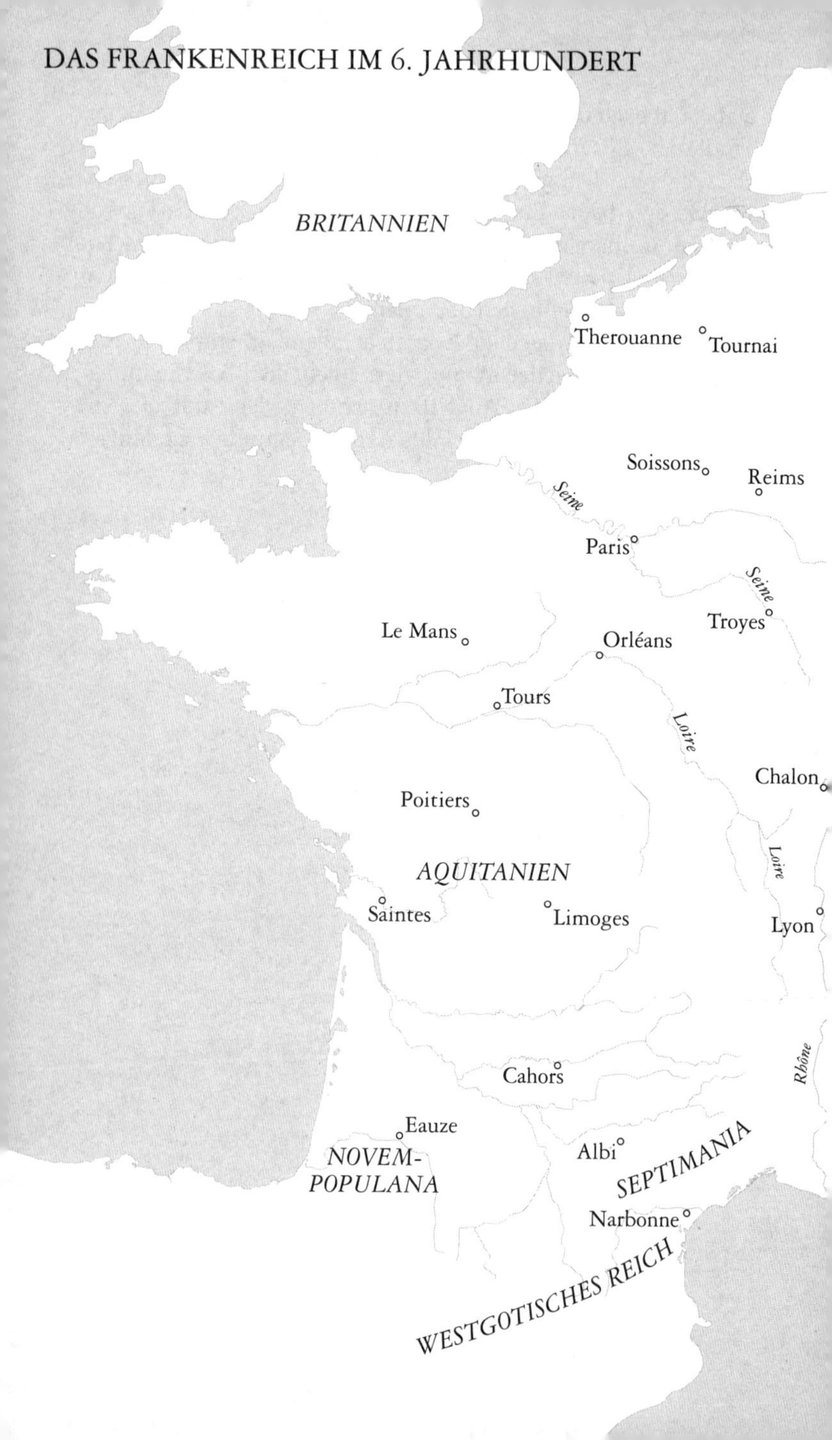

Köln
Rhein
Mosel
Main
Trier
Regensburg
Metz
Donau
Passau
PANNONIEN
Saône
RÄTIEN
Rhône
Ravenna
Marseille

Eva Maaser

Die Fehde der Königinnen

Historischer Roman. 480 Seiten. Piper Taschenbuch

Europa im Jahr 566: Königin Brunichild führt einen erbitterten Kampf mit ihrer Schwägerin Fredegunde. Seit Jahren tobt nun schon die Fehde zwischen den beiden Königinnen um Gebietsansprüche, Macht und Ansehen. Brunichild jedoch hat Wittiges, einen jungen Landadeligen, als Verbündeten und treuen Vasallen an ihrer Seite. Er hat sein Herz in der ersten Stunde an die Königin verloren, doch müssen sie ihre unstandesgemäße Beziehung verbergen … Wie weit wird er in seiner Liebe für sie gehen? Ein lebendiger historischer Roman aus einer Zeit, um die sich bis heute viele Geheimnisse ranken.

05/2471/01/L

Sabrina Capitani

Das Buch der Gifte

Historischer Roman. 400 Seiten. Piper Taschenbuch

Die Schriftstellerin Christine de Pizan setzt sich nach dem Tod ihres geliebten Mannes gegen alle Widerstände durch: gegen die Frauenfeindlichkeit der Kirche, gegen betrügerische Anwälte und gewalttätige Verehrer. Doch als sie den jungen Franziskanermönch Thomas kennen lernt, steht die Liebe zu ihrem verstorbenen Ehemann, dem sie Treue bis über den Tod hinaus geschworen hat, auf dem Prüfstand. Gemeinsam mit Thomas gelingt es ihr, einen rätselhaften Todesfall aufzuklären, der auf verschlungenen Wegen die wahre Vergangenheit des Mönchs offenbart … Lebendig und mit Einfühlungsvermögen erzählt Sabrina Capitani aus dem Leben der Christine de Pizan (1364–1430), einer der bekanntesten und frühesten Schriftstellerinnen Europas.

05/2053/02/R

Stefan Jäger

Der Silberkessel

Historischer Roman aus der Zeit der Völkerwanderung. 320 Seiten. Piper Taschenbuch

120 vor Christus: Mehr als 100 000 Kimbern, Teutonen und Ambronen verlassen ihre unwirtliche Heimat Dänemark in Richtung Süden. In den Alpen treffen sie auf die gewaltigen Heere des Römischen Imperiums. Schändungen, blutige Schlachten und Raubzüge sind an der Tagesordnung. Eine gefährliche, rauhe Kulisse für die Liebe zwischen dem Römer Timaios und der Kimberin Svanhild …

Mit seinem historischen Roman zur Zeit der Völkerwanderung, als die ersten germanischen Volksstämme auf die wehrhaften Römer trafen, erhellt Stefan Jäger das Dunkel zwischen Antike und Mittelalter in der Mitte Europas.

05/2054/02/L

Tilman Röhrig

Riemenschneider

Historischer Roman. 624 Seiten. Piper Taschenbuch

Würzburg, 1492. Feierlich werden die Skulpturen von Adam und Eva vor dem Eingang der Marienkapelle enthüllt. Doch diesmal ist der Bildschnitzer Tilman Riemenschneider zu weit gegangen: Eine Bäuerin hat ihm Modell gestanden – nackt. Ein Skandal! Die Gemüter erhitzen sich. Dabei ahnt noch niemand, welch viel gewaltigeres Beben die Stadt in den nächsten Jahren erwartet, dass Reformation und Bauernkriege die bestehende Ordnung in ihren Grundfesten erschüttern werden. Bald muss auch Meister Riemenschneider um sein Leben kämpfen …

»Röhrig zeichnet nicht nur ein eindrucksvolles Bild des Künstlers Tilman Riemenschneider, sondern auch ein großartiges Panorama einer aufregenden Epoche deutscher Geschichte.«
Kölnische Rundschau

05/2366/01/R